RICHARD DAVID PRECHT

Né en 1964, Richard David Precht a étudié la philosophie, l'histoire de l'art et les lettres avant d'enseigner à l'université de Cologne. Philosophe, écrivain et journaliste radio et presse, il vit au Luxembourg.
Véritable phénomène en librairie, son introduction à la philosophie, *Qui suis-je et, si je suis, combien ?* (2010), a été un best-seller en France et en Allemagne, où elle s'est vendue à plus d'un million d'exemplaires. Après *Amour : déconstruction d'un sentiment* (2011), son troisième ouvrage *L'Art de ne pas être égoïste : pour une éthique responsable*, paru chez Pocket sous le titre *Vivre ensemble pour changer le monde*, a paru aux éditions Belfond en 2012.

Richard David Precht

Vivre ensemble pour changer le monde

L'art de ne pas être égoïste

Traduit de l'allemand
par Pierre Deshusses

BELFOND

Titre original :
DIE KUNST, KEIN EGOIST ZU SEIN
Warum wir gerne gut sein wollen und was uns davon abhält
publié par Goldmann Verlag,
une division de Verlagsgruppe Random House GmbH, München.

Cet ouvrage a précédemment paru sous le titre :
L'Art de ne pas être égoïste

MIXTE
Papier issu de sources responsables
FSC® C003309
www.fsc.org

Pocket, une marque d'Univers Poche, est un éditeur qui s'engage pour la préservation de son environnement et qui utilise du papier fabriqué à partir de bois provenant de forêts gérées de manière responsable.

ISBN : 978-2-266-23237-1

Pour Matthieu,
sur le chemin de la vie qu'il aura choisie

L'homme est bon, seuls les gens sont des canailles.

Johann Nepomuk NESTROY

Sommaire

Introduction 13

Première partie : Le bien et le mal 25

Deuxième partie : Vouloir et faire 251

Troisième partie : Morale et société 415

Épilogue 607

Introduction

Lorsqu'il écrivit en 1976 un livre intitulé *L'Art d'être égoïste*, le journaliste et réalisateur autrichien Josef Kirschner n'imaginait pas à quel point la réalité sociale allait le rattraper, trente-cinq ans plus tard. À l'époque, Kirschner pensait que notre société était malade parce que la plupart des gens faisaient preuve de trop d'adaptation et oubliaient ainsi de suivre la voie[1] qui était la leur. « Nous allons présenter sans détour ces faiblesses qui nous empêchent de nous réaliser nous-mêmes », annonçait la quatrième de couverture. Au lieu de toujours chercher l'amour, les compliments et la reconnaissance, nous devrions plutôt oser nous imposer, sans prendre trop de gants, et nous libérer de l'opinion des autres. Mieux vaut un égoïste couronné de succès qu'un conformiste introverti, tel était le joyeux message.

Aujourd'hui, ce sont d'autres soucis qui nous préoccupent. L'idée d'épanouissement personnel n'est plus un rêve lointain mais un souci quotidien. Dans l'exigence d'être différents, nous sommes finalement tous égaux. Mais le mot « égoïsme » a perdu son charme interdit. Les « faiblesses » que Kirschner voulait éliminer font aujourd'hui cruellement ressentir leur absence un peu partout : l'attention à l'autre, la pudeur, l'altruisme et la modestie. Les banquiers, qui ont été stigmatisés comme des « égoïstes », font figure aujourd'hui de responsables de la dernière crise financière. Les économistes et les hommes politiques se mettent à douter en public du bien-fondé d'un système économique reposant sur l'égoïsme et la désinvolture. Des conseillers en entreprise et des consultants donnent des cours aux managers pour les sensibiliser à un comportement plus coopératif. Un nombre incalculable d'orateurs de tous poils se font payer très cher pour déplorer la perte des valeurs. Il n'y a guère d'émissions où l'on ne vante pas plus ou moins ouvertement une « nouvelle morale ». Tout laisse à penser que l'art de ne pas être égoïste a aujourd'hui le vent en poupe.

En appeler à une morale nouvelle n'est pas un exercice très difficile. Et cela a de nombreux avantages. Cela ne coûte rien et donne en plus une bonne image de soi. Mais, même s'il est effectivement nécessaire de porter un regard nouveau sur la morale à une époque de globalisation – une morale faisant suite à la fin de la concurrence entre socialisme et capitalisme, une morale en résonance avec le changement climatique, avec les risques de l'industrialisation et les catastrophes écologiques, une morale de la société d'information et de la multiculturalité, une morale de la répartition globale et de la guerre juste –, nous semblons ne pas savoir grand-chose sur le fonctionnement moral des individus.

Nous allons tenter ici de répondre à ces questions. Que savons-nous aujourd'hui de la nature morale de l'individu ? Quel rapport existe-t-il entre la morale et l'appréhension que nous avons de nous-mêmes ? Quand agissons-nous ou non de façon morale ? Pourquoi ne sommes-nous pas tous bons, alors que nous aimerions tous l'être, au fond ? Et que pourrions-nous changer dans notre société pour la rendre « meilleure » à long terme ?

Qu'est-ce en fait que la morale ?

C'est la façon de vivre ensemble. Qui juge de façon morale divise le monde en deux parties : ce qu'il apprécie et ce qu'il déprécie. Tous les jours, et même parfois toutes les heures, nous jugeons les choses selon qu'elles sont bonnes ou mauvaises, acceptables ou inacceptables. En ce qui concerne le contenu de ce qui est censé être moralement bon, il est étonnant de voir que la plupart des gens sont presque tous d'accord. Ce qui prime, ce sont les valeurs d'honnêteté, de franchise, d'amitié, de fidélité, de loyauté, d'attention aux autres et d'altruisme, d'empathie et de miséricorde, d'amabilité, de politesse et de respect, de courage et de citoyenneté. Tout cela est bon d'une certaine façon. Pourtant il n'existe pas de définition absolue de ce qui est bon. Être courageux est une qualité – mais pas dans tous les cas. La loyauté honore celui qui est loyal – mais pas dans tous les cas. Et l'honnêteté à tout crin ne mène pas forcément au paradis et peut engendrer bon nombre de désagréments.

Pour comprendre ce qui est bien, il ne suffit pas de savoir ce que cela recouvre. Il faut plutôt essayer de comprendre notre nature complexe et souvent contradictoire. Mais qu'est-ce que « notre nature » ? Pour le philosophe écossais David Hume, il y a deux façons de voir les choses[2]. D'un côté on peut étudier l'homme comme on étudie un atome. On se pose des questions sur ses « origines les plus secrètes et ses principes ». Ce travail est fait aujourd'hui par les neurologues, les biologistes de l'évolution, les comportementalistes et les sociopsychologues. La seconde perspective est comparable à celle d'un peintre qui montre « la grâce et la beauté » des actions humaines. C'est la mission des théologiens et des philosophes de la morale. Mais, de la même façon qu'un bon peintre doit avoir étudié l'anatomie de l'homme, le philosophe doit aujourd'hui se plonger aussi dans les études esquissées par les neurologues, les biologistes de l'évolution, les comportementalistes et les sociopsychologues. En effet, l'étude de notre nature ne devrait pas seulement nous renseigner sur nos bonnes intentions. Elle devrait aussi nous dire pourquoi nous en faisons souvent si peu cas. Et peut-être même nous indiquer ce que l'on pourrait faire pour y remédier.

Dire ce qu'est l'homme « par nature » n'est pas chose facile. Toute explication se pare des habits de l'époque dans laquelle vit le tailleur de ces idées. Pour un penseur du Moyen Âge comme saint Thomas d'Aquin, la *natura humana* était l'esprit insufflé par Dieu. Si nous savons ce que sont le bien et le mal, c'est parce que Dieu nous a accordé un tribunal intérieur : la conscience. Au XVIIIe siècle, le tribunal a changé d'origine. Ce qui était jusque-là du ressort de Dieu est devenu pour les philosophes des Lumières une capacité de notre raison. C'est notre raison qui nous donnerait des renseignements fiables pour savoir quels principes et quels comportements sont bons ou mauvais. Si l'on considère maintenant le point de vue de nombreux scientifiques contemporains, on s'aperçoit que la « conscience » n'est ni une affaire de Dieu ni une affaire de raison, mais un amalgame d'instincts sociaux remontant biologiquement à la nuit des temps.

Tout se passe aujourd'hui comme si la morale était

de plus en plus du ressort de la biologie. Et la théorie qui prévaut et qui a le plus de succès – trop de succès, peut-être – est celle qui dit ce que proclamait dès 1975 le biologiste de l'évolution Edward O. Wilson : il faudrait provisoirement enlever l'éthique aux philosophes pour la « biologiser »[3]. Effectivement, ceux qui, sur ce sujet, mènent aujourd'hui le bal à la télévision, dans les journaux et les magazines de toutes sortes, ce sont bien les scientifiques. Naturellement ils répètent qu'« il y avait déjà une morale avant l'Église, du commerce avant l'État, des échanges avant la monnaie, des contrats sociaux avant Hobbes, de la providence avant les droits de l'homme, de la culture avant Babylone, une société avant la Grèce antique, des intérêts particuliers avant Adam Smith et de l'avidité avant le capitalisme. Tous ces aspects relèvent de la nature humaine, et cela, depuis le pléistocène des chasseurs et des cueilleurs[4] ».

Personne ne doute que l'origine de notre capacité morale remonte à l'époque animale. Reste à savoir de quelle façon notre morale s'est développée d'un point de vue biologique et culturel. De toute évidence, nos cerveaux ont eu à faire face à d'innombrables enjeux nouveaux au fil de l'évolution. Et plus ils s'affinaient, plus, semble-t-il, la question de la morale devenait difficile et complexe. De même que nous avons une tendance à la coopération, nous avons aussi une tendance à la méfiance et aux préjugés. Et de même que nous aspirons à la paix et à l'harmonie, nous sommes souvent submergés par l'agressivité et la haine.

La logique fluctuante de la morale dont les philosophes ont cherché l'origine depuis deux mille ans n'a pas été non plus révélée aux biologistes. Ils s'étaient un peu trop vite calés, dès le début, sur la notion d'« égoïsme ». Pour eux, le moteur supposé de notre vie sociale était la recherche d'avantages individuels. Et de même que l'égoïsme au sein du capitalisme devait finalement conduire au bien de tous, l'égoïsme au sein de la nature devait donner naissance au singe coopératif appelé « homme ». C'est une chose facile à comprendre. Et jusqu'à récemment, cela convenait parfaitement à l'esprit du temps. Mais l'image que de nombreux scientifiques des années 1980 et même 1990 se faisaient de l'homme s'est aujourd'hui estompée. Alors que nous étions, il y a quelques années encore, des égoïstes et de froids calculateurs, nous serions maintenant, à en croire de nombreux biologistes, psychologues et comportementalistes, des êtres plutôt gentils et coopératifs. Et notre cerveau nous récompense par un sentiment de plaisir lorsque nous faisons le bien.

Même les points de vue sur l'influence que les gènes peuvent avoir sur notre comportement se sont modifiés du tout au tout au cours des dernières décennies. Mais les suppositions sur l'évolution de la culture humaine, si importantes soient-elles, restent toujours du domaine de la spéculation : qu'il s'agisse du développement de notre cerveau, de l'origine du langage articulé, du rapport entre sexualité et lien affectif, du début de la coopération et de l'altruisme entre humains, nous ne disposons jamais d'une assise stable.

La recherche menée sur notre part biologique est une source essentielle pour essayer de comprendre notre aptitude à être « bons ». Mais elle n'est qu'une source parmi d'autres. Pourquoi les animaux que nous sommes ont-ils des intentions aussi contradictoires, pourquoi pleurent-ils et éprouvent-ils une joie parfois sadique, pourquoi devraient-ils s'en tenir, dans leur évolution, à des théories mathématiques et des modèles précis sur leur nature et leur morale ? C'est justement l'utilisation irrationnelle de notre capacité à être raisonnables qui fait que nous sommes d'un genre très particulier : chacun de nous sent, pense et agit de façon différente.

Ce qui est rassemblé ici sur le thème de la morale se répartit, dans le monde universitaire, entre un grand nombre de matières et de disciplines : de la sociobiologie au fondement transcendantal de la morale, de l'empirisme anglais à l'analyse cognitive, d'Aristote à l'économie comportementale, de l'étude sur les primates à l'ethnologie, de l'anthropologie à la sociolinguistique et de la neurologie à la psychologie sociale.

La plupart des scientifiques qui officient dans ces disciplines vont rarement voir ce qui se passe ailleurs. Dans la pratique, la morale de l'individu est morcelée en écoles et pensées, en domaines spécialisés et départements d'études. De ce fait, il n'est pas aisé d'écrire un guide permettant de s'y retrouver dans la morale, et il est souvent très difficile de se frayer un chemin dans la jungle des différentes spécialités. En outre, certains aspects de la science, dignes d'être pris en compte, ne sont pas abordés et certaines sources d'une clarté pourtant limpide restent inutilisées.

La première partie de ce livre est consacrée à l'essence et aux règles fondamentales de notre comportement moral. L'homme est-il par nature bon, méchant – ou rien du tout ? Le travail qui permettrait de se faire une image réaliste de l'homme est loin d'être terminé. Je voudrais essayer de relier quelques idées de la philosophie anciennes, toujours très importantes, avec certains résultats très récents de la recherche. L'homme est-il, dans son for intérieur, poussé par l'égoïsme, l'avidité, l'instinct de puissance et des intérêts très personnels, comme on peut le lire et l'entendre un peu partout en période de crise financière (et pas seulement durant ces périodes, d'ailleurs) ? Et ces instincts, que l'on appelle souvent les « *animal spirits* », sont-ils mauvais et néfastes ? Ou bien y a-t-il chez l'homme une part noble, altruiste et bonne, comme aimait le penser Goethe ? Et si oui, quelle est-elle ? Et dans quelles conditions apparaît-elle ?

Les idées du bien initiées par Platon nous conduisent d'abord à des conceptions du monde d'une grande clarté. Des idées selon lesquelles l'homme pourrait être par nature bon ou mauvais. Quand on étudie les singes et les grands singes, on se rend compte à quel point le sens de la coopération est solidement ancré en nous. Mais aussi pourquoi nous nous comportons souvent de façon totalement imprévisible. Notre empathie a des racines biologiques, tout comme notre impression d'être traités comme nous ne le méritons pas. Être moral est un besoin humain parfaitement moral – ne serait-ce que parce que nous nous sentons généralement très bien de faire le bien, justement. Une vie immorale dont nous aurions pleinement conscience ne nous rendrait pas heureux à la longue. L'être humain est en effet le seul être vivant qui justifie ses actes face à lui-même. Et les moyens de cette justification sont appelés des « motifs ». L'univers de notre morale n'est donc pas fait de gènes ou d'intérêt mais de motifs.

Jusque-là, tout va bien. Mais alors pourquoi tant de choses vont de travers dans le monde si nous voulons presque toujours le bien ? Notre recherche de motifs, nos évaluations et nos justifications ne font pas pour autant de nous des animaux ou des individus meilleurs. Elles nous dotent en effet d'armes dangereuses que nous avons du mal à contrôler et que nous dirigeons autant contre nous que contre les autres. Pourquoi sinon sommes-nous presque toujours dans notre droit ? Pourquoi avons-nous si rarement tort ? Comment arrivons-nous à repousser et à refouler nos bonnes intentions ?

La deuxième partie du livre se penche sur tous ces pièges : sur la différence entre la psychologie de notre exigence de soi et la psychologie de notre comportement au quotidien. Sur la contradiction entre le *programme* de la morale et sa *mise en œuvre*.

Notre dilemme n'est pas difficile à cerner : d'un côté, nous portons en nous l'héritage très ancien de nos instincts moraux. Et souvent, quand nous agissons dans notre monde moderne, ils nous montrent la bonne voie – mais pas toujours. D'un autre côté, la raison ne nous sauve pas forcément de ce dilemme. Plus le chemin est long entre nos instincts sociaux et notre pensée, entre notre façon de penser et notre façon d'agir, plus l'abîme est profond entre vouloir et faire. Ce fossé permet après coup les scrupules moraux : lorsque nous nous plaignons, nous désespérons et regrettons.

C'est sans doute ce qui explique pourquoi presque tous les individus que je connais se considèrent généralement comme des gens bien et pourquoi il y a malgré tout dans le monde autant d'injustice et de bassesse. Parce que nous sommes la seule espèce animale qui réussit à avoir de bonnes intentions tout en n'en tenant pas compte. Parce que nous parvenons à faire deux poids deux mesures, selon qu'il s'agit de nous ou des autres. Parce que nous avons toujours une bonne excuse. Parce que nous sommes toujours enclins à polir l'image que nous avons de nous-mêmes. Et parce que nous commençons très tôt à nous exercer à nous défaire de toute responsabilité.

Dans la troisième partie, nous tâcherons de savoir ce que nous pouvons apprendre de tout cela pour notre vie future au sein de la communauté. Si Bertolt Brecht – le grand sociologue parmi les poètes – a raison, la priorité, c'est « d'abord la bouffe et ensuite la morale ». En conséquence, dans des pays comme l'Allemagne où il y a abondance de nourriture, il devrait y avoir aussi abondance de morale. Nous vivons effectivement dans un pays très libéral, au sein d'une culture sans doute la plus libre et la plus tolérante de notre histoire. Et pourtant on se plaint, et souvent pas à tort, de la perte des valeurs. Les vertus et la morale publique rétrécissent comme peau de chagrin. L'Église, la patrie, l'attachement régional, la conception du monde, tous ces anciens édifices de l'époque bourgeoise du début du siècle dernier, qui abritaient plus ou moins notre morale, commencent à se fissurer et à tomber en ruine. Qui s'en étonnera ? Un observateur venu d'un autre univers qui analyserait, ne serait-ce qu'une seule journée, la publicité à la télévision, à la radio, dans les journaux et sur Internet, ne trouverait guère d'indices laissant à penser que nous vivons dans une démocratie – un ordre social reposant sur la coopération, la solidarité et la cohésion. Ce qu'il retiendrait, ce serait la diffusion d'une propagande qui, à coups de milliard, ne fait que stimuler constamment l'égoïsme.

Je voudrais donner ici quelques pistes pour savoir

ce que l'on pourrait améliorer du point de vue économique, social et politique. Il ne s'agit pas là d'idéologie bonne ou mauvaise. Il s'agit de savoir comment favoriser notre engagement pour les autres, à une époque où notre société est en jeu comme elle ne l'a jamais été, de faire des propositions pour modifier nos institutions sociales de telle sorte qu'elles favorisent ce qui est bien et enrayent ce qui est mauvais.

Je voudrais remercier toutes les personnes qui ont été les premières à lire cet ouvrage, qui m'ont donné des conseils et m'ont permis de l'améliorer. Le professeur Jens Krause de l'université Humboldt de Berlin a jeté sur ce livre le regard pertinent du biologiste. Le professeur Thomas Mussweiler de l'université de Cologne l'a analysé en tant que sociopsychologue. Le professeur Christoph Menke de l'université de Francfort-sur-le-Main l'a lu en tant que philosophe. Le professeur Hans Werner Ingensiep de l'université de Duisburg-Essen l'a expertisé en tant que biologiste et philosophe. Quant au professeur Achim Peters de l'université de Lübeck, il l'a considéré sous l'angle de la neurobiologie. Le professeur Jürg Helbling de 'université de Lucerne l'a vérifié en tant qu'ethnologue et anthropologue social. Leurs critiques et leurs conseils me furent très précieux. Je remercie Torsten Albig pour ses exposés sur la politique communale, Martin Möller et Hans-Jürgen Precht pour leurs remarques constructives. J'adresse un merci particulier à Matthieu, David et Juliette pour leurs lectures attentives, ainsi qu'à ma femme, Caroline, sans qui ce livre n'aurait jamais été ce qu'il est.

Je voudrais remercier enfin la compagnie des chemins de fer allemands, la Deutsche Bahn. Une grande partie de ce travail a été faite dans des trains bondés, des wagons-restaurants et des carrés avec de turbulents vis-à-vis. Mais une partie plus grande encore a été faite alors que je traversais les paysages mélancoliques de la Moselle, au petit matin, sur une ligne secondaire pas du tout rentable, entre Cologne, Cochem, Wittlich, Wasserbillig et Luxembourg, en compagnie de frontaliers de toutes sortes et d'équipes de joueurs de quilles. Je remercie les innombrables conversations dont je fus le témoin involontaire. Elles n'ont cessé de me confirmer dans l'idée que l'essence de l'homme est souvent saisie de façon insuffisante par les philosophes. Et je remercie le garçon de café anonyme qui a souvent partagé avec moi les premières heures de la journée et dont les maximes et les réflexions ont souvent accompagné mon travail. Puisse l'électeur allemand continuer à empêcher avec succès, et pas seulement dans mon intérêt, l'entrée en Bourse de la Deutsche Bahn.

Ville de Luxembourg, août 2010
Richard David Precht

Le bien et le mal

Le talk-show de Platon

Qu'est-ce que le bien ?

Il est facile de s'accorder sur la définition du talk-show. C'est un débat diffusé à la radio ou à la télévision. Un journaliste réunit un certain nombre d'invités sur un plateau, il pose des questions et lance un débat où tous les participants sont partie prenante.

Les choses sont claires. Mais qui en fut l'inventeur ? À en croire Wikipédia, le talk-show vient des États-Unis. Il aurait été inventé dans les années 1950 et serait arrivé en Europe dans les années 1970. Or le véritable inventeur du talk-show est en réalité Platon.

Quatre siècles environ av. J.-C., ce philosophe grec élabore un concept de discussions portant sur les grandes questions de ce monde : Comment vivre ? Qu'est-ce que le bonheur ? Qu'est-ce que le bien ? À quoi sert l'art ? Pourquoi les femmes et les hommes ne peuvent-ils s'accorder ?

Si le producteur de ce show s'appelle Platon, le

meneur de jeu s'appelle Socrate. C'est un professionnel qui connaît toutes les ficelles du métier. Sans forcer, il mène la danse, fait rebondir le débat et pose parfois des questions pièges. Il met presque toujours les autres au tapis grâce à sa rhétorique. Les invités ont beau être sûrs de leurs positions au début de la discussion, ils sont obligés de se rendre à l'évidence et d'admettre à la fin que Socrate est chaque fois le plus fort. Plus ou moins convaincus, ils se rangent alors à son avis. Pourtant les trois ou quatre invités sont tous des gens qui excellent dans leur domaine, des experts en politique, des poètes, des prophètes et des pédagogues – des professionnels de l'administration, de la stratégie, de la rhétorique ou des arts. Le décor peut varier. Parfois les invités se retrouvent dans la villa d'une sommité, parfois ils font une promenade dans les environs d'Athènes, parfois ils se réunissent le soir autour d'un bon repas. Et parfois même ils se retrouvent dans une prison. Les décors paraissent aussi authentiques que les invités eux-mêmes. Le problème, c'est que tout est arrangé d'avance et soigneusement mis en scène. Et comme le producteur ne dispose pas encore des moyens modernes de diffusion, il a simplement recours au papier.

Quoi qu'il en soit, Platon est le premier penseur d'Occident à ne pas éluder les conflits d'idées et d'opinions, et au contraire à les soumettre volontairement à la discussion. Presque tout ce qui nous est parvenu des écrits de Platon se rapporte à ce genre de discussions et même de polémiques. Mais quel est le but de cette opération ? Et qui est ce fameux Platon ?

On pourrait dire qu'il est né avec une cuillère d'argent dans la bouche[1]. Sa famille est aussi riche qu'influente. Mais les perspectives de jouir d'une vie tranquille ne sont pas très élevées, à l'époque. Les temps sont trop incertains. Lorsque Platon vient au monde, en 428 av. J.-C., Périclès, la superstar du monde politique à Athènes, vient de mourir. C'est un tournant dans l'histoire. La guerre contre Sparte commence et elle va être aussi longue que sanglante. Athènes finira par succomber.

Mais, pour Platon, tout va bien. Alors que les armées athéniennes se font massacrer en Sicile, que les soldats de Sparte rôdent autour d'Athènes, que la démocratie est remplacée dans la cité par une élite économique, que la flotte est envoyée par le fond et que la démocratie finit même par péricliter, il reçoit une éducation exceptionnelle. On est en droit de supposer qu'il a envie de réussir dans la vie et de faire ainsi honneur à sa famille.

En revanche, dans la cité d'Athènes, c'est l'anarchie. Le désordre s'installe. Une vie humaine ne vaut pas grand-chose. Or, un jour, Platon rencontre dans la rue un personnage peu commun, un vagabond sans argent, une sorte de SDF d'une intelligence extraordinaire. Les jeunes intellectuels de l'époque sont aussitôt fascinés. Ce marginal a bien sûr, de façon logique, renoncé à tout bien et à toute richesse. C'est un révolutionnaire qui, armé de sa seule rhétorique, peut faire des dégâts immenses, un homme qui n'hésite pas à s'attaquer aux puissants et à les tourner en dérision. Il n'a pas son pareil pour démystifier leur prétendue sagesse. Son nom : Socrate.

Des centaines d'histoires tournent autour de la figure de Socrate. Mais nous ne savons presque rien sur ce qu'il était en réalité. Comme Jésus-Christ, c'est avant tout un personnage de légende. De même que nous ne possédons aucun écrit de Jésus, nous n'avons rien non plus de la plume même de Socrate. Tout ce que nous savons, nous le tenons des rares écrits de ses adversaires et des éloges copieux de ses disciples et admirateurs. Comme pour Jésus, tout laisse à penser que Socrate a bel et bien existé. Il a exercé une influence durable sur une poignée de fans, le plus enthousiaste d'entre eux étant Platon. Si le jeune homme de vingt ans ne s'était pas lié à ce vieil homme, qui sait ce qui serait resté de ce dernier ? Platon est l'évangéliste de Socrate. Il en fait la superstar du monde antique, un génie universel de la logique et de la raison. Socrate sait ce qui fait l'unité intime de l'homme. Il est le seul à connaître la formule universelle.

La rencontre avec Socrate marque profondément Platon, qui ne tarde pas à renoncer à toute ambition politique. Il ne veut plus « devenir quelqu'un » ou du moins pas quelqu'un qui compte au regard de la société. Socrate ouvre les yeux du jeune homme et lui montre le mensonge et la corruption qui sévissent dans la société, la fausseté et l'avidité des puissants. La meilleure démocratie perd toute valeur lorsque le système politique dans son entier est pourri et n'est plus composé que de cliques égoïstes, de coteries, avec leur cortège de privilèges et d'arbitraire.

Mais en 399 av. J.-C., semble-t-il, les dirigeants d'Athènes en ont plus qu'assez. Ils traînent Socrate devant un tribunal et lui font un procès. La condamnation à mort est vite prononcée, le délit est manifeste. Il est dit que Socrate « corrompt la jeunesse », reproche tout à fait justifié du point de vue des oligarques en place. Quatre cent trente ans plus tard, les autorités judéo-romaines de Jérusalem vont condamner à mort le prédicateur nommé Jésus pour des motifs semblables : ingratitude envers son propre pays. Dans les deux cas, ces procès, surtout le dernier, prouvent que ces hommes ont réellement existé. Et tous deux, Socrate comme Jésus, sont les ancêtres de la culture occidentale.

La mort de Socrate ne met pas un frein à cette évolution. Elle ne fait que créer un martyr. L'heure de Platon a sonné. Il poursuit le projet de son maître avec de tout autres moyens financiers. Douze ans après la mort de Socrate, il achète un terrain et y ouvre une école : l'Académie. Cette institution est sans précédent. Sans qu'ils aient à débourser le moindre argent, de jeunes gens peuvent vivre plusieurs années dans une sorte de « commune philosophique ». Le programme englobe des matières aussi différentes que les mathématiques, l'astronomie, la zoologie, la botanique, la logique, la rhétorique, la politique et l'éthique. L'ambition de Platon est de former des hommes d'une très grande culture. Ils sont appelés à rendre le monde meilleur. Ils doivent être des intellectuels subtils et des cadres politiques libérés de tout intérêt personnel. Une Armée du Salut philosophique pour une société malade. Et effectivement de nombreux diplômés vont partir aux quatre coins du monde comme missionnaires du savoir et conseillers des puissants.

La condition la plus importante pour accomplir ce travail, c'est de connaître ce qu'est une vie bonne. C'est la question essentielle et elle intéresse Platon bien au-delà des autres. Toute la pensée diffusée dans cette Académie est orientée vers un seul but : savoir discerner le bien et le vivre. C'est uniquement pour cette raison que les gens de l'Académie interrogent les mythes traditionnels et les conventions héritées du passé, critiquent les fausses vérités et les faux projets de vie. Pour Platon, les philosophes sont des personnes qui aident à résoudre des crises, des gens qui cherchent les déficits du sens. Le besoin de tels hommes – les femmes ne jouent aucun rôle dans l'univers de Platon – est grand. Le déclin de la morale publique et privée, les troubles guerriers et la détresse générale exigent un nouvel ordre des choses, une révolution des âmes.

Qu'est-ce donc qu'une vie bonne, une vie meilleure ? Quelle essence morale doit guérir Athènes ? Les premiers écrits de Platon montrent avec quelle verve et quel acharnement on a discuté et on s'est disputé sur cette question[2]. On cherche de partout. La société est en mauvaise posture. Sur les places publiques de la cité, dans les forums et dans les sphères privées, de jeunes gens s'affrontent à coups de rhétorique.

On va peut-être trouver cela étonnant. Il faut dire que la question n'est plus très moderne. Et le « bien » nous semble beaucoup plus abstrait qu'il ne l'était pour les anciens Grecs. Mais, même en Allemagne, il n'y a pas si longtemps encore, de jeunes gens discutaient activement de cette question. Du milieu des années 1960 au milieu des années 1970, la sphère privée semblait relever du politique pour de nombreux intellectuels. Et même le mouvement écologiste du début des années 1980 posait le changement radical de vie comme une exigence personnelle et sociale. Mais l'augmentation du niveau de vie et l'accroissement du bien-être dans les années 1980 et 1990 firent s'estomper peu à peu toutes ces discussions autour d'une vie alternative, d'une économie alternative et de valeurs alternatives.

La question de savoir ce qu'est une vie bonne se pose en général dans les périodes de crise. À l'époque de Platon, l'enjeu était global. Comparée à elle, notre époque actuelle apparaît, même en dépit de la crise économique, tranquille et inoffensive. Jamais auparavant l'Occident n'avait connu une telle floraison des arts et un tel ouragan d'idées novatrices. Mais cette superpuissance est sur le point de s'effondrer.

La recette de Platon contre cette chute, c'est la purification. Il pense que les gens devraient apprendre à être de nouveau en accord avec eux-mêmes. Au lieu de poser des exigences envers l'État et la communauté, ils devraient commencer par s'occuper d'eux-mêmes. En effet, selon lui, seul un individu vertueux peut être aussi un bon citoyen.

Voilà pour l'idée. Mais les problèmes posés par un tel programme sont immenses. Platon lui-même sait bien que les individus réels ne vivent pas dans un monde idéal, qu'il soit extérieur ou intérieur. À l'extérieur, ce sont les aléas de la vie, les influences diverses, le hasard et le destin qui déterminent largement notre comportement. Mais, même d'un point de vue intérieur, la plupart des gens ne sont pas à l'abri des tempêtes. Leurs peurs et leurs soucis, leurs penchants et leurs envies, leurs besoins et leurs désirs les ballottent d'un côté et de l'autre.

Comment, dans ces conditions, acquérir une conscience de soi positive ? Comment gérer une vie bonne et moralement salubre ? Pour clarifier ces questions, Platon met en scène des talk-shows soigneusement rédigés. Avec son partenaire Socrate, un alter ego de l'auteur, il conduit le lecteur dans le labyrinthe des points de vue et des arguments. Pour Platon, c'est là un jeu merveilleux. Il est à la fois metteur en scène et animateur. Et, à la fin, c'est toujours la banque qui gagne dans ce casino des idées, donc Socrate et Platon. Il n'existe que de rares cas où la décision est reportée. Platon parvient de cette façon à aller chercher le lecteur là où normalement celui-ci s'arrête. Peu à peu il thématise toutes les attitudes possibles face à la vie et fait jouer les avantages contre les inconvénients. Ce qui était flou est clarifié, et les contradictions sont mises au jour. À la fin, le grain se trouve séparé de l'ivraie, et l'ordre règne dans la multiplicité. Ceux qui discutent avec Socrate apprennent ainsi à se libérer de leurs idées fausses et à voir à quoi pourrait ressembler une vie à la fois bonne et juste pour tout le monde.

Le talk-show de Platon est assurément un succès. Mais on se demande toujours quel était en fait le public visé. Le lecteur cultivé savait pertinemment que ce Socrate n'était pas le vrai Socrate. Tout le monde savait en effet qu'il était déjà mort. Mais alors pourquoi Platon éprouve-t-il le besoin de se cacher derrière Socrate ? Il est possible que les premiers dialogues aient été effectivement inspirés par d'authentiques réflexions du Socrate historique. En ce qui concerne le public, il est manifeste que ces talk-shows devaient servir à instruire le peuple – mais quel peuple ? Pour une grande majorité, ces dialogues étaient difficilement compréhensibles. Il est vraisemblable que seul un très petit nombre de gens a lu ces écrits. Ou alors ils les écoutaient, comme dans un vrai talk-show, lorsqu'ils étaient lus, avec peut-être même des rôles attribués comme dans une pièce de théâtre.

Et quelle était la morale de ces textes ? Même si elles sont plaisantes et parfois pleines d'humour, les idées de Platon sont très autoritaires. Socrate enjoint ceux qui discutent avec lui à passer leur vie au crible et à presque tout changer. Chacun doit vivre comme si le philosophe était toujours en train de regarder par-dessus son épaule. Mais l'idéal serait que chacun devienne lui-même un philosophe plein de sagesse. Car, pour Platon, c'est là l'objectif ultime de l'éducation de l'homme. Une idée assez singulière, du reste. Qui, en effet, a le temps et l'envie de parvenir à ce stade ? Si chacun suivait les conseils de Platon, il ne fait guère de doute que tout le système économique s'effondrerait. Il ne faut pas se faire d'illusions : l'idée que tous les hommes puissent enfin devenir des philosophes ne pouvait se réaliser qu'à une époque où la plupart des travaux étaient faits par les femmes et les esclaves.

Il ne faut pas oublier non plus que la recherche de la vérité peut avoir quelque chose d'ennuyeux quand quelqu'un – à savoir Platon – connaît déjà cette vérité et sait tout mieux que tout le monde. C'est toujours le même problème avec les illuminés, qu'il s'agisse de Platon ou de Bouddha, de Baghwan ou du dalaï-lama. Mais manifestement il y a toujours des gens en quête de vérité qui, même de nos jours, ne sont pas du tout lassés de jouer au lièvre et à la tortue sur le chemin du sacré et qui ne prennent pas ombrage d'être toujours distancés.

Dans cette perspective, la philosophie de Platon a un petit côté « ésotérique ». Et cette impression est encore renforcée par le fait que l'élève de Socrate exige effectivement de ses disciples et de ses lecteurs des décisions claires : ils doivent s'engager à être bons et renoncer à toutes les autres séductions. Ils ont un long chemin à parcourir sous la férule de Platon.

Mais à quoi ressemble ce chemin ? La pomme de discorde déjà largement connue dans la Grèce antique était de savoir quelle place donner aux plaisirs des sens. Rendent-ils la vie bonne ? Ou au contraire sont-ils une entrave à une vie bonne ? Pour Platon aussi, cette question est au cœur du débat. Raison ou plaisir : qu'est-ce qui rend finalement le plus heureux à long terme ? La réponse à cette question est assez vite donnée : les plaisirs fugitifs engendrés par le désir pèsent peu de poids comparés à la satisfaction durable apportée par une vie bonne et intègre. À en croire Platon, le corps, avec ses pulsions et ses besoins, n'est qu'un obstacle dans la quête du bonheur. Il ne cesse de nous induire en tentation et de nous entraîner sur de fausses pistes. Seul celui qui est capable de s'en libérer peut devenir libre. Une vie vraiment heureuse – Platon parle ici d'*eudaïmonia* – nous libère de la tentation de juger la vie selon ce qui fait plaisir ou ne fait pas plaisir. Qui agit ainsi reste toute sa vie à un stade pubertaire par rapport à sa maturité intellectuelle. Or le vrai philosophe est toujours au-dessus de ses besoins sensuels.

Comme tous les plaisirs des sens sont limités dans le temps et comme tout bonheur sensuel peut facilement virer en son contraire, Platon opte pour une forme de vie comportant une assurance tous risques : mieux vaut éviter les souffrances que rechercher les plaisirs. Les conséquences pour l'histoire culturelle européenne sont énormes. Lorsque la philosophie de Platon est réanimée au Moyen Âge, son idéal ascétique et hostile au corps inspire de façon dévastatrice tout le christianisme avant de retourner, après ce détour, dans le giron de la philosophie. Même la philosophie des Lumières, pourtant assez hostile à la religion, va s'enivrer de ce breuvage pasteurisé : la finalité de la vie est de surmonter autant que faire se peut la sensualité primitive.

L'honnêteté nous oblige à dire que, dans certains passages de ses dialogues, Platon lutte manifestement durement avec lui-même pour savoir s'il doit vraiment en rester à ces propos radicaux[3]. Mais l'essentiel ne peut être nié : le principe de plaisir n'est pas durable. C'est ainsi que chez Platon le plaisir est victime de la péréquation qui prend en compte ses risques et ses effets secondaires.

La réponse de Platon à la question essentielle est donc celle-ci : aussi peu de jouissance que possible ! Quand on aime la vérité et le bien, on ne se laisse pas induire en erreur par ses bas instincts. Ce n'est ni la sexualité, ni l'argent, ni la bonne chère qui rendent heureux à la longue mais, au contraire, un style de vie empreint de continence et de philosophie. Tout le reste est sans importance. Et celui qui mesure sa vie à l'aune du plaisir et du déplaisir choisit un mauvais étalon.

Mais quel est le bon étalon ? Prendre la mesure de sa vie est un art difficile. Autant la critique de Platon est claire quand il s'agit de dire que l'on prend mal la mesure de sa vie, autant il a du mal à nous donner un meilleur étalon. On pourrait facilement dire que l'étalon pourrait être le savoir et la connaissance. Mais mesurer la vie à l'aune de la vérité rend-il vraiment heureux ? Même si les joies de la connaissance sont parfois immenses, elles ne sont pas durables.

Combien de connaissances débiles peuvent me saboter une journée ? Et est-ce que la résolution astucieuse d'une intégrale est vraiment plus satisfaisante à long terme qu'une folle nuit d'amour ?

Mais surtout, même s'il devait être exact que rien ne satisfait mieux la vie que le savoir et la connaissance, n'est-on pas obligé de reconnaître en même temps qu'apprendre est une chose qui « donne du plaisir » ? Le plaisir et la connaissance vont donc ensemble, sinon on ne pourrait pas expliquer pourquoi une vie orientée vers le savoir et la vérité peut rendre heureux. Éliminer totalement le plaisir n'est donc pas une solution. Mais Platon est malin et il avait déjà réfléchi à cette objection. « Il est évident, dit-il, que l'homme a besoin de plaisir pour être heureux. » La question est seulement de savoir : un plaisir de quelle qualité ?

Pour Platon, le plaisir n'est pas le critère décisif. Il ressemble plutôt à une récompense qui arrive après coup. Mais voilà que resurgit alors la question du critère effectivement valable. Pour répondre à cette question, Platon en arrive à son sujet principal : la mesure de toute chose est le « bien » ! Ce que Platon exige de ses élèves, c'est de reconnaître une hiérarchie bien claire : tout ce que nous voulons ou faisons doit être subordonné à la recherche du bien. Seul un homme bon peut être un homme vraiment heureux. Ne reste alors plus qu'à résoudre la question la plus difficile de toutes : qu'est-ce que le bien ?

On peut se faciliter la tâche et prendre le chemin inverse en se demandant ce qui est mal en s'inspirant librement de Wilhelm Busch : « Le bien, la chose est certaine, est le mal dont on s'abstient. » Mais Wilhelm Busch a-t-il raison ?

Pendant que j'écris ce chapitre, on ne parle dans les médias que de cet homme qui, dans une station de métro à Munich, a été frappé à mort par des inconnus parce qu'il avait voulu porter secours à deux étudiants qui se trouvaient là. Qui pourrait prétendre que cet acte de courage n'est pas « bien » ? Garder les mains dans ses poches et s'éclipser discrètement pour ne pas intervenir aurait été moins bien. La non-assistance à personne en danger est certes « le bien dont on s'abstient », mais, d'après le critère de Busch, il n'y aurait là rien de mal. S'abstenir de faire le mal n'est donc pas toujours suffisant.

Le passage le plus célèbre concernant le bien se trouve dans *Politeia*, l'œuvre maîtresse de Platon traduite sous le titre : *La République*[4]. Il y est dit que le bien est une chose très particulière, la plus grande et la plus formidable du monde. Bien que ce soit un peu flou, on voit quand même ce qu'il veut dire : le bien est beaucoup plus que le plaisir et davantage même que le savoir. Mais comment cerner la chose de façon précise ?

La réponse est : impossible ! Au lieu de donner une définition positive du bien, Platon fait raconter par Socrate une analogie qui est sans doute la plus célèbre de toute l'histoire de la philosophie : « l'analogie du soleil[5] ». Regardez ce magnifique soleil ! Il donne à la fois de la lumière et de la chaleur. Seul le soleil nous permet de voir et de distinguer les choses. En outre, il fait grandir et pousser tout ce qui est sur terre. N'en est-il pas de même avec le bien ? Il inspire et éclaire notre pensée et nous rapproche de la vérité. Et plus notre connaissance augmente, mieux nous percevons les choses. Notre esprit aiguisé donne leur contour aux choses qui nous entourent et les fait ainsi exister. De même que le soleil qui surplombe toutes les choses de sa lumière anime tout ce qui existe, le bien – qui lui aussi est situé au-dessus de tout – anime notre existence humaine. Autrement dit : de même que le soleil donne la vie, le bien donne à notre existence son sens et sa valeur.

Telle est l'analogie du soleil racontée par Platon, une image aussi jolie que célèbre. Mais pourquoi recourir à une image ? Pourquoi une conscience aussi pertinente et froide que celle de Platon, qui excelle à analyser l'esprit humain, recourt-elle à une allégorie dans un passage aussi crucial de son œuvre ? Cette comparaison n'est, au fond, qu'une affirmation. Certes il ne fait aucun doute aujourd'hui que c'est bien le soleil qui rend possible la vie sur terre. Mais qui nous dit qu'il existe effectivement un bien possédant des qualités comparables à celles du soleil ? Où est la preuve ?

D'ailleurs, même les interlocuteurs de Socrate ne sont pas vraiment convaincus. Cette image n'est pas satisfaisante. Et notre infaillible gourou est obligé de remettre à plus tard l'éclairage qu'il porte sur le bien : « Mes chers amis, nous allons laisser pour aujourd'hui ce que peut être le bien…[6]. » Que s'est-il passé ? Platon manquait-il à ce point d'assurance pour apporter une réponse à la question du bien ? Ou bien était-ce une tactique de laisser le bien dans l'ombre en dépit de la comparaison avec le soleil ? Les spécialistes de Platon ne sont pas tous d'accord à ce propos. Même un texte se rapportant aux enseignements tardifs de Platon ne semble pas résoudre ce problème. Dans cet écrit en effet, Platon assimile le bien à l'« unique » – donc à Dieu. Vue sous cet angle, l'image pourrait fonctionner : la même force qui, avec le soleil, s'infiltre partout dans la nature s'infiltre, avec le bien, dans notre existence. C'est d'ailleurs ce trait que reprennent les premiers penseurs chrétiens pour définir Dieu à la fois comme le vrai et le bien : « Je suis la lumière, la vérité et la vie ! » Mais, pour être exact, il convient d'ajouter que « l'enseignement non écrit » des leçons de Platon dans son Académie ne vient pas du maître lui-même. Dire que Platon assimile effectivement le « bien » à l'« unique » relève de la pure spéculation[7].

Mais, en tout cas, un fait reste inchangé : le bien ne peut être dit. La « plus grande idée », comme dit Platon en parlant du bien, reste une feuille vierge. Et c'est ainsi que les dialogues tournent autour d'une grande inconnue. Dans un passage, Platon décrit le bien comme la nourriture indispensable au « plumage de l'âme[8] » – image splendide ! Mais, comme toute image splendide, elle est un peu trop chatoyante. On pourrait en déduire que, sans le bien, l'homme ne serait qu'une pauvre poule déplumée. Il faudra attendre Aristote, l'élève le plus doué de Platon et le plus grand naturaliste de son temps, pour obtenir une définition zoologiquement plus précise du plumage de l'âme. Nous y reviendrons.

Le plus grand mérite de Platon est d'avoir dévoilé la morale arrogante et pervertie de nombre de ses contemporains. La « morale des seigneurs », avec, comme corollaire, le « droit du plus fort », n'a pas résisté à son examen. Il a forcé les compagnons de Socrate à se *justifier* dans toutes leurs prises de position et toutes leurs actions. Mais que proposait-il lui-même ? Pour Platon, le bien est finalement une essence inexpliquée qui, « en partant d'en haut », infiltre notre vie ; une grandeur supérieure, plus haute que l'existence humaine. Le bien existerait donc, même si les individus n'existaient pas. Il est invisible, incompréhensible, mais il ne fait aucun doute qu'il existe de façon objective. Le bien dépend aussi peu de mon opinion personnelle que de mon avis sur le soleil ou un radis qui manque de sel. La tâche qu'il s'agit d'effectuer est celle-ci : comment apprendre à reconnaître le bien pour pouvoir mener une vie qui soit bonne ? Si j'y arrive en effet, si je porte en moi le bien comme une boussole morale, je peux devenir un modèle pour tous les autres et devenir le « prince des philosophes ».

Pour Platon, le but suprême est de devenir un individu sachant toujours ce qu'il doit faire, appréciant toutes les situations selon un étalon moral adapté et faisant des choix avec une assurance de somnambule.

Ma foi ! Si seulement les choses étaient aussi simples… N'est-ce pas un peu trop beau pour être vrai ? Ou, au contraire, trop ennuyeux ? Quoi qu'il en soit, la question qui s'impose est de se demander si une telle vie est possible.

• *Rivaux de la vertu.* Le bien contre le bien

Rivaux de la vertu

Le bien contre le bien

> **Homme de bien** (n. m.) : obsédé qui rate sa vie à force de ne penser qu'au bien et de ne faire que le bien. Comme le bien doit aussi être en même temps ce qui est juste, les hommes de bien ne tardent pas à être pris dans un dangereux mouvement de tangage : ce qui est juste ne cesse de décliner, alors que le bien doit résister à ce déclin. À force de devoir faire le grand écart entre ce qui est juste et ce qui est bien, de nombreux hommes de bien sont victimes d'une fracture du bassin.
>
> Guy REWENIG

Faisons un petit jeu. Imaginez que vous soyez en possession d'une immense fortune. Disons : dix milliards d'euros. Une somme colossale (si on ne la dépense pas tout de suite pour sauver une banque).

Personne n'a jamais besoin d'autant d'argent pour satisfaire tous ses besoins matériels. Il est donc possible de dépenser cet argent pour une bonne cause. Et c'est là que vous intervenez.

Quelle est la première chose qui vous vient à l'esprit ? Vous allez peut-être penser aux millions d'enfants qui meurent de faim dans le Sahel, en Éthiopie ou en Inde. Ou bien vous allez penser à la forêt tropicale du Brésil ou de l'Indonésie dont des centaines de kilomètres carrés partent chaque jour en fumée. Vous pensez à toutes ces espèces animales encore inconnues qui sont ainsi exterminées ou bien à l'immense importance de la forêt tropicale pour le climat. Les mers aussi ont besoin d'être protégées. Et si l'on pense au climat, on peut naturellement aussi donner son argent aux Chinois pour qu'ils équipent leurs centrales de filtres modernes. Une autre idée pourrait être d'utiliser cet argent à des fins économiques pour éviter que ne se déclenchent ou ne se propagent des guerres civiles comme au Rwanda ou en Somalie.

Sans conteste, toutes ces idées sont bonnes. Il y a tant de moyens de faire le bien. Et avec dix milliards d'euros, vous pouvez entreprendre un tas de choses. Alors pour quoi vous décidez-vous ? Plus vous réfléchissez, plus vous vous rendez compte qu'il n'est pas facile de prendre une décision. Il est difficile de voir où commencent et où finissent les limites du bien. Et personne ne dispose d'un étalon moral.

On pourrait même donner à ce petit jeu une dimension pessimiste en réfléchissant à toutes les conséquences possibles de votre engagement. Imaginez par exemple que vous donniez votre argent à des Indiens brésiliens pour qu'ils cessent de brûler la forêt et de chasser des espèces rares ou en voie de disparition. Qu'est-ce qui va se passer ? Il ne faudra peut-être pas attendre très longtemps pour que ces Indiens se fassent avoir les uns les autres. Et, au bout du compte, il restera une poignée de très riches, tandis que les autres recommenceront à brûler la forêt. Ceux qui sont très riches vont se construire des haciendas et vont aussi détruire la forêt. Mais peut-être que vous aurez de la chance et que tout va se passer merveilleusement bien. Mais pour combien de temps ? Car ces Indiens ont aussi des voisins à qui vous n'avez rien pu donner. L'envie et la jalousie vont se développer. Des troubles éclateront et peut-être même assistera-t-on à une guerre civile. Au Rwanda et en Somalie, vous pouvez être sûr que les conséquences seront encore plus désastreuses. Vous donnez donc tout à la Chine ? Les Chinois vont installer des filtres ultramodernes. Et ensuite ? Cette nation industrielle en plein essor construira encore plus de centrales, qui ne pourront pas toutes être équipées de filtres. Et en Europe les sociétés produisant de l'électricité feront la grimace, car la Chine nous ravitaillera en énergie bon marché…

On n'est pas obligé de penser à tous les détails de ce scénario. Et l'on n'est pas obligé non plus de se dire que toute bonne action d'envergure finit nécessairement dans le chaos. Mais il reste toujours une question : s'il y a tant de bons projets possibles et tant de moyens de faire le bien, où se trouve l'instance qui va me dire ce qui est bien et ce qui est mieux ? Platon aussi savait que c'était là un point faible dans sa théorie du bien. Et il ne s'est pas facilité les choses. Dans l'*Hippias majeur*, l'un de ses écrits tardifs, il déclare que le bien est généralement une chose très relative[1]. Ce qui est bien pour moi et que j'ai envie de réaliser ne l'est pas forcément pour un autre. Achille, par exemple, était un guerrier et un aventurier d'exception, mais il aurait fait sans doute un piètre père de famille. Pour lui, il est bon d'être un guerrier et il n'est pas bon d'être un père de famille – alors qu'être un bon père de famille n'est pas fondamentalement moins bien qu'être un bon guerrier.

Platon distingue là une contradiction où un penchant *personnel* s'oppose à ce qui est *communément* bon. Celui qui veut faire le bien le fait parce qu'il veut avoir une vie bien remplie. Mais je peux trouver cette satisfaction de deux façons : dans ce qui semble être avantageux pour mes penchants personnels (*agathon*) ou dans ce qui est moralement bon d'un point de vue général (*kalon*).

Platon n'a pas résolu cette contradiction qui oblige à faire le grand écart. Comment s'articulent *le* bien et *mon* bien ? Et est-ce d'ailleurs le seul conflit qui subsiste ? L'exemple du don de dix milliards d'euros nous a montré que la chose pouvait devenir rapidement inextricable, même si je vise exclusivement le bien et pas forcément ce qui est bien pour moi. Qu'est-ce qui va m'aider à faire la distinction entre ce qui est bien, moins bien et mieux ? Or n'ai-je pas nécessairement besoin de pouvoir faire cette distinction si je veux mener une vie satisfaisante ?

Cette question m'a aussi beaucoup préoccupé au cours de ma vie. Quand j'étais au lycée, j'ai adhéré à un groupe de travail d'*Amnesty International* à Solingen, parce que je voulais faire le bien. L'engagement d'*Amnesty International* pour défendre les prisonniers politiques partout dans le monde m'avait tout de suite convaincu. À ma grande déception, on me confia le « cas » d'un prisonnier en Yougoslavie. C'était un ingénieur en mécanique originaire de Bosnie qui avait distribué des tracts où il demandait que les conditions dans l'Iran de Khomeyni soient reproduites en Yougoslavie. Résultat : onze ans de prison. Au départ, je n'étais pas très motivé. D'une part, à l'époque, je ne voyais pas du tout la Yougoslavie comme un État voyou ; d'autre part, je ne m'identifiais pas le moins du monde avec l'islamisme. Comme j'aurais aimé pouvoir aider un Chilien, socialiste intègre torturé dans les geôles de Pinochet ! Mais j'appris ma leçon : l'engagement contre l'injustice n'obéit pas à un hit-parade et ne doit pas supporter de préférences idéologiques. Suivant la logique et l'éthique d'*Amnesty International*, toute grave atteinte aux droits de l'homme doit motiver une intervention, peu importe où et pourquoi.

N'existe-t-il pas un principe identique pour la vie ? Une morale qui fonctionne selon une hiérarchie du bien et du mal n'avance sans doute pas à grand-chose. Sans compter que toute appréciation morale n'a peut-être pas forcément sa place devant un tribunal international intérieur. Que je prête ou non de l'argent à un ami qui traverse une passe difficile, que je fasse baptiser mes enfants ou que je donne cent euros de plus ou de moins à une organisation caritative : autant de questions qu'il n'est pas nécessaire de trancher devant la plus haute instance morale.

L'idée du bien comme instance suprême permettant de s'orienter n'est pas forcément évidente au quotidien. En effet, selon Platon, il y a une stricte hiérarchie des vertus. Une échelle permettant de voir exactement la valeur morale d'un comportement ou d'une qualité. Et les choses étant ainsi, il n'y a pas non plus de concurrence entre les vertus. La justice et la vérité, l'honnêteté et l'amour de la patrie, la bravoure et le sens de la famille, tout cela, pour Platon, ne peut pas, par nature, entrer en conflit. Le sage qui a intégré l'idée du bien et vit en conformité avec elle sait faire le tri, de sorte qu'il n'y ait jamais de problèmes. Mais il y a des conflits apparents.

Dans la perspective actuelle, c'est une idée assez étrange. Elle l'était d'ailleurs déjà à l'époque de Platon. Au théâtre de Dionysos à Athènes, le public applaudissait aux spectacles d'Eschyle, d'Euripide et de Sophocle. Les deux derniers vivaient encore et étaient des vieillards adulés, lorsque Platon n'était qu'un jeune homme. Et de quoi traitent leurs tragédies ? Des conflits entre les vertus et de leur disharmonie occasionnelle. Car c'est bien là le ressort du « tragique » : devoir choisir entre deux biens, deux devoirs, deux sentiments ou deux objectifs qui sont apparemment d'égale importance quoique inconciliables. C'est d'ailleurs le leitmotiv de toutes les pièces de Sophocle. Les lois humaines et les lois divines entrent en conflit. Et il en est de même avec les devoirs humains de fidélité à des biens inconciliables.

Dans l'univers de la tragédie, les vertus ne sont plus sagement ordonnées. Les anciennes hiérarchies traditionnelles ne sont plus convaincantes, sans pourtant être remplacées. Il est difficile de dire ce qui est bien ou mal dans une situation donnée. Et ce qu'il faut placer tout en haut. Fidélité, honneur, amitié, famille, courage, justice, crainte des lois, tous ces concepts se bousculent les uns les autres, semant partout la mort, la confusion et le chagrin.

Pour Platon, la tragédie est une horreur, un danger, un lieu de non-morale. Il a sans doute été beaucoup trop choqué par ses expériences de théâtre pour être capable de tirer quelque chose de l'art de Sophocle ou d'Euripide. « Montrer sur scène un tel trouble des vertus ne peut qu'augmenter le chaos parmi les hommes », dit Platon. Et, pour lui, le drame est, de tous les arts, celui qui moralement est le plus douteux. Il est sidérant de voir que des individus puissent se réjouir en voyant sur scène des personnages au caractère douteux ou vraiment mauvais. Sans parler des acteurs qui, sans doute, prennent en plus plaisir à présenter de telles choses. Rien d'étonnant à ce que le gouvernement de Platon dans un État idéal veuille sévèrement réglementer les programmes de théâtre et même interdire certaines pièces.

L'idée du bien selon Platon avec son cosmos moralement ordonné est une tentative pour se défendre du monde présenté par le théâtre. Mais n'est-ce pas en même temps une tentative pour se défendre du monde ?

Prenons par exemple le sens de l'économie. C'est une vertu dans la mesure où jeter l'argent par les fenêtres est toujours une mauvaise chose. Mais ne peut-on pas aussi être économe au point de devenir pingre, avare et peut-être même cruel ? À l'inverse, il en va de même avec la générosité. La vaillance peut être une vertu, mais un vaillant SS qui, pour accomplir son devoir, se rend dans une région où se cachent des partisans et tue des enfants ne suscite pas le respect et ne mérite que dégoût et mépris. L'amour de la vérité est une qualité. Mais doit-on effectivement dire toujours et partout la vérité ? Doit-on dire à son chef, bien en face, ce qu'on pense de lui ? Agir ainsi, c'est souvent une preuve de bravoure totalement inutile. Et que penser d'un individu qui vérifie *chacune* de ses décisions en se demandant *chaque fois* si elles sont justes ?

Toute vertu devient rapidement problématique quand on la prend au pied de la lettre. Et ce qui est encore plus problématique, c'est que, dans la vie, les vertus se marchent souvent sur les pieds ! À quoi est tenu un homme contraint sous la torture de trahir ses compagnons ? À la vérité ? Sans doute guère. Au devoir de protéger ses amis ? C'est plus vraisemblable. À son instinct de survie ? En tout cas aussi.

Il n'est pas nécessaire de se retrouver dans des situations extrêmes ; même dans la vie quotidienne, les vertus entrent facilement en conflit les unes avec les autres. Et toute bonne intention ne s'accorde pas forcément avec une autre. Le philosophe juif libéral anglais mais d'origine russe, sir Isaiah Berlin (1909-1997), qui s'est beaucoup occupé de ces questions, a dit un jour : « Dans le monde que nous rencontrons par nos expériences quotidiennes, nous avons affaire à des décisions où il faut choisir entre des objectifs qui ont le même caractère définitif et des exigences équivalentes en absolu et l'on ne pourra en réaliser que certaines à condition d'en sacrifier d'autres[2]. »

Que retenir de tout cela ? Platon avait mis l'idée du bien au-dessus de tout le reste. Mais le bien est une chose difficile à cerner quand il s'agit de passer au concret. Des valeurs et des idéaux, tous aussi importants les uns que les autres, entrent parfois en conflit de façon inextricable dans la vie de tous les jours.

Voilà pourquoi il est possible de dire qu'ils se trouvent tous « par nature » dans un rapport d'ordre.

Même Platon avait vu qu'il y a de nombreuses façons de vivre, qui relèvent toutes du bien de façon différente. Mais ce qu'il ne voulait pas voir, c'est que les décisions à prendre, loin de se compléter, s'opposent parfois. Toute décision *pour* quelque chose est en même temps une décision *contre* quelque chose. Et toute décision pour une valeur se fait souvent au détriment d'autres valeurs. Si l'on reprend notre jeu avec les dix milliards d'euros, on peut certes faire quelque chose, par exemple, pour la forêt tropicale au Brésil. Mais en même temps nous devons accepter le fait que des milliers d'enfants en Éthiopie vont mourir faute d'avoir pu être aidés. Le philosophe australien Peter Singer (né en 1946), aujourd'hui professeur à l'université américaine de Princeton, dans le New Jersey, a commenté de la façon suivante cette conclusion a contrario : celui qui, à Noël, décide de ne pas mettre d'argent dans le tronc pour les pauvres ou de ne rien donner pour les gens qui meurent de faim dans le monde ne pourrait-il pas tout aussi bien aller en Éthiopie et tuer de ses mains quelques paysans ? En tout cas, le résultat serait le même[3].

Si c'était juste, il nous faudrait alors prendre en compte non seulement les conséquences de nos actions mais aussi toutes les conséquences possibles et imaginables de nos non-actions. Mais qui le ferait finirait par être totalement inhibé et ne plus rien entreprendre. Il tomberait chaque fois dans un dilemme insoluble, comme les héros d'Euripide et de Sophocle. Ou il deviendrait fou.

On peut donc en déduire que le bien n'existe pas.

En tout cas pas sous la forme d'un ordre cosmique supérieur. L'idée du bien n'est pas une idée particulièrement bonne. Il serait préférable de dire qu'il s'agit d'un « idéal », quelque chose qui n'existe pas vraiment mais que l'on suit comme une sorte d'étoile qui nous guide intérieurement. Certains adeptes de la philosophie de Platon ont d'ailleurs interprété de cette façon l'idée du bien. Ils admettent que, même pour Platon, la vie idéale ne peut exister de façon pure. Quelle que soit la vie qu'ils mènent, tous les gens prennent de mauvaises décisions, perdent quelque chose de précieux, doivent refouler ou même complètement abandonner des idées nobles au profit d'autres. Ainsi, par exemple, le temps que je mets à écrire ce livre est autant de temps que je ne peux passer avec ma femme ou mes enfants. Et je n'appelle pas non plus mes amis, qui attendent pourtant depuis longtemps un signe de ma part.

L'idéal du bien est donc à la fois très exigeant et souvent contradictoire. Même si, dans l'abstrait, le bien peut toujours rester le bien, les choses changent chaque fois selon les situations, quand il s'agit de prendre la bonne décision. Dans cette mesure on peut dire que ce qui est bien et ce qui est juste sont rarement en harmonie durable, comme on peut le voir en lisant la citation de Guy Rewenig qui introduit ce chapitre.

Seuls les gens qui vivent chichement ont des chances de vivre selon les critères de ce qui est bon et juste. Moins il y a de chaos et de vie sociale autour de moi, plus il m'est facile de m'en sortir avec le bien. C'est peut-être ce qui explique que tant de gens qui prêchent le bien sont aussi des adeptes d'une vie simple. Jésus, Bouddha et saint François d'Assise n'ont pas seulement purifié la morale, ils ont aussi éliminé de leur vie privée tout ce qui était compliqué. Même l'éthique de Platon est une éthique de moine. Comme nous l'avons vu, son jugement sur la politique en général n'était pas très amène. Et ses élèves, les futurs « philosophes-rois », étaient éduqués de façon plutôt asociale. Ces futurs guides politiques ressemblaient plutôt à des gourous qui regardaient les idées comme les astrologues contemplent les étoiles.

Platon s'est rendu compte que cette attitude n'était pas tenable et il en a fait l'expérience. Il avait quarante ans lorsqu'il reçut une proposition mémorable. C'était sans doute la première proposition d'embauche reçue par un philosophe. Platon n'hésita pas une seconde. Par l'intermédiaire d'un ami, il se retrouva ainsi à la cour du tyran Denys Ier en Sicile. On ne sait pas très bien quels étaient les objectifs du tyran en engageant Platon. Peut-être voulait-il redorer son blason à Athènes en recrutant l'une des superstars de la cité. Pendant un certain temps, Platon crut que Denys voulait profiter de son enseignement en matière de politique et de vie privée. Mais plus notre philosophe intervenait, plus le roi s'emportait. Difficile d'imaginer situation plus pénible. Platon ne tarda pas à mettre fin à ce grand écart entre poésie du cœur et prose du pouvoir. Deux autres tentatives faites vingt et vingt-cinq ans plus tard échouèrent de la même façon. Platon eut même toutes les peines du monde à fuir pour rejoindre Athènes.

Mais son succès dans sa ville natale n'était pas non plus éclatant. Il était déjà un vieil homme quand il décida de s'adresser à ses concitoyens par le biais d'un traité sur le bien, pour leur faire connaître ses idées[4]. Il ne recueillit que désintérêt et refus. Lorsque le plus grand philosophe d'Occident mourut à l'âge de quatre-vingts ans, sa révolution morale avait échoué, aussi bien en Sicile qu'à Athènes. La superpuissance, endettée jusqu'au cou à cause de campagnes militaires aussi absurdes que désastreuses, avait abdiqué. La Ligue de Délos, l'équivalent de l'OTAN actuelle pour l'Antiquité, était démantelée. La souveraineté macédonienne était en place, la démocratie abolie. L'abrupt pouvoir militaire remplaçait l'esprit dans la conduite des choses politiques.

Pourtant l'idée de Platon sur le bien continua son bonhomme de chemin. Et avec elle l'idée pas tout à fait néfaste que la vie est une question de choix et que, de ce fait, on doit s'en remettre au « bien ». Qui choisit le bien a des chances de mener une vie parfaite. Qui dédaigne cette possibilité reste stupide, petit et moralement immature. Le christianisme va reprendre cette idée de Platon et placer une fois de plus les individus devant un choix moral. S'il croit en Dieu et prend ainsi part à la bonté de Dieu, l'individu mènera une vie en accord avec Dieu. S'il n'agit pas ainsi, il risque d'être damné. C'est cette alternative sévère qui rend le christianisme (comme l'Islam) inacceptable à beaucoup de gens aujourd'hui : pour peu qu'il soit croyant, un criminel sera mieux reçu au royaume de Dieu qu'un incroyant agissant pourtant de façon exemplaire.

L'indifférence morale de l'instance suprême, que rien ne flatte davantage que de savoir qu'on croit en elle, est une pilule amère, même pour celui qui croit. Comment doit-il vivre ? Est-il possible qu'il serve Dieu de la même façon en entrant dans un couvent où il s'occupera de la bibliothèque ou en partant s'occuper des enfants des rues à São Paulo ou à Calcutta ?

Même s'il se révèle juste que, comme le pensent de nombreuses religions, l'enjeu de toute vie est de faire *un* bon choix, cela ne fait pas disparaître la difficile question des alternatives.

On devrait plutôt voir tout cela sous un angle positif. N'est-ce pas une bonne chose que tout ne se résume pas à un choix *unique* ? Il suffit d'imaginer une société où chacun ferait un grand choix, une fois pour toutes, perdant ainsi toutes les angoisses liées à des prises de décision. Ce serait une dictature idéologique, une monoculture morale. Le stalinisme, le national-socialisme et de nombreuses dictatures religieuses ont essayé d'imposer ce modèle. Et chaque fois le résultat fut désastreux. Lorsque tout est agencé selon un choix unique (communiste ou pas communiste, nazi ou pas nazi, croyant ou incroyant), toute contradiction et toute opposition ébranle les fondements du système et doivent donc être aussitôt combattues. Entre l'idée d'une société idéale et la répression brutale, l'écart n'est jamais grand. Rien, dans l'histoire de l'humanité, ne légitime autant de souffrances et de malheurs que la bonne intention.

Une société placée sous le diktat du bien (quel qu'il soit) est aussi morte que ces villes idéales dont ont rêvé les architectes pendant des siècles. Le Paris de l'avenir conçu par l'architecte français d'origine suisse Le Corbusier est un désert géométrique avec des espaces plans et des cubes d'habitation. Ici, aucune place pour les surprises, les impondérables et les petits hasards. En d'autres termes : aucune place pour la vie.

Le bien en soi n'existe pas. Pour reprendre le mot d'Albert Einstein : « Ce qui relève de la morale ne relève pas du divin, c'est une affaire purement humaine[5]. » Le bien est une jolie idée des hommes, une abstraction qui n'existe sans doute pas dans le monde animal. Nous n'avons guère de raisons de supposer que les chimpanzés ou les gorilles distinguent le « bien » du mal. Il leur suffit d'évaluer si une situation est positive ou négative. Quand un petit singe joue avec sa mère, il éprouve du plaisir et de la joie ; si l'un de ses frères vient lui arracher la banane des mains, il éprouve du dépit et de l'agressivité. Tout laisse à penser que le bien ou le mal abstrait – et de ce fait toute norme qui en dérive – n'existe chez aucun animal à l'exception de l'homme.

C'est parce que les hommes, presque partout dans le monde, ont été et sont toujours en mesure de former le mot « bien » que celui-ci existe aujourd'hui sur la planète. Or, ce n'est un secret pour personne qu'en dépit des centaines de milliers de pages qui ont été écrites sur ce sujet nous ne possédons aucune bonne définition de ce que peut être le bien. Le philosophe anglais du langage, Gilbert Ryle (1900-1976), était même d'avis que l'on devrait bannir du vocabulaire un mot aussi flou, aussi indéfini et engendrant autant de confusions[6]. Ce qui part d'une bonne intention peut mal finir. Et ce qui naît du mal peut avoir des conséquences positives. Le bien n'est donc pas un fait : il est une *interprétation*. Tous les partis politiques, par exemple, se croient sans doute sincères quand ils disent qu'ils veulent le « meilleur » pour leur pays. Mais, pour se mettre d'accord sur ce qu'est le « meilleur », c'est une autre affaire qui peut faire pester, sourire ou rire. Et pour lutter pour le bien, même la malhonnêteté, la bassesse et la dénonciation semblent être parfois des moyens légitimes.

On pourrait dire que ce qui est bien pour moi ne doit pas l'être obligatoirement pour d'autres. Pourtant, lorsque l'idée du bien est ainsi détruite et évacuée, ne perd-on pas quelque chose de très important ? Le bien n'est-il effectivement que relatif ? Et chaque individu a-t-il à tout moment le droit de considérer comme bon ce qui lui passe par la tête ? Quand un système de notification des vertus, tel qu'il est proposé par Platon, disparaît, qu'est-ce qui surgit à sa place ?

Il convient ici de protéger un peu Platon. Une morale sans hiérarchie, sans valeurs ni jugements prédéterminés ne peut pas exister. Et c'est justement là que nous touchons du doigt le point décisif : notre dilemme moderne. D'un côté, la plupart des gens d'Europe occidentale ne croient plus à un ordre cosmique de la morale. Ils doutent que Dieu, ou la nature, ait prévu une hiérarchie des valeurs. D'un autre côté, nous avons besoin dans notre vie de tous les jours d'un repère qui nous aide à prendre des décisions morales et à juger les décisions des autres. Comment est-il possible que les SS des camps de concentration aient considéré que leur travail était « dans l'ordre des choses » ? Comment font les gens des riches pays industriels qui vivent de telle sorte que cela entraîne chaque année la mort de sept millions d'enfants dans ce que l'on appelle le tiers-monde ? Comment juger le comportement de banquiers qui, partout dans le monde au cours de l'année 2008, ont flambé plusieurs milliards de dollars ?

Ce que nous pouvons apprendre de l'erreur de Platon sur l'idée du bien, c'est qu'il n'y a pas de « bien » au-delà d'autres hommes. Aucun bien, donc, qui ne serait pas de ce monde. Le bien est une chose relative. Mais c'est ce qu'il y a là de très singulier en même temps : une chose relative avec souvent une exigence d'absolu. Et ce paradoxe est inévitable. En effet, s'il est juste de dire que le bien n'existe pas dans le monde au-delà de la vie humaine et de la vie en société, nous le considérons pourtant souvent et nécessairement comme quelque chose d'absolu et d'objectif.

Pourquoi les choses sont-elles ainsi et pourquoi devons-nous faire ce grand écart ? Nous allons y revenir de façon exhaustive. Mais nous devons avant nous intéresser au revers du bien, dont nous n'avons guère parlé jusqu'à présent : le mal. Lorsque nous prenons une décision morale – et Platon le savait bien –, nous nous décidons selon deux critères : qu'est-ce qui est bien et qu'est-ce qui est bien pour moi ? Que l'on pense à Achille, devenu un héros parce que cela correspondait à ses penchants et que c'était le seul et unique but dans sa vie. Mais ces penchants ne sont-ils pas plus dominants dans notre vie que l'idée du bien ? Est-ce qu'en vérité je n'agis pas presque toujours selon ce principe : qu'est-ce qui est avantageux pour moi ? Ne sommes-nous pas toujours à la recherche de notre propre avantage ? En d'autres termes : qu'il s'agisse de faire le bien ou le mal, ne sommes-nous pas tous en fin de compte des égoïstes ?

• *Loup parmi les loups*. Ce que l'on appelle le « mal »

Loup parmi les loups

Ce qu'on appelle le « mal »

> Il suffit d'une journée pour se rendre compte qu'un individu est méchant. On a besoin de toute une vie pour se rendre compte qu'il est bon.
>
> Théodore JOUFFROY

La Foire du livre de Leipzig est la plus belle des deux grandes foires du livre en Allemagne. On trouve partout dans la ville des lectures et des présentations de livres de qualité. Et dans les grands halls lumineux qui se dressent aux portes de la ville, le public est autorisé et même invité à entrer. C'est l'occasion pour les auteurs de rencontrer leurs lecteurs, de parler avec eux. Au printemps 2009, un homme est venu sur le stand de mon éditeur pour me dire sur un ton légèrement emporté que mon premier livre, *Qui suis-je ?*, lui avait vraiment beaucoup plu mais que je m'étais totalement fourvoyé avec le deuxième, *L'Amour*, qui venait de paraître. Il m'expliqua rapidement ses raisons. Dans mon premier livre, il appréciait que j'aie tenté d'intégrer les fondements biologiques de notre pensée et de notre comportement et de démonter ainsi un certain nombre d'illusions philosophiques. Il était donc d'autant plus déçu de voir, dans mon deuxième livre, que je me méfiais des explications biologiques de l'amour. Pour ma part, j'étais d'avis (et je le suis toujours) que l'on ne peut expliquer l'amour par la simple sexualité, c'est-à-dire par des mécanismes biologiques, comme les stratégies de reproduction. Je crois au contraire que la culture a tout à fait la force de produire, comme par enchantement, chez les individus une chose aussi incomparable que l'amour romantique entre un homme et une femme.

L'image que je projetais ainsi de la nature culturelle de l'être humain était, aux yeux de mon critique, beaucoup trop inoffensive et bienveillante. « Vous savez, me dit-il, les hommes ne sont pas bons, et leur nature n'est pas cultivée. Si vous enlevez le vernis de la civilisation, quand on voit vraiment les choses comme elles sont, nous redevenons tous des êtres exclusivement de nature, des bêtes égoïstes, brutales et sans égard les unes pour les autres. Et alors la force qui nous domine tous est notre biologie, et non notre culture. »

Dans le brouhaha d'une Foire du livre, on a peu de temps pour réfléchir à ce genre de choses. Mais, une fois rentré chez moi, je me suis assis à mon bureau et j'ai essayé de mettre de l'ordre dans mes pensées. Cet homme avait-il raison ? L'homme est-il vraiment une bête par nature ? Y a-t-il un prédateur caché sous le vernis de la civilisation ? Le mal est-il plus essentiel que le bien ? Et peut-on expliquer de cette façon le cours si souvent catastrophique de l'histoire mondiale ?

La question est très difficile. Quelle est en effet la part d'égoïsme chez l'être humain ? Elle est variable, répondrait-on spontanément. Mais celui qui est visé par une telle question n'est pas un homme en particulier, vous, vos amis, vos ennemis ou moi, mais l'« homme en soi ». Les philosophes aimeraient bien connaître la part d'égoïsme naturel chez l'être humain. En d'autres termes, quelle dose de substance immuablement égoïste se trouve cachée dans tout *homo sapiens* ?

Si l'on étudie l'histoire de la philosophie, on se rend compte que la plupart des philosophes se font une idée plutôt optimiste de la nature humaine. Le nombre de ceux qui considèrent que l'être humain est bon par nature est plus important que le nombre de ceux qui pensent qu'il est mauvais par nature. Mais les philosophes, principalement les philosophes de la morale, sont souvent des optimistes professionnels. Celui qui juge que l'homme est mauvais par nature se coupe d'emblée de la possibilité de l'éduquer pour le rendre meilleur. Est-ce donc un simple vœu pieux qui est à la base de cette idée ?

On trouve aussi pourtant quelques pessimistes dans l'histoire de la philosophie. Celui qui a le mieux défendu la nature mauvaise de l'individu est sans doute l'Anglais Thomas Hobbes[1], né en 1588 à Wesport dans le comté de Wiltshire. Sa vie s'est déroulée dans une période extrêmement troublée, avec beaucoup de guerres. L'année de sa naissance, l'armada espagnole, la plus grande force maritime de l'époque, attaquait l'Angleterre. Hobbes a lui-même rendu compte de cet événement dans ses Mémoires avec un humour tout anglais : « Ma mère a mis des jumeaux au monde : moi et la peur[2]. » Enfant prodige, il commence à quatorze ans des études de logique et de physique à Oxford. Il devient ensuite précepteur dans une famille noble, les Cavendish, chez le comte de Devonshire. Il y restera toute sa vie. Cet emploi lui permet de mener une vie tranquille. Il a accès à une immense bibliothèque et peut facilement côtoyer les milieux influents.

Hobbes fait plusieurs grands voyages et rencontre des gens exceptionnels comme les philosophes René Descartes, Pierre Gassendi ou le naturaliste Galilée. Il a un projet ambitieux : il veut sonder l'essence de l'homme. Il veut construire un édifice complet qui irait de la biologie à la politique en passant par la sociologie. Mais les temps incertains le détournent chaque fois de son projet. La société anglaise de son temps ne cesse de courir à sa perte, de façon inexorable. Les discordes entre ville et campagne, entre noblesse et bourgeoisie, entre paysans et manufacturiers se multiplient. Ce conflit est encore accru par la charge idéologique du catholicisme et les nouvelles mais nombreuses sectes protestantes. Ainsi, au début du XVIIe siècle il y a plus de communautés religieuses différentes en Angleterre que dans le monde entier aujourd'hui. Hobbes a cinquante-quatre ans lorsqu'en 1642 éclate la guerre civile. Après avoir pris le parti du roi, il ose à nouveau se montrer. Dans deux ouvrages, *Le Citoyen* et *Léviathan*, il expose son idée d'un État juste et ce que doit être le comportement fidèle de ses citoyens.

Au lieu de commencer, comme prévu, par une étude précise de la biologie, il passe directement à la politique. Son point de départ est étrange. À l'origine, tous les individus vivaient dans la forêt, ce qu'il appelle un « état sauvage ». C'était le règne « des guerres de tous contre tous ». Hobbes n'avait en fait aucune idée précise de ce que pouvaient vraiment être ces individus primitifs. Mais il connaissait la vie des « Indiens » pour avoir lu et recueilli de nombreux récits à leur sujet. Il s'imaginait que, dans l'état de nature, tout partait dans tous les sens. Chacun n'était là que pour soi, animé par la peur et par la méfiance vis-à-vis de l'autre. Cet état était tellement insupportable que les individus finirent par se mettre ensemble. Ils élaborèrent un « contrat » pour améliorer leur situation et leur vie. À partir de là, ce fut un souverain absolu qui dirigea les autres et leur vie, recourant au châtiment et à la force en cas de besoin. Les individus à l'état originel échangèrent leur ancienne liberté contre une sécurité nouvelle. Et d'un coup tout devint meilleur.

Les deux ouvrages de Hobbes n'eurent pas un grand retentissement. La plupart de ceux qui le critiquèrent déplorèrent, dans l'histoire de l'état de nature, l'absence de Dieu. Le roi Charles II pestait parce que Hobbes ne donnait pas la préférence aux catholiques face aux protestants. Pour Hobbes, les souverains étaient des souverains, quelle que soit leur confession. Mais, à une époque de guerres de religion, ne pas prendre parti était une forme de trahison, dans un camp comme dans l'autre. Le bien devait être catholique ou protestant. Donner ou acquérir les pleins pouvoirs sur la base d'un contrat inventé de toutes pièces était beaucoup trop neutre et indigent sur le fond.

Hobbes n'ignorait pas que son modèle d'état de nature n'était sans doute pas historiquement correct. Il s'agissait pour lui de montrer qu'il est fondamentalement *raisonnable* qu'un souverain dirige son peuple sans faillir. De ce point de vue, il était en accord autant avec le roi qu'avec son contradicteur protestant, Oliver Cromwell. La religion n'intéressait absolument pas Hobbes. Mais c'est justement ce qui valut à celui-ci d'être la cible de fanatiques religieux : il risqua en effet plus d'une fois sa vie. La publication prévue de ses deux ouvrages sur la biologie et sur la sociologie de l'homme n'arrangea pas les choses. L'anatomie apparaissait à de nombreux membres du clergé comme un mystère de Dieu que l'homme devait se garder de dévoiler. Cela n'empêcha pas Hobbes de devenir un homme respecté et nanti et d'atteindre un âge canonique : il mourut à quatre-vingt-dix ans en 1679.

L'expression « guerre de tous contre tous » et surtout la phrase « L'homme est un loup pour l'homme » ont fait de Hobbes l'un des auteurs les plus cités quand il s'agit de montrer que l'homme est mauvais par nature. Mais est-ce vraiment ce qu'il a voulu dire ?

Il faut d'abord rendre à César ce qui est à César et rappeler que la maxime *Homo homini lupus* n'est pas de Hobbes mais de Plaute, l'auteur romain de comédies. Hobbes cite cette phrase dans la dédicace du *Citoyen* pour expliquer pourquoi les États se combattent. Hobbes pensait effectivement que l'idée de Platon sur le bien n'avait pas grande valeur. C'était un pragmatique objectif et, comme tel, il ne savait que faire de ce genre de spéculation. Pour Hobbes, un ordre moral prévu par Dieu ou la nature n'avait pas grand sens. Le bien et le mal ne flottent pas dans le ciel par l'opération du Saint-Esprit mais sont des interprétations subjectives de notre comportement : tout le monde prétend que ce qui lui convient et lui donne des satisfactions est bien, et que ce qui lui déplaît est mauvais. C'est pour cette raison que, aux yeux de Hobbes, l'homme n'est rien « par nature », ni bon ni mauvais. L'homme n'est donc pas un loup pour les autres parce qu'il serait méchant. La méchanceté supposée ne vient en fait que des conflits d'intérêts[3]. Lorsque les ressources viennent à manquer dans l'état de nature, l'instinct de survie de l'un entre en conflit avec celui de l'autre. Et cela a nécessairement des conséquences négatives. Il n'en va pas autrement des relations entre États.

Pour Hobbes, l'homme est par nature une feuille vierge. Seules son éducation, ses conditions de vie et les influences qu'il reçoit le poussent dans un sens ou dans l'autre. Hobbes n'a jamais prétendu que l'homme est, *dans sa façon de penser*, un méchant loup. C'est d'ailleurs une insulte pour les loups, qui sont des animaux extrêmement sociaux et obéissent à des règles de comportement très précises à l'intérieur de la horde.

Pour légitimer l'existence d'un souverain dans un État absolutiste, il n'est nul besoin de recourir à une image négative de l'homme. Il suffit de montrer qu'un État sans chef et sans organisation tombe vite dans une terrible anarchie. Hobbes n'avait pas d'autre dessein. Et quiconque le cite pour prétendre que l'homme est par nature moralement mauvais fait fausse route.

Mais n'y a-t-il pas d'autres personnalités intelligentes qui iraient dans ce sens ? Celui qui pourrait le mieux endosser ce rôle est un compatriote de Hobbes, l'Anglais Thomas Henry Huxley. Médecin de formation, il était un naturaliste de haut rang et un farouche partisan du grand Charles Darwin, ce qui lui a valu le surnom de Bulldog. Huxley en savait plus que Hobbes sur nos ancêtres, sur les singes et les animaux d'une façon générale. Comme Darwin, il était convaincu que notre comportement s'enracine profondément dans le monde animal. Alors que Hobbes avait inventé un « état de nature » artificiel, Huxley a cherché des traces de notre origine chez nos plus proches parents : les singes. L'état de nature de Huxley était en fait l'état de nature de l'individu dans la préhistoire. Huxley a été ainsi le premier scientifique à dire, en 1860, que l'homme faisait partie des grands singes. Il le plaçait directement à côté du gorille, que l'on venait de découvrir et qu'il considérait comme notre parent le plus proche[4].

Mais les premières informations en provenance d'Afrique de l'Ouest à propos du gorille étaient extrêmement contradictoires. La plupart du temps, il était présenté comme un monstre gigantesque, avide de sang, une effroyable bête sauvage avec un appétit insatiable, friand de chair humaine et de relations sexuelles avec les femmes ! Il y avait toutefois d'autres points de vue. L'explorateur anglais Winwood Reade, par exemple, parlait de végétariens pacifiques, farouches, réservés et ne montrant aucun intérêt pour les humains[5]. Il fallut trente ans pour que le point de vue de Reade sur les gorilles finisse par l'emporter dans le monde scientifique. Alors qu'une grande part du public, jusqu'au début du XXe siècle, avait une image du gorille qui rappelait plus celle de King Kong, le monde scientifique savait ce qu'il en était depuis longtemps.

Ce qui se produit alors paraît donc d'autant plus surprenant. En 1893, Huxley fait une conférence stupéfiante dans une salle bondée de l'université d'Oxford. Son sujet : « Évolution et éthique ». L'objet de la démonstration : l'homme est par nature mauvais. C'est une bête sans morale, comme tous les autres êtres vivants. Son intérêt naturel est de lutter pour sa survie sans se soucier des autres ni des pertes que cela peut causer. Ce n'est qu'à un stade très tardif de son évolution que l'homme est parvenu à la morale. Celle-ci est une invention non pas de la nature mais de la culture, une « épée bien aiguisée destinée à tuer le dragon de son origine animale[6] ». Pour Huxley, nature et morale s'opposent profondément. Rien d'étonnant à ce que l'homme ne cesse de se débattre avec ses instincts et ses sombres pulsions. Il s'efforce de réprimer le mal naturel qui est en lui. Tel un jardinier qui s'occupe chaque jour de son jardin, l'être humain lutte constamment contre la mauvaise herbe qui envahit sa nature sauvage.

Mon lecteur de la Foire de Leipzig a ici le droit de se réjouir. Il trouve en Huxley un vaillant allié. S'ils ont tous les deux raison, l'homme n'est pas un être moral ; il est simplement recouvert d'un mince vernis moral. À l'intérieur de lui, on retrouve toujours la bête sauvage qui guette, à peine domptée.

Cette vision de l'être humain est-elle exacte ? Sommes-nous par nature cruels, brutaux et égoïstes ? Revenons à Huxley, l'un des représentants les plus importants de la théorie de l'évolution au XIXe siècle. L'une des choses qui lui tenaient le plus à cœur était de montrer de quelle façon l'homme s'est peu à peu développé : des protozoaires aux vertébrés, des singes à son apparence actuelle. Huxley était convaincu que, si nous sommes ce que nous sommes aujourd'hui, cela vient des conditions de l'environnement qui pesaient sur nos ancêtres et qui nous ont formés. Notre façon d'être, notre apparence et notre comportement actuels ne sont donc que le produit de l'évolution. De même que le poil que nous pouvons avoir sur le corps rappelle le singe que nous avons été, notre comportement en porte aussi l'héritage. Nous sommes des êtres sociaux, nous vivons dans des cercles ou des milieux, nous sommes plus ou moins avides de pouvoir, car nous sommes finalement de grands singes. Mais alors pourquoi seuls notre capacité à avoir une morale, notre empathie, notre amabilité, notre altruisme et notre sens de la coopération seraient des exceptions dans cette évolution ? Pourquoi tout devrait-il venir de la nature, sauf cela justement ? Lorsque Huxley a lu le rapport de Reade – et il l'a lu –, ne s'est-il pas rendu compte que les gorilles aussi sont des êtres sociaux, altruistes et coopératifs ?

Pour dire les choses simplement : Huxley s'est contredit lui-même dans sa conférence « Évolution et éthique ». Sans s'en apercevoir, semble-t-il, il a pris le contre-pied de la démonstration centrale de toute son œuvre, à savoir que notre comportement *en entier* a son origine dans la nature. Ainsi écrit-il dans une lettre : « Pour ce qui est de la morale, je n'en vois aucune trace dans la nature. C'est un produit fabriqué exclusivement par l'homme[7]. » Comment Huxley en est-il arrivé à cette conclusion ? On peut supposer deux raisons à cela. La première provient de la théorie de Darwin lui-même. La seconde serait en rapport avec sa propre biographie[8].

Darwin lui-même pensait que notre capacité à avoir une morale venait de nos dispositions naturelles. En 1871, dans son livre intitulé *La Filiation de l'homme*, il écrit : « Il me semble extrêmement vraisemblable que n'importe quel animal possédant des instincts sociaux bien développés (y compris l'amour pour les parents et l'amour pour les enfants) parviendrait inexorablement à un sentiment ou une conscience morale à partir du moment où ses capacités intellectuelles auraient atteint ou seraient en passe d'atteindre celles de l'homme[9]. » La morale serait donc une conséquence nécessaire de l'évolution humaine. D'un autre côté, Darwin était convaincu, comme Huxley, qu'on ne la trouvait que chez l'homme : « Le sentiment moral [...] constitue peut-être la meilleure et la plus haute distinction entre l'homme et les animaux inférieurs[10]. » Le rapprochement de ces deux citations donne une image étrange. D'un côté Darwin affirme que la capacité à avoir une morale s'est nécessairement développée à partir des dispositions naturelles de l'homme. D'un autre côté, il l'exclut chez les autres animaux (même s'il prend la précaution d'ajouter un « peut-être »). Pour Huxley, qui brûlait d'élaborer, à partir de la conception de Darwin, une philosophie, la base était assez floue. On pouvait soit mettre l'accent sur ce que nous avons de commun avec les animaux, soit sur ce qui nous en distingue. Plus Huxley s'est occupé du problème de la morale, plus il s'est rangé au point de vue que l'homme occupait une place à part. Et plus le vernis moral lui a semblé mince et fragile.

Huxley a pu être influencé par son histoire familiale, qui constitue une composante importante de sa théorie. Son père a longtemps vécu dans un état de démence et il était complètement fou quand il mourut. Deux des frères de Huxley, George et James, étaient des malades mentaux ; l'un est mort prématurément, et l'autre passait pour un débile mental. Quant à Huxley lui-même, il a souffert toute sa vie d'accès de dépression. Même sa fille préférée, Marion, devenue la femme du peintre John Collier, était d'une grande fragilité mentale. Après la naissance de sa fille, elle a été victime d'une forte dépression postnatale dont elle ne s'est jamais vraiment remise. Elle est morte d'une pneumonie en 1887. Huxley en fut profondément affecté. Six mois plus tard, il publiait son manifeste de lutte pour la vie intitulé *Struggle for Existence and its Bearing upon Man*. Il y décrit de façon radicale et impitoyable la cruauté de la nature humaine. Pour Huxley, l'évolution ressemble à un combat de gladiateurs dans une arène. Seul le plus fort, le plus rusé et le plus rapide survit. Et le lendemain il retourne dans l'arène pour se mesurer de nouveau à un autre adversaire. C'est cinq ans plus tard qu'il fit sa fameuse conférence à Oxford.

La conception que Huxley a de la morale, cet ingrédient étranger mélangé à la nature humaine fondamentalement mauvaise, peut trouver son origine dans ce qu'il a vécu lui-même. Pourtant, elle n'est pas très étonnante. À son époque, l'image de l'homme s'était considérablement assombrie. Dès le XVIIIe siècle, les Lumières faisaient une séparation entre la nature animale et grossière de l'homme et le fragile vernis de la civilisation. Même l'aimable et optimiste philosophe des Lumières qu'était Johann Gottfried Herder (1744-1803) considère la moralité de l'homme comme une chose ressortissant à l'éducation. Former « l'humanité est une œuvre qui doit être sans cesse poursuivie, sinon nous retombons… dans l'animalité grossière et la brutalité ». Au XIXe siècle, l'optimisme en rapport avec la capacité à éduquer l'homme s'est transformé en un pessimisme de grande ampleur. L'écrivain Robert Musil écrit ainsi, après la lecture de Nietzsche, contemporain de Huxley : « Qui veut bâtir sur de la pierre à propos de l'homme ne doit se servir que de ses basses qualités et de ses basses passions, car seul ce qui est en rapport le plus étroit avec l'égoïsme a une consistance et peut être partout utilisé ; les intentions supérieures ne sont pas fiables, elles sont contradictoires et fugitives comme le vent. »

L'homme est-il mauvais par nature ? Le primatologue hollandais Frans de Waal, professeur de psychologie à l'université Emory d'Atlanta, critique aujourd'hui avec virulence cette vision de l'homme, qu'il qualifie de « théorie de façade » : « La morale humaine est présentée comme une fine croûte sous laquelle grondent les passions antisociales, amorales et égoïstes[11]. » Or, ce qu'il y a de singulier, c'est que cette théorie de façade est très en vogue chez les biologistes. Les mêmes chercheurs qui montrent à juste titre que nos capacités intellectuelles supérieures se sont développées à partir du monde animal considèrent volontiers la morale, au sens biologique, comme « inessentielle ».

L'un des représentants les plus importants de cette conception faisant de la morale une façade fragile est le comportementaliste autrichien Konrad Lorenz (1903-1989). Dans sa théorie de la « coévolution gène-culture », Lorenz considère certes la capacité humaine à avoir une morale comme quelque chose de naturel, mais il estime que, si on la compare à d'autres comportements animalo-humains, elle est inférieure[12]. Selon cette théorie, l'égoïsme, l'agressivité, la haine et le meurtre sont beaucoup plus « essentiels » que l'altruisme, le don, la sympathie et l'amour. Plus une qualité de l'homme est ancienne, plus on peut remonter sa trace jusque dans le monde des reptiles ou des poissons, plus elle est déterminante dans la nature de l'homme. Tout notre comportement obéirait à « ces lois qui sont prédominantes dans *tout* comportement instinctuel d'origine phylogénique[13] ».

Mais Lorenz ne peut donner la moindre explication convaincante au fait que ce qui est le plus ancien doit être forcément ce qui est dominant. Pourquoi l'évolution aurait-elle à ce point perdu de la force, ne rajoutant chez l'homme que de faibles caractéristiques ? Cela ne pourrait-il pas être le contraire ? L'évolution culturelle qui nous a conduits à promulguer les droits de l'homme, à construire des gratte-ciel, à programmer des ordinateurs, faisant ainsi apparaître l'être humain dans toute sa singularité, n'a-t-elle pas pu aussi laisser des traces profondes dans notre comportement social ?

Ce qui dicte ici les règles du jeu n'est pas la connaissance scientifique mais une conception du monde. Pour ce faire, il est inutile d'avoir été inspiré par le national-socialisme, comme ce fut le cas de Lorenz. Le biologiste américain de l'évolution, Michael T. Ghiselin (né en 1939), aujourd'hui professeur à la California Academy of Science, est encore plus radical dans cette façon de voir les choses. Son point de vue sur le caractère brutal de la nature humaine se trouve dans son ouvrage intitulé : *The Economy of Nature and the Evolution of Sex*, qui date de 1974. La position de Ghiselin est si catégorique qu'il est nécessaire de replacer sa phrase la plus sulfureuse dans son contexte. Mon lecteur rencontré à la Foire du Livre va trouver ici le plus de munitions pour s'en prendre au pouvoir de la civilisation : « L'évolution de la société correspond au darwinisme au niveau supérieur de l'individualisme. Rien ne demande là à être expliqué d'une autre façon.

Quand on comprend son économie et son fonctionnement, on voit bien quel est le fondement de tous ces phénomènes. On trouve là les moyens avec lesquels tout organisme tente de tirer des avantages face aux autres. Il n'existe aucun indice d'un altruisme originel qui puisse sous-tendre notre vision de la société, si on veut bien laisser de côté toute forme de sentimentalité. Ce qui nous apparaît comme de la coopération est en fait un mélange d'opportunisme et d'exploitation. Le ressort qui déclenche un comportement de sacrifice chez l'animal est toujours ancré dans le désir de conquérir des avantages, quitte à passer par un tiers. Et quand on agit pour le bien d'un groupe, cela se fait toujours au détriment d'un autre. Tant que cela lui est utile, un organisme sera toujours disposé à aider ses congénères. S'il n'a pas le choix, il va se mettre au service du bien commun. Mais s'il a soudain la chance d'agir dans son propre intérêt, plus rien, si ce n'est l'opportunisme, ne peut le retenir de devenir violent, de frapper et de tuer – son frère, son partenaire, ses parents ou ses enfants. *Gratte un "altruiste" et tu verras saigner un tartufe*[14]. »

Ce passage est très impressionnant. La puérilité avec laquelle, aujourd'hui encore, certaines personnes qui se disent intéressées par les sciences de la nature dénient toute existence aux instincts sociaux et la subtilité de la morale trouve ici son expression la plus radicale. Mais c'est sans doute un art de mélanger autant de choses en si peu de place. Ce qui est étonnant aussi, c'est que ce texte fut publié en 1974, à une époque où la primatologue Jane Goodall disait justement tout le contraire à propos des chimpanzés qu'elle étudiait en Tanzanie : elle parlait de leurs caractères « amicaux » ou « inamicaux », des liens d'amour qui unissaient les mères et leurs petits et qui dépassaient largement le simple attachement biologique, mais aussi de l'empathie de différents animaux sans qu'il y ait visiblement d'intérêt ou d'objectif égoïstes[15].

Je suppose en outre que bon nombre de lecteurs vont considérer comme totalement invraisemblable le fait que la seule chose qui les empêche de tuer leurs parents et leurs frères et sœurs soit l'« opportunisme ». Et ils vont se dire que la question de la nature égoïste de l'homme et de sa méchanceté a besoin d'être vue de façon un peu plus précise que ne l'a fait Ghiselin. Mais la réponse, autant le dire tout de suite, n'est pas facile. Et elle sera en fait étonnamment contradictoire.

Dans des situations extrêmes, de nombreux individus – même si ce n'est pas tous – réagissent de façon extrême. Ils peuvent être brutaux, égoïstes ou paniqués. Et ces réactions sont en rapport direct avec notre héritage instinctuel biologique. Mais pourquoi ces réactions de crise devraient-elles être plus « essentielles » que nos autres comportements ? Qu'est-ce qui peut nous conforter dans la supposition que notre comportement « méchant » vient du monde animal et que notre comportement « bon » vient au contraire exclusivement de la nature humaine ? Notre héritage animal n'est-il que « bestial » ? Et notre comportement « humain » est-il toujours noble, altruiste et bon pour tous ?

Ces doutes ne sont pas nouveaux. Déjà à l'époque de Huxley, ils avaient suscité la contradiction d'un homme qui fut l'une des figures les plus originales du XIXe siècle et dont la pensée philosophique dépassait largement celle de Huxley et naturellement aussi celle de Lorenz et de Ghiselin…

• *Le prince, l'anarchiste, le naturaliste et son héritage*. Comment nous coopérons les uns avec les autres

Le prince, l'anarchiste, le naturaliste et son héritage

Comment nous coopérons les uns avec les autres

Qui veut devenir un bon anarchiste devrait aller en Suisse. Le philosophe genevois Jean-Jacques Rousseau, l'écrivain Friedrich Dürrenmatt, le créateur de graffitis zurichois Harald Naegli et le philosophe Paul Feyerabend, qui a terminé sa carrière à Zurich, se sont tous revendiqués de l'anarchisme. Mais la chose peut aussi arriver à un nouveau venu, tel ce fils d'une famille russe de la haute aristocratie qui se convertit très vite au pays des Helvètes : « Lorsque je quittai ces montagnes, après une bonne semaine passée chez les horlogers, mes convictions socialistes étaient établies : j'étais un *anarchiste*[1]. »

Piotr Alexejewitsch Kropotkine est né en 1842 à Moscou. Il était le contemporain du philosophe Friedrich Nietzsche, du neurologue espagnol Santiago Ramón y Cajal et du psychanalyste Sigmund Freud.

Il faisait partie de la génération qui, après Charles Darwin et Karl Marx, prenait très au sérieux les nouvelles découvertes sur l'homme et la réalité des rapports sociaux. Ces nouveaux venus voulaient se rapprocher de la nature de l'homme en empruntant de nouvelles voies.

Issu de l'une des familles les plus distinguées de toute la Russie, Kropotkine semblait appelé aux plus hautes sphères de la société. Mais sa carrière prit un chemin totalement différent de ce que son père, un grand propriétaire terrien, avait espéré. En Russie, quand on voulait faire quelque chose de ses enfants, on les envoyait à l'École des pages de Saint-Pétersbourg, un institut de formation des cadets comparable à l'ENA en France aujourd'hui. Dans son autobiographie, Kropotkine se plaint de la dureté des conditions de vie, mais il serre les dents et termine sa formation dans cette prestigieuse académie militaire. Ses nouveaux centres d'intérêt ne sont plus maintenant la tradition tsariste mais la Révolution française, le libéralisme anglais et les nouvelles idées républicaines qui ont cours en Europe de l'Ouest. Notre jeune officier est d'abord envoyé en Sibérie. Son esprit curieux s'intéresse à la nature dans la taïga, aux animaux et aux gens qui vivent dans les villages reculés ; il est toujours à la recherche de nouvelles idées et de nouvelles connaissances. Il commence à voir les paysans « sous un tout autre jour » et profite de cette vie « indépendante, voyageant avec juste quelques livres de pain, du thé dans une sacoche en cuir, une bouilloire et une hache attachées au pommeau de la selle, et sous la selle une couverture qui, le soir venu, est étendue sur un tapis de branches de sapin fraîchement coupées[2] ».

Kropotkine a vingt-cinq ans quand il rentre à Saint-Petersbourg. Les étonnantes observations qu'il a faites dans la nature sibérienne attirent l'attention du monde scientifique. Mais ce fils de prince ne veut pas se fixer dans une carrière de naturaliste. Il voudrait utiliser ses connaissances pour améliorer les conditions de vie misérables de la population des campagnes en Russie. Au cours d'un voyage en Suisse, il fréquente des milieux révolutionnaires et rencontre des réfugiés venus de France aux convictions encore plus radicales. À Paris, la Commune vient d'être durement réprimée. Au cours des années suivantes, Kropotkine, qui est alors un anarchiste convaincu, sillonne la Russie, l'Angleterre, la France et la Suisse. Il est arrêté et emprisonné à Saint-Pétersbourg. Il réussit à s'enfuir et part pour la Suisse. Arrêté une nouvelle fois, il est livré aux autorités françaises et condamné à cinq ans de détention. Libéré à la suite de différentes pressions internationales, dont celle de Victor Hugo, il part pour Londres. Il a quarante-quatre ans.

Kropotkine est très bien accueilli en Angleterre. Il ressemble à son contemporain Tolstoï, avec une grande barbe et de petites lunettes cerclées de métal, mais son visage est plus avenant. Kropotkine commence à écrire. Il écrit beaucoup. Bien que surveillé par des espions russes, il rédige un nombre incroyable d'articles sur les questions sociales et l'organisation de l'État, qu'il réunit dans plusieurs ouvrages. Son livre le plus important paraît en 1902 : *L'Entraide, un facteur de l'évolution*. Kropotkine constatait avec amertume que beaucoup d'idées de Darwin qu'il admirait étaient reprises et déformées par la classe au pouvoir. Des concepts que Darwin avait pris ailleurs mais intégrés dans ses réflexions et dans son ouvrage *Sur l'origine des espèces*, comme la « lutte pour la vie » ou la « survie du plus apte », se retrouvaient partout dans les théories sociales conservatrices. Le « darwinisme social » faisait surface, une reprise totalement déformée et déloyale des idées de Darwin, avec des conséquences terribles pour la société.

Kropotkine protesta. De nombreux passages dans le livre de Darwin étaient sans doute obscurs. Comment fonctionnait la « survie du plus apte » ? Était-ce ce que Hobbes entendait par le « combat de tous contre tous » ? N'était-il pas possible d'augmenter la capacité de survie en se mettant ensemble et en s'entraidant ? Les villages sibériens ne survivaient que parce que leurs habitants avaient appris à coopérer. Quand on connaît l'hiver russe, on sait que la « lutte pour l'existence » ne se porte pas contre les hommes. Il s'agit plutôt de la « survie des communautés les plus aptes » en lutte contre la nature impitoyable.

L'Aide dans le monde animal et humain, tel est le titre du livre, représente une loi naturelle centrale. Très intéressé par une conférence de Karl Kessler, le doyen de l'université de Saint-Pétersbourg, Kropotkine n'a cessé de poursuivre cette idée. En 1887, à Manchester, il fait une conférence intitulée « Justice et moralité ». Il s'oppose alors à Thomas Henry Huxley. Difficile d'imaginer situation plus délicate. Voilà qu'un noble russe se réclamant de l'anarchisme prétend corriger, en Angleterre même, les conclusions des dernières découvertes scientifiques faites dans ce pays : la théorie de l'évolution. L'argument principal de Kropotkine est le suivant : même les animaux ont des prédispositions à la morale. Et nos ancêtres de la préhistoire n'étaient certainement pas rustres et amoraux, mais savaient coopérer.

Kropotkine écrit une série d'articles pour dénoncer la « complète déformation » des lois de l'évolution par Huxley. Il parle des fourmis et des abeilles, des mouettes et des corneilles, des grues et des perroquets, des renards et des loups, des lions, des écureuils et des marmottes. Il démontre qu'il n'y a pas seulement coopération : des concessions sont également faites pour le bien commun des essaims, des hordes, des meutes, des groupes. Il voit que le sens de la communauté peut être égoïste ou non égoïste. Qu'il s'agisse de couver, de chasser, d'éviter les conflits ou de protéger ses congénères, partout on découvre le sens de la collaboration, de la coopération, l'esprit d'équipe, l'abnégation et l'empathie. Ce ne sont pas tant les animaux pris isolément qui doivent se montrer « aptes » au sens de Darwin ; l'aptitude se révèle surtout dans la capacité d'une espèce à faire corps contre des dangers extérieurs. C'est là que se trouve la vraie « lutte pour la vie », selon Kropotkine : dans la lutte des différents groupes animaux contre leur milieu. Ce qui permet d'assurer la survie, ce ne sont pas l'égoïsme, la brutalité et la violence mais au contraire l'entente et la coopération.

La théorie selon laquelle ce qui prévaut dans la nature est moins la lutte pour éliminer l'autre que l'entente avec l'autre était à l'époque une idée hérétique. Elle était en complète contradiction avec l'idéologie dominante de la fin du XIXe siècle. Dans l'Angleterre de la reine Victoria, dans la France de Napoléon III et dans l'Allemagne de Guillaume II, la « lutte de tous contre tous » était un concept parfaitement adapté à l'esprit du temps. C'est en référence à cette vision des choses que les grands industriels exploitaient leurs ouvriers, que les États mobilisaient des soldats pour combattre les pays voisins, que la race blanche des seigneurs envahissait et épuisait les colonies. Quiconque défendait autre chose que le droit du plus fort devenait vite suspect.

En Prusse, le juriste Julius Hermann von Kirchmann (1802-1884), qui n'était pourtant ni révolutionnaire ni socialiste, s'attira les foudres du pouvoir lorsque, en 1866, il fit une conférence devant l'Union des travailleurs berlinois intitulée *Sur le communisme de la nature*[3]. Il considérait comme une loi de la nature le fait que vouloir acquérir toujours plus de pouvoir et de biens ne peut satisfaire l'homme à la longue. Aussitôt le tribunal de Berlin prit contre lui une sanction disciplinaire. Il releva le juriste de ses fonctions de vice-président de tribunal pour « propos répréhensibles et immoraux ». La cruelle lutte pour l'existence, telle que la voyait l'État prussien, semblait plus morale que l'idée de la nature coopérative de l'homme.

Kropotkine aussi développe son étude sur la coopération et la déplace du monde animal au monde humain. Il est persuadé qu'« une créature aussi démunie que l'être humain à ses débuts n'a pu trouver le moyen de se protéger et de progresser que par le biais de l'entraide, comme les autres animaux, et non pas dans une lutte forcenée pour des avantages personnels, sans se soucier des intérêts de l'espèce[4] ». C'était pourtant ainsi que Huxley avait présenté l'homme primitif. N'avait-il pas pris trop au sérieux l'« état de nature » pourtant parfaitement hypothétique de Hobbes, avec sa « guerre de tous contre tous » ? Comment un biologiste s'intéressant aux ancêtres de l'espèce humaine pouvait-il écrire avec le plus grand sérieux, comme Huxley le fit dans son essai de 1888, une aberration aussi énorme que celle-ci : « Mis à part les relations limitées et éphémères au sein de la famille, la guerre de tous contre tous décrite par Hobbes était la façon normale d'exister[5]. »

Pour Kropotkine, cette image de l'homme est à la fois désinvolte, fausse et dangereuse. Dans les chapitres de son ouvrage qu'il consacre au développement de l'aide réciproque dans le monde humain, il décrit le chemin qui mène de nos tout premiers ancêtres aux usages des « barbares » en passant par les peuples primitifs actuels, depuis le Moyen Âge jusqu'à l'époque moderne.

Kropotkine est d'accord avec Darwin pour supposer que notre parent le plus proche est le chimpanzé et non le gorille, ainsi que le prétend Huxley. Les chimpanzés vivent en groupes assez importants. Ils sont extrêmement sociaux. C'est également ainsi que vivent les peuples primitifs. Ils forment des clans, des familles proches et des familles élargies. Kropotkine dit que participer au bien commun est plus important que posséder quelque chose en propre. Les peuples primitifs vivent « naturellement de façon communiste ». Qu'il s'agisse des aborigènes ou des Hottentots, des Australiens ou des Papous, des Esquimaux ou des Aleutes, Kropotkine relève partout une « solidarité de clan » et un « sens de la communauté ». Même si les lois de la vie en commun ne sont pas écrites, elles sont pourtant respectées et ont valeur de normes, d'usages et de lois. Ce ne sont pas les gouvernements, les lois et les tribunaux qui contraignent les hommes à bien s'entendre et à cohabiter, comme le dit Hobbes, mais la simple reconnaissance de l'autre par l'autre[6]. La perte de cette reconnaissance par décision du groupe est le châtiment suprême qui sanctionne un écart de comportement. On trouve un bel exemple de décision de groupe chez les Esquimaux et les Aleutes quand il s'agit de commerce. Lorsque quelqu'un veut vendre quelque chose, ce n'est pas lui qui détermine le prix. Il se met d'accord avec l'acheteur en recourant à un tiers qui est neutre et qui fixe le prix. Ainsi est-il montré à tout le monde que l'affaire est honnête.

L'image que nous donne Kropotkine de la culture des « sauvages » est très aimable. Mais il n'ignorait pas, bien sûr, les récits faits par les explorateurs contemporains qui parlaient de vieillards chassés de leur tribu, d'enfants tués et de cas de cannibalisme chez certains peuples primitifs. Pour Kropotkine, c'est toutefois plus l'exception que la règle. Même un peuple de chasseurs de têtes comme les Dayak, à Bornéo, au-delà de ce rituel étrange, se comporte de façon extrêmement sociale et attentive.

Si Kropotkine a raison, la communauté originelle de l'homme est la horde ou le clan. Une fois de plus, il s'oppose à Huxley. Pour ce dernier, qui défend aussi les idées de Darwin, au début de l'évolution humaine il y a la famille restreinte. Toutes les autres communautés sociales sont apparues bien plus tard. Pour Kropotkine au contraire, il y a, au début, la famille élargie de la horde. La famille restreinte serait le résultat d'une évolution tardive de l'humanité et plus exactement une invention européenne du siècle dernier.

Selon Kropotkine, l'homme est par nature sociable et pacifique. Même si le « philosophe pessimiste » peut déclarer sur un air de triomphe que la guerre et l'oppression sont la vraie nature humaine – « si nous laissons de côté les idées toutes faites de la plupart des historiens et leur penchant affirmé pour les moments dramatiques de l'histoire » –, on voit que la vie en communauté est généralement une réussite. « Les jours clairs et ensoleillés » sont la règle ; « les tempêtes et les ouragans » sont l'exception[7]. Mêmes les « barbares » sédentaires que sont devenus certains « sauvages » présentent de nombreuses formes d'altruisme et d'entraide. Ils se réunissent, organisent des fêtes et partagent une grande part de leurs biens. Si l'on compare avec le monde de la fin du XIXe siècle en Europe de l'Ouest, la propriété privée n'existe presque pas. Tout ce qui est essentiel appartient au village et est chaque fois réparti selon de nouveaux critères.

Au Moyen Âge, les corporations garantissaient une aide réciproque à tous leurs membres. Les marchands et les artisans n'étaient pas les seuls à avoir des corporations ; même les mendiants se mettaient ensemble. De puissantes associations ont permis aux villes italiennes d'acquérir une grande richesse ; dans le nord de l'Europe, c'est la Hanse qui a permis cette prospérité. Le développement des États centralisés détruit cette infrastructure florissante.

Si Kropotkine a raison, la part communiste de la nature humaine est plus importante que sa part égoïste. Et ne pas être égoïste n'est donc pas un art mais correspond seulement à l'essence de la nature humaine. Le plaisir de partager, que ce soit la vie, l'argent ou le succès, est plus important que le ressentiment, l'égoïsme et le triomphe de l'égoïsme. Kropotkine désapprouve la situation politique de la fin du XIXe siècle, qui interdit aux ouvriers en Angleterre, en Allemagne et en Russie de se regrouper et de s'organiser. Une façon de faire qui était considérée comme parfaitement normale, il y a quelques siècles encore.

Quelle est donc cette terrible idéologie qui, à rebours de l'histoire et de la justice, fait de l'homme un prédateur ? Qui le pousse à toujours vouloir posséder plus alors que ce n'est pas la garantie d'un bonheur durable ? Qui lui fait chercher des avantages qui finalement n'en sont pas ? Pour Kropotkine, c'est une idéologie qu'il faut dépasser parce qu'elle est fondée sur une fausse image de l'homme. C'est en effet dans « la mise en œuvre d'une aide réciproque que nous trouvons l'origine positive et certaines de nos idées sur la morale ; et nous pouvons affirmer que, dans le progrès éthique de l'homme, c'est l'assistance et l'entraide – et non le combat – qui ont été décisives. » Kropotkine termine son livre en disant : « C'est dans l'activation de ces capacités, même à notre époque, que se trouve la meilleure caution de la noble évolution du genre humain[8]. »

Kropotkine fut appelé à voir cette noble évolution du genre humain vingt ans plus tard. Lorsque la révolution éclata, il quitta son exil londonien et rentra à Saint-Pétersbourg. Une foule de soixante mille personnes vint l'accueillir à son retour, où il fut fêté comme un messie. Le gouvernement provisoire lui offrit tout de suite un poste de ministre. Mais le vieillard de quatre-vingt-cinq ans refusa. Même parmi les communistes, il ne se sentait pas chez lui. Sa rencontre avec Lénine fut décevante. La dictature rigide du parti bolchevique ne correspondait pas à l'idée qu'un idéaliste communiste se faisait de la souveraineté libre et autodéterminée du peuple.

Cet homme qui avait été à la fois prince, anarchiste et naturaliste mourut d'une pneumonie en février 1921. Le gouvernement de Lénine honora ce pionnier qui lui était devenu étranger en ouvrant les portes des prisons. Un certain nombre d'anarchistes russes eurent ainsi le droit d'aller à son enterrement. Le cortège funèbre prit les dimensions d'une manifestation sans précédent dans toute l'histoire de l'Union soviétique : des dizaines de milliers de personnes suivirent le cercueil de Kropotkine, et parmi eux de nombreux opposants au régime bolchevique.

Quel fut l'apport de Kropotkine dans la réponse à notre question ? Sa façon bienveillante de considérer l'homme comme un être coopérant par nature a-t-elle quelque valeur ? Que disent aujourd'hui les experts à ce sujet ? Bien entendu les connaissances que Kropotkine pouvait avoir de nos ancêtres, autant animaux qu'humains, étaient limitées : quelques ossements d'hommes préhistoriques retrouvés dans des fouilles, quelques pauvres grands singes reclus dans le zoo de Londres : tout cela permettait simplement de spéculer sur la nature humaine.

L'année même où mourut Kropotkine, le psychologue berlinois Wolfgang Köhler publiait un ouvrage intitulé *Intelligenzprüfungen an Anthropoiden* (traduit en français en 1927 sous le titre : *L'Intelligence des singes supérieurs*), résultat de tests qu'il avait faits alors qu'il était directeur de la station de recherche sur les anthropoïdes de l'Académie prussienne des sciences à Ténérife, dans les îles Canaries, où il fut contraint de demeurer pendant la guerre. La même année, Köhler écrivit aussi une première *Psychologie du chimpanzé*, un article qui faisait en tout et pour tout huit pages[9].

Aujourd'hui, en revanche, on ne compte plus tout ce qui a été écrit sur le comportement moral ou « analogiquement moral » des grands singes. Et les avis des chercheurs sur ce sujet divergent fortement. Quoi qu'il en soit, on peut dire que nous connaissons désormais assez bien nos plus proches parents et de ce fait des aspects importants de notre héritage animal. Ils ne sont pas seulement « égoïstes » mais aussi coopératifs. Mais d'où cela vient-il ? Et quelle est l'ampleur de cette coopération ? Si nous voulons avoir une idée de la nature morale de l'homme, cet étrange et mystérieux mélange d'égoïsme et de coopération, il nous faut prendre en compte et imaginer les exigences auxquelles étaient soumis nos ancêtres dans leur milieu et leur vie sociale. Pour poser la question autrement : dans quel domaine d'expériences est née notre capacité à avoir une morale ?

Elle a certainement surgi dans un monde où il était nécessaire et judicieux que nos ancêtres puissent se mettre à la place les uns des autres. Et le moyen qui le permettait, c'était le langage – des gestes et des sons. On peut en déduire que, sans langage, il ne peut y avoir de morale. Mais comment faut-il se représenter cette compréhension qui, en marge d'un comportement égoïste, engendrait et favorisait un comportement bienveillant ?

• *L'évolution de l'intention*. Pourquoi nous nous comprenons

L'évolution de l'intention

Pourquoi nous nous comprenons

> On dit plus de choses sur le monde quand on n'utilise pas seulement la valeur linéaire des mots et des phrases mais quand on prend aussi en compte leur capacité à être détournés.
>
> MAX BENSE

Une froide journée d'hiver au zoo de Cologne peut être une belle chose, en tout cas si l'on est accompagné de son petit garçon de trois ans qui déborde de curiosité sous son gros bonnet de laine et veut toujours tout savoir. Dans la lumière pâle de l'après-midi, nous sommes passés devant la vieille cage des singes. Ce bâtiment est en fait un monument, une copie d'église russe orthodoxe construite dans le style du XIXe siècle. Si Piotr Kropotkine était venu à Cologne, cela lui aurait certainement plu. Le bâtiment avait été rénové et on avait ajouté une grande cage pour les singes capucins.

Oskar savait déjà ce que sont les capucins. Ce jour-là, il s'intéressait davantage à la façon dont on construit les cages. Je tentai de le lui expliquer tant bien que mal, les mains enfoncées dans les poches de mon pantalon. À un moment donné, j'ai dû lui dire qu'on avait besoin d'un marteau pour construire une cage.

« Papa, ça marche comment un marteau ? »

Je lui répondis, les mains toujours enfoncées dans mes poches : « Donc un marteau, ça a un manche, généralement en bois, avec un gros morceau de métal à un bout, et quand on prend un clou entre le pouce et l'index d'une main et que l'on saisit le marteau de l'autre main… »

En voyant la façon dont Oskar me regardait, je m'arrêtai net. Il était évident qu'il ne comprenait rien à ce que je lui disais. Du moins tant que je gardais les mains dans mes poches. Brusquement, je me mis à songer. Le langage humain est une chose très curieuse. À en croire les spécialistes du comportement, les anthropologues, les experts en cognition et les linguistes, c'est le langage le plus varié, le plus expressif, le plus précis et le meilleur de tout le monde animal. Mais alors pourquoi ne permet-il pas d'expliquer à un enfant de trois ans, en ne se servant que des mots, comment on plante un clou dans un mur à l'aide d'un marteau ?

Si notre langue est la plus singulière de tout le monde animal, elle ne peut servir à tout. Parfois un regard « en dit davantage que mille explications ». On peut regarder d'un air « très expressif » et faire des gestes qui « en disent long ». En outre, la vie humaine est pleine de situations où l'on ferait mieux de tenir sa langue. L'utilisation souveraine de la langue intègre l'art du silence.

D'où cela vient-il ? Pourquoi, dans notre culture, l'homme n'est-il pas parvenu à trouver des mots pour tout ? Pourquoi notre langue n'est-elle pas précise et exacte ? Pourquoi y a-t-il partout des zones d'ombre ?

Le philosophe le plus célèbre qui s'est intéressé à cette question est l'Autrichien Ludwig Wittgenstein (1889-1951). Cela gênait beaucoup cet ingénieur en aéronautique que le langage humain ne soit pas un instrument de précision. Pendant plusieurs années, il s'efforça d'éradiquer le flou de la langue et d'éliminer ses ambiguïtés. Lorsqu'il abandonna finalement, certains de ses amis et élèves à Vienne reprirent le flambeau pour élaborer une « langue de la précision ». Pendant quatorze ans, ils se réunirent une fois par semaine pour poursuivre leurs travaux. Ce projet du « Cercle de Vienne » était hardi. Ils voulaient non seulement dégraisser la langue mais faire de toute philosophie quelque chose de logique, de clair et de compréhensible[1].

Le but avoué était d'élaborer une science exacte de la vie et de la vérité. Depuis l'entreprise menée par Descartes (1596-1650), on n'avait pas vu d'entreprise plus téméraire dans le monde de la philosophie. Il s'agissait de résoudre tous les problèmes ou de les démasquer comme de faux problèmes. Lorsque Moritz Schlick, le directeur de ce cercle, fut assassiné par l'un de ses anciens étudiants en 1936, le cercle fut dissous. Mais nos artisans de la précision avaient déjà échoué depuis longtemps.

Pourquoi était-il impossible d'établir une langue de la précision ? On peut d'abord avancer que l'on n'a pas besoin d'une langue exacte au quotidien. Elle serait réservée, si elle existait, à la science. Or, même dans ce domaine, il n'existe nulle part une véritable langue de la précision. Si l'on suivait nos ingénieurs en linguistique du Cercle de Vienne, il faudrait que la langue se cale sur les observations que nous faisons dans la réalité. Mais la réalité, semble-t-il, n'est pas toujours univoque. Je peux définir une proposition mathématique, je peux nommer de façon exacte une protéine ou un poisson-éléphant. Mais ce que je crois percevoir chez les enfants de ma femme, est-ce vraiment de l'amour ? Comment puis-je mesurer la justesse de mes observations ? Et jusqu'à quel point mon objet d'observation (les enfants de ma femme) est-il univoque et fiable ? Et qu'en est-il de l'exactitude quand je traduis ce que je dis dans une langue étrangère ? Ou au contraire quand je veux traduire dans ma langue un mot étranger ? Pourquoi y a-t-il deux mots en anglais (*consciousness* et *awareness*) pour dire « conscience » ? Et pourquoi n'y a-t-il pas de mot allemand pour traduire *mind* ?

La réponse à ces questions est étonnamment simple : parce que la langue n'est pas un instrument de vérité ! Elle n'a pas été inventée pour ça. La question de la vérité n'était pas ce qui était le plus important dans l'évolution de l'homme et de sa culture. Les primates qui vivent en groupe dans la savane doivent s'entendre – dans les deux sens du mot « entendre ». Mais ils sont rarement gênés parce qu'ils ne trouvent pas les concepts exacts ou n'énoncent pas des vérités absolues. Ils n'ont pas été dotés pour cela par la nature et son environnement.

Wittgenstein n'a pas ignoré ce fait. Au moment où le Cercle de Vienne se dissolvait, il travaillait à Cambridge à un ouvrage qui ne fut jamais publié de son vivant mais qui devint ensuite très célèbre : *Le Grand Typoscript*. Il ne voulait plus entendre parler d'une langue de la précision. Au contraire, ce qui l'intéressait désormais était de savoir pourquoi l'idée d'une langue exacte était condamnée à ne pas aboutir. De toute évidence, elle passait totalement à côté de l'essence de la communication humaine. L'observation d'une chose et son expression dans la langue sont très rarement dans un rapport de correspondance exacte. « Je ne sais pas, écrit-il, ce que je devrais montrer comme corrélat (correspondance) du verbe "embrasser". » Lorsque deux personnes rapprochent leurs lèvres jusqu'à ce qu'elles se touchent, cela peut être aussi bien un baiser qu'une tentative de réanimation. Sans compter que chez certains peuples primitifs on nourrit les enfants de cette façon. Ce que je vois n'est pas seulement compréhensible par l'observation. Il y a une chose tout aussi importante pour la compréhension : le contexte.

Wittgenstein n'a pas eu le temps de terminer l'étude du contexte. Ses travaux furent repris par le philosophe anglais du langage, Herbert Paul Grice (1913-1988). « Quand on parle, dit Grice, on dit toujours plus que ce qui provient des simples sonorités[2]. Car à chaque parole dite vient s'ajouter toute une série d'autres choses, des signaux pensés et intégrés[3]. »

En rentrant à la maison, mon fils s'aperçoit soudain qu'il a oublié son cahier à l'école. Ma première réaction est de dire : « Génial ! » Oskar, qui a maintenant six ans, sait non seulement comment on utilise un marteau mais encore que « génial » n'est pas ici un compliment mais une critique. Nous sommes obligés de faire demi-tour. Ce qui est important dans l'utilisation du mot « génial », ce n'est pas sa signification mais son utilisation ironique. Et c'est le contexte qui dit que c'est l'ironie qui a ici le premier rôle.

Il est intéressant de remarquer que l'importance du contexte ne se limite pas à l'utilisation des mots et des phrases mais qu'elle est aussi valable pour le langage du corps et pour les gestes. Imaginez que vous êtes dans un restaurant et que le client à la table à côté mastique, la bouche ouverte, en faisant du bruit. Un autre client se lève alors pour aller aux toilettes. Il voit l'individu à côté de vous en train de mâcher bruyamment ; il vous adresse un regard, fait une mimique avec les lèvres en haussant les sourcils. Vous lui répondez par un petit signe de tête complice.

Durant toute cette scène, aucune parole n'a été échangée. Mais ce que le client qui était debout a voulu vous signifier était parfaitement clair. Avec son regard et la mimique de sa bouche, il a dit : 1) qu'il a bien vu aussi le goujat ; 2) que cela le dérange ; 3) qu'il part du principe que cela vous gêne aussi. Et à votre sourire il a bien vu que vous l'aviez compris et qu'il ne s'était pas trompé dans sa supposition. Aucun de ces signaux n'est clairement défini. Un regard peut dire beaucoup de choses, un sourcil qui se lève aussi. Et pourtant vous vous comprenez – autant sur le spectacle offert par le goujat que sur le contexte induit.

Le langage du corps et des gestes est d'une importance capitale dans la compréhension humaine. Une fois encore, Wittgenstein a bien cerné les choses au moment où il écrivait dans son *Grand Tapuscript* de 1933 : « Ce que nous appelons "signification" doit être mis en rapport avec le langage primitif des gestes (langue des signes). » De nombreux scientifiques, et parmi eux Michael Tomasello (né en 1950), codirecteur à l'institut Max-Planck du service d'anthropologie évolutionnaire à Leipzig, partent désormais de l'hypothèse que l'évolution particulière du langage chez les humains ne s'est pas faite au début par les sons mais par les signes et les gestes[4].

Si Tomasello a raison, nos ancêtres dans la savane ont d'abord développé un langage complexe fait de grimaces, de signes et de gestes. On peut supposer qu'ils allaient beaucoup plus loin que les chimpanzés et les gorilles. Plus ils devenaient intelligents, plus les contextes induits devenaient compliqués. Un chimpanzé qui montre un point d'eau signale ainsi la présence d'eau. Mais un ancêtre humain pourrait déjà avoir voulu dire bien davantage, par exemple : « J'ai soif ! » Ou bien : « J'ai besoin d'eau ! Vous pourriez aller m'en chercher ? »

Pour Tomasello, le langage des gestes représente la plateforme psychique qui a servi de base aux six mille langues actuelles. Ce n'est pas le langage des sons qui a ensuite engendré le trésor de significations de notre pensée. C'est, au contraire, le trésor de significations de notre pensée qui s'est servi du langage des sons comme d'un moyen supplémentaire. On a commencé par montrer les choses avant de mettre des sons dessus. Le fait de pouvoir constituer, à partir d'une cinquantaine de sons formés avec la langue et le palais, un vocabulaire de plus de cent mille mots, est une chose extraordinaire qui a donné des ailes à la pensée. Mais nous ne devrions pas sous-estimer pour autant le langage humain des gestes. Aujourd'hui encore il est beaucoup plus complexe que celui des singes. Quand on regarde quelqu'un qui imite un guitariste, on voit que les humains singent beaucoup mieux que les singes !

Ce qu'il y a de singulier dans le langage des gestes est le sous-entendu : une mimique ou un geste n'est pas le fait du hasard mais provient d'une *intention.* Comprendre une langue est toujours synonyme de comprendre une intention. Qu'il s'agisse d'un sourcil levé, d'un index pointé, d'un rire ou d'une phrase, la question est toujours la même : quelle est l'intention cachée derrière ?

La plus grande différence dans les intentions entre les grands singes et les humains se situe sans doute dans l'ampleur des aides et des recours. Quand un bébé chimpanzé a soif, un chimpanzé femelle ne va pas pour autant lui montrer le chemin jusqu'au point d'eau. Pour reprendre les termes de Tomasello : « Les chimpanzés ne s'aident pas entre eux en donnant des indications sur ce qu'un autre voudrait savoir. Si le chimpanzé femelle ne dit rien au bébé chimpanzé, c'est tout simplement que cela ne fait pas partie de ses motivations de communication d'informer ses congénères de façon secourable. À l'inverse, les motivations humaines de communication sont foncièrement basées sur la coopération[5]. »

Celui qui, comme l'homme, éprouve le besoin de communiquer une foule d'intentions ne peut pas le faire sans se montrer en même temps coopératif. Pour réaliser mes propres intentions, il me faut connaître et comprendre les intentions d'autrui. Il suffit même parfois d'exprimer un souhait pour que les autres se décident à faire quelque chose pour moi. En outre, les humains peuvent provoquer une chose aussi grandiose qu'un « sentiment du nous » conscient. Les humains formulent des intentions communes, des objectifs communs, des convictions et des conceptions du monde communes.

Les découvertes des anthropologues du langage auraient fait sauter de joie un Piotr Kropotkine – on peut difficilement imaginer un animal plus coopératif que l'homme. Par le simple fait de nous entendre de façon complexe, nous sommes généralement obligés de nous comprendre sur bien des points, les exceptions ne faisant que confirmer cette règle.

Dans la vie, de nombreuses choses n'ont de valeur que parce qu'elles reposent sur des accords qui passent par le langage. Que vaudrait un billet de banque si l'on ne s'était pas entendu auparavant sur son importance symbolique ? Et qu'est-ce que le mariage, si ce n'est un accord formulé par le langage ? Certaines communautés, qui forment officiellement une « famille », ne se comportent pas comme on l'attendrait d'une famille. D'autres, qui juridiquement ne sont pas une famille, répondent aux attentes d'une famille. Nous nous sentons liés aux personnes qui partagent les mêmes valeurs et les mêmes convictions politiques que nous. Même s'il est possible que nous ne les supporterions pas si nous les connaissions personnellement. Par le biais de ces conventions et de ces institutions, nous faisons comme si ces choses existaient vraiment. L'argent, le mariage, la famille ou la conception du monde ne sont que des systèmes produits par le langage, avec des règles du jeu propres et qui engagent les parties prenantes.

Par le langage, les hommes jouent les uns avec les autres une partie d'échecs hautement sophistiquée. Et, de ce fait, la communication, la coopération et la morale sont liées de façon indéfectible. Même le plus grand égocentrique ne peut s'y soustraire. Quelles que soient les décisions qu'il prend dans sa vie, il prend nécessairement part à ce jeu. Pour reprendre la phrase du philosophe Paul Watzlawick : « On ne peut pas ne pas communiquer. »

Au cours de l'évolution de l'homme, on peut penser que la formation d'un langage complexe est étroitement liée aux exigences du comportement social au sein du groupe ou de la horde. De ce fait, la morale et le langage sont inextricablement liés. Plus la langue pouvait devenir abstraite, plus la morale pouvait le devenir aussi. On pouvait ainsi établir des règles, des rites, et formuler des normes. C'était la supposition faite, il y a quarante ans déjà, par le paléoneurologue américain Harry Jerison de l'université de Californie à Los Angeles, qui disait que c'était ce lien qui avait sans doute aidé l'être humain à parvenir à un stade d'intelligence sans précédent[6]. L'énorme croissance du cerveau humain est pour Jerison le résultat d'une corrélation avec les exigences du comportement social et l'explosion de différenciations langagières qui en a résulté.

Les codes primitifs et mutuels pour s'aider les uns les autres ont donné naissance à un trésor d'expériences communes. Celui-ci a rendu nécessaire l'élaboration d'un langage complexe. Et le langage, à son tour, a largement influencé notre comportement social en favorisant du même coup la croissance du cerveau.

L'hypothèse de Jerison est aujourd'hui partagée par de nombreux scientifiques (même si certains n'y adhèrent toujours pas). Elle a été reprise et complétée dans les années 1990 par Terrence Deacon, professeur d'anthropologie biologique et de neurosciences à l'université de Californie à Berkeley[7]. Les théories plus anciennes qui voulaient que la croissance du cerveau de nos ancêtres soit liée à l'usage des outils ou même à la consommation de viande ont largement perdu du terrain. Elles ne sont pas totalement fausses pour autant. Mais la technique, la chasse et les changements des modes alimentaires n'ont plus désormais le rôle principal qu'on leur attribuait autrefois.

Quoi qu'il en soit, c'est toujours un mystère, et l'on ne sait pas expliquer pourquoi la taille du cerveau humain a été multipliée par trois au cours d'une période remontant à deux millions et quatre cent mille ans. Mais, parmi tous les facteurs qui pourraient en être la cause, il se pourrait que notre comportement social, notre langage et notre morale aient joué un rôle décisif. Dans cette perspective, le mot « humanité » prend un sens tout particulier. Il soude notre genre biologique à notre capacité à développer une morale. De ce fait, être un homme veut dire : être une créature fondamentalement morale.

Il est impossible de dissocier le développement de l'intelligence humaine du développement de notre comportement social. Plus nos ancêtres ont développé des intentions et des interprétations variées, plus ils semblent s'être montrés coopératifs. À partir d'un certain moment, c'est le langage des sons qui a réglé ce jeu compliqué en fixant certains types de messages. Mais on est aujourd'hui encore incapable de fixer ce moment dans le temps et dans l'espace.

Jusqu'à il y a une quinzaine d'années, de nombreux experts du langage supposaient que le langage des sons était une conquête relativement récente de l'être humain. Ils se fondaient sur les recherches du linguiste et neuroscientifique anglais Philip Lieberman[8]. Ce dernier avait expliqué, à la fin des années 1960, que les Néandertaliens étaient tout aussi peu doués pour la langue que les chimpanzés. La position du larynx et de la langue bloquait, selon lui, toute expression différenciée de sons. Mais, aujourd'hui, les suppositions de Lieberman sont battues en brèche. Le larynx et la langue n'empêchent pas du tout les chimpanzés de parler de façon différenciée. Désormais, ce que l'on retient comme un indice important de l'avantage humain, c'est la technique avec laquelle nous contrôlons notre souffle en parlant[9]. Un art dont ne disposent pas les autres singes. Quant à savoir à quel moment nous sommes devenus des artistes du souffle, voilà qui reste de l'ordre de la spéculation.

Que ce soit depuis deux millions ou quelques centaines de milliers d'années, les hommes peuvent ainsi, grâce à leur langue différenciée, non seulement exprimer des avis mais encore en changer. Même les scientifiques qui considèrent l'intelligence des animaux de façon très optimiste pensent que ceux-ci ne sont pas capables d'attribuer à un seul et même objet des perspectives différentes (sans parler des intentions). Même les mensonges sont grandement facilités par le langage des sons. Il est en effet beaucoup plus facile de mentir avec des mots qu'avec des gestes. Mais on peut néanmoins douter de l'affirmation de Tomasello, qui dit que c'est l'homme qui a apporté le mensonge dans le monde. D'autres experts du comportement considèrent que les corneilles se leurrent les unes les autres et que les chimpanzés se « mentent » sans vergogne avec les gestes.

Le langage nous donne des possibilités extraordinaires de nous exprimer, de formuler des avis, de développer l'art de l'autoreprésentation, de la tromperie – avec même la capacité de se tromper soi-même. Nos ancêtres ont eu besoin de millions d'années pour développer ces aptitudes. En revanche, un nourrisson n'a besoin que de deux ans pour assimiler de façon intuitive tout ce dont il aura besoin plus tard pour s'exprimer de façon différenciée. L'art à la base de tout cela est en tout point impressionnant. À partir de l'âge de six mois, nous apprenons en seulement un an et demi à traduire en pensées nos émotions de la toute première enfance.

La condition nécessaire à cette aptitude est le partage d'expériences avec la personne de référence la plus proche. Il n'en a pas été différemment avec nos ancêtres, quand ils cherchaient à apprendre certaines choses dans la forêt et la savane. Si chez les insectes des substances odorantes suffisent à une « compréhension » instinctive, chez les hommes la communication commence lorsque l'instinct seul ne suffit plus. Les signaux psychologiques se sont transformés en symboles corporels et sonores : en gestes et en sons. Pourtant, le langage n'est absolument pas une chose technique automatiquement attribuée à chaque individu en vertu de son patrimoine génétique. Ce point de vue, soutenu en son temps par le linguiste américain Noam Chomsky (né en 1928), est aujourd'hui largement contredit par la psychologie de l'évolution[10]. La formation du langage et de la pensée chez chaque nourrisson est en grande partie une question d'intimité, d'attention et d'empathie. Un enfant qui a été rudement négligé aura une vie beaucoup plus difficile qu'un enfant qui aura été entouré d'attention.

Sentir, penser et parler – mais aussi la morale, comme je vais le montrer par la suite – sont une conséquence de notre comportement social, et donc de notre réseau d'expériences dans la horde des primates. Au début de l'évolution de notre intelligence sociale, on trouve l'observation et le jeu de signaux émotionnels, comme un sourire qui déclenche un sourire. Ces signaux jouent encore un rôle très important chez les adultes : ils sont bien ou mal perçus. Nous ne jugeons pas autrement de situations sociales complexes.

La morale est la conséquence d'une communication de groupe sur fond de partage. Notre intelligence sociale et notre langage vont donc de pair. Tout laisse supposer que notre langage des sons différencié est issu d'un langage des gestes extrêmement différencié. Les hommes sont des êtres socialement intelligents, capables de reconnaître les intentions d'autres hommes et de se caler sur eux. Nous sommes capables de nous mettre d'accord par le biais de la parole et de nous référer à des intentions et des perceptions communes.

Mais comment faut-il se représenter ce rapport entre horde, langage et comportement social pour que cela se développe au point de donner naissance à la Déclaration des droits de l'homme, au Code civil, au code de la route ou aux lois fiscales ? Pour répondre à cette question, il est nécessaire d'en savoir plus sur notre héritage animal, sur les racines du bien et du mal chez nos plus proches parents. En d'autres termes : les singes sont-ils bons, méchants… ou rien du tout ?

• *L'animal qui sait pleurer*. Nature de la psychologie

L'animal qui sait pleurer

Nature de la psychologie

> La nature, lorsqu'elle a formé l'homme pour la société, l'a doté du désir originel de plaire à ses frères et de la crainte originelle de les offenser. Elle lui a appris à sentir du plaisir ou de la douleur lorsque leurs regards étaient favorables ou défavorables.
>
> Adam SMITH

Quel est le rapport entre l'*homo sapiens* et le Saint Empire romain germanique ? Au premier abord, il ne semble y en avoir aucun. Pourtant, tous deux ont en commun de porter un nom qui ne leur convient pas. Le Saint Empire romain germanique n'était, d'après une géniale remarque de Voltaire, ni saint ni romain – et il n'était pas non plus un empire mais un agglomérat de petits États, duchés, comtés, villes, etc.

Au fond, n'en est-il pas de même avec l'*homo*

sapiens ? Sommes-nous vraiment des individus aussi judicieux que le proposait le naturaliste suédois Carl von Linné en 1776 dans la douzième édition de son système de la nature ? Si nous ne sommes pas marqués par la sagesse, nous appartenons tous à l'espèce *homo* : nous sommes des êtres humains. Mais il n'est pas facile de dire ce qu'est un être humain.

L'homme, ou l'être humain, n'existe pas au singulier, comme on peut dire qu'existe le lucane ou la couleuvre flèche. Lorsque Linné nous a rangés dans la catégorie des singes, il ne pensait pas à un individu en particulier. « L'homme se connaît suffisamment lui-même » (« *Homo nosce te ipsum* »), faisait-il remarquer, laconique. Le botaniste anglais William Thomas Stearn, célèbre pour ses recherches sur les lis, remédia à ce problème en prenant un exemple zoologique précis. Il déclara en 1959 que le squelette de Linné conservé dans la cathédrale d'Uppsala était un lectotype, un exemple remarquable de notre espèce. On connaît bien la vie de Linné. Mais dire qu'il est le prototype de la pensée humaine est un peu exagéré. Pour déterminer ce qu'il y a de typique de notre espèce dans notre comportement, il faut emprunter d'autres voies. Je proposerais de dire que l'homme est le seul animal qui peut décider en toute conscience d'agir de façon immorale ! Il n'est pas le seul animal qui rit – même les chimpanzés savent rire. Mais il est sans doute le seul animal qui éclate de rire. Et on peut supposer que les humains sont aussi les seuls animaux qui peuvent haïr leurs propres congénères : des humains qui sont différents d'eux, des humains qui ont une autre couleur de peau, des humains qui croient à autre chose, des humains qui possèdent davantage, des humains qui vivent dans d'autres pays ou d'autres cultures.

Il n'est pas facile de dire pourquoi il en est ainsi. On pourrait trouver un indice dans le fait que l'être humain est l'animal dont la capacité de bonheur est la plus courte. C'est un animal qui ne cesse d'être tyrannisé par son énorme cerveau et par le flot incessant de ses pensées. Il est le seul animal qui pleure. Le seul animal qui envie l'autre, en veut à l'autre et regrette. Le seul animal à se sentir coupable. Le seul animal qui peut désespérer de lui-même. Le seul animal capable de se tuer[1].

À l'inverse, l'être humain est sans doute le seul animal qui peut décider sciemment d'être moral. L'« humanité » : d'un point de vue objectif, ce mot englobe toutes les qualités de l'être humain, son amour comme sa haine, son attention comme son envie, son empathie comme son indifférence au sort des autres. En revanche, d'un point de vue subjectif, les érudits du XVe siècle avaient déjà transformé l'*humanitas* en une valeur positive. Seule la part sociale de nos aptitudes devait déterminer ce qu'être un vrai homme veut dire. À partir de là, on pouvait même être plus ou moins homme, suivant le degré de bonté que l'on portait dans son cœur. Ceux qui estimaient et aimaient les autres, les encourageaient et les soutenaient étaient plus humains que ceux qui ne le faisaient pas.

Il est assez épuisant pour la pensée de se dire que l'« humanité » doit toujours être deux choses à la fois : la définition de notre espèce et la capacité à être moral et aimable. Elle paraît même carrément bizarre à un certain nombre de gens quand ils considèrent l'histoire sanglante de l'humanité, justement. D'un autre côté, il est étonnant de voir comme les gens s'entendent plutôt bien au quotidien. Quand avez-vous frappé quelqu'un pour la dernière fois ? Quand avez-vous été attaqué par surprise ? Quand vous a-t-on volé pour la dernière fois votre repas et quand vous a-t-on violemment pris votre partenaire sexuel ?

Nous sommes en effet une espèce singulière : d'un côté, l'homme est la créature la plus brutale et la plus cruelle qui soit. À presque toutes les époques, la torture et les meurtres, les pogroms et les génocides, les massacres et les guerres ont existé. D'un autre côté, ces mêmes créatures arrivent assez bien à s'entendre, en règle générale : elles se saluent, ne se cognent pas, sont aimables les unes avec les autres et aiment bien rire ensemble. Et elles ne font pas ça parce qu'elles redoutent d'être punies. Presque tout le monde accepte de s'arrêter au feu rouge en se disant que des enfants peuvent traverser. Et ce qui nous empêche d'ignorer ce signal n'est pas la peur d'aller en prison.

Il n'est guère possible de décrire de façon scientifique et objective l'être humain et sa morale. Nous nous rendons compte qu'il y a un grand nombre d'accords et de similitudes entre les hommes et entre les cultures. Mais il est très difficile de faire exactement la part de ce qui est fixé de façon génétique et de ce qui est transmis de façon culturelle. Il n'est pas nécessaire que tout ce qui paraît commun à tout le monde soit codifié de façon biologique. Il est possible qu'il y ait eu des évolutions parallèles pour des raisons psychologiques. La philosophe américaine Martha Nussbaum (née en 1947) de la Chicago Law School déclare ainsi qu'il y a peut-être un seul critère qui détermine de façon effective ce qu'est un être humain. C'est le fait qu'« en dépit des nombreuses différences de temps et de lieu nous nous *reconnaissions* les uns les autres comme des humains[2] ».

Ce qu'est un être humain est donc une perception par le regard de l'autre. C'est là une grave hypothèque pour une définition générale de la nature humaine et surtout de sa « moralité ». Les hommes sont marqués par la culture mais individualisés par leur caractère. Personne n'est exactement semblable à l'autre. Mais on peut supposer malgré tout qu'il existe un certain nombre de structures permettant aux hommes de se reconnaître comme tels. Des structures qui sont sans doute une part de notre héritage biologique.

Mais comment reconnaît-on l'héritage biologique ? Pour répondre à cette question, les chercheurs ont généralement recours à deux méthodes. Soit ils étudient différentes cultures et cherchent à repérer ce qui est analogue ou très semblable. Soit ils se penchent sur nos parents les plus proches, les singes et en particulier les grands singes, notamment les chimpanzés et les bonobos. Si les animaux ne sont pas des hommes, il reste que les hommes sont bien des animaux. À un moment donné, il y a peut-être six millions d'années, nous partagions avec eux nos derniers ancêtres communs. Même si nous ne parvenons pas à trouver chez les chimpanzés et les bonobos la présence d'une morale comparable à la nôtre, ces animaux pourraient quand même nous donner de précieux indices.

On retrouve bien entendu chez les grands singes la même difficulté que celle que nous avons rencontrée avec les hommes. *Le* chimpanzé et *le* bonobo n'existent pas. Chacun est différent et possède son propre caractère. Ceux qui ont lu les livres de Jane Goodall, qui a passé plus de quarante ans avec les chimpanzés en Tanzanie, connaissent le « sage » David Greybeard, Merlin le « névrotique » et M. McGregor le « querelleur ». Des singes dont « l'expression du visage ou le comportement rappelaient ceux des hommes[3] ». Nous connaissons aussi chez les chimpanzés et les bonobos une sorte de comportement moyen que nous déduisons de ce que l'on peut partager avec eux.

Les singes n'ouvrent pas d'hôpitaux, ne fondent pas d'organisations caritatives et ne récoltent pas de dons pour les bonnes œuvres. Pourtant ils connaissent l'entraide, l'attention à l'autre, et ils ont le sens de la communauté. Les observations faites par les primatologues au cours des trente dernières années sont frappantes à ce sujet : les cercopithèques poussent des cris d'alarme quand ils repèrent un prédateur, même s'ils se mettent ainsi en danger. Les gibbons, les singes capucins et les chimpanzés autorisent certains congénères à partager leur nourriture. Les femelles macaques s'occupent des petits qui ont été attaqués par des membres du groupe, même s'ils ne sont pas à elles. Même les langurs et les singes hurleurs passent beaucoup de temps à s'occuper des enfants d'autres mères. On a vu des bonobos soigner des congénères blessés. Des chimpanzés en cage peuvent aider leurs soigneurs, même s'ils n'en attendent aucune compensation[4].

Kropotkine serait donc ravi. En revanche, il aurait sans doute été gêné par l'interprétation que font de nombreux biologistes de ces comportements. Pourquoi les singes sont-ils prêts à aider les autres ? Pourquoi se comportent-ils parfois de façon altruiste ?

Au sens biologique, l'altruisme est un comportement qui coûte davantage qu'il ne profite à celui qui en est l'auteur, et est utile à celui à qui il s'adresse. À première vue, un tel comportement est un mystère pour les biologistes. Depuis les années 1960, de nombreux biologistes de l'évolution supposent en effet que tout comportement manifesté par un animal doit obligatoirement lui apporter un *avantage*[5]. Sous l'emprise du sombre pouvoir de ses gènes, l'animal est surtout poussé à l'accouplement. C'est la seule façon pour lui de remplir son devoir biologique et de transmettre son patrimoine génétique. En revanche, le comportement altruiste n'est pas prévu dans ce monde – à moins que l'altruisme, en fin de compte, n'apporte aussi des avantages.

On peut envisager deux possibilités. Le premier avantage serait le principe de la réciprocité : « Je fais le bien pour toi afin que tu fasses le bien pour moi ! » Le biologiste de l'évolution américain Robert Trivers (né en 1943), aujourd'hui professeur à la Rutgers University, dans le New Jersey, a appelé ce principe, en 1971, l'« altruisme réciproque[6] ».

Les singes remplissent toutes les conditions pour pratiquer ce genre d'« altruisme réciproque ». Mais le font-ils souvent ? Personne ne connaît la réponse. Aucun chercheur n'a passé suffisamment de temps avec les singes en liberté pour voir si un singe qui donne quelque chose exige effectivement une compensation de l'autre, et s'il l'obtient. À première vue, un bon exemple d'aide réciproque est l'épouillage. Les singes passent dix à vingt pour cent de leurs journées à s'épouiller les uns les autres et à se débarrasser de leurs parasites. Mais on ne peut pas parler d'un rapport de réciprocité. Ce n'est pas parce qu'un singe va en épouiller un autre qu'il sera épouillé par ce dernier. Certains chercheurs estiment que la contrepartie est l'acceptation, la protection ou le sexe. Mais on ne peut pas l'affirmer non plus de façon catégorique[7].

Le second avantage serait une utilité pour le groupe. Le cercopithèque qui avertit les autres du danger augmente le risque pour sa vie, mais diminue en même temps celui pour les autres membres du groupe. Chez les animaux qui vivent en groupe, il existe presque toujours d'étroites relations de parenté. Le cercopithèque qui avertit ses parents, ses frères et sœurs, ses enfants avertit en même temps une partie de ses propres gènes.

La théorie selon laquelle notre sympathie est proportionnelle au degré de parenté a été défendue par le grand biologiste de l'évolution John Burdon Sanderson Haldane (1892-1964). Ce chercheur était célèbre pour son originalité, sa sagacité et son humour. Son ami Aldous Huxley lui fit l'honneur de le prendre comme modèle du héros de son roman *Antic Hay* sous le nom de Shearwater. Haldane fut le premier à reconnaître l'énorme importance de la parenté dans le monde animal. Mais il était en même temps assez avisé pour savoir qu'on ne peut pas prévoir de façon mathématique et précise l'inclination pour les membres de sa famille, ni chez les hommes ni chez les animaux. Un jour, dans un bistrot, il dessina un diagramme de sa famille sur le dos d'une enveloppe et dit qu'il ne sacrifierait jamais sa vie pour sauver son frère. La parenté génétique ne dépasse pas les 50 %. En revanche, il se sacrifierait tout de suite pour sauver deux frères ou huit cousins (parenté génétique : 12,5 %). Ces équations donneraient 100 %. Et cela permettrait de compenser la perte de ses propres gènes[8].

Étonnamment, quelques années seulement après sa

mort, un homme décida de prendre très au sérieux ces joyeux calculs mathématiques sur la parenté. Peu de temps avant la mort de Haldane, en 1964, William Donald Hamilton (1936-2000) inventa la règle qui porte son nom sur la sélection par parenté et la théorie concomitante de l'« aptitude globale[9] ». Pour résumer sa théorie, on peut dire que les animaux ne s'occupent pas seulement d'eux-mêmes mais aussi de la reproduction de leurs gènes chez leurs parents les plus proches, exactement comme l'avait calculé Haldane sur son enveloppe.

Ce qui arriva ensuite fut incroyable. Pendant trente ans, les scientifiques n'ont cessé de chercher ces deux explications. S'ils découvraient un comportement altruiste chez les singes ou d'autres animaux, ils en déduisaient aussitôt : 1) soit que le comportement altruiste servait aussi en retour l'animal qui aidait ; 2) soit – si un tel profit n'était pas décelable – que ce comportement était propice à l'aptitude globale du groupe.

De cette façon, les primatologues ont surtout étudié le rapport entre altruisme et parenté. Ce qui ne correspondait pas à ce schéma était souvent ignoré ou contesté. Ce n'est qu'au cours des dernières années que quelques chercheurs sont parvenus à se défaire du carcan de ces dogmes. Ils ont développé de nouveaux modèles et ont concédé qu'il y avait vraisemblablement plus de motifs de coopération chez les singes que le seul avantage direct ou l'avantage indirect pour les membres d'une même famille.

L'une des principales objections que l'on peut faire à la règle de Hamilton fixant l'avantage exactement calculé pour les membres d'une même famille, c'est que très souvent elle ne marche pas. Le comportement des êtres vivants ne peut être prévu de façon mathématique et exacte. Certains singes ont des comportements qui ne sont absolument pas propices au développement de l'aptitude globale de la horde. Certaines mères tuent leurs petits. Et dans certains cas, rares il est vrai, certains petits se tuent entre eux. La concurrence entre mâles d'une même famille peut aussi causer des blessures graves et même entraîner la mort. La lutte pour la nourriture, même face aux parents ou aux frères et sœurs, est une pratique courante parmi les singes. En outre, de nombreux singes vivent dans des hordes qui ne sont pas seulement composées de membres d'une même famille mais qui intègrent des animaux génétiquement étrangers à la horde. Or un mâle qui défend son groupe ne fait pas de différence sur ce point et défend les uns comme les autres[10].

De nombreux comportements à l'intérieur d'un groupe ont sans aucun doute, chez les singes, une fonction qui vise à optimiser l'aptitude globale. Les mères s'occupent de leurs petits ; chez les siamangs et les singes hiboux, c'est aussi le rôle du père. Chez les callitrichidés d'Amérique du Sud, les aînés aident également les parents. Pour l'histoire de l'évolution de l'homme, les groupes de chimpanzés ne manquent pas non plus d'intérêt. Beaucoup d'animaux passent presque toute la journée ensemble, ils chassent ensemble, s'épouillent, partagent leur nourriture et ils partent ensemble en patrouille[11].

Les ouistitis à toupet blanc (*callithrix jacchus*) sont sur ce point particulièrement intéressants. Le primatologue hollandais Carel van Schaik et sa collègue suisse Judith Burkart de l'université de Zurich ont fait des découvertes sensationnelles[12]. Ces petits singes ne font pas seulement preuve d'un comportement coopératif. Ce dernier est aussi parfois totalement désintéressé, au service de l'aptitude globale du groupe. Ces animaux procurent de la nourriture à d'autres animaux, même s'ils ne restent rien pour eux. Considérés comme des *cooperative breeders* par Carel Van Schaik, dans la mesure où tous les membres du groupe s'occupent ensemble de la progéniture, ils porteraient dans leurs gènes cette attention désintéressée au groupe.

En revanche, d'autres comportements ne permettent pas de faire le calcul précis de ce qui est à l'avantage ou au détriment de l'individu ou du groupe. Un bel exemple nous est donné par la résolution des conflits et des disputes. On a vu des femelles de différentes espèces se mêler, au risque de leur vie, à des conflits entre membres d'une même horde, que ces derniers leur soient apparentés ou non[13].

En 2009, des chercheurs de l'institut Max-Planck de Leipzig spécialisés en anthropologie de l'évolution ont fait une découverte spectaculaire dans le parc national de Taï en Côte-d'Ivoire[14]. Freddy, un chimpanzé mâle, s'occupait avec amour d'un petit chimpanzé orphelin avec qui il n'avait aucun lien de sang. Il lui donnait à manger, le câlinait et l'épouillait. Les chercheurs découvrirent en tout dix-huit cas semblables où de petits singes étaient « adoptés » par d'autres membres de la horde.

De toute évidence, nos plus proches parents du monde animal ne se comportent pas toujours en fonction de calculs génétiques, comme voudraient nous le faire croire leurs plus proches parents du monde humain (Les prétendus mâles chercheurs, dans le cas qui nous occupe !). Lorsqu'une théorie et une observation se rencontrent et que le son est creux, ce n'est pas forcément la faute de l'observation. « Le côté mesurable du monde n'est pas le monde ; il est le côté mesurable du monde[15] », nous dit le philosophe allemand Martin Seel. Les biologistes qui observent le comportement des grands singes ne sont pas obligés de se concentrer uniquement sur les chiffres, les formules et les tableaux ; ils doivent aussi prendre en compte la psychologie individuelle.

Les singes sont des caractères. Et, comme les caractères humains, ils ne se comportent pas toujours de façon prévisible. Les singes sont eux aussi capables de *juger* les actions des membres de leur horde. Dans l'univers des singes, il semble qu'il y ait aussi des valeurs. Comment est-ce possible ? Les singes ne pouvant formuler leurs valeurs, ils ne peuvent les exprimer clairement ni à eux-mêmes ni aux autres. Alors comment prennent-ils leurs décisions ? Comment les singes font-ils pour évaluer une situation ? Et selon quels critères non écrits jugent-ils des intentions d'autres singes ?

Presque tous les primatologues sont d'accord pour dire que même les grands singes ne sont pas en mesure de tout calculer de façon rationnelle. Les bonnes actions ne sont pas enregistrées pour être ensuite rendues par un nombre identique de bonnes actions. On peut donc penser que ce n'est pas la *somme* des actions d'un autre animal qui est prise en compte, mais les *intentions* supposées. Tout laisse à penser que les grands singes savent faire la différence entre des congénères bien intentionnés et des congénères mal intentionnés. Ils ont un comportement plus complexe que le simple compte d'apothicaire : « Tu m'as gratté trois fois le dos, je vais te gratter trois fois le dos ! » Si l'on veut continuer à utiliser le calcul coût/utilité élaboré par les biologistes de l'évolution, il faut y intégrer les émotions et les intentions.

La partie d'échecs qui se joue entre les grands singes n'est pas de l'ordre du simple « œil pour œil, dent pour dent ». On ne fait pas qu'échanger des pions contre des pions, des fous contre des fous. Ce qui est important, ce sont aussi les positions stratégiques occupées sur l'échiquier. Le jeu se fait à long terme et considère à chaque nouveau coup, de façon sans doute intuitive, le cours de la partie. Pour ce faire, une chose est sûre : il faut connaître les intentions du joueur en face de soi.

Les primatologues ne sont pourtant pas unanimes et se demandent dans quelle mesure les grands singes peuvent se faire une idée des intentions des autres membres du groupe. Le principal argument qui nous fait dire que les grands singes décryptent les intentions nous est donné non par une preuve positive mais par une preuve négative. Comment les grands singes pourraient-ils en effet jouer une partie d'échecs aussi compliquée au niveau social, s'ils étaient incapables de reconnaître, de prendre en compte et parfois de prévoir les intentions des autres ?

On ne sait presque rien sur les motivations qui, au-delà d'un comportement purement utilitaire, dictent la conduite des chimpanzés, des bonobos, des gorilles et des orangs-outans. Les hordes de grands singes ont-elles un « sentiment du nous » ? Avons-nous des preuves certaines que des membres d'un groupe ont été châtiés parce qu'ils avaient enfreint les règles du jeu de la communauté ? Disposons-nous d'indices, même rudimentaires, pour dire qu'il existe des normes, c'est-à-dire un sentiment partagé par le plus grand nombre et qui dit ce qu'il est bon de faire ou non ? Autant de questions sur lesquelles les primatologues vont devoir se pencher à l'avenir avec plus d'insistance qu'ils ne l'ont fait jusqu'à présent.

Quand on observe les singes et particulièrement les grands singes, le simple calcul coût/utilité élaboré en général par les biologistes dans la vie sociale des animaux perd de sa pertinence. Les singes ne sont pas des bêtes qui ne pensent qu'à la survie de leurs gènes. La possibilité de développement psychologique est le sujet de recherche des deux célèbres anthropologues Robert Boyd et Peter Richerson de l'université de Californie à Los Angeles et Davis[16]. Depuis le milieu des années 1980, ils n'ont cessé de corriger l'idée que l'évolution de l'homme est une pure affaire de gènes. L'environnement d'un grand singe ou d'un homme primitif ne s'est jamais réduit à la nature. Il est aussi fait de contingences sociales. Ces dernières ne peuvent manquer de marquer la part affective et intellectuelle des individus et de favoriser le processus d'évolution. La complexité d'un cerveau de primate met à mal la rigueur de toute règle purement biologique, qui se trouve ainsi contournée, sapée, vidée de sa substance. Quelque chose de nouveau, d'unique entre ici en ligne de compte et modifie les lois de l'évolution.

La modification des possibilités d'expérience au niveau social a aussi un effet sur le patrimoine génétique. Si les gènes sont le moteur de notre évolution, il faut aussi considérer que notre comportement est le moteur de nos gènes. Or même si les indices de cette interaction sont multiples et pertinents, ils ont longtemps été ignorés ou réfutés. La généticienne américaine Barbara McClintock (1902-1992) a failli se discréditer complètement lorsqu'elle s'est opposée, dès les années 1940, aux dogmes en vigueur, selon lesquels le milieu ne pouvait avoir aucun effet sur les gènes[17]. Elle s'était rendu compte que de nombreux gènes pouvaient changer d'emplacement dans le patrimoine héréditaire humain à cause des diverses influences du milieu. Le chemin qui menait des gènes à la culture n'était plus une voie à sens unique. Mais il fallut attendre la fin des années 1980 pour avoir une preuve scientifique définitive. Le célèbre neurologue et prix Nobel de médecine Eric Kandel (né en 1929) a démontré que certains gènes régulateurs sont en effet influencés par l'apprentissage et le milieu[18]. Mais ces modifications sont-elles transmissibles par l'hérédité ? Il y a encore dix ans, aucun biologiste n'aurait osé envisager sérieusement une telle éventualité. Mais maintenant cela donne lieu à des controverses du plus grand intérêt[19].

Le degré d'influence entre le milieu et le patrimoine génétique fait partie des découvertes biologiques les plus importantes de ces trente dernières années. Mais il a fallu du temps pour qu'elles finissent par s'imposer. De nombreux biologistes refusaient d'admettre qu'il puisse y avoir une interaction entre les gènes et la psychologie. Il était beaucoup plus simple de continuer à croire que les gènes étaient le seul moteur de l'évolution. C'était un gage d'exactitude scientifique – mais qui menace désormais de disparaître[20].

Les idées et les productions culturelles se reconnaissent au fait qu'elles se répandent de façon totalement différente de celle des gènes. La différence entre une évolution biologique et une évolution culturelle peut se résumer en une phrase : *Les êtres vivants qui ont des intentions et qui savent les reconnaître se comportent différemment des êtres vivants qui ne savent pas le faire*. Le journaliste scientifique Richard Dawkins a dit, à tort, que les êtres vivants dépourvus d'intentions conscientes étaient des « machines génétiques », d'autant plus qu'il intégrait tous les animaux mais aussi les humains dans sa considération[21]. Or les êtres vivants capables d'intentions conscientes sortent de ce schéma. Leur intérêt dépasse nettement leur seule survie et leur reproduction. Ils ne monnaient pas leurs échanges de façon rigide mais utilisent une monnaie nouvelle : l'*attention* et la *reconnaissance*. Le prix d'un repas partagé peut être une tolérance, et le prix du sexe peut être un sentiment de protection.

Quand on regarde ce qui se passe en pleine nature et quand on observe les singes, on se rend compte que le comportement des êtres vivants doués d'une psychologie nuancée ne correspond pas à des règles purement biologiques. Même les grands singes transmettent de façon culturelle et non génétique une grande part de ce dont ils ont besoin pour survivre et se sentir bien. Les bébés orangs-outans apprennent grâce à leur maman comment reconnaître les plantes qui sont comestibles[22]. Même des comportements de réconciliation, de coopération et d'échange sont ainsi transmis de façon culturelle, sans être inféodés au seul patrimoine génétique. Certes les singes sont par nature attachés à leur reproduction et sont de ce fait portés à s'intéresser à leurs proches. Mais la distinction entre ce que l'on appelle « les proches » n'est pas fixée de manière rigoureuse. Ce sont là les premiers indices d'un espace « moral ».

Chez les singes rhésus, les chercheurs ont découvert des comportements totalement différents selon les groupes[23]. Dans l'un d'eux, le mâle dominant déterminait le rapport à l'intérieur du groupe et revendiquait toutes les femelles pour lui. Dans un autre groupe, au contraire, le mâle dominant ne s'occupait que de sa femelle préférée et laissait les autres femelles aux autres mâles. Il est intéressant de remarquer que ces règles du jeu chez les singes rhésus sont le fait d'un héritage culturel : elles ont été vues et recopiées. En effet, dix ans plus tard, alors que les mâles dominants avaient été depuis longtemps remplacés, les choses étaient restées les mêmes. Dans le premier groupe, on retrouvait un mâle autoritaire qui revendiquait l'exclusivité des femelles ; dans le second groupe, la vie continuait à se dérouler de façon aimable et « démocratique ».

Le développement des mammifères vers les singes, les grands singes et les humains a enrichi l'évolution de lois nouvelles. L'évolution génétique a été soutenue par une évolution culturelle. Les êtres vivants capables de reconnaître des intentions et de réagir à des intentions disposent, dans leur comportement, d'un espace psychologique. Plus cet espace devient compliqué, plus nous prenons de la distance par rapport à nos intérêts purement biologiques.

La psychologie des animaux supérieurs ou hautement développés a créé des espaces de liberté dans l'évolution culturelle. Il n'y a pas encore de relation très forte avec la morale dans le sens général et humain du terme. Par nature, les singes ne sont ni bons ni méchants, mais simplement – si l'on se fie aux règles de la morale humaine – rien du tout. Même si l'on découvre dans le monde animal des embryons de morale, cela ne veut pas dire pour autant qu'ils sont, toujours selon nos critères, moralement « bons » ou « mauvais ».

C'est la raison pour laquelle nous allons nous intéresser à un livre écrit en 1996 par un éminent primatologue, Frans de Waal. Il a intitulé son livre : *Good Natured. The Origines of Rights and Wrong in Humans and Other Animals. (Le Bon Singe : les bases naturelles de la morale).* Le sujet abordé par Frans de Waal se rapporte à l'une des questions les plus importantes de la philosophie de la morale. Pour savoir séparer le bien du mal, il me faut d'abord savoir les différencier. En d'autres termes, et dans une situation concrète : je dois savoir ce qui se fait et ne se fait pas. Mais comment le savoir ? De quelle façon la nature a-t-elle produit chez l'homme ce sentiment de justice ?

• *Les cris des capucins.* Le sens de la justice est-il inné ?

Les cris des capucins

Le sens de la justice est-il inné ?

L'université Emory dans le comté de DeKalb, près d'Atlanta, dans l'État de Géorgie, est un célèbre institut de formation pour les théologiens, les juristes et les managers. Fondée en 1836 par des méthodistes et agrandie ensuite par Asa Griggs Candler, le fondateur de la Coca Cola Company, elle fait partie du rêve américain, mélange de business et de religion. Au milieu des nombreux bâtiments néoclassiques d'un blanc immaculé et des pelouses impeccables, on trouve le *Psychology and Interdisciplinary Science Building*, un bâtiment flambant neuf datant de 2009. C'est l'une des rares universités dans le monde à héberger à la fois des psychologues, des comportementalistes, des spécialistes du cognitivisme et des neurologues. Mais la star de cet institut est un Néerlandais de soixante-deux ans aux cheveux blancs : Frans de Waal, le primatologue sans doute le plus célèbre du monde.

Quand on s'intéresse aux animaux, on en vient nécessairement à l'homme. Konrad Lorenz a parcouru ce chemin, tout comme Irenäus Eibl-Eibesfeld, Julian Huxley, Desmond Morris, Edward O. Wilson, Stephen Jay Gould, Jarde Diamond et bien entendu Frans de Waal. Parmi tous ceux que je viens de citer, il est de loin le plus pertinent, le plus curieux et le plus avancé dans ses recherches.

Dans les années 1970, ce Néerlandais moustachu n'était qu'un chercheur parmi d'autres. Même si, à la différence de Jane Goodall ou Dian Fossey, il n'étudiait pas les grands singes dans leur milieu naturel, il passait déjà pour l'un de leurs meilleurs observateurs. Ses recherches dans le zoo d'Arnheim sont devenues légendaires. Aujourd'hui, Frans de Waal est une sommité. Il est depuis vingt ans professeur à Atlanta, où il dirige le centre de recherche. Ses livres, traduits en plusieurs langues, ne cessent d'avoir du succès. Mais que nous disent-ils ?

Frans de Waal est un apatride dans les sciences, comme le furent en leur temps Karl Marx ou Sigmund Freud. Avant lui, il n'y avait aucune psychologie du singe digne de ce nom. Les comportementalistes étudient le comportement social des primates d'après les strictes règles biologiques édictées par Trivers et Hamilton. Quant aux philosophes, ils ne s'intéressaient absolument pas aux singes. « Qui comprend le babouin fera plus pour la métaphysique que John Locke », notait de façon prémonitoire le jeune Darwin dans son carnet, en 1838. Jusqu'à présent, Frans de Waal ne passe pas pour un philosophe. Il ne porte pas grand intérêt à une discipline universitaire qui se délecte du mot « Kant » mais qui n'a que répugnance pour le mot « babouin ».

Après sa thèse soutenue à l'université d'Utrecht sur les comportements agressifs et les alliances à l'intérieur d'un groupe de macaques, de Waal a observé pendant six ans les chimpanzés d'Arnheim[1]. Il a étudié les conflits et les stratégies de réconciliation, la répartition de la nourriture et les structures sociales. Il fut l'un des premiers biologistes à comprendre que des êtres vivants qui ont des intentions et qui savent les reconnaître chez l'autre se comportent de façon absolument différente de ceux qui n'en ont pas. Les grands singes qu'il a observés avaient une intelligence hors du commun. Ils étaient en mesure de se faire comprendre de façon très différenciée. Ils avaient le sens des règles du jeu social. Ils savaient se distinguer des autres et possédaient un « moi ». Et ils avaient une mémoire qui leur permettait de mettre en relation des événements du passé et du présent.

Il y a dix ans, Frans de Waal a commencé une série d'expériences qui allaient faire date. Son objet d'étude n'était pas cette fois le chimpanzé ou le bonobo, mais le singe capucin d'Amérique du Sud[2]. Pour les spécialistes, les singes du Nouveau Monde sont plutôt moins doués que les singes d'Afrique ou d'Asie. Mais les capucins sont une exception parmi les singes d'Amérique du Sud. Ces agiles habitants des forêts d'Amazonie ont une durée de vie particulièrement longue. Ils atteignent facilement cinquante ans comme les grands singes. La taille et le poids de leur cerveau sont exceptionnels. Leur vie sociale est pacifique et très complexe. Rien d'étonnant à ce qu'ils soient depuis très longtemps des amis de l'homme :

animaux domestiques, compagnons des joueurs d'orgue de Barbarie, stars de films et animaux de compagnie pour les personnes handicapées.

De Waal et sa collègue Sarah Brosnan divisèrent leur groupe de capucins en une suite de couples. L'objectif de l'expérience était ambitieux. Les êtres vivants qui savent reconnaître des intentions ont des *attentes*. Suivant ce que je fais, l'autre réagit de façon hostile ou amicale. En général, ces réactions ne me surprennent pas, je m'y attends plus ou moins. Quand je dis : « S'il te plaît ! » je peux davantage m'attendre à ce que ma demande soit satisfaite plutôt que si je hurle un ordre. Mais d'où viennent les attentes ? Les humains sont-ils les seuls à avoir des attentes ? Les singes en ont-ils aussi ? Et peut-on révéler des comportements d'attente lors d'une expérience avec les singes ?

Brosnan et de Waal voulaient savoir si les capucins attendaient qu'on les traite de façon équitable et *juste*. Pour ce faire, nos deux chercheurs provoquèrent les singes selon les règles de l'art. Ils traitèrent les animaux de façon différente, donnant la préférence à l'un et négligeant l'autre.

Au début, tout allait bien dans le monde des capucins. Les chercheurs jetaient des jetons dans la cage. Si les petits singes rendaient les jetons, ils recevaient en échange un morceau de concombre ou un grain de raisin. Les deux capucins étaient au départ récompensés de façon totalement identique.

Puis l'injustice s'installa. Dans un deuxième temps, l'un des deux recevait un morceau de concombre chaque fois qu'il rendait un jeton, alors que l'autre recevait systématiquement un grain de raisin nettement meilleur. Celui à qui l'on ne donnait chaque fois qu'un morceau de concombre pouvait voir que son compagnon était bien mieux traité que lui, à qui l'on ne donnait jamais de raisin.

Qu'arriva-t-il alors ? Au bout d'un moment, le singe qui ne récoltait que des morceaux de concombre n'eut plus envie de jouer et laissa les jetons dans sa cage. Il devint plus agacé encore quand il se rendit compte que l'autre avait droit à des grains de raisin « de façon gratuite », sans être obligé de faire quoi que ce soit. À ce moment, le singe lésé se mit à pousser des cris sauvages ; il jeta tous ses jetons hors de la cage sans même accepter les morceaux de concombre qu'on lui tendait.

Comment un morceau de concombre qui, au début, avait quand même été apprécié avait-il pu perdre toute valeur en aussi peu de temps ? De toute évidence, les animaux comparaient la récompense obtenue avec celle que l'autre recevait. Et ils s'attendaient à être récompensés de la même façon pour une action identique. Lorsque ce ne fut plus le cas, la mauvaise humeur s'installa – l'un des deux avait l'impression de ne pas avoir été traité de façon juste et correcte.

Pour être sûrs d'avoir tiré la bonne conclusion, Brosnan et de Waal firent un test de contrôle. Ne serait-il pas possible en effet que les petits singes aient simplement perdu l'envie de jouer quand une récompense supérieure – un grain de raisin – était en vue ? Nos chercheurs disposèrent alors quelques grains de raisin à une distance permettant aux singes de les voir, puis ils continuèrent leur jeu avec des jetons mais en ne donnant chaque fois que des morceaux de concombre en récompense. Cette fois, les deux singes se prêtèrent au jeu. Si aucun des deux ne recevait de grains de raisin, le concombre était accepté.

Lors de ces expériences, les chercheurs ne pouvaient voir ce qui se passait dans le cerveau des singes. On ne peut donc que faire des spéculations sur les motivations des singes. Mais de Waal est convaincu que « les singes – comme les humains – peuvent se laisser guider par des *émotions sociales* ». Et ces émotions « calent les réactions de l'individu sur les performances, les gains, les pertes et les positions des autres[3] ». Comme les capucins vivent en liberté de façon très coopérative et ne rechignent pas à partager leur nourriture, ils semblent s'attendre à ne pas être lésés.

Les singes capucins ne sont pas nos plus proches parents. Mais ils peuvent néanmoins tirer quelques conclusions. Tout se passe comme si les singes aussi avaient certaines attentes sociales. Et ils savent comment ils doivent être traités par les autres. Les expériences faites sur ces capucins nous permettent de voir que des êtres vivants ayant plus ou moins une idée d'eux-mêmes ont des attentes et des exigences sur la façon dont ils doivent être traités. On voit aussi comment le sens de la justice très développé chez les humains aurait pu « avoir son origine quelque part et que le moi est l'endroit où logiquement on devrait chercher cette origine. Lorsque la forme du "je" est établie, elle peut évoluer au point d'inclure d'autres individus[4]. »

Ce qui est décisif, c'est de voir que la capacité à se montrer correct et juste n'est pas un ingrédient culturel ni un contrat exclusivement humain. Elle est profondément enracinée dans le monde animal. Mais peut-on dire pour autant que l'impression d'avoir été injustement traité qui a submergé le capucin lésé est la même chose que le sentiment de justice ? Même de Waal émet quelques doutes sur le fait que l'on puisse parler de « sentiment de justice » chez les singes. Un singe ayant le sens de la justice aurait peut-être partagé ses raisins avec l'autre pour compenser son avantage. Il semble donc plus approprié de ne pas parler de sentiment de justice chez les singes capucins – ce serait aller trop loin –, mais simplement d'un *sens élémentaire de l'injustice.*

Même chez les humains, le sentiment d'avoir été victime d'une injustice est beaucoup plus fort que le sentiment de justice vis-à-vis des autres. Quand on est le beau-père de trois enfants qui ne sont pas encore entièrement sortis de la puberté, on peut avoir à bon droit quelques doutes sur le fait que le sens de la justice soit aussi profondément ancré dans la nature humaine que le sens de l'injustice. Au moment de la puberté, les adolescents aiment bien les outils nouvellement acquis de la raison et de la rhétorique pour voir jusqu'où l'on peut aller quand on interprète la justice de façon unilatérale. C'est la période pour eux où les parents deviennent fatigants. Le sens profond de ces escarmouches, c'est peut-être d'apprendre et de grandir à partir de l'échec du programme fondé sur le seul ego. En effet, de toute évidence le programme fondé sur la justice ne s'accomplit qu'à l'âge adulte – pour autant qu'il puisse y avoir accomplissement. Les hommes qui se montrent aussi sensibles et justes avec les autres qu'avec eux-mêmes sont sans doute une minorité dans le monde – même le monde des adultes.

La théorie de Frans de Waal sur la morale a un aspect réjouissant : le germe du bien dans l'homme est une vieille histoire qui remonte au monde animal ; il a son origine dans la sociabilité. Au début, il y a eu la résolution des conflits. L'empathie et le sens de la justice ne sont venus qu'après. Il n'y avait qu'un petit pas qui séparait l'animal social de l'animal moral, ou plutôt une suite de petits pas. Comprendre les babouins et mieux encore les grands singes, c'est découvrir les racines de notre morale : dans la coopération et le réconfort, dans la gratitude et le sens de la communauté. Le modèle de l'évolution morale établi par de Waal ressemble à une poupée russe. Caché tout à l'intérieur, on trouve le réflexe émotionnel déclenché par le comportement d'autrui. On le trouve chez presque tous les animaux supérieurs. Au milieu il y a l'empathie, la capacité à évaluer les émotions de l'autre avec ses origines. Les grands singes en seraient capables, à l'égal des humains. La dernière enveloppe est l'art d'adopter pleinement la perspective d'autrui. Elle est la seule exclusivement humaine.

Sans « impressions morales » remontant à la nuit des temps et que nous partageons avec les grands singes ou les singes capucins, la morale humaine est tout simplement inexplicable, pense de Waal. Elle ne vient pas du ciel ! Et ce chemin de la morale, nous pouvons le remonter en nous intéressant à nos parents les plus proches : les grands singes. Si les chimpanzés, les bonobos, les gorilles et les orangs-outans se comportent comme s'ils étaient bons, pourquoi ne le seraient-ils pas ? Les humains et les grands singes ont tant de choses en commun : l'attention et le lien unissant les individus, la coopération et l'entraide dans la recherche de nourriture, la sympathie et l'empathie, l'altruisme et l'altruisme réciproque, la capacité à résoudre des conflits et à faire la paix, la tromperie et la déception, la responsabilité vis-à-vis des autres, le désir de savoir ce que les autres pensent et enfin l'attention et le respect pour les règles du jeu de la communauté.

Le chemin qui part de l'empathie passe par le sentiment d'injustice et conduit aussi à la morale humaine. De Waal nous dit qu'elle est « naturelle », qu'elle a une base émotionnelle et qu'elle ne relève pas simplement de l'entendement. L'empathie serait trop rapide pour être sous le contrôle de la réflexion consciente. Voir que quelqu'un souffre active les mêmes régions du cerveau que souffrir soi-même. Les dilemmes moraux activent des régions du cerveau qui sont plus anciennes que notre espèce[5].

Si de Waal a raison, on trouve donc au tout début de l'évolution vers la morale l'intuition. Qu'est-ce qui donne l'impression d'être socialement « juste » ou « faux » ? Plus les singes sont intelligents, plus les règles du jeu de la vie en commun deviennent compliquées. Et plus les règles du jeu de la vie en commun sont difficiles, plus elles stimulent l'intelligence. Les intuitions morales se transforment en règles morales non écrites. La longue expérience que de Waal a des singes mais aussi sa sensibilité et sa circonspection font qu'il place la nature de l'homme dans une lumière très positive. Il nous empêche de nous voir comme des bêtes mal déguisées et de considérer le psychopathe comme la norme. La morale n'est pas un joli vernis recouvrant notre méchante nature. Que nous apporterait en effet ce stupide vernis contre nature ? Le groupe de piranhas qui décide de son plein gré de devenir végétarien n'est pas d'actualité.

Mon fils Oskar n'a encore jamais rien lu de Frans de Waal. Et les capucins du zoo de Cologne ne jouent pas à renvoyer des jetons contre des concombres et des raisins. Mais à quatre ans, il me lança un jour sur le ton du reproche : « Ce n'est pas juste ! » C'est presque toujours à moi qu'il renvoie son impression d'avoir été victime d'une injustice. Les batailles de polochons ne sont pas justes quand Oskar a le sentiment qu'il ne peut gagner (Mais tout est en ordre lorsqu'il gagne !). Chez tous les enfants normaux, on voit se développer autour de la troisième et de la quatrième année l'esprit des capucins.

Le philosophe anglais John Stuart Mill (1806-1873) a désigné cette impulsion sous le terme de « sentiment de justice » (*sentiment of justice*). Et son revers est le besoin de punir ceux qui blessent ce sentiment : « Cela nous procurera toujours du plaisir et de la satisfaction de voir que celui qui s'est conduit de façon injuste sera puni[6]. » Même si nous ne sommes pas les victimes de cette injustice. Or, pour Mill, c'est là une chose étonnante. En effet, qu'est-ce que nous en retirons ? Cela ne prouve-t-il pas que notre sentiment d'injustice n'a pas grand-chose à voir avec la biologie et la nature ?

La réponse que donne Mill ne serait guère considérée aujourd'hui comme indépendante de la biologie. Si nous détestons l'injustice, même quand elle ne nous frappe pas personnellement, c'est parce que nous savons que c'est généralement dans notre propre intérêt que la communauté dans laquelle nous vivons reste intacte. Notre cerveau active même notre centre de la récompense dans le système mésolimbique lorsque nous voyons que d'autres personnes sont punies pour leurs mauvaises actions[7].

La très grande fiabilité de notre sentiment d'injustice ne préoccupe aujourd'hui pas simplement les philosophes et les spécialistes du comportement, mais aussi et surtout une tout autre catégorie de chercheurs : les psychologues de l'économie. En 1978, Werner Güth, spécialiste de sciences économiques à Cologne et professeur d'économie à l'institut Max-Planck d'Iéna, inventa avec ses collègues Rolf Schmittberger et Bernd Schwarze une expérience devenue célèbre : *le jeu de l'ultimatum*[8]. Le meneur de jeu donne à un étudiant une certaine somme d'argent. Celle-ci doit être suffisante pour être un vrai gain pour l'étudiant, mais elle ne doit pas être démesurée. Cinquante euros pourraient être une somme convenable. L'étudiant a le droit de garder cet argent, mais il a l'obligation de partager avec un autre étudiant qu'il ne connaît pas. Il est libre de le partager comme il veut. Il peut donner peu ou beaucoup, selon ce qu'il considère comme adéquat. Le seul problème dans cette affaire, c'est qu'il doit dire à l'autre combien d'argent il a reçu au départ. Et il ne peut faire qu'une proposition de partage. Tous deux savent aussi que la somme totale devra être rendue au meneur de jeu, si les deux parties ne se mettent pas d'accord sur la première et la seule offre.

La situation est compliquée. L'étudiant pourrait ne donner qu'une petite somme à l'autre en disant : « Dix euros pour toi, c'est quand même mieux que rien du tout. » Mais le risque encouru n'est pas mince : que va penser l'autre de moi, si je lui donne très peu ? Ne va-t-il pas se dire : « Je ne veux pas me faire couillonner ! Je préfère renoncer à tes misérables dix petits euros plutôt que tu t'enrichisses à mes dépens ! »

Le jeu de l'ultimatum est devenu un classique de la psychologie de l'économie. Un grand nombre de meneurs de jeu l'ont fait avec des étudiants mais aussi avec d'autres participants. Avec quel résultat ? La proposition de partage la plus fréquente est : « On fait cinquante, cinquante ! » Par peur que l'autre n'éprouve un sentiment d'injustice ; et dans le doute, je lui propose la moitié[9]. En effet, quand nous traitons et échangeons avec les autres, il nous faut prendre en compte le sentiment d'injustice qu'ils pourraient éprouver.

Pour l'étude de notre nature sociale, il existe une variante de ce jeu, encore plus importante : le *jeu du dictateur*[10]. À la différence du jeu précédent, l'autre en face de moi n'a pas le droit de refuser mon offre. Les étudiants qui reçoivent l'argent du meneur de jeu – les « dictateurs » – ne courent cette fois aucun risque. Vont-ils donner dans ce cas une somme minimale ? Pas du tout ! Dans tous les tests, si la somme atteignait rarement la moitié, elle était loin d'être symbolique et ridicule. Le sentiment de justice et le désir de ne pas passer pour une personne inique semblent, du moins dans notre culture occidentale, profondément intégrés.

Les êtres vivants qui ont des intentions dont ils ont conscience et qui sont capables de reconnaître des intentions chez l'autre ont des attentes sociales. Les animaux particulièrement intelligents comme les singes capucins, les grands singes et les êtres humains ont des exigences sur la manière dont ils doivent être traités ou non. L'une des principales exigences est de ne pas être traité de façon injuste. Cette attitude d'attente est la base de l'exigence humaine de justice. Besoin intuitif, elle est solidement ancrée dans la nature humaine.

Nous venons de voir que notre capacité à avoir une morale et notre compréhension de la justice ont chez nous des racines très anciennes. Ce ne sont pas des vernis appliqués par la civilisation. Mais jusqu'où va notre intuition morale ? Ces sentiments très anciens sont-ils les seuls à déterminer notre morale ? La raison ne joue-t-elle aucun rôle ?

• *Sentiment contre raison ?* Qui prend nos décisions ?

Sentiment contre raison

Qui prend nos décisions ?

Après avoir en vain tout essayé, David Hume décida de faire lui-même la critique de son livre. Il voulait, en rédacteur anonyme, attirer l'attention sur son œuvre majeure. Mais cela ne mena à rien non plus. Son *Traité de la nature humaine* fut un flop[1]. Il disparut « mort-né de la presse, n'ayant même pas éveillé assez d'attention pour faire grogner au moins quelques critiques[2] ». Finalement il s'en trouva un qui – comme il fallait s'y attendre – traita l'auteur d'athée et d'individu immoral[3]. Fils d'un avocat écossais, Hume, « un grand garçon dégingandé », avait vingt-neuf ans lorsque, en janvier 1739, il se fit connaître avec deux petits opuscules[4]. Jusque-là notre étudiant en droit, qui n'avait pas fini ses études, menait une vie misérable. Enfermé dans sa petite chambre, assailli par des maux de tête et par la fatigue, épuisé par le scorbut, il souffrait de graves dépressions. Le petit héritage qu'il avait reçu avait été depuis longtemps dépensé. Il avait trouvé un emploi dans le commerce mais l'avait perdu au bout de quelques mois. Il dévorait toute la littérature philosophique qu'il pouvait trouver et la tournait dans tous les sens. Lorsque plus personne n'attendit rien de lui, il finit par mettre toutes ses idées dans un traité.

Quel livre ! Si l'on prend en compte les circonstances de sa rédaction, cet ouvrage est sensationnel. Calme et ordonné, conscient de sa valeur et d'une clarté redoutable. Son ambition : expliquer tous les comportements humains mais en ne partant que de l'expérience et de l'observation. Pas de réflexion théologique, pas de principe supérieur ou suprême – seul est pris en compte ce qui apparaît dans les rapports sociaux, dans les occupations de tous les jours et les divertissements des hommes. Hume observe avec un regard de zoologiste imperturbable la nature humaine, la dynamique de ses sentiments, les règles de son comportement et les lois de ce que l'on appelle sa « raison ».

Au début de la période des Lumières – en Angleterre, débute aussi la révolution industrielle dans le textile –, Hume analyse les hommes de façon claire, neutre et distanciée, comme s'il n'en faisait pas partie. Il considère lui-même que son œuvre est une « révolution ». Mais cela lui attire des inimitiés. Sa candidature à la chaire d'« éthique et de philosophie pneumatique » à l'université d'Édimbourg échoue. Le corps professoral lui préférera un certain William Cleghorn, dont plus personne ne se souvient aujourd'hui. Durant toute sa vie, Hume sera traité en paria par la philosophie institutionnelle.

C'est le hasard qui détermine son destin. À trente-quatre ans, Hume devient le tuteur d'un marquis anglais avant de devenir le secrétaire d'un général. Comme aide de camp, il parcourt l'Europe, rend des services diplomatiques et gagne énormément d'argent, qu'il utilise pour développer encore son traité. Il écrit à la suite *Une enquête sur l'entendement humain* et *Une enquête sur les principes de la morale*. Mais les portes de l'université de Glasgow où il a posé sa candidature comme professeur de logique lui restent obstinément fermées.

Il devient finalement bibliothécaire de la chambre des avocats d'Édimbourg. Au milieu d'une bibliothèque somptueuse de plus de trente mille volumes, il se concentre sur ce qu'il sait faire le mieux : présenter de façon claire les sujets difficiles et compliqués. Ce n'est pas une œuvre philosophique qui le rend riche mais une *Histoire de la Grande-Bretagne* accessible à tous. Hume croise les champs de la philosophie, de la psychologie et de l'économie, présentant les faits à partir de perspectives différentes. Après des débuts difficiles, l'ouvrage est finalement un succès. « Si l'on fait abstraction des aléas auxquels mes textes ont été exposés, écrit Hume à propos de sa vie, ils ont fini par tellement se vendre que les honoraires que me reversaient les libraires ont largement dépassé tout ce que l'on avait connu jusque-là en Angleterre[5]. »

Hume passe à la postérité comme un grand vulgarisateur. Le monde de l'université se moque de lui à cause de cela. Seul Emmanuel Kant le reconnaît à sa juste valeur : « Mais où est l'écrivain qui, mieux que Hume, traite aussi joliment de l'histoire et des problèmes philosophiques les plus arides avec entendement et sagacité[6] ? » Hume n'a plus à redouter les critiques. Le succès attire les bonnes grâces. Il passe désormais sa vie dans les cercles de la haute société, devient un temps plénipotentiaire de l'ambassade britannique à Paris et sous-secrétaire d'État au ministère des Affaires étrangères. Lorsqu'il meurt à Édimbourg en 1776, c'est un homme controversé mais très estimé.

Aujourd'hui, David Hume est le philosophe le plus célèbre du XVIIIe siècle. Il est aussi le philosophe préféré de nombreux scientifiques, en particulier des neurologues. Ce qui le rend intéressant aux yeux des biologistes actuels est facile à comprendre. À la différence des autres philosophes, Hume a intégré dans sa réflexion les connaissances scientifiques de son époque. Il n'admettait que ce que l'on peut observer sans l'ombre d'un doute. Et il se méfiait de toute supposition sur la nature de l'homme qu'il était impossible de vérifier. C'est de cette façon qu'il en arriva à deux conclusions spectaculaires. La première est que ce ne sont ni l'entendement ni la raison qui guident l'homme mais ses sentiments. La seconde est que, chaque fois que nos sentiments, et non nos réflexions, donnent le ton, il n'y a pas de choix libre. Les affects sont les maîtres, et la raison est leur esclave. En langage moderne, cela veut dire : quelle que soit la décision que je prends dans une situation morale, je décide toujours suivant l'affect qui est le plus fort en moi. C'est toujours le sentiment le plus fort qui remporte la victoire. Et l'entendement n'est que le porte-parole du cerveau qui justifie à grand renfort de mots ce que le chef – le sentiment – a depuis longtemps décidé.

Le message de Hume est clair et sans ambages : nos décisions morales ne sont pas réfléchies, elles sont prises de façon intuitive. Un *moralisme* inconscient (« sens moral ») nous guide à travers le monde, faisant la séparation entre ce qui est agréable et désagréable, utile et inutile. Ce concept était très en vogue parmi les philosophes anglais de l'époque. Francis Hutcheson (1694-1746) et plus tard Adam Smith (1723-1790) voyaient le fondement de toute décision éthique dans un sens de la morale inné et instinctif[7].

L'idée que notre morale est intuitive et largement soustraite à la raison est actuellement plus appréciée qu'elle ne l'était autrefois. Durant deux siècles, elle a dû se faire toute petite au sein de la philosophie. Aujourd'hui, en revanche, elle est à la mode en philosophie. Une société qui ne cache plus ses sentiments mais les thématise à chaque phrase, qui « aime » tout ou « déteste » tout – une habitude, un jus de fruits, une série télévisée –, croit sans difficulté que ce qui importe dans la vie, ce sont les justes sentiments. On parle de « sentiments venus des tripes » dans le langage familier et de « vérités senties ». Ils sont la base de nombreux livres qui donnent des conseils sur la vie et le bonheur. L'intelligence émotionnelle est le mot clé des psychologies sociale et économique. Le psychologue Gerd Gigerenzer a intitulé son livre à succès *Bauchentscheidungen* (« Les Décisions prises avec les tripes »). Le psychologue américain Marc Hauser de l'université Harvard montre à travers toute une série d'expériences que, dans des cas de conflits moraux, nous ne nous fions qu'à notre sentiment. Et de nombreux neurologues tentent de nous démontrer sur des écrans d'ordinateur que Hume avait totalement raison. La sombre impulsion de notre volonté précède toujours nos claires réflexions conscientes[8].

Mais l'avocat le plus convaincu de Hume est un charmant jeune Américain. En 2001, Jonathan Haidt, professeur de psychologie à la Virginia University, publia dans une grande revue de psychologie un article qui fit sensation : « Le Chien émotionnel et sa queue rationnelle[9] ». Comme le philosophe écossais, deux siècles et demi auparavant, Haidt pense aussi que nos sentiments précèdent notre entendement. Ce n'est pas l'entendement qui remue la queue dans un jugement moral, mais c'est bien le sentiment qui remue la queue avec l'entendement.

La thèse de Haidt est provocatrice. S'il a raison, rien ne motive nos convictions morales, nos comportements et nos conceptions du monde. La situation serait même totalement inversée. C'est parce que nous avons certaines convictions, certains comportements et certaines conceptions du monde que nous cherchons les arguments raisonnables qui peuvent les fonder. Ceux qui sont opposés à l'avortement n'y sont en général pas opposés parce qu'ils sont convaincus par des arguments raisonnables. Ils cherchent au contraire des arguments plus ou moins raisonnables parce qu'ils sont contre l'avortement.

Pour vérifier sa thèse, Haidt a analysé les valeurs des électeurs américains. Il a fait une liste et a demandé à ceux qu'il interrogeait de les classer selon une hiérarchie, en commençant par la valeur la plus importante à leurs yeux et en finissant par la moins importante. Les gens qui se disaient « libéraux » (donc de gauche) considéraient que la « justice » et l'« attention à l'autre » étaient ce qu'il y avait de plus important. La « loyauté », le « respect » et la « fierté » ne remportaient jamais la palme. Ceux qui se considéraient comme des « conservateurs » (de droite) appréciaient aussi l'attention à l'autre, mais la justice finissait toujours à la dernière place.

Selon Haidt, nous adaptons nos valeurs à notre façon de voir le monde, et non l'inverse. En d'autres termes, les arguments qui nous font dire que quelque chose est bon, juste, précieux ou sans valeur, acceptable ou inacceptable, sont toujours intégrés après coup. Pour apporter des preuves solides, Haidt a mis au point une série de tests rigoureux et questionné des milliers de personnes aux États-Unis et au Brésil. Trouvez-vous bien qu'un frère et une sœur couchent ensemble ? À supposer qu'ils se protègent et trouvent ça excitant et merveilleux ? Trouvez-vous normal que quelqu'un puisse manger son chien mort ? Cela vous choque-t-il que quelqu'un nettoie ses toilettes avec le drapeau national ? Cela vous dérangerait-il d'apprendre que quelqu'un se masturbe avec une poule morte avant de la manger[10] ?

Le point capital inhérent à tous ces exemples est facilement décelable. Dans chaque cas, personne ne subit un tort. Personne n'est traité de façon inique, et il n'y a pas de victime. Pourtant à la lecture de ces quelques exemples vous avez dû ressentir une forme de malaise. Le nettoyage des toilettes avec le drapeau national serait peut-être encore acceptable à vos yeux dans la mesure où, en Europe ou du moins en Allemagne, il n'a pas la même valeur symbolique qu'aux États-Unis. Vous refusez sans doute l'inceste, même s'il n'y a pas d'arguments raisonnables contre cela : pas de risque de grossesse et pas de contrainte ni d'atteinte psychologique. Si quelque chose se révolte en vous contre toutes ces attitudes, ce n'est pas votre sens de la justice. Ce n'est pas non plus un sentiment d'empathie pour les chiens morts ni les poules mortes.

Alors qu'est-ce qui vous indigne ou vous agace ? On

peut supposer que ce n'est pas toujours la même chose et que cela varie avec les exemples. Notre malaise envers l'inceste est biologiquement très ancien ; on le retrouve même chez de nombreux vertébrés supérieurs. Notre malaise dans le cas du chien mort qui est mangé vient sans doute du fait que, pour nous, les animaux domestiques font un peu partie de la famille. On ne mange pas quelqu'un qu'on aime ou qu'on a aimé. Quant à l'homme qui se masturbe avec une poule morte, on va trouver qu'il est psychiquement dérangé.

Malgré tout, il y a quelque chose de commun à tous ces cas. Nous sommes moralement ébranlés ou indignés alors que personne ne subit de tort. Dans ses textes sur le « théâtre épique », l'écrivain Bertolt Brecht fait une grande différence entre parler « au nom de la morale » et « au nom des victimes » : « Ce sont vraiment deux choses différentes [...]. Pour de tels moralistes, les gens sont là pour la morale, et ce n'est pas la morale qui est là pour les gens. » Pour Brecht, il est faux de parler « au nom de la morale ». Il est vrai qu'il ne le rapporte qu'au dévoiement de la morale dans le contexte politique. Mais, dans notre quotidien, tout se passe comme s'il y avait aussi une « profonde raison ressentie » de refuser une action quand il n'y a pas de victimes ni de gens lésés.

Ces raisons ressenties, Haidt les appelle des « *intuitions sociales* ». Nous nous orientons presque toujours selon notre intuition et nous nous décidons en fonction de notre impression. (Seuls les professeurs de philosophie, concède Haidt, sont peut-être une exception.) L'inconvénient dans ce pouvoir de l'intuition, c'est que nous sommes en fait beaucoup moins raisonnables et indépendants que nous ne le croyons généralement.

L'avantage, c'est que nos intuitions sont aussi capables d'apprendre : par des confirmations ou des déceptions et surtout par les avis des autres et leur influence sur nous. Nos sentiments peuvent ainsi être repoussés et s'adaptent même parfois aux circonstances.

Les découvertes de Haidt peuvent être mises en rapport avec Hume mais aussi avec de Waal. Notre morale n'est pas seulement une conquête de la civilisation mais un ensemble d'actions et de comportements instinctifs très utiles remontant à des époques différentes. En revanche, la raison seule n'engendre pas de morale. En effet, en l'absence de sentiments sociaux tels que l'amour, l'inclination, le respect, la pitié, la crainte, le malaise, le refus, le dégoût, la honte, etc., notre raison ne sait pas ce qui est bien ni ce qui est mal.

Jusque-là, tout est clair. Mais quelle est la portée de notre intuition ? Hume avait-il raison lorsqu'il disait que, dans nos actions morales, c'est toujours le sentiment le plus fort et uniquement lui qui fait pencher la balance ? Et est-il exact, comme le croient Haidt et de nombreux neurologues et psychologues, que l'entendement n'est qu'une sorte d'agence de publicité justifiant après coup les décisions du sentiment ?

La différence sans doute la plus importante entre les grands singes et les hommes, c'est que les hommes ont une aptitude à établir des *normes*. Les singes font une différence entre ce qui est accepté et ce qui n'est pas accepté. Mais, ils ne savent pas faire la différence entre ce qui est *acceptable* et *inacceptable*. En d'autres termes, ils n'élèvent pas leur jugement au rang d'une norme, d'un usage ou d'une prescription. Pour autant que nous le sachions, les singes ne déduisent pas des modes de comportement par rapport à leur comportement concret. Ils ne définissent donc pas, vis-à-vis des autres, de codes généraux de comportement.

La capacité d'établir des normes, des règles et des maximes est une qualité humaine qui a de quoi impressionner. On passe ici de l'individuel au général. Mais quelle est l'origine de cette capacité ? Si notre sentiment guide notre intuition sociale et nos actions, à quoi bon recourir ensuite à une maxime raisonnable ? Pourquoi l'évolution a-t-elle inscrit dans nos esprits cette capacité à formuler des valeurs abstraites et à nous y tenir ? Comment le *devoir* a-t-il fait son entrée dans l'empire du vouloir ?

Pour répondre à cette question, il est étonnant de voir à quel point de nombreux biologistes, psychologues et philosophes sont d'accord. Pour bien jouer le jeu de la société dans une communauté de primates, je dois apprendre à me mettre dans la peau de l'autre. C'est la seule façon de deviner ce qu'ils vont faire. C'est sans doute ainsi que nos ancêtres en sont arrivés à établir la règle qui dit : « Ne fais pas aux autres ce que tu ne voudrais pas que l'on te fasse ! » La capacité d'empathie et le sens élémentaire de la justice ont engendré une règle d'abord tacite puis expressément formulée. Si l'on poursuit la protection contre des traitements jugés iniques, on en arrive au sentiment de convenance, de honte, et aussi aux tabous – autant de sentiments indispensables pour une vie en communauté.

Beaucoup de gens partagent ce point de vue. Au début de notre évolution morale, il y avait des intuitions sociales. Les normes sont venues après. Mais les problèmes sont-ils résolus pour autant ? À en croire des psychologues comme Hauser ou Haidt, tout s'est fait ensuite de façon très simple. Les vieilles intuitions nous disent ce que nous devons faire. Et les nouvelles normes et maximes de comportement agitent la queue. Mais est-ce vraiment aussi simple ? Il y a quand même une question qui n'a toujours pas obtenu de réponse : si ce sont toujours les *mêmes* intuitions sociales de nos ancêtres qui nous dirigent, pourquoi les hommes agissent-ils si souvent de façon *différente* au niveau individuel ? Pourquoi n'avons-nous pas tous les mêmes réflexes moraux ? Pourquoi certaines personnes de notre entourage, par exemple, se sentent responsables de presque tout, alors que d'autres ne se sentent responsables de rien ? Pourquoi certains se fraient un chemin à travers le monde à coups de mensonge, de combine et d'excuse ? Et pourquoi d'autres sont effondrés parce qu'ils ont été forcés de dire un petit mensonge ?

On trouve une image analogue quand on jette un regard sur les différentes cultures. Si tous les êtres humains ont le sens de l'injustice, pourquoi les femmes ont-elles été opprimées pendant des millénaires dans la culture occidentale ? Et elles continuent à l'être dans de nombreux pays marqués par l'Islam. Pourquoi était-il plus inconvenant pour les Grecs et les Romains de manger un chien plutôt que d'avoir des esclaves ? Et où était le sens intuitif de la convenance et de la honte chez les gens qui gardaient les camps de concentration ?

La neurologie permet aujourd'hui d'expliquer certains cas patents d'asocialité morale. Les individus dépourvus de toute intuition morale présentent souvent des lésions au cerveau, surtout dans la région ventromédiale des lobes temporaux, comme ce fut le cas avec l'ouvrier de chemin de fer Phineas Cage[11]. D'autres blessures ou dysfonctionnements du cerveau peuvent avoir des effets négatifs sur notre comportement. Les plus fréquents sont dus à des anomalies au niveau de l'amygdale, un centre émotionnel responsable des sentiments comme la sympathie ou l'antipathie, la confiance ou la crainte. Ou bien ce qui est en cause, ce sont des dérèglements fonctionnels à l'extrémité des lobes temporaux et dans d'autres régions du cerveau.

Mais seule une infime partie des déviances morales trahit un dysfonctionnement du cerveau. Le chauffeur de taxi qui refuse de me répondre quand je lui demande comment trouver une rue dans une ville étrangère n'a pas forcément le cerveau endommagé. Et celui qui allume une cigarette dans le train en dépit de l'interdiction de fumer n'a pas besoin de passer un scanner pour qu'on puisse expliquer son entorse au règlement. Il suffit d'une bonne dose d'adrénaline pour qu'un joueur de football en colère fasse une faute contre un adversaire. Et même les gardiens des camps de concentration ne peuvent être excusés sous prétexte qu'ils auraient eu le cerveau endommagé.

La plus grande partie des mauvais comportements moraux n'a rien à voir avec des lésions au cerveau mais ressortit simplement à nos jugements. Je décide que l'interdiction de fumer dans le train ne me concerne pas parce que je ne veux pas la comprendre. Que cela puisse être nocif pour les autres passagers, voilà qui ne me dérange pas puisque je considère que mon droit à la liberté l'emporte sur toute autre considération. Parfois j'enfreins les règles parce que les autres le font aussi. Il faudrait vraiment que je sois idiot pour être le seul à les respecter !

Les jugements moraux prennent de l'importance lorsque notre seule intuition ne suffit pas. Des situations sociales compliquées ne peuvent être résolues en s'appuyant uniquement sur le sentiment de ce qui est juste, même s'il continue bien sûr à jouer un rôle important. Dans le beau film de Martin McDonagh *Voir Bruges et mourir*, Ken, un tueur à gages, est contraint de tuer son acolyte, Ray. Avec son pistolet muni d'un silencieux, il s'introduit discrètement dans l'hôtel de la reine Astrid, où se trouve Ray. Mais, au moment où il va appuyer sur la détente, il voit Ray complètement désespéré, un revolver sur la tempe, prêt à se suicider. Ken ne peut le tuer. Il aurait pu tuer un ami. Mais il ne peut tuer un homme sur le point de se suicider.

Cette scène – comme tout le film, d'ailleurs – est une parabole cynique sur la morale humaine. Si, dans la décision d'obéir à celui qui donne le contrat, on voit triompher l'honneur du tueur et le calcul l'emporter sur la pitié, cette dernière finit par l'emporter quand il s'agit de venir en aide à un candidat au suicide. L'intuition sociale qui commande de venir en aide à une personne désespérée va finir par causer la perte de Ken comme de Ray.

Le neuropsychologue Joshua D. Green de l'université Harvard aime lui aussi les exemples frappants. Dans son livre au titre original, *La Terrible, l'Effroyable et la Très Méchante Vérité sur la morale et sur ce que nous devrions en faire*[12], il se demande pourquoi nos intuitions sociales originelles entravent constamment notre raison. À la différence de Jonathan Haidst, Green ne voit pas de chien émotionnel qui remue sa queue rationnelle ; il voit au contraire deux chiens qui se font face et ne cessent d'aboyer. En 2004, il a demandé à ses étudiants comment ils se comporteraient dans la situation suivante : imaginez que c'est la guerre. Pendant que dehors des soldats tuent tous ceux qu'ils rencontrent, vous avez réussi à trouver refuge dans une cave. Or voilà qu'à côté de vous un bébé se met à pleurer. Si vous ne faites rien, les soldats vont l'entendre et vous trouver sans difficulté. Étoufferez-vous le bébé pour sauver votre vie et celle des autres personnes qui sont dans la cave[13] ?

Les étudiants étaient soudain pris dans un inextricable dilemme où le sentiment s'opposait à la raison. Les intuitions sociales originelles criaient : « Non ! » et la raison, plus récente, clamait : « Oui ! » Les neurologues pouvaient voir sur leurs écrans d'ordinateur les régions du cerveau entrant ainsi en concurrence.

L'enseignement de Green souligne trois points fondamentaux. Le premier s'oppose à Huxley : nos sentiments ne sont pas plus méchants que notre raison. Il est en effet souvent difficile de dire qui, en nous, se fait l'apôtre du bien : nos intuitions ou nos réflexions. Le deuxième point est que nos jugements raisonnables ne sont jamais exempts de sentiments, mais ils ne sont pas non plus toujours leurs simples auxiliaires. Et, sur ce point, c'est Hume qui se trompe. Enfin, troisième point : ce qui fait pencher la balance d'un côté ou de l'autre, notre intuition ou notre raison, diffère d'un individu à l'autre !

À en croire Green, les avocats des intuitions sociales sont facilement enclins à exagérer, aujourd'hui. S'ils voient au bord d'un lac un homme se noyer et crier au secours, les gens ne se demandent pas quel est leur degré de pitié. Chacun sent juste l'*obligation inté-*

rieure de lui porter secours aussi vite que possible. Les individus doués de raison ne sont pas les exécutants de leurs seules intuitions : ils considèrent aussi le respect d'eux-mêmes. Et ils ne font pas qu'écouter leur volonté ; ils sont aussi en mesure de *juger la valeur* de cette volonté. Ce que je veux dans l'instant est-il vraiment bon pour moi ? Est-ce bon pour les autres ? Est-ce effectivement juste d'un point de vue moral ? Cette capacité à juger sa propre volonté est appelée « raison autonome ». Pour Kant, cette faculté est si importante qu'elle est la caractéristique même de l'espèce humaine. Nous ne suivons pas toujours et de façon absolue ce que nous susurre notre volonté. Nous sommes obligés de *justifier* cette volonté face à nous-mêmes (et face à un tribunal universel imaginaire qui nous regarde).

On peut clairement voir la différence entre nos besoins personnels et les exigences de notre jugement moral en prenant un exemple simple. Imaginez que vous vivez sous une dictature. Pour se débarrasser d'un individu qui ne plaît pas aux autorités, le tribunal a besoin d'un témoin. On vous demande d'accuser à tort un individu qui n'a rien fait, qui est intègre et même sympathique, et cela afin de pouvoir le liquider. Si vous le faites, il ne vous arrivera rien. En revanche, si vous refusez, c'est vous que l'on exécutera à sa place.

Que feriez-vous ? Le simple fait que vous hésitiez est déjà symptomatique. Votre intérêt le plus puissant – votre instinct de survie – entre en conflit avec votre moralité. Impossible de justifier un faux témoignage qui entraînerait la mort d'un innocent. Même si la plupart des gens se décideront pour le faux témoignage, un certain nombre ne le feront pas. Et ceux qui auront décidé de témoigner auront sans doute des remords durant tout le reste de leur vie.

Être capable de se poser la question de savoir si ce que l'on fait est aussi justifié pose parfois des limites à notre intuition sociale. Il ne fait aucun doute que, dans la vie de tous les jours, nous suivons généralement nos intuitions morales. On juge beaucoup plus rapidement selon les critères de la sympathie ou de l'antipathie que selon des maximes morales. Nous mentons pour un ami, nous trichons pour nos enfants, nous pardonnons beaucoup plus facilement à des gens agréables qu'à des gens désagréables. Mais, pour les décisions morales importantes, nous avons besoin d'avoir de *bonnes raisons*. Est-il justifié d'abandonner ma famille parce que je suis tombé amoureux d'une autre personne ? Est-il juste de rompre tout contact avec mes parents ? Puis-je vraiment couvrir le comportement déloyal de mon chef ?

Dans notre cerveau, rationalité et irrationalité jouent un jeu très serré. Dans le jeu de l'ultimatum, le désir d'avoir de l'argent s'opposait au sentiment de justice vis-à-vis de l'autre, notre égoïsme s'opposait à notre besoin d'être considéré comme sympathique. Et dans ce jeu sauvage, il est difficile de dire qui l'emporte chaque fois. Nos intuitions elles-mêmes peuvent se contredire. Elles peuvent voir notre avantage matériel ou l'avantage de se considérer comme quelqu'un de bien. Et même notre raison n'est pas toujours en accord avec elle-même et ne détermine pas toujours une décision claire.

Le « modèle de combat » élaboré par Hume, qui dit que nos sentiments soumettent notre entendement, est beaucoup trop simple. Nos sentiments sont déjà pris parfois dans une véritable guerre civile, tout comme nos arguments raisonnables. Pour reprendre les termes de la philosophe américaine Christine Korsgaard (née en 1952) de l'université Harvard : « Si l'on considère ce modèle de combat, raison et sentiment sont considérés comme deux forces de l'âme dont l'une déclenche une action. Or, cela ne nous donne pas d'explication plausible quant à l'émergence d'une action… L'action ne peut pas venir d'une force quelconque de la personne, elle doit provenir de la personne entière. Pour expliquer ce qu'est une action, nous avons besoin de nous faire une idée de la personne dans son entier comme sujet agissant[14]. »

Nous ne pouvons donc jamais savoir si nous décidons en vertu de raisons précises ou en vertu de la puissance du sentiment qui y est associé. L'explication est simple : notre conscience elle-même ne fait jamais une différence nette et tranchée entre sentiments et pensées. Certains sentiments peuvent nous rendre songeurs. Et des idées peuvent être ressenties comme bonnes ou mauvaises. Ce que les philosophes et les psychologues séparent avec le scalpel de la langue est souvent étroitement imbriqué à l'intérieur de nous-mêmes.

La morale de l'homme est enracinée dans des intuitions sociales issues de l'époque de nos plus lointains ancêtres. C'est pour cette raison que nous décidons généralement très vite et de façon inconsciente quand il s'agit de savoir ce qui est juste ou faux. Nos sentiments ont une grande influence sur ces décisions. Nous sommes saisis par la pitié ; nous nous révoltons contre l'iniquité ; nous avons des réflexes de honte et de respect face à des tabous. Mais ces sentiments ont beau être importants, nous ne sommes pas totalement livrés à eux. Notre raison nous donne la possibilité de juger de la valeur de nos sentiments sociaux, même si nous n'en faisons pas toujours usage. L'être humain est le seul animal qui est obligé de justifier ses intentions (du moins potentiellement) face à lui-même. Ce faisant, nos intentions morales ne coïncident pas nécessairement avec nos intérêts.

Nous ne suivons pas aveuglément nos gènes et nos intuitions sociales, nous suivons parfois notre raison. Elle est quelque chose d'autre que nos seuls intérêts biologiques et personnels. Si le rapport entre raison et sentiment varie d'un individu à l'autre, nous sommes en principe capables de faire jouer les deux quand il s'agit de prendre une décision. Du moins si nous sommes des adultes « normaux ». Mais comment se développe notre capacité à la fois émotionnelle et rationnelle à avoir une morale ? Quelle part de morale possèdent les enfants ? Que se passe-t-il durant la puberté ? Et qu'est-ce qui fait que nous devenons des individus responsables ou non ?

• *Nature et culture*. Comment nous apprenons la morale

Nature et culture

Comment nous apprenons la morale

Les enfants savent très bien faire la différence entre le gentil et le méchant. Voilà deux fois que le rond rose avec ses gros yeux écarquillés essaie de gravir la montagne. Et voilà deux fois qu'il échoue. Arrivent alors les deux autres personnages. Le triangle jaune avec, lui aussi, de grands yeux écarquillés vient aider le rond rose et le pousse jusqu'au sommet de la montagne. Mais à ce moment le carré bleu, avec ses petits yeux, pousse méchamment le rond rose et le précipite dans l'abîme.

Les enfants qui avaient assisté à ce spectacle devaient ensuite choisir la figure qu'ils voulaient. Celle qu'ils voulaient être. Ils pouvaient la prendre. Soit le triangle jaune, soit le carré bleu. Le résultat était presque toujours le même : qu'ils soient filles ou garçons, les enfants voulaient presque toujours être le triangle jaune.

Ce qu'il est important de souligner dans cette histoire, c'est que ces enfants n'étaient pas encore scolarisés.

Ils n'allaient même pas à la crèche. Ils étaient assis sur les genoux de leurs parents et avaient entre six et dix mois. Et pourtant ils se sentaient « intuitivement » attirés vers le bon. Dès le plus jeune âge – c'est ce que nous démontre la psychologue américaine Kiley Hamlin de l'Institut d'études des enfants à l'université Yale à New Haven (Connecticut) –, les enfants savent faire la différence entre « bien » et « mal », entre ce qui suscite leur confiance ou au contraire ce qui les rebute[1].

Mais Kiley Hamlin et ses collaboratrices voulaient en savoir davantage. Dans une seconde expérience, elles ont placé le rond rose et le gentil triangle jaune côte à côte et ont laissé les enfants regarder. Les bébés n'ont eu aucune réaction particulière. Mais, si elles mettaient le rond rose à côté du méchant carré bleu, les plus grands, ceux qui avaient environ dix mois, fixaient longtemps ce couple étrange fait d'un gentil et d'un méchant, avec une sorte d'« étonnement incrédule ». Pour Kiley Hamlin, c'est un indice que les bébés, dès l'âge de dix mois, sont en mesure de vérifier leur perception et, le cas échéant, de la corriger.

Il convient de préciser que ces expériences ne fonctionnent que si les figures ont des yeux et sont ainsi d'une certaine façon humanisées. Si les objets restent inanimés aux yeux des enfants, ils ne leur accordent aucune importance émotionnelle. Mais, quand ils sont face à des choses « vivantes », mêmes les plus petits – entre six et dix mois – semblent capables de porter des jugements de valeur. C'est un signe très intéressant qui montre que très tôt les bébés sont influencés par le comportement des gens qui vivent tout le temps avec eux. Mais, si les jugements de valeur portés par les bébés sont presque tous analogues, on constate que leur morale se différencie lentement au cours de leur évolution. Certains deviennent des adultes gentils, aimables et serviables, et d'autres non.

L'être humain est le seul être vivant capable de s'observer au cours de sa vie. L'étalon permettant de mesurer ce qu'il trouve chez lui et chez les autres ne lui est toutefois pas donné d'avance. Il doit en faire l'apprentissage. Mais comment ? Le modèle actuellement le plus élaboré et le plus largement accepté concernant la psychologie de l'évolution est celui de l'Américain Martin Hoffman, professeur de psychologie à l'université de New York[2]. Il a procédé à de multiples études et expériences, durant quarante ans, pour vérifier des théories à propos de l'évolution morale des bébés, des enfants et des adolescents. Il a ainsi affiné et corrigé des théories anciennes comme celles du célèbre psychologue de l'évolution, le Suisse Jean Piaget (1896-1980), et de son élève américain Lawrence Kohlberg (1927-1987) de l'université Harvard[3].

Comme Piaget et Kohlberg, Hoffman prend comme point de départ une évolution à plusieurs degrés : de l'imitation à l'empathie en passant par la projection. Et de l'empathie à la responsabilité et aux idées de justice en passant par la possibilité de se corriger.

Les bébés apprennent en observant et en imitant leurs personnes de référence. Plus le lien émotionnel est fort, plus la personne de référence qui est « copiée » par le bébé acquiert de l'importance. (Chez les parents modernes qui sont bien informés de ce fait, le père et la mère entrent souvent en concurrence pour occuper le rôle central.) À partir de un an, ce ne sont pas seulement les actes qui sont identifiables par les bébés mais aussi les mimiques de la personne de référence – première condition pour l'empathie. Les mimiques et les sons deviennent des bases ou des modèles permettant à l'enfant de réagir. Une soudaine peur de la mère peut aussi effrayer l'enfant, même si la mère ne le porte pas dans ses bras à cet instant. À partir de un an ou d'un an et demi, les enfants sont capables de faire le lien entre ce qu'ils vivent et leurs expériences passées. Cette capacité leur permet de réagir aussi aux sentiments des autres. S'ils remarquent qu'une tierce personne est triste, ils peuvent devenir tristes aussi et même commencer à pleurer. Non pas parce qu'ils se mettent dans la peau de l'autre, mais parce qu'ils confondent inconsciemment les manifestations affectives de l'autre avec les leurs.

Ce n'est qu'à partir de dix-huit mois environ que les enfants apprennent à faire la distinction entre leur conscience et celle des autres. Ils développent alors une « véritable empathie », même si c'est uniquement sur la base de leurs propres expériences – ce que Hoffman appelle une « empathie égocentrique ». Si quelqu'un pleure par exemple, l'enfant ne va pas obligatoirement se mettre à pleurer lui aussi, mais il va essayer de consoler l'autre avec des choses qui le consoleraient. Il va chercher sa mère ou un animal en peluche, une présence qui apaise[4].

Plus l'enfant grandit, plus ses modèles de comportement deviennent flexibles (et plus les expériences deviennent incertaines). À l'âge où des enfants se reconnaissent pour la première fois dans un miroir, d'autres deviennent des êtres vivants autonomes avec une vie intérieure *propre*. Les sentiments, les désirs et les idées des autres ne doivent pas être nécessairement identiques à celles du sujet, mais peuvent être différents. Le développement qui s'amorce est ambivalent. D'un côté, ce n'est qu'à partir de l'âge de deux ou trois ans que l'on peut sans doute parler d'une « véritable » empathie. D'un autre côté, la tendance générale de se sentir en symbiose diminue. La psychologue Dale Hay de la Cardiff School of Psychology attire l'attention sur le fait que les enfants choisissent et dosent leur sentiment d'empathie[5]. Certaines choses perdent ce qu'elles peuvent avoir de triste et changent de valeur à cause de ce que disent les parents. Des phrases comme « Ce n'est pas grave ! » ou « Ce n'est pas une raison pour être triste ! » commencent à influencer la psyché de l'enfant. La capacité d'empathie de l'enfant est ainsi exercée, entraînée et calée sur ce qui *mérite* ou non son empathie. À partir de l'âge de quatre ans environ, la plupart des enfants sont capables de comprendre des circonstances aggravantes ou atténuantes. Ils comprennent, grâce aux explications des parents ou de la maîtresse, qu'un enfant plus jeune n'a pas fait *exprès* de casser son jouet.

C'est entre quatre et sept ans que se développe le « sens de la justice », propre à l'espèce humaine. Les enfants projettent aussi sur les autres le sentiment d'injustice dont ils sont les victimes. Si je trouve que quelque chose est injuste pour moi, il est possible que d'autres ressentent la même chose à leur endroit.

Le pionnier de la recherche sur la justice en Europe est l'Autrichien Ernst Fehr (né en 1956), professeur de macro-économie et de recherche expérimentale en économie à l'université de Zurich et professeur invité au Massachusetts Institute of Technology (MIT), le grand centre de la recherche technique aux États-Unis. Depuis vingt ans, Fehr cherche à savoir jusqu'à quel point le sentiment de justice est ancré dans l'homme. Est-ce une part de notre nature ou une chose acquise ? Et quelle est l'ampleur de notre sens de la justice ? Alors qu'il était encore étudiant à l'université de Vienne, Fehr se préoccupait de la justice dans le monde. Il s'enthousiasmait pour la théologie de la libération en Amérique latine, flirtait avec l'idée de faire des études de théologie et fondait un groupe : le *Roter Börsenkrach*[6]. Une fois nommé professeur, il mit au point de nombreuses expériences avec ses collègues pour déjouer le phénomène et les ruses de notre sentiment de justice.

Lors d'une première expérience, les scientifiques distribuèrent des bonbons à deux cent vingt-neuf enfants entre trois et huit ans[7]. Ils demandèrent à ces enfants de partager ce qu'ils avaient reçu avec un autre enfant, qui n'était pas dans la pièce, mais simplement visible sur une photo. Comment allaient réagir les enfants ? Allaient-ils tout garder ou conserver la plus grosse part pour eux ? Ou allaient-ils partager de façon « juste » et céder la moitié de leur part à l'enfant absent ? Les résultats varièrent énormément. Presque tous les enfants entre trois et quatre ans gardaient tout pour eux. Dans le groupe des cinq et six ans, un enfant sur cinq environ partageait son « trésor » avec l'autre enfant. En revanche, presque la moitié des sept et huit ans partageaient de façon équitable et faisaient « moitié-moitié » avec l'enfant absent – un résultat qui correspond à celui que l'on trouve aussi chez les adultes.

Quelle conclusion tirer de ces résultats ? L'expérience de Fehr montre-t-elle qu'une sorte de programme naturel se déroule chez les enfants entre quatre et huit ans, au fil du développement progressif du sens de la justice ? Ou faut-il voir là l'influence plus forte de l'éducation ? La réponse se situe sans doute moins dans un « soit… soit… » que dans un « autant… autant… ». On peut supposer que le sens de la justice se retrouve dans toutes les cultures humaines, même si l'idée que l'on se fait de la justice peut varier de l'une à l'autre. Dans un certain nombre de cultures, on attend une récompense pour tout service rendu ; dans d'autres, cela dépend du service. Dans certaines, on paie le service avec de l'argent ; dans d'autres, on recourt à des preuves d'amitié. Dans d'autres encore, on considère comme juste de mettre les hommes et les femmes – en principe – sur le même plan ; dans d'autres, ce n'est pas du tout le cas, etc.

Ce n'est sans doute pas un hasard si toutes les cultures accordent une valeur à la justice. Mais de quelle façon la nature a-t-elle implanté en nous le sens de la justice ? La question suscite actuellement de gros débats. Les experts partent de l'idée qu'il y a des gènes « altruistes », des systèmes dans le cerveau permettant de récompenser la justice, et une « morale grammatique », qui se développe au fur et à mesure que grandit l'enfant pour devenir une parole vivante.

Mais la part de l'éducation ne devrait pas être sous-estimée pour autant. Si les enfants, les maîtresses et les professeurs font des compliments ou au contraire des critiques à propos de tel ou tel comportement, cela ne restera pas sans effet. Un enfant de huit ans normalement constitué sait depuis longtemps que « partager » est quelque chose de bien et qu'un comportement juste est presque toujours apprécié. Ce sont des influences de ce genre qui font qu'un enfant va se décider de telle ou telle façon. Certes, il est difficile de faire la part des choses dans le jeu complexe de nos systèmes de valeurs dans le cerveau, de distinguer *réflexes émotionnels*, *habitudes* et *comportement orienté vers un but*. Mais il ne fait guère de doute que tout cela est largement stimulé par les gens que nous côtoyons. L'autorité nous impressionne, nous intimide ou éveille notre esprit de contradiction. Les gens que l'on aime ont une tout autre influence sur notre psyché que les gens que l'on n'aime pas. Et celui qui ne cesse de rabâcher à son enfant qu'il doit se brosser les dents, dire « s'il te plaît » ou savoir partager a de grandes chances d'avoir un enfant qui, plus tard, fera par habitude ce qui demande à d'autres un grand effort.

Mais, quelle que soit l'importance de l'éducation, elle ne peut avoir d'effet que si elle rencontre dans le cerveau une structure correspondante. C'est surtout la question du sens de la justice qui semble complexe. Pourquoi son impact est-il si différent ? Pourquoi y a-t-il des enfants qui, dès l'âge de quatre ans, n'ont aucun problème pour partager ? Et pourquoi d'autres ne l'apprennent jamais – en dépit des exhortations des parents ?

D'un côté, les enfants copient leur comportement sur celui de la personne de référence. Les gestes qu'ils voient sont alors tout aussi importants que les paroles, ce qui n'a rien d'étonnant pour ceux qui ont lu le chapitre « *Le prince, l'anarchiste, le naturaliste et son héritage*. Comment nous coopérons les uns avec les autres ». Il n'est pas rare de se rendre compte de la ressemblance entre les parents et les enfants quand on considère le langage du corps, même s'ils ne se ressemblent pas vraiment physiquement. Les convictions d'un individu se révèlent mieux dans ce que fait un homme que dans ce qu'il dit ; chose qui semble déjà évidente aux enfants. Sentir la chaleur du corps aura des effets plus durables qu'une déclaration d'amour purement verbale. Et donner l'exemple de la générosité et du partage est plus efficace que l'appel abstrait à s'occuper des autres ou à céder sa part.

Mais, même si le sentiment émotionnel de sécurité, l'attention à l'autre et les influences actives sont très importants, ils ne font pas nécessairement un homme « bon ». Même l'éducation la plus tendre et la plus attentive n'est pas une garantie. La raison serait que nos cerveaux ne sont pas identiques à la naissance et qu'ils ne sont donc pas programmables de façon sûre et certaine. Mais, avant de nous pencher sur les différences individuelles, il serait bon de savoir ce qui se passe de façon générale dans notre cerveau lorsque nous pensons prendre des décisions « justes ».

On ne compte plus le nombre d'ouvrages scientifiques sur la justice qui remplissent les bibliothèques. Mais on n'a encore guère étudié ce qui se passe vraiment dans notre cerveau lorsque nous croyons être justes. L'expérience faite en 2008 par le neurologue Ming Hsu, professeur en neurosciences cognitives à l'université de l'Illinois à Urbana-Champaign, a donc fait d'autant plus sensation. Pour faire son expérience, il a pris vingt-six personnes de sexe masculin entre vingt-neuf et cinquante-cinq ans. Tous ces hommes ont été confrontés à une décision difficile à prendre, un dilemme moral[8].

La problématique était la suivante : imaginez que vous vous trouviez en Ouganda pour vous occuper de petits orphelins. Vous êtes chargé de l'approvisionnement en nourriture. Un jour, vous vous retrouvez dans une situation à laquelle vous ne vous attendiez pas. Une rupture d'approvisionnement vous oblige à réduire la quantité globale de nourriture. Comme les distances entre les villages sont énormes et que la nourriture est vite périssable, vous n'avez que deux possibilités : soit vous supprimez quinze repas à un enfant dans un village ; soit vous supprimez dix-huit repas à deux enfants qui habitent un peu plus loin encore, si bien que chacun va devoir renoncer à neuf repas.

Vous allez protester haut et fort et vous aurez raison : cette directive de répartition n'a rien à voir avec la réalité ; elle est totalement artificielle. Qu'est-ce que cette nourriture périssable représente pour chaque portion ? Et pourquoi choisir seulement un ou deux enfants qui devront se passer de nourriture ? Mais, pour sauver cette expérience, il est nécessaire de dire qu'il ne faut pas la confronter à une réalité. La question qui fut posée était simple : est-il plus juste qu'une seule personne soit plus sévèrement « punie » ou que deux le soient un peu moins ? Dans le premier cas, l'exigence est plus brutale ; dans le second cas, elle concerne deux personnes au lieu d'une.

Les résultats furent très nets. La plupart des gens ont choisi la seconde solution. Il leur semblait plus juste que deux personnes soient lésées plutôt qu'un seul enfant subisse toutes les privations. Mais la spécificité de cette expérience vient de ce que les scientifiques pouvaient voir dans le cerveau des personnes interrogées grâce à un système de résonance magnétique. Ming Hsu et ses collègues se dirent qu'ils venaient de faire une découverte novatrice. Les hommes qui choisissaient la solution de quinze repas supprimés pour un seul enfant privilégiaient l'utilité générale. Le scanner montrait une forte activité du putamen, une région située dans les ganglions de la base, responsable de la motricité et des mouvements mais qui s'occupe aussi sans doute des pensées simples orientées directement vers un but. Chez les hommes qui s'orientaient vers une plus grande justice de répartition et faisaient peser la suppression de dix-huit repas sur deux enfants, on voyait se manifester une région du cortex plus grosse qu'une pièce de deux euros : le cortex insulaire.

Il est symptomatique de voir que le cortex insulaire n'est pas le lieu de la logique ni de la raison. On ne connaît pas encore assez son rôle. Mais ce qui ne fait aucun doute, c'est que cette région est celle de l'extrême sensibilité. Elle transforme les impressions physiques et joue un grand rôle dans l'élaboration des émotions. C'est aussi là que se trouvent le sens de l'odorat, du goût, la pensée acoustique, l'évaluation émotionnelle des douleurs ainsi que le sens de l'équilibre.

Le sens de la justice a-t-il un rapport avec le sens de l'équilibre ? La supposition semble plausible. Et est-il un réflexe des sens, hautement intuitif et émotionnel ? Les avocats des intuitions sociales, comme David Hume et plus tard son successeur spirituel Jonathan Haidt, auraient tout lieu de se réjouir : même la justice n'est pas un acte raisonnable mais quelque chose de spontané relié à l'instinct.

On peut néanmoins douter que l'expérience menée par Ming Hsu et ses collègues suffise à faire une telle déduction. Premièrement, nous ne savons pas assez de choses sur le cortex insulaire ; deuxièmement, nous ne pouvons pas affirmer que la plupart des scanners de la génération actuelle soient suffisamment sophistiqués pour révéler tout ce qui se passe dans le cerveau. Cette expérience ouvre en tout cas les portes à de nouvelles expériences neurologiques. Même la psychologie de l'économie mise sur une nouvelle génération de scanners qui permettront de voir sur les écrans les flux des hormones et des neurotransmetteurs.

Un bon mode opératoire dans ce genre d'expérience serait de recourir au *jeu de la confiance* mené par Fehr[9]. On donne à chacun des deux joueurs, qui ne se rencontreront plus jamais après ce jeu, une pièce de dix euros. Si l'un des joueurs donne à l'autre son billet de dix euros, le meneur de jeu double la mise. L'un des joueurs a donc maintenant quarante euros, alors que l'autre n'a rien. Le meneur de jeu laisse au joueur qui possède l'argent la possibilité de redonner ou non à l'autre une partie de ses gains. Que va faire le joueur avec les quarante euros ? Presque tous les joueurs ont redonné une partie de leur argent au premier, et beaucoup en ont même donné la moitié.

La question à laquelle doivent répondre les neurologues est la suivante : quelles régions du cerveau sont activées quand il est question de « justice » ? Réponse : c'est très largement le cortex orbitofrontal dans le lobe frontal droit. Dans une série d'expériences ayant pour base le jeu de l'ultimatum (cf. *Les cris des capucins.* Le sens de la justice est-il inné ?), les chercheurs de l'université de Zurich ont irradié la tête de leurs cobayes avec des champs magnétiques de forte intensité. Si les rayons touchaient le lobe frontal, bloquant ainsi sa fonction, les joueurs qui ne recevaient qu'une somme dérisoire ne manifestaient aucune réaction de mécontentement[10].

Mais ce qui importe encore plus que de savoir quelle région du cerveau est compétente en matière d'équité, c'est de chercher la base *neurochimique* de notre sens de la justice. Quels éléments influent sur notre sens de la justice ? Cette question a vivement intéressé Fehr, lorsqu'il s'est aperçu que l'on pouvait influer sur le sens de la justice par une intervention chimique directe dans le cerveau. Lors d'une série de tests reposant sur le jeu de l'ultimatum, il fit injecter dans le nez de quelques joueurs de l'ocytocine sous forme de spray. L'ocytocine est une hormone qui intensifie nos sentiments de lien[11]. Elle est normalement produite pendant l'allaitement, les caresses, les baisers et l'acte sexuel. Les autres joueurs ne recevaient qu'un placebo sous forme de spray. Quel fut le résultat ? La confiance, la gentillesse et la générosité augmentaient sous l'influence de l'ocytocine.

L'importance de cette « hormone du bien-être », comme on appelle parfois l'ocytocine, montre à quel point notre comportement social peut être influencé par la chimie du cerveau. Et cela se retrouve déjà chez les bébés et les petits enfants. Le fait que chez les adultes, dans certaines situations sociales, certains circuits soient activés ou certaines hormones soient produites dépend beaucoup des expériences qu'ils ont faites avec leurs plus proches personnes de référence quand ils étaient enfants. Mais, même si cette règle est générale, il reste que chaque cerveau a sa chimie propre. Une prédisposition innée à produire beaucoup d'hormones sexuelles, de la testostérone ou de l'estradiol a un effet tout aussi important sur notre comportement social. Les enfants dominants révèlent souvent, comme on a pu le constater, une sensibilité sociale moindre que les enfants non dominants. Et leur sens de la justice semble souvent moins développé aussi.

C'est vers l'âge de dix ou douze ans que les enfants commencent à se faire une image d'eux-mêmes et de ce qu'ils sont. Ils peuvent alors se demander s'ils sont « bons » et s'ils se comportent généralement « bien » ou non. Ils commencent à avoir une idée de ce qu'est un comportement « normal » ; et, quand ils en doutent, ils éprouvent un fort sentiment de culpabilité. Le caractère contradictoire des intuitions sociales devient sujet de questionnement. On se réjouit d'une victoire, même si on devine qu'elle a été remportée de façon inique. Ou l'on médit allégrement d'un ami, même si l'on se rend bien compte que ce n'est pas très loyal. Et l'on fait une distinction entre être et paraître quand on décrypte les états affectifs d'autres personnes.

Un livre portant sur ce sujet et écrit il y a vingt ans se terminerait ici. À en croire les travaux de la psychologie de l'évolution de l'époque, l'homme moral est accompli à l'âge de douze ans. Le reste n'est qu'entraînement et expériences. Les parents qui s'énervaient à cause de leurs adolescents pouvaient se consoler en se disant que leurs enfants non seulement les comprenaient parfaitement mais qu'ils pouvaient changer de comportement pour peu qu'ils le veuillent. Comme les adolescents disposent déjà souvent de tout l'arsenal des arguments et des mesquineries d'un adulte, cette vision des choses était aussi, d'une certaine façon, plus que probable.

La neurologie des deux dernières décennies a totalement révolutionné cette image. Des scientifiques renommés, comme le neurologue et psychiatre pour enfants Jay Giedd des National Institutes of Mental

Health de Washington et du Maryland, présentent maintenant une tout autre image du cerveau des adolescents[12]. Pour eux, ce n'est pas une construction terminée mais un immense chantier. Au cours de la puberté, des millions de nouvelles connexions se forment dans le cerveau, alors que d'autres disparaissent. Après une vaste étude menée durant quinze ans, ces chercheurs ont trouvé que le cerveau des adolescents explose carrément, la substance grise augmentant de façon brutale. Cela concerne plusieurs zones importantes du cerveau. Dans les lobes pariétaux, on voit se développer la capacité de représentation dans l'espace et l'aptitude à la logique. Dans les lobes temporaux, derrière les tempes, le centre du langage continue à se développer et la compréhension du langage s'améliore.

Mais les plus grandes transformations se produisent dans les lobes frontaux, juste derrière notre front. C'est là que se trouvent les zones comme l'aire orbitofrontale et ventromédiale – des régions responsables de la compréhension, du jugement, des projets nécessitant une stratégie, de la formation de la pensée et donc aussi, pour une grande part, de la morale. C'est justement là que le cerveau d'un adolescent connaît ses plus forts bouleversements. Tous les ingrédients nécessaires à la formation d'un cerveau adulte sont là, mais dans un désordre indescriptible. Le lobe frontal d'un adolescent est aussi bien rangé que sa chambre, où tout est sens dessus dessous. Les jeunes entre onze et quinze ans se trouvent sans cesse dans un état d'exception. L'hypersensibilité, les fulgurances d'intelligence, la démesure et l'incapacité de changer de comportements une fois qu'ils sont adoptés sont autant de signes de ces éclairs neurochimiques qui frappent le cerveau.

Si l'on considère le nombre de connexions nerveuses, on peut dire que l'homme n'est jamais aussi intelligent que durant sa puberté. Sauf que nous sommes pris dans un tel tourbillon pendant cette période que nous ne sommes guère capables d'en faire quelque chose de raisonnable. Le neurologue Robert McGivern, de la San Diego State University, a montré les difficultés qu'ont souvent les jeunes à décrypter avec précision la mimique des autres et à évaluer correctement leur dynamique émotionnelle[13]. Si les adolescents trouvent que beaucoup de choses sont injustes, c'est parce qu'ils manquent de confiance face aux sentiments des autres. Cette énorme quantité de cellules grises se réduit cependant après la puberté. Notre cerveau se lance dans une grande entreprise de nettoyage. Les liaisons nerveuses qui « n'apportent rien » sont déconnectées, d'autres circuits sont renforcés et automatisés.

Le côté positif de ce grand chambardement dans le cerveau durant la puberté est évident : jamais nous ne sommes aussi ouverts et curieux que durant la puberté. Dès le début des années 1990, le psychologue Yasuko Minoura, de l'université de Tokyo, a montré à quelle vitesse les adolescents peuvent s'adapter[14]. Des enfants japonais âgés de neuf à quinze ans qui étaient allés vivre en Californie avec leurs parents se transformaient rapidement et sans difficulté en de vrais petits Américains. Si les enfants avaient moins de neuf ans ou plus de quinze ans, on n'assistait pas à ce rapide processus d'adaptation.

Le développement du cortex orbitofrontal se poursuit toutefois à une vitesse de moins en moins rapide jusque vers vingt ans. C'est à ce moment que l'individu est mûr sur le plan neurochimique.

La capacité de l'homme à avoir une morale est innée. Nous déroulons pas à pas un « programme » qui va de l'imitation au sens de la morale en passant par l'empathie. Mais, durant toute cette période, nous sommes fortement exposés à l'influence de notre éducation. L'intensité des liens affectifs, le sentiment d'être en sécurité et la certitude d'être compris sont autant de points qui ont un impact positif sur notre développement. Le jeu complexe entre prédispositions individuelles variées et influence de l'éducation fait que se développent des caractères très différents. La capacité d'empathie et le sentiment de justice sont donnés à tout homme sain et normal, mais leur portée et leur structure varient d'un individu à l'autre.

Par nature, l'homme n'est pas seulement porté à la rivalité mais aussi – et dans une mesure bien plus grande – à la coopération. L'empathie et le sens de la justice le prouvent de façon évidente. Sachant cela, il semble opportun de revenir au chapitre « *Loup parmi les loups*. Ce qu'on appelle le "mal" » pour le compléter. Après tout ce que nous avons appris sur nos intuitions sociales et nos réflexions orientées vers un but, on peut se poser une nouvelle fois la question : quel est le degré d'égoïsme dans notre comportement ? Quelle part d'égoïsme nous anime au fil des jours ?

• *Jeu d'échecs social*. Quelle part d'égoïsme y a-t-il dans l'homme ?

Jeu d'échecs social

Quelle part d'égoïsme y a-t-il dans l'homme ?

> Ma vie est constituée par le fait que je me satisfais de beaucoup de choses.
>
> Ludwig WITTGENSTEIN

Ce matin, vous vous êtes levé et vous vous êtes habillé. Et, si vous n'êtes pas en train de lire ces phrases dans votre lit, à la lumière d'une lampe de chevet, il y a de grandes chances pour que vous soyez encore vêtus. Il est vraisemblable que vous n'avez pas passé toute la nuit à vous réjouir de pouvoir vous habiller le lendemain matin. Vous n'avez pas sauté de joie à l'idée de mettre une chemise, un corsage, un pantalon ou une jupe. Ce n'était ni un désir ardent ni l'accomplissement d'un souhait égoïste. Au moment de vous brosser les dents, vous n'avez sans doute ressenti ni plaisir intense ni satisfaction profonde. Mais vous l'avez fait malgré tout.

Vous avez aujourd'hui fait des choses, pris des décisions qui n'étaient pas dictées par le besoin. Et vous n'avez sans doute pas prêté attention à ce que vous pourriez en retirer de grand. En effet, si vous vous posez la question : « Combien de fois ai-je veillé aujourd'hui à mon avantage personnel direct ? », la réponse sera probablement : « Pas une seule fois ! »

Il est vraisemblable que vous ayez plutôt passé votre journée à éviter les inconvénients. Ou alors vous avez calculé des avantages très indirects. Vous vous êtes dit par exemple que vous auriez l'air bête si vous alliez au travail tout nu. Vous n'avez même pas été obligé d'y penser. Pour vous, la chose était évidente. Une fois au bureau, vous avez fait votre travail, plus ou moins bien, sans ressentir de grandes émotions. Même si vos impressions les plus fortes étaient peut-être l'agacement vis-à-vis d'un collègue ou un fantasme sexuel. Mais vous ne vous y êtes pas abandonné longtemps et vous vous êtes vite à nouveau concentré sur votre tâche. Ce n'est pas votre chien émotionnel qui a décidé, mais sa queue rationnelle. Bref : vous n'avez pas cherché le plaisir, mais avez simplement évité les ennuis. Telle est notre vie ordinaire.

Or, pour un pur égoïste des gènes calculant toujours froidement, votre journée fut un véritable fiasco. Du moins si vous êtes une femme et si un superbe spécimen mâle ne vous a pas fécondée. Si vous êtes un homme, il aurait fallu que vous fécondiez au moins deux ou trois femmes. Pourquoi n'avez-vous pas refroidi aujourd'hui au moins un rival ou une rivale ? Pourquoi n'avez-vous pas considéré en toute logique vos congénères comme de simples outils de vos intérêts ? Pourquoi n'avez-vous pas menti à tous crins pour vous rendre important aux yeux des autres ? Et pourquoi tout ce que les autres ont pu dire sur vous ne vous a pas fait ni chaud ni froid ?

Imaginons un chercheur comportementaliste venu d'une autre planète et qui observe durant quelques mois les individus d'un pays occidental dans leur biotope. Il en arriverait à un résultat singulier et écrirait sans doute à peu près ceci : « Les êtres humains passent leurs journées à exécuter des tâches routinières. Et ils ont pourtant des inclinations changeantes. Ils cherchent à se distraire ; ils se laissent aller à de petits débordements affectifs, rarement à des grands ; ils se réfugient dans des chimères agréables, s'abandonnent à des peurs ou des angoisses. Mais, l'un dans l'autre, ils suivent tous des voies bien tracées. Leurs sentiments ne les poussent presque jamais à prendre de grandes décisions. De la même façon, on les voit rarement se plonger dans de longues réflexions raisonnables. Voilà comment l'animal le plus intelligent de la terre passe ses journées. En outre, il est étonnant de constater qu'il ne cesse de faire des choses qui sont en complète contradiction avec son bien-être biologique : il fume, il boit de l'alcool, il mange trop gras et ne fait pas assez d'exercice. »

Voilà à quoi ressemble à peu près notre vie. Il est d'autant plus étonnant que, depuis la fin des années 1980, toute une génération de biophilosophes anglo-saxons, de comportementalistes et de journalistes scientifiques présentent une thèse d'une simplicité extrême : le moteur de toutes nos actions ne serait que la recherche de notre intérêt et l'égoïsme. Quand on lit des livres tels que *The Biology of Moral System*, de Richard Alexander, *Passions within Reason*, de Robert

Frank, *The Moral Animal*, de Robert Wright, ou *The Origins of Virtue*, de Matt Ridley, on apprend deux choses essentielles sur la nature humaine[1]. La première, c'est que notre morale n'est pas consciente mais intuitive. La seconde, c'est que notre morale n'est pas déterminée par la culture (ou alors dans une infime proportion), mais qu'elle suit le calcul logique de nos gènes. Si l'on veut mesurer la portée de ces idées, il suffit de se représenter ce que l'on a imaginé pendant deux millénaires. Premièrement, la morale est largement une question de conscience. Deuxièmement : elle est essentiellement un produit de la culture réservé aux seuls êtres humains.

Nous avons déjà vu longuement que la capacité à avoir une morale plonge ses racines dans le domaine animal. L'idée que l'homme occupe une place à part est fausse. Certains instincts moraux sont très anciens, plus anciens sans doute que notre langage et notre culture. Sur ce point, il n'y a pas contradiction avec ces biophilosophes et autres scientifiques. Mais qu'en est-il du second point de vue ? Notre comportement moral correspond-il effectivement au calcul égoïste de nos gènes ?

Rappelons-nous la thèse de William Hamilton, qui disait que tous les animaux, y compris les êtres humains, sont dirigés par leurs gènes. Appliquée à la morale, cette thèse veut dire pour Alexander, Ridley et Wright que toute notre psyché est dominée par le calcul génétique de nos avantages, même si nous ne nous en rendons pas compte. Or, si nous sommes ce genre de bête, il faut aussi reconnaître que nous sommes en général étonnamment gentils les uns avec les autres. Impossible de ne pas voir l'énorme capacité de coopération dont fait preuve l'être humain. Comment celle-ci est-elle possible et pourquoi a-t-elle un sens ? Nos auteurs essaient de répondre à cette question de façon presque analogue. Et voici par quelle pirouette ils s'en sortent : il faut extraire l'avantage biologique de la coopération sans pour autant laisser ne serait-ce qu'une étincelle de « bonté » à la nature humaine.

Le point de départ de toutes ces réflexions est la thèse de Robert Trivers sur l'« altruisme réciproque » : « Je ne te donne quelque chose que si tu me donnes quelque chose ! » Pour ces scientifiques, cette maxime régente toute notre vie. L'altruisme est un « investissement dans un capital qui s'appelle la "confiance" et qui est ensuite reversé sous forme de dividendes représentant la générosité d'autres personnes. De ce fait, il est clair que l'homme coopératif n'a rien de véritablement altruiste ; il veille simplement à son intérêt à long terme plutôt qu'à court terme[2] ».

Trivers a-t-il raison ? Sommes-nous tous des égoïstes à plus ou moins long terme ? D'après l'étymologie, l'égoïste est celui qui rapporte tout à soi et cherche son « intérêt ». Vu sous cet angle, il est probable que nous soyons tous des égoïstes. Si, au quotidien, nous sommes rarement brutaux vis-à-vis des autres, si nous visons rarement notre pur avantage direct, si nous n'agissons pas en vertu de notre seul intérêt, il n'en reste pas moins que nous voudrions quand même retirer de nos actions *un avantage au sens large du terme*. Même si cet avantage n'est qu'un plaisir de courte durée : se détendre, se distraire, éviter les disputes, se sentir bien, ne pas se montrer sous un mauvais jour. Tout ce qui fait en gros l'ensemble de nos journées.

Entendre retirer quelque chose de mes actions n'est pas une chose mauvaise en soi. « Qui ne peut pas bien s'aimer ne peut pas bien aimer les autres, écrit Robert Musil. Car l'amour pour soi bien compris est aussi la façon naturelle d'être bon avec les autres. L'amour de soi n'est pas de l'égoïsme mais une façon d'être bon. » Derrière chaque bonne action se cache un intérêt particulier (quelle que soit sa forme). Même mère Teresa, en consacrant toute sa vie à l'aide humanitaire à Calcutta, en retirait sans doute une forme de plaisir et peut-être même la promesse d'une place au paradis ! Mais on ne peut pas dire pour autant qu'elle était « égoïste ». Aucun philosophe occidental affirmant que l'homme est bon par nature n'a prétendu qu'il ne devait rien retirer de ses bonnes actions. L'altruisme purement désintéressé est si utopique qu'il est absurde de dire que, en référence à cette idée saugrenue, l'humanité serait égoïste. Ce n'est pas parce que le monde n'est pas tout blanc que les hommes sont tout noirs.

Si toute forme d'altruisme est reliée à un intérêt ou à un avantage personnel, le mot « égoïsme » n'a plus guère de sens dans ce contexte. Un comportement égoïste est un comportement que nous considérons généralement (même si ce n'est pas toujours le cas) comme faux ou inconvenant. Quand on aide gentiment les autres, quand on se sacrifie pour les soigner, quand on est aimable avec ses voisins, on ne peut pas dire que l'on est égoïste pour autant. Un individu qui, dans une situation d'urgence, pense d'abord à se sauver et à se mettre à l'abri ne peut pas non plus passer pour un sale égoïste. Nous trouvons ce comportement tout à fait sain – sauf s'il se fait aux dépens de ses enfants, par exemple, ou de personnes d'une même famille ayant aussi besoin de protection. Même l'exhortation de Jésus-Christ dans l'Évangile selon saint Marc (12, 29) : « Tu aimeras ton prochain comme toi-même » présuppose aussi cet amour de soi.

L'égoïsme, tel que nous l'entendons au quotidien, est donc davantage que cette forme générale et « molle ». Sinon, le mot ne pourrait même pas servir de reproche. Si nous sommes tous des égoïstes, le terme perd tout sens. Même dans le dictionnaire, on trouve, outre l'« amour de soi », des synonymes comme « égocentrisme », « égotisme », « individualisme ».

Ce qui est ainsi perçu, ce n'est pas la recherche fondamentale d'un intérêt mais la recherche d'un avantage dans chaque situation de la vie. Mais les individus dont la vie n'est déterminée que par cette recherche sont quand même assez rares. En plus, ils sont facilement repérables. Les égoïstes sont des individus qui, pour rien au monde, ne voudraient être traités comme ils traitent les autres. Les autres personnes sont en effet perçues et traitées non pas de façon équitable mais uniquement comme des moyens leur permettant d'arriver à leurs fins. Il est certain que l'on peut retrouver des éléments de ce comportement chez de nombreuses personnes. Mais cela ne rapporte rien à la longue. Un égoïste pur et dur n'a pas d'amis. Il mène une vie finalement pleine d'inconvénients.

Le rôle de l'égoïsme intransigeant a été dramatiquement surestimé dans la vie en société. Même pour expliquer l'histoire du monde souvent bancale, il existe toute une série de raisons plus importantes que le pur égoïsme. C'est une présomption un peu absurde que de vouloir clouer au pilori l'égoïsme de l'homme. C'est pourtant l'un des sujets préférés des sermons du dimanche. Ces attaques contre l'égoïsme sont d'autant plus applaudies que la plupart des gens ne se sentent pas concernés, à juste titre. Qui d'entre nous se considère comme égoïste ? Vous ? Moi ? Les égoïstes, ce sont toujours les autres.

C'est parce que l'égoïsme pur et dur ne rapporte généralement rien que les gens préfèrent être aimables et coopératifs. C'est en fait plutôt une bonne nouvelle. Mais les biophilosophes mentionnés plus haut considèrent que là-derrière se cache le spectre de l'égoïsme. Notre façon d'être agréable ne recouvre-t-elle pas toujours une recherche de récompenses et d'avantages ?

L'anthropologue Richard Alexander de l'université du Michigan à Ann Arbor doute que nous fassions des choses qui ne nous rapportent aucun avantage personnel. Prenons par exemple quelqu'un qui donne son sang. À première vue, cette action ne lui rapporte rien. Il ne reçoit pas d'argent, pas de médaille, pas même un traitement de faveur le jour où il aura peut-être lui-même besoin d'une transfusion. Mais, pour Alexander, l'important n'est pas là. « Qui ne se sent pas un peu penaud quand il est en présence de quelqu'un qui dit incidemment qu'il vient juste de donner son sang ? » L'objectif du don du sang serait donc de fanfaronner et de jubiler en voyant les autres devenir « penauds ». Voici comment la chose s'expliquerait.

Face à l'idée que tous les hommes ne pensent qu'à leur avantage, on peut vraiment douter de l'intégrité humaine. Et toute personne qui agit autrement que de façon égoïste n'est même pas une exception qui fait bonne figure, à en croire l'économiste Robert Frank de la Cornwell University à Ithaca, dans l'État de New York. Non, il est simplement fou. Qui sont par exemple ces drôles d'individus qui donnent un pourboire à un garçon de café dans une ville étrangère ? Qui fait des dons anonymes ou sacrifie sa vie pour les petits orphelins du Rwanda ? Une seule explication possible à cet altruisme tous azimuts : ces gens-là ont un problème psychologique et sont les victimes de leurs sentiments incontrôlés. Leur sens de l'altruisme réciproque est complètement perturbé. Des modes de comportement qui normalement doivent servir la reconnaissance sont devenus à ce point autonomes qu'ils partent dans toutes les directions, à tort et à travers.

Il ne serait pas nécessaire de se pencher sur ces considérations si elles n'avaient pas pris énormément d'importance au cours des vingt dernières années. Dire que tout notre comportement, souvent complexe et contradictoire, ne vise que notre propre avantage est *la* grande histoire de la biologie du comportement de notre époque. Et tous ceux qui agissent autrement sont soit de fieffés hypocrites, soit des dérangés mentaux : toutes les personnes qui tombent amoureuses de gens qui ne sont pas faits pour elles ; les millions de personnes qui se font utiliser ; tous les gentils qui font des dons aux œuvres caritatives ou qui aident la vieille dame à porter son cabas.

Sur la liste des gens qui veulent œuvrer contre le cancer, on trouve plus de trois millions de personnes qui se sont engagées à donner gratuitement de leur moelle osseuse pour sauver des individus atteints de leucémie qu'elles ne connaissent même pas. Dans les pays marqués par le bouddhisme, des centaines de milliers de personnes subordonnent leur bien-être privé à celui de la communauté. Et que cherchent, dans les pays riches en voie de développement, les égoïstes invétérés qui se mettent à succomber à l'ésotérisme et à la recherche du sens de leur vie pour enfin se libérer de leurs besoins frelatés ?

Si Ridley, Alexander, Wright, Frank et bien d'autres ont raison, tous ces gens agissent à rebours de leur vraie nature. Un vrai *homo sapiens*, en revanche, est un capitaliste version occidentale : chacune de ses actions est un investissement – ses amitiés, ses amours, ses marques de gentillesse. La seule chose qui compte, ce sont les intérêts, les profits et les dividendes.

Si la chose était exacte, on n'aurait plus besoin de philosophes, désormais. À la lumière de ce nouvel enseignement, ils font figure de vieux idéalistes anachroniques qui se consacrent frileusement à leur discipline, comme des paléontologues se consacrent à l'étude de quelques dinosaures et de leurs œufs. On ferait bien aussi de fermer les facultés de psychologie et de mettre la biologie du comportement humain là où elle a sa place : dans les instituts de sciences économiques. Leur sujet pourrait être : la naissance de l'*homo sapiens* à partir de l'esprit du capitalisme. Et ensuite on aurait : la renaissance du capitalisme à partir de l'esprit de l'*homo sapiens*.

Le programme serait le suivant : à un moment donné de l'évolution, nos ancêtres égoïstes ont découvert qu'il était absurde de ne faire que se fracasser le crâne avec des gourdins. C'est alors qu'ils ont découvert la coopération, avec la division du travail et la répartition au service de la communauté. Ils se sont rendu compte qu'un homme seul ne pouvait manger un mammouth entier et qu'il était possible d'en donner une partie, sans pour autant perdre beaucoup. Et quelque chose de terrible et d'effroyable a fait son apparition : l'égoïsme perfide camouflé en altruisme, parce que l'égoïsme du *lonesome cowboy* ne payait plus. En effet, si on donne une très grosse portion de viande de mammouth à la femme que l'on convoite, on a toutes les chances d'être récompensé par de nombreux enfants. Ceux qui refusent disparaissent.

C'est ainsi au nombre de ses enfants que le biologiste reconnaît l'égoïste froid et calculateur. S'il en a beaucoup, cela veut dire qu'il a eu du succès. S'il n'en a pas ou que très peu, cela signifie qu'il a mal joué sa partie d'échecs sociale. Vu que nos ancêtres pensaient déjà exactement comme nous, l'être humain devint social par nécessité, même s'il ne pensait alors à rien d'autre qu'à la survie de ses gènes. Jürgen Kaube, sociologue et journaliste, se moque gentiment de ces explications sociobiologiques à l'emporte-pièce : « Il n'est pas difficile d'écrire une sociobiologie sur quelque sujet que ce soit. Prenez simplement un fait en passe de devenir un phénomène particulier, diversifié, pénétrant et explicable uniquement par l'histoire. Cela peut être la beauté de la nature, la religion, les grands-mères ou la monogamie. Imaginez maintenant un mécanisme utile dans la lutte pour la vie et dans la multiplication de sa progéniture, qui aurait pu favoriser cette dernière il y a quelques millions d'années. Quoi que nous fassions, nous dit cette théorie, nous le faisons pour augmenter nos chances de pouvoir reproduire notre patrimoine génétique. L'évolution nous a programmés pour cela, car seuls les êtres qui ont bien suivi ce programme ont pu s'imposer dans la nature au fil des millénaires. Cela conduit à des thèses très amusantes, comme celle qui dit que les liens sociaux sont nés parce que les gains engendrés par la coopération récompensaient les individus qui se mettaient ensemble. Cette thèse est amusante, parce qu'elle repose sur l'idée que les êtres humains, en tant qu'individus, sortent du sol les uns à côté des autres comme des champignons, avant de se rendre compte qu'il est vraiment utile de se mettre ensemble[3]. »

Tout laisse supposer qu'il va nous falloir faire encore des efforts pour observer les hommes et leur culture dans toutes leurs contradictions. L'évolution n'est pas une question de changement de mentalité ni de contrats de nature pratique. Elle ne fait même pas le tri entre ce qui est nécessairement avantageux ou non. Des caractéristiques et des qualités peuvent aussi voir le jour et se maintenir tant qu'elles n'entraînent pas un inconvénient *mortel*. Et d'autres aptitudes qui, à l'origine, pouvaient représenter un avantage pour la survie de l'espèce ont pu se maintenir, alors qu'elles n'étaient plus du tout utiles. Ce surplus de potentiel peut acquérir une certaine autonomie et donner naissance à de nouvelles évolutions. C'est ainsi par exemple que les humains sont en général capables de croire en Dieu, sans que cela ne soit déterminant du point de vue biologique. À quoi sert pour la survie d'un singe qu'il soit capable de croire en Dieu ou non ? Et pourquoi l'évolution a-t-elle favorisé ce terrible engouement pour les jeux vidéo, les nouvelles coiffures, les voitures, les chaussures, les feuilletons à l'eau de rose et le football, laissant de côté le sens des responsabilités vis-à-vis de l'humanité ?

Les avantages dans la lutte pour un partenaire sexuel ne sont qu'un aspect parmi bien d'autres. Même la jolie idée émise par quelques biologistes qui ont prétendu que la gentillesse de l'être humain s'est imposée au fil de l'évolution parce que les femelles préféraient copuler avec de gentils mâles est un raccourci bien alerte. L'idée du *survival of the nicest* est aussi plaisante que limitée[4]. En effet, il faudrait premièrement que le bruit ait couru que les femmes, d'un point de vue strictement sexuel, se sentent toujours attirées par les mâles les plus gentils et non par les plus beaux, les plus téméraires et les plus intelligents. Deuxièmement, les êtres vivants qui ont et reconnaissent des intentions ont une foule d'autres intentions que celle de transmettre leurs gènes.

La vérité est peut-être celle-ci : dans la vie réelle, les êtres humains sont sans doute plus fortement guidés par leurs peurs, leurs scrupules, leurs vanités passagères et leurs intuitions fugitives que par la recherche raisonnée d'avantages personnels. En effet, si l'homme était un égoïste de ses gènes sans foi ni loi, il serait l'égoïste le plus débile et le plus limité que l'on puisse imaginer. Pendant que notre monde est détruit à une vitesse époustouflante, pendant que nos réserves et nos ressources naturelles sont dévastées, on s'agace de l'attitude de notre chef ou de notre voisin, on joue à des jeux vidéo et on regarde *Grey's Anatomy* et *Desperate Housewives*. « L'idée que les hommes ne feraient en réalité que poursuivre des intérêts particuliers bien compris est tout simplement ridicule », écrit la philosophe Christine Korsgaard[5].

L'erreur commise par ces biophilosophes est facile à cerner : ils ont imputé les *motifs de l'égoïsme dur* à la forme douce de l'égoïsme qui caractérise chacun de nous. Mais, si je fais des choses censées me procurer un avantage, cela ne veut pas dire qu'elles se font aux dépens des autres et sont dirigées contre les autres ! Quand je décide de rendre visite à des amis ou d'aller au cinéma, ce n'est pas forcément pour me conformer aux lois de la « lutte pour la vie » ou du *survival of the fittest*. Tirer un avantage de quelque chose ou marcher sur des cadavres, voilà deux choses totalement différentes qui ne se recoupent que rarement dans la vie.

Il y a déjà plus d'un siècle, le brillant philosophe allemand Georg Simmel (1858-1918) avait bien vu les faiblesses de cette théorie qui présente la nature humaine comme brutale et cruelle : « Il y a peu de concepts qui aient été autant dévoyés, qui aient donné lieu à autant de fausses découvertes que celui de “nature”. Personne ne sait finalement de quoi on parle quand on prétend que l'égoïsme est une pulsion naturelle et que l'altruisme est autre chose[6]. » Pour Simmel, de deux choses l'une : soit tout est *nature* dans l'homme, et l'égoïsme et l'altruisme sont donc issus de la même racine ; soit je définis toute action humaine comme un produit de la conscience. Dans ce cas, l'égoïsme ressortirait tout autant à la *culture* que l'altruisme. Mais prétendre que l'une est plus originelle que l'autre est une absurdité.

Le bien et le mal, l'altruisme et l'égoïsme ne peuvent se distinguer par les seules catégories de nature et de culture. Si une telle chose était possible, cela voudrait dire que les gens les plus cultivés sont aussi ceux qui ont le caractère le plus noble. Quant aux gens simples et sans instruction, ils seraient les plus mauvais. Or, il suffit de jeter un bref regard sur la vie ou de considérer ce qu'ont fait d'éminents philologues tels que Joseph Goebbels et Radovan Karadzic pour nous prouver le contraire.

Quel bilan tirer de tout cela ? Nos actes égoïstes sont une part de notre nature. Nos actions altruistes aussi. De la même façon, ces deux caractéristiques ont partie liée à la culture[7]. Une chose est sûre : l'égoïsme n'est pas toujours mauvais. L'altruisme n'est pas toujours bon. Combien de choses bonnes se produisent dans le monde, uniquement motivées par la vanité des bienfaiteurs ? Combien de choses mauvaises se produisent au nom d'une bonne et noble intention ? Et comment faire la distinction précise entre les différentes motivations ? Qui peut dire, à propos de ses propres intentions, qu'elles ont toujours été bien cernées et vérifiées en vertu du bien ou du mal ? Là aussi, Simmel a fait œuvre de pionnier en écrivant : « Savoir si l'égoïsme prévaut sur l'altruisme ou inversement est rendu très difficile par le fait que la conscience de celui qui agit n'est pas capable de donner les renseignements nécessaires à ses motivations. Il y a beaucoup de gens un peu confus qui, croyant que la bonté est une faiblesse, pensent agir de façon égoïste, alors qu'ils sont inconsciemment guidés par des motivations purement généreuses et altruistes ; il y en a d'autres qui, pour cacher leur égoïsme fondamental non seulement aux yeux des autres mais aussi à leurs propres yeux, le servent par des chemins détournés et altruistes[8]. »

Il n'y a pas d'étalon permettant de mesurer les intentions nobles ou viles. Nous connaissons tous des gens qui sont très vite enclins à avoir des scrupules et des problèmes moraux, alors qu'il n'y a en fait guère de raison d'en avoir, et qui, dans presque tout ce qu'ils font, sont assaillis de questions. Inversement, il y en a d'autres – et ce ne sont certainement pas les meilleurs – qui ne se tracassent jamais, quoi qu'ils fassent. L'instance qui décide de ce qui est bon ou non, c'est finalement nous-mêmes !

Les gens vivent de façon à pouvoir toujours retirer quelque chose de leurs actes. Mener une autre vie n'est guère possible. Mais cela ne fait pas pour autant de nous des égoïstes invétérés. Notre « vouloir avoir » ne concerne pas seulement des objets, des biens, des avantages dans la lutte pour acquérir un partenaire sexuel ou une parcelle de pouvoir, il concerne surtout des qualités émotionnelles. Les valeurs primordiales de notre « vouloir avoir » sont la satisfaction, le sentiment de sécurité, la confiance, l'attention à l'autre et l'amour.

Mais, s'il est exact que notre quête de satisfaction, de confiance ou d'amour est plus forte que n'importe quelle forme d'égoïsme pur et dur, comment se fait-il que nous soyons parfois gentils, alors que cela ne nous rapporte aucune reconnaissance de la part des autres ?

• *Bons sentiments*. Pourquoi nous aimons bien être gentils

Bons sentiments

Pourquoi nous aimons bien être gentils

Il y a sur notre planète un être vivant supérieur à tous les autres. Structure solitaire, il ne pèse en moyenne que 1,3 kilo. Il est rapide, souple, attentif et diligent. Tout ce qui passe à sa portée est observé, étudié, analysé, évalué et emmagasiné. Il est actif jour et nuit, sans relâche. Cette créature, c'est notre cerveau.

Un cinquième de toute l'énergie que nous retirons de notre alimentation passe dans le cerveau. Toujours en action, il se crée son propre monde. Car notre cerveau est une chose unique. Aucun cerveau ne ressemble à un autre. Ce qui se passe dans votre tête ne se passe dans aucune autre tête au monde. Même si nous disposons des mêmes régions cérébrales, même si nous avons tous des cellules nerveuses, des circuits et des liens électrochimiques, nos cerveaux sont différents. Si votre cerveau ressemble par exemple au plan de Paris, le mien ressemble au plan de Berlin.

Comment ces machines de compétition parviennentelles à s'entendre dans la vie humaine de tous les jours ? D'un côté, elles sont totalement étrangères les unes aux autres, inaccessibles les unes aux autres. Nos cerveaux sont isolés et autonomes. Mais, d'un autre côté, ils n'aiment pas être seuls. S'ils restent longtemps sans rien échanger, ils s'étiolent ou deviennent fous. Le cerveau a besoin d'autres cerveaux pour vivre, il a besoin de la mimique d'autres visages, de la stimulation des gestes et des mots qui lui sont adressés. Mais qui sont les autres pour nous ? Qu'est-ce que nous aimons en eux et qu'est-ce qui nous effraie chez eux ? Qu'est-ce qui nous enchante ou nous révulse ? L'évolution a trouvé pour tout cela un système de tri et d'évaluation analogue chez tout le monde et pourtant chaque fois différent. C'est notre psyché.

Les êtres vivants ayant une psyché aussi complexe que celle de l'homme se comportent d'une façon particulière qu'il est très difficile de décrypter. Ils peuvent aimer et haïr, ils ont besoin de protection et d'indépendance, ils sont confiants et méfiants, honnêtes et malhonnêtes, ouverts et fermés, ambitieux et paresseux. Bref, ils sont profondément contradictoires – tant avec les autres qu'avec eux-mêmes. Ces êtres doués d'une psyché complexe ne sont pas les froids logiciens de leur vie, les efficaces calculateurs des conséquences de leurs actions, les grands maîtres de leurs intentions. Ils ne sont pas les architectes de leur milieu social. Les êtres vivants doués d'une psyché ne sont pas capables d'avoir une vue d'ensemble d'eux-mêmes.

La vie de tout individu est constituée de ce qu'il veut avoir et de la façon dont il se ressent et se perçoit. L'image que nous avons de nous-mêmes et la volonté de posséder font des claquettes tout au long de notre vie, comme Fred Astaire et Ginger Rogers. Qui conduit et qui est conduit ? Combien d'argent Ginger Rogers dépense-t-elle dans la boutique avant d'être emportée plus loin par Fred Astaire ? Après combien de verres la ramène-t-il à la maison ? À partir de quel moment l'empêche-t-il de médire sur de prétendus amis ?

La séparation entre désir et image de soi est une vieille lune de la philosophie occidentale. Elle a trouvé son expression la plus pertinente avec Sigmund Freud, qui a fait une distinction entre le *ça* et le *surmoi*[1]. Malheureusement Freud s'est lui-même empêché de mieux connaître la psyché en supposant, avec Huxley, que le *ça* était par nature un prédateur meurtrier et sans tabou. L'idée était très en vogue, à l'époque.

En diabolisant le désir, Freud répondait à l'idée qu'il nous faut réprimer nos affects. Paradoxalement, c'était justement le comportement qu'il démasquait partout dans le monde occidental et à bon droit. La conséquence de cette idée fut l'élaboration d'une image très mélancolique de la personne humaine, ce qui n'est pas étonnant vu cette description en circuit fermé. Les personnes étaient punies soit par leurs pulsions, soit par la répression de leurs pulsions. Dans ces conditions, il n'était guère possible qu'existent des individus psychiquement équilibrés et sains. Le petit-fils de Huxley, l'écrivain Aldous Huxley, se vengea de cette vision du monde en faisant dire à ses personnages, dans son roman *Le Meilleur des mondes* (1932), non plus : « Oh, Dieu ! » mais : « Oh, Freud ! »

Le problème est que les théologiens et les philosophes diabolisent depuis toujours le désir – comme s'il était par nature vil, stupide et mauvais. Mais de quel droit ? Certes, nos côtés instinctuels ont souvent quelque chose qui rappelle le désir débridé, la fureur sauvage et la violence incontrôlée. Il y a des composantes sadiques chez de nombreux individus. L'envie, l'avidité, la joie maligne et le manque d'égards existent bel et bien. Mais notre désir nous pousse aussi à rechercher l'amour, l'attention et le sentiment d'être utile. Tous ces aspects sont solidement enracinés dans notre biologie.

L'un des besoins les plus importants qui nous caractérisent est de nous *sentir bien*. Les gens aiment se sentir bien, autant sur le plan physique que moral. Ils aiment aussi considérer qu'ils sont des « gens bien ». Il suffit de regarder autour de nous. Qui parmi vos amis, vos collègues, vos proches se considère comme essentiellement mauvais ? Mais il n'y a pas de théorie biologique qui expliquerait ce besoin d'avoir une bonne idée de soi-même. En tout cas, ce n'est pas ce qui fait que nous avons plus d'enfants. Si nous sommes souvent gentils, c'est tout simplement que cela fait plaisir d'être gentil. Pas toujours, mais souvent.

« L'égoïste se sent entouré de phénomènes étrangers et hostiles, et tout son espoir repose sur son propre bien », écrit Schopenhauer. L'homme bon, en revanche, « vit dans un monde de phénomènes amicaux : le bien de tout un chacun est le sien propre ». En règle générale, il n'est pas difficile de dire laquelle de ces deux attitudes nous préférons. Nous préférons être amicaux plutôt qu'inamicaux. Non parce que cela sert nos intérêts pratiques et génétiques, mais simplement parce que cela fait du bien à notre psyché.

On dit volontiers que l'on ne peut pas acheter les choses les plus importantes de la vie, comme l'amitié ou l'amour. On ne peut même pas les acquérir par l'altruisme réciproque, du genre : « Je t'aime, donc tu m'aimes aussi ! » On ne devient pas heureux par le froid calcul et la spéculation sur nos avantages. Au contraire.

Un de mes amis – avec qui j'ai perdu tout contact, maintenant – s'était inscrit, il y a quelques années, à un séminaire de management. Le coach, qui était américain, leur avait expliqué ce qui était important dans la vie. Il montrait aux participants combien ils perdaient de temps en n'ayant pas toujours des objectifs précis. Nous dépensons trop d'argent, nous faisons trop de choses inutiles et nous gaspillons notre énergie dans des relations sociales totalement stériles. Or, l'important, c'est de bien calculer la façon de mener sa vie. Voir ce qui paie et ce qui ne paie pas. Le coach avait sans doute lu beaucoup de livres à caractère sociologique. Quoi qu'il en soit, il conseillait à ces managers de vivre en conformité avec notre nature selon Trivers, Ridley, Wright, Alexander et Frank.

Mon ami, qui cherchait depuis longtemps un sens à sa vie, prit ces propos très au sérieux. Si je lui proposais d'aller au restaurant, il refusait en disant que c'était trop cher, alors qu'il travaillait comme acheteur pour une grande firme automobile et gagnait beaucoup plus d'argent que moi. Le cercle de ses amis, déjà assez restreint, se réduisit comme peau de chagrin, et j'en fis bientôt les frais. Il économisa chaque pfennig puis chaque centime et dépensa ensuite cet argent pour une cause totalement absurde. Il était malheureux et finit par retourner tous ses principes. Des amis me dirent un jour que, selon ses propres mots, il voulait « enfin vivre ».

Il semble donc que calculer tous les paramètres de

sa vie et « vivre enfin » soient deux choses diamétralement opposées. Si cela est vérifié, cela veut dire aussi qu'une vie réglée au millimètre n'a pas grande valeur pour la majorité des gens. Le bonheur semble être bien plus que la somme de petits calculs et d'avantages engrangés.

Le psychologue Daniel Kahneman (né en 1934), qui reçut le prix Nobel d'économie en 2002 et qui enseigne à l'université de Princeton, nous donne un bon exemple à ce sujet[2]. La plupart des Américains disent, dans les enquêtes, qu'il n'y a rien qui rende plus heureux que d'avoir des enfants. Mais comment harmoniser ces avis avec les images de parents excédés par leur progéniture, que l'on rencontre constamment dans les supermarchés ? Ou bien avec les éternelles disputes entre parents et adolescents blasés et rouspéteurs ? Kahneman a invité des milliers de parents à tenir un « journal du bonheur ». Toutes les heures, ils notaient leur sentiment de bonheur dans la relation qu'ils avaient avec leurs enfants. Le résultat fut que, pour les Américains moyens, avoir des enfants rendait aussi heureux que faire le ménage ou faire les courses. Pourtant, ces mêmes personnes continuaient à affirmer que leurs enfants les rendaient heureux. Le bonheur est donc bien plus que la somme de ses parties. Et la qualité ne se mesure pas simplement à la quantité.

Le cerveau humain a beau être l'être vivant le plus étonnant de l'univers, il n'est pas pour autant une machine à calculer. Et la morale n'est pas non plus la simple somme d'un calcul. Ceux qui attribuent la responsabilité de nos actes à des intuitions sociales, comme le font de nombreux sociobiologistes, ne peuvent pas en même temps prétendre que nous calculons notre morale de façon exacte. Pour ce faire, il faudrait que le cerveau soit propulsé par le lourd diesel de la raison, et non par l'essence beaucoup plus volatile du sentiment. En fait, tout se mélange dans notre cerveau. Les sentiments et la raison se croisent et se recoupent sans arrêt, se combattant et s'opposant. On a beau vouloir juger de façon objective un individu, si nous avons de la sympathie pour lui, cela va changer notre position. Personne n'est le maître absolu de ses sentiments.

Nos sentiments, nos décisions et nos contradictions morales s'inscrivent dans notre cerveau. Ce que nous appelons « sentiment » est produit de façon électromagnétique, tout comme ce que nous appelons « raison ». Peut-être que ce renvoi à notre cerveau peut nous expliquer pourquoi nous ne calculons pas toujours froidement comme des « altruistes réciproques », pourquoi nous portons secours à un chat qui s'est pris la patte dans un piège à souris et pourquoi nous indiquons le chemin à un inconnu que nous ne reverrons jamais. Ne se pourrait-il pas que la récompense que nous attendons pour nos bonnes actions se situe en fait dans notre cerveau, et non dans l'attitude des autres à notre égard ?

La multiplicité des preuves enregistrées par les neurologues au cours des dix dernières années est impressionnante : notre système de motivation situé dans le cerveau est avide de récompenses venues de notre environnement social. Pour des sommités telles qu'Esten Jaak Panksepp (né en 1943), professeur à la Washington State University, et l'Américain Thomas Insel, directeur du *National Institute of Mental Health*, la reconnaissance sociale et l'attention positive sont la matière d'où le centre de récompense à l'intérieur de notre cerveau tire son nectar.

Le domaine de recherche de Panksepp a été, pendant plus de vingt ans, la psychologie des animaux. Il voulait étudier leurs émotions sociales. Il était surtout fasciné par ce que l'on ne pouvait simplement expliquer par le recours à une fonction définie. Il se demandait pourquoi les rats sont capables de rire et quel pouvait être le rapport avec le rire de l'homme[3]. C'est ainsi qu'il publia dans la célèbre revue scientifique *Science* un article portant le joli titre : « Pardelà le mot d'esprit : du rire des animaux à la joie humaine[4] ».

Pour Panksepp, tous les animaux évolués distinguent six états affectifs différents : plaisir/sexualité, panique/séparation, attention/soin, désir/attente, fureur/agacement et jeu/joie[5]. Ce sont eux qui font qu'un animal évolué se sent bien ou non. Ce qui est particulièrement intéressant pour le sujet qui nous occupe, c'est de voir que de nombreux animaux sociaux souffrent énormément quand ils sont séparés des autres ou isolés. Un jeune animal abandonné par ses parents ressent le chagrin de la séparation dans son cerveau presque comme s'il s'agissait d'une douleur physique. Il n'en va pas différemment avec les hommes, qui, eux aussi, ressentent sur le plan physique la douleur de la séparation. En revanche, la sympathie, l'attention et la reconnaissance sont la nourriture de notre psyché.

La vie sociale d'animaux développés n'influe pas seulement sur leur psyché mais aussi sur leur physique. On peut déjà voir chez les poissons, par exemple, que les animaux inférieurs qui perdent leur territoire occupé par certains de leurs congénères cessent de grandir et peuvent même diminuer en taille[6]. J'ai depuis quelques mois dans mon aquarium à Cologne deux poissonspapillons d'Afrique de l'Ouest. Ce sont des poissons de surface qui se partagent un mètre carré et demi rempli de plantes aquatiques. Cela devrait être nettement suffisant pour eux deux. Or, l'un des poissons tyrannise l'autre. Et, bien que les deux disposent de la même quantité de nourriture, leur taille évolue de façon différente.

Ce qui est valable chez les poissons dans le comportement de domination est encore plus valable pour le comportement social des animaux évolués et des êtres humains. Thomas Insel et son collègue Russel Fernald de l'université Stanford parlent dans ce contexte de *social brain* – « cerveau social[7] ». Lorsque nous nous sentons bien, nous bénéficions de décharges de neuropeptides comme l'ocytocine et la vasopressine. Ces hormones du bien-être sont de véritables baumes pour notre âme. Mais, si nous souffrons de stress, nous sécrétons des hormones de stress comme le cortisol.

Dans les années 1950 et 1970, le psychologue et comportementaliste américain Harry Harlow s'était livré à une série d'expériences cruelles[8]. Il avait séparé de leur mère de petits singes rhésus qui venaient de naître et les avait privés de tout contact social. Comme il fallait s'y attendre, ces animaux dégénérèrent rapidement sur le plan psychique et physique ; ils montrèrent des troubles du comportement et une sexualité anormale.

Tout semble indiquer que notre cerveau est fortement programmé pour la vie sociale. C'est ainsi qu'Ernst Fehr et ses collaborateurs à Zurich ont pu mettre en évidence toute la différence qu'il y a entre le fait de coopérer avec des ordinateurs ou avec des personnes bien réelles[9]. Des jeux comme celui de l'ultimatum ou de la confiance donnent des résultats très différents selon les cas. Si nous pratiquons des simulations par ordinateur, nous agissons de façon nettement plus rationnelle et égoïste. Mais, si nous avons affaire à de vraies personnes, nous nous efforçons de nous montrer fair-play. Le simple fait de voir des visages humains, qu'ils nous soient familiers ou inconnus, stimule déjà considérablement notre cerveau. Dans cette perspective, ce n'est sans doute pas un miracle biologique de constater que nous suivons aussi les règles du fair-play avec des étrangers, même s'il est à peu près sûr que nous ne les reverrons jamais.

Le neurologue allemand, spécialiste de médecine psychosomatique, Joachim Bauer (né en 1951), qui travaille à l'université de Fribourg, voit là les bases d'une image totalement nouvelle de l'homme : « Il n'y a rien qui active davantage les systèmes de motivation du cerveau que le désir d'être vu par d'autres, que la perspective d'une reconnaissance sociale, que l'expérience d'une attention positive à notre égard et – surtout – l'expérience de l'amour[10]. » Notre structure de motivation n'est donc pas du tout calée en priorité sur le désir de s'imposer et d'avoir plus d'avantages que les autres. « Tous les buts que nous poursuivons dans le cadre de notre vie quotidienne, que cela concerne la formation ou le travail, l'argent ou nos acquisitions, etc., prennent, du point de vue de notre cerveau, un "sens" généralement inconscient qui vise les relations humaines : nous voulons en acquérir ou les conserver. Tous les efforts faits par l'être humain pour être vu comme une personne sont bien au-dessus de ce que l'on appelle généralement chez nous l'"instinct de survie"[11]. »

Le philosophe romain Sénèque avait déjà bien vu la chose : « Personne ne peut vivre de façon éthiquement responsable s'il ne pense qu'à soi et subordonne tout à son intérêt personnel. Tu dois vivre pour les autres si tu veux vivre pour toi-même. » Il est aujourd'hui conforté dans son point de vue par les neurologues Jorge Moll et Jordan Grafman des *National Institutes of Health*. Ces derniers sont à peu près sûrs d'avoir trouvé la clé du « bien ». Ils ont publié les résultats de leurs expériences en 2006[12]. Ils avaient mis des étudiants dans le caisson d'un scanner et leur avaient demandé d'imaginer qu'ils recevaient une forte somme d'argent. Comme il fallait s'y attendre, on constata chez ces étudiants un afflux sanguin dans le système mésolimbique, ce que l'on appelle le « centre de la récompense ». Il est activé aussi quand on va savourer un bon repas ou faire l'amour. Au cours d'une autre série d'expériences, nos chercheurs demandèrent aux étudiants d'imaginer qu'ils allaient faire don de cette même somme à une œuvre caritative. Cette fois encore, on enregistra un afflux sanguin dans le système mésolimbique. Mais, à la différence de la première expérience, une seconde région était activée : le cortex cingulaire subgénual. C'est une partie du cortex préfrontal, mais elle est nettement plus développée ; on la trouve chez les êtres humains et chez les singes, et c'est elle qui est responsable de l'attention sociale et de l'attention à l'autre.

Ces chercheurs en déduisirent que, si cela fait du bien de faire le bien, c'est une chose absolument naturelle. L'altruisme n'est pas un ingrédient ajouté après coup dans un cerveau aux dispositions égoïstes, mais une composante primordiale de notre nature, bien ancrée et assez agréable. Et même si donner n'est pas nécessairement plus gratifiant que prendre, cela reste quand même gratifiant.

Les êtres vivants qui ont des intentions conscientes et qui savent les reconnaître n'agissent pas nécessairement par calcul. Les hommes sont parfois égoïstes et calculateurs, mais ils sont souvent aussi dépourvus de tout calcul dans le bien comme dans le mal. Il existe un altruisme relié à des objectifs et un altruisme indépendant de tout objectif. Les bonnes actions sans compensation sont de ce fait rarement une spéculation sur l'avenir ou une déviance morale. Leur récompense, c'est d'avoir le sentiment d'être bon.

On peut dire que les gens qui ne présentent pas de profondes lésions intellectuelles ou psychiques se sentent bien quand ils font le bien. Le bien qui est fait ne doit pas forcément trouver une récompense sociale. Si cela en vaut la peine, cela en vaut d'abord la peine pour nous : c'est bon pour notre sentiment d'être quelqu'un de bien et encore plus pour la bonne image que nous aimerions avoir de nous-mêmes. Mais qu'est-ce en fait qu'une image de soi ?

• *Le bien et moi.* Ce à quoi nous oblige notre propre image

Le bien et moi

Ce à quoi nous oblige notre propre image

Je vois que ce qui est faux n'est pas ce que l'on fait mais ce que l'on devient.

Oscar WILDE

De mon grand-père, je n'ai pas hérité une boucherie-charcuterie mais l'amour pour les animaux.

Mon grand-père était la personne que j'aimais le plus au monde, lorsque j'étais enfant. Et, bien qu'il ne fût pas un saint, il était pour moi une personne sacrée. Il s'occupait beaucoup de moi. Quand, petit garçon, j'allais passer mes vacances à Hanovre, nous allions chaque fois au zoo. Il fallait une demi-heure à pied pour y arriver. Mon grand-père avait déjà fait la même chose avec mon père, trente ans auparavant. Ce n'était pas un fou d'animaux. Peut-être aimait-il simplement aller au zoo. Ou peut-être y allait-il parce qu'il ne savait pas ce qu'il aurait pu faire d'autre avec son petit-fils. Le zoo n'était pas loin. Le chemin qui y conduisait, au milieu de la verdure, était agréable. Et le billet d'entrée n'était pas cher.

Depuis que je suis tout petit, j'ai toujours considéré les animaux comme quelque chose de particulier. Aussi particulier que mon grand-père qui me les a fait découvrir. Quand je pense à lui, je pense à l'odeur de foin dans les cages des antilopes et aux fauves qui tournent en rond. Et, depuis que j'ai appris à réfléchir de façon plus globale, je me demande toujours quel devrait être notre rapport avec les animaux. Peuvent-ils avoir des sentiments ? Peuvent-ils penser ? Ont-ils une dignité ?

Si mon grand-père m'avait laissé une boucherie en héritage, je ne me serais sans doute jamais posé ces questions. De même que s'il avait été agriculteur, aviculteur ou éleveur d'animaux pour leur fourrure. Peut-être qu'aujourd'hui j'aimerais sentir et toucher les fourrures au lieu d'aimer les visons.

Le respect des animaux est une valeur qui, pour moi, ne fait aucun doute. Je considère qu'il est juste de respecter les animaux, comme il est juste de considérer que la terre est ronde ou que la neige est blanche. Le respect des animaux est une partie de ma façon de me comprendre et de comprendre le monde. En d'autres termes, il correspond à l'image que j'ai de moi. Il est une part de moi.

Mais dans ce chapitre il ne va pas être question d'animaux. Ni d'arguments pour ou contre le fait de manger de la viande, d'autoriser la vivisection, d'avoir des animaux domestiques ni d'en mettre d'autres dans des zoos. L'enjeu ici est de savoir pourquoi une chose peut avoir une *valeur* pour nous. Une part assez importante pour qu'elle devienne une part de notre image de nous-mêmes. Une valeur si importante qu'elle oriente notre façon d'agir, sinon cela serait en contradiction avec notre manière de nous appréhender. Une valeur qui parfois s'oppose à nos désirs immédiats ou à nos intérêts pratiques. Une valeur que les humains sont sans doute les seuls à connaître.

La valeur que nous accordons aux choses, aux gens, aux situations, aux souvenirs empêche que nous soyons de simples machines génétiques. Elle influence et corrige nos intérêts, colore nos désirs, bride nos envies ou les dirige vers d'autres voies. Il y a certainement des gens qui ne braqueraient pas une banque, même s'ils ne risquaient aucun châtiment. Il y a des gens qui sont aimables avec d'autres personnes qu'ils ne reverront pourtant jamais. Il y en a même beaucoup. Il y a même des gens qui se battent pour les droits des animaux, alors que jamais ces derniers ne pourront leur rendre la pareille. Il y a des gens qui s'occupent des personnes âgées de façon totalement désintéressée, alors qu'il n'existe aucun lien de sang entre eux. Il y a des gens qui font ce genre de chose. Et puis il y a des gens qui ne le font pas et ne le feront jamais. Tout cela est en rapport avec l'image que nous avons de nous-mêmes.

Pour des êtres vivants qui ont des intentions et savent reconnaître les intentions de l'autre, le regard qu'autrui porte sur leur vie n'est pas indifférent. Au contraire, ils en sont très dépendants. Le regard des autres est un élixir de vie pour notre moi. Même ce que nous estimons et réprouvons ne s'enracine pas seulement dans notre nature mais dans la façon dont nous sommes marqués par les autres et dans l'idée que nous en avons. C'est tout cela qui donne naissance à la compréhension que nous avons de nous-mêmes et du monde.

Mais ce qui nourrit cette image n'est pas le sujet préféré de la nouvelle philosophie de la morale. Les philosophes qui s'intéressent à la morale préfèrent la plupart du temps s'occuper de ce que nous devons faire ou ne pas faire. Nous devons respecter les autres et leur accorder les mêmes droits qu'à nous-mêmes. Nous ne devons ni voler ni tuer. Seul un tout petit nombre se pose la question de savoir ce qu'est une vie bonne.

La différence entre les deux est facilement identifiable : respecter les autres et ne pas commettre de crimes est loin de faire de mon existence une vie bien remplie. Je peux néanmoins juger si ma vie est bonne ou non. Par exemple, parce que je suis trop souvent seul, parce que j'ai un métier ennuyeux, que je n'ai pas bien mis à profit le temps qui m'a été imparti, que j'ai négligé ce qui m'intéressait ou que je n'ai rien fait de valable dans ma vie. Ces questions aussi relèvent indirectement de la morale car elles influencent l'image que j'ai de moi. Cela me permet de voir comment je me considère moi-même. Mon rapport à moi détermine mon image de moi, et cette dernière détermine mon action.

Une philosophie de la morale sans psychologie de la morale reste bien terne. Lorsque nous parlons d'une vie bonne, nous ne parlons pas en effet d'une vie *correcte* mais d'une vie *bien remplie*. Et, même s'il y a un rapport entre les deux, une vie bien remplie ne s'épuise pas dans une vie correcte. La valeur nette de nos actions – l'idée juste ou fausse que nous en avons – ne suffit pas à nous comprendre nous-mêmes.

Nous devons prendre en compte la valeur brute en y intégrant les divers motifs, les occasions et les façons de nous comprendre, qui déterminent effectivement notre comportement. L'absence de cette valeur brute ne fait pas de la philosophie de la morale élaborée par Kant une erreur, mais celle-ci manque singulièrement d'attraits. Bien connaître quels sont mes devoirs ne rend pas ma vie bonne pour autant.

Mais les philosophes de la morale peuvent-ils en fait dire quoi que ce soit sur une vie bien remplie ? Peut-être bien. Ils peuvent par exemple éclairer l'arrière-plan face auquel je prends mes décisions morales. Ils peuvent apprendre certaines choses sur les objectifs moraux que je me fixe. Et ils peuvent essayer de trouver comment et pourquoi nous trouvons quelque chose de moralement sensé ou non dans notre vie. Ce serait déjà beaucoup. En effet, mieux je connais cet arrière-plan, mieux je peux accorder les exigences morales à mes besoins. Et il est possible que cela me retienne d'avoir des exigences exagérées, comme celles de devoir être en toute occasion « raisonnable » ou « bon ».

Qui veut en appeler avec succès à la morale de l'homme doit très bien connaître cette dernière. Ce n'est pas chose simple. Nos convictions morales ne sont pas alignées et rangées dans des tiroirs, selon une hiérarchie bien claire. Elles sont parfois obscures et cachées, floues même à nos propres yeux, portées par des hasards, provisoires et intempestives. Souvent des événements de notre propre biographie jouent un rôle non négligeable, ce qui explique mon amour pour les animaux par exemple. Ces événements sont souvent liés à des sentiments puissants comme l'amour, le lien, la punition ou la peur. Ils dépendent d'une attention particulière ou d'individus qui, en le sachant ou non, nous ont fortement marqués et formés.

L'image morale que nous avons de nous-mêmes est une suite d'évaluations. Car les êtres vivants qui ont des intentions et savent les reconnaître ont tendance à évaluer ces dernières. Nos valeurs et notre rapport à elles sont décisifs dans la façon que nous avons de nous considérer. Sommes-nous bien en accord avec nos exigences morales ? Avons-nous mauvaise conscience quand nous en doutons ? Pouvons-nous toujours nous regarder dans la glace après chacune de nos actions ? Une grande partie de la question de savoir si notre existence est une vie bien remplie trouve sa réponse dans ce cadre. À quoi bon en effet nous adonner à de grands plaisirs si nous les regrettons amèrement ensuite ? Le respect que nous avons de nous-mêmes et de nos idéaux est une part non négligeable de nous-mêmes. Même si cela ne fait pas tout.

Le respect que nous avons de nous-mêmes contribue de façon décisive à savoir si nous considérons notre vie comme digne d'être vécue ou non. Si ce respect est écorné ou s'il a disparu, nous n'avons plus grand-chose à attendre de la vie. C'est seulement si nous vivons plus ou moins en accord avec ce que nous considérons comme juste ou faux, mieux ou moins bien, élevé ou bas, que nous avons une chance d'avoir une vie heureuse. Il y a une chose qui importe plus que les aléas de la vie, les hasards et les coups du sort, c'est de savoir si l'on se considère soi-même comme une personne ayant une valeur. Et c'est de se montrer digne de soi-même.

Ce qu'il y a d'intéressant dans nos évaluations morales, c'est qu'elles ne se calent pas – ou seulement en partie –

sur nos désirs et nos intérêts. Ce ne sont pas nos instincts ni nos penchants qui nous dictent nos valeurs. Du point de vue de la sociobiologie, c'est là une chose très étrange. En effet, si nous sommes par nature égoïstes, ce sont nos instincts qui devraient déterminer nos désirs, nos désirs nos intérêts, et nos intérêts nos valeurs. Or ce n'est pas du tout le cas. Tout laisse à penser que nos valeurs ont une vie indépendante très particulière. Au lieu d'être les auxiliaires de nos désirs, elles formulent des étalons de mesure pour juger nos penchants et nos désirs. C'est ainsi qu'il est possible que je considère que mes instincts et mes désirs sont « faux » ou « mauvais ». Je condamne ma paresse, je m'agace de mon envie, je considère que mon alimentation et ma façon de boire sont néfastes et je regrette après coup d'avoir médit de quelqu'un de façon intempestive.

Soit ! pourrait objecter un sociobiologiste. Il est possible que mes valeurs ne soient pas nécessairement au service de mes désirs à court terme. Mais ne paient-elles pas à long terme ? Là aussi il faut faire preuve de scepticisme. S'il faut en croire mes gènes, toute promesse de fidélité et de mariage n'est que trahison et mensonge. D'un point de vue biologique, la monogamie – une valeur cardinale de notre culture – ne paie ni à long terme ni à court terme. Au contraire, elle ne fait que saper le sens biologique de ma vie, qui consiste à répandre de façon aussi large que possible mon patrimoine génétique (du moins en ce qui concerne les hommes). L'avantage que je peux retirer de la fidélité est donc uniquement de nature psychologique et sociale.

Une image morale de soi dotée de valeurs fortes n'est pas nécessairement un avantage vital. C'est ainsi que ma femme redoute parfois que l'image à la fois sceptique et critique d'eux-mêmes et du monde qu'ont nos enfants ne leur rende un jour la vie difficile. Mais avait-elle d'autre choix que de leur transmettre les valeurs auxquelles elle tient ? Autant on peut être préoccupé par le bien-être de ses enfants, autant il est nécessaire de leur transmettre les valeurs auxquelles on croit. Le choix des valeurs ne se fait donc pas en premier lieu selon les intérêts supposés de nos enfants. Au contraire, le bien-être des enfants est intégré dans l'image morale de soi.

Notre étalon moral n'est pas identique à nos intérêts pratiques. Il y a des classes moyennes qui gagnent bien leur vie et qui pourtant votent à gauche, même si la gauche annonce avant chaque élection qu'elle va augmenter les impôts de ceux qui gagnent bien. Un autre exemple nous est donné par des catholiques pratiquants qui refusent les recherches faites sur les embryons, alors qu'ils ont un enfant atteint d'une maladie génétique et que cela pourrait leur profiter. Certes, ces exemples sont aujourd'hui plutôt l'exception – d'autant plus que les idéologies diminuent de façon dramatique dans le monde occidental, depuis quelques décennies. Mais une part de cette façon d'agir se retrouve un peu dans chacun de nous. Le nombre de gens qui sont honnêtes alors qu'ils tireraient un net avantage à être des menteurs est plus important que l'inverse. Les valeurs qui modèlent l'image que nous avons de nous-mêmes ne sont pas hermétiques aux situations de notre vie, mais elles sont loin d'être toujours les fidèles servantes de notre calcul.

D'un point de vue sociobiologique, on ne peut expliquer pourquoi nos valeurs et nos intérêts peuvent être séparés par un tel gouffre. Et le respect que nous éprouvons face à la vie humaine d'une façon générale ne s'est pas établi justement sur la base d'une décision avantageuse sur le plan de l'évolution. En effet, quel avantage pratique avons-nous à respecter des êtres vivants qui ne sont ni de notre famille ni de notre clan ? Je ne rends pas service à mes gènes en agissant ainsi ! Ce qui profite de ce comportement, ce n'est pas la biologie mais le sentiment que j'ai de moi.

Les gens ont peut-être survécu non pas à cause mais sans doute en dépit de la capacité à réfléchir de façon approfondie sur eux-mêmes. Quelle qu'en soit la raison – un avantage, un hasard ou une conséquence non préméditée –, nous sommes sans doute les seuls animaux en mesure d'émettre des affirmations sur ce qu'ils sont et ce qu'ils devraient être. Ce n'est pas seulement la volonté que nous ressentons qui nous pousse en avant mais aussi notre sens du devoir, que nous ressentons également.

Chaque individu a une identité morale faite de stimulations, de savoirs cultuels et de codes de comportement intériorisés. Ce pouvoir de l'image morale que nous avons de nous-mêmes varie d'un individu à l'autre, mais il reste très puissant. Qu'il soit un esprit noble ou un criminel, nul n'est affranchi à la longue devant le tribunal intérieur du respect de soi et du sentiment de sa valeur. Il faut ajouter à cela que l'image que nous avons de nous-mêmes nous conduit à porter un jugement sur les gens et les situations. C'est ainsi que nous nous demandons si une personne ou un conflit *méritent* notre sympathie, notre accord, notre admiration ou notre rejet.

La façon dont nous nous voyons et nous appréhendons subit donc de nombreuses influences. Ce qui est important, c'est le rôle social que nous jouons. Notre position dans la famille, au travail et dans le quotidien. Sommes-nous un chef ou un employé ? Les deux choses se répercutent nécessairement sur l'image que nous avons de nous-mêmes et donc sur notre comportement. Faisons-nous partie d'un certain groupe social, d'un clan, d'un cercle ? Sommes-nous des sportifs, des fans de l'informatique, des bouddhistes zen, des adeptes du heavy metal, des anthroposophes, des fashion victims, des nudistes, des chrétiens ou des rois du tir à la carabine ? Ou au contraire nous définissons-nous comme des esprits indépendants et des libres-penseurs qui ne veulent s'affilier à aucun groupe ? Nous sentons-nous allemands, français, turcs, parisiens, berlinois ?

Un autre facteur important qui colore l'image que nous avons de nous-mêmes est la position que nous occupons au sein de la société. Quelle attention exigeons-nous ? Nous définissons-nous plus fortement par l'amour, l'attention et la sympathie pour les autres ? Ou est-il plus important pour nous d'être toujours au centre de l'attention générale ?

Quelle qu'en soit la forme, nous en sommes toujours réduits à compter sur le respect des autres. Nous clamons notre dignité et redoutons pour notre réputation. Même le plus brutal des tueurs tient à la reconnaissance de celui qui l'engage ou de ses acolytes. Le tueur pris dans une folie meurtrière recherche une attention négative et le respect dont il n'a pas joui auparavant. Même s'il existe des gens qui veulent être *haïs* parce qu'ils ne veulent ou ne peuvent plus croire en l'amour, personne n'agit dans le but d'être considéré comme *quantité négligeable*. Même les pires dictateurs et criminels ne font pas exception à la règle.

L'image que nous avons dans le regard des autres dirige nos actes de façon au moins aussi forte que n'importe quel motif égoïste.

La maxime quelque peu désinvolte : « Une fois que c'en est fini de sa réputation, on peut vivre sans plus se poser de questions » n'est guère valable ou alors seulement pour un très petit nombre. Une réputation ternie, une perte de prestige et un manque de respect nous posent problème. Il ne doit guère y avoir de chose plus préoccupante que le complexe d'infériorité d'individus qui, craignant pour leur estime, se lancent dans les pires choses par manque de respect de soi. Cela tyrannise l'humanité de façon bien plus forte que n'importe quel égoïsme brutal.

Il suffit de penser à tous ces gens, surtout des hommes, qui attendent que d'autres attendent d'eux du succès. S'il y a échec, ils se transforment alors souvent en une espèce particulière. L'envie, la haine, le ressentiment, l'agressivité sont plus souvent les conséquences d'une image de soi écornée que d'un égoïsme endurci. Il n'est pas rare que cela aille de pair avec un sentiment exacerbé de l'honneur. Plus l'assise de mon honneur est faible, plus il se déploie de façon bancale et pathétique et plus il se sent provoqué facilement : par un regard, une remarque, un rire au mauvais moment. Un honneur qui ne repose que sur lui-même est l'un des pires poisons dans notre monde. L'honneur est l'argent des pauvres ; l'honneur sans borne est la propriété des misérables.

Pour résumer, notre morale est composée de quatre éléments : le sentiment intuitif d'une morale, nos principes et nos convictions, le désir d'avoir une vie bien remplie et notre souci de jouir de l'estime des autres. Ces éléments ne sont pas des caractéristiques relevant uniquement de notre culture. Ils existent partout où vivent des hommes. Mais le poids qu'on leur accorde peut varier considérablement d'une culture à l'autre. En effet, les idées que l'on se fait d'une vie bien remplie sont loin d'être les mêmes. Le concept d'honneur en vigueur dans nos sociétés occidentales n'est pas forcément le même que celui qui est en vigueur au Sénégal, en Afghanistan ou sur les îles Samoa. Et pourtant, tout laisse à penser que chaque culture humaine a une conception de l'honneur. La prostitution, par exemple, est considérée comme dégradante dans presque tous les pays (sauf peut-être dans des contextes religieux comme les « prostituées du temple » à Babylone ou les geishas au Japon).

Dans certaines sociétés comme celle des samouraïs au Japon ou encore dans la Grèce antique d'Homère, l'honneur était placé au-dessus de tout. La quatrième composante phagocytait pour ainsi dire la troisième dans la mesure où elle mettait sur le même plan une vie dans l'honneur et une vie bien remplie. Si l'on remplace aujourd'hui dans les pays occidentaux l'honneur par la renommée, cette éthique du guerrier et de l'honneur a encore toute sa place dans nos sociétés. Dans les concours de top models, une vie bien remplie, c'est une vie sur le devant de la scène. L'éthique de l'honneur guerrier se retrouve surtout dans les dictatures, du Troisième Reich à la Corée du Nord. Et bien sûr aussi dans le monde de la finance, des spéculateurs et des banquiers : une vie bien remplie est une vie pleine d'honneurs. Et les honneurs se mesurent principalement à l'argent.

C'est justement à cause de cette mise sur le même plan de toutes les valeurs que Platon, comme nous l'avons dit dans le premier chapitre, s'en prenait aux oligarques de son époque. Pour Platon, le bien ne se situe pas dans l'honneur guerrier ni dans le vulgaire mérite matériel. Une vie bonne est une *attitude*, nourrie de la connaissance exacte de la hiérarchie des valeurs. Mais aujourd'hui la plupart des gens ne croient plus à un classement fixé une fois pour toutes. Et encore moins que ce classement peut guider toutes leurs actions. Il n'y a plus de hiérarchie figée ni de projet fixe. Cela n'existe ni dans le monde ni à l'intérieur de l'homme.

Nos intérêts, nos opinions, nos valeurs et notre comportement doivent être constamment mis en accord avec l'image que nous avons de nous-mêmes. Nos points de vue et nos évaluations, tant en ce qui nous concerne qu'en ce qui concerne le monde, peuvent changer d'une heure à l'autre. Un compliment nous met en joie. Une critique nous anéantit. Une atmosphère trouble l'image que nous avons de nous-mêmes. Une autre la fait resplendir sous les meilleures couleurs. Une personne amoureuse se comporte en général autrement que lorsqu'elle ne l'est pas. Elle prend d'autres décisions et juge souvent la vie de façon différente. Les circonstances qui déterminent notre vie sont si variées et complexes que nous sommes obligés de nous réorienter à tout moment. Seuls les animaux peuvent toujours suivre leurs instincts, chose qui est impossible à un homme raisonnable. Ou pour reprendre les mots du philosophe allemand Martin Seel (né en 1954) : « Seuls les imbéciles sont toujours en accord avec eux-mêmes[1]. »

Les êtres humains sont les seuls animaux capables d'accorder une valeur à des choses abstraites et de comprendre cette valeur. Tout ce que nous vivons, nous ne le jugeons pas selon nos intérêts mais nous le rapportons aussi à nous-mêmes. L'image que nous avons de nous-mêmes nous oblige à donner un fondement à nos actions. Ce faisant, nos motivations ne se trouvent pas à l'extérieur de nous mais sont une part de ce qui fait notre unité intérieure. Elles sont le ciment de nos actions. En énumérant à nous-mêmes nos motivations, nous faisons de nos actes une histoire de notre moi.

S'il est exact que les hommes sont assujettis à l'image qu'ils ont d'eux-mêmes, qu'est-ce que cela me dit sur la façon dont je dois vivre ? Comment vivre de la meilleure façon qui soit dans un monde que je ne perçois pas dans sa globalité ? Qu'est-ce qui pourrait me servir de guide ?

• *Ami de moi-même*. Ce que pourrait être une vie bonne

Ami de moi-même

Ce que pourrait être une vie bonne

Il fut un titan de son époque. L'inventeur de la biologie et de la psychologie. Un homme qui allait chercher l'éthique dans le ciel pour l'ancrer dans le cœur des hommes. Un homme possédant une inextinguible envie de savoir, un physicien, un logicien, un philologue et un politologue. Un homme qui voulait toujours tout savoir en même temps : comment pense le cerveau, selon quelles règles et est-ce qu'il devrait penser mieux et de façon différente ? Ce qui l'intéressait, ce qu'il analysait et préparait englobe aujourd'hui toutes les disciplines universitaires.

Il est d'autant plus étonnant de constater que l'on ne sait presque rien sur sa vie[1]. Quelques lettres, un testament, des poèmes et des diplômes d'honneur, voilà tout ce que l'histoire a conservé de sa vie. Aristote est né en 384 av. J.-C. dans la ville de Stagire, au nord de la Grèce, sur la presqu'île de Chalkidiki. Son père, Nicomaque, médecin personnel du roi de Macédoine, meurt prématurément. À dix-sept ans, Aristote entre dans l'Académie de Platon. Même si les Athéniens le dénigrent en le considérant comme un « étranger » et lui refusent tout droit politique, il devient vite l'élève le plus célèbre de cette école, où il ne tarde pas à enseigner. Un document douteux rédigé six siècles plus tard nous donne une image peu flatteuse de cet homme. Plutôt malingre, il avait de petits yeux et zozotait. Mais il était toujours habillé avec soin.

Les centres d'intérêt d'Aristote sont encore plus nombreux que ceux de Platon. Il est surtout fasciné par les sciences de la nature. Il écrit des textes sur la philosophie de la nature, la logique et la théorie de la science, et commence très tôt à se dégager de l'ombre de son mentor, qui a quarante-cinq ans de plus que lui. Nous ne savons pas ce que Platon pensait de son élève. Nous savons en revanche ce qu'Aristote pensait de Platon à travers cette fameuse phrase : « J'aime Platon, mais j'aime encore plus la vérité. »

Lorsque Platon meurt en 347 av. J.-C., Aristote a trente-huit ans, et sa réputation dépasse largement les limites de la seule cité d'Athènes. Il ne devient pourtant pas le successeur de Platon à l'Académie et ne peut même pas rester à Athènes. Au nord de la Grèce, le roi de Macédoine, Philippe II, commence sa guerre d'expansion vers le sud. Les Athéniens, non sans raison, se sentent menacés. C'est une situation délicate pour Aristote, tout le monde connaissant son attachement à la Macédoine. Avec quelques élèves de l'Académie, il trouve refuge en Asie mineure, l'actuelle Turquie. Il s'installe à Assos, en face de l'île de Lesbos, où il mène une vie confortable et fait la connaissance de sa femme ; elle lui donne un fils qu'il appelle comme son père : Nicomaque. Deux ans plus tard, il s'installe à Lesbos, où il se lance dans des études approfondies sur la nature, assisté de son fidèle disciple, Théophraste.

C'est à ce moment qu'Aristote se voit offrir un poste qu'il ne peut refuser. Le roi Philippe II cherche un précepteur pour son fils Alexandre, alors âgé de treize ans. Le plus grand philosophe de son temps devient le précepteur du plus grand souverain de son époque. Pendant trois ans, Aristote se démène dans la ville de Mieza pour donner une éducation à ce prince impétueux. Nous n'avons aucun détail à ce sujet. Jamais Aristote n'évoque cette tâche dans ses écrits ni ne mentionne le nom de son prestigieux élève.

Pendant qu'Aristote se consacre à son élève, le père de ce dernier, Philippe, s'empare de la ville rebelle de Thèbes et étend son pouvoir jusqu'à Athènes. Aristote a cinquante ans quand il peut enfin retourner dans la cité où il a fait ses études et commencé à enseigner. Mais il ne semble pas s'intéresser à la direction de l'Académie. Il trouve un nouveau champ d'action au Lycée. C'est là qu'il dispose du temps et du calme nécessaires pour classer ses idées, rédiger de nouveaux textes et enseigner.

Mais, lorsque Alexandre le Grand meurt en 323 av. J.-C., c'en est fini de cette époque agréable. L'empire de Macédoine s'effondre, et de nouvelles forces se rassemblent à Athènes. Aristote passe de nouveau pour l'étranger hostile, l'ami des Macédoniens. Mais cette fois la situation est encore plus délicate, et il craint pour sa vie. Il est accusé d'impiété, ce qui avait déjà fait condamner à mort Socrate. Aristote, qui a soixante et un ans, quitte en hâte la cité et se retire à Chalcis, sur l'île d'Eubée. Il meurt l'année suivante.

Pourquoi cet homme est-il si important ? La réponse est simple : il est le premier philosophe à avoir une image réaliste de l'homme. Il a étudié en véritable biologiste le rapport entre nos émotions, notre volonté et notre raison. Il a établi en philosophe pourquoi non seulement nous devons faire le bien mais aussi pourquoi il est tentant de *vouloir* faire le bien. Et il s'est intéressé en psychologue aux nombreux problèmes qui – de façon nécessaire ou non – se mettent en travers de notre chemin.

Il est étonnant de voir que le plus moderne de tous les philosophes classiques a été quelque peu oublié dans l'histoire quand il s'agissait de traiter de morale. Ce n'est en effet qu'il y a une trentaine d'années qu'il a été remis à l'honneur. Un livre récent traitant de l'économie du comportement et de la « théorie de la décision » parvient à ne même pas citer une seule fois son nom sur plus de quatre cents pages[2]. On se rend compte qu'il faut manifestement réinventer la roue chaque fois que l'on donne un nouveau nom à un domaine de la recherche. La philosophie du comportement humain a une longue tradition, mais la mémoire courte. Et il semble que les problèmes changent moins vite que le vocabulaire qui sert à les traiter.

Ce qui dérangeait Aristote chez son maître, Platon, c'était la façon qu'avait ce dernier d'imbriquer vérité et morale. Pour cet élève rebelle, les deux n'avaient absolument rien à voir. La vérité relève de la connaissance, tandis que la morale relève de l'expérience. Alors que nous disposons pour les sciences d'étalons aussi objectifs que la logique, les mathématiques et la physique, nous ne disposons que d'un étalon de mesure très subjectif pour la morale. Le ciel « en soi » existe, mais le bien « en soi » n'existe pas. Tandis que la science vise *la* vérité, on peut simplement dire en matière de morale que quelque chose nous semble *plausible* et qu'il est *sensé* de le prendre comme horizon.

Les spécialistes d'Aristote attirent volontiers l'attention sur le fait que lui aussi plaçait le comportement humain dans un cosmos harmonieux. Mais la relation entre l'ordre de la nature et l'ordre de la morale humaine est beaucoup moins rigoureuse que chez Platon. La seule idée commune à Platon et à Aristote, c'est cet idéal d'« harmonie ». Une vie bonne doit être harmonieuse et équilibrée comme le ciel et l'univers. Mais Aristote connaissait trop bien les animaux pour ne pas comparer la nature de l'homme avec la nature fiévreuse des autres animaux plutôt qu'avec la course froide et silencieuse des planètes. Et c'est un lieu commun de la philosophie que de mêler depuis deux mille ans dans un même ensemble la morale et le ciel – qu'il s'agisse du christianisme ou d'Emmanuel Kant qui, dans une même phrase, s'étonne en regardant le ciel étoilé et la loi morale qui y est inscrite. Et cela simplement parce que le cosmos a été étudié bien avant notre biologie.

La question qui préoccupe Aristote est la suivante : que pourrait être une vie bonne ? Voilà pourquoi, dans de nombreux textes, il s'occupe de morale. L'un des plus importants s'appelle *Éthique à Nicomaque*, en référence à son père ou à son fils – ou aux deux à la fois. Dès la première phrase, Aristote détermine ce qui est en jeu dans nos actions : est-ce vivre pleinement notre nature biologique ? Non, c'est notre besoin d'accomplissement et de sens. Pour des êtres vivants qui ont des intentions et savent les reconnaître, et qui se préoccupent de leurs intentions et de celles des autres, l'enjeu est de mener une vie gratifiante : l'*eudaimonia*. Nous voulons aller bien.

Qu'est-ce que cette *eudaimonia* ? Difficile à dire ! Car tout n'est pas aussi simple que chez Platon quand il est question du bonheur des hommes. Il n'est pas prédéterminé. Et pour l'appréhender il faut plus que l'acuité d'un entendement éclairé. Il n'en va pas autrement avec le bien. Aristote est un peu comme le juge suprême dans le procès contre Larry Flint, l'éditeur du magazine *Hustler*. Larry Flint lui demande de façon provocatrice : « Vous pouvez me définir ce qu'est la pornographie ? » Et le juge répond, sans se départir de son calme : « Non, je ne peux pas. Mais je sais la reconnaître quand je la vois. » N'est-ce pas la même chose avec le bien ? On ne peut pas dire exactement ce qu'il est, mais on sait le reconnaître quand on le voit.

Aristote connaît bien les êtres humains et est un fin psychologue. C'est ainsi qu'il voit surgir un deuxième problème. Il en est de la morale comme d'un élève devant un problème de mathématiques, comme d'un amant ou comme de quelqu'un qui regarde un match de football à la télévision : savoir comment il faut faire ne veut pas dire qu'on sait faire[3] ! Seule l'expérience nous apprend ce qui nous fait du bien à la longue et ce qui nous comble vraiment. Il est parfois compliqué et épuisant d'apprendre à faire l'équilibre entre nos sentiments et notre raison. Nous avons besoin des deux pour mener une vie bonne. Mais l'accord n'est pas chose facile. Qui refoule ses sentiments s'impose des règles « inhumaines » et se surmène d'un point de vue psychologique. Et qui sous-estime la raison ne parvient pas à se donner des règles. Il faut être assez habile pour apprendre à harmoniser nos désirs et nos idées, et à vivre en bonne entente avec les autres. Une vie ne peut guère être accomplie sans l'estime des autres. La confirmation qui vient de l'intérieur et la confirmation qui vient de l'extérieur sont comme les deux faces d'une médaille.

Pour Aristote, le chemin pratique qui mène à une vie bonne est la consolidation de bonnes qualités qu'il appelle les « *vertus* ». Le jour où nous sortons du ventre de notre mère, nous avons déjà en nous les dispositions pour être quelqu'un de bien. Ce que Marc Hauser et Jonathan Haidt appellent des « intuitions sociales » est aussi une chose évidente pour Aristote. Mais ces dispositions doivent être encouragées par l'éducation et un entraînement. Les bonnes prédispositions doivent devenir des qualités de caractère conscientes. Le problème que tous les parents connaissent dans ce domaine est aussi celui d'Aristote : à quoi accorder la plus grande valeur ? Quelles sont les vertus les plus importantes ? Est-il plus important que nos enfants soient sensibles et serviables ? Ou l'objectif premier est-il le sens de la justice ? Est-ce que nous leur apprenons à être justes dans n'importe quelle situation ? Doivent-ils riposter quand ils reçoivent un coup ? Ou faut-il leur inculquer les valeurs de la non-violence absolue ? Pour Aristote, il n'y a pas de hiérarchie fixe entre ces vertus, comme c'est le cas pour Platon.

Il faut souligner que les vertus n'existent pas dans un espace vide. Nous sommes chaque fois obligés d'évaluer les situations où nous nous trouvons et de décider ce qui est le mieux d'un point de vue moral. Même si nous aimerions bien voir les choses autrement, nous ne sommes pas, pour les autres, les bons, les courageux, les justes, mais nous sommes, *vis-à-vis d'eux*, bons, courageux ou justes – dans certaines conditions et dans une situation précise. Et ce n'est que lorsque d'autres nous considèrent comme bons, courageux ou justes que nous avons toutes les raisons de nous parer de ces vertus. Quelqu'un qui se considère comme juste, alors que personne dans son entourage ne le voit ainsi, n'est pas juste, mais simplement un pharisien.

Les deux idées les plus importantes d'Aristote nous ont accompagnés depuis le début de ce livre sans que nous ayons encore mentionné son nom. La première, c'est que notre morale repose sur des dispositions naturelles. La seconde, c'est qu'en dernier ressort nous ne sommes pas tenus d'être fidèles à nos désirs et à nos intérêts mais à l'image que nous avons de nous-mêmes. Voilà pourquoi il n'est pas si terrible de ne pas pouvoir réaliser un désir ou une intention. Ce qui est bien pire, c'est de se sentir attaqué en tant que personne. Quand on s'en prend à nous en tant qu'individu. Quand on blesse ou détruit le sentiment de notre propre valeur. Notre être – difficile d'expliquer cette sensibilité autrement – est toujours davantage que notre volonté, nos propos et nos actions.

À la différence de nombreux psychologues de la morale contemporains, Aristote considérait que le caractère de l'homme était quelque chose d'assez unitaire. Il ne nous considérait pas comme de furtifs opportunistes de l'instant surfant sur l'esprit du temps et se laissant séduire et manipuler au gré des circonstances. Il croyait que l'on pouvait se forger une sorte d'identité de caractère. Ou, pour reprendre les mots de Paul Simon dans *The Boxer* : « *After changes upon changes, we are more or less the same.* » Mais Aristote ne connaissait pas encore les expériences où l'on irradie le cortex frontal, où l'on vaporise dans le nez de l'ocytocine avec un spray, ce qui modifie totalement le comportement des individus. Ou bien les expériences où l'on voit les gens perdre toute serviabilité quand on augmente le niveau du bruit autour d'eux[4].

La place prépondérante qu'Aristote accorde aux vertus quand il s'agit de former notre caractère cache encore un autre problème. Qu'est-ce qui est séduisant dans le fait d'être un individu totalement vertueux ? Qu'est-ce qui doit me convaincre d'arriver à ce but ? Et est-ce d'ailleurs réaliste ? Qui peut dire qu'il est pleinement bon ? Personne ! Il est possible d'être plus ou moins satisfait de soi-même ou de dire qu'en gros on se sent en accord avec soi-même. Mais le bien absolu n'existe pas ou alors on le rapporte peut-être à des personnes comme Gandhi ou mère Teresa en Inde. Des gens que nous n'avons jamais côtoyés. Le mieux, c'est quand ces gens sont en plus morts depuis très longtemps, comme Jésus, Bouddha et les saints. La presse ne peut pas leur découvrir une double vie ou relever des contradictions dans leur attitude.

Les gens totalement bons ou totalement méchants n'existent que dans les contes. Dans la vraie vie, même les pires crapules ont des côtés positifs. Le sanguinaire Pol Pot au Cambodge apparaissait comme quelqu'un de fin et de subtil aux visiteurs venus d'Occident, qui ne savaient rien de ses actes. Staline écrivait de délicats poèmes d'amour. Et Hitler était très gentil avec son chien et Eva Braun.

Si les gens totalement bons n'existent pas, il est inutile de trop en parler. En plus, nous avons toute une série de bonnes raisons de ne pas trop fréquenter les gens trop bien. Ils ne boivent sans doute pas d'alcool, ne mangent pas d'animaux, ne portent pas de chaussures en cuir, ne mentent pas, ne médisent jamais sur les autres et donnent presque tout leur argent à des œuvres caritatives. Si j'étais un parangon de vertu, mes enfants seraient perplexes et je perdrais mes amis. Parce que, en général, on a du mal à supporter ces individus. Notre économie non plus ne les aime pas : s'il y en avait quelques millions, ils ruineraient vite tout notre système économique. Le bien sous sa forme pure est aussi peu séduisant que le mal absolu.

Une vie absolument vertueuse est aussi ennuyeuse qu'une vie marquée par le vice peut être désolante. De toute évidence, l'attrait du bien et du mal provient de la relation de tension qui existe entre les deux. Ou, pour dire les choses autrement : notre vie est faite de ce contraste. Aristote était conscient aussi de ce problème. Une vie bonne n'est pas l'équivalent de la perfection ni de l'abnégation, mais la recherche d'un bon équilibre : « Celui qui fuit devant tous les périls, qui a peur de tout et qui ne sait rien supporter devient un lâche, tout comme celui qui n'a peur de rien et va au-devant de n'importe quel danger devient téméraire ; pareillement encore, celui qui se livre à tous les plaisirs et ne se refuse à aucun devient un homme dissolu, tout comme celui qui se prive de tous les plaisirs comme un rustre devient une sorte d'être insensible. » L'art de vivre ne consiste pas à vouloir atteindre un état aussi inhumain que la bonté absolue mais à éduquer ses émotions, afin de pouvoir réagir de façon appropriée dans la vie. Et même si Aristote ne connaissait pas encore tous les aspects de ce dont nous avons besoin pour notre propre image – s'il ne faisait pas encore de distinction entre le conscient et le subconscient et s'il ne soupçonnait pas les rôles sociaux qui se jouent actuellement dans le monde du travail –, il se rendait bien compte et à juste titre qu'une vie bonne consiste à être satisfait ou même heureux de l'image que l'on a de soi. Pour reprendre la jolie formule d'Aristote lui-même : on devrait, autant que faire se peut, « être ami de soi-même[5] ».

Celui qui s'apprécie lui-même, sans vouloir se jouer la comédie et pour des raisons parfois que tout le monde ne peut comprendre, a les meilleurs atouts pour mener une vie bonne : à ses yeux et aux yeux des autres. Un peu de bien-être, quelques bons amis et un peu d'influence ne peuvent pas faire de mal. Et celui qui a la chance de ne pas être pauvre ou malade, estropié ou fragile, et qui a en plus des enfants en pleine santé, dispose en fait de tout ce dont on a besoin pour une vie bonne[6].

Une vie bonne, c'est la conclusion qu'en tire Aristote, est bonne parce qu'elle nous fait du bien de façon durable. C'est du plaisir sur la durée[7]. Il est facile de souscrire à ce point de vue judicieux : notre façon morale d'agir doit provenir du désir de se sentir soi-même comme ayant une valeur. Cependant, au XVIIIe siècle, cette attitude concentra sur elle les feux de la critique, ce qui faillit la faire disparaître. Kant, qui appréciait beaucoup Aristote, déplorait l'absence de tout *caractère d'engagement*, les « raisons raisonnables » d'une telle morale. Il ne fait aucun doute que l'éthique d'Aristote est effectivement une éthique du *vouloir* et non du *devoir*.

L'éthique d'Aristote n'a-t-elle pas un caractère trop privé ? Comment convaincre un individu qui ne veut pas le bien ? Où sont les règles ? Et où sont les normes raisonnables qui engagent tout le monde ? Ce fut la grande entreprise de Kant, de reformuler ce point de vue d'Aristote. Le principe disant que *notre façon morale d'agir* doit provenir du *désir* de se sentir *soi-même* comme ayant une valeur est remplacé par le principe disant que le *devoir moral* provient du *fait* que l'on se sent comme ayant une valeur *sur la base de son humanité*. La recommandation de mener une vie bonne adressée à des contemporains avisés est remplacée par un fondement de la morale pour tous les hommes.

Ce n'est pas le moment de rendre ici hommage à la prouesse de Kant dans toute son ampleur. Même pour comparer les détails de son éthique avec celle d'Aristote. Il ne fait aucun doute que Kant avait bien vu où était la faiblesse de l'énoncé d'Aristote. Mais cette dispendieuse réparation n'améliore pas vraiment l'objet. Kant donnait à son éthique un caractère d'engagement comme aucun philosophe – non religieux – ne l'avait fait avant lui. Et il lui donnait plus de logique. Ses successeurs continuèrent à peaufiner cette logique. Au XXe siècle, l'éthique devint ainsi de plus en plus logique, mais malheureusement pas plus psychologique. On est même en droit de dire que plus la morale gagna en logique, plus elle perdit de sa force psychologique de conviction. Car plus une règle morale doit être logique, plus elle passe à côté du manque naturel de logique du comportement humain réel.

Ce qui a été perdu sur le chemin qui va d'Aristote à Kant et à ses successeurs, c'est la *motivation*. Ce n'est pas la même chose quand je lis chez Kant que cela fait du bien de vivre conformément à la raison. (Est-ce que ça fait vraiment du bien, d'ailleurs ?) Ou quand Aristote m'appâte en disant que faire le bien m'aide à avoir une vie heureuse et bien remplie. Même le socialisme d'État du XXe siècle a échoué, faute d'avoir pu trouver pour la valeur du collectif une motivation individuelle suffisamment forte. Qu'est-ce qui doit me pousser – une vie bien remplie mise à part – à accorder une grande valeur à la communauté ? Me sentir raisonnable, confirmer mon sens du devoir ou bien me mettre au service d'une idée, voilà qui manque de piment – du moins pour la plupart des individus d'aujourd'hui qui vivent dans notre sphère culturelle.

Aimer son devoir d'homme au lieu d'aimer sa vie bien remplie, voilà qui paraît très raisonnable. Mais c'est comme vouloir s'enivrer avec de la bière sans alcool. Il est évidemment juste de devoir faire coïncider notre façon d'agir avec notre interprétation de nous-mêmes[8]. Mais l'image que nous avons de nous-mêmes a quand même généralement besoin de plus que d'être la simple servante d'une noble tâche. Nous ne nous identifions pas à notre raison mais à la compréhension diverse et chatoyante de nous-mêmes : à notre biographie, nos habitudes, nos aptitudes et nos inaptitudes, nos désirs et nos peurs, nos inclinations et nos répulsions, nos succès et nos défaites. Et notre image du monde est rarement davantage que notre image de nous-mêmes ainsi projetée.

Mais, s'il est exact que l'image que nous avons de nous-mêmes est diffuse, contradictoire et provisoire, comment notre morale pourrait ne pas l'être aussi ? Comme nous le montre la neurologie, notre impression morale se répartit sur des aires très différentes du cerveau. Certaines choses sont conscientes, d'autres inconscientes. Certaines semblent être en harmonie, d'autres non. Le travail de notre cerveau, qui ressent tout cela comme une image de soi, qui le comprend et le maintient en équilibre, est une mission sans fin.

Les hommes sont des êtres vivants qui sont renvoyés à l'attention et à la reconnaissance par les autres. Pour obtenir de la reconnaissance, nous sommes souvent altruistes. Notre cerveau nous récompense pour cela, et nous nous sentons « bien ». C'est la somme des expériences que nous faisons de telle ou telle façon, positives ou négatives, qui forme l'image que nous avons de nous-mêmes. Le plus grand danger qui menace cette image de soi est la perte de reconnaissance, car elle met en péril le sentiment de notre propre valeur. Voilà pourquoi nous devrions vivre de façon que cela soit profitable au sentiment que nous avons de notre propre valeur – et du même coup au sentiment qu'ont les autres de leur propre valeur.

Dans un traité d'éthique traditionnel, on pourrait s'arrêter ici. Tous les problèmes sont-ils pour autant résolus ? Pas vraiment ! Je crains même qu'ils ne fassent que commencer. Mais auparavant nous devrions aller voir ce qui se passe dans l'immense diversité des cultures. Comment vivent les hommes depuis des millénaires ? Qu'est-ce qui nous relie tous ? Y a-t-il une morale des anthropologues et des ethnologues ?

• *Le chat du yogi.* La morale est-elle partout pareille ?

Le chat du yogi

La morale est-elle partout pareille ?

« Il était une fois un gourou qui, chaque soir, faisait une séance de méditation avec ses disciples. Un jour, le chat entra dans la pièce et dérangea la méditation en courant partout. Le gourou ordonna alors qu'on attache le chat dehors à l'heure de la méditation. Ainsi, tous purent à nouveau méditer sans être importunés. Le temps passa. Le gourou mourut et fut remplacé par un autre gourou qui veilla à respecter strictement la tradition disant, entre autres, qu'il fallait attacher "un chat" dehors pendant l'heure de la méditation. Lorsque le chat mourut à son tour, on s'en procura un autre pour pouvoir l'attacher dehors durant l'heure de la méditation. Comme les gens ne comprenaient pas le sens de cette mesure, on fit appel à des théologiens qui écrivirent deux gros volumes remplis de notes sur la nécessité sacrée d'avoir un chat attaché dehors durant la méditation du soir. Le temps passa, la méditation sortit des usages, plus personne ne s'y intéressait. Mais on continua, pour respecter le rite, à attacher un chat[1]. »

Cette jolie histoire racontée par le théologien indien Francis X. D'Sa, directeur de l'*Institute for the Study of Religion* dans la ville de Pune, dans l'ouest de l'Inde, met bien les choses en lumière. Nombre d'éléments qui distinguent la morale et la religion des peuples et des cultures ne sont peut-être que des « chats attachés » : le résultat du hasard, des idées colportées et des méprises ayant la vie dure !

Même lorsque de telles règles ne sont pas le fait du hasard, elles ne sont pas obligées d'avoir leur origine dans des idées totalement différentes de la morale. Souvent elles servaient aux simples besoins de la vie quotidienne ! Beaucoup de règles religieuses et morales ont leur origine dans des façons de résoudre des problèmes concrets. Le fait que la religion juive et la religion musulmane considèrent qu'il est « impur » de manger du porc n'est pas un dogme religieux arbitraire. Cela correspond à la volonté des peuples sémitiques de faire reposer leur économie sur l'élevage du mouton, beaucoup plus rentable et salubre. Même la morale du mariage en vigueur chez les juifs et les chrétiens était à la base une idée très judicieuse : il s'agissait d'endiguer la propagation des épidémies. En outre, cela permettait de résoudre plus facilement les problèmes d'héritage. Le célibat des prêtres édicté en 1022 par l'Église catholique et qui fait aujourd'hui débat avait au départ une fonction très profane : on voulait empêcher que les prêtres n'aient des enfants et ne leur transmettent un héritage. On redoutait, non sans raison, que l'Église ne finisse par être peu à peu dépossédée de ses biens. Et si les églises font sonner leurs cloches le dimanche matin, alors que tout est tranquille, ce n'est pas sur ordre de Jésus ; c'est le reliquat d'une époque où les gens n'avaient pas de montres.

De nombreuses choses qui séparent les peuples et les cultures n'ont pas leur origine dans une vision totalement différente de la morale. Si on laissait de côté tous nos rites et coutumes, nos critères historiques et aléatoires sur ce qui est juste ou faux, les hommes ne se retrouveraient-ils pas très proches les uns des autres dans leurs idées morales[2] ?

Partout où il y a des êtres humains, il y a un engagement fortement ressenti vis-à-vis de l'image que l'on a de soi. Et partout les gens font la distinction entre ce qu'ils approuvent et ce qu'ils réprouvent. On apprécie le bien, on condamne le mal. Dans toutes les cultures, on retrouve l'empathie et l'idée de justice. Il existe des normes et des châtiments pour ceux qui les enfreignent ; des autorisations, des interdictions et des tabous. L'attention à l'autre, la miséricorde, l'honnêteté et l'envie de vivre en paix sont appréciées de façon positive ; l'agressivité, le meurtre, le vol et le mensonge sont condamnés. Et souvent des problèmes moraux analogues sont résolus de façon analogue en dépit des différences de cultures. Les grandes différences sont l'exception. N'avons-nous donc affaire qu'à des constantes immuables mais revêtues d'un apprêt différent ?

On peut voir les choses ainsi. On peut aussi les voir autrement. En effet, ce qui, pour certains, ressemble à des constantes anthropologiques représente pour d'autres des variables interchangeables. L'un des plus énergiques représentants de ce point de vue était un anthropologue finlandais. Un homme très important, même s'il est aujourd'hui un peu tombé dans l'oubli. Pour lui, l'enjeu de la morale, ce n'étaient pas des principes moraux globaux mais des suites de contrats et d'habitudes.

Edward Westermarck (1862-1939) n'avait que vingt-neuf ans quand il devint célèbre grâce à la publication de sa thèse sur l'origine et l'histoire du mariage[3]. Notre jeune scientifique déboulonnait un mythe : l'idée largement répandue que les sociétés humaines primitives relevaient du matriarcat et que les femmes avaient alors le pouvoir. En outre, il trouva partout, dans l'histoire de la culture, des indices renvoyant à la monogamie. On n'avait donc pas eu besoin de l'idée, stupide à ses yeux, promue par le judaïsme et le christianisme. Le livre fit fureur : il offrait une vision moderne de la morale, débarrassée de ses préjugés. Dans la comédie de Bernard Shaw *Homme et surhomme* (1903), l'auteur montre que son héroïne, Violette, est une femme moderne en lui faisant dire qu'elle a lu Westermarck.

Mais son œuvre principale, *The Origin and Development of Moral Ideas* (« L'origine et le développement des idées morales »), date de 1906-1908. L'ambition du livre est énorme. C'est à peu près en même temps que Georg Simmel à Berlin que Westermarck élabora au Maroc, où il vécut longtemps, sa « science de la morale » : une philosophie de la morale fondée sur l'étude des sciences de la nature et des différentes cultures. Le point important est facile à résumer : la morale est un phénomène biologique, un ensemble d'instincts contradictoires qui peuvent être normés de façon totalement différente d'une culture à l'autre. Il n'y a pas de référence absolue. Ce n'est pas une « loi » morale en nous, une maxime nous engageant tous, une règle d'or supérieure qui fait de l'homme un homme.

Ce que nous appelons depuis Kant nos « maximes d'action » ne reposerait pas sur notre complexion intérieure. C'est tout simplement le résultat d'un entraînement social. Nos jugements – sur ce point Westermarck suit Hume – ne sont que l'expression de nos sentiments de plaisir ou de déplaisir. Pour dire les choses de façon un peu abrupte : nos principes moraux ne seraient pas des constantes mais des variables. Et nous ne disposons d'aucun étalon objectif pour en prendre la mesure. Pour Westermarck, si l'on comprenait enfin cela, on ne perdrait pas grand-chose. Au contraire, on gagnerait en compréhension et en générosité : « Si l'on pouvait faire comprendre encore une fois aux hommes qu'il n'y a pas de standard moral, ils seraient certainement plus tolérants dans leurs jugements et seraient plus à l'écoute de ce que leur souffle leur entendement[4]. »

Le principe de Westermarck disant que la morale n'a pas besoin de principes pour être efficace est une provocation[5]. Par son originalité, elle rappelle beaucoup la proposition du célèbre urbaniste Johannes Monderman (1945-2008). Ce Néerlandais avait remarqué que le flot grandissant de panneaux de circulation n'avait pas du tout pour corollaire une plus grande fluidité du trafic. Plus on multipliait les formes de régulation, plus les usagers de la route perdaient le sens de leurs responsabilités. En partant de ce constat, il développa dans les années 1980 son concept de *shared space*. L'idée principale est double : réduire au minimum le nombre des panneaux de la circulation et faire des rues aussi étroites et tortueuses que possible pour que l'attention des conducteurs soit constamment en éveil. Celui qui doit faire attention à chaque mètre et ne peut s'en remettre qu'à lui-même est, selon Monderman, un bien meilleur conducteur.

Ce qu'était l'urbanisme pour Monderman, la morale l'était pour Westermarck. Il se méfiait des règles, des normes et des maximes et misait plutôt sur la responsabilité personnelle des individus. Lorsqu'il mourut à Tenhola, au Maroc, à la veille de la Seconde Guerre mondiale, en 1939, il avait influencé l'anthropologie de façon durable. Son illustre successeur, le Français Claude Lévi-Strauss (1908-2008), fit son éloge en disant que Westermarck avait renouvelé notre compréhension du social et du moral – jusqu'à faire une description exhaustive de l'humanité[6].

Entre-temps, les anthropologues et les ethnologues ont eu tout le loisir de vérifier le point de vue de Westermarck sur les hommes et leur morale. Un nombre incalculable d'études sur des peuplades indigènes et des sociétés de chasseurs et de cueilleurs ont permis de rassembler une énorme masse de documents. Y a-t-il des constantes morales identiques chez tous les peuples ? Ou avons-nous affaire à des variables ?

Nous ne disposons toujours pas d'un résultat clair. Parmi les ethnologues, le débat se poursuit de façon plus ou moins virulente sur la question de savoir ce que les cultures ont en commun. En 1945, l'anthropologue américain George Peter Murdock (1897-1983) de l'université Yale publia une première liste de ces éléments communs. En rapport avec notre comportement social, il a distingué l'éthique, l'étiquette, l'hospitalité, l'aide à la naissance, l'ordre social, les lois, le tabou de l'inceste, les soins postnatals, la direction politique, les cadeaux, les règles de grossesse, les limitations sexuelles et les punitions[7].

Aujourd'hui, les listes sont nettement plus détaillées et précises. Mais peuvent-elles servir à quelque chose ? Le fait que chaque culture ait une idée du bien et du mal ne nous dit rien sur la qualité de ce bien et de ce mal. Pour certaines cultures et certaines religions, l'avortement est « mal » ; pas pour d'autres. Et les idées d'un « bon » nazi sous le Troisième Reich nous font aujourd'hui frémir. Westermarck n'avait-il donc pas raison ?

La vérité est comme souvent partagée. On retrouve certains usages, certains modèles de comportement et certaines représentations dans toutes les cultures, et d'autres non. Des plaisanteries doivent sans doute être trouvées drôles partout dans le monde, tandis que d'autres restent incompréhensibles dans certaines cultures. L'amour entre un homme et une femme existe partout dans le monde : flirter, faire la cour, demander la main, enjôler, chanter des chansons d'amour. Mais l'amour « romantique » de la culture occidentale, avec son réseau très complexe d'attentes, est malgré tout totalement différent de l'amour des Yanomani d'Amazonie ou des aborigènes d'Australie. Quiconque s'engage dans une relation amoureuse avec une personne issue d'une culture totalement différente devra tôt ou tard se demander si l'autre comprend la même chose quand il parle d'« amour[8] ».

Pourquoi les choses seraient-elles différentes en matière de morale ? Une bonne proposition de compromis entre les fondamentalistes et les relativistes de la morale a été faite par Michael Sandel (né en 1953), professeur de philosophie à l'université Harvard. Sandel, qui anime une émission philosophique à la télévision, est aujourd'hui une star de la philosophie en Amérique. La carrière de Sandel a débuté par une critique du philosophe de la morale le plus célèbre de la seconde moitié du XXe siècle : l'Anglais John Rawls (1921-2002).

Moderne partisan de l'éthique de Kant, Rawls a cherché à prouver pourquoi il doit être *raisonnable* pour *tous* les hommes de se respecter les uns les autres. Comme Hobbes, il invente pour cela un état de nature. Des individus vivant « sous le voile de l'ignorance » doivent tenter de s'entendre tant bien que mal. Personne dans le groupe ne sait quels talents il porte en lui. Personne ne connaît ses possibilités ou ses limites. Comme le montre Rawls, on ne tarde pas à se mettre d'accord sur une règle commune concernant les rapports entre individus : ne tromper personne par peur d'être trompé à son tour. On se montre donc juste parce qu'on s'efforce d'être fair-play.

Quand le livre de Rawls parut en 1971 sous le titre *Théorie de la justice*, il fit aussitôt sensation. Un ouvrage puissant, convaincant et très détaillé. Cela n'empêcha pas Michael Sandel d'essayer de démonter la nouvelle Bible du gentil libéralisme. Sa critique part de la question : à quoi cela sert-il d'imaginer un état de nature avec des individus vivant sous le « voile de l'ignorance », si personne ne vit ainsi ? Les règles du jeu universelles de la morale dont parle Rawls ne sont logiques que dans sa fiction, mais pas dans la réalité. Or, la morale effective des hommes, selon Sandel, dépend justement de tout ce que Rawls dissimule sous le « voile de l'ignorance ».

Dans son livre *Liberalism and the Limits of Justice* (« Le libéralisme et les limites de la justice »), qui date de 1982, il s'en prend violemment à Rawls.

Pourquoi Rawls utilise-t-il des expressions telles que : « Il est clair que… », « Il est manifeste que… », etc., si ce qui est clair et manifeste ne peut être clair et manifeste que pour les gens qui justement ne vivent pas « sous le voile de l'ignorance » ? Des gens justement qui peuvent comparer, évaluer et estimer. Or, ce n'est pas sous le voile de l'ignorance que l'on apprend à comparer, évaluer et estimer, mais grâce à ce qui nous entoure et à notre éducation. Ce n'est pas sous le voile de l'ignorance que naît le savoir de ce qui est bien et mal, juste et faux, mais dans notre culture.

Il faut souligner que les maîtres à penser de Sandel, les philosophes Charles Taylor (né en 1931) et Alasdair MacIntyre (né en 1929), sont d'ardents disciples de la philosophie d'Aristote. Le cœur de leur enseignement n'autorise aucune méprise : on est ce que l'on est parce que l'on vit dans un milieu où l'on se fait ce que l'on est par de constants échanges. Si l'on part « de soi », en tant qu'« individu », « membre de l'humanité ou « créature raisonnable », on n'est tenu à rien.

Si Taylor, MacIntyre et Sandel ont raison, nos idées sur la morale ne peuvent naître qu'au sein d'une communauté. Elles sont marquées par le langage, par l'ethnie, par la culture et, de façon plus ou moins forte, par la religion. En d'autres termes, elles sont dépendantes d'idées de valeurs que nous ne pouvons pas aller chercher dans un espace vide, mais qui nous marquent dans notre environnement. Et si ce n'est pas de façon directe, c'est de façon indirecte. Nous pouvons les accepter ou non, les admettre ou les combattre, mais nous restons toujours pris dans leur contexte. Aussi le « bien » n'est-il jamais une question de principe, mais toujours une question de circonstances au sein d'une communauté. Pour reprendre une phrase de Westermarck : « La société est la matrice de la conscience morale[9]. »

Un exemple : je me demande si je dois dénoncer mon frère qui a commis un délit assez grave. Je pèse le pour et le contre. Mais je ne me demande pas seulement si je préfère être fidèle à la loi plutôt qu'à l'amour pour mon frère. Je dois aussi prendre en compte la façon dont la société juge ce crime. Quelle serait la condamnation ? À quoi ressemblent les prisons ? En Arabie Saoudite, elles ne doivent pas être comme celles du Liechtenstein. S'il risque de se faire couper la main, je prendrai sans doute une autre décision que si je sais qu'il ne sera condamné qu'à une amende.

Sur cette question, les relativistes marquent un point. Qui pourrait en effet contester qu'en matière de morale nous nous décidons suivant les circonstances données ? Et que dans la vie nous ne pouvons adopter que les valeurs que nous connaissons ? Autres cultures, autres règles du jeu. Mais, sur deux points, même les relativistes comme Taylor, MacIntyre et Sandel ont tendance à recourir à des principes. C'est, d'une part, l'idée reprise à Aristote que tout individu, quelle que soit la culture où il vit, aspire à une vie bien remplie. D'autre part, l'idée qu'une vie bien remplie, quel que soit l'individu, est liée à une seule et même condition : une image positive de soi-même.

Une vie bien remplie et une image positive de soi-même seraient peut-être les deux constantes anthropologiques de la morale, sur lesquelles on pourrait se mettre d'accord. Même si cette interprétation est très large. Pour un paysan du Moyen Âge, une vie bien remplie était peut-être simplement une vie à l'abri de la famine et de la maladie. Et l'image positive de soi était l'espoir que Dieu lui souriait avec bienveillance depuis le ciel. Cela est encore valable pour un grand nombre de personnes à l'heure actuelle. Mais une chose est sûre : pour la plupart des gens, une vie bien remplie n'est possible que s'ils ont assez d'estime pour eux-mêmes.

On peut avoir une vie bien remplie sans posséder beaucoup de choses. Et une vie terne, même si l'on dispose de quantité de choses. Beaucoup d'éléments contribuent à rendre la vie bonne, et on peut supposer qu'ils sont valables pour toutes les cultures et toutes les sociétés. Pour le philosophe américain Kwane Anthony Appiah (né en 1954), qui enseigne à l'université de Princeton, ce sont d'abord les besoins physiques et intellectuels « d'amour, de beauté, de vérité et de sens » qui priment. Et beaucoup de ces besoins « recoupent des besoins que nous partageons avec d'autres. Ils rendent notre vie meilleure en faisant de nous de meilleurs amoureux ou de meilleurs partenaires, de meilleurs frères ou sœurs, de meilleurs amis ou de meilleurs citoyens, ou en accroissant notre disposition à aider d'autres personnes à atteindre les objectifs qu'elles se sont fixés. Et nous avons tous des objectifs légitimes que des amoureux ou amoureuses, maris ou femmes, frères ou sœurs, enfants ou parents, amis ou concitoyens peuvent nous aider à atteindre[10] ».

Quant à savoir si nos besoins sont plutôt marqués par l'égoïsme ou par l'altruisme, cela ne dépend pas seulement de nous mais aussi de notre culture. Les cultures qui considèrent l'égoïsme comme une valeur – les Indiens Yanomani en Amazonie ou les pays industrialisés d'Occident, par exemple – laissent d'autres empreintes dans la psyché que les cultures bouddhistes d'Asie ou les peuplades naturelles et coopératives comme les Semai en Malaisie. Un fort égoïsme ne relève donc pas seulement de notre culture mais d'une adaptation à notre culture. Autrement dit, chaque culture a les égoïstes qu'elle mérite.

Nous vivons aujourd'hui, en Allemagne mais aussi en France, dans une culture qui fait partie des plus égoïstes *et* des plus solidaires de toute l'histoire de l'humanité, l'égoïsme relevant de l'individu et la solidarité de l'État. Nous reviendrons sur ce point dans la troisième partie de ce livre.

Les individus de toutes les cultures aspirent normalement plus au « bien » qu'au « mal ». Nos instincts sociaux sont de ce fait très semblables et transcendent les cultures. Mais ce qui diffère est la forme permettant de normer la morale au sein d'une société. Même des principes aussi abstraits que celui du fair-play ou de la justice sont le résultat d'un entraînement et sont soumis à de fortes influences culturelles.

Mais, s'il est admis que presque tous les individus dans toutes les cultures aspirent au « bien » et que les valeurs fondamentales sont celles de la serviabilité, de la justice et du pacifisme, comment se fait-il qu'il y ait autant de guerres de par le monde ? Pourquoi sommes-nous incapables de les éviter et de les contenir de façon durable ?

• *Excursion à Shangri-La.* Pourquoi les guerres ne sont pas une fatalité

Excursion à Shangri-La

Pourquoi les guerres ne sont pas une fatalité

> La guerre est mauvaise dans ce qu'elle fait plus de gens méchants qu'elle n'en élimine.
>
> Emmanuel KANT

Des feuilles mortes et de petits oiseaux emportés par le vent. L'île de Mindoro au nord-ouest des Philippines n'est pas plus grande que la moitié d'un département et a autant d'habitants que Munich. La forêt tropicale qui recouvrait l'île a presque disparu à cause de la déforestation, et le peu qui reste est menacé par les incendies volontaires. Il y a quelques belles plages de sable blanc, une barrière de corail appréciée par les plongeurs et un buffle nain menacé de disparition. En fait, Mindoro n'est pas une île très connue.

Mais, pour Jürg Hebling (né en 1954), professeur

d'anthropologie culturelle et sociale à l'université de Lucerne, cette île est un bijou. Dans les forêts montagneuses de Mindoro souffle en effet un vent de paradis terrestre, avec des individus pacifiques, comme à Shangri-La[1]. Ce que l'auteur américain de best-sellers James Hilton avait situé dans les années 1920 dans l'Himalaya existe réellement : une culture de la paix, une société sans meurtre, sans attentat et sans guerre ; un endroit idyllique entre jungle et montagnes[2]. Soixante-quinze mille individus du peuple des Mangyans vivent ici, retirés sur les hauteurs vertes. Ils descendent des habitants primitifs de cette île. Chassés des côtes par les Espagnols et les pirates, ils mènent une vie semi-nomade, brûlent la forêt, cultivent des patates douces, des légumes et du riz[3].

Qu'est-ce qui fait que les Mangyans sont si différents de tous les autres peuples ? Leur vie est centrée sur la famille et la famille élargie. Les hommes et les femmes ont à peu près tous les mêmes droits. On vit dans une étroite proximité, on parle beaucoup et on s'entraide. Les maisons faites de bambou et d'herbes de la jungle sont construites ensemble, les champs sont cultivés ensemble, et les repas sont préparés ensemble. Leur culture semble très simple, mais elle n'a rien de simpliste ! Une partie des Mangyans écrit en sanskrit mais dans une variante très particulière, formée de dix-huit caractères, de trois voyelles et de quinze autres signes. L'écriture se fait à l'aide d'un couteau arrondi qui grave le bambou. Mais leurs lois ne sont pas écrites. Bien qu'ils possèdent une écriture très ancienne, les Mangyans vivent dans une culture de tradition orale. Les plus anciens, qui dirigent les villages, prennent les décisions importantes pour la communauté ; ils sont les gardiens des coutumes et disent la justice.

Tout cela fait de la vie des Mangyans une culture intéressante, mais pas une culture particulière. Les clans, la chasse, les travaux et les repas en commun, tout cela se retrouve chez de nombreux autres peuples. Ce qui fait la particularité des Mangyans, c'est justement ce qui manque, ce qu'il n'y a *pas* chez eux.

Pourquoi y a-t-il aussi peu de violence et d'agressivité chez les Mangyans ? Pourquoi n'ont-ils jamais connu la guerre, ni entre eux ni contre les autres ? S'il est exact que l'homme est un animal ayant une aptitude limitée au bonheur, si nous disposons tous d'une dynamique d'agression plus ou moins développée, si nous sommes aussi susceptibles et si nous possédons un énorme potentiel de frustration, pourquoi n'est-ce pas le cas des Mangyans ?

Les gens – et pas seulement en Occident – passent beaucoup de temps à regarder des films basés sur le meurtre et le crime, le sexe et la violence. À chaque minute de chaque journée, deux cent mille individus jouent en même temps au jeu appelé *Counter-Strike*, fondé sur l'ego et la violence. Près de onze millions de joueurs s'enthousiasment pour *World of Warcraft*. Ça tire, ça tue virtuellement à longueur de parties[4]. Et sur les sept mille sociétés recensées par les ethnologues, il n'y en a que soixante-dix environ qui ne connaissent pas la guerre et ne l'ont jamais faite[5].

Les hommes doivent-ils faire la guerre ? La guerre est-elle enracinée dans notre nature agressive ? Souvenons-nous de cet homme rencontré à la Foire du livre de Leipzig (cf. *Loup parmi les loups.* Ce qu'on appelle le « mal ») et à sa théorie selon laquelle, sous le fin vernis de la civilisation, le prédateur guette toujours. Je suis certain qu'il aurait un plaisir douteux à apprendre que les individus sont condamnés par nature à faire la guerre. Cette théorie existe pourtant. Elle a vu le jour à la fin du XIXe siècle en tirant des conclusions alertes des théories de Darwin et de Huxley. Cette théorie a de nouveau le vent en poupe. Konrad Lorenz et Irenäus Eibl-Eibesfeld l'ont popularisée en Allemagne dès les années 1960 et 1970. Et des biophilosophes anglo-saxons font toujours la une de certaines revues avec l'idée suivante : chaque homme est poussé par nature à reproduire ses gènes. Il suffit souvent de moyens pacifiques pour cela. Surtout s'il y a suffisamment de femelles fécondables pour tous les mâles. Mais, dans des époques difficiles, quand les ressources deviennent rares ou que des menaces pèsent sur le groupe, on doit parfois recourir à la violence. Il faut se battre pour les femelles, parfois contre des rivaux venus de l'extérieur. La nature a ainsi favorisé les hommes ayant une forte pulsion agressive. À la différence des amorphes, ils parvenaient mieux à s'imposer. Le patrimoine génétique le plus agressif s'est imposé, tandis que celui des gens sans agressivité est resté sur le carreau. C'est de cette façon que l'homme, du moins le mâle, est devenu assez agressif.

Mais les hordes humaines ne peuvent se permettre trop d'agressivité. Même du point de vue des sociobiologistes, les hommes sont bien obligés de coopérer, pour aller à la chasse, pour chercher de la nourriture et pour s'occuper des enfants. Et bien souvent les hommes sont contraints de réprimer leur agressivité. Et où se reporte l'excès d'agressivité qui n'a pu s'exprimer ? Dans les combats contre d'autres hordes. On fait la guerre – invention merveilleuse. Car non seulement les hommes peuvent ainsi évacuer leur agressivité mais ils peuvent aussi enlever d'autres femelles et les féconder. Et, comme l'homme est en outre par nature programmé pour la sédentarité, il se fixe, favorisé en cela par le développement de l'agriculture. Les guerres ont toutefois continué. Mais on ne pouvait plus fuir désormais quand on était attaqués. Et savoir ce qu'était un acte de guerre, une provocation, était clair comme de l'eau de roche : c'était envahir un territoire étranger. La guerre moderne commençait…

Presque tous les sociobiologistes sont d'accord sur cette vision des choses. Une histoire tout à fait plausible. Mais il subsiste quand même quelques nuances au sujet de ce qui est le plus important : la pulsion agressive ou le désir de reproduire son patrimoine génétique en allant enlever des femmes chez les autres. Et puis il reste quelques questions délicates. Pourquoi, par exemple, certains guerriers se sacrifient-ils pour leur horde ou leur peuple au cours de la bataille ? Ça ne fait pas du tout les affaires de leurs gènes ! Mais pour ces broutilles, il y a toujours la règle de Hamilton, selon laquelle ce qui prime, ce ne sont pas les gènes propres mais les gènes de la parenté. Il faudrait donc que les vrais héros aient tous beaucoup de frères et sœurs ou beaucoup d'enfants – thèse qui reste encore à vérifier. Et si ma mort ne sert pas à ma parenté génétique, elle aide au moins la horde à conserver toute son aptitude biologique. Car, si j'étais un mâle superpuissant, je survivrais aux guerres. Il est bien connu que ce sont les plus faibles qui tombent les premiers.

La chose est claire : la guerre est un moyen de reproduction et de nettoyage génétique. Et le moyen nécessaire à cette fin, c'est l'agressivité mâle[6] !

Une théorie un peu rocambolesque. Et déprimante pour les philosophes. Où sont passées la raison, l'image de soi, les réflexions sur une vie plus ou moins bien remplie ? Tout ce que nous avons repéré en nous servant d'Aristote pour montrer le bien dans l'homme passe à la trappe.

Par bonheur, la vérité de cette théorie sur la nature guerrière de l'humain et surtout de l'homme reste entre les pages des livres, sans contaminer la vraie vie. En effet, cette théorie ne devrait-elle pas être prise à rebours ? C'est parce que les hommes forts et agressifs sont particulièrement utiles en cas de conflits guerriers qu'on a recours à eux plutôt qu'aux gentils et aux faibles. Leur risque de mourir est donc bien plus élevé que celui des autres. Si les jeunes hommes agressifs meurent plus tôt que les autres en raison de leurs capacités guerrières, ils n'ont pas *plus* mais *moins* de chances de transmettre leur patrimoine génétique. Plus l'homme est guerrier, moins il a de chances de se reproduire !

Il n'y a de fait aucune statistique montrant, dans l'histoire de l'humanité, qui a eu le plus de descendance : les agressifs ou les gentils. Mais des anthropologues et des ethnologues ont étudié et présenté dans des milliers d'études le comportement réel des sociétés humaines. La plupart d'entre eux ne peuvent que sourire quand on leur parle des motifs biologiques de la guerre. L'idée, par exemple, que la guerre contre d'autres groupes ou d'autres peuples est le prix à payer pour que les mâles agressifs puissent se supporter au sein du clan ou de la horde, parce que la pulsion agressive finira par se libérer quelque part[7]. On se rend compte que cette thèse est un peu sauvage si on la prend au sérieux. La règle devrait être en effet la suivante : plus les sociétés sont pacifiques à l'intérieur, plus elles paraissent guerrières – du moins chez les hommes – face à d'autres peuples et d'autres cultures. Et les sociétés qui entretiennent beaucoup de conflits en leur sein devraient être particulièrement pacifiques avec les autres, puisqu'elles se défoulent en circuit fermé !

Un spécialiste des conflits qui a étudié l'histoire des guerres des deux derniers millénaires ne peut que hausser les épaules devant une telle absurdité. On ne peut pas simplifier les choses à ce point. Si la pulsion agressive de l'être humain est appelée à jouer un rôle dans les conflits guerriers entre des sociétés et des peuples, elle n'est certainement qu'un élément parmi d'autres. Et elle n'est sans doute pas l'élément le plus important.

Une autre idée qui mérite la critique est que les hommes sont agressifs par nature, et les femmes pas du tout ! Peut-être les femmes sont-elles en moyenne moins violentes que les hommes. Mais dire qu'elles sont moins agressives est une affirmation aussi hardie qu'arbitraire.

Une autre idée reposant sur la seule spéculation est qu'au fil de leur évolution les individus seraient devenus de plus en plus agressifs. Comment le sait-on ? Il nous manque toute base de comparaison pour défendre une thèse pareille. Parmi nos parents le plus proches, le chimpanzé est beaucoup plus agressif que l'être humain[8]. Alors qu'il arrive chez les humains que des milliers de mâles soient rassemblés dans un même espace sans que cela ne dégénère en éclats de colère ou en tuerie, jamais les chimpanzés n'en seraient capables. Le sang coulerait à flots. En revanche, les bonobos, qui nous sont aussi très proches, vivent en liberté sans presque exercer de violence et résolvent leurs conflits par le sexe. Ce sont des singes du genre hippie : tout le monde peut se mélanger avec tout le monde. Cela est rare dans les groupes d'humains et sans doute impossible pour des sociétés d'une certaine importance.

Si l'on veut trouver des parallèles convaincants avec les animaux, il faut aller chercher loin et prendre l'exemple d'animaux qui n'ont aucun lien de parenté avec nous. L'historien militaire Richard Gabriel, professeur émérite d'histoire et de politique au *U.S. Army War College* et professeur d'éthique et de sciences sociales au Daniel Webster College de Nahua, dans le New Hampshire, soutient l'idée que notre comportement ne ressemble pas à celui des singes mais à celui des loups. La façon dont nous partageons notre nourriture, dont nous intégrons les membres les plus faibles du groupe, la plus grande sédentarité des femmes, les hommes qui rôdent autour, tout cela serait typique du comportement des loups[9].

Contrairement à ce qu'affirment les biologistes dans leurs spéculations, les experts de la préhistoire et les ethnologues n'ont toujours pas apporté la preuve que nos ancêtres, il y a quelques dizaines de milliers d'années, ont fait des guerres. Certes, il est sûr que la violence devait exister et le meurtre aussi. Mais tout cela ne fait pas une guerre. Piotr Kropotkine, l'anarchiste pacifiste, peut se réjouir.

Dans sa maison du vieux Zurich, entre des milliers de livres, Jürg Helbling explique pourquoi les choses sont ainsi. C'est un homme grand, svelte, tout habillé de noir, avec des cheveux poivre et sel. Helbling est bien plus qu'un ethnologue. Quand il parle de la biologie du comportement humain, il sait parfaitement de quoi il parle. Et qu'il s'agisse de sociologie ou de philosophie, il analyse toujours avec une grande acuité la société du présent tout comme celle des Mangyans. Après trente ans de recherches, Helbling est sûr qu'« il n'y a pas de guerres internes dans les sociétés de chasseurs et de cueilleurs. Les guerres où sont impliqués des chasseurs et des cueilleurs sont externes, défensives, contre des groupes non seulement d'une autre ethnie mais aussi d'un autre type social[10] ».

La raison en est simple. Pour déclencher une guerre – qui est toujours une affaire risquée et effroyable –, il faut vraiment avoir de bons motifs. Lorsque Helbling explique, il plisse les yeux et parle aussi avec ses mains, les tournant et les retournant, ouvrant et fermant les doigts, comme s'il accomplissait un travail de précision. Le nomadisme des chasseurs et cueilleurs rend, selon lui, la guerre « inutile », dans la mesure où l'on peut s'éloigner sans subir d'inconvénients matériels[11]. C'était sûrement le cas dans les époques primitives. Quant à l'idée que la guerre servirait à mieux reproduire ses gènes, il est plus que sceptique. De nombreuses sociétés de chasseurs et de cueilleurs s'échangent en toute tranquillité des hommes et des femmes, et recourir à une guerre est inutile.

Si la théorie de l'échange des gènes comme cause biologique des guerres est inexacte, cela nous épargne bon nombre d'explications farfelues pour expliquer les guerres modernes. Le sens de la guerre en Irak n'est donc pas d'assurer la reproduction des soldats américains. Quant à la Bundeswehr, elle n'est pas allée en Afghanistan pour se multiplier. Comme nous le savons, cela n'est pas seulement valable pour la logique et la motivation des guerres modernes. Dans les sociétés de chasseurs et de cueilleurs non plus il n'y a presque aucune dispute et aucun conflit avec d'autres groupes pour aller enlever des femmes et les féconder. La théorie disant que les guerres servent en dernier ressort à rendre génétiquement plus apte un groupe, une tribu ou une société ne tient pas !

La sociologie ne peut pas expliquer la guerre entre des populations. Elle présuppose presque toujours la guerre comme un phénomène naturel chez les humains. Ce serait parce que les humains ont le goût de la guerre que les meilleurs guerriers s'affirment. Mais dire que les humains ont le « goût de la guerre » est une pure spéculation. Il est certain que presque tous les individus sont capables d'agressivité, et certains sont même capables de violence. Mais c'est loin d'être une prédisposition à la guerre. La guerre – et c'est là le plus important – n'est pas en effet simplement l'élargissement de l'agressivité avec des moyens plus forts !

Quand on est agressif, on n'est pas forcément violent. Beaucoup de gens dirigent leur agressivité contre eux-mêmes et deviennent par exemple dépressifs. L'agressivité est souvent exprimée de façon voilée, par des remarques méchantes, par de l'hypocrisie ou par la médisance. Inversement, toute action violente n'est pas forcément le résultat d'une agressivité. La peur ou la légitime défense peuvent me rendre violent, sans que je ne sois pour autant en colère. À cela il faut ajouter que la plus grande partie de notre agressivité est dirigée contre des gens de notre entourage immédiat, et non contre d'autres sociétés ni d'autres peuples. Il serait bien difficile de mener une guerre quelconque en recourant simplement à la pulsion agressive. En effet, pour faire une guerre on a besoin de plans, de calculs, de stratégie, d'organisation, de discipline et de coopération.

Pour mener une guerre, on n'a même pas besoin de haïr ses ennemis. Surtout quand il s'agit de mercenaires payés : la haine ne joue absolument aucun rôle ! La Première Guerre mondiale, portée par un grand enthousiasme général de part et d'autre, ne fut pas plus terrible que la Seconde, où l'enthousiasme pour partir au front était bien moindre que la fois précédente. Ce n'est pas l'agressivité qui déclenche les guerres. Mais les guerres déclenchent bien l'agressivité.

La guerre n'est pas seulement l'exacerbation du côté biologiquement sombre de notre caractère. Aucune pulsion agressive ni aucune stratégie pour l'aptitude génétique ne nous obligent à aller attaquer les pays voisins. C'est une bonne nouvelle. Alors pourquoi y a-t-il des guerres ?

Thomas Hobbes avait peut-être déjà trouvé la réponse à cette question. Dans son appartement de Zurich, Jürg Helbling va chercher un livre dans ses rayonnages. C'est un ouvrage magnifique, relié en cuir, format in-quarto. Une première édition du *Léviathan*, de Thomas Hobbes, datant de 1651. Le philosophe anglais de l'époque baroque ne considérait pas l'homme comme mauvais. Et il ne considérait pas que la raison des guerres entre les peuples se trouvait dans une irrépressible pulsion agressive. Si l'agressivité est bien une chose naturelle variant d'un individu à l'autre, la guerre ne l'est pas. La guerre est affaire de culture et dépend donc des circonstances. Pour Hobbes, il y a surtout *une* circonstance qui pousse les groupes et les peuples à la guerre : l'absence d'un pouvoir central.

Pour Helbling, l'idée est toujours plausible : « Le *hardwar*e biologique et la disposition biologiquement déterminée des hommes à avoir un comportement agressif rendent certes possible un comportement agressif mais aussi pacifique ; le comportement effectif dépend du *software* social et culturel[12]. » Lorsque des peuples se font la guerre, c'est en général pour deux raisons : d'une part, comme le dit Hobbes, à cause de l'absence d'un pouvoir central capable de rappeler à l'ordre les belliqueux ; d'autre part – et sur ce point les biologistes ont raison –, à cause de la territorialité. Lorsque l'on est sédentaire dans un endroit précis, on ne peut souvent éviter la guerre. Si un peuple s'est installé au bord d'une rivière par exemple, entouré par des terres non fertiles, il ne pourra fuir en cas d'agression.

Le manque de possibilités d'esquive et l'absence d'un juge ou d'un médiateur sont les deux conditions principales des guerres entre peuples indigènes. Dans des situations précaires, la pression peut vite monter. Comme aucun des deux camps ne sait quels sont les projets de l'autre et que chacun s'attend donc toujours au pire, l'escalade n'a parfois pas de limites[13]. Il est alors sans importance de savoir si le territoire a peu ou beaucoup de ressources. Là aussi il n'y a pas de règles fixes. On ne peut pas dire qu'il y ait plus de guerres dans les régions riches que dans les régions pauvres. Des peuples vivant dans des zones disposant de très peu de ressources, comme les Inuits de l'Arctique ou les aborigènes d'Australie, ne mènent pas de guerres pour autant.

La guerre n'est pas le meilleur moyen d'optimiser ses gènes, ni d'ouvrir la soupape de son agressivité ni d'aller conquérir des ressources à un prix très élevé. Helbling fait remarquer que ce sont souvent les guerriers les plus vaillants et les plus expérimentés qui refusent la guerre. Il devrait donc y avoir quelque chose de plus important que ces avantages plus ou moins calculables. Ce seraient la méfiance, les préjugés et la peur. La plupart des guerres, dans l'histoire de l'humanité, n'ont rien rapporté à la majorité de la population, sauf pour quelques « élites » qui ont su en tirer profit. Les guerres irrationnelles dont on ne peut tirer un profit matériel comme les guerres de conquête menées par des élites dans un but précis ont toutes un rapport conscient ou non avec la peur. Cela autorise à dire en conclusion que la peur « est généralement une émotion plus importante dans le contexte de la guerre » que l'agressivité[14].

Lorsque nous nous disputons et nous combattons, c'est plus dans l'optique de défendre notre image de soi ou le sentiment de notre propre valeur que parce que cela nous serait égal. En d'autres termes, une image de soi endommagée est une menace bien pire pour l'humanité que toute visée égoïste. Car la mère de toutes les agressions n'est pas la recherche du mal, pas plus que le désir de faire valoir sans ménagement ses intérêts, c'est la peur pour notre corps et notre vie ainsi que la menace nettement ressentie du sentiment de notre propre valeur.

Sur ce point, les guerres primitives ne diffèrent pas beaucoup des guerres modernes : sans la peur et la diabolisation de l'adversaire, on a peu de chances de lever une armée. Il suffit de jeter un regard sur la Seconde Guerre mondiale pour s'en convaincre. Si elle est advenue, ce n'est pas par manque de nourriture, ce n'est pas par désir d'aller chercher des femmes à engrosser, ce n'est pas le territoire qui devait effectivement être défendu et ce n'est pas non plus un accès d'agressivité dans une république de Weimar somme toute assez pacifique. Les raisons qui l'expliquent sont le désir – biologiquement inutile – de s'approprier les richesses du sous-sol à l'Est, le désir de revanche bien attisé et une peur irrationnelle exacerbée par la folie de dirigeants sans scrupules.

Conformément à leur nature, les hommes sont capables de nombreuses émotions parmi lesquelles on trouve l'agressivité. Un comportement agressif peut conduire à la violence, au meurtre, à la vengeance, etc. La nature parfois agressive de l'homme ne suffit pas à expliquer qu'il y ait eu un nombre incalculable de guerres dans l'histoire de l'humanité. La guerre n'est pas le prolongement de la pulsion agressive dans le domaine social et politique. Dans cette optique, rien ne s'oppose *en principe* au commerce paisible et pacifique des peuples entre eux. Même si des circonstances difficiles et des manipulations bien calculées font que, dans de nombreuses parties du monde, il y a encore des conflits armés.

Si l'on se réfère à la population mondiale, le nombre relatif de gens tués à la guerre est depuis longtemps en nette diminution. L'une des raisons qui pourraient expliquer ce phénomène est que de plus en plus de gens vivent sous l'influence d'un pouvoir central. Si l'on considère l'histoire et les conditions des guerres, rien ne vient confirmer non plus que les hommes sont généralement mauvais ou animés par un fort égoïsme. Ce ne sont pas un surplus d'agressivité ni la volonté radicale d'imposer ses intérêts qui sont la cause de la plupart des guerres, mais des sentiments de peur, irrationnels et manipulés. Pour faire du monde un lieu de conflits armés, il est inutile d'avoir recours à une mauvaise intention ou à un calcul génétique d'intérêts. Il n'y a là rien d'étonnant dans la mesure où des intentions méchantes et des intérêts génétiques ont, d'une façon générale, très peu d'influence sur notre comportement social. Comme nous l'avons montré, la plupart des gens s'occupent surtout d'avoir une bonne image d'eux-mêmes.

Mais alors pourquoi un tel gouffre entre image de soi et façon d'agir ? Comment se fait-il que le bien s'estompe dans l'action ? Jusque-là, je vous ai surtout apporté de bonnes nouvelles sur notre nature morale. Je crains que n'arrivent maintenant les mauvaises.

Vouloir et faire

La vision en tunnel de la morale

Sentiments moraux, responsabilité humaine

Mon ex-beau-frère est vraiment chanceux. Il possède la vérité ! Quoi qu'il dise ou fasse, il a toujours raison. Jamais le moindre doute ! Les scrupules et les hésitations, il ne connaît pas ! Sa vie est la meilleure du monde, et il pourrait en remontrer à tout le monde. Pourtant il n'est pas très sensible, il n'a pas beaucoup d'amis et il en agace beaucoup avec son attitude. Quoi qu'il en soit : il dort bien.

Les chanceux de l'acabit de mon ex-beau-frère ne sont pas légion. En général, les gens ne sont pas aussi sûrs d'eux-mêmes. Et qui aime vraiment la vérité ne se targue pas de la posséder. Être toujours sûr de tout est rarement un gage de sincérité ou d'intelligence. C'est plutôt un signe d'arrogance et de son revers : la naïveté. Souvenons-nous de Martin Seel qui disait que « seuls les imbéciles sont toujours en accord avec eux-mêmes ».

Mais comment une telle chose est-elle possible ?

Günther Anders (1902-1992) écrivait il y a cinquante ans que « l'homme est plus petit que lui-même[1] ». Nous sommes en mesure de faire beaucoup de choses et capables de très peu de chose. Qu'est-ce que cela veut dire ? Si l'on pose la question à un philosophe moderne comme Thomas Metzinger (né en 1958), professeur à l'université de Mayence, la réponse est aussi simple qu'impressionnante : nous sommes plus petits que nous-mêmes, parce que nous n'existons pas !

Reprenons dans l'ordre : tout ce que nous savons sur le monde, nous le savons grâce à notre cerveau. C'est lui qui nous donne les couleurs, les images, les odeurs, les sensations, les idées et les pensées. Et l'une des idées ou des pensées particulièrement importantes, c'est celle que nous avons de nous-mêmes. On ne sait toujours pas comment elle se forme, et notre cerveau semble garder jalousement ce secret. De toute évidence, plusieurs zones de notre cerveau sont en charge de cette idée. Elles se fécondent, s'influencent et se reflètent sans discontinuer. Et à la fin il en ressort un « je » (du moins chez les individus en bonne santé mentale). Sept milliards de personnes sur la terre qui disent toutes « je », ça ne trompe pas. Le « je » est une réalité ressentie.

Mais justement : c'est une réalité qui n'est que sentie, un résultat de notre cerveau. Notre « je », notre « moi », l'image que nous avons de nous-mêmes et le sentiment de notre propre valeur n'existent que par un tour de passe-passe dans notre cerveau. Et ce que les autres perçoivent de nous n'est qu'une enveloppe : notre corps, nos regards, des mouvements et des paroles – mais jamais notre « moi ». Les autres se font même une image personnelle de notre moi.

Parfois nous nous reconnaissons dans les descriptions que les autres font de nous ; parfois moins, et parfois pas du tout. Pourtant il n'y a pas d'instance objective qui pourrait jouer les arbitres. D'ailleurs, ne nous voyons-nous pas différemment selon les moments ? Notre image de soi et le sentiment de notre valeur ne sont-ils pas constamment dépendants des situations et des ambiances ? Notre « moi » est une matière très versatile. Et qu'il soit notre fait ou celui des autres, il reste toujours une idée que nous nous faisons.

La raison en est simple. Dans l'histoire de l'évolution de l'homme, un « moi » solide et inébranlable n'était pas nécessaire. Et il n'a donc pas vu le jour. Tout comme n'a pas vu le jour le sens de la vérité objective. Pour survivre dans la savane, il était certainement important que d'autres membres de la horde comprennent à peu près ce que nous disions. Et il était important qu'ils puissent nous croire lorsque nous montrions un point d'eau à l'horizon. Mais saisir l'univers ou le sens de la vie, nos cerveaux ne sont pas faits pour cela. Mis à part le splendide exemple de mon ex-beau-frère, nous sommes constamment cernés par des questions qui nous dépassent. Des questions comme celle de Woody Allen : « Y a-t-il une vie après la mort ? Et s'il y en a une, peut-on m'y faire la monnaie sur vingt dollars ? »

Notre conscience est sans doute la plus fascinante de tout le monde animal. Mais malgré tout, ou à cause de cela, beaucoup de choses restent dans l'ombre. Pour Metzinger, nous vivons en fait dans un tunnel : « Ce que nous voyons, entendons, touchons, ressentons, ce que nous sentons et goûtons, n'est qu'une infime partie de ce qui existe. Notre modèle conscient de réalité est une projection très réduite de la réalité physique qui nous entoure et nous porte, incroyablement plus riche et plus dense… Pour cette raison on peut dire que le continuel processus de vie consciente est moins un reflet de la réalité qu'un tunnel *à travers* cette réalité[2]. »

Les limites de nos expériences sensorielles et les idées que nous pouvons nous faire à partir de ces expériences sont les limites de notre monde. Nous ne percevons que certains contrastes, d'autres non. Nous ne voyons que certaines similitudes, d'autres non. Et ce que nous ne percevons pas, ce qui ne nous touche pas, ne nous inquiète pas. Nous ne voyons pas la lumière ultraviolette, à la différence de nombreux oiseaux et insectes. Nous ne sentons aucune vibration électromagnétique dans l'eau, à la différence des requins ou des baleines. Nos sens et notre cerveau font des choix impitoyables : que prendre ? Que laisser à l'extérieur ? C'est seulement grâce à ces filtres très performants que nous arrivons à nous tracer un chemin à travers le monde. Si nous n'en disposions pas, nous serions tellement assaillis d'informations que nous serions incapables de nous orienter et de prendre des décisions.

Ce que nous percevons n'est jamais qu'une certaine perspective. Le philosophe Edmund Husserl (1859-1938) avait déjà bien montré que notre connaissance du monde et nos actes sont toujours relatifs. Le sens que les choses, les paroles et les actions ont pour nous n'est pas immanent. Le sens est une interprétation que nous donnons aux choses. Et toute notre vie est faite de ces interprétations. C'est ainsi que nous pouvons percevoir des choses avec bonheur, avec indifférence, avec regret, avec intérêt, avec colère, avec amour, etc. Mais jamais nous n'avons la chance de saisir les choses de façon totale. Nous ne les voyons que d'*un* côté, comme la lune dans le ciel. Pendant qu'un côté est bien éclairé, l'autre reste dans la nuit. Husserl parlait d'*Abschattungen* (« mises en ombre ») pour désigner la visibilité limitée des phénomènes sous l'effet de notre perspective restreinte.

Dans la morale aussi, nous avons affaire à ces mises en ombre. Notre lumière ne tombe sur une idée, une décision, une action que de façon limitée et relative, par rapport à une situation donnée. Comme nos ancêtres dans la savane dont nous avons hérité les cerveaux, nous nous plaçons sur un « point de vue » et pas sur un autre. Nous « percevons » quelque chose, nous le « saisissons » et le « comprenons », mais jamais dans sa totalité. Et quand nous « soutenons » un avis, nous éliminons ainsi les autres.

L'une des grandes spécificités de l'être humain parmi tous les animaux est le fait que, bien que nos sens et notre intelligence soient limités, nous soyons en mesure de nous faire des représentations allant bien au-delà de nos sens. Nous pouvons nous représenter des choses qui sont situées loin dans le passé. Nous pouvons nous faire des idées sur le futur. Et nous pouvons imaginer des choses qui n'existent pas. Jean-Paul Sartre était tellement fasciné par cette disposition qu'il définissait l'homme par ces qualités : il disait, en s'inspirant d'une expression de Nietzsche, que l'homme était « l'animal non fixé ». Il voulait dire par là que c'est le seul animal qui, dans son monde de représentation, n'est pas fixé à l'ici ni au maintenant.

Mais quel rapport avec la morale ? En principe, tout cela est aussi valable pour nos aptitudes sociales. Nous pouvons réfléchir à quelque chose que nous n'avons jamais eu sous les yeux. Nous pouvons nous faire du souci pour quelqu'un qui vit à des milliers de kilomètres de là. Nous pouvons élaborer des principes moraux comme la « justice » ou la « responsabilité », choses que l'on ne peut ni voir, ni toucher, ni mesurer, ni calculer. Comme je l'ai dit : nous sommes capables de tout cela – *en principe*.

Si l'on en croit les avocats de la raison comme Emmanuel Kant, on peut s'en remettre à notre capacité de faire tout cela en principe. On peut même construire tout un édifice de raison sur ces fondations et dire : « Si vous faites suffisamment usage de ces capacités de principe, ou si vous apprenez à en faire suffisamment usage, le monde sera meilleur. » Or cette certitude a aujourd'hui disparu. Alors que Kant, à son époque, était encore en droit d'espérer, ceux qui prêchent aujourd'hui la morale se livrent à une activité bien oiseuse quand ils en appellent à la « conscience » de l'homme, à son discernement et à sa raison.

Nous le savons en effet, cela ne sert pas à grand-chose ! Et nous en revenons au tunnel de Metzinger. Notre « moi moral » est aussi peu réel que les autres parties de notre moi. C'est bien plutôt une idée, si ce n'est même un ensemble d'idées qui s'opposent et se combattent. Comme nous l'avons vu, notre sens de la justice se situe sans doute dans le lobe pariétal de notre cerveau. Et notre empathie plutôt dans le cerveau frontal. Parfois ils se renvoient la balle, et parfois non. Il n'y a donc pas d'instance solide qui se charge d'édicter des jugements moraux. Et se rapporter à l'image que nous avons de nous – une idée dont je suis fermement convaincu –, c'est toujours se rapporter à une image *momentanée* de soi.

Avoir une image de soi et y être fidèle ne veut pas dire que cette image soit constante, infrangible et immuable. Or cette supposition fait partie des légendes les plus coriaces de notre histoire culturelle. Les héros d'Homère dans l'Antiquité classique étaient des personnages au caractère inébranlable. Achille était vaillant et colérique, Ulysse rusé et élégant. Les personnages des contes rapportés par les frères Grimm sont aussi sans nuances ; il n'y a pas de mélanges, de changements d'humeur, d'ambiguïtés. La sorcière dans *Hansel et Gretel* n'a aucun scrupule à manger les petits enfants – la sorcière reste une méchante sorcière. Les marâtres chez Blanche-Neige et Cendrillon ne connaissent aucune gentillesse, tout comme Blanche-Neige et Cendrillon sont incapables de faire le mal.

Mais, dans le monde où nous vivons, il y a des chrétiens qui vont à l'église et qui battent leurs enfants à la maison. Des hommes qui ne font que mentir dans leur travail mais qui ont de grands scrupules à faire la même chose avec leur femme. Des gens qui sont très courageux quand on ne les regarde pas et qui perdent tous leurs moyens quand il y a du monde. Le philosophe Jean-Jacques Rousseau n'avait manifestement aucun problème à vanter la bonté de l'homme et à mettre ses nombreux enfants à l'orphelinat. Même le grand Sigmund Freud, qui en savait plus que quiconque sur la sensibilité des enfants, donnait la préférence à l'un d'eux et se dérobait souvent à ses obligations familiales.

Ce que nous appelons « caractère » n'est pas l'illustration d'*une* qualité, mais un ensemble de contradictions. Pour l'image que nous avons de nous-mêmes, l'agence morale de notre moi, les sentiments, les réflexions et les circonstances ne s'accordent pas de façon prévisible et fiable. Quand on est de bonne humeur, on est souvent plus généreux que quand on est de mauvaise humeur, sans que l'on ne puisse dire pour autant que nous avons un *caractère généreux*. « C'est dans ces tensions entre possibilités attirantes ou repoussantes, dévoilées ou cachées, utilisées ou épuisées que s'opère la direction consciente de notre vie. C'est de cette façon que nous percevons les opportunités d'accéder à nous-mêmes. Nous approuvons certaines des possibilités qui nous sont données et à partir de là nous nous orientons après mûre réflexion vers celles que nous voulons atteindre et conserver. En nous déterminant, nous nous laissons déterminer[3]. »

Si hardies, grandioses, raisonnables et profondes puissent être nos pensées, elles sont toujours en relation avec notre faculté sensitive limitée. Ce que je ne détecte pas, je ne le prends pas. Ou, comme le disait Arthur Schopenhauer : « Ce que le cœur ne sent pas, l'entendement ne le laisse pas entrer. » Mais quelles sont les lois et les règles de notre cœur ? Notre intuition morale qui précède tout le reste a-t-elle une logique ? Ces questions n'intéressent en général la psychologie qu'à la marge. Et cela ne fait pas très longtemps que l'on se passionne un peu pour l'étude des étranges intuitions de l'« animal humain » dans le tunnel de son ego. Comment fonctionne notre sens tactile de la morale ? L'un des plus grands chercheurs allemands dans ce domaine s'appelle Gerd Gigerenzer (né en 1947) ; c'est le directeur de l'institut Max-Planck de Berlin pour la recherche sur la formation. Pour Gigerenzer, l'intuition nous détermine bien plus que la raison ou même la logique. Personne ne fonctionne comme une machine à calculer. Nous ne voulons jamais tirer le profit maximal de nos actes et nous n'en sommes d'ailleurs pas capables. L'idée des sociobiologistes disant que l'animal humain calcule toujours son intérêt dans la vie sociale est de ce fait non seulement fausse mais en contradiction avec toutes les connaissances que nous avons de notre psychologie.

Même pour Gigerenzer, les hommes disposent de filtres très anciens leur permettant de réduire et de cerner une réalité trop vaste. Ils aident ainsi à s'orienter. Une sorte de mode d'emploi pour les habitants du tunnel. Nous oublions et éliminons, nous nous concentrons sur ce que nous connaissons et nous fions à des effets de reconnaissance. Gigerenzer appelle ce mécanisme : « heuristique de recognition ». Nous nous fions à ce que nous connaissons. Et ce que nous ne connaissons pas provoque notre scepticisme.

« Laisse la réflexion quand tu es entraîné – on peut adopter sans problème cette leçon », dit Gigerenzer. C'est la seule façon de pouvoir nous concentrer sur les quelques informations qui sont importantes pour nous[4]. C'est ainsi que le cerveau nous montre la voie. Nous nous décidons vite quand l'éventail des choix est réduit. Nous sommes ainsi plus satisfaits de nos décisions que si l'éventail était large. Nous lisons des intentions sur le visage des autres par la durée de leur regard. Nous jugeons de la profondeur d'un objet dans l'espace en voyant la taille de son ombre. Si l'intelligence est ce que nous engageons lorsque nous ne savons pas ce que nous devons faire, alors nous avons besoin de bien peu d'intelligence pour tout cela.

Jusque-là tout va bien. Mais il conviendrait peut-être d'être un peu plus circonspect dans l'évaluation positive que Gigerenzer fait de nos intuitions. Ce qui peut nous rendre service quand on fait du sport, quand on se repère dans une ville étrangère ou quand on fait des courses dans un supermarché n'est pas forcément toujours un avantage dans notre vie sociale. Nous concentrons-nous toujours de façon instinctive sur les « quelques informations qui sont importantes pour nous » ? On peut craindre que notre attention ne se porte parfois sur ce qui n'est pas important.

Les revues people et la presse à sensation ne sont-elles pas la preuve que les gens s'intéressent à des futilités ? Ne trouve-t-on pas parmi nos instincts un goût pour le sensationnel totalement stérile pour notre vie ? Les ragots, le ressentiment, l'envie, la joie maligne sont peut-être aussi des instincts et des intuitions ? La publicité se sert de ces instincts pour capter notre attention et nous vendre des assurances ou des barres chocolatées. Le citoyen moyen connaît plus de marques automobiles que de noms de plantes, plus d'acteurs jouant dans des séries B que de philosophes. Et il en sait plus sur la vie conjugale agitée de Brad Pitt et d'Angelina Jolie que sur l'économie mondiale ou le changement climatique.

Ce qu'il y a là d'effrayant, c'est que nos instincts semblent davantage contribuer à nos jugements sur la vie qu'un véritable savoir. Ainsi, les deux choses que savaient les électeurs américains en 1992 sur George Bush, c'est, d'une part, qu'il détestait les brocolis et, d'autre part, que son chien s'appelait Millie[5].

Même nos votes, comme le constate Gigerenzer, ne sont pas le résultat d'une réflexion approfondie sur un certain nombre d'informations. Le sentiment d'appartenance à un parti est plus important que son programme ; le rejet de certains candidats l'emporte sur l'évaluation de ses forces et de ses faiblesses. Souvenons-nous de Jonathan Haidt, qui disait que nous adaptons nos valeurs (et sans doute aussi nos arguments) à nos conceptions du monde, et pas l'inverse. Comment expliquer autrement que des gens intelligents s'entêtent à défendre une hypothèse fumeuse, une fausse appréciation ou une idéologie irréaliste plutôt que d'admettre tout bonnement qu'ils se sont trompés ? Que ce soit dans le domaine de la science, de l'économie ou de la politique, on voit toujours des gens essayer de faire gagner un cheval mort plutôt que d'en seller un autre.

La question de nos décisions morales est donc une affaire assez épineuse. Nous ne dominons pas notre vie et nous percevons encore moins les conséquences de nos actes. Comme nous le savons ou du moins le devinons, nous ne nous donnons souvent pas beaucoup de mal : la plupart de nos décisions sont prises plus vite que nous ne pouvons penser. Et dans un grand nombre de nos jugements moraux, on ne se demande pas à soi-même des comptes. Tout le monde sait qu'il n'est pas particulièrement glorieux de dire du mal des autres. Pourtant la plupart d'entre nous le font sans retenue, sans même souvent en prendre conscience.

Immanuel Kant partait de l'idée que nous nous reflétons dans nos décisions et nos actions. Les hommes sont effectivement capables de cela – dans des proportions variables. Mais combien de fois le faisons-nous ? Et que faisons-nous des nombreuses circonstances qui influencent notre humeur et notre attention ? Quand nous sommes stressés, nous sommes moins sensibles aux problèmes d'autrui. Le SDF qui fait la manche a plus de chances d'obtenir une pièce si je suis de bonne humeur que si je suis de mauvaise humeur. Et il n'aura sûrement rien si j'ai peur de rater mon train[6].

C'est ce qu'ont bien montré deux sociopsychologues américains, Daniel Batson (né en 1943) et John Darley (né en 1938), tous deux enseignants à Princeton. L'expérience du *bon Samaritain*, qu'ils ont mise au point en 1970, a fait le tour du monde. Ils ont demandé à quarante-sept étudiants en théologie de faire un exposé. Les uns sur les chances de carrière des théologiens, les autres sur la parabole du « bon Samaritain ». Dans les deux cas, on faisait se presser les étudiants pour qu'ils n'arrivent pas en retard dans l'amphithéâtre où avaient lieu les exposés. Devant l'entrée du bâtiment, un homme était accroupi ; il poussait des râles et avait manifestement besoin d'aide. Les étudiants s'arrêteraient-ils pour lui porter secours ? Seuls 10 % des étudiants renoncèrent à aller écouter les exposés et s'occupèrent de cet homme – peu importe si leur sujet portait sur la carrière des théologiens ou sur le bon Samaritain. Les autres, même s'ils avaient dû réfléchir à la parabole pour leur exposé, avaient complètement ignoré le malheureux ou ne l'avaient même pas vu.

Lorsque nous agissons de façon morale, nous n'agissons pas dans le monde des principes mais dans celui des situations. Nous sommes souvent obligés de prendre des décisions rapides et nous n'avons pas le temps de peser le pour et le contre. La première intuition nous semble donc souvent la meilleure. Notre perception et notre sensibilité pour le monde sont celles des animaux – des animaux certes très intelligents, mais la distance focale est toujours courte.

En revanche, notre imaginaire est capable des plus belles envolées. Nous pouvons ainsi concocter des chimères telles que la « responsabilité pour l'humanité », l'« éthique globale » ou la « morale universelle ». Sauf que tout cela n'a aucun rapport avec ce que nous sommes capables de sentir, de comprendre et donc de transformer dans notre vie. Nous pourrions dire en nous inspirant de Günther Anders que nos idées sont plus petites qu'elles-mêmes.

On peut sans doute partir de l'idée qu'à rebours de tout sens de l'évolution nous sommes capables d'idées qui nous dépassent au niveau sensitif. Mais justement : l'évolution ne sélectionne pas tout selon le seul critère de l'avantage, pas plus que le « sens » est une catégorie de la nature ni du monde. Comme a pu le montrer Husserl, le sens est plutôt une conséquence de notre perception typiquement humaine. Le sens, aussi subtil et intelligent soit-il, ne surgit qu'en négligeant, de façon consciente ou inconsciente, tout le reste.

Nos instincts sociaux et nos intuitions morales sont souvent une aide dans la vie, mais pas toujours. Quand l'enjeu est important, quand il en va des abstractions et de la responsabilité globale, nous sommes dépassés au niveau sensitif. D'un autre côté, nous disposons d'une raison habile mais qui manque d'instinct et de sensibilité. Si l'on ne fait confiance qu'aux armes de la raison, on pourra certes formuler de belles maximes et de grands principes, mais cela ne fait pas encore de nous des hommes bons. Ni notre intuition ni notre raison ne peuvent seules faire de nous des hommes bons.

Dans les chapitres suivants, je voudrais tenter de présenter plus précisément les différents aspects de notre limitation. Ils nous expliquent la contradiction qui existe entre notre sentiment du moi et nos actes, ce gouffre entre le penser et le faire. Et comment il est possible que beaucoup d'entre nous préfèrent de loin *vouloir être* des gens bien plutôt que l'*être*.

• *La morale de la horde*. Pourquoi on copie avant de comprendre

La morale de la horde

Pourquoi on copie avant de comprendre

> Un courant de vie organique roule des groupes liés par un destin jusqu'à leurs ornements qui prennent l'aspect d'une contrainte magique [...] En tant que maillons d'un groupe, et non en tant qu'individus qui croient être modelés de l'intérieur, les hommes sont les fragments d'un personnage.
>
> Siegfried KRACAUER

À Berlin, il est dangereux de passer au rouge quand on est piéton. Non seulement parce que vous mettez votre vie en danger, et que vous pouvez attraper une contravention de dix euros, mais encore parce que vous pouvez être observé par un certain Jens Krause (né en 1965), professeur de biologie et d'écologie des poissons à l'institut Leibniz pour l'écologie des eaux et la pêche intérieure.

À Leeds où il travaillait auparavant, Krause avait déjà observé l'attitude des piétons aux feux tricolores. Quand quelqu'un passe-t-il au rouge ? La réponse est stupéfiante de simplicité : lorsque la personne juste à côté le fait ! Du coin de l'œil, nous enregistrons le comportement de celui qui est le plus près de nous. Si, en plus, l'homme ou la femme à côté de nous a environ notre taille et si il ou elle s'aventure sur la chaussée d'un pas décidé, nous sommes comme pris dans son sillage et nous suivons. Des piétons placés un peu plus loin de nous peuvent aussi nous entraîner, surtout s'ils sont deux à le faire. Ce mécanisme est bien rodé, sauf si la personne à côté de nous est un enfant ou un individu dont l'apparence ou le comportement nous paraît bizarre.

Il avait à peine terminé ses observations qu'il faillit être renversé par une voiture. Avec son équipe – tous chargés des équipements nécessaires à ces observations –, il avait traversé au rouge, entraîné par l'exemple des autres. Il en rit encore : « Nous connaissions exactement le mécanisme et nous nous sommes laissé avoir. »

Krause est assis dans son bureau situé dans un grand bâtiment blanc du XIXe siècle, à côté du Müggelsee, dans la partie la plus à l'est de Berlin. Cet institut a été fondé en 1893 pour contrôler la qualité de l'eau et réglementer la pêche. Mais l'objet d'étude de Krause n'est pas ce lac. Ce qui l'intéresse, ce sont les groupes et les « comportements en essaim ». Ce jeune homme à l'allure dégingandée est l'un des plus grands spécialistes des groupes.

La vie en groupe ou en essaim concerne les poissons mais aussi les vols d'oiseaux, les troupeaux, les meutes et les hordes. Que l'on prenne les antilopes sabres, les moutons, les diamants mandarins, les loups, les vaches, les chimpanzés ou les gorilles, tous ces animaux présentent des « comportements en essaim » typiques. Et les hommes aussi. Lorsque, dans un aéroport que nous ne connaissons pas, nous cherchons le guichet d'enregistrement ou la salle de récupération des bagages, nous suivons simplement le mouvement ! Plus quelqu'un marche d'un pas décidé, plus nous sommes enclins à le suivre. De façon intuitive nous nous orientons d'après les guides de notre confiance non réfléchie. Nous nous fions à des gestes et à des regards. Et nous copions sans comprendre.

L'étude du comportement humain collectif est une science aussi jeune que fascinante. Krause fait partie des pionniers. Lui et son équipe ne cessent d'élaborer de nouvelles expériences et des protocoles d'expériences. En 2007, à Cologne, ils ont réuni deux cents volontaires dans une grande halle[1]. Personne ne savait ce qui allait se passer. Leur mission ? Ne pas cesser de marcher et ne pas être plus éloignés les uns des autres de la distance d'un bras. Ils se mettent en marche. Aucun d'eux n'a un but ni un plan. Pourtant, au bout d'un temps relativement court, le « troupeau » s'est ordonné selon une étonnante formation : en deux cercles. Une moitié environ des participants marche en cercle et dans le même sens, tandis que l'autre moitié marche dans un cercle extérieur au premier et dans l'autre sens.

Aussi intéressant que soit ce phénomène, il n'a pas grand-chose à voir avec le comportement normal des individus. En effet, dans toute communauté il y a, en règle générale, des chefs. Parfois ce sont les individus dominants d'un groupe. Parfois cette fonction de chef découle simplement des circonstances ou du hasard. Au cours de leur expérience menée à Cologne, Krause et ses collaborateurs ont choisi deux chefs. Le premier avait pour mission de s'extraire du groupe par la droite. L'autre devait se diriger vers la gauche. Comment le groupe allait-il se comporter ? Le résultat fut surprenant. À la différence de poissons dans un aquarium et exposés à la même situation, le groupe ne s'est pas divisé en deux moitiés. Les participants sont restés groupés, hésitant à aller d'un côté ou de l'autre. De toute évidence, ils se demandaient quelle direction était la meilleure.

Mais une troisième série d'expériences s'est révélée encore plus étonnante. Que se passe-t-il si l'on fait entrer, sans rien dire, plusieurs chefs dans le groupe ? Krause l'a fait avec cinq chefs introduits incognito. Le résultat a été égal à zéro. Il a alors recouru à dix chefs. Cette fois, il s'est passé quelque chose. Les chefs sont parvenus à manipuler le groupe et à lui faire changer de direction. S'ils sortaient du groupe, les autres les suivaient sans faire de difficulté. Dix chefs pour deux cents personnes, cela fait un rapport de un à vingt. Ce résultat est fascinant : il suffit donc de 5 % d'un groupe pour mener le troupeau, sans que les autres ne s'en rendent compte !

Les recherches menées par Krause incitent à considérer de façon nouvelle le comportement humain en groupe. L'étude du groupe est bien plus que le simple passe-temps d'un spécialiste des poissons. Elle permet d'observer en profondeur la psyché collective, non seulement des humains mais aussi d'autres vertébrés. Krause a passé douze ans dans son laboratoire à Leeds à mettre au point les fondements de ses recherches, après un séjour à Cambridge et à Princeton. Pour ses collègues issus d'autres disciplines, il était l'auteur d'un livre très spécialisé sur la pensée et le comportement des poissons[2]. Aujourd'hui, il est un expert qui conseille l'armée, la police, les services de sécurité et les architectes. L'économie aussi s'intéresse beaucoup à ses recherches, notamment les grandes entreprises d'informatique et d'intelligence artificielle.

Si, dans certaines situations, les humains ne se comportent pas différemment des poissons, cela dévalue-t-il les humains ou réévalue-t-il les poissons ? Pour un spécialiste des poissons comme Krause, une chose est sûre : les poissons ont une mémoire à long terme étonnamment développée. Certaines espèces se souviennent pendant des mois des endroits où elles trouvent à manger et enregistrent des trajets de plusieurs milliers de kilomètres. Elles évitent les dangers de façon instinctive et organisent leur groupe en conséquence[3].

Former un groupe présente des avantages. C'est une aide quand on cherche de la nourriture, cela augmente le niveau de vigilance et c'est une protection contre les dangers extérieurs, notamment les prédateurs. Un banc de guppys constitué depuis longtemps trouve plus facilement de la nourriture qu'un groupe qui vient de se former. Mais on ne connaît encore qu'approximativement la façon dont ces animaux se dirigent, dont ils captent les signaux et les transmettent. Krause a pu montrer en utilisant un petit poisson-robot qu'il suffisait d'un seul chef vaillant pour entraîner derrière lui tout un groupe d'épinoches. Chaque changement de direction du chef était presque automatiquement copié.

Jusqu'à présent, on ne sait pas encore ce qui se passe chez les poissons dans ces situations, quels signaux leur permettent de s'orienter. L'un des collaborateurs de Krause à Berlin a implanté des puces dans ses carpes pour essayer de détecter comment elles se sentent « psychologiquement ». Les résultats sont encore maigres. « J'aimerais bien savoir ce que ressentent les poissons au cours de mes expériences », dit Krause en tapotant l'aquarium. Et brusquement, comme un seul et même organisme sensible, tous les gardons de l'aquarium se rétractent dans un même mouvement. Mais qu'est-ce qui fait que certains poissons du groupe sont plus hardis et effrontés que d'autres ? Est-ce seulement dû à leur métabolisme ? Pour Krause, ces poissons sont des « personnalités » ayant chacune leur tempérament. Comportement de groupe et personnalité individuelle ne s'excluent donc pas. C'est ce qui fait justement que les observations menées sur des groupes de poissons ou d'oiseaux peuvent être – jusqu'à un certain point – transposées à l'homme. Il n'est pas nécessaire d'être aussi primitif qu'un moustique pour s'orienter par rapport à un ensemble.

Le neurologue allemand Hugo Karl Liepmann (1863-1925) fit à cet égard, au début du XXe siècle, une découverte fracassante. Son sujet de recherche à Breslau et à la Charité de Berlin concernait les interventions sur le cerveau. Il fut étonné de constater que les personnes présentant des lésions dans le lobe pariétal et le cortex frontal n'étaient plus en mesure d'imiter les gestes les plus simples. C'était d'autant plus surprenant que les neurologues de l'époque pensaient que ces gestes ne nécessitaient pas le recours à des fonctions supérieures du cerveau. Mais Liepmann a découvert qu'il y a des processus inconscients qui s'effectuent même dans les régions conscientes de notre cerveau. Grâce à elles, nous imitons les mimiques, les gestes, les sons, les bruits et les paroles des autres, sans nous en rendre compte[4].

Lorsque nous suivons quelqu'un qui traverse au rouge, nous recourons, sans en être conscients, à ce mécanisme d'imitation inconsciente. Ce qui sert à un nouveau-né à appréhender le sourire de sa mère ou de son père et à lui répondre, ce qui aide un enfant à répéter des mots, c'est aussi ce qui nous entraîne à suivre le groupe. Depuis le début des années 1990, les scientifiques parlent à ce sujet de *neurones miroirs.* C'est en 1992 qu'un groupe de neurologues, sous la direction de Giacomo Rizzolatti de l'université de Parme, a découvert ces stupéfiantes cellules nerveuses dans le cerveau. Un singe qui prenait une noix présentait la même activité cérébrale que s'il *imaginait* qu'il prenait la noix. Dans les deux cas, les mêmes neurones s'activaient[5].

Si vous vous êtes un jour demandé pourquoi bâiller est contagieux ou pourquoi nous sourions quand quelqu'un nous sourit, il semble que cela puisse s'expliquer par nos *neurones miroirs*. Ces cellules nerveuses, en une fraction de seconde, nous rendent capables d'accepter les signaux émotionnels émis par autrui et même de les reprendre à notre compte. Fines observatrices, elles déchiffrent le langage du corps de la personne en face de nous et font en sorte que celle-ci nous « contamine » par ses sons et par ses gestes.

On s'est encore peu demandé si les *neurones miroirs* existent chez d'autres animaux que chez les singes et les hommes. Si les poissons disposent de *neurones miroirs*, ceux-ci doivent se trouver dans d'autres régions du cerveau que chez l'homme. Même si ce sont deux cerveaux de vertébrés, ils se différencient de façon considérable. On peut également penser que le cervelet, qui joue ici aussi un rôle chez l'homme, pourrait avoir son mot à dire dans les réflexes d'imitation[6].

Qu'il s'agisse des *neurones miroirs* ou des réflexes issus du cervelet, les individus imitent souvent de façon inconsciente le comportement d'autres individus et ont donc une propension à avoir un comportement de groupe. Mais qu'est-ce qu'un groupe naturel humain ? Nos plus proches parents, les chimpanzés et les bonobos, vivent en groupes de cinquante à quatre-vingts animaux. Les hordes partageant un même espace vital n'hésitent pas à pratiquer des échanges réguliers. Des mâles et des femelles en âge de procréer quittent le groupe pour rejoindre un autre groupe où ils resteront toute leur vie. En était-il ainsi chez nos ancêtres ?

C'est vraisemblable. Mais quelle était la taille exacte des hordes de nos ancêtres ? Au début des années 1990, l'Anglais Robin Dunbar (né en 1947), aujourd'hui professeur de psychologie de l'évolution à Oxford, fit sensation avec sa découverte. Dunbar donnait à la biologie de l'évolution ce à quoi elle aspire le plus en général : une formule mathématique exacte. Ne se pourrait-il pas que la taille du cerveau – et dans notre cas, du néocortex – soit en rapport direct avec la taille de l'environnement social ? Non pas chez les moustiques et les sardines, mais au moins chez les mammifères ? Si les chimpanzés et les bonobos vivent en groupe de cinquante à quatre-vingts animaux et si leur cerveau est deux fois plus petit que celui d'un homme, ne peut-on pas en déduire que les hommes vivaient dans des groupes deux fois plus importants ? La grande taille de notre cerveau serait donc la conséquence de la complexité de notre vie sociale[7].

Pour étayer sa thèse, Dunbar s'intéresse aux sociétés actuelles de chasseurs et de cueilleurs qui, à son avis, vivent dans des groupes d'environ cent cinquante personnes. Cent cinquante, ce serait la taille maximale de toute vraie société humaine. Pour Dunbar, notre cerveau n'est pas fait pour davantage.

Ce qu'il y a de sympathique dans la théorie de Dunbar, c'est qu'elle explique la dimension de notre cerveau – un peu comme Harry Jersion et Terrence Deacon (cf. *L'évolution de l'intention.* Pourquoi nous nous comprenons) – à partir des exigences sociales posées à nos ancêtres. Ne se pourrait-il pas en effet que cent cinquante soit à peu près la limite de notre portée sociale ?

Mais il faut se garder de prendre le « nombre de Dunbar » pour argent comptant. L'expérience nous apprend que la portée de l'empathie sociale est variable selon les individus. L'un peut aimer beaucoup de monde et l'autre très peu. Certaines personnes s'intéressent à presque tout et d'autres à presque rien. D'un point de vue biologique aussi, la thèse du rapport direct et quasi mathématique entre cerveau et champ social est plus que douteuse. Les orangs-outans et les gibbons, par exemple, sont les grands singes le plus proches de nous. Leur cerveau est à peu près trois fois plus petit que le nôtre. Si l'on se fie à Dunbar, ils devraient vivre en groupes ne dépassant pas cinquante animaux. Or, les orangs-outans sont souvent des solitaires ou vivent en groupes restreints formés seulement de quelques mères avec leurs petits. Quant aux gibbons, ils vivent en couple, loin des autres. En revanche les babouins, un peu moins futés, forment des groupes pouvant aller jusqu'à deux cent cinquante membres.

Si Dunbar s'arroge le droit de doubler le nombre des membres de nos groupes par rapport aux chimpanzés et aux bonobos, on peut tout aussi bien se donner le droit de le diviser par deux. En effet, plus notre cerveau devenait complexe, plus il était facile de le surmener. Les énormes exigences imposées par notre comportement social n'ont pas d'équivalent dans le règne animal. On a autant le droit que Dunbar de dire que trente personnes dans notre sphère immédiate suffisent largement à nous occuper.

Même si l'on peut discuter sur le nombre exact de membres d'une horde dans notre environnement social, une chose est sûre : nous sommes bien des animaux de horde. Même les êtres humains se fient à ce que font les autres avant de se décider. Parfois, cet instinct est tout à fait à notre avantage. Ce que l'on pourrait appeler la « sagesse du plus grand nombre » se retrouve dans tous les journaux et magazines. Qui n'a pas déjà remarqué que le joker appelé au téléphone dans le jeu « Qui veut gagner des millions » n'a rien d'un expert avec 65 % de réponses justes, alors que le joker représenté par le public atteint 91 % de réponses justes[8] ?

Mais le problème avec l'intelligence du groupe, c'est qu'elle n'est pas toujours plus forte que le savoir des vrais experts. La masse n'enregistre pas seulement du savoir mais aussi des idées fausses, des quiproquos et des préjugés. Combien faut-il de piqûres de frelons pour tuer un cheval ? Trois, cinq, sept ou dix ? Dans un questionnaire, on trouverait sûrement la réponse médiane : cinq ou sept. Or, les frelons ne sont pas plus dangereux que les guêpes. Et cent piqûres ne suffisent pas à tuer un cheval. En outre, le savoir collectif des peuples emmagasine des préjugés contre les autres nations. Pendant des siècles, la sagesse du groupe, en Allemagne, a détesté les Français. Et les troupeaux mâles de la culture occidentale se sont accordés pendant deux millénaires sur le fait que les femmes ne devaient pas avoir le droit de vote.

La propagation subreptice de jugements et de préjugés a effectivement partie liée avec le comportement de groupe ou de troupeau. Lorsque presque tout le monde s'oriente selon les opinions de son environnement immédiat, on assiste à l'émergence de flux d'opinions. Et c'est le groupe qui décide de ce qui est juste ou faux. Les parallèles sont si évidents qu'il paraît tout à fait sensé de parler de « comportement social de groupe » ou « comportement moral de groupe ». Les trois critères du groupe énoncés en 1986 par l'expert en intelligence artificielle Craig Reynolds (né en 1953) et admis par l'ensemble de la recherche sont aussi valables pour le monde social : se déplacer vers le centre de ceux que tu perçois autour de toi ! S'éloigner, dès que quelqu'un s'approche trop près ! Se déplacer à peu près dans le même sens que tes voisins[9] !

Une grande partie de nos décisions physiques, sociales et morales n'est en général même pas consciente. De façon inconsciente, nous reconnaissons grâce à nos *neurones miroirs* des modèles dans le comportement des autres. Lorsque vous essayez de vous frayer un chemin dans la foule qui déambule dans une zone piétonne, un samedi après-midi, il est préférable que vous ne vous demandiez pas chaque fois si vous allez esquiver par la droite ou par la gauche. Si vous ne le faites pas, c'est votre instinct du groupe qui va le savoir pour vous. Il y a de très grandes chances pour que vous esquiviez par la droite. C'est aussi ce que va attendre l'autre en face de vous.

La fameuse phrase de Kant : « Aie le courage de te servir de ton entendement ! » n'est pas valable dans toutes les situations. Si vous l'appliquiez à tout moment, vous pourriez devenir fou et risqueriez de ne plus être compris. De même, la sagesse de Goethe, qui dit dans *Les Xénies apprivoisées* : « Ne te laisse pas ravir le sens qui t'appartient en propre / Il est aisé de croire à ce que croit la masse ! », n'est pas toujours une aide. D'une part, nous n'avons pas toujours un sens qui nous est propre et est différent de celui de la masse. D'autre part, l'injonction de Goethe n'a de sens que parce que justement nous ne faisons pas constamment usage de notre sens au quotidien.

Il n'est pas non plus étonnant que nous nous laissions guider par les autres dans nos jugements et nos convictions. Notre terrain social ne peut être appréhendé dans toute son ampleur. Il est souvent préférable de suivre le troupeau plutôt que de se « servir de son entendement ». Déjà que nous ne savons pas très bien ce qu'est notre entendement. Pour reprendre les mots de Martin Seel : « Nous connaissons la trame de nos convictions aussi peu que tous les recoins d'une grande ville – même si nous la connaissons bien. À proprement parler, nous connaissons beaucoup moins bien la situation de nos convictions que n'importe quel endroit dans le vaste monde[10]. » En effet : « "Suis toutes tes convictions !" Voilà une phrase qui a de quoi nous laisser pantois ! Où commencer ? Où arrêter ? Quel ordre suivre ? Les convictions n'ont ni un centre fixe ni une périphérie libre[11]. »

Dans cette situation, impossible d'échapper à l'influence des autres. Bien entendu, nous sommes libres, d'une certaine façon, de nous soustraire aux influences. Toutes les personnes à qui l'on adresse un sourire dans le bus ne nous répondent pas automatiquement par un sourire. Et nous pouvons décider de devenir végétarien, même si personne dans notre entourage ne l'a été avant nous ni ne se joint à nous. Mais celui qui ne cesse de se défendre contre l'influence intuitive ou consciente de son environnement ne devient pas un héros moral mais un autiste social ! Selon les études les plus récentes, nous courons même le risque de perdre notre capacité de refléter les émotions des autres lorsque nous renonçons à longueur de temps à les utiliser. Ce qui est valable pour nos muscles semble aussi valable pour nos cellules nerveuses telles que les neurones mémoires : « *Use it or lose it !*[12] »

Le côté sombre de notre aptitude à copier et à nager dans le courant est aussi bien connu. Au niveau du corps, il apparaît sous forme de panique collective lors des catastrophes. Au niveau du langage, il se révèle dans la reprise de lieux communs et de ragots. Et, au niveau social, il commence par le harcèlement par des collègues et se termine par des pogroms. Nous nous synchronisons de façon intuitive avec la masse en éliminant l'analyse de notre entendement. Comme partie du groupe, nous ne nous sentons pas aussi responsables de nos actes qu'en tant que personnes prises individuellement. Lorsque la masse nous protège avec douceur, nous nous sentons tous frères – même si ces frères perdent tout sens des responsabilités. C'est ce que voulait dire l'écrivain et philosophe Siegfried Kracauer (1889-1966), lorsqu'il décrivait la fascination esthétique de l'« ornement de la masse ». Plus nous nous sentons portés et élevés dans une constellation de grande ampleur, plus nous nous sentons « essentiels »[13]. La conséquence étant que cela nous rend manipulables.

En tant qu'animaux sociaux qui forment des groupes et des hordes, les hommes possèdent des réflexes sociaux de comportement de groupe qui remontent très loin dans l'histoire. Ils nous aident à nous orienter de façon inconsciente dans la vie de tous les jours. Mais ils manipulent aussi notre comportement social jusque dans nos décisions morales. Dans nombre de cas, nous nous orientons en suivant l'exemple et le comportement des autres. Cela réduit souvent beaucoup la portée de nos réflexions morales au quotidien. Le pouvoir de l'habitude, les principes admis par la majorité et les actes des gens proches de nous influencent souvent plus notre morale qu'on ne le croit.

La façon de s'orienter par rapport au groupe dans les questions morales diffère d'un individu à l'autre. Il y a de grandes différences entre le conformiste et le rebelle. Et tout ce que font les autres n'est pas forcément copié aveuglément. « La grandeur d'âme est souvent admirée, rarement imitée, car c'est une vertu qui coûte cher », disait plaisamment Johann Nepomuk Nestroy à propos de la limite de notre instinct d'imitation. Mais nous serions socialement insupportables et impossibles à intégrer si nous n'ajustions pas notre comportement à celui des autres membres du groupe. Mais qu'en est-il de ceux qui n'appartiennent pas à notre groupe de référence ? Qu'en est-il des *autres* ?

• *Un peuple de gens étroits d'esprit.* Nous, les autres et les tout autres

Un peuple de gens étroits d'esprit

Nous, les autres et les tout autres

> Quelqu'un est assis sur la rive d'en face et se dit en me voyant : Tiens, il y a quelqu'un sur la rive d'en face.
>
> Guy REWENIG

Oskar est allé à la crèche pendant trois ans. Il faisait partie du groupe des Hérissons. Un autre groupe s'appelait « Les Chenapans ». Les deux groupes étaient souvent séparés. Mais de temps en temps ils se retrouvaient pour faire des activités ensemble. La dernière année de crèche, Oskar, qui avait alors cinq ans, me dit qu'il ne supportait pas les Chenapans. Aucun Hérisson n'aimait les Chenapans. Il disait que tous les Chenapans étaient stupides et qu'ils cherchaient toujours la bagarre. Or Oskar est quelqu'un de très ouvert. Je lui demandai alors si les Chenapans voyaient les choses de la même façon. Oskar réfléchit un peu et me dit que les Chenapans voyaient sûrement les choses autrement. Ils disaient que les Hérissons cherchaient toujours la bagarre. Un bon point pour Oskar, me dis-je. « Et où est la vérité ? demandai-je. Qui cherche la bagarre ? » Mon fils me regarda d'un air étonné et répondit, irrité par mon insistance : « Les Chenapans, évidemment ! »

Finalement, pas de bon point pour Oskar.

Mais je n'aurais peut-être pas dû le mettre aussi rudement à l'épreuve. En effet, ce qui se joue entre les Hérissons et les Chenapans n'est qu'un comportement typique de primates. Presque tous les singes – à l'exception des gibbons et des orangs-outans – vivent en groupes. Ils pensent donc selon les lois de la horde. Certes, on peut se demander si les singes ont un sentiment du « nous » et quelle est la portée de ce sentiment. Mais une chose vaut sans doute pour tous les primates : qui ne fait pas partie du groupe fait partie des *autres*. Et quand des conflits éclatent avec les autres, nous sommes toujours les bons. Tout simplement parce que nous sommes *nous* et pas les autres.

Notre immense besoin de former des communautés et notre capacité à le faire ont donc aussi un inconvénient qui n'est pas sans danger : celui qui dit « nous » exclut presque automatiquement ceux qui ne font pas partie de ce « nous », donc les « autres ». Les habitants de Cologne, par exemple, nourrissent un patriotisme local très marqué, même en Allemagne où l'appartenance à une ville ou à une région est beaucoup plus forte qu'en France. Il y a beaucoup plus de chansons et d'hymnes qui célèbrent Cologne que Berlin par exemple, qui est pourtant la capitale. Mais que serait ce sympathique patriotisme des habitants de Cologne sans les habitants de Düsseldorf qui passent pour des benêts, ce qui donne d'autant plus de panache à Cologne ? (Il y a d'ailleurs fort à parier que les habitants de Düsseldorf voient les choses de façon totalement différente. Mais à tort, comme le dirait l'habitant de Cologne que je suis !)

Nous regrouper fait partie de notre comportement naturel. Et l'existence des « autres » n'est donc pas un quiproquo moral – l'existence des « autres » est inévitable ! Nous considérons de façon différente quelqu'un que nous aimons bien et quelqu'un qui est « en dehors ». En règle générale, nos proches forment la sphère intime, même si l'exception confirme parfois la règle. Il existe des parents qui négligent leurs enfants, et des enfants qui quittent leurs parents dès que possible ; des frères et sœurs qui se détestent et coupent tout contact. Il n'y a pas de règle mathématique disant que nos proches doivent forcément être ceux pour qui nous avons le plus d'attention. Quoi qu'il en soit, nos plus proches parents nous sont souvent plus « proches » qu'indifférents.

À ce noyau central des sentiments vient s'ajouter la sphère des amis. Puis viennent les gens que l'on connaît bien et enfin la masse de tous ceux qui nous sont indifférents. Notre empathie n'est pas dirigée vers l'humanité entière. Ou, pour dire les choses avec les mots d'Agecanonix, le vieux grognon dans *Astérix* : « Je n'ai rien contre les étrangers, quelques-uns de mes meilleurs amis sont des étrangers. Mais ces étrangers-là ne sont pas de chez nous ! » Les parents, les amis, tous ceux que l'on considère comme des amis et enfin ceux qui « ne sont pas de chez nous » : on ne peut mieux décrire la hiérarchie de notre sensibilité morale. Si le mot « sensibilité » est bien le bon.

Pour l'économiste Samuel Bowles, directeur de l'institut Santa Fe, à New Mexico, notre nature ressemble à l'idéologie d'une paroisse à la campagne, une parochus (πάροχος). Étymologiquement, ce mot grec est positif puisqu'il veut dire : « fournisseur de vivres ». Mais la signification que lui donne Bowles est différente. Les individus d'une petite paroisse sont certes très secourables et serviables vis-à-vis des membres de leur communauté. Mais ils sont en même temps petits, mesquins et méfiants vis-à-vis des autres. Ce concept a fait florès, parce que Ernst Fehr l'a repris à son compte dans ses recherches. Joli clin d'œil pour un homme qui, comme lui, se destinait au départ à la prêtrise[1].

Les individus ont une tendance au « parochialisme », bien que dans des proportions différentes. Nous ne sommes pas seulement des hommes des cavernes épistémologiques mais aussi moraux. Nous ne nous sentons vraiment bien qu'au sein d'un groupe restreint autour d'un feu (imaginaire). Rappelons-nous l'expérience de justice dans une crèche en Suisse (cf. *Nature et culture*. Comment nous apprenons la morale). Les enfants devaient décider combien de bonbons ils allaient donner à un enfant qui n'était pas là. Il n'était pas étonnant de voir que ce qui était décisif pour eux, c'était de savoir s'ils connaissaient ou non l'enfant avec qui ils allaient partager[2].

Notre attention à l'autre et notre générosité sont donc limitées. D'une façon générale, elles sont réservées à des gens qui nous sont proches. Cela ne nous empêche pas évidemment de brandir la bannière morale ni de nous engager pour des gens qui sont très loin et que nous ne connaissons pas. Nous pouvons nous engager avec *Amnesty International* pour des prisonniers que nous n'avons jamais vus. Nous pouvons faire des dons à des œuvres caritatives sans jamais voir le visage de ceux que nous aidons. Et nous pouvons nous engager aussi pour des idéaux représentés par le christianisme, l'islam, le communisme, etc., rejoignant ainsi des personnes que nous ne connaissons pas. Mais tout cela ne contredit pas notre tendance originelle au parochialisme. Une personne qui s'engage dans une association humanitaire n'est pas obligée d'aimer et d'estimer tous les gens qu'elle connaît. Si c'était la condition indispensable et nécessaire, les organisations caritatives n'auraient presque aucun adhérent !

Ce qui importe, c'est l'idée suivante : on peut aimer et estimer quelques personnes que l'on connaît. Et on peut aimer et estimer l'idée qu'il faut estimer tous les individus. Mais on ne peut aimer et estimer tous les individus qui existent. Même les religions qui proclament haut et fort l'amour du prochain, comme le christianisme, excluent traditionnellement de leur cercle certaines personnes – en général les incroyants ! Et plus une religion s'encombre de commandements inhumains et irréalistes, plus elle est agressive et violente. Tout ce que l'on exige en trop de ses coreligionnaires, ces derniers le font souvent payer à d'autres par de l'arrogance. Tout le monde ne se conduit pas selon ce principe, qu'il s'agisse d'élites idéologiques, de sectes ou d'associations, mais c'est malheureusement souvent le cas. Et bon nombre de clubs de jeunes fonctionnent selon ce principe. L'altruisme est une ressource limitée qui ne peut se répercuter à l'infini. Et qui veut être bon toujours et partout est souvent mauvais envers lui-même.

Nous disposons désormais d'un modèle biologique assez simple pour expliquer cette logique. Refuser d'autres groupes, tel serait le prix de l'évolution qui a permis, par la lutte, de développer notre sens de la coopération[3]. Cette théorie de Samuel Bowles est aujourd'hui très en vogue. Mais elle ne repose que sur la spéculation. À la différence de Jürg Helbling par exemple, Bowles suppose que nos ancêtres étaient en perpétuel conflit et se livraient des guerres violentes. Il se réfère pour cela aux fouilles qui ont exhumé des crânes défoncés et des os de bras brisés. Mais cela est-il vraiment le résultat de guerres entre clans ? N'est-ce pas tout simplement la conséquence d'homicides et de meurtres au sein d'un groupe ? Un crâne défoncé il y a dix mille ans ne permet pas de dire si c'est le résultat d'une dispute entre amis ou ennemis, si c'est un différend privé ou la conséquence d'une guerre.

Dans un second temps, Bowles imagine que le fait de coopérer n'a pas seulement apporté des avantages sociaux à nos ancêtres mais aussi un avantage militaire. Quand on fait bloc, on peut plus facilement conquérir des territoires étrangers, engrosser de nouvelles femelles et transmettre ses gènes guerriers ! Bowles utilise pour ce faire un grand nombre de simulations informatiques. Or, ce qu'il veut prouver n'est pas une toute nouvelle théorie de la culture humaine mais la vieille lune des psychologues de l'évolution comme Lorenz et Ghiselin.

La valeur explicative des modèles informatiques appliqués au comportement humain est limitée. Et elle est largement surestimée actuellement par de nombreux chercheurs. En effet, le rapport direct et nécessaire entre altruisme, parochialisme et guerre reste toujours dans le domaine de la spéculation. Si cette trinité devait être une règle fixe de notre culture, on pourrait se demander pourquoi elle tolère autant d'exceptions. Qu'en est-il de ces peuples qui mènent plus de guerres internes que contre des ennemis extérieurs ? Et qu'est-ce qui ne va pas dans les cultures pacifiques ?

Si nous abandonnons le terrain de la spéculation, nous pouvons dire de façon plus modeste : l'environnement social naturel de l'individu est la horde. Celle-ci est notre univers émotionnel, le lieu de l'amour, de la haine, de la compréhension, du travail en commun, de l'échange, de l'attention et de l'empathie. Ce qui est hors de portée de ce monde n'est appréhendé que de loin. (Pendant que je finis d'écrire cette phrase, je regarde par la fenêtre et j'aperçois la façade ensoleillée de la maison d'en face. Je ne connais aucun de ses habitants. Et, pour être franc, cela ne m'intéresse guère. Mon univers est trop petit pour que je puisse décider de l'agrandir à volonté. Et la paroisse de mon empathie reste à dimension humaine.)

La portée de notre sympathie et de notre responsabilité morale ressemble à une pierre que l'on jette dans l'eau. À partir de l'endroit où la pierre vient frapper l'eau, on voit se former des cercles concentriques de plus en plus grands. Le premier cercle représente nos proches. Nous nous identifions souvent à ce groupe qui peut être par exemple notre famille. Et le bord de ce groupe devient pour ainsi dire une « seconde peau ».

Dans mon livre *Qui suis-je et, si je suis, combien ?*, j'ai évoqué un test mis au point par le psychologue Marc Hauser de Harvard, soumis à un échantillon de trois cent mille personnes dans le monde entier. Voici ce qu'il fallait imaginer. Vous êtes près d'une ligne ferroviaire. Soudain arrive un wagon à pleine vitesse. Si rien ne se passe, le wagon devenu fou écrasera *cinq* ouvriers qui travaillent en contrebas sur la voie. Mais vous pouvez empêcher cela. En effet, si vous actionnez l'aiguillage juste devant vous, le wagon changera de direction et se dirigera sur une voie où travaille *un seul* ouvrier. Qu'allez-vous faire ? Les trois quarts des gens interrogés, quels que soient les pays, ont répondu qu'ils actionneraient l'aiguillage. Cinq vies humaines leur paraissaient plus importantes qu'une seule.

Aucune raison de douter de la justesse de ce résultat. J'ai moi aussi posé plus de cent fois cette question dans différentes villes d'Allemagne, de Wilhelmshaven à Singen, de Düsseldorf à Cottbus, dans des salles remplies de centaines d'auditeurs. Le résultat est presque toujours le même : les trois quarts des gens sont d'accord pour manœuvrer l'aiguillage. Seul un quart ne le fait pas. Mais le résultat change du tout au tout quand je demande aux gens de modifier un détail. Sur la voie directe, on trouve toujours nos cinq travailleurs anonymes. Mais, sur la voie secondaire, ce n'est plus un inconnu qui est là mais votre enfant ! Qui va manœuvrer l'aiguillage pour que ce ne soit pas les cinq ouvriers qui meurent mais votre enfant ? Quel que soit l'endroit où je pose la question, personne ne veut toucher à l'aiguillage !

Il est difficile d'avoir une image plus nette de la différence entre une morale générale de la raison et notre impression subjective de la morale. Nous sommes sans doute tous d'accord avec la vision raisonnable qui veut que chaque vie humaine a, en principe, la même valeur. Mais justement : en principe ! Dans les faits, nous faisons une grande différence entre la valeur de la vie de gens qui nous sont proches et celle des gens qui ne le sont pas.

L'impératif catégorique de Kant qui dit que nos actions morales doivent viser à être générales et valables pour tous est en réalité sapé par nos instincts sociaux. Et autant l'impératif catégorique est juste et convaincant comme idée, autant il a peu de rapport avec notre vie de tous les jours. Pour reprendre la belle formule de Sloterdijk : « La valeur utile de l'impératif catégorique est située dans sa grandeur qui assure qu'elle est inapplicable[4]. »

Lorsque nous évaluons les individus d'un point de vue moral, nous utilisons des étalons différents. Et c'est souvent moins la raison que la sympathie qui prononce le jugement. Le psychologue de l'évolution Eckart Voland (né en 1949), professeur à l'université Justus Liebig de Giessen, parle volontiers de double morale à ce sujet : « La morale fait toujours la distinction entre les gens qui sont de notre bord et les autres. D'un point de vue structurel, elle est toujours double[5]. »

Voland a-t-il raison ? Essayons de voir ce que veut dire : « double morale ». D'une façon générale, cela signifie que quelqu'un dit une chose et en fait une autre. Un homme politique chrétien-démocrate qui proclame en public la valeur inaltérable du mariage et de la famille mais qui entretient en secret une relation extraconjugale apparaît comme un adepte de la double morale. Mais peut-on appliquer cette notion à l'ensemble de notre morale ? Il est certain que nous préférons nos enfants à ceux des autres. Mais ne trouvons-nous pas normal que le maître, à l'école, les traite sur un pied d'égalité avec les autres ? Il nous serait même désagréable qu'il leur accorde un traitement de faveur. Cela n'a donc rien à voir avec « dire une chose et en faire une autre ». En revanche, la double morale serait celle qui brandit l'étendard de l'égalité et de la démocratie et qui attend en même temps que les autres accordent des traitements de faveur à nos enfants.

Juger de façon différente nos proches et les gens qui nous sont étrangers est un instinct naturel. Mais il est aberrant d'employer à ce sujet le terme de « double morale ». Si nous considérons nos enfants selon une règle différente, ce n'est pas faire une entorse à une conviction déclarée. Qui contesterait en effet que ses enfants, ses parents et ses amis ne sont pas pour lui la même chose que des gens qui lui sont totalement étrangers ?

Nos émissions d'information à la télévision et à la radio fonctionnent toutes selon ce principe. Le premier groupe visé – suivant la portée de l'émetteur – est la région ou la nation. Elles fonctionnent presque toutes selon le principe d'Agecanonix : nous, les autres et les tout autres. On entend en premier les informations sur l'Allemagne puis les informations internationales. La démission d'un ministre en Allemagne est plus importante qu'une guerre civile en Afrique. Seules les catastrophes semblent faire exception à la règle. Mais là aussi il y a des différences dans la façon de les évaluer. Un avion qui s'écrase en Allemagne a bien plus d'impact qu'un avion qui s'écrase au Turkménistan – sauf s'il y a des Allemands parmi les victimes.

Ce qu'il y a de singulier, c'est que le concept de nation ou de peuple est beaucoup trop large pour éveiller notre empathie. Être allemand ou français est une identité plutôt fictive. En tout cas, elle dépasse de cinq cent mille fois le nombre de Dunbar. Au quotidien, nous ne connaissons pas des Allemands, ni même des habitants de Cologne ou d'une autre ville. Lors d'une bagarre avec un inconnu, il m'est complétement égal de savoir s'il est allemand et berlinois ou hollandais et originaire d'Utrecht. Il n'y a qu'au football, en cas de victoire, que tous les Allemands ou tous les Français se tombent dans les bras. Et alors qu'à Cologne on regarde rarement qui est assis dans la voiture d'à côté, en Laponie les gens viennent presser leur nez contre la vitre pour voir s'ils ne connaissent pas par hasard les passagers de cette voiture immatriculée à l'étranger.

La portée de notre sentiment d'appartenance peut augmenter dans certaines situations. Mais de façon éphémère. Lorsque le rêve du Mondial 2006 a pris fin, la belle cohésion nationale s'est estompée aussi. C'est Abraham Lincoln qui a dit un jour : « Il y a quelques personnes à qui l'on peut faire croire quelque chose pendant un temps assez long. Et il y a beaucoup de gens à qui l'on peut faire croire quelque chose durant un bref moment. Mais il est impossible de faire croire quelque chose à tout le monde sans limite de temps. » C'est un peu la même chose avec les groupes. On peut se fédérer en petits groupes pendant longtemps. Et l'on peut aussi se sentir solidaire d'un grand groupe pendant un certain temps. Mais se sentir solidaire d'un grand groupe de façon durable est impossible.

Six personnes originaires de la même ville et qui se retrouvent par hasard au même endroit pendant les vacances ne forment pas un groupe. Mais, si elles se mettent ensemble pour faire des choses en commun, elles deviennent un groupe. Des intérêts convergents et une certaine dose de solidarité sont le ciment nécessaire à toute structure de groupe. « Qui n'est pas avec nous est contre nous », a dit le président George W. Bush en exacerbant cette logique de primate appliquée à sa prétendue « lutte contre la terreur ». Preuve que l'on peut viser juste, même en ne voyant pas plus loin que le bout de son nez.

Chaque fois que l'on se regroupe, on crée des étrangers. Mais dire que l'on a besoin d'« ennemis » pour cela n'est pas une règle nécessaire. Il est vrai qu'ils sont souvent utiles à la solidarité du groupe. Lorsque la limite extérieure du groupe devient une « seconde peau », elle marque en même temps une frontière essentielle de mon identité. L'histoire de la politique culturelle des individus montre de façon impressionnante à quel point les frontières créent des identités. Frontières des territoires, frontières des langues, frontières des religions. C'est peut-être pour cela qu'il est si difficile d'abattre les frontières. Où vont en effet les frontières quand elles disparaissent ? Elles ne disparaissent sans doute jamais. Elles resurgissent toujours ailleurs, car les hommes ont besoin des « autres » pour savoir qui ils sont. Après la chute du socialisme d'État en Europe de l'Est, « l'Ouest libre » s'est tourné vers une « communauté de valeur occidentale ». Et, alors que l'adjectif « libre » devait être la frontière avec le socialisme, on découvrait les « valeurs » contre le fondamentalisme arabe.

Les hommes sont des primates sociaux qui se rassemblent pour former des groupes et des hordes. Ce faisant, ils font une nette séparation entre ceux qui sont du même bord et les autres. Ceux qui font partie de mon groupe bénéficient d'un autre étalon de mesure que les autres. Notre nature de primate est responsable du fait que nous n'appréhendons pas un certain nombre de problèmes ou les laissons loin de nous parce que ce ne sont pas « nos problèmes ». Au lieu d'évaluer de façon libre les misères et les nécessités du monde, nous suivons intuitivement les autres et partageons la conscience du groupe auquel nous nous sentons appartenir.

L'orientation par rapport à un groupe et la morale caractéristique d'une horde sont des comportements typiquement humains qui brident notre capacité d'empathie et limitent notre raison au quotidien. Mais c'est là que se situe la plus grande menace pour notre jugement moral : le *conformisme*. Lui seul permet d'expliquer qu'un individu capable de traverser au rouge est aussi capable de massacrer des gens au cours d'une guerre.

• *Des assassins tout à fait normaux*. Dans la gare de triage de la morale

Des assassins tout à fait normaux

Dans la gare de triage de la morale

> Le slogan de tout un chacun : mieux vaut être aimé qu'avoir raison.
>
> Mark TWAIN

« À l'aube du 13 juillet 1942, les hommes du 101e bataillon de réserve de la police furent tirés de leurs lits. Des ordres fusaient dans les salles de cette école où ils avaient passé la nuit. Nous sommes à Bilgoraj, en Pologne. Ces hommes étaient originaires de Hambourg, c'étaient des pères de famille, ils avaient la cinquantaine et étaient issus de milieux plutôt modestes. Comme ils étaient trop âgés pour être enrôlés dans la Wehrmacht, on les avait mis dans la police. La plupart d'entre eux n'étaient jamais sortis d'Allemagne. Ils étaient arrivés en Pologne, trois semaines plus tôt.

« Il faisait encore nuit lorsque les hommes montèrent dans les camions. On leur avait donné des munitions supplémentaires, et ils avaient encore chargé des caisses de munitions dans les camions. Ces policiers partaient pour leur première grande intervention sans avoir encore la moindre idée de ce qui les attendait.

« Les camions quittèrent Bilgoraj et partirent en convoi en direction de l'est. Ils avançaient lentement sur les chemins empierrés. Il leur fallut près de deux heures pour parcourir trente kilomètres, jusqu'au village de Jozefow. Quand ils arrivèrent, il commençait à faire jour. Jozefow était un village polonais typique avec des maisons blanches au toit de chaume. Parmi les habitants, mille huit cents étaient des juifs.

« Le village était tranquille. Les hommes du 101e bataillon descendirent des camions et se placèrent en demi-cercle autour du major Wilhelm Trapp, un policier de métier qui avait cinquante-trois ans et que ses subordonnés appelaient gentiment “Papa Trapp”. Le moment était venu pour ces hommes d'apprendre en quoi allait consister leur mission.

« Trapp était blême et nerveux ; il avait les larmes aux yeux et faisait visiblement des efforts pour contrôler ses émotions pendant qu'il parlait. D'une voix chevrotante, il leur dit que le bataillon allait devoir accomplir une mission désagréable. Il détestait vraiment cette mission, il regrettait tout cela, mais les ordres étaient les ordres. Peut-être qu'il leur serait plus facile de l'exécuter s'ils pensaient aux bombardements alliés qui, en Allemagne, tuaient des femmes et des enfants.

« Puis il parla de la mission. D'après les souvenirs d'un des policiers engagés dans cette histoire, Trapp avait dit que c'étaient les juifs ayant manigancé le boycott américain qui avaient fait tant de tort à l'Allemagne. Deux autres dirent qu'il avait expliqué que les juifs de Jozefow étaient alliés aux partisans. Le bataillon avait donc l'ordre de rassembler ces juifs. Les hommes en âge de travailler seraient séparés des autres et conduits dans des camps de travail, tandis que les autres – femmes, enfants et vieillards – seraient exécutés sur place. Après avoir expliqué ce qui les attendait, Trapp fit à ses hommes une proposition inhabituelle : il leur dit que tous ceux qui ne se sentaient pas capables d'exécuter cette mission pouvaient sortir des rangs[1]. »

Ce qui s'est passé à Jozefow fait partie des crimes de la Shoah que l'on a le mieux étudiés. L'historien américain Christopher Browning (né en 1944), de l'université de Caroline du Nord à Chapel Hill, a écrit un livre sur ce 101e bataillon de réserve. Il voulait répondre à une question aussi lancinante que terrible : comment des hommes tout à fait normaux ont-ils pu commettre un tel acte de barbarie ?

Quand Trapp eut fini, un homme sortit des rangs et donna son arme. Le capitaine qui dirigeait sa compagnie fut pris d'une colère noire. Mais Trapp lui dit de se taire. Les hommes se rendirent compte qu'ils ne couraient aucun danger s'ils refusaient de participer. Mais, sur les cinq cents policiers du bataillon, une dizaine seulement refusèrent de participer à cette action meurtrière.

Le massacre dura toute la journée. Les policiers passèrent toutes les maisons au peigne fin et rassemblèrent les habitants. Les fuyards, les malades et les enfants devaient être exécutés sur-le-champ. Les mères tenaient leur bébé contre elles pour les protéger. Quelques policiers parvinrent néanmoins à les tuer. D'autres tiraient à côté, cherchaient à se cacher ou traînaient dans les maisons vides depuis longtemps. Mais rares furent les hommes qui demandèrent à pouvoir être encore exemptés à ce moment. Les gens rassemblés à l'orée de la forêt étaient tués aussitôt. La directive disant qu'il fallait faire un « travail propre » eut du mal à être appliquée. Beaucoup de policiers tremblaient tellement qu'ils tiraient à côté. Les crânes éclataient, de la cervelle giclait. Pendant ce temps, le major Trapp faisait les cent pas dans une des salles de l'école. À en croire les dires de certains de ses subordonnés, il pleurait et maudissait son sort. Le soir, on rassembla tous les hommes du bataillon et on leur distribua de l'alcool. Trapp essaya de les apaiser. Il leur dit que ce n'était pas leur faute et que les ordres venaient « d'en haut ». Mais l'humeur était au plus bas. La plupart des policiers étaient bouleversés et furieux contre eux-mêmes. On se mit d'accord pour ne jamais dire un mot de ce qui était arrivé à Jozefow.

Ce n'était pas inhabituel qu'un commando de la police se livre à des exactions contre les juifs en Pologne ou en Russie. Et même si les policiers du 101e bataillon prirent part à d'autres missions de déportation et d'exécution après le massacre de Jozefow, ce qu'ils ont fait n'est pas le pire de ce qui a été fait[2]. Ce qui est exceptionnel dans le cas de Jozefow, c'est qu'à la différence de presque tous les autres massacres ces hommes ont eu la possibilité de s'y soustraire.

Pourquoi ont-ils été si peu à saisir cette chance ? Parmi les officiers se trouvaient de jeunes SS, cyniques et antisémites. Mais la majorité des membres du bataillon n'avaient rien d'antisémites. Rares étaient les hommes qui voulaient se venger des juifs. Ces policiers avaient passé les années les plus marquantes de leur vie avant la montée du nazisme. Comme l'écrit Browning : « Ils avaient connu d'autres normes politiques et morales que celles du nazisme. La plupart d'entre eux étaient originaires de Hambourg, une ville qui n'a pas du tout la réputation d'être raciste ni xénophobe. Et la majorité de ces hommes venait d'un milieu social qui était plutôt opposé au national-socialisme[3]. »

Même des explications apparemment évidentes ne semblent pas tenir. L'exigence d'obéissance fut cette fois annulée. On pouvait faire une exception. Et l'on n'avait pas à redouter de représailles. Il est certain qu'il fallait agir vite et que les hommes n'eurent guère le temps de la réflexion. Il leur a fallu se décider dans la minute. Or, c'est justement cette décision rapide qui fait toute l'intensité de cette histoire. Personne ne voulait passer pour un lâche aux yeux de ses camarades : « […] La plupart n'ont pas osé se mettre en avant et avoir un comportement non conformiste. Il leur était plus facile de tirer[4] ! » En résumé : plutôt être un meurtrier qu'un mauvais camarade !

Personne ne sait comment auraient réagi ces hommes, si la question avait été posée autrement : que ceux qui veulent participer fassent un pas en avant ! Comme cela s'est révélé au cours du massacre, la plupart de ces hommes n'étaient pas à la hauteur de la tâche qu'on leur imposait. Mais Trapp ne pouvait pas se permettre de nombreuses défections. Par sa proposition, il a donc fait en sorte que seule une minorité puisse renoncer à cette mission.

Pour Browning, ce processus de psychologie de groupe n'est pas une exception. C'est simplement la caricature d'un comportement qui se produit souvent et se reproduira souvent. « Dans toute collectivité, le groupe exerce une pression phénoménale sur l'individu et lui impose des normes morales. Si les hommes du 101e bataillon sont devenus des assassins dans de telles conditions, peut-on dire que cela ne se renouvellera pas[5] ? »

La justice qui a jugé ce bataillon après la guerre s'est perdue dans un dédale de motivations et de responsabilités. On a finalement décidé de châtier les chefs. Le major Trapp fut transféré en Pologne et exécuté après une journée de tractations. Deux cent dix hommes sur les cinq cents du bataillon furent arrêtés à Hambourg entre 1962 et 1967. Seuls quinze furent accusés. Aucun participant au massacre de Jozefow ne passa plus de quatre ans en prison.

Autant les actes de ce bataillon furent criminels, autant la structure faisant de citoyens ordinaires des assassins est simple. Cela peut sembler effrayant, mais la pression du conformisme peut, dans certaines situations, être plus forte que n'importe quel instinct moral et n'importe quelle valeur morale[6].

Le sociopsychologue Harald Welzer (né en 1958), professeur à l'institut d'Essen pour les sciences de la culture, l'a bien montré au cours d'un séminaire avec ses étudiants. Il leur a demandé de se placer dans la situation des hommes du commando[7]. Quelles étaient pour eux les raisons de sortir du groupe et de refuser de participer, et quelles étaient les raisons de rester solidaires du groupe ? Après des heures de discussion, on en arriva au constat suivant. Les étudiants cernèrent seulement trois raisons de ne pas participer : « une éthique de nature universaliste et philosophique qui refuse le meurtre ; une morale imprégnée de christianisme qui interdit de tuer ; et enfin une forme d'empathie avec les victimes. Et d'après tout ce que l'on sait, ce genre d'attitude et d'orientation n'est que rarement propre à inhiber (endiguer) ces actions violentes, ce qui fait que même dans la vie civile il peut arriver que des pasteurs tuent leur femme. L'existence de convictions éthiques n'exclut pas qu'elles soient violées[8] ».

On n'est pas obligé de partager le léger cynisme de ces conclusions. La troisième raison – « une forme d'empathie » – a du mal à s'imposer dans la liste invoquée. Mais il y a effectivement, dans des situations normales, la manifestation très forte d'un instinct qui interdit de tuer d'autres individus. Surtout des enfants et des bébés. Or, cet instinct peut être déconnecté, comme nous venons de le voir. Mais il reste malgré tout une composante de notre nature humaine (à l'inverse de Welzer, qui croit et voudrait faire croire qu'il n'existe pas et que l'homme n'est « rien » par nature).

Même la conclusion qui dit que des principes éthiques ne nous retiennent « que dans de rares cas » de faire violence aux autres est un peu alerte. Comment juger, en effet ? Qui peut dire ce qui, chez lui, relève du principe ou de l'intuition ? Les deux choses ne peuvent-elles être intimement liées et cela pendant des années, comme l'espérait Aristote ? L'« attitude » que nous adoptons face à une question morale est presque toujours un compromis.

Ce qu'il y a de fascinant dans la liste établie par les étudiants de Welzer, c'est moins les quelques rares raisons de se désolidariser du groupe que la longue énumération des raisons de rester solidaires[9]. Celui qui fait défection a une attitude non conforme. Il enfreint les normes du groupe, les devoirs de loyauté vis-à-vis de ses supérieurs, de ses camarades et peut-être même de ses amis. Il s'isole ainsi du groupe et se révèle, suivant les interprétations, lâche, faible ou même présomptueux. Aux yeux des autres, on ne gagne aucune reconnaissance (ce à quoi nous aspirons tous) ; on perd au contraire en respect. Même si faire un pas en avant pour se désolidariser n'a pas de conséquences négatives immédiates, cela en a à la longue. On est le mauvais camarade qui s'est « planqué » !

Dans la logique de la morale nazie, tuer des juifs est une chose à la fois « légitime » et « juste », et même une mesure de « légitime défense ». Tous les hommes du bataillon semblent adhérer à cette « morale » dans la mesure où ils restent dans le rang. Qui va se permettre dans ces conditions de se mettre en dehors du groupe ? Le major Trapp n'avait-il pas dit aussi que cette « action » allait permettre de protéger les proches restés en Allemagne ? N'y a-t-il pas un « nous » qui doit être protégé envers et contre tout ? Et enfin, quelle avait été l'éducation de ces policiers ? Ils avaient tous été élevés de façon autoritaire, avec une image de l'homme très différente de celle qui existe aujourd'hui. Système de formation et d'éducation qui ne tolérait pas la discussion mais qui obligeait à courber l'échine, à s'adapter et à accepter l'autorité.

Si l'on recense tout ce qui a pu passer par la tête de ces hommes, on se rend compte que le conformisme l'emportait sur son contraire. Et même si les décisions prises par chacun paraissent effroyables, elles étaient dans la norme pour ces policiers.

Les étalons et les critères moraux sont fluctuants – c'est ce que nous dit cette histoire. Notre morale ne suit pas des rails fixés une fois pour toutes. Elle ressemble plutôt à une locomotive sur une voie de garage.

Elle fait des allers-retours. Et, si nécessaire, elle change de voie. Ce ne sont pas les rails qui déterminent notre direction mais notre objectif et nos « horaires ». Celui qui croit qu'il peut faire confiance à ses principes dans *n'importe quelle* situation révèle qu'il a bien peu d'imagination ou qu'il est un individu très étrange !

Ce que montre l'histoire du 101e bataillon, c'est que notre comportement va parfois à l'encontre de nos principes et de nos intérêts. Et ce n'est ni inhabituel ni inhumain. Ce n'est certainement pas la morale de cette histoire de dire que les policiers ont fait fi de leurs principes moraux au profit de leurs intérêts. La thèse avancée par certains sociologues, selon laquelle, quand la situation se durcit, nous ne pensons qu'à nos intérêts, n'est pas recevable ici. L'intérêt bien tempéré aurait voulu que, dans ce cas, on porte aussi peu atteinte que possible à sa psyché. Or, ces hommes n'ont pas obéi à leurs propres intérêts mais à un réflexe social. Ils se sont pliés à la pression du conformisme et ont oublié l'intérêt supérieur. Et ils n'ont pas légitimé leur comportement en alléguant leur propres intérêts mais en se disant que cela semblait aussi légitime pour les autres d'agir ainsi.

La légitimation par conformisme oriente bon nombre de nos comportements au quotidien. Ce que font tous les autres ne peut être mauvais. Si, pour mes amis et mes camarades, c'est bien de fumer, de quel droit vais-je dire que je suis meilleur qu'eux en ne le faisant pas ? La puberté est l'âge où nous prenons des distances par rapport à notre famille, où nous nous confrontons à ce qui est autre (cf. *Nature et culture*. Comment nous apprenons la morale). Même le plus intransigeant des non-conformistes va se chercher un groupe de référence. Quitte à ce que ce soit une association avec d'autres non-conformistes !

Normalement, les enfants s'aperçoivent très vite qu'ils réussissent mieux s'ils se mettent ensemble. Celui qui sort du lot et se tient à l'écart ne tarde pas à avoir des problèmes. Il n'est donc pas étonnant que nous apprenions à modeler notre comportement sur les règles de nos groupes de référence. Nous ne sommes jamais totalement libres dans le choix de nos vêtements – sauf à vouloir nous exposer à la critique ! Un garçon qui se dirait qu'il peut aller en classe en pantalon comme en jupe serait l'objet de quolibets, pour ne pas dire plus. Et même si cela fait partie des règles du jeu de notre culture occidentale de se démarquer de la masse, le choix est quand même très limité, les variations étant assez étroites. Un architecte qui arrive avec des lunettes un peu fantaisie ne perd pas sa crédibilité. En revanche, s'il porte de vieilles espadrilles tachées, il va paraître suspect. Notre dentiste peut être chauve, même s'il est jeune, mais il ne peut avoir les ongles sales.

Qui veut vraiment sortir du lot doit assumer le fait d'être mal accepté. Quand j'étais adolescent, mes parents économisaient pour presque chaque vêtement. Je portais des habits achetés au marché aux puces. À la fin des années 1970 et au début des années 1980, c'était d'une certaine façon « branché ». Mais ce qui était accepté chez les jeunes qui militaient dans les mouvements pacifistes et écologistes – les foulards palestiniens et les parkas militaires – correspondait à une mode précise. Et ce qu'on m'achetait au marché aux puces remontait à une mode antérieure. Il y a aussi un conformisme de l'anticonformisme. Même ce qu'on achète au marché aux puces doit avoir un style précis sous peine de passer pour ringard.

Notre comportement social est toujours marqué par le groupe de référence dans lequel – volontairement ou non – nous évoluons. Nous avons des convictions, mais il est également important que nous soyons acceptés par notre groupe de référence. Nous anticipons le regard que les gens vont porter sur nous et nous accordons nos décisions et nos actions en fonction des autres. D'un point de vue moral, ce comportement peut nous aider à nous comporter de façon positive et conforme au groupe. Mais il est aussi possible que nous nous laissions entraîner par le groupe à des actes contraires à nos convictions.

Le paradoxe de notre comportement de groupe est que nous pouvons gauchir nos convictions et agir à rebours de l'image que nous avons de nous-mêmes. Comment cela est-il possible ? L'image que nous avons de nous-mêmes n'est-elle pas justement liée à des valeurs constantes, à ce que nous considérons en principe comme bon et vrai ? Comment arrivons-nous à nous tromper nous-mêmes ?

• *L'expérience de Milgram.* Comment nous déplaçons les limites

L'expérience de Milgram

Comment nous déplaçons les limites

L'annonce du journal local de New Haven ne payait pas de mine. Un jeune professeur inconnu cherchait des personnes pour une expérience. Les gens étaient payés quatre dollars et cinquante cents, ce qui correspond aujourd'hui à vingt ou trente euros. Les frais de déplacement étaient remboursés.

Lorsque les volontaires arrivèrent dans le laboratoire de l'université Yale, ils n'avaient aucune idée de ce qui les attendait. Mais ils ne tardèrent pas à faire la une des journaux, quelques semaines plus tard. Ils avaient participé à la plus célèbre expérience psychologique de tous les temps. Et leur comportement se révélait troublant, stupéfiant et effrayant. Il déclencha une avalanche de réactions.

Les gens qui avaient répondu à l'annonce prenaient le rôle de « professeurs ». On leur faisait croire que leur « élève » était aussi un volontaire – en réalité, il s'agissait d'un acteur. Ces professeurs devaient contrôler leur élève. Au cours de l'expérience, le professeur et son élève se trouvaient dans des pièces séparées. L'élève, attaché sur une chaise, devait former des couples de mots, et le professeur contrôlait le résultat dans la pièce à côté. Si l'élève faisait une erreur, celui qui dirigeait l'expérience disait au maître de punir son élève en lui envoyant une décharge électrique de quarante-cinq volts. À chaque nouvelle faute, le professeur devait augmenter la tension de quinze volts.

Cette expérience eut lieu en 1961. Torturer des gens avec des électrochocs lors d'une expérience psychologique était contraire à la loi et à toutes les conventions éthiques de la recherche scientifique aux États-Unis. Mais celui qui avait mis au point cette expérience, Stanley Milgram (1933-1984), alors âgé de vingt-huit ans, était loin d'être un sadique. Les décharges de courant étaient en fait simulées. L'acteur qui jouait l'élève faisait comme s'il recevait des décharges. Selon un scénario convenu à l'avance, il se tournait, se tordait sur sa chaise, poussait des cris ou implorait son professeur d'arrêter l'expérience et de le libérer.

Les expériences se poursuivirent. Les professeurs posaient des questions et punissaient leurs élèves en croyant que c'étaient de vraies décharges électriques. Jusqu'où iraient-ils ? Allaient-ils vraiment infliger de très fortes décharges électriques à leurs élèves ?

Comme il fallait s'y attendre, la plupart des professeurs se demandèrent s'ils devaient effectivement augmenter l'intensité des décharges. C'est à ce moment que le chef d'équipe entrait en scène (c'était lui aussi un acteur). Il se référait invariablement au protocole de l'expérience en répétant toujours les mêmes phrases : « Continuez, je vous prie ! », « Cette expérience nécessite que vous continuiez ! », « Il faut absolument continuer ! », « Vous n'avez pas le choix, vous devez continuer ! » Il rassurait le professeur en lui disant que les chocs ne laisseraient aucune trace visible. En outre, il affirmait qu'il assumait toute la responsabilité de cette expérience.

La manipulation des professeurs montra vite jusqu'où l'on pouvait aller. Sur les quarante professeurs, vingt-six poursuivirent l'expérience jusqu'au bout, en dépit de leurs scrupules. À la fin, ils infligeaient à leurs élèves des décharges de quatre cent cinquante volts d'une effroyable cruauté ! Seuls quatorze osèrent interrompre l'expérience en dépit des consignes qu'on leur avait données. Mais ils avaient quand même administré des décharges de trois cents volts !

Le résultat était choquant. Même si l'expérience ressemblait à celle de la chaise électrique, aucun professeur n'avait hésité à envoyer des décharges à son élève. Pire encore : ils avaient été une majorité à faire fi de leurs scrupules et à poursuivre l'expérience de plus en plus violente. Milgram publia les résultats de son expérience dans une revue spécialisée très cotée[1]. L'article fit sensation. En 1964, *l'American Association for the Advancement of Science* lui décerna son prix.

Mais tout le monde ne réagit pas de façon aussi enthousiaste. Milgram lui-même fut torturé par des scrupules. Dans son journal, il se demande si ses tests n'étaient pas douteux d'un point de vue éthique. L'association américaine de psychologie l'exclut même de ses rangs pendant un an, arguant que des projets de recherche où l'on prenait le risque de traumatiser les cobayes n'étaient pas acceptables.

Qu'est-ce qui avait poussé Milgram à faire cette

expérience aussi radicale ? Ce jeune psychologue voulait savoir ce qui paraissait toujours inconcevable dans la période d'après-guerre : comment l'Holocauste avait-il été possible ? Comment des gens apparemment tout à fait normaux avaient-ils pu devenir des assassins et tuer des gens par centaines ? La réponse habituelle était que les Allemands avaient une étrange prédisposition à se comporter ainsi. Le caractère allemand était beaucoup plus dépendant de l'autorité que chez les autres peuples. Mais cela ne parvenait pas à convaincre Milgram. Son expérience montrait que des citoyens américains ordinaires, originaires du Connecticut, étaient tout aussi manipulables que ces étranges Allemands.

Le résultat poussa Milgram à continuer. Même si ses expériences contestées l'avaient privé d'une chaire de professeur à la vénérable université Harvard, il continua à faire des expériences du même genre. Il se rendit ainsi compte que les femmes qui prenaient le rôle de professeur se montraient tout aussi serviles que les hommes. Une différence notable se manifestait lorsque celui qui dirigeait l'expérience n'était pas physiquement présent ; s'il donnait ses directives par téléphone, les professeurs commençaient à tricher. Ils prétendaient avoir donné des décharges, alors qu'il n'en était rien. Et seule une infime minorité poursuivait l'expérience jusqu'aux quatre cent cinquante volts. L'obéissance diminuait aussi lorsque le professeur et l'élève étaient dans la même pièce. Plus les professeurs étaient directement confrontés aux conséquences de leurs actes, plus ils hésitaient à administrer des décharges à leur élève.

Devenu professeur au *Graduate Center* de la City

University de New York, Milgram modifia la structure de ses expériences. Jusqu'à présent, les professeurs avaient toujours été seuls, uniquement soumis à l'influence de celui qui dirigeait l'expérience. Milgram se mit à tester l'influence du groupe et des « camarades ». Si les professeurs étaient à trois dans une même pièce, le comportement se modifiait énormément. Les « camarades » étaient des étudiants que l'on avait mis au courant. Dans un cas, ils s'opposaient vivement à celui qui dirigeait l'expérience. Dans le second cas, ils obéissaient à ses directives. Avec quel résultat ? Dans le premier cas, 90 % des professeurs arrêtaient l'expérience. En revanche, dans le second cas, 90 % des professeurs continuaient jusqu'au bout. Légitimité par conformisme !

Les professeurs parvenaient mieux aussi à se soustraire à la pression s'ils avaient affaire à deux responsables. Si les deux personnes montraient un désaccord, les professeurs interrompaient aussitôt l'expérience. Même si une autre personne qui n'avait pas le rang de directeur essayait de faire preuve d'autorité, son influence restait faible. Seul un quart des professeurs fut prêt à écouter jusqu'au bout quelqu'un dont la place dans la hiérarchie n'était pas clairement définie. On constata un effet analogue lorsque celui qui dirigeait l'expérience ne se présentait pas comme un scientifique mais comme un simple volontaire qui faisait ce qu'on lui disait de faire.

Lorsque Milgram mourut d'un infarctus en 1984, à l'âge de cinquante et un ans, ses expériences avaient déjà été répétées des centaines de fois dans différents pays. On n'enregistrait guère de différences. Quel que soit l'endroit où l'on faisait ces expériences, la plupart des gens se montraient prêts à aller jusqu'au bout et à donner la plus forte décharge possible. D'après la psychologue américaine Susan Fiske, professeur à l'université de Princeton, il existe aujourd'hui vingt-cinq mille études regroupant huit millions de participants, qui montrent que, dans des circonstances particulières, on peut amener des gens tout à fait normaux à faire des choses indescriptibles. La réalité corrobore ces faits. Que ce soit durant la Seconde Guerre mondiale, au Vietnam ou dans les geôles américaines d'Abou Ghraib en Irak, on retrouve les mêmes mécanismes psychologiques[2].

Le réalisateur français Christophe Nick a lui aussi montré comment l'obéissance pouvait s'imposer en dépit de la conscience[3]. Le but de son expérience était de mettre en évidence une forme particulière de foi en l'autorité. Il voulait montrer comment la télévision pouvait manipuler ses compatriotes. Il avait organisé un casting afin de sélectionner des volontaires pour un show télévisé. Il procédait en fait comme Milgram. Un candidat devait retenir certains mots ou concepts et les restituer. S'il se trompait, les volontaires le punissaient en lui administrant des décharges électriques de vingt à quatre cent soixante volts.

On ne manqua pas de volontaires. On envoya en tout quatre-vingts personnes sur le plateau. Une jolie animatrice dirigeait l'émission, le public applaudissait, et les participants ne lésinaient pas sur les électrochocs. Le candidat caché sous une cloche métallique, assis sur une chaise électrique, se comportait comme avec Milgram. Il avait beau supplier, implorer et crier, l'animatrice et le public qui braillait parvinrent à faire aller 80 % des volontaires jusqu'au bout de l'expérience. Et même si le candidat ne disait déjà plus rien à trois cent quatre-vingt volts, seize volontaires lui administrèrent quand même encore une décharge de quatre cent soixante volts.

Même si l'expérience suscita beaucoup de critiques, l'émission fut diffusée sur France 2, le 18 mars 2010. Pour Christophe Nick, c'est la preuve du pouvoir effarant de la télévision, capable de manipuler des gens tout à fait normaux. Habitués à la violence et au voyeurisme par les films et les émissions, les gens en sont arrivés à un point où on pourrait même leur montrer une exécution en direct sur l'écran.

Cependant de nombreux volontaires se dirent stupéfaits et consternés par leur attitude à la fin de l'émission. Les premiers cobayes de l'expérience de Milgram étaient eux aussi passés par différentes phases. Si le directeur de l'expérience les poussait trop, ils se montraient nerveux. Ils se sentaient mal, ils perdaient leur assurance et visiblement aussi la conscience qu'ils avaient d'eux-mêmes. Mais, même si certains étaient au bord de la crise de nerfs, ils finissaient par se laisser convaincre de continuer. Lorsqu'on leur expliqua ce qu'il en était à la fin du test, ils furent effrayés par ce qu'ils avaient fait. Tous à l'exception d'un seul acceptèrent que l'expérience à laquelle ils avaient participé soit publiée. De toute évidence, ils considéraient qu'il fallait montrer aux autres à quel point les gens pouvaient être facilement manipulés dans des situations spécifiques.

Résumons le résultat de ces expériences. Tous ces tests montrent que beaucoup d'individus placés dans une situation de stress sont prêts à faire des choses qu'ils considèrent pourtant comme mauvaises, répréhensibles et même détestables. Les plus grandes situations de stress sont la pression du temps, une situation à laquelle on n'est pas préparé et des directives venues d'en haut. Trois conditions qu'ont rencontrées les policiers du 101e bataillon à Jozefow. Placés dans une telle situation, des gens tout à fait normaux sont prêts à abdiquer tout scrupule en se déchargeant de leur responsabilité. Mieux vaut cesser d'analyser une situation plutôt que de se casser la tête en se demandant quelles seront les conséquences de ses actes. Mieux vaut faire quelque chose de faux et qui ne réclame pas notre responsabilité que de supporter une situation où nous nous sentons déchirés. Il est plus facile d'obéir à un ordre que de le contester. Et plus l'autorité est rigoureuse, moins j'ai l'impression que ce que je fais est *mon* œuvre.

Il n'est guère surprenant également que la situation se présente après coup sous un jour tout à fait différent. En tant qu'êtres humains qui se doivent d'être fidèles à l'image qu'ils ont d'eux-mêmes, nous avons besoin de tout un arsenal d'excuses et de dérobades pour pouvoir ensuite vivre avec de tels actes sur la conscience. Et il arrive souvent (même si ce n'est pas toujours) que le criminel soit ensuite submergé par le remords et le désespoir. La question que le criminel se pose alors est la même que celle que lui posent ses accusateurs : comment cela a-t-il pu arriver ?

À ce stade, il faut relever un autre aspect essentiel de l'expérience de Milgram. Les professeurs étaient poussés par la personne dirigeant l'expérience à tourmenter leur élève par des électrochocs très gradués. Le voltage augmentait peu à peu, de même que le niveau que les professeurs considéraient comme « normal », « admissible » ou « adapté ».

En psychologie sociale, il existe maintenant un terme pour désigner des phénomènes où la limite se déplace sans que nous nous en rendions clairement compte : ce sont les *shifting baselines*. Ce concept n'est pas facile à traduire. Il veut dire que les repères qui nous servent à évaluer les choses et les situations se déplacent insensiblement.

Prenons un exemple simple. Imaginez que vous êtes assis dans un train. Si vous voulez avoir une idée de la vitesse du train, vous regardez par la fenêtre le paysage qui défile. Vous regardez à quel rythme les pylônes, les maisons, les gens apparaissent et disparaissent. Mais que se passe-t-il si, sur la voie d'à côté, se trouve un autre train roulant dans le même sens ? Vous ne pouvez juger de la vitesse de votre train que par rapport à la vitesse du train d'à côté. Vous voyez si ce dernier va plus ou moins vite que le vôtre. Mais vous ne pouvez estimer si les deux trains roulent à 100 km/h ou à 200 km/h.

Le premier à utiliser l'expression de *shifting baselines* fut Daniel Pauly, un biologiste franco-américain, spécialiste de la pêche et professeur à l'université British Columbia de Vancouver[4]. Il réfléchissait à la façon de prouver qu'une mer est victime de « surpêche » ou non. Autant il est assez facile de dire combien il y a actuellement de poissons dans une zone, autant il est difficile de dire combien il y en avait avant. Quels repères choisir pour évaluer une population naturelle ? Pauly constatait avec un brin d'ironie que la plupart des chercheurs considéraient comme « naturel » le nombre de poissons qu'ils trouvaient au début de leur carrière. Mesurer les choses n'a pas de grande valeur objective mais est souvent le résultat d'une toute petite expérience personnelle. Et d'une génération à l'autre, la frontière se déplace vite mais insensiblement entre ce que nous considérons comme normal ou non.

Au début des années 1980, l'indice de protection des crèmes solaires allait en général de deux à six. Il n'y avait que pour les lèvres qu'existait un indice de protection de dix. Mais des apôtres de l'environnement prêchaient à qui voulait les entendre qu'on allait avoir besoin d'un indice de protection montant jusqu'à vingt ou trente. La plupart des gens se disaient que c'était stupide. Et ceux qui y croyaient s'engouffraient dans un scénario d'apocalypse où la terre était brûlée par les rayons d'un soleil de plus en plus ardent. Aujourd'hui, en 2011, les crèmes solaires ont effectivement un indice moyen de protection variant entre vingt et trente. On trouve même des crèmes avec des indices de cinquante, qui sont considérées comme absolument nécessaires par certains. Mais personne n'est vraiment inquiet. Si le rayonnement solaire est devenu plus intense, nous considérons désormais cela comme une simple fatalité. Ce que nous aurions considéré il y a quelques années comme terriblement inquiétant est passé dans les mœurs. Et l'indice de protection maximale de dix est devenu maintenant une limite minimale.

Mon exemple favori concernant les *shifting baselines* est celui de l'odeur corporelle. Nous considérons aujourd'hui comme normal que les hommes et les femmes prennent une douche par jour, et même parfois plus en été. Mais, il y a encore cinquante ans, le déodorant n'existait pas. Il y a des milliers et même des dizaines de milliers d'années, les hommes et les femmes se sont embrassés et ont couché ensemble, avant l'invention du savon, des déodorants et de l'eau de toilette. Et, comme l'odorat jouait autrefois un rôle plus important que maintenant, on peut supposer qu'il n'était pas moins développé qu'à l'heure actuelle. On peut donc dire qu'une chose aussi élémentaire que l'odorat peut être manipulée. Aujourd'hui, personne ne supporterait le Paris décrit par Patrick Süskind dans son roman *Le Parfum*. Mais, pour les gens de l'époque, les odeurs fortes étaient normales, et personne ne s'en offusquait. On n'a commencé à débattre de la puanteur dans notre monde occidental qu'avec l'arrivée de l'industrialisation. Les odeurs d'essence et de gaz d'échappement que l'on ne remarque même plus aujourd'hui étaient considérées comme insupportables et répugnantes au début du XXe siècle.

Notre odorat moral est aussi relatif et manipulable que notre odorat physique. « Dans notre monde où tout est fluctuant, il est difficile de dire si l'on se trouve à un point critique, à partir de quel niveau une décision devient irréversible et à quel stade de développement d'une stratégie une catastrophe peut être provoquée[5]. » Celui qui aperçoit par la fenêtre de son compartiment un autre train modifie son ressenti avec ce qu'il voit. « Les gens modifient leurs valeurs, parce que leur monde se modifie – et pas l'inverse[6]. »

Les *shifting baselines* sont un phénomène tout à fait normal de notre monde. Elles sont la conséquence de notre remarquable faculté d'adaptation. Le fait de pouvoir déplacer les frontières de la normalité nous préserve du désespoir. Lorsque l'on devient vieux, on ne se compare pas avec ce que l'on était cinquante ans plus tôt : nous avons « plus ou moins » intégré notre fragilité. Si nous souffrons de douleurs chroniques, nous allons aussi plus ou moins bien « suivant les circonstances ». Et dans les bidonvilles de ce monde il y a des gens qui, « l'un dans l'autre », vont bien.

C'est la même chose pour notre morale. L'expérience de Milgram est un exemple frappant du déplacement progressif d'une limite. Rien de plus normal dans nos comportements. Quand j'étais petit, je me glissais parfois dans la cuisine à l'insu de tous et j'allais me couper une tranche du gâteau entamé. Une tranche si fine que personne ne pouvait remarquer la différence. Mais, poussé par le désir et le succès de ma supercherie, je m'en coupais alors une autre. Puis une autre. Et pendant que je me trompais ainsi moi-même, je donnais bientôt l'occasion à ma mère de constater que tout un morceau de gâteau manquait !

Quand on déplace peu à peu sa limite, on perd souvent la possibilité d'évaluer de façon réaliste les conséquences de l'enchaînement de ses actes. Et quand on déplace les limites non pas volontairement mais sous l'effet d'une pression, comme dans l'expérience de Milgram, on peut perdre complètement le sens de ce qui est normal : nos normes de départ ou les nouvelles normes prescrites par la personne dirigeant l'expérience. Selon Harald Welzer, seule une infime partie des masses ayant acclamé Hitler en 1933 avait effectivement voulu l'Holocauste dans toute son horreur et son ampleur. Les nationaux-socialistes n'ont pas commencé leur politique d'expulsion et de persécution par la « solution finale » mais par les lois raciales de 1935. En 1939, les synagogues ont brûlé au cours de la Nuit de Cristal. Et la guerre d'extermination contre les juifs a commencé au cours de l'été 1941. Comme dans l'expérience de Milgram où le voltage augmentait peu à peu, en Allemagne presque tout un peuple déplaçait peu à peu le curseur de la frontière entre le bien et le mal[7].

On retrouve ces *shifting baselines* à tous les niveaux de la société. Le salaire normal pour un travail est apprécié par rapport à ce que les autres perçoivent. Quelqu'un qui reçoit des indemnités de chômage ne va pas se sentir riche, même s'il doit vivre avec la même somme d'argent au Mali ou au Bangladesh. Tout comme notre appréciation de nous-mêmes, nos actes n'obéissent pas à une raison supérieure mais à une logique interne. Même les terroristes de la Fraction Armée rouge croyaient qu'ils agissaient de façon sensée. En quelques années, ils déplacèrent les limites de ce qu'ils pensaient juste de mettre en place pour lutter contre l'État. Et plus ils s'excluaient de la société, plus celle-ci leur paraissait mauvaise. Ce n'est pas une situation objective qui décide de ce que l'on fait mais le ressenti d'une situation. Ou pour reprendre les termes des sociologues américains William Isaac Thomas (1863-1947) et Dorothy Swaine Thomas (1899-1977) : « Si les gens considèrent une situation comme réelle, elle le sera aussi dans ses conséquences[8]. »

Le comportement de groupe et les *shifting baselines* vont souvent de pair. En effet, où pourrais-je prendre les repères de ce qui est normal, si ce n'est dans le comportement des autres que j'observe ? Pour Ernst Fehr, ces déplacements font partie des règles du jeu de notre coopération conditionnée : « Quand tout le monde croit que les autres coopèrent, la coopération de chaque individu est importante ; quand tout le monde croit que les autres ne coopèrent pas, personne ne coopère[9]. » Pour Fehr, la chose est valable pour les impôts comme pour la morale du travail, la corruption, la criminalité ou le dopage. Nous ne cessons de déplacer notre conscience de la « normalité » en lien étroit avec ce que nous pensons et avec ce que font les autres.

Les gens orientent leur comportement d'après ce qu'ils attendent, d'après ce que les autres font ou veulent. Ce faisant, ils sont même en mesure, dans certaines situations, de modifier tellement leur comportement qu'ils s'éloignent complètement de leurs valeurs et de leurs convictions. Plus le déplacement se fait lentement, plus le changement est aisé. Il est ainsi possible que nous considérions des manquements graves comme de simples « adaptations ».

Notre capacité d'adaptation est l'un des mystères qui ont fait le succès de l'être humain au cours de l'évolution. Mais adaptation et image de soi ne font pas toujours bon ménage. Alors que l'adaptation nous demande d'être souples et flexibles, il nous faut toujours garder, dans l'intérêt de l'image que nous avons de nous-mêmes, le sentiment que nous sommes une seule et même personne. Comment est-ce possible ?

• *Ne rien prendre de façon personnelle*. Comment nous nous cachons face à nous-mêmes

Ne rien prendre de façon personnelle

Comment nous nous cachons face à nous-mêmes

> Je vous le jure… être trop conscient de soi-même est une maladie, une bonne maladie.
>
> Fédor Dostoïevski

Mendier n'est pas vraiment très bien vu dans notre culture occidentale. Cela manque de dignité. Même les SDF ne doivent plus s'imaginer en mendiants mais en vendeurs de petits journaux. Même si le mendiant à qui saint Martin donne la moitié de son manteau ne manque pas de noblesse, on apprend en général à nos enfants à ne pas mendier des sucreries et des bonbons auprès des autres. S'ils le font quand même, on éprouve un sentiment de gêne. À moins que la mendicité ne soit expressément admise. Si tout le monde mendie et si la morale du groupe déclare que mendier est un rituel, alors les choses sont en ordre.

En Allemagne, les enfants ont le droit de mendier

à la Saint-Martin. Aux États-Unis, ils ont le droit de le faire pour Halloween. Mais ils ne sont pas à l'abri des regards pour autant. Au début des années 1970, une bande d'enfants de Californie est devenue l'objet d'étude de deux jeunes scientifiques : Thomas Shelley Duval de l'université de Californie du Sud et Robert Wicklund de l'université du Texas à Austin[1].

Ce n'était pas tant le fait de mendier qui intéressait ces deux psychologues que de savoir dans quelles conditions les enfants volaient des bonbons ou préféraient au contraire s'abstenir.

Pendant que les enfants passaient d'une maison à l'autre pour demander des friandises, nos scientifiques tiraient les ficelles en coulisse. Les adultes ne se contentaient pas de donner des bonbons aux enfants : ils les tentaient. Lorsque la petite bande arrivait devant une maison, une femme ouvrait la porte pour dire bonjour aux enfants. Mais, au lieu de leur donner quelque chose, elle montrait une corbeille pleine de bonbons posée devant la porte. Chaque enfant avait le droit de prendre un bonbon. Puis la femme refermait la porte. Les enfants restaient seuls devant la corbeille pleine de friandises. Qu'allaient-ils faire ? Profiteraient-ils de la situation et se bourreraient-ils les poches de bonbons ?

Ce vol programmé de bonbons était complété par un détail d'importance. Devant certaines maisons, les enfants pouvaient se voir dans un miroir quand ils plongeaient la main dans la corbeille. Ailleurs, il n'y avait pas de miroir. Résultat ? Lorsque les enfants se voyaient en train de voler, ils y renonçaient souvent. S'il n'y avait pas de miroir, le vol était beaucoup plus facile. (La première fois que j'ai entendu parler de cette histoire, j'ai aussitôt compris pourquoi ma conseillère financière qui, il y a quelques années, me vendait des assurances vie et d'autres choses encore ne voulait jamais s'asseoir au restaurant face au miroir mais toujours dos à celui-ci.)

Évidemment, le vol des bonbons par des enfants californiens est aussi un cas de légitimation par conformisme. Dès qu'un enfant vole, il est plus facile aux autres de voler. Mais la présence du miroir empêchait souvent que quiconque vole. Qui est obligé de s'observer quand il fait quelque chose agit en général de façon plus morale que s'il n'est pas contraint de réfléchir à ce qu'il fait. L'astuce est la suivante : nous ne nous rendons pas compte tout seuls de nos décisions et de nos actes et ne les accordons pas automatiquement à l'image que nous avons de nous. Beaucoup de chauffards n'ont jamais l'impression d'être en tort. Ne serait-ce que parce qu'ils n'ont déjà pas conscience des infractions qu'ils commettent. Il est assez facile, de cette façon, de se considérer comme meilleur que l'on est.

Thomas Shelley Duval s'est suicidé en 2002. Robert Wicklund a poursuivi ses études et ses expériences dans différentes universités, notamment à Bielefeld, en Allemagne. L'étude des mécanismes qui font que l'on accorde plus ou moins d'importance à l'image que nous avons de nous-mêmes occupe aujourd'hui toute une branche de la psychologie sociale. Il existe des centaines de tests avec des miroirs. La psychologue canadienne Kathleen Martin Ginis de l'université McMaster dans l'Ontario a mis deux groupes de quarante-six femmes pas forcément sportives pendant vingt minutes sur des home-trainers[2]. Pendant qu'un groupe s'entraînait devant un miroir, l'autre groupe s'entraînait devant un mur. Comme il fallait s'y attendre, les femmes du premier groupe, qui avaient dû se regarder dans un miroir, dirent qu'elles s'étaient plutôt senties mal à l'aise. Elles ajoutèrent qu'elles se sentaient particulièrement fatiguées. Les femmes qui s'étaient entraînées devant un mur n'avaient pas ces problèmes, ou à un degré bien moindre. Alors qu'en l'absence de tout miroir on peut se concentrer entièrement sur l'exercice, on a tendance, face à un miroir, à toujours se contrôler. Ne sommes-nous pas trop gros, trop vieux, trop moches ? Nos désirs en rapport avec l'image que nous avons de nous entrent en conflit avec ce que nous percevons. Un problème que l'on aimerait bien esquiver au quotidien.

Le regard dans le miroir nous montre le gouffre qui existe entre, d'une part, nos désirs, nos représentations et nos normes, et, d'autre part, notre apparence et notre comportement. Rares sont les gens qui font face à leur reflet avec calme et placidité. Notre attractivité physique prend généralement le pas sur notre intégrité morale. Lorsque nous réfléchissons à ce que nous sommes, nous pensons en général plus souvent à notre apparence qu'à nos décisions sociales. Et sur une vidéo tournée par un ami, nous nous étonnons davantage de la *façon* dont nous disons ou faisons les choses – notre voix, nos gestes – que de *ce* que nous faisons.

La raison de notre irritation est d'ailleurs facile à trouver. En temps normal, nous nous trouvons rarement dans un état d'attention à nous-mêmes. Certes, l'être humain est le seul animal capable de s'observer au cours de sa vie, mais cela ne veut pas dire pour autant qu'il fasse souvent usage de cette capacité. Hommes des cavernes de la morale, nous devons apprendre que l'attention à nous-mêmes est aussi furtive que nos autres formes d'attention.

Combien de fois les gens réfléchissent-ils à eux-mêmes ? Cette question a été posée par le psychologue hongrois Mihály Csíkszentmihályi (né en 1934) de l'université de Chicago. Cet homme, dont le nom ressemble à une caricature d'Européen de l'Est dans une bande dessinée de *Tintin*, est un enfant terrible de la psychologie. Fils d'un consul hongrois en Italie, il a eu une enfance et une jeunesse agitées[3]. Il assiste à la déchéance de ses parents, passés du rang de diplomates à celui de restaurateurs à Rome. Il doit bientôt quitter l'école et faire différents petits métiers. En 1956, Csíkszentmihályi émigre aux États-Unis et étudie la psychologie à Chicago. Il travaille comme portier de nuit dans un grand hôtel pour financer ses études. Son enthousiasme pour l'orientation scientifique de la psychologie à Chicago ne prend pas des proportions démesurées. Il apprend à savoir comment les rats identifient leur progéniture, mais pas ce qui l'intéresse vraiment : pourquoi les hommes sont ce qu'ils sont ? Pourquoi sont-ils si souvent malheureux ? Qu'est-ce qui les empêche d'être autrement ?

C'est au moment où il fait sa thèse, dans les années 1960, que Csíkszentmihályi découvre un phénomène qui le fascine. Un peintre qui travaille à un tableau et qui est totalement absorbé dans son activité est sans doute très heureux. Bonheur qui n'est d'ailleurs mentionné dans aucune théorie du bonheur en vigueur à l'époque ! Les psychologues de Chicago définissent le bonheur – pour autant qu'ils en parlent – comme le font aujourd'hui les sociobiologistes. Le bonheur est l'accomplissement de nos intérêts biologiques qui réclament de la reconnaissance, de la gloire, du pouvoir, de l'argent, du sexe et de l'amour. Mais l'individu qui accomplit son œuvre dans une sorte de transe, l'enfant qui joue, l'alpiniste, le musicien, le sportif, tous ces gens n'attendent pas de forme supérieure de récompense. Ils sont simplement heureux de ce qu'ils font. Ils oublient qu'ils ont faim, qu'ils ont soif, et ne pensent à rien d'autre qu'à ce qu'ils font.

Pendant près de vingt ans, les recherches de Csíkszentmihályi sont passées inaperçues du grand public. Et peu de collègues s'intéressaient à ce phénomène de *flow*. Il fallut attendre les années 1990 pour qu'arrive le succès. Ce Hongrois devint une star presque du jour au lendemain. C'est d'abord un article sur lui dans le prestigieux magazine *Newsweek* qui le propulse sur le devant de la scène. En 1990, il écrit son premier ouvrage de vulgarisation. Le bouche à oreille fait de *Vivre. La psychologie du bonheur* un best-seller international. Même le président américain Bill Clinton a dit en 1997 que c'était l'un de ses livres préférés.

Mais la renommée de Csíkszentmihályi dans son domaine spécialisé s'était établie dix ans auparavant. Au début des années 1980, il a introduit un nouvel instrument dans la psychologie : le *pager* – qui est en fait un petit récepteur. Il invente en même temps une nouvelle méthode pour collecter des expériences réelles. Lorsque les psychologues voulaient savoir comment les gens se sentaient, ils faisaient en général remplir des questionnaires. Or, Csíkszentmihályi pense que l'on ne mesure pas ainsi des choses fausses – à savoir : ce que les gens *pensaient après coup* de leur état. Au lieu d'avoir des impressions brutes, on avait une sorte d'autobilan. Or, les deux choses sont différentes. Csíkszentmihályi équipe donc ses sujets de ces petits appareils et leur envoie des signaux à intervalles irréguliers. Chaque fois que le *pager* fait un *bip*, les sujets de l'expérience doivent écrire dans un cahier ce qu'ils sont en train de faire, comment ils se sentent et à quoi ils pensent.

Au cours d'une de ses nombreuses séries de tests, Csíkszentmihályi, avec son collaborateur Thomas Figurski (le nom n'est pas inventé !), s'est rendu dans cinq entreprises différentes[4]. Il a trouvé cent sept employés âgés de dix-neuf à soixante-trois ans qui se sont déclarés prêts à participer à ses expériences. Il les a convaincus de porter pendant une semaine entière un *pager*. L'appareil émettait un *bip* sept à neuf fois par jour, à intervalles irréguliers et aléatoires. Et chaque fois les personnes écrivaient ce qu'elles faisaient, à quoi elles pensaient et comment elles se sentaient.

L'un des résultats les plus spectaculaires de l'expérience est que la plupart des gens ne prenaient guère le temps de réfléchir à eux-mêmes durant la journée. Leurs pensées passaient du travail à la maison et inversement, ils se souvenaient de bribes de conversation, rêvassaient ou parlaient de choses assez futiles.

Vous vous rappelez cette anecdote que j'avais imaginée, où un comportementaliste venu d'un autre univers nous observerait et en arriverait à la conclusion que nous orientons finalement assez peu notre vie quotidienne d'après nos véritables centres d'intérêt (cf. *Jeu d'échecs social*. Quelle part d'égoïsme y a-t-il dans l'homme ?). Csíkszentmihályi en arrive à la même conclusion à partir de l'exemple de notre attention à nous-mêmes. 8 % seulement de toutes les pensées des personnes interrogées tournaient autour de la personne concernée[5]. Les participants disaient même le plus souvent qu'ils ne « pensaient à rien » (chose que j'ai du mal à croire dans la mesure où un yogi dirait qu'il faut plusieurs dizaines d'années de méditation avant de parvenir à ce stade de vide de la pensée).

Les gens normaux ne sont pas des philosophes de la morale. Et au lieu de partir d'une constante attention à soi, on ferait mieux de partir d'une *constante inattention à soi*. L'un des grands problèmes de nos actions morales est que nous ne nous percevons souvent pas comme les auteurs de nos actions. Le philosophe anglais John Locke (1632-1704) remarquait déjà que nous nous compliquions beaucoup la tâche en matière de morale. Dans le chapitre « Identité et différence » de son *Essai sur l'entendement humain* (1689), il souligne que les hommes sont certes en mesure de s'attribuer leur comportement. Mais qu'en est-il de ceux qui ne le font pas ? Sont-ils totalement « coupables » ?

Il faut d'abord reconnaître, pour justifier l'étrange espèce que nous représentons, que nous ne sommes pas faits pour réfléchir constamment sur nous-mêmes. À en croire Dostoïevski, une telle attitude serait même une maladie. Et celui qui ne fait que réfléchir à lui-même ne va sans doute pas très loin. Une des idées principales de la recherche de Csíkszentmihályi sur le *flow* est de constater que, de façon symptomatique, nous sommes surtout heureux quand nous pouvons bien nous concentrer. Mais pas sur nous : sur ce que nous faisons. Ne pas cesser de s'observer peut même être la source d'un mal-être durable. Nous manquons le bonheur du moment, nous sommes « à côté de nous », alors que nous pourrions vivre quelque chose de beau. Et l'effet que nous faisons sur nos congénères n'est pas meilleur, mais au contraire moins authentique. Quand tout va de travers, nous devenons hypercritiques vis-à-vis de nous-mêmes. Et nous finissons par nous prendre pour une erreur de casting dans notre propre film.

L'art de vivre consiste sans doute à lâcher prise. Si on ne sait pas éliminer certaines choses, on a toutes les chances de devenir fou. C'est la même chose pour l'attention que l'on porte à soi-même. Les bons acteurs ne répètent pas leur rôle devant un miroir. Ils ne se concentrent pas sur l'image qu'ils donnent mais sur le personnage qu'ils incarnent. On peut aussi en faire l'expérience avec le yoga ou la méditation qui nous aident à effacer l'image réfléchie que nous avons de nous-mêmes. Mais il y a une voie plus appréciée parce que plus simple : se laisser ravir son attention. Toute l'industrie du divertissement est un formidable moyen de nous oublier nous-mêmes. Lorsque nous regardons un film qui nous passionne, on ne pense pas à soi. On peut jouer sur l'ordinateur sans jamais penser à soi. Et si tout cela ne marche pas, il reste l'alcool. « Toutes les filles sont belles quand on a bu », dit un proverbe de Cologne. Il serait plus important de se trouver beau soi-même en buvant. Dans une société qui encense la beauté comme aucune autre auparavant, le regard troublé que nous portons sur nous-mêmes est une grâce.

L'attention que nous portons à nous-mêmes est une chose étrange. Une leçon du quotidien nous apprend que ne pas trop faire attention à soi peut être très utile. Moins nous nous mettons en question, plus nous sommes volontaires et engagés. Celui qui veut faire carrière en politique ou veut devenir un chef doit se garder de faire trop de thérapies. Les philosophes de la morale, en revanche, reconnaissent volontiers la maturité d'une personne dans sa capacité à réfléchir sur elle-même. Pour Lawrence Kohlberg, philosophe de la morale, nous parvenons au plus haut degré de notre moralité lorsque nous calons notre comportement sur les principes éthiques à valeur générale. Mais cela suppose que nous réfléchissions de façon très intense sur nous-mêmes[6].

En morale, nous ne pouvons nous passer de l'attention à nous-mêmes. C'est là le problème. Mais comment acquérir par l'entraînement ce que l'on s'efforce de laisser de côté dans la vie et à juste titre ?

La situation est compliquée. Il n'est pas étonnant dans ces conditions que deux écoles s'opposent, chacune affirmant le contraire de l'autre. L'école classique, qui se réclame de Piaget et de Kohlberg, ne fait pas grand cas de nos instincts sociaux. Elle est satisfaite quand nous parvenons à améliorer l'observation de nous-mêmes et à devenir aussi *analytiques* que possible. Ce ne sont pas les instincts qui doivent nous déterminer mais notre réflexion. Mais actuellement plusieurs psychologues de la morale misent beaucoup plus sur nos instincts sociaux. À les croire, c'est *intuitivement* que nous savons le mieux ce qu'il faut faire sur le plan moral.

Qu'est-ce qui est juste ? Faut-il que nous devenions les maîtres de nos sentiments pour les dompter de façon analytique ? Ou bien devons-nous réapprendre à mieux leur obéir ? En d'autres termes : vaut-il mieux entendre ce que les autres disent ? Ou bien suffit-il de s'écouter soi-même ? La meilleure décision se prend-elle en regardant dans un miroir ou par la méditation ?

Dans ce domaine, les psychologues font la différence entre deux types de motivation. Parfois l'incitation à faire quelque chose vient de nous-mêmes. L'enfant qui est tout entier plongé dans son livre le fait de son propre chef. On parle alors en anglais d'*intrinsic motivation*. Un enfant obligé de se pencher sur ses devoirs après l'école le fait en raison d'une motivation extérieure : on parle d'*extrinsic motivation*. Le meilleur exemple qui permet de bien comprendre cette différence se trouve chez Mark Twain dans *Tom Sawyer* : « Il y a en Angleterre des messieurs fort riches qui conduisent chaque jour des diligences attelées à quatre chevaux, parce que ce privilège leur coûte les yeux de la tête, mais si jamais on leur offrait de les rétribuer, ils considéreraient qu'on veut les faire travailler et ils démissionneraient. »

Il n'en va pas autrement avec la morale. Si nous ne trucidons pas nos collègues de travail, ce n'est pas parce que nous avons peur d'être punis, mais parce qu'une personne normale ne veut pas ce genre de chose (même si elle peut parfois imaginer le faire). La motivation vient plus de l'intérieur que de l'extérieur. En revanche, quand il s'agit de payer ses impôts, la motivation vient généralement de l'extérieur. Payer ses impôts n'est pas un comportement humain typique venu du fond des âges. On ne peut donc pas parler d'instinct social dans ce cas. La motivation vient de l'extérieur. Si nous ne payons pas nos impôts, nous risquons une amende.

Aristote connaissait déjà la différence entre ces deux motivations. Son éthique se distinguait par une forme sophistiquée de réconciliation. Vivre de façon vertueuse, c'était exercer ses motivations extérieures jusqu'à les transformer en motivations intérieures. Pratiquement, cela veut dire : beaucoup d'entraînement ou beaucoup d'attention à soi-même – ou les deux.

Immanuel Kant et les psychologues et pédagogues qu'il a inspirés, comme Piaget ou Kohlberg, ne voient guère les choses différemment. Nous atteignons le plus haut degré de la morale au moment où nous nous observons en train d'agir et accordons nos actes avec ce que nous considérons comme fondamentalement bien et juste. Et plus les deux sortes de motivations s'interpénètrent, plus nous sommes moralement matures. En d'autres termes : nous sommes des personnes bonnes lorsque nous prenons plaisir à accomplir nos devoirs moraux – lorsque nous voulons ce que nous devons.

L'idée est belle, mais il y a sans doute très peu de gens sur terre qui vivent de cette façon. En règle générale, nous tenons d'une main mal assurée la torche de notre attention à nous-mêmes. Le sociologue américain Erving Goffman (1922-1982), professeur à Berkeley puis à l'université de Pennsylvanie à Philadelphie, a mis ici le doigt sur la plaie. Pour éclairer notre moi avec une attention continuelle, il faudrait d'abord qu'il y ait un tel moi. En effet, ce que nous appelons généralement « identité » se décline en une multitude de rôles. La raison en est assez simple : en tant qu'êtres vivants ayant des intentions et sachant reconnaître des intentions chez autrui, nous nous sentons constamment observés. Ou, pour reprendre les mots de Goffman : nous ne sommes jamais complètement authentiques. Que ce soit en présence d'autres personnes ou que nous soyons seuls, nous jouons toujours un rôle. Nous nous persuadons, nous nous représentons comme étant quelque chose et prétendons être quelque chose.

Selon Goffman, faire et être ne sont jamais la même chose, dans la nature de l'homme. Dans le cadre de l'attention à nous-mêmes, cela veut dire que nous nous éclairons toujours dans la perspective du rôle que nous sommes en train de jouer. Et le paradoxe est que nous nous identifions plus à ce rôle qu'à nous-mêmes. En d'autres termes : lorsque nous nous éclairons nous-mêmes avec la torche, nous nous identifions moins à ce que la lampe éclaire qu'à celui qui tient la lampe !

On peut prendre un exemple terrible. Au cours du procès où furent jugés les membres du 101e bataillon de police, l'un des policiers accusés déclara : « Je me suis efforcé de ne tuer que des enfants, et j'ai réussi. Les choses se passaient de telle sorte que les mères tenaient leur enfant par la main. Mon voisin tuait les mères et moi, je tuais l'enfant, parce que je me disais pour des raisons précises qu'un enfant sans sa mère ne pouvait plus vivre. C'était pour moi une façon de soulager ma conscience de délivrer ces enfants qui n'avaient plus de mère[7]. »

Ce qui était décisif pour ce policier, c'était le rôle qu'il avait à jouer en tant que membre du bataillon de réserve : il devait débusquer des gens et les tuer. Mais, comme ce rôle n'était pas, de toute évidence, en accord avec les valeurs qu'il revendiquait comme être humain, il lui a fallu s'inventer une excuse qui lui rendait plus facile ce qu'il faisait. Au lieu de changer de rôle, il a changé la direction de sa torche afin de rendre plus supportable l'image qu'il avait de lui-même. C'est ainsi qu'il a réussi à se sentir encore

« bien » d'une certaine façon, face à lui-même et comparé aux autres.

Pour Harald Welzer, c'est la preuve que la plupart des meurtriers de la Shoah ne s'étaient jamais complètement libérés du corset de leur éducation. Au lieu de cela, ils s'efforçaient de se protéger grâce à la distance d'un rôle pour ne pas mettre en péril l'image d'eux-mêmes qui les présentait comme des « gens bien ». « Cela montre qu'il y avait une forme d'assurance de soi qui dépassait leur patrimoine moral toujours intact *malgré tout*, ce qui leur permettait de commettre des meurtres sans se sentir des meurtriers. Ils ne tuaient pas en tant que personnes pour ainsi dire mais en tant que porteurs d'une mission historique, derrière laquelle devaient nécessairement s'effacer leurs besoins personnels, leurs sentiments, leurs résistances[8]. »

Le fait d'appréhender l'image que nous avons de nous à partir d'une certaine (ou incertaine) distance fixée par un rôle rend le problème de la morale assez compliqué. Car le rôle va être décisif pour notre comportement dans une situation donnée. Ainsi, dans le cas du 101e bataillon, il y a eu toute une série de normes dans les rôles, qui ont rendu les meurtres plus faciles. Un simple uniforme de policier ou de soldat peut déjà contribuer à mettre hors jeu nos instincts sociaux. Dès que nous portons un uniforme, nous ne sommes plus que partiellement homme au regard des autres. Nous sommes d'abord et avant tout les exécutants d'un rôle ou d'une autorité. Les uniformes ne sont pas seulement là pour distinguer les armées et les grades, mais aussi pour effacer la part d'individualité. Ils rendent l'adversaire anonyme mais contribuent aussi pour une part à nous rendre anonymes à nos propres yeux. Lorsque nous portons un uniforme et que nous nous intégrons dans une violence commandée, nous pratiquons une sorte d'autocamouflage face à nos instincts sociaux. Dans certaines circonstances, le retrait de la part individuelle dans l'image que j'ai de moi me rend amoral – parce que je ne m'identifie plus avec ce que je suis *d'habitude*.

Dans la vie de tous les jours, nous nous retrouvons rarement dans des situations où nous changeons l'acteur principal dans le film que nous tournons sur notre vie. Mais dans presque toute vie il y a des moments où nous réinterprétons des informations ou des événements qui menacent notre intégrité. Au lieu de continuer à réfléchir, nous préférons agir, comme dans le cas de l'expérience de Milgram. Ou bien nous nous persuadons que les choses ne sont pas si graves, comme dans le cas extrême de ce policier du 101e bataillon qui disait « délivrer » les enfants qu'il tuait.

Les êtres humains sont sans doute les seuls animaux capables de s'observer attentivement. Mais l'attention que nous portons à nous-mêmes est une ressource limitée à laquelle nous recourons de façon limitée. En plus, elle ne participe pas toujours à notre bonheur. Dans une perspective morale, nous connaissons beaucoup d'astuces qui nous permettent d'adapter ou de déconnecter cette attention à nous-mêmes afin de pouvoir toujours faire bonne figure à nos propres yeux.

Personne ne peut espérer que tout cela ne laisse pas de traces sur l'image que nous avons de nous-mêmes. Il est difficile de se raconter sans cesse des histoires, et cela n'est pas sans conséquences. Nous avons beau nous mentir, nous duper et nous contourner, on sait bien qu'il faudra un jour rendre des comptes à l'image que l'on a de soi. Chaque personne est ainsi liée. Et la personne qui ne connaît pas ces difficultés et ces tourments peut se dire qu'elle appartient à une minorité pour le moins douteuse. Quelqu'un qui déprécie les autres pour mieux se mettre en valeur – l'une des astuces les plus courantes dans la vie – sauve peut-être sa tête dans ce genre de situation. Il se sent plus libre et mieux. Mais à la longue, en recourant à de tels expédients, il rate la chance de pouvoir mener une vie heureuse et bien remplie.

• *Le comparatif catégorique*. Pourquoi nous ne sommes jamais responsables

Le comparatif catégorique

Pourquoi nous ne sommes jamais responsables

> S'il est vrai qu'une demi-vérité est déjà un demi-mensonge, un demi-mensonge devrait logiquement être une demi-vérité. Deux demi-mensonges seraient alors toute la vérité.
>
> Guy REWENIG

Le Luxembourg est un pays pacifique. En 2008, cependant, il fut le théâtre d'un débordement d'émotions comme on en avait rarement vu entre la Sûre et la Moselle. Lucien Lux, ministre de l'Environnement, présenta la nouvelle campagne pour la protection de l'environnement juste à l'heure pour le salon de l'Automobile. Elle prévoyait de récompenser les acheteurs de voitures à faible émission de CO_2. L'État offrait 750 euros à tout acheteur respectueux de l'environnement. En contrepartie, le ministre augmentait les taxes sur les véhicules particulièrement polluants. Depuis le 1er janvier 2007, l'État ne calculait plus la taxe automobile d'après la taille de la cylindrée mais d'après la valeur d'émission de CO_2 du véhicule.

La population du Luxembourg considère elle aussi que la protection de l'environnement est un objectif important. Elle respecte l'environnement et elle peut se le permettre. Tout Luxembourgeois instruit sait aussi que le transport individuel pollue considérablement l'environnement. Mais le Luxembourg est le royaume de la voiture. Le culte de la carrosserie individuelle y est encore plus prononcé que dans les pays voisins. L'essence ne coûte pas cher. Et ce que le Luxembourgeois ne rejette pas dans l'atmosphère, ce sont les « touristes de l'essence » qui l'achètent en venant faire le plein. Selon des données du ministère de l'Environnement, le taux de pollution a presque triplé entre 1990 et 2006 : on est passé de 2,7 millions à 7,3 millions de tonnes de CO_2. Le Luxembourg, qui fait partie des signataires du protocole de Kyoto, s'est engagé d'ici à 2012 à réduire ses émissions de CO_2 de 29 % par rapport à 1990. En 2006, un sondage a montré que 84 % des citoyens luxembourgeois souhaitaient que le ministre de l'Environnement mette en place une protection concrète de l'environnement. Mais, lorsque Lux demanda aux automobilistes les plus pollueurs de mettre la main au porte-monnaie, il se heurta à des chœurs d'indignation. Ce ne fut que colère, hargne et protestations. « Si quelque chose m'a déçu dans les années passées, se plaint-il, c'est l'absence de courage de la classe politique pendant le débat sur la taxe automobile. Malgré le large consensus qui existait au préalable sur la taxe en question, le débat politique qui a finalement eu lieu entre les différents partis a été tout bonnement indigne[1]. »

Que s'était-il passé ? Au Luxembourg, la taxe automobile est l'une des plus basses d'Europe de l'Ouest. Depuis la réforme, presque une voiture sur deux immatriculée en 2008 est soumise à une taxe de moins de cent euros par an. Seuls 8 % des automobilistes paient plus de trois cents euros par an. Comment certaines couches de la population luxembourgeoise, qui est globalement aussi prospère que respectueuse de l'environnement, pouvaient-elles donc mener campagne contre une mesure répondant à leurs meilleures intentions et à leurs intérêts durables[2] ?

Pourtant, le Luxembourgeois n'est pas un cas à part. On peut également présumer que dans d'autres pays la morale s'arrête à l'automobile. Une fois protégés par leur carrosserie, beaucoup perdent l'instinct social de leurs ancêtres, qui garantit habituellement des rapports pacifiques avec autrui. L'épiderme blindé, la vitesse du guépard et le besoin d'un espace étendu de six mètres carrés n'ont manifestement pas été prévus dans notre évolution psychologique. Avec notre moi étendu à quatre roues, il semble que notre raison nous fasse encore défaut. Des personnes responsables de leurs actes donnent de petits noms à leurs véhicules. Et l'État, qui garantit leur sécurité personnelle, leur éducation et leur retraite, semble être devenu leur ennemi naturel.

Les citoyens du Luxembourg ont les moyens de payer la nouvelle taxe automobile. S'ils vivaient en Allemagne, ils exulteraient même de payer si peu. Mais les Luxembourgeois qui protestaient n'exultaient pas. Ils firent en sorte que leur ministre de l'Environnement, qui leur avait montré cette vision d'horreur, ne soit pas réélu. De toute évidence, ils ne s'étaient pas comparés avec leurs voisins européens, mais uniquement avec leur standard d'avant la réforme.

L'État du Luxembourg vit de la finance internationale comme aucun autre pays de la zone euro. Et il dépend très fortement d'elle. Le Luxembourg est comme le pavillon tropical d'un jardin zoologique. Si on ouvrait le toit, le biotope se perdrait en un rien de temps. Les perroquets seraient à peine capables d'aller voler ailleurs parce qu'on leur aurait donné trop longtemps la becquée. Comment des adultes bien éduqués peuvent-ils avoir un comportement aussi étrange ? Comment arrivent-ils à fermer à ce point les yeux sur la réalité qui les entoure ? Comment une légère augmentation de la taxe automobile peut-elle être pire que le changement climatique ?

Pour répondre à ces questions, il faut comprendre la façon dont les hommes se comparent les uns aux autres. Tout ce que nous savons sur nous, nous le savons par l'échange et la comparaison avec autrui. Nous savons qui nous sommes parce que nous savons ce que nous ne sommes pas. Et parce que nous savons ou devinons comment les autres nous voient. Pour avoir une idée du jugement des autres, nous devons encore comparer. Avec d'autres et avec nous-mêmes. L'ensemble de notre vie sociale est une suite quasi infinie de comparaisons. Et contrairement à l'impératif catégorique, le comparatif catégorique est une faculté humaine innée.

Dans une ravissante petite rue du quartier de Lindenthal se trouve la chaire de psychologie sociale de l'université de Cologne. Le bâtiment vient d'être refait à neuf, suivant des normes bien supérieures à la plupart des autres infrastructures universitaires. Ma première comparaison ce matin. L'institut où j'ai travaillé il y a presque vingt ans à l'université de Cologne n'avait pas l'air aussi confortable. J'ai rendez-vous avec Thomas Mussweiler, le titulaire de la chaire. Ce jeune professeur a le même sourire que le comique Dieter Nuhr. Une statistique comparative donnerait probablement le résultat suivant : le psychologue social le plus renommé d'Allemagne, du moins de sa génération. Mussweiler a tout juste quarante et un ans. Il y a quatre ans, il a reçu le Prix Gottfried-Wilhelm-Leibniz, la récompense scientifique la plus illustre des pays germanophones.

Depuis lors, Mussweiler est une grande pointure de sa corporation. Il a obtenu le prix, car il a déclenché une petite révolution en renversant un dogme vieux de cinquante ans. Pendant assez longtemps, les spécialistes en psychologie sociale avaient supposé que les comparaisons sociales fonctionnaient selon une règle assez simple. Quand je me compare à des gens que je considère comme étant « moins bien », je vais bien. Quand je me compare avec quelqu'un de « meilleur », je ne suis pas à l'aise. Ce mécanisme est aussi connu de tous les non-spécialistes. Quand j'ai dix sur vingt à un contrôle, j'aime rappeler à mes parents que, dans l'ensemble, tout le monde a eu des mauvaises notes. « Vous devriez voir tous ceux qui sont en dessous de la moyenne. » Et ça m'aide. Le dix, auparavant tout gris, s'éclaircit à vue d'œil. Le vernis de mes paroles le ravive. Encore quelques phrases de plus, et il se met à briller. Ne scintille-t-il pas déjà un tout petit peu ? Mon père, quant à lui, n'est pas très impressionné. Sourire dédaigneux. Lui aussi, il avait toujours les meilleurs dix de la classe. Je n'ai donc pas besoin de faire plus d'efforts pour le convaincre.

Mussweiler connaît aussi les avantages et les inconvénients des comparaisons vers le haut et vers le bas. Il existe évidemment des cas où une comparaison vers le bas rassure et où une comparaison vers le haut déprime. Pendant un test de fitness, on perd plus facilement sa motivation quand on pense à Michael Jordan que lorsqu'on pense au pape[3]. Lorsqu'il était jeune étudiant, Mussweiler a fait ses propres expériences à ce sujet. Meilleur de sa classe en mathématiques, il commença après le baccalauréat des études dans ce domaine. Mais, à l'université, le vent avait tourné. Se retrouvant parmi de nombreux surdoués des mathématiques, il dut revoir l'idée qu'il avait de ses capacités. Il soutint la comparaison pendant trois mois. Puis il se reconvertit dans la psychologie. Les bras croisés derrière la tête, il sourit de son sourire à la Dieter Nuhr : « Je ne l'ai pas regretté. Aujourd'hui, je ne serais probablement qu'un mauvais statisticien de la finance, de l'assurance et du risque. »

En fait, la véritable conclusion de Mussweiler est que tous ces cas ne sont pas soumis à une règle fixe. Car les comparaisons « vers le haut » peuvent elles aussi nous motiver. Pourquoi sinon y aurait-il des modèles que nous imitons ? Les meilleures conditions d'une comparaison positive vers le haut existent lorsque nous trouvons des points de ressemblance entre nous et notre modèle[4]. Quelqu'un qui nous ressemble, qui nous paraît tellement mieux sur certains aspects, est un modèle idéal. Si, en revanche, il nous est complètement étranger, il est assez peu probable que nous l'imitions.

Jonathon Brown, collègue américain de Mussweiler à l'université de Washington à Seattle, fournit un autre exemple[5]. Brown a montré des photographies de mannequins à des sujets d'étude féminins. Il a ensuite demandé aux jeunes femmes d'évaluer leur propre pouvoir de séduction. Comme on peut l'imaginer, le résultat n'a pas été très favorable. Lors d'une deuxième expérience, le chercheur a ajouté un détail. Il a expliqué aux jeunes femmes qu'il leur avait choisi un mannequin qui avait la même date d'anniversaire qu'elles. Et, ô surprise, les participantes à l'expérience furent visiblement stimulées par cette correspondance personnelle. Ce point commun (fictif) fit qu'elles se sentirent tout de suite un peu plus proches des mannequins. Elles s'évaluèrent de façon nettement plus favorable que le premier groupe.

Comprendre les règles selon lesquelles nous nous comparons signifie beaucoup. Cela nous apprend bien plus que lorsque nous nous contentons de comprendre de quoi dépend le fait de se trouver beau ou intelligent. Cela a aussi de grandes conséquences sur notre comportement moral. Le fait de considérer un don de cent euros comme une somme importante ou non dépend de façon déterminante des sommes que donnent notre famille et nos amis. C'est ce qui explique aussi que les policiers du 101e bataillon considéraient que le crime qu'ils avaient commis était « acceptable », déterminé par l'environnement avec lequel ils se comparaient. Qu'on repense au policier qui tirait réconfort de n'avoir tué « que » des enfants. Comparé aux actes des autres, il devait considérer que c'était « mieux ».

Le tueur d'enfants avait pris son collègue comme point de repère car, pour lui, ce dernier avait fait quelque chose de pire : tuer des mères.

Dans le langage de la psychologie sociale, ce point de repère est appelé *standard* de la comparaison. Cet exemple extrême et atroce montre à quel point notre morale fonctionne souvent de manière *relative*. Le mécanisme avec lequel j'ai embelli mon dix vaut aussi pour le policier tueur d'enfants : « Je n'ai fait *que* ça… mais les autres, en revanche… »

Nous ne sommes pas conscients de tous ces procédés de comparaison. Selon Mussweiler, la plupart des comparaisons ont lieu de façon spontanée et complètement inconsciente. Nous ne réfléchissons que rarement au *standard* et à la norme de notre comparaison. Souvent, nous nous comparons presque au hasard avec une personne quelconque de notre environnement[6]. Il arrive bien sûr que nous corrigions ensuite cette première évaluation. Mais cela aussi, nous le faisons plus souvent de façon inconsciente que consciente. Nos points de comparaison se déplacent, nos modèles changent tout comme nos ennemis. Mais, la plupart du temps, nous n'avons pas besoin d'aller chercher très loin à l'intérieur de nous. Cela se produit doucement et souvent de façon presque imperceptible.

La superficialité est partie prenante de nos comparaisons permanentes. Nous ne nous retrouvons que très rarement dans la situation où nous nous comparons en détail et dans les règles. Généralement, quelques points de repère nous suffisent largement. Qui va à un casting de mannequins compare probablement la concurrence davantage selon des attributs extérieurs que des valeurs intérieures. En revanche, ces critères sont tout autres dans un concours de poésie. De toute façon, nous ne trions la plupart des gens que nous rencontrons au quotidien que de manière schématique : « vieille dame », « SDF », « policier », « serveuse insistante », « voisin sympathique », etc. La capacité d'attention de nos cerveaux est limitée. Et, en tant qu'habitants de la grotte, il nous suffit de connaître ce qui contribue réellement à notre (propre) orientation.

Mais, en comparant, nous prenons aussi des habitudes. Quelques-unes doivent provenir de notre éducation, et beaucoup de nos années ou dizaines d'années d'entraînement. Nous sommes probablement capables de trier très rapidement les personnes de notre environnement selon qu'elles tendent plus à des comparaisons vers le bas ou à des comparaisons vers le haut. (La plupart du temps, c'est en tout cas très facile pour les critiques littéraires. Les uns ressentent un besoin irrésistible de consolider leur ego en dénigrant des auteurs célèbres. Les autres, au contraire, se mettent en valeur en faisant des éloges censés révéler qu'ils sont de fins connaisseurs.)

Mais l'embêtant avec la morale, c'est que précisément sur ce terrain on dirait que nous avons vraiment tendance à faire des comparaisons vers le bas plutôt qu'à nous comparer à des modèles. Ce que nous faisons facilement pour le sport ou le piano nous est beaucoup plus difficile pour la morale. Cela s'explique probablement par le fait que les talents et les compétences ne forment qu'une petite partie de l'image que nous avons de nous. En revanche, lorsque nous nous remettons en question d'un point de vue moral, nous mettons en fait absolument tout en jeu.

Les comparaisons morales ne sont pas exactement

le terrain de prédilection de la psychologie sociale. Et, comparé au reste, c'est un sujet assez peu traité. Alors qu'en sport nous admettons facilement que quelqu'un est meilleur que nous, c'est beaucoup plus difficile pour les questions de morale. Nous acceptons bien plus volontiers des personnes qui nous semblent tellement « bonnes » qu'il ne nous vient même pas à l'idée de comparer nos actions aux leurs. Mère Teresa et Mahatma Gandhi ne remettent pas en question l'image que j'ai de moi. Contrairement à mon frère quand il dit que, moralement, il est plus intègre que moi. Si l'on considère les choses de façon cynique, on pourrait dire que c'est exactement le sens psychologique du mot « saint » dans l'Église catholique : plus leurs actions semblent divines, moins elles ont à voir avec les miennes.

Des gens tout à fait normaux passent beaucoup de temps chaque jour à consolider leur ego. Les faiblesses d'autrui sont une médecine bénéfique dont nous nous nourrissons. Les inconséquences, la morale double et les bas instincts guignent de tous les bords. Et nous-mêmes ? Nous stabilisons notre ego en faisant un pacte. Entre amis, nous respectons une entente muette : ne pas nous fragiliser les uns les autres pour ce qui est de la morale. Nous ne demandons pas : « Au fait, tu donnes combien sur ton salaire ? », car nous aurions pour réponse immédiate : « Et toi, tu donnes combien ? » Même la plus belle amitié réagit à de telles accusations par une question teintée de mécontentement.

Nous n'aimons pas qu'on nous rende responsables. Mais qui donc peut bien se permettre de nous dire de faire un don pour sauver la forêt vierge ? Qui entendons-nous nous reprocher d'être trop égoïstes ? Par qui nous laissons-nous dire que nous éduquons mal nos enfants ? Celui qui veut faire appel à notre conscience a besoin d'une licence spéciale que souvent nous n'accordons pas même à notre époux ou épouse. Le mot « moraliser » est désagréable, et l'« apôtre de la morale » n'est jamais un type très bien vu.

Depuis les années 1990, le terme de *Gutmensch*, qui peut se traduire par « bien-pensant », nous préserve de devoir être trop bons. Certes, ce mot est né à l'époque du nazisme et avait valeur d'insulte. Il ne suscita l'engouement général que lorsque de jeunes critiques le firent entrer en campagne contre les exigences morales du mouvement de mai 1968. D'un coup, on était débarrassé de tous ses soucis. Car qui voulait insister autant sur la morale, être aussi naïf que le *Gutmensch* ? L'attaque contre les bonnes intentions était si virulente que les incriminés ne se demandèrent même pas si leurs critiques n'étaient pas tout le contraire, soit des *Bösmensch*, des méchants.

Aujourd'hui, nous vivons dans une société où il est courant d'appeler l'« humanité » à faire le bien. Mais c'est qui déjà, l'humanité ? Quand cela nous concerne, nous rappelons que nous ne sommes plus de petits enfants qu'il faut éduquer. D'où le moraliste tire-t-il son autorité ? Est-il vraiment meilleur que nous ? La machine à comparer que nous avons dans la tête trouvera sûrement très vite quelque chose pour le dévaloriser. Et quand le porteur du discours est rabaissé, son discours pâlit en proportion.

Les comparaisons sont extrêmement arbitraires. Et relatives. Quand nous nous regardons dans la glace le matin, nous ne nous comparons pas avec notre visage d'il y a dix ans (si nous le faisons, c'est très rare). Normalement, nous nous comparons avec notre visage de « ces derniers temps ». Il en va de même pour la morale. Ici aussi, pour nos comparaisons, nous avons affaire à des changements d'états de référence. Je ne connais personne qui prend comme point de repère pour ses actes l'idée du bien de Platon ou l'impératif catégorique. Même les propres normes de notre vie passée ne sont pas contraignantes pour nous. Le soixante-huitard prospère et bien adapté pense avec horreur à la fureur morale de sa jeunesse. Que Joschka Fischer, ancien fondamentaliste de la morale de gauche et ex-écologiste rebelle, parcoure aujourd'hui le monde entier comme lobbyiste et *elder salesman* pour des entreprises automobiles et énergétiques est un bon exemple des changements d'états de référence de notre gestion morale, et pas seulement morale. Karl Marx, l'ancienne idole de Joschka Fischer, reconnaissait déjà que « l'être détermine la conscience ».

Nous ne voulons pas être bons, mais en cas de doute nous voulons nous sentir meilleurs que nos frères et sœurs, que nos voisins, que nos collègues de travail ou que notre beau-frère. Et là, nos *standards* sont aussi irrationnels que sont mouvantes nos exigences envers nous-mêmes et envers les autres. Nos désirs et nos craintes nous portent le long des jours et des nuits. Et la « réalité » est la manière dont, ce faisant, nous apprêtons le monde : ce sont nos tendances personnelles. Les choses auxquelles nous croyons. Les valeurs de la société qui valent pour nous, ou justement pas. Les interdictions que nous respectons plus ou moins. Et les idéaux de performance que nous jugeons selon qu'il nous est donné ou pas d'y participer. Le chômeur de longue durée se moque de la société de production ; et celui qui a réussi croit en elle. L'entrepreneur peu cultivé et prospère se gausse des pauvres intellectuels. Le pauvre intellectuel méprise l'entrepreneur inculte. Mais tout compte fait, d'un point de vue *abstrait*, nous trouvons presque partout des valeurs positives : dans la production, l'éducation et la prospérité.

Les hommes se définissent eux-mêmes en se comparant avec les autres. La plupart de ces comparaisons ont lieu de façon spontanée et inconsciente. Les comparaisons vers le haut peuvent nous motiver ou nous démotiver – selon que nous arrivons à nous identifier un minimum avec nos modèles ou non. Les comparaisons vers le bas servent à stabiliser l'idée de notre propre valeur. Plus les autres sont mauvais, mieux je m'en tire. D'un point de vue moral, les comparaisons vers le bas servent à se décharger. Pourquoi devrais-je être bon si les autres ne le sont pas non plus ? De cette façon, nous arrivons encore et toujours à ne pas nous sentir responsables d'un grand nombre de choses.

Cependant, les comparaisons ne sont que l'*un* des instruments de notre gestion morale. Les autres sont le fait de repousser, de reporter et de refouler. Ou alors nous cherchons tout simplement les mots qu'il faut pour nous débarrasser de nos soucis psychologiques…

• *Gestion morale*. Comment nous façonnons par le mensonge l'image que nous avons de nous-mêmes

Gestion morale

Comment nous façonnons par le mensonge l'image que nous avons de nous-mêmes

> Les chambres à gaz, l'assassinat industriel d'êtres humains, non, je l'avoue, je ne les ai pas imaginés et, parce que je ne pouvais pas les imaginer, je ne les ai pas sus.
>
> Raymond ARON

L'opération de nettoyage a commencé dans la nuit. À la mi-mars 2009, le gouvernement américain a changé son usage de la langue[1]. La « guerre contre le terrorisme », une invention de l'ère Bush, est bel et bien enterrée. « Nous n'utilisons plus cette expression », déclare Hillary Clinton, la nouvelle secrétaire d'État. À la place, elle emploie le joli terme d'*overseas contingency operations*, « opérations d'urgence à l'étranger ». Les *enemy combatants*, les « combattants ennemis » de l'ère Bush, sont eux aussi passés à la trappe. Ce néologisme alambiqué avait permis de soustraire les prisonniers des États-Unis aux Conventions de Genève de 1949. Les *enemy combatants* capturés n'avaient aucun droit dans le camp de prisonniers de Guantanamo.

Le gouvernement du président Obama a mis fin à ce cauchemar par un tour de passe-passe lexical. La « guerre » s'est transformée en un monstre bureaucratique. Tout ce que font les États-Unis en Irak ou en Afghanistan doit dorénavant avoir le ton modéré d'une action de la Croix-Rouge. Les sentiments, la responsabilité et les évocations changent avec le vocabulaire. Et, pendant que par un usage guerrier de la langue le premier gouvernement provoque une situation d'autodéfense qui n'a jamais existé comme telle, le second dissimule ses guerres sous le couvert de mesures modérées. L'un et l'autre inspiraient à l'écrivain anglais George Orwell la même méfiance. « Le langage politique est destiné à rendre vraisemblables les mensonges, respectables les meurtres », a-t-il écrit en 1956.

Les hommes politiques mentent avec des termes qui voilent le fond de la question. Avec Goebbels, le ministre nazi de la Propagande, toutes les retraites de la Wehrmacht devenaient des « rectifications du front ». Les juifs étaient des « parasites » qui n'étaient pas gazés mais « déplacés ». De nos jours également, on n'en finit pas d'utiliser un mot pour un autre. La guerre en Afghanistan n'est pas nommée comme telle. La population n'est pas déchiquetée par des bombes mais par des « frappes aériennes ». Et les lois ne sont pas corrigées mais « améliorées » après avoir été au préalable « réorientées », comme les écoliers.

Mais les hommes politiques sont loin de constituer une exception. L'art de se tromper soi-même et de tromper les autres par le langage est une spécificité humaine qui remonte à la préhistoire. On nous l'inculque généralement dès l'école primaire. Plus on réussit à convaincre les autres que nos actions ou inactions sont justes et inoffensives, plus on se trouve ainsi rassuré. Les mots bien placés sont un moyen rodé pour lutter contre le trou noir de la conscience. Nous reculons devant peu de chose pour éviter une autocritique trop fastidieuse à l'image que nous avons de nous-mêmes. À la guerre, presque tous les moyens sont permis, car on ne tue pas des hommes mais des *ennemis*. Et là, l'ennemi n'est pas une « métaphore », ni une « image » ou une « construction » ; il *remplace* bel et bien l'être humain.

Dans la vie civile, nous disposons de nombreuses astuces du même genre. La même raison qui nous permet de réfléchir sur nous-mêmes et sur nos actes nous aide aussi lorsqu'il s'agit de nous décharger, de nous excuser et de nous tranquilliser. « Lorsqu'il s'agit de tromper sa maîtresse, le pire des imbéciles devient un philosophe », déclare Johann Nepomuk Nestroy dans sa comédie *L'Infidèle*.

Plus les hommes sont devenus intelligents au fil de l'évolution, plus les questions de l'image de soi et de la conscience ont pris pour eux de l'importance. Ainsi, l'une des découvertes assez peu surprenantes de la psychologie sociale fut d'établir que ce sont les informations qui nous concernent qui nous intéressent le plus. Le plus souvent, nous tendons l'oreille lorsque nous apprenons les propos plus ou moins flatteurs qu'a tenus à notre sujet un ami, une connaissance ou un collègue de travail. Dans tous les cas, nous nous montrons plus attentifs que s'ils exprimaient leur avis sur le football, le vin rouge ou une destination de rêve. Notre sujet de conversation préféré, c'est nous-mêmes. Lors du test avec les photographies de mannequins, il suffisait aux jeunes filles de savoir qu'elles étaient nées le même jour pour s'identifier plus fortement avec elles. Plus nous nous retrouvons quelque part, plus cela prend d'importance à nos yeux.

L'image que nous avons de nous-mêmes est notre bien le plus précieux. Cependant, les dizaines et les dizaines de milliers d'années du processus de maturation intellectuelle nous ont également permis de développer des antidotes efficaces contre le risque des cas de conscience chroniques. Nous sommes capables d'atténuer nos scrupules en usant d'abstractions, de les maquiller et de les réinterpréter, de les refouler et de les repousser. Notre capacité étonnante à contempler le monde de plusieurs perspectives à la fois, qui semble nous différencier de tous les autres animaux, est à la fois un don et une malédiction. Nous pouvons développer des points de vue et les transformer. Nous pouvons même avoir simultanément différents points de vue sur une seule et même chose. À partir d'un certain âge, notre langage hautement nuancé nous permet de considérer les choses sous des angles variés.

Au fur et à mesure que nos facultés d'abstraction se développent, notre comportement peut se révéler de plus en plus moral ou immoral. Ou comme le dit l'anglais Terry Eagleton (né en 1943), professeur de théorie littéraire et de philosophie de la culture à l'université de Lancaster : « À l'image du feu, notre faculté d'abstraction est un don ambivalent, créateur et destructeur à la fois. Elle nous permet de réfléchir à la communauté dans sa globalité mais aussi de l'anéantir totalement avec des armes chimiques[2]. »

S'il est vrai que presque tous les hommes sont dépendants de leur image de soi, il n'est pas surprenant que nous ayons développé un tel arsenal pour nous protéger des ravages de l'autocritique. Tout comme le fait de se comparer sans cesse à nos semblables, notre astucieuse gestion morale, elle aussi, sert à nous placer sous un jour favorable. « La plupart du temps, nous cherchons tout simplement à croire que nous sommes des gens raisonnables et convenables, qui prennent les bonnes décisions, dont le comportement n'a rien d'immoral et qui agissent honnêtement. En bref, nous voulons nous persuader que nos actes ne sont ni naïfs, ni cruels, ni absurdes[3]. »

Le tribunal intérieur devant lequel nous devons répondre de nos faits et gestes est loin d'être aussi neutre que l'avait rêvé Kant. Au lieu de cela, nous avons affaire à un procureur corrompu et à un juge plutôt partial. Comment serait-il possible, sinon, que la plupart des accusés du 101e bataillon de la police, jugés après la Seconde Guerre mondiale pour des massacres de juifs en Pologne, se soient sentis innocents devant le tribunal ? Ils n'étaient pas responsables de leurs actes, les autres avaient fait la même chose… et en plus, ils auraient tout fait pour éviter le pire. Un grand monument de justification sur de minces bases morales.

L'un des phénomènes les plus étonnants de notre psychologie quotidienne est que, lorsque les choses se compliquent, nous blâmons presque toujours les circonstances, et jamais nous-mêmes. Mais, quand nous jugeons les actes d'autrui, ce ne sont plus les circonstances qui sont coupables, mais la personne. Untel est un imbécile, car il n'a pas remarqué ceci ou cela. C'est un incapable, un idiot, un bavard, un menteur, etc. Nous-mêmes, en revanche, ne sommes rien de tel. Il nous arrive juste de mal réagir, mais, étant donné la situation, il était impossible de faire autrement.

Il est vrai qu'on ne devrait pas se rendre la vie aussi simple, mais tous ces mécanismes de refoulement, de distanciation et de flatterie ont évidemment leurs bons côtés. Car quand nous n'arrivons pas à refouler, à repousser et à reporter, notre moi et le monde peuvent très vite nous rendre fous. Au moins depuis le moment tragique où nos ancêtres, qu'ils aient été dans la savane, dans une grotte, dans la forêt ou dans la steppe, ont réalisé qu'ils étaient mortels, le refoulement et la flatterie sont devenus des bénédictions. Que ce soit à l'âge de pierre ou en Égypte, on a commencé à disposer des offrandes funéraires auprès des parents décédés, comme si la vie continuait après la mort. Le refoulement suivait son cours. Même les sociétés comme la nôtre, qui croient de moins en moins à la vie après la mort, ont trouvé leur forme de refoulement. Nous n'en parlons pas et essayons d'y penser le moins possible. Ou bien, comme le dit le théoricien de l'art Bazon Brock : « Il faut abolir la mort, cette satanée cochonnerie doit s'arrêter. Ceux qui apportent du réconfort sont des traîtres. »

Le refoulement est une chose saine. Et, à court terme du moins, il évite la mauvaise humeur. Qu'adviendrait-il si, à chaque repas, nous nous représentions toutes les personnes qui souffrent de la faim au même moment ? Qui pourrait venir tranquillement à bout d'un seul « journal de vingt heures » s'il faisait sérieusement l'effort de se représenter la misère des guerres montrées ? Et qui aimerait devoir répondre quotidiennement du détail de ses actions face à lui-même ?

« La bonne conscience est une invention du diable », a dit un jour Albert Schweitzer, théologien et spécialiste de médecine tropicale. Mais c'est indéniablement une invention nécessaire. La question n'est pas de savoir si l'on peut oui ou non embellir sa conscience en la noyant dans l'alcool, mais seulement dans quelle mesure et dans quelles circonstances.

Essayons de nous représenter ce qui se passe dans notre cerveau. Le travail de notre cerveau consiste à mettre en permanence de l'ordre dans nos sentiments et nos pensées. Nous formons des bouquets avec les impressions et les informations que nous recevons avant de les simplifier et de les uniformiser. Nos sens extraient déjà les choses sensées pour nous dans des millions de données. Tout comme le font les autres animaux. Mais, à l'inverse de ces derniers, en plus de créer une vision du monde, nous créons aussi une vision de nous-mêmes[4]. Aucun animal ne passe autant de temps que nous à s'ordonner et à se démêler. Dans ce but, nous utilisons des schémas qui sont censés faciliter notre réflexion. Ce sont nos lampes de mineur dans la grotte. Grâce à elles, nous avançons à tâtons. Notre représentation de nous-mêmes est schématique, elle aussi. Nous nous estimons intelligents, bons, impatients, serviables, etc. Les adjectifs que nous utilisons pour nous-mêmes tissent les fils enchevêtrés de notre psyché. Ils ne se contentent pas de nous décrire. Ils contribuent à nous *inventer* nous-mêmes.

Dans l'invention de notre moi, ce sont les grandes contrariétés que nous supportons avec le plus de peine. En effet, avoir l'illusion de nous connaître sur le bout des doigts nous fait généralement le plus grand bien. Et il est tout aussi important d'être, dans la mesure du possible, en paix avec soi-même. Notre cerveau a un besoin implacable d'équilibre psychique et physiologique.

Le premier à avoir analysé ce phénomène en détail fut le psychologue social américain Leon Festinger (1919-1983). Festinger était pionnier en sa matière. Il se fit un nom en tant que professeur dans plusieurs des plus grandes universités américaines et fit de la psychologie sociale une science reconnue.

Il acquit sa renommée au début des années 1950, lorsqu'il prit comme objet d'études un groupe de prophètes de l'apocalypse. Marian Keech, une prêtresse autoproclamée qui sévissait dans le Wisconsin, affirmant que l'extraterrestre Sananda de la planète Clarion lui adressait des messages secrets. Comme tous les apôtres de la fin du monde, Keech s'abandonnait à l'idée narcissique que c'était elle et elle seule qui avait été désignée pour survivre à la prochaine apocalypse. D'ici peu, un nouveau déluge allait détruire l'humanité. Au lieu de se demander pourquoi Sananda avait pour vocation de la sauver, elle, et pas un autre, Mme Keech s'entoura d'une colonie d'adeptes. Ils attendaient la fin du monde et les soucoupes volantes de Sananda en priant et en méditant.

La catastrophe ne survenant malheureusement pas, la secte aurait dû logiquement se dissoudre. C'est alors que se produisit le phénomène inconcevable. Au lieu d'admettre qu'ils s'étaient fait mener en bateau, ils s'obstinèrent dans leur idée et affirmèrent que la fin du monde avait été évitée grâce à eux. Leurs prières avaient été entendues par Dieu, qui avait une nouvelle fois décidé de gracier l'humanité.

Festinger se demanda ce qui avait bien pu se passer dans l'esprit des adeptes. Lorsque les exigences, personnelles ou non, se heurtent à des réalités en provoquant une dissonance aiguë, c'est extrêmement désagréable pour la majorité des gens. Le nom que Festinger donna à ce phénomène devint mondialement célèbre dans le domaine de la psychologie. Il l'appela la *dissonance cognitive*[5].

Le premier exemple de dissonance cognitive remonte à plus de deux mille cinq cents ans déjà. C'est la fable du poète grec Ésope : *Le Renard et les raisins*. Un renard meurt d'envie de manger des raisins. Mais, en dépit de tous ses efforts, il n'arrive pas à les atteindre. Ils sont trop hauts. Le renard se trouve dans un état émotionnel extrêmement désagréable. Il n'obtient pas ce qu'il désire. C'est alors qu'il devrait s'avouer qu'il est incapable d'atteindre son but pour la simple raison qu'il est trop petit, qu'il ne peut pas sauter aussi haut et qu'il ne peut pas voler. Mais le renard choisit de se tromper lui-même. Il se met à déprécier l'objet de son désir. Ces grappes valent-elles vraiment la peine d'être convoitées ? Après quelque temps, le renard est convaincu que le jeu n'en vaut pas la chandelle. Ces raisins sont sûrement trop verts pour qu'on s'efforce de les obtenir.

L'art de déprécier tout ce que l'on ne maîtrise pas est très répandu parmi les êtres humains. Cela allège considérablement la conscience. En effet, les dissonances cognitives sont généralement plutôt difficiles à supporter. Nous n'aimons pas du tout ne pas satisfaire à nos propres exigences. Nous nous inquiétons quand les autres ont une image de nous bien pire que celle que nous avons nous-mêmes. Nous sommes frustrés si nous nous étions persuadés que nous étions capables de faire quelque chose et que soudain nous devons constater que nous nous étions surestimés. C'est avec une grande contrariété que nous nous rebiffons si autrui nous tient pour plus bête ou moins vertueux que nous ne le pensons.

Différents types de réaction sont possibles dans cette situation. Le plus logique serait de modifier certains comportements ou de corriger l'image que nous avons de nous. Mais cela, nous le faisons très rarement. Nous préférons de loin faire tomber en disgrâce celui qui a révélé notre dissonance cognitive. Qui est cette personne qui ose nous critiquer ? Est-elle vraiment « meilleure » que nous ? Mais que s'imagine-t-elle ?

Dans ce cas de figure, le tabac est un exemple fréquemment cité. On aimerait bien cesser de fumer parce qu'on sait que c'est mauvais pour la santé. Mais on n'arrive pas à prendre sur soi et à vaincre la dépendance. C'est indéniablement une dissonance cognitive. L'acte et la pensée sont en désaccord. Que faisons-nous ? Eh bien, nous pouvons nous dire que, dans notre cas, ce ne sera pas si grave et que nous n'aurons pas de cancer. Nous pensons à des fumeurs qui ont eu une longue vie malgré tout et nous espérons que cela sera aussi le cas pour nous. Avec les autres fumeurs, nous nous moquons des délires hygiénistes et de l'intolérance des non-fumeurs. Nous avons l'impression d'être les derniers vrais esprits libres et nous développons une éthique de la cigarette. Et quand quelqu'un nous demande d'arrêter, nous nous indignons : de quel droit cette personne peut-elle nous faire des reproches ?

Notre intelligence, notre pouvoir de séduction et

notre intégrité sont les choses que nous aimons le moins voir remises en question. De façon caractéristique, les imbéciles sont généralement assez bêtes pour ne pas se considérer comme tels. Plus nous nous montrons immoraux, plus nous traitons souvent notre absence de morale avec immoralité. Certains enjambent des cadavres rien que pour dissimuler leurs dissonances cognitives. Pour les adeptes de Marian Keech, il était beaucoup plus facile d'imaginer qu'ils avaient sauvé le monde, idée pourtant bien nébuleuse, que de s'avouer qu'ils s'étaient fait rouler dans la farine[6]. Il est donc plus simple, semble-t-il, de croire aux ovnis plutôt que de reconnaître sa naïveté.

Notre gestion morale est un bon nid pour notre égocentrisme. Benjamin Franklin (1706-1790), penseur universel et homme politique américain, avait déjà finement reconnu que notre appréciation de la sympathie et de l'antipathie a quelque chose d'excessivement narcissique. Quand nous rendons service à quelqu'un, nous trouvons quasi systématiquement cette personne plus sympathique. Nous voyons se refléter dans ses yeux une part de bonté qui vient de nous. Mais, si nous décidons de ne pas aider quelqu'un, c'est presque toujours en le dévalorisant que nous légitimons notre inaction. Pour ne pas paraître mauvais ou injuste vis-à-vis de nous-mêmes, nous nous persuadons avec force que l'autre n'était pas vraiment digne de notre aide.

Là où il y a acte social, il y a souvent justification et affirmation de soi. Quand ce moyen ne nous permet pas d'adapter notre comportement à nos convictions, comme dans le cas du tabac, nous adaptons nos convictions à notre comportement. La troisième possibilité est d'ajouter des aspects qui n'ont rien à voir avec le sujet mais qui nous aident à nous sentir de nouveau un peu mieux. À la puberté, ce genre de déplacement de l'argumentation est poussé à l'extrême. Mais on le trouve aussi chez les adultes. Le fumeur qui n'arrive pas à arrêter la cigarette se dira par exemple qu'au moins il ne boit pas trop d'alcool. Cela lui donne immédiatement l'impression d'être en meilleure santé. Et en se comparant à ses amis qui boivent nettement plus que lui, il se revalorise rapidement. Quant à savoir si cette argumentation convaincra le cancer du poumon en gestation de ne pas se déclarer, c'est bien sûr un tout autre sujet…

Les « caisses noires » de l'ex-chancelier Helmut Kohl sont un bel exemple de ces justifications indirectes par transposition. En refusant de nommer les personnes qui avaient secrètement financé son parti, Kohl porta un sérieux coup à son image. Mais il se réfugia dans une conception de l'honneur plus que douteuse, selon laquelle sa loyauté envers les donateurs était moralement plus importante que son devoir de s'expliquer devant le peuple allemand. Les nombreux commentateurs de l'affaire des donations au parti de Kohl ne se privèrent pas de répéter que, quoi que Kohl ait pu faire, personne ne pouvait remettre en question les grands services qu'il avait rendus à l'unité allemande ! Mais que diable cela avait-il à voir avec le reste ? Pour qu'il y ait une seule bonne raison de prendre à ce point en considération ses mérites face à la réunification allemande, il aurait fallu qu'il l'ait rendue possible *à l'aide* de ses caisses noires.

Mais nous ne sommes pas conscients non plus de toutes nos dissonances cognitives. Si c'était le cas, le monde aurait probablement un autre visage. Quand les hommes politiques des pays limitrophes du Danemark se sont rendus en avion au sommet de Copenhague sur le climat, dégageant ainsi des tonnes de kérosène dans l'air, ils ont clairement montré qu'ils ne prenaient pas la question au sérieux. Et qu'en est-il de l'impact du citoyen moyen qui attend des hommes politiques qu'ils agissent contre le réchauffement climatique ? A-t-il au moins vendu sa grosse voiture pour en prendre une petite ? Pour vivre une véritable dissonance cognitive, il faut manifestement qu'une petite bête arrive de l'extérieur pour farfouiller dans l'image qu'on a de soi[7].

Depuis les recherches de Festinger dans les années 1950, la psychologie sociale est au fait de la signification immense des dissonances cognitives pour notre psyché. Depuis, elle a mis au jour tous les artifices que nous utilisons pour mettre à l'abri nos sentiments, nos pensées et l'image que nous avons de nous. Malheureusement, les philosophes de la morale n'ont que trop rarement traité cette question. Probablement parce que, d'une part, ils lisent peu d'ouvrages de psychologie sociale, et, d'autre part, parce que la plupart des artifices à l'aide desquels nous nous rétablissons se déploient dans l'inconscient. Ce qui veut dire que la plupart du temps nous ne remarquons même pas à quel point nous rusons avec nous-mêmes.

Si nous nous comprenions aussi bien qu'Aristote et Kant ont pu le souhaiter, nous ne nous accrocherions pas à des avis ou à des conceptions avec tant d'entêtement, comme nous nous plaisons à le faire. Dans le domaine de la politique justement, comme l'a montré Jonathan Haidt (cf. *Sentiment contre raison. Qui prend nos décisions ?*), nous trions systématiquement les arguments selon qu'ils rentrent ou non dans nos petites affaires. Et quand cela ne rentre pas, on fait en sorte que cela rentre. L'important est de ne pas devoir changer radicalement de direction ou d'en tirer une leçon. Quelqu'un qui change radicalement d'opinion politique à soixante ans court toujours le risque de remettre complètement en question son propre comportement des années passées. Il faudrait reconnaître qu'on s'est raconté des histoires pendant des décennies. Qui a les épaules assez larges pour faire une chose pareille ?

Aujourd'hui, la recherche en neurologie vient elle aussi confirmer les nombreux mécanismes inconscients que nous utilisons ingénieusement pour atténuer nos dissonances cognitives. Le psychologue américain Drew Westen (né en 1959), professeur à l'université d'Atlanta et collègue de Frans de Waal, a étudié la conscience politique d'un groupe d'Américains[8]. Il a cherché à savoir quel jugement les partisans républicains et démocrates avaient porté sur le débat télévisé entre George W. Bush et son adversaire John Kerry, en 2004. Conformément à ce qui avait été supposé, les partisans de Bush voyaient Bush en tête, et les partisans de Kerry voyaient Kerry en tête. Mais que se passait-il dans leur cerveau ? Westen a observé que les centres émotionnels du cerveau faisaient toujours en sorte que chaque contrariété soit immédiatement éradiquée afin que tout reste dans l'ordre. Et sa conclusion vient confirmer les pires soupçons : « Aucune des connexions en charge de la pensée consciente n'était particulièrement impliquée [...]. Il semble effectivement que les membres du parti font tourner le kaléidoscope cognitif jusqu'à ce qu'ils en tirent les conclusions qu'ils souhaitent. Chacun [...] accepte un jugement déformé émotionnellement s'il trouve un intérêt personnel dans la façon dont les "faits" sont à interpréter[9]. »

Le meilleur moyen de faire évoluer la position de quelqu'un n'est donc probablement pas de le combattre ou de le contredire. Les dissonances cognitives ne sont même pas admises dans cette situation. Le meilleur moyen est une approbation empoisonnée. Par exemple, soutenir gentiment une opinion en employant des arguments complètement absurdes. C'est encore pire quand des personnes dont la conception du monde m'est antipathique ou répugnante se rangent à mon avis. Qui peut se réjouir d'un éloge provenant d'une sphère douteuse ? C'est à ce moment que la porte de la dissonance cognitive s'entrouvre et que souvent on commence à réfléchir.

Notre cerveau nous récompense lorsque nous parvenons à éradiquer et à aplanir les dissensions et les malaises. Quelles que soient les décisions à prendre, nous sommes toujours en quête d'un résultat avec lequel nous puissions être en paix. C'est pour cela que, quand nous avons quelque chose à nous reprocher, nous réalimentons aussi petit à petit notre compte moral. Nous repassons régulièrement par la case départ de la morale pour empocher des sommes compensatrices. Souvent, nos dettes s'évaporent avec le temps – les petites, du moins. Dans notre conscience, au lieu d'avoir affaire à un tribunal objectif, nous disposons plutôt d'une sorte de gestion double qui connaît bon nombre d'astuces pour trafiquer ses comptes.

Nous sommes aussi partiaux vis-à-vis de nous-mêmes

qu'arbitraires dans notre jugement et nos comportements face aux autres. Alors que nous pardonnons presque tout à nos amis, nous ne pardonnons presque rien à nos ennemis. Pour cela, nous ne nous fondons pas sur un état « objectif » de nos connaissances, mais sur les portraits que nous dressons les uns des autres. Notre cercle d'amis a une opinion de nous différente de celle de nos collègues de travail ou de nos voisins. « Les connaissances, pour chacun limitées, qu'ont les uns et les autres de notre comportement » ne risquent pas de se superposer pour former une image globale : « il est rare qu'elles convergent en une seule ligne. Le risque d'un bilan global est assez faible[10]. » En d'autres termes, comme il y a peu de risques que les autres nous découvrent jamais dans notre globalité et lisent en nous comme dans un livre, nous pouvons jouer plusieurs rôles moraux. Plus une société se décompose par la division du travail et la complexité, plus il est facile de nous permettre des contradictions.

• *Le trader, le cacao et les enfants du Ghana*. Pourquoi nous ne sommes jamais concernés

Le trader, le cacao et les enfants du Ghana

Pourquoi nous ne sommes jamais concernés

Une question préoccupe mon beau-fils Matthieu. Lors de son séjour dans une école de langues à Cambridge, le professeur a montré aux étudiants un documentaire de la BBC sur la culture et le commerce du cacao. Le film a laissé des traces. Au Ghana, dans les plantations de cacao, plus de deux millions et demi d'enfants âgés de cinq à sept ans travaillent seuls dans des conditions épouvantables. Ce pays d'Afrique de l'Ouest est le deuxième producteur mondial de cacao. Formés très jeunes, les enfants sont empoisonnés par les pesticides. Leurs petits corps sont accablés de lourdes charges, ils se blessent et souffrent de malformations de croissance. Mais ce sont d'autres qui se partagent le gâteau. Les entreprises occidentales gagnent ainsi des millions. Les images suivantes montrent un trader new-yorkais qui évoque ses gains fantastiques en souriant. La spéculation sur la fève brune lui rapporte jusqu'à quatre-vingt dollars à la minute. Les reporters l'interpellent sur le travail des enfants au Ghana. Cela ne l'émeut-il donc pas du tout ? Le trader change d'expression. Son regard devient sérieux, sa mine triste. Bien sûr, dit-il d'un air peiné face à la caméra, c'est une chose qui l'attriste beaucoup d'un point de vue personnel. Mais professionnellement parlant, ajoute-t-il, il ne peut se permettre un tel sentimentalisme.

Nous sommes dans un jardin au Luxembourg. Des hirondelles fendent l'air, la soirée est merveilleusement douce, le cerisier est parsemé de flocons de fleurs blanches. Une journée d'été perdue en plein mois d'avril, très loin du Ghana, très loin de New York. Bientôt, Matthieu va partir pour un long séjour en Angleterre ; il va étudier l'économie. Prenant son verre de vin, il me demande : « Qu'en penses-tu ? Que ferais-tu à la place du trader ? »

La réponse n'est pas facile. Elle exige d'approfondir le sujet. Car que s'est-il passé, au juste ? Comment se fait-il que nous arrivions à vivre dans deux mondes complètement séparés sans être écartelés ? Dans le monde de nos intérêts personnels et de nos sentiments, et dans le monde du travail, des circuits économiques et des lois du marché ? Comment faisons-nous pour enregistrer deux phénomènes contradictoires dans notre conscience de manière qu'ils ne s'y rencontrent jamais ? Car manifestement le trader n'éprouve pas la moindre « dissonance cognitive ». Son image de soi évolue sans culpabilité ni remords dans un monde partagé.

Pour comprendre ce que cela signifie, il nous faut remonter en arrière. Revenir aux États-Unis après la fin de la Seconde Guerre mondiale. En 1951, le sociologue américain Talcott Parsons (1902-1979) publie un livre intitulé *The Social System*[1]. Il y développe une idée révolutionnaire. Il constate que l'on ne peut plus analyser les sociétés de l'époque moderne comme si elles étaient de simples hiérarchies. Le haut et le bas, la noblesse, le clergé, les bourgeois et les ouvriers ne sont plus du tout des concepts valables au XXe siècle. Les sociétés modernes ne s'organisent pas en classes. Elles s'organisent en *fonctions* : célébrer la messe, rendre la justice, prêter de l'argent, enseigner aux enfants, soigner des patients ou peindre des tableaux. Chacun de ces contextes dans lequel quelqu'un fait quelque chose constitue une *structure* particulière. Les bilans, par exemple, ont toute leur place dans une assemblée d'actionnaires, mais pas les poèmes d'amour. Les sociétés modernes se subdivisent de cette façon en *systèmes* relativement indépendants.

La plupart de ces systèmes sont assez stables. Ils ont des structures fixes qui se renforcent réciproquement. Quoi que nous fassions dans la vie, nous évoluons toujours dans un de ces cadres ; chacun est un jeu avec ses propres règles. Pour la plupart, les systèmes sociaux sont définis. La politique ne fonctionne pas comme le football, l'économie est différente de l'art. En règle générale, il est donc plutôt facile de voir si un comportement déterminé est fonctionnel ou dysfonctionnel du point de vue du système. Notre partenaire et notre patron attendent de nous des comportements différents. Et le rôle que je joue face à mes enfants n'est pas le même que face à un public pour une conférence. Mon médecin ne se soucie pas de mes réflexions existentielles, contrairement à ma femme. Il ne serait pas très malin de mélanger tout ça.

Notre trader de la Bourse de New York, par exemple, est conditionné pour faire du profit. Un comportement tout à fait normal et fonctionnel du point de vue du système financier. Ce qu'il pense du travail des enfants au Ghana et en Côte d'Ivoire ne concerne pas le système. Ses considérations morales font partie de son système personnel, pas de son travail. Qu'il en parle avec sa femme, ses enfants et ses amis. Ses pensées et ses réflexions sur le travail des enfants n'ont pas leur place dans son lieu de travail, que ce soit d'un point de vue structurel ou d'un point de vue psychologique. Comme le dit l'écrivain américain Upton Sinclair (1878-1968) : « Il est difficile de faire comprendre quelque chose à quelqu'un quand son salaire dépend du fait qu'il ne le comprenne pas[2]. »

Avec sa théorie des systèmes, Parsons fit considérablement avancer la sociologie. Bien que lui-même aussi fût parfois dérouté par ses nombreux schémas et ses tableaux, il fut le sociologue le plus important du milieu du XXe siècle. Pourtant, il est assez probable qu'aujourd'hui il ne serait plus qu'un dinosaure de sa discipline si en 1960, à Harvard, un fonctionnaire allemand de Lüneburg n'avait pas compté parmi ses étudiants pendant un an. Parsons venait d'écrire avec son jeune assistant Neil Smelser un livre sur le rapport entre l'économie et la société (*Economy and Society*). Mais le problème principal ne semblait néanmoins pas résolu : si l'économie est un système indépendant avec ses propres règles, de quelle façon peut-elle être influencée par la société ? Comment l'échange a-t-il lieu ?

Ce fonctionnaire s'appelait Niklas Luhmann (1927-1998). Sans afficher d'ambition perceptible, il avait acquis d'immenses connaissances par ses lectures et avait obtenu une bourse pour aller à Harvard. De retour en Allemagne, Luhmann transforme radicalement le système de Parsons. Pour lui, les systèmes sociaux comme l'économie, le droit, la religion, l'art, la science, etc., ne voient pas le jour à la suite d'*actions* comme chez Parsons. Luhmann explique que les systèmes sociaux se forment par l'échange (*communication*), se connectent les uns aux autres et développent leurs propres règles[3]. Pour ce faire, les systèmes ont besoin de symboles. Ces symboles jouent le rôle d'intermédiaires (*médias*) qui alimentent l'échange. L'argent est un de ces médias pour le système économique, comme la vérité pour la science, le pouvoir pour la politique, la foi pour la religion, etc.

Contrairement à la théorie de Parsons, l'individu ne joue plus aucun rôle chez Luhmann. Ce ne sont pas des personnes qui agissent, mais des systèmes qui fonctionnent. Ceux-ci évaluent ce qui se passe en eux selon qu'ils le considèrent comme acceptable ou non. Est accepté dans le domaine économique tout ce qui me revient (de façon légitime) par le biais de l'achat, de l'héritage, du gain, de la propriété, etc. Dans le système juridique est accepté ce qui relève du droit. Dans le système des sciences vaut ce qui est vrai (ou qui semble l'être). Et dans l'art, c'est le beau qui est valable, à l'inverse du laid. La validité de ce genre de code permet que chaque système ait des divisions claires et puisse aussi réellement fixer les règles selon lesquelles il fonctionne.

À sa mort en 1998, après trente ans d'enseignement à l'université de Bielefeld, Luhmann était le sociologue le plus important de sa génération au niveau mondial. Il a montré pourquoi nos systèmes sociaux fonctionnent de cette façon. Au lieu d'une société « globale », nous n'avons affaire qu'à des perspectives sur la société. Et au lieu d'une morale « globale », uniquement à des perspectives sur la morale. C'est exactement ce qui distingue une société moderne fonctionnellement différenciée d'un système total comme le Moyen Âge chrétien. Aujourd'hui dans notre société, il n'existe même pas de système partiel propre du nom de « morale ». La morale peut servir d'arme sociale, notamment lorsqu'on discrédite quelqu'un moralement. Ou bien elle est toute personnelle, une question de bienséance psychologique. Mais la morale n'est absolument pas pertinente pour le fonctionnement de l'économie, de la politique, du droit, etc.

La fiabilité d'un système économique se fonde sur les règles de la propriété, de l'échange ou de l'argent, et non sur une morale de quelque nature qu'elle soit. Que mon médecin, mon professeur ou mon conseiller bancaire soient « bons » ou pas ne change rien au rôle qu'ils jouent. Et que ce soit dans le système du droit, de l'économie, de l'éducation, de la santé ou de l'art, personne ne gagne plus d'argent parce qu'il est quelqu'un de bien. Luhmann va même jusqu'à considérer que le rôle de la philosophie de la morale est de « prévenir contre la morale ». Plus nous exigeons de morale dans notre société, plus l'ingérence est inadmissible. Et plus cela affecterait sensiblement le fonctionnement du système[4].

Il est incontestable qu'avec cette conclusion Luhmann dépasse de loin le but qu'il s'était fixé. Seuls ses inconditionnels peuvent adhérer à la thèse selon laquelle le devoir de la philosophie est de veiller à ce que personne ne fasse de morale. La raison de cette polémique sous couvert de conclusion sociologique est toute simple. En Allemagne, Luhmann a dû imposer sa théorie des systèmes face à la théorie de la société du philosophe et sociologue Jürgen Habermas (né en 1929). À l'inverse de Luhmann, Habermas inscrit d'emblée une exigence morale dans sa théorie. Il ne veut pas se contenter d'expliquer la société, il veut aussi l'améliorer un peu. C'est précisément contre cela que s'oriente le cynisme de Luhmann[5]. Pour Luhmann, vacciner la sociologie avec la morale, c'est à peu près aussi sincère et honnête que doper les sportifs.

Nous n'avons pas à trancher cette question ici. Revenons plutôt à notre trader. Luhmann nous enseigne que, dans son travail, il n'a pas à s'occuper des questions de morale. Si pour des raisons personnelles, parce qu'il n'arrivait plus à l'assumer moralement, il prenait la décision de quitter un travail aussi bien payé, ses collègues auraient toutes les raisons de s'en réjouir. Quelqu'un plus que disposé à gagner quatre-vingts dollars à la minute avec les fèves de cacao surgirait vite. Et si on ne trouvait personne pour spéculer sur le cacao à la Bourse – ce qui relève de la pure utopie –, l'ensemble du marché s'effondrerait. Et la famine éclaterait au Ghana.

Pour ce qui est de la morale, notre cadre de vie moderne nous met face à au moins deux questions. La première est : « Pourquoi faut-il que ce soit précisément moi qui œuvre pour un monde meilleur ? », et la seconde est : « Et quand bien même je le souhaiterais, serais-je vraiment en mesure d'améliorer quoi que ce soit ? » N'est-ce finalement pas tout un tas de sottises, ces recommandations faciles selon lesquelles chacun devrait donner du sien pour que la vie soit meilleure sur cette planète ? De telles invites auraient peut-être du sens dans une société de chasseurs, ou bien chez des bergers. Mais, dans une société fonctionnellement différenciée, ces prescriptions simples se révèlent désespérément superficielles.

Examinons une fois de plus notre vie aujourd'hui : nous nous « divisons » en une multitude de rôles. À lui seul, mon article de Wikipédia me décompose en un grand nombre de catégories : « Auteur, Littérature (XXe siècle), Littérature (XXIe siècle), Littérature de langue allemande, Roman, Autobiographie, Prose scientifique, Essai, Chroniqueur, Journaliste, Personnalité de Solingen, Allemand, Naissance en 1964, Homme. » Bien entendu, ce n'est qu'une sélection très limitée. Dans mon rôle d'« homme », je me trouve dans ce monde face à des besoins et des nécessités tout autres que dans mon rôle de « chroniqueur ». Et mes enfants ne me perçoivent pas comme mes amis ou les gens à la piscine.

Mon appartenance à différents rôles sociaux m'aide considérablement à ne pas devoir être responsable des grandes choses de ce monde. Responsables… ce sont toujours les autres. Les hommes politiques par exemple, ou bien les pontes de l'économie. Malheureusement, ils se subdivisent eux aussi en tout un nombre de petits rôles. Et, du fait de leur travail, ils ne sont pas non plus responsables du grand tout mais de leur réélection ou des gains de leur entreprise.

Du reste, nous vivons dans un monde si complexe que nous passons notre temps à prendre connaissance de choses qui ne nous concernent pas directement. Cela aussi devait se dérouler différemment dans la savane ou à l'âge de pierre. Aujourd'hui, dans tous les cas, nous devons passer notre temps à filtrer un déluge de nouvelles et d'informations pour ne pas nous encombrer d'un nombre infini de choses superflues. L'activité propre à l'homme, ainsi le voyait Luhmann, est une constante « réduction de la complexité ». Pendant ce temps, nos pensées vagabondent sans cesse. Comme l'a montré Csíksentmihályi, nous passons beaucoup de temps à être « ailleurs » en pensée. Nos cerveaux sont loin d'être toujours « ici et maintenant », d'expérience, ils font de nous des présents absents. Ainsi, notre perception du temps est toujours extrêmement subjective. Elle dépend de ce sur quoi nous sommes en train de nous concentrer. Nous « n'avons pas le temps », nous sentons que le temps « s'arrête », nous « prenons » ou pas le temps de faire quelque chose, « donnons » de notre temps à quelqu'un et n'aimons pas qu'on nous fasse « perdre » notre temps. Et parfois, nous « tuons » simplement le pauvre temps.

Repousser et refouler sont des phénomènes très humains. Ils font inséparablement partie de notre vie. Car personne ne peut vivre uniquement dans le présent, même quand il se le propose très sérieusement. Souvent, nous vivons davantage dans le passé et dans le futur que dans le présent. Et nous ne sommes certainement pas faits pour être attentifs aux questions de morale vingt-quatre heures sur vingt-quatre. Notre sens de la morale et de la responsabilité est tantôt éveillé, tantôt assoupi, et ce, indépendamment de nos attentes. Lorsque nous nous attendons à un problème d'ordre moral, nous procédons avec bien plus de précaution que lorsque nous y sommes confrontés à l'improviste dans notre quotidien. Presque tout le monde s'accorde sur le fait de dire qu'il est juste et indispensable d'aider un autre voyageur en train de se faire battre ou agresser dans le métro. Mais nous savons que seulement très peu passent à l'acte. On ne réagit pas parce qu'on a peur ou qu'on est dépassé par les événements. Nombreux sont ceux qui s'esquivent. Alors que, par principe, on considère que c'est un tort de s'esquiver.

Il faut que toute une série de critères soient remplis pour qu'on se sente responsable. Pour commencer, il faut prendre conscience de la personne qui a potentiellement besoin d'être aidée. Il faut ensuite se mettre à sa place au point de pouvoir comprendre qu'elle a besoin d'aide. Puis il faut se sentir concerné. Elle n'a pas seulement besoin d'aide, elle a besoin de *mon* aide. Mais… attendez, il faut que je me dépêche de prendre mon train, non ? Si je ne l'ai pas à temps, je vais manquer mon rendez-vous chez le médecin…

Notre compassion est une ressource limitée que nous manions généralement avec beaucoup de précaution. Il en va de même de la conscience et de la maîtrise de soi. Tout cela exige tant d'énergie que le plus souvent nous les laissons en veille[6]. Plus la situation de stress est grave, moins il reste de temps pour la compassion et la conscience de soi. Au lieu de nous montrer attentionnés, nous nous emportons. Et, au lieu de nous demander quel effet nous pouvons avoir sur les autres, nous nous comportons mal. Quand on est dans l'obligation de prendre plusieurs décisions d'affilée, il nous reste particulièrement peu de temps pour penser à nous-mêmes – ce qui explique pourquoi les grands hommes politiques, du fait même de leur fonction, ne peuvent pas être plus vertueux que leurs électeurs. C'est seulement lorsqu'ils se retrouvent ex-présidents ou ex-chanceliers qu'ils reviennent à cet état d'esprit. Il est beaucoup plus facile d'avoir des considérations morales en buvant du thé ou du vin dans une bibliothèque, ou bien à la plage devant le coucher de soleil, qu'en situation de stress. Plus on s'éloigne du système dans lequel on doit fonctionner, plus il est facile de faire la morale. Le préfixe « ex- » simplifie grandement le travail.

À l'heure actuelle, ne pas être concerné fait partie de notre vie normale. Quand quelque chose nous touche, la plupart du temps, c'est juste parce que nos sens le ressentent directement. Et souvent, nous ne faisons quelque chose que si nous constatons ou ressentons que nous ne sommes pas seuls à le faire. L'implication ressentie dépend de la sensibilité et de la morale de groupe. Quand un ami organise une fête pour récolter de l'argent dans un but caritatif, nous en sommes. Mais nous n'aurions probablement pas donné de notre propre chef.

Ce constat n'est évidemment pas nouveau. De façon significative, il a été fait à la fois dans les domaines de la psychologie sociale et de la biologie. Alors que, à Harvard, Parsons s'évertuait à dénombrer les différents systèmes partiels qui décomposent l'activité humaine, un scientifique élaborait une théorie similaire dans le domaine de la biologie.

George R. Price (1922-1975) fut l'un des représentants les plus extravagants de la biologie au XXe siècle. Fils d'un électricien et d'une chanteuse d'opéra, il fit des études de chimie à Chicago. À l'âge de vingt ans à peine, il participait déjà à la fabrication de la bombe atomique américaine dans le cadre du projet Manhattan. Il fit des recherches sur les réacteurs nucléaires et sur des questions de médecine, notamment sur le soin des insuffisances hépatiques. Au début des années 1960, il fut engagé par IBM pour travailler sur de nouveaux systèmes graphiques de traitement de données. Son profil se divisait déjà en de multiples fonctions : chimiste, physicien nucléaire, médecin et informaticien. En 1966, on lui diagnostiqua un cancer. L'extraction de la tumeur lui paralysa l'épaule. À l'âge de quarante-cinq ans, il partit en Angleterre refaire sa vie.

La biologie devint sa nouvelle passion. Il lut les publications de Bill Hamilton et étudia sa théorie de la valeur sélective globale (cf. *L'animal qui sait pleurer.* Nature de la psychologie). Il s'employa immédiatement à rendre la théorie plus exacte d'un point de vue mathématique et vraisemblable sociologiquement parlant. Selon Price, l'évolution devait tenir compte de l'idée de Parsons selon laquelle toute communauté d'êtres vivants se décompose en systèmes partiels. Si l'on veut par exemple expliquer pourquoi les êtres vivants ont un comportement altruiste, la loi de parentèle de Hamilton n'est pas suffisante. Les hommes ont des comportements altruistes les uns avec les autres même lorsqu'ils ne sont pas parents. Price corrigea l'idée de Hamilton en introduisant un nouveau critère : cela ne dépend pas seulement des liens du sang mais aussi de la *cohésion*. Il y a aussi d'autres êtres vivants qui construisent des *systèmes* en conséquence. Et ils ont des comportements altruistes s'ils vivent en groupes si possible homogènes. Plus la communauté est homogène, plus l'altruisme est bénéfique. Les êtres particulièrement altruistes, supposait Price, ont également des descendants altruistes.

Trois ans plus tard, Price croyait avoir résolu le problème le plus important de la biologie. À quarante-huit ans, il eut une révélation et devint chrétien pratiquant. Avec l'acharnement qui lui était habituel, il corrigea certaines indications temporelles de la Bible. Il chercha à prouver logiquement que les événements autour de la mort de Jésus dans la semaine de Pâques avaient dû durer nettement plus longtemps et que la Bible avait mal compté les jours. Puis il décida surtout de devenir un homme bon. Il transforma sa maison londonienne en asile pour sans-abri, dormant lui-même la plupart du temps dans son bureau. En 1975, il se trancha la gorge avec un ciseau à ongles.

La réussite de Price est d'avoir été le premier à implanter la morale de groupe dans la biologie. Après lui, l'altruisme n'a plus été considéré comme la conséquence de la parentèle, mais la parentèle tout au plus comme la conséquence de l'altruisme. Quand des êtres vivants qui s'entendent bien ont des descendants ensemble, l'altruisme se perpétue génétiquement et culturellement. Vis-à-vis d'Hamilton, ce fut un progrès indéniable. Quant à savoir si, mathématiquement parlant, le résultat est aussi précis que le croyait Price, c'est une question qui demeure en suspens.

Mais voici le véritable enseignement : les groupes plus homogènes que les autres ont une cohésion morale plus forte. De façon significative, cela vaut autant pour les familles, les associations que pour la mafia. Ce qui cimente Greenpeace est également synonyme de succès pour la pègre. En effet, plus mon intégration dans un lien social est forte, plus mon implication et ma responsabilité sont grandes. Même s'il est vrai que les systèmes économique, politique, juridique, éducatif etc., n'ont pas besoin de morale pour fonctionner, elle constitue tout de même une sorte de ciment social. Luhmann a été notoirement aveugle à ce sujet, car il voulait exclure la morale de son système de toute façon[7]. Et en ce qui concerne notre trader, nous pouvons tirer des conséquences et peut-être même esquisser une solution à son dilemme. Nous verrons cette esquisse de solution de plus près dans la troisième partie.

Nous sommes au début du XXIe siècle et la plupart des êtres humains vivent dans des sociétés fonctionnellement différenciées. Un système ne s'intéresse qu'à ce qui contribue à son propre fonctionnement. Ainsi, nos systèmes sociaux ne sont plus des systèmes moraux par essence. Notre ressenti personnel de la morale et nos actes professionnels ne se rejoignent que difficilement. La plupart du temps, ils se trouvent à des niveaux différents. Nous vivons dans un monde de contraintes formelles dans lequel nous sommes rarement responsables moralement et jamais pour la globalité. C'est entre autres pour cette raison que nous avons perdu l'habitude de nous sentir moralement concernés par quoi que ce soit.

Notre société et nos économies ne nous aident guère à nous sentir concernés par les questions de morale. À cela s'ajoute une autre difficulté de grande importance. Dans notre monde, la plupart des processus d'échange s'effectuent par un intermédiaire qui, en plus de ne pas avoir de valeur neutre, détruit les valeurs de façon toute particulière : l'argent.

• *Dans la toile de l'araignée*. Ce que vient faire l'argent avec la morale

Dans la toile d'araignée

Ce que vient faire l'argent avec la morale

> Je suis homme de principes, je n'en démords pas. Mais s'il est question d'argent, je n'en fais plus cas.
>
> Johann Nepomuk NESTROY

La scène est émouvante. À deux reprises, l'homme aux bras chargés de livres tente d'ouvrir les portes de l'armoire. En vain ! Le petit enfant âgé de quatorze mois qui l'observait, immobile dans un coin de la pièce, se met alors en mouvement. Il se dirige résolument vers lui et ouvre les portes de l'armoire. Puis il dévisage l'homme d'un air affable. « Tu vois, semble-t-il dire, tes portes sont ouvertes, maintenant[1] ! »

La scène est extraite d'une série de vidéos expérimentales de Félix Warneken et Michael Tomasello[2]. L'objectif des deux chercheurs du département d'anthropologie évolutionniste de l'institut Max Planck, à Leipzig, était de mettre en évidence le caractère spontanément secourable des enfants en bas âge et des chimpanzés. S'il fallait ramasser un crayon tombé par terre ou rapporter une éponge oubliée dans un coin, dans tous les cas les enfants en bas âge et les chimpanzés se montraient spontanément disposés à prêter secours.

La propension de notre espèce et de ses proches parentes à coopérer ne saurait être démontrée de manière plus frappante que par ces vidéos. Une bonne leçon pour ceux qui pensent que nous portons en nous les gènes de l'égoïsme et que cela nous empêcherait d'envisager les choses autrement que sous l'angle de notre propre intérêt. Car le comportement des enfants en bas âge et des chimpanzés n'est en aucun cas motivé par la récompense. Mais, si la propension à coopérer et à secourir est aussi clairement inscrite dans nos gènes, pourquoi ne se manifeste-t-elle plus que de manière très circonstancielle et à petites doses une fois atteint l'âge adulte ?

À cette question aussi nos chercheurs ont trouvé une réponse[3]. Dans une autre série d'expériences, ils répartirent en trois groupes distincts des enfants âgés de vingt mois. Chaque fois qu'un enfant du premier groupe se montrait secourable, on lui faisait cadeau d'un jouet. Lorsque les enfants du deuxième groupe se montraient secourables, ils étaient chaudement complimentés. Quant aux enfants du troisième groupe, ils ne recevaient rien en récompense de leur aide. Que se produisit-il ? Les enfants du deuxième et du troisième groupe ne cessèrent pas de se montrer secourables tout au long de cette série d'expériences. Mais que se passa-t-il avec les enfants qui étaient récompensés avec des jouets ? Leur disposition innée à aider fut presque totalement abolie en très peu de temps ! Leur aide ne pouvait plus être obtenue par les adultes que contre une récompense. Faute d'être récompensés, les enfants n'aidaient plus. Leur disposition *inconditionnelle* à se montrer secourables était devenue une disposition *soumise à condition.*

Vingt ans auparavant déjà, le psychologue du développement Richard Fabes[4], de l'*Arizona State University*, était arrivé à des conclusions analogues. Il avait invité un groupe d'écoliers, dont le niveau allait de la deuxième à la cinquième année scolaire, à trier un gros tas de papier de différentes couleurs. Fabes avait pris soin de souligner que cette tâche devait être accomplie au profit d'enfants gravement malades et hospitalisés. Il avait confié la même tâche à un second groupe d'écoliers. Mais, dans ce second cas, il avait promis aux membres du groupe un jouet pour les récompenser de leur aide. Les deux groupes avaient accompli leur tâche avec zèle. Quelque temps plus tard, Fabes sollicita une nouvelle fois l'aide de ces deux groupes d'écoliers pour qu'ils effectuent le même travail de tri, mais cette fois sans leur fournir de motif : au premier groupe, il s'abstint de parler du service que l'on rendrait ainsi aux enfants malades ; au second, il ne promit aucune récompense. Le résultat fut exactement celui qu'il avait prévu : le premier groupe accomplit sa tâche avec le même entrain que la première fois ; le second, en revanche, se montra fort peu zélé. Les membres de ce groupe ne paraissaient plus que faiblement concernés par leur tâche et n'en vinrent que difficilement à bout.

Le sens du message ne fait aucun doute : les récompenses matérielles corrompent le caractère. Celui que l'on conditionne à faire les choses contre rétribution ne se résoudra plus tard qu'à grand-peine à faire ces mêmes choses sans être payé de ses services. Le lien entre la disposition à porter secours et la récompense matérielle n'est manifestement pas gravé par la nature dans notre cerveau. En revanche, nous sommes conditionnés dans ce sens dès l'enfance, tant et si bien que notre cerveau établit ce lien de sa propre initiative. Et une fois que le lien est établi, il se transforme en un réflexe presque automatique. En d'autres termes, nous ne naissons pas égoïstes : on nous apprend à le devenir.

Il y a quelque chose de profondément troublant dans cette évidence. Car tout notre système économique ne repose-t-il pas sur cette sorte d'échange ? Pourquoi nous rendons-nous chaque matin à notre travail, si ce n'est pour les récompenses matérielles qu'il nous procure ? Dans le monde des adultes, jeunes ou moins jeunes, *l'argent* ne fait en effet que se substituer au jouet qui, suivant qu'on le lui fait miroiter ou non, motive ou ne motive pas l'enfant à aider, à travailler.

L'argent transforme le caractère et la société. Mais comment et dans quel sens ? Georg Simmel est assurément l'homme qui s'est intéressé, plus que nul autre, à la psychologie de l'échange et à l'effet de l'argent sur notre psyché et sur notre société. À ce titre, il figure au nombre de ces hommes perspicaces qui furent les fondateurs de la « science morale » (cf. *Jeu d'échecs social.* Quelle part d'égoïsme y a-t-il dans l'homme ?). C'est en 1900, soit sept ans après son ouvrage sur la morale, que Simmel fit paraître son imposante *Philosophie de l'argent*[5].

Il s'agissait, à l'instar de *L'Interprétation des rêves*, de Sigmund Freud, publié la même année, d'un livre prophétique dont les vues pénétrantes s'enracinaient dans les profondeurs du siècle à venir. Et tout comme la première œuvre majeure de Freud sur la psychanalyse, il s'agissait aussi d'un ouvrage brillant qui n'avait pu être écrit que par un *outsider* de la science. Qualifier d'ambitieuse la somme simmelienne reviendrait à employer un euphémisme. Car Simmel considérait la philosophie comme l'art de comprendre et d'interpréter le savoir des autres sciences mieux que ces sciences elles-mêmes. C'est ainsi que la *Philosophie de l'argent* devint le plus important ouvrage allemand d'économie à côté du *Capital* de Karl Marx.

La problématique de Simmel était absolument nouvelle. Simmel s'efforçait de comprendre l'influence psychologique que l'argent exerce sur nous et sur notre culture. Et, inversement, l'influence de la culture sur la signification psychologique de l'argent[6]. Il lui importait de décrire les effets économico-psychologiques réciproques qui constituent la trame de notre vie.

On ne s'étonnera pas d'apprendre que l'œuvre de Simmel, dont la problématique ne leur était pas familière, constitua pour les économistes de son temps une source d'irritation (elle le demeure aujourd'hui encore pour nombre de représentants de cette discipline). Leurs objections étaient déjà formulées avant même qu'ils aient lu l'introduction dans son intégralité. Primo, Simmel n'avait pas suivi le cursus qui lui permettait de se positionner comme un spécialiste en économie politique. Secundo, son ouvrage était écrit dans une langue difficile. Et tertio, la discipline économique était précisément en train de s'affranchir de toute référence d'ordre philosophique. La recherche en économie devait paraître aussi objective que possible : courbes, formules mathématiques, statistiques, données empiriques constituaient le corps linguistique de l'économie politique.

Il n'y a rien de tout cela dans l'ouvrage de Simmel. C'était tout autre chose qu'avait en vue l'auteur de la *Philosophie de l'argent,* à savoir une économie comportementale, une psychologie de l'économie politique telle qu'elle a d'ailleurs été réinventée, il y a de cela une trentaine d'années, jusqu'à être très en vogue aujourd'hui. Mais, à l'inverse de l'approche de Bruno Frey, d'Ernst Fehr, de Dan Ariely ou de Daniel Kahleman, la star actuelle de la confrérie, celle de Simmel ne présente aucun caractère expérimental. Ses objectifs étaient d'une autre nature. Il cherchait à comprendre et à expliquer *la transformation culturelle et morale de notre monde moderne* par l'influence psychologique de l'argent. Tandis que les actuels psychologues de l'économie sont en majorité des microéconomistes, Simmel applique systématiquement à la macroéconomie les données d'ordre microéconomique dont il a pu prendre connaissance. Quant à la macroéconomie proprement dite, il estime qu'elle ne peut être approchée et comprise que comme une partie intégrante de notre culture.

La transformation de la vie sous le signe de l'argent au cours du XIXe siècle constitue le point de départ de la réflexion de Simmel. Là où les règles du jeu étaient autrefois dictées par les inégalités sociales, les traditions, le milieu, la foi, l'appartenance à une caste, l'esprit corporatif, etc., il règne aujourd'hui (donc autour de 1900) une rationalité de l'argent exclusivement fondée sur le calcul. À lire cela, on serait presque tenté de s'assurer qu'il est bien question chez Simmel de l'Europe de l'Ouest en 1900 et non de celle de l'an 2000. La qualité de notre vie, d'après Simmel, est mesurée en termes d'argent exactement comme le temps est mesuré par la montre. La valeur des choses ne réside plus dans la signification qu'elles ont pour nous, mais dans leur coût. En même temps que Simmel publie sa *Philosophie de l'argent*, Oscar Wilde écrit dans *L'Éventail de lady Windermere* : « Le cynique est un homme pour qui la valeur de toute chose tient uniquement à son coût. » Selon Simmel, toute la réalité de notre vie, dans ce sens, est devenue cynique.

À l'instar d'une araignée, l'argent tisse la toile sociale. Là où s'étirent ses fils gluants, le paraître et l'indifférence font leur lit. Tout peut être échangé contre tout. L'argent est une fin qui justifie tous les moyens. Et ce qui naguère était mesuré suivant sa qualité se mesure dès lors d'après la quantité d'argent. « Ce qui est cédé pour de l'argent va à celui qui en donne le plus, indépendamment des considérations relatives à la qualité du cessionnaire ; en revanche, là où interviennent, lors de la cession d'un bien, des paramètres tels que le sentiment de l'honneur, la gratitude, le service rendu, la qualité de la personne à laquelle le bien est cédé revêt une importance primordiale[7]. » Seul a du prix sur le marché ce qui possède une valeur marchande. C'est ainsi que l'argent devient une nouvelle religion dans le monde moderne. Il procure sécurité, certitude, et représente aussi, sauf incident de parcours, la promesse d'un avenir serein. Et, à travers toutes ces fonctions, il contribue à donner du sens à la vie.

Au lieu d'être uniquement un moyen d'atteindre tel ou tel objectif – ce qu'il est incontestablement –, l'argent prend sur nous un singulier pouvoir. Tandis que nous courons après lui plus qu'après nulle autre chose, nous perdons le sens des nuances qui constituent l'essence même de la vie sociale et, avec lui, le sens des qualités individuelles, du rare et de l'éphémère, du moment qui passe, de la proximité, etc. Là où l'argent bat la mesure, toutes les choses perdent leur couleur et sont vouées à l'indifférence. La vie paraît réifiée – au point que tout, hormis l'argent, accuse une perte de sens.

Celui qui peut goûter aujourd'hui dans son salon, pour le prix d'un CD, une musique de Mozart autrefois réservée aux princes et aux gens de leur cour, celui qui peut acheter sans aucune difficulté des denrées en provenance du monde entier, naguère encore hors de portée, et celui qui, pour le prix d'un billet d'avion, sans avoir connu les fatigues d'un long voyage, se retrouve couché sur une plage des Bahamas, celui-ci réalise sans même s'en rendre compte des rêves encore inaccessibles voici seulement un siècle. Sauf que ces rêves sont loin d'avoir la signification qu'ils revêtaient autrefois.

Le fait que presque tout devienne objet de commerce crée une situation paradoxale qui entraîne une déperdition de valeur, un « étiolement de l'être sensible », mais aussi, parallèlement, une « attitude conciliante résultant de l'indifférence envers les questions fondamentales de la vie intérieure ». Là où l'argent gomme les différences, tous les hommes deviennent frères dans le commerce. Ils se ressemblent toujours davantage et la méfiance, l'animosité à l'égard de leurs semblables n'est plus de mise : « Telles sont les conséquences positives de ce trait négatif que constitue l'absence de caractère[8]. »

Sous l'empire de l'argent, la société tout entière accuse une perte de caractère, et plus le caractère lui fait défaut, plus les hommes y vivent somme toute en bonne entente – voilà le fin mot de l'histoire. Mais cette entente a un coût, et ils la paient au prix fort, à savoir par un appauvrissement graduel de la signification des sentiments dans la vie publique. Ce qui compte pour moi, personnellement, n'est plus guère autre chose que ce qui compte pour la société en général – et cela se mesure en termes d'argent. Ma vie est cernée de choses qui me sont fondamentalement étrangères mais n'en deviennent pas moins importantes à mes yeux du fait de leur valeur marchande. Et plus je me sens cerné par ces choses, plus elles s'immiscent dans ma vie intime.

La psyché de l'homme moderne regorge de valeurs symboliques. À mesure que les symboles susceptibles de nous aider à appréhender le monde – dieux, allégories, paraboles, rites – se vident de leur substance, nous nous fabriquons, en remplacement, une multitude de symboles matériels. Plus la finance progresse, plus se densifie le réseau des symboles matériels à l'aide desquels nous enrichissons notre vie intérieure. Des symboles qui nous aident à nous orienter dans ce beau monde nouveau des marchandises[9]. Huit ans après la fondation de la société Coca-Cola et quatre-vingts ans avant l'apparition des premiers polos Lacoste à l'effigie du crocodile, cette évocation de la société actuelle du statut, de l'objet culte et des marques se révèle carrément prophétique.

On imagine sans peine ce que cela signifie pour la morale. Avec l'argent, nous avons en main une arme totalement dépourvue de caractère. L'argent est la seule chose au monde dont la qualité se mesure uniquement en termes de quantité. Le fait d'évaluer quasiment toute chose sur la base de ce moyen sans caractère aboutit à un nivellement des autres valeurs. Vu sous cet angle, le défaut de caractère propre à l'argent ne peut que corrompre par contagion le caractère des hommes. La teneur même de la vie s'appauvrit à mesure que l'argent prend plus d'importance. Au lieu d'être seulement un moyen, il devient le moyen des moyens, autrement dit une fin en soi.

Simmel a-t-il raison ? S'il était besoin de démontrer d'une manière plus concrète à quel point le cerveau de l'homme occidental est programmé par l'argent, il nous faudrait chercher du côté de qu'il est convenu d'appeler la « neuro-économie ». La remnographie a permis à des chercheurs de nombreux pays d'étudier avec précision la manière dont notre cerveau réagit à la rémunération financière. L'un des pionniers dans ce domaine est le neuropsychologue américain Brian Knutson, de la Stanford University. Knutson s'est intéressé en particulier à notre dynamique émotionnelle, dont le siège se situe dans le système limbique du cerveau intermédiaire[10]. Il n'a pas lésiné sur les moyens pour en étudier le fonctionnement, provoquant délibérément de fortes émotions fondées sur des expériences d'ordre visuel. Il montra par exemple à ses sujets d'expérience des photographies de personnes nues et observa les réactions déclenchées par la vue de ces photos dans le cerveau intermédiaire des individus qui lui servaient de cobayes. Il leur présenta ensuite des photos de cadavres décapités. Comme on pouvait s'y attendre, les photos suscitèrent de vives réactions émotionnelles. Mais les réactions les plus fortes furent obtenues quand il leur proposa de l'argent. Cette proposition eut pour effet une puissante stimulation du système mésolimbique et, plus particulièrement, du *noyau accumbens,* qui exerce une influence notable sur les comportements de dépendance. Sous l'effet de la dopamine agissant comme neurotransmetteur, ce noyau constitue également le centre du plaisir.

De son côté, l'économiste Armin Falk, disciple d'Ernst Fehr, met en évidence de manière on ne peut plus convaincante le plaisir que la perspective de l'argent déclenche dans le système de récompense de notre cerveau intermédiaire[11]. Un plaisir d'autant plus grand que la somme d'argent est importante. Le fait que l'intensité du plaisir généré par notre système mésolimbique soit en rapport direct avec le montant, et cela indépendamment de sa valeur réelle, est particulièrement significatif. Mille francs suisses déclenchent ainsi dans notre cerveau plus de plaisir que neuf cents euros – bien que ce dernier montant représente une valeur objectivement plus importante. Ce n'est donc pas seulement à l'argent, c'est aussi à l'« illusion de l'argent » que notre cerveau réagit : l'importance ressentie de la somme dépasse sa valeur réelle.

Confrontés à l'argent, en particulier à des sommes élevées, la plupart des gens perdent le contrôle d'eux-mêmes. Des régions cérébrales gouvernant la satisfaction des instincts et les émotions primitives prennent le relais de la pensée et nous plongent dans un état d'avidité. Une appétence presque insatiable se manifeste brutalement – un mécanisme que Karl Marx décrivait déjà très précisément lorsqu'il écrivait : « L'instinct de thésaurisation *(Schatzbildung)* est par définition démesuré. Du point de vue qualitatif et formel, l'argent est sans limites : il est le représentant unique de la richesse matérielle et peut, à ce titre, être échangé contre n'importe quelle marchandise. Mais, en même temps, toute somme réelle d'argent étant quantitativement limitée, l'argent ne constitue qu'un moyen limité d'échange. Cette contradiction entre les limites quantitatives et l'absence de limites qualitatives de l'argent assimile l'acte de thésaurisation à un travail de Sisyphe. La thésaurisation s'identifie à une accumulation qui n'a pas fin. Celui qui thésaurise (le *Schatzbildner*) est comme ce seigneur de la guerre qui, parti à la conquête du monde, constate qu'une nouvelle frontière à franchir se profile systématiquement à l'horizon du pays qu'il vient de conquérir[12]. »

Les preuves sont accablantes. L'argent concourt notablement à stimuler notre avidité et à façonner notre comportement de dépendance. Mais l'avidité et la dépendance nous poussent essentiellement à gagner de l'argent. Sa possession, en revanche, ne procure que peu d'émotions plaisantes. Elle génère au contraire des sentiments d'une tout autre nature. À la place du plaisir qu'elle est censée nous procurer, de l'avidité qu'elle est censée assouvir, sa possession débouche sur des considérations sécuritaires qui se traduisent par des sentiments tels que la peur et la méfiance.

Nombreuses sont les raisons qui font que l'argent nous détourne de nos principes et neutralise notre sens moral. L'avidité primitive et la structure de dépendance du *noyau accumbens* ne sont que deux raisons parmi d'autres. Parmi ces dernières, les conséquences sociales de la richesse et de la pauvreté jouent assurément un rôle déterminant. Une dangereuse perte de repères guette celui qui est brusquement arraché à son environnement habituel du fait d'un soudain enrichissement ou d'un basculement dans la pauvreté. Si Simmel voit juste lorsqu'il déclare que l'argent tisse une toile d'araignée sur l'édifice social, il est clair que cette toile est alors mise à rude épreuve. Car, si les valeurs matérielles qui me tenaient lieu jusque-là de repères se déprécient sensiblement en très peu de temps ou s'apprécient au contraire très vite de manière exponentielle, il y a fort à parier que cela aura pour conséquence un dérèglement plus ou moins profond de mon système interne de coordination. Plus les changements qui s'opèrent dans ma situation matérielle seront importants, plus le désordre résultant de ces changements sera grand et plus mon comportement social en sera affecté. Il n'est pas rare que des modifications significatives de revenus signifient la fin d'amitiés de longue date ou de mariages tenus pour indéfectibles.

Notre vie normale se déroule selon deux systèmes de valeurs parallèles qui n'ont pas grand-chose de commun. Lorsque nous estimons la valeur d'objets ou de services, notre estimation se fait suivant des critères différents de ceux auxquels nous recourons pour évaluer le prix de l'amitié, de l'amour, de la confiance. Proposer de l'argent à un ami afin qu'il apporte une bouteille de vin pour un dîner en commun serait une offense. Lorsque nous sommes invités à dîner par des amis, nous ne posons pas une somme d'argent sur la table après le repas. Nous ne payons pas non plus notre épouse ou notre époux pour manger, faire l'amour ou nous soutenir dans nos entreprises. Vue sous cet angle, notre vie quotidienne se déroule – du moins dans l'idéal – simultanément dans deux mondes distincts : le monde des *normes sociales* et le monde des *normes de marché.*

Dans le monde des normes sociales, il existe également des formes de rémunération. Cependant, la monnaie d'échange, dans ce domaine, n'est pas l'argent (ou alors de manière tout à fait exceptionnelle) mais l'attention. Les choses deviennent particulièrement délicates lorsque les deux mondes interfèrent. Ainsi nous aventurons-nous sur un terrain mouvant lorsque, pour ne citer qu'un exemple, nous prêtons de l'argent à un ami. Si les normes de marché ne devraient pas prévaloir dans ce cas précis, nous nous attendons malgré tout, de la part de cet ami, à un comportement conforme au marché. Les amitiés qui n'ont pas résisté à cette sorte d'épreuve sont en réalité innombrables. (La conclusion à tirer de cela ne peut être que la suivante : ou bien ne pas prêter d'argent à un ami, ou bien – ce qui est quand même une attitude plus amicale –, lui prêter de l'argent mais ne pas attendre de sa part un comportement conforme au marché !)

Si l'on considère l'évolution des pays du monde occidental, on ne peut qu'être frappé par la régression des normes sociales au cours des deux cents dernières années. En revanche, les normes de marché y ont fortement progressé, exerçant leur influence jusque dans les domaines les plus intimes de notre vie privée[13]. Les relations amoureuses ne nous tombent plus du ciel comme quelque soudaine pluie bénéfique, et ce type de partenariat est devenu un domaine d'« investissement » comme un autre. Comme la marchandise se déprécie rapidement, nous sommes aujourd'hui non moins rapidement disposés à investir dans une relation nouvelle dont le rendement nous paraît meilleur.

Le psychologue de l'économie Dan Ariely du *Massachusetts Institute of Technology* (MIT) de Boston en arrive à une conclusion analogue : « Lorsqu'il y a collusion entre une norme sociale et une norme de marché, la première est systématiquement abolie. » Il ajoute : « Or, le rétablissement d'une norme sociale n'est pas chose facile. Lorsqu'une rose tombe du buisson – lorsqu'une norme sociale est éclipsée par une norme de marché –, elle n'est que rarement remplacée[14]. » C'est d'autant plus regrettable « qu'une vie avec moins de normes de marché et plus de normes sociales serait infiniment plus satisfaisante, plus créative, plus riche, et qu'on y prendrait davantage plaisir[15] ».

Les mondes séparés de la logique sociale et de la logique de marché rendent la question de la morale beaucoup plus complexe que n'auraient jamais pu l'imaginer Aristote ou Kant. Car, en présence de tout acte vertueux, de toute déclaration de principe, il faut aujourd'hui commencer par se demander de quoi il est question exactement et dans quel domaine on se situe. À cet égard, un exemple frappant nous est fourni par l'attitude d'un ex-bourgmestre de Cologne dont je tairai le nom car je suis persuadé qu'il lui déplairait d'être nommément cité ici. Cet homme, en sa qualité de citoyen animé par des considérations sociales, se positionnait publiquement en tant que défenseur des sans-abri et des pauvres en général. Et c'est ce même homme qui, en même temps, usait de son influence au sein du conseil d'administration de la Caisse d'épargne pour que les demandes d'ouverture de compte formulées par des personnes démunies soient systématiquement rejetées.

Bien entendu, cela ne signifie pas que le comportement de marché ne réponde à aucune convention sociale. Mais, dans le monde de l'économie, le fair-play, la confiance, l'honnêteté ne reposent ni sur la sympathie, ni sur la compassion, ni sur aucune considération de cette sorte. Les conventions sociales ne constituent en l'occurrence qu'un consensus minimal visant à codifier les règles du jeu. Cela n'a pas plus à voir avec des motifs éthiques que la morale de rapace formulée en ces termes par Michael Ghiselin : « Gratte un altruiste et tu verras saigner un tartufe » (Cf. *Loup parmi les loups.* Ce qu'on appelle le mal).

Le fait que nous soyons constamment aux prises avec l'argent et amenés à prendre au quotidien des décisions financières rend la question de la morale assez épineuse. La qualité de l'argent tient uniquement à la quantité, et il est donc dans sa nature d'éclipser aisément les autres valeurs. La logique de l'économie financière obéit à des règles qui lui sont propres. Autrement dit, les normes de marché et les normes sociales sont fondamentalement différentes. Le gain et l'appât du gain éveillent dans notre cerveau des instincts assez primitifs, si bien que l'échelle des valeurs morales se trouve modifiée chez bon nombre d'individus jusqu'à n'être plus reconnaissable dès que l'argent entre en jeu. Ce qui est valide en général ne l'est plus dès qu'il s'agit d'argent.

Mais nos normes sociales – et c'est ce qui rend l'affaire encore plus compliquée – ne sont pas seulement menacées par l'argent et les normes de marché. Un autre point noir réside dans le fait que la norme est loin d'être toujours respectée : les exceptions à la règle sont inhérentes à la règle…

• *Meurtre dans un petit jardin.* Pourquoi il ne faut jamais prendre au pied de la lettre les règles morales

Meurtre dans un petit jardin

Pourquoi il ne faut jamais prendre au pied de la lettre les règles morales

> Tolérant, je le suis quand je tolère que les autres partagent mes convictions. S'ils venaient à désapprouver mes convictions, ils seraient intolérants. Et être tolérant avec des intolérants, voilà une chose que personne ne peut exiger de moi.
>
> Guy REWENIG

Il y a beaucoup de raisons qui peuvent nous amener à tuer quelqu'un. Par exemple, quelqu'un qui voudrait attenter à notre vie ou, pis encore, à celle de notre femme ou de nos enfants. Ou bien un tueur en série que nous empêcherions ainsi de faire de nombreuses victimes innocentes. Ou encore quelqu'un qui ne respecterait pas un droit de passage ou en prendrait à son aise avec le règlement fixant la distance à observer pour des plantations en lisière de notre propriété.

Dans la soirée du 22 septembre 2008, le dénommé Wilfried Reinecke, retraité, âgé de soixante-cinq ans, demeurant à Gifthorn, en Saxe méridionale, commettait, pour une question de déchets végétaux non évacués, un triple meurtre sur les personnes de Gisela et Hans Kaczmarek, un couple respectivement âgé de cinquante-neuf et soixante-quatre ans, ainsi que sur leur fils, Martin, âgé de trente-trois ans[1]. Muni d'un gros bâton de chêne, Reinecke s'acharna sur ses victimes jusqu'à leur défoncer la boîte crânienne. Il jeta ensuite son bâton dans l'Aller et rentra chez lui. Lorsque le psychiatre, un an plus tard, lui demanda ce qui lui était passé par la tête sur le chemin du retour, le meurtrier répondit : « Rien. »

Reinecke n'est pas un tueur invétéré, ce n'est pas non plus un asocial et il ne se considère pas comme un psychopathe. Ce n'est ni plus ni moins qu'un homme qui a toujours raison. Et cette raison, quelle qu'elle soit, doit être respectée. En tant que propriétaire d'un lotissement de jardins ouvriers, il a toujours veillé à ce que tout se déroule suivant l'ordre prescrit. Il estime que ce rôle lui est dû et qu'il a les compétences nécessaires pour l'assumer. Toute règle est placée sous sa sauvegarde. Il veille à ce que soient respectés le code régissant la circulation dans le lotissement, les articles de la loi fédérale sur les jardins ouvriers et ceux, spécifiques, de la loi du Land de Basse-Saxe.

Les lois réglementant les jardins ouvriers sont parmi les plus sévères de la nation. La surface maximale d'un jardin ouvrier y est strictement définie, de même que la hauteur maximale d'une tonnelle et celle des arbres qui ne doivent en aucun cas dépasser quatre mètres. Même le rapport entre surface fleurie et surface potagère est strictement réglementé.

Un paradis, en somme, pour des amoureux de l'ordre tels que Reinecke. Notre retraité, qui a travaillé quarante-deux ans chez Volkswagen, est un homme simple, correct, ponctuel, conscient de ses devoirs. Après avoir pris sa retraite, il a trouvé une nouvelle mission propre à donner du sens à sa vie : la gestion du lotissement de jardins ouvriers. Il inspecte et contrôle depuis lors, jour après jour, la colonie dont il a d'ailleurs depuis longtemps fait donation à ses enfants. Et il le fait si bien qu'il n'y aura bientôt plus personne qui veuille continuer d'entretenir la parcelle qui lui a été dévolue. La plupart y ont très vite renoncé. La famille Kaczmarek a failli déserter aussi en 2005, lorsque sa tonnelle est partie en fumée. Mais les Kaczmarek se sont alors entendus avec leur voisin et ont obtenu l'autorisation d'exploiter le bout de terrain qu'il ne voulait plus travailler. Mais ils se sont retrouvés dans le voisinage immédiat de Reinecke, qui exploitait la parcelle contiguë à la leur. Pour Reinecke, c'est l'enfer : les Kaczmarek sèment le désordre dans sa vie. Ils garent leur voiture dans l'allée mitoyenne, leurs arbres ne penchent pas du bon côté, et ils élèvent des lapins.

Reinecke voudrait les chasser de la colonie. Il a besoin d'ordre. Aussi édifie-t-il une barrière à l'entrée de l'allée mitoyenne végétale, en principe réservée aux cyclistes. Mais le jeune Kaczmarek grimpe par-dessus, et la barrière ne résiste pas longtemps. Reinecke la remplace par une barrière de rondins, massive, inébranlable. Les Kaczmarek et les autres locataires garent dès lors leurs voitures sur la route. Reinecke veille à ce que soit scrupuleusement observée la distance réglementaire entre les voitures et l'allée cyclable et dépose plainte sur plainte au poste de police.

La question de la ligne de démarcation entre sa parcelle et celle des Kaczmarek se révèle encore plus épineuse. Aucun document ne définit son tracé. Mais, pour Reinecke, la frontière entre sa parcelle et celle de ses voisins est très exactement constituée par la ligne médiane imaginaire qui sépare l'allée mitoyenne en deux parties égales, et il importe que cette frontière ressentie, subodorée et définie par lui soit rigoureusement respectée. Celui qui fauche l'herbe de l'allée ne doit la faucher que jusqu'à la ligne médiane invisible. Au-delà de cette ligne commence l'empire sacro-saint des herbes folles, des pâquerettes et du plantain sur lequel règne Reinecke. Dans un accès de fureur, il menace de mort les faucheurs indélicats. Il répand des branchages sur l'allée pour contrecarrer les faucheurs. Mais les voisins n'en ont cure et ratissent les branchages sur le côté. Reinecke les remet en place. Les voisins les jettent par-dessus la clôture. Reinecke les leur renvoie. « Celui qui me cherche cherche le diable, menace-t-il. Et celui qui cherche le diable risque d'aller droit en enfer. » Les Kaczmarek se moquent de lui. Il ne lui reste que le bâton.

Dans la soirée du 22 septembre 2008, Reinecke découvre un monceau de branchages entassés devant le portail de son jardin. L'auteur de cette mauvaise plaisanterie est un autre de ses ennemis, mais Reinecke soupçonne les Kaczmarek. Il se trouve qu'il rencontre Martin dans l'allée. Devant ses juges, il mentira, affirmant avoir pris Martin sur le fait. Reinecke brandit son bâton. Le diable est à son œuvre. Le fils s'effondre en sang. Lorsque ses parents accourent pour lui porter secours, leur destin est également scellé : « J'ai tapé et tapé jusqu'à ce qu'ils s'écroulent. Ça n'a pas pris beaucoup de temps. Le résultat était là. Place nette. »

Pour Reinecke, c'est de la légitime défense, morale et physique. Il n'a rien à se reprocher, n'a fait que se défendre et défendre la loi : le règlement de la circulation autour du lotissement, la loi fédérale et la loi du Land de Basse-Saxe sur les jardins ouvriers. Devant le tribunal régional de Hildesheim, il invoque une instance supérieure qui le dédouanera à coup sûr : « Je ne suis pas un assassin. Un jour, je me tiendrai devant le trône de l'Éternel et je sais qu'Il me déclarera innocent. »

Pour le procureur de la République, Reinecke est un meurtrier et un criminel-né, un « enragé dont la fureur destructrice est nourrie par un mépris fondamental de la vie humaine ». Sa culpabilité revêt à ce titre un caractère de gravité qui ne laisse place à aucune circonstance atténuante. Pour le psychiatre, en revanche, il est le produit d'une enfance malheureuse. Son père, un combattant de Stalingrad, était un homme imprévisible et violent. Sa mère se serait suicidée pour cette raison. Mais Reinecke a réussi malgré tout à trouver un équilibre : une situation professionnelle convenable, un mariage convenable, une vie rangée. Quatre ans avant l'acte meurtrier, une opération de la prostate l'a privé de sa virilité et il en a conçu de l'amertume. À partir de ce moment, il se fait le défenseur inconditionnel de la morale, du droit et de l'ordre, et puise dans ce combat son unique satisfaction. À cet égard, déclare-t-il devant le tribunal, il est « assez pointilleux ».

Il invoque son bon droit pour justifier un triple meurtre qui constitue un cas d'espèce en matière de psychologie morale : on y observe le résultat de la confrontation entre les stricts principes de la morale de groupe s'appliquant aux jardins ouvriers et les préjugés d'un homme intransigeant, fondamentalement hostile à quiconque enfreint les normes. C'est aussi un cas typique de *shifting baselines*, le choix des moyens employés contre les « ennemis » prenant petit à petit, au fil d'une succession de différends infimes, une tournure absolument monstrueuse. L'exemple montre ce qui arrive lorsque se conjuguent tous les éléments qui rendent la morale immorale.

Ce serait sans nul doute faire trop d'honneur au meurtrier Reinecke, riverain de l'Aller, que de le comparer à ce riverain de la Havel que fut Michael Kohlhaas, héros de la nouvelle éponyme publiée en 1810 par Heinrich von Kleist. Victime d'une décision inique, Kohlhaas doit céder au petit hobereau von Tronka deux chevaux et son valet. Plus il se révolte contre cette décision injuste, plus il s'enferre dans une situation inextricable. Lorsque son épouse décède, taraudée par l'inquiétude où l'ont plongée les démêlés judiciaires de Kohlhaas, celui-ci décide de se faire justice lui-même. L'honnête marchand de chevaux se mue alors en un « homme effroyable », un incendiaire et un justicier impitoyable. Au bout du compte, le tribunal condamne le hobereau von Tronka à restituer le bien dont Kohlhaas a été spolié. Mais Kohlhaas, jugé coupable d'avoir gravement compromis la paix publique, est condamné au châtiment suprême et périt sur la roue.

La morale de ce récit de Kleist a quelque chose d'ambigu. L'innocent qui n'a fait que défendre son bon droit devient au bout du compte un homme infiniment plus malfaisant que celui qui, usant de son pouvoir discrétionnaire, l'a poussé jusque dans ses derniers retranchements en lui déniant son droit. Le philosophe Ernst Bloch a qualifié pour cette raison Kohlhaas de

« Don Quichotte de la rigueur morale bourgeoise ». Ce qui vaut pour la société de l'époque de Kohlhaas vaut pour la nôtre, et la conclusion à tirer est identique : le bon droit n'est qu'une valeur parmi d'autres. Et ce n'est assurément pas la valeur suprême. Bien entendu, les mobiles de Kohlhaas sont plus pertinents que ceux de Reinecke. Mais, dans les deux cas, la question de la valeur des normes (de droit) se pose avec acuité : il convient de les respecter, mais il convient aussi de ne pas les prendre au pied de la lettre.

Il y a quelque chose d'inhumain dans le fait de traiter les situations sociales uniquement au nom d'un ordre supérieur – d'un principe, d'une maxime ou d'une norme. Que l'on songe seulement aux adversaires radicaux de l'interruption volontaire de grossesse que l'on a vus, ces dernières années, aux États-Unis, s'arroger de fait – et de manière répétée – le droit de vie et de mort. Plusieurs médecins qui pratiquaient l'IVG ont été abattus par ces gens sous prétexte qu'il était légitime et impératif de tuer un homme qui contrevenait au principe du droit à la vie de tout un chacun, en particulier de celui des créatures humaines en gestation.

Dans le train à bord duquel je voyage, je décide de me rendre au wagon-bar pour y chercher un café. En chemin, je tombe sur un contrôleur qui a maille à partir avec un passager en colère. Outré, l'homme se plaint à haute voix que la composition du train n'est pas celle qui était annoncée en gare. Les wagons ne se sont pas arrêtés à hauteur des panneaux correspondant à leur numéro, si bien qu'après être monté dans le train il lui a fallu se faufiler le long de trois wagons avant de rejoindre sa place réservée. Un véritable scandale ! Et le passager d'incendier le contrôleur et d'exiger à hauts cris un dédommagement en rapport avec le désagrément subi. En vérité, les Kohlhaas et les Reinecke sont partout…

Du point de vue philosophique et moral, nous touchons ici du doigt un point tout à fait remarquable : il y a plus important que la justice ! On peut sans doute aller plus loin et dire : c'est une bonne chose, somme toute, qu'il n'y ait pas de justice absolue dans nos sociétés humaines ! Une affirmation insensée à première vue. Mais une justice embrassant toutes choses ne relève-t-elle pas du rêve ? Il est vrai que Marie Caritat de Condorcet, distingué philosophe des Lumières, pensait que le bonheur sur terre se réaliserait « lorsque le système social tout entier reposerait sur l'immuable fondement de la vérité et de la justice[2] ». Mais Condorcet ne se doutait sans doute pas encore du caractère insidieux des normes et des systèmes normatifs.

En principe, les normes sont des règles instaurées pour améliorer et faciliter la vie en société. Dans cette optique, l'article apparemment le plus bizarre du règlement d'un lotissement de jardins ouvriers revêt un sens et répond à un but précis. Si la superficie de chaque potager n'a pas été strictement fixée, on risque de voir un paysan louer un ensemble de parcelles et y planter des arbres fruitiers. Si la hauteur réglementaire des arbres, obtenue par une taille appropriée, n'est pas observée, le potager du voisin sera trop ombragé. Chacune de ces règles doit prévenir un possible conflit. Mais la question est celle-ci : si l'on prévient tous les conflits possibles, ne risque-t-on pas de restreindre l'espace de liberté au point que la vie ne serait plus plaisante du tout ? Que l'on songe seulement aux expériences menées par Monderman visant à obtenir une fluidification du trafic routier : trop de règles empêchent de penser par soi-même.

Le but de l'éthique n'est pas d'obtenir le plus de sécurité possible mais de créer des conditions de vie satisfaisantes pour le plus grand nombre possible d'êtres humains. Les normes doivent nous servir à cela. En aucun cas elles ne sont là pour que nous les servions. Mais la difficulté avec les normes est la suivante : une fois qu'elles sont là, il est très difficile de revenir dessus. Il est beaucoup plus facile de multiplier les normes que d'en réduire le nombre. Même dans notre monde occidental très libre, nous n'avons pas moins de normes qu'autrefois. Elles sont simplement plus adroitement cachées. Le nombre des règles déclarées a diminué, celui des règles non déclarées a augmenté. C'est ainsi que la multitude de règles résultant de la dictature silencieuse du *politiquement correct* est infiniment plus contraignante que ce qui était obtenu naguère par la censure et l'autocensure.

Les normes ne peuvent être ignorées. Elles sont là, qu'on le veuille ou non. Vous aurez beau décider de ne pas respecter une norme, de faire comme si elle n'existait pas – par exemple, griller les feux rouges, ne jamais dire « s'il vous plaît » ou « merci », uriner contre les façades des maisons, fumer au restaurant, faire un barbecue dans le jardin du voisin, dire « nègre » dans un talk-show, votre décision ne sera pas neutre. Car les autres n'interpréteront pas vos actes comme des actes résultant de votre ignorance de telle ou telle norme. Ils y verront une *infraction* à cette norme. Nos décisions sociales, voire morales, sont obligatoirement prises sur un terrain déjà occupé. Notre ordre social ressemble à une carte géographique couvrant différents territoires dont les frontières seraient figurées par nos normes. C'est pourquoi vous ne pouvez pas vous comporter comme si vous étiez dans le désert. Dans la vie, comme je l'ai indiqué dans la première partie de cet ouvrage, il arrive rarement que nous ayons à batailler pour faire valoir nos intérêts. Nous sommes davantage occupés à nous conduire conformément à des normes. Nous ne voulons pas être montrés du doigt.

Bien entendu, les infractions aux normes n'en sont pas moins fréquentes dans notre société. Il n'est pas rare que nous en prenions ombrage et, pourtant, il est bon que ces infractions existent. Pourquoi ? Eh bien, tout d'abord, nous ne pouvons nous dissimuler qu'il nous arrive de contrevenir aux règles, à ce qu'il est convenu de nommer *correct* d'une manière générale. En second lieu : qui – hormis le sieur Reinecke – voudrait vivre dans un pays où chaque infraction serait remarquée et sanctionnée ? Tout principe moral se révèle néfaste dès l'instant où il est érigé en règle absolue. Être toujours sincère, toujours juste, toujours de bonne composition, toujours bienveillant, toujours généreux, toujours reconnaissant et ainsi de suite, est-ce seulement possible ? Qui voudrait être comme cela ? Serait-ce là le gage d'une vie agréable ? Ne faut-il pas plutôt considérer pareil impératif comme un totalitarisme fondé sur une conviction purement personnelle et dont nous ne pouvons que nous féliciter qu'elle ne soit pas partagée par tout le monde ? L'art de ne pas être égoïste ne consiste pas à être toujours et invariablement « bon ».

Une excellente illustration du danger qu'il y aurait à prendre la morale trop au sérieux nous est proposée par l'écrivain anglais William Makepiece Thackeray (1811-1863). Dans *On being found out* de 1861, il évoque les conséquences résultant de l'instauration d'un État fondé sur la vérité et la justice totales[3] – très précisément l'État que Condorcet avait appelé de ses vœux : « Imaginez un instant que toute personne commettant une injustice soit prise sur le fait et punie comme la stricte morale l'exige. Songez aux innombrables petits chenapans qui mériteraient d'être corrigés dans chacune de nos écoles ; sans parler des professeurs et du directeur… Imaginez le général en chef des armées mis aux fers après avoir veillé à ce que tous ses soldats aient bien reçu le châtiment précédemment ordonné par lui. À peine le prêtre aurait-il prononcé son *peccavi* que nous nous emparerions de lui et lui infligerions une volée de bois vert. Et après avoir pareillement traité l'évêque, pourquoi ne nous en prendrions-nous pas au haut dignitaire auquel il doit sa nomination ? […] Les châtiments corporels sont trop effrayants. La main se fige, terrifiée par les innombrables cannes qu'il lui faudrait couper puis brandir. Comme je suis content que nous ne soyons pas tous pris sur le fait, je le répète – et, mes chers frères, j'insiste pour que nous ne recevions pas ce que nous méritons. »

Nous pouvons être assurés que cela ne se produira pas chez nous. Une société comme celle que décrit Thackeray n'est tout simplement pas pensable[4]. Autant il importe, pour faciliter nos relations avec les autres, de savoir un certain nombre de choses à leur sujet, autant il importe que beaucoup de choses demeurent cachées. Comme il a déjà été souligné, l'omniscience au niveau de notre quotidien n'est ni possible ni souhaitable. Les comptes que nous tenons sur le comportement des autres sont aussi incomplets que ceux qu'ils tiennent sur nous. Si une instance telle que l'État s'avisait de vouloir modifier cet état des choses, nous nous élèverions à juste titre contre cela – en particulier si cette instance se présentait comme un pouvoir punitif. Pourtant, la transparence totale existe de fait dans notre société. Vous y souscrivez vous-même lorsque vous sollicitez Google pour faire vos recherches sur la Toile. Mais, aussi longtemps que personne ne semble craindre que Google rende jamais *publiques* nos données, cela ne nous inquiète pas trop.

Si toutefois chacun pouvait tout savoir au sujet de tout le monde, il est hors de doute que notre société s'effondrerait. Thackeray déjà augurait que la plus grande transparence possible ne débouche nullement sur la paix sociale mais crée au contraire une situation conflictuelle : « De quelle merveilleuse et belle sollicitude la nature a fait preuve à notre égard en ne dotant pas le genre féminin de la faculté de nous démasquer. [...] Aimeriez-vous que votre femme et vos enfants vous connaissent tel que vous êtes et vous attribuent très précisément la valeur qui est la vôtre ? Si oui, mon cher ami : vous vivrez alors dans une bien triste maison, et votre cercle intime vous paraîtra glacé. [...] Tu ne te figures quand même pas que tu es *tel* que tu leur parais. »

Un connaisseur de notre société actuelle comme le sociologue fribourgeois Heinrich Popitz (1925-2002) donne raison à Thackeray : « Aucun système de normes sociales ne saurait être exposé à une transparence parfaite des comportements sans courir au désastre. Une société qui pointerait du doigt tout comportement déviant annulerait du même coup la validité de ses normes[5]. »

L'éloge que Popitz fait de la zone grise de notre comportement repose sur des arguments solides : « Il y a nécessairement dans les normes quelque chose de rigide, d'arbitraire, de figé, quelque chose d'“inflexible” – et de ce fait même quelque chose d'excessif, d'illusoire. » Il n'est pas étonnant, dans ces conditions, que la colonie morale de jardins ouvriers dans laquelle nous vivons tous soit le lieu de fréquentes infractions aux règles. On ne saurait normaliser le comportement humain comme on normalise les boulons et les écrous. Et celui qui n'est pas membre de la colonie de jardins ouvriers la moins fréquentable de Gifthorn pourra sans doute enfreindre maintes règles sans encourir la moindre sanction. De même, celui qui brûle un feu rouge à Beyrouth ne sera sans doute pas inquiété par la police. À Bayreuth, en revanche, ce serait infiniment plus risqué. La raison en est simple. Si la police de Beyrouth devait s'occuper de telles infractions, elle n'aurait plus le temps de s'occuper de quoi que ce soit d'autre. Les normes aussi sont soumises au principe des *shifting baselines*. Lorsque tout le monde enfreint les normes, les infractions aux normes revêtent un caractère de gravité moindre que lorsque tout le monde les respecte. Plus nous voyons de gens qui les enfreignent, plus il nous paraît justifié de les enfreindre nous-mêmes. Si nous savions combien de gens fraudent lorsqu'ils font leur déclaration d'impôts, la morale fiscale n'en sortirait assurément pas grandie. Notre logique comparative aidant, ce serait sans doute plutôt le début d'une spirale descendante.

Tout cela ne signifie pas que les normes ne soient

d'aucune utilité. Elles demeurent importantes, même si beaucoup ne s'y tiennent pas. Elles fixent des limites qui reculeraient sans aucun doute si l'on venait à les supprimer. Cependant, notre vie sociale repose sur « une sorte d'imprécision relationnelle qui nous conforte au final à la fois dans la bonne opinion que nous avons les uns des autres et dans celle que nous avons de notre système de normes. Les normes ne supportent pas la lumière crue ; il leur faut un peu d'ombre[6] ».

S'il fallait une preuve supplémentaire pour étayer cette assertion, elle pourrait nous être fournie par une expérience à laquelle s'est livré le journaliste Jürgen Schmieder[7]. Ce dernier s'interdit durant quarante jours de recourir à quelque mensonge que ce soit. C'est ainsi qu'il révéla que son meilleur ami trompait sa compagne : cela lui valut une raclée dont on ne saurait dire qu'elle n'était pas méritée. Il traversa en outre une passe difficile dans sa vie d'homme marié.

Celui qui dit toujours toute la vérité contrevient immanquablement à une autre norme, à savoir : l'exigence de politesse. Méphisto le soulignait déjà, déclarant dans le *Faust* de Goethe : « Celui qui est poli en allemand ne fait que mentir ! » Dans notre vie réelle, en deçà des ouvrages de philosophie morale, nous nous débattons forcément entre différentes normes. « Seuls les imbéciles sont toujours en accord avec eux-mêmes. » Cette sentence de Martin Seel s'applique également aux sociétés. Et ce qui vaut pour la vérité vaut aussi pour toutes les autres qualités morales : il faut les prendre au sérieux, mais pas trop. Imaginons, par exemple, que nous soumettions le vénérable principe de la productivité à un test de résistance dans les règles. Dans quelle mesure y a-t-il, dans notre société, une justice possible en rapport avec la productivité ? Si chacun était payé suivant ce qu'il produit, ce serait assurément le chaos. Exactement comme si chaque contrevenant était puni.

Bien entendu, cet exemple aussi relève de l'utopie. La productivité n'est pas objectivement mesurable. Le mérite de ce que je produis ne me revient pas entièrement mais revient aussi à d'autres. À mes parents, par exemple, qui m'ont donné une éducation dont j'ai pu tirer parti. À mes professeurs aussi, ainsi qu'à mon environnement social. Nul n'est l'artisan unique de ce qu'il produit. Le sociologue anglais Michael T. Young (1905-2002) s'est lancé en 1958 sur les traces de Thackeray et a inventé ce faisant la notion de « méritocratie » – un « pouvoir absolu du mérite[8] ». Chacun devrait être évalué et payé en fonction de sa productivité effective. Tous les autres critères – origine, relations, protection, chance – devraient être éliminés.

Une bonne idée ? Non, sans doute. Car que se passerait-il dans ce cas ? Les conditions générales de revenus seraient totalement bouleversées. Untel glisserait vers le bas, tel autre bénéficierait d'un mouvement ascensionnel. Ceux qui, suivant le nouvel ordre, parviendraient soudain tout en haut auraient de bonnes raisons de se prendre effectivement pour les meilleurs – une nouvelle élite tirant sa justification des nouveaux critères en vigueur. Et sans doute deviendraient-ils arrogants et insupportables. Mais le problème crucial serait posé par la masse de ceux qui auraient dégringolé vers le bas de l'échelle sociale. Celui qui a connu une telle régression devrait normalement se dire : « C'est à juste titre que je me retrouve là. Je ne suis qu'un minus. Un tocard. Et j'ai pas le jus qu'il faut pour produire assez. » Mais connaissez-vous quelqu'un qui pense cela de sa propre personne ? C'est peu probable. Le dernier des bénéficiaires du revenu minimum garanti ne se dira pas cela. Il pensera plutôt que la société ne l'a pas traité comme il faut et qu'elle continue à ne pas le traiter comme il faut. Ou bien qu'il a joué de malchance ou d'autres choses de ce genre. Nous embellissons volontiers notre propre image, nous l'arrangeons autant que faire se peut, quitte à nous mentir à nous-mêmes. Rares sont ceux qui veulent voir en face la vérité toute nue. Mais, dans le cas de figure considéré, celle-ci sauterait aux yeux du plus grand nombre et constituerait une provocation pour des millions d'hommes. Or, notre société ne saurait supporter une foule aussi énorme de gens acculés, humiliés, privés de perspectives. Cela donnerait lieu à des révoltes et, peut-être, à une guerre civile.

Nos principes et nos décisions éthiques s'inscrivent dans un monde largement normalisé. Nous nous conformons à bon nombre de règles, quand bien même nous préférerions les ignorer. Mais le fond du problème est le suivant : tout impératif éthique et toute norme comportementale a ses limites. Vérité, justice, compassion, esprit de concorde, rien de tout cela n'a de valeur absolue. Quiconque se conformerait à un principe éthique sans s'autoriser jamais le moindre compromis courrait à la catastrophe. Les zones grises font partie intégrante de notre comportement, et nous y tenons, en dépit des principes qui sont aussi nôtres, car nous savons pertinemment qu'elles nous aident à avancer sur le chemin de la vie.

Nous avons mis en évidence une série de mécanismes

en vertu desquels la notion de bien est très souvent mise entre parenthèses au profit de l'action. Arrivé à ce point de notre exposé, il n'est peut-être pas inutile de proposer ici un résumé qui puisse tenir lieu de conclusion :

Le bien absolu n'existe pas. Le bien est relatif. J'ai le sentiment que ce que je fais est bien lorsque j'estime que mon action est bonne pour les autres. Ma représentation du bon comportement repose sur un mélange d'instincts sociaux et culturels ainsi que d'influences provenant de mon éducation. Nous tenons pour bien ce que nous avons appris durant l'enfance, ce qui passe pour bien dans notre milieu et qui semble mieux que le comportement des membres les moins recommandables de notre entourage. Le bien que je fais se répercute sur moi. Mon cerveau me récompense en générant en moi des sentiments agréables. Mon bien-agir influe sur l'image que j'ai de moi. Il m'importe de faire bonne figure face à moi-même. Mon bien-être dans la durée ne saurait être assuré sans cela. Mais cette image de moi ne résulte pas uniquement du dialogue que j'ai avec moi-même. Elle est aussi le produit de mon rapport aux autres. Pour être accepté, pour arriver à mes fins et ne pas paraître stupide, il m'arrive de dévier de mes principes, tantôt consciemment, tantôt inconsciemment. Opportunisme et *principes flexibles* font partie de notre nature sociale. S'il survient ce faisant des dissonances cognitives, nous disposons de tout un arsenal d'expédients pour rectifier notre image. Comparaisons, négations, abstractions, flots de paroles visant à faire illusion jusqu'à s'illusionner soi-même, tels sont les moyens auxquels nous recourons pour rendre cohérent ce qui ne paraît pas cohérent. Il importe de continuer à avoir une bonne opinion de soi plutôt que de se conduire soi-même à l'abattoir. L'affirmation de soi-même est une loi plus contraignante que le devoir de vérité. Loin d'être absolument cohérentes, nos représentations morales sont *arbitrairement cohérentes*.

Si notre propos est assez pertinent pour que la plupart des gens puissent s'y reconnaître, on ne peut que se demander quelle leçon on peut en tirer. Les questions qui se posent alors sont les suivantes : dans quelle mesure notre société tient-elle compte de la rouerie des sujets qui la composent ? Quels objectifs réalistes peut-on envisager d'atteindre, compte tenu de la place qu'occupe la morale dans notre société ? Car, à moins que nous ne nous trompions sur toute la ligne, il semble bien que nos sociétés occidentales, qui ont si brillamment fait leurs preuves au plan économique, social et, au bout du compte, moral, soient aujourd'hui exposées à des périls tels qu'elles n'en ont pas connu depuis la fin de la Seconde Guerre mondiale…

Morale et société

Au pays de la reine rouge

Ce dont souffre notre société

La reine n'était pas d'humeur à rire. Et Luis Garicano, directeur de recherche du *Management Department* de la London School of Economics, non plus, en ce début de novembre 2008, car la reine le mettait en demeure de s'expliquer. Coiffée du sempiternel chapeau assorti à un ensemble de couleur crème, elle rendait pour la première fois personnellement visite à cet institut mondialement célèbre afin d'y inaugurer un nouveau bâtiment. Et elle posait à Garicano la question qui turlupinait toute l'Angleterre : « Comment est-il possible qu'un phénomène aussi considérable que la crise financière n'ait été pressenti par personne ? » À quoi servaient donc les experts reconnus que le Royaume-Uni entretenait grassement à longueur d'année[1] ?

L'intérêt de la reine pour les produits dérivés, certificats, *hedge funds* et autres transactions financières n'avait rien de fortuit. Quelque cent millions de livres appartenant à la royauté étaient placés en actions. Et la Bourse de Londres venait d'accuser une perte de 25 %. La réponse que lui fit Carigano ressemblait fort à un serment déclaratoire : « À quelque niveau que ce soit, chacun s'est fié à ce que ses pairs faisaient à leur propre niveau, et tout le monde pensait avoir fait ce qu'il fallait. » Un colloque qui s'était tenu peu après sous l'égide de la LSE (*London School of Economics*) avait abouti à la même conclusion. La crise avait été possible, parce que personne ne disposait d'une vue d'ensemble. Les milliers de managers eux-mêmes, pourtant rompus à évaluer les risques, ne voyaient jamais qu'une fraction de l'ensemble. Ils ne veillaient au grain que dans leur compartiment et se préoccupaient tout au plus de ce qui se passait dans le wagon suivant. Et nul ne remarquait que le train tout entier fonçait droit dans le mur.

La vue d'ensemble inexistante et la perspective à court terme dénoncées par Garicano sont en réalité plus qu'une simple réponse à la question de la reine en rapport avec la crise financière. Ces deux maillons faibles constituent l'une des caractéristiques majeures de la manière dont nous gérons nos affaires. Des millions de gens dans notre monde occidental veillent à ce que le train roule. Et quelques dizaines de milliers d'experts – économistes, juristes et hommes politiques – inspectent les wagons. Mais qui détermine la direction ?

Aussi étrange que cela puisse paraître, cette question n'est guère posée. Et, lorsqu'elle l'est, la réponse se limite à un stéréotype fumeux, l'essentiel est que ça marche : on avance, il y a de la croissance et du travail pour les gens. La conjonction du mouvement vers l'avant, de la croissance et du travail nous paraît si naturelle que nous sommes enclins à y voir le sens même de l'activité économique : le fait que ça continue de marcher prouve qu'on est dans la bonne économie.

Est-ce convaincant ? Dans ce domaine, les grands penseurs, depuis Adam Smith jusqu'à Karl Marx et John Maynard Keynes, en passant par David Ricardo et John Stuart Mill, sont d'un avis tout à fait différent. Ce qui compte dans l'économie, c'est que la direction soit bonne. Or, la bonne direction – et sur ce point ils sont tous d'accord – est la même que celle de l'éthique : il s'agit de créer les conditions qui permettent au plus grand nombre d'avoir la meilleure vie possible. L'économie est la transposition de la philosophie morale en termes pratiques et financiers.

Qu'est-ce qu'une bonne vie pour soi et avec les autres ? Comment y parvient-on ? Toute théorie économique s'appuie sur une représentation du monde, une idée de l'homme et un idéal social. Même si elles se méprennent souvent en se présentant comme telles, les sciences de l'économie ne sont pourtant pas une discipline soustraite à la notion de valeur, une pure mathématique de l'argent, des forces de travail et des biens.

La question cruciale en matière d'économie politique est la suivante : quel est le but vers lequel l'économie doit tendre avec les moyens qui sont les siens ? Si l'on veut savoir autour de quoi une société ou une idéologie tourne exactement, il faut suivre la piste de l'argent, écrit l'informaticien et artiste américain Jaron Lanier (né en 1960). Si l'argent se déverse « dans la publicité plutôt que chez les musiciens, journalistes et artistes, cela veut dire que la société se préoccupe plus de manipulation que de vérité et de beauté. Lorsque les contenus sont sans valeur, les hommes finissent, eux aussi, par manquer de contenu et par perdre la tête[2] ».

En Allemagne aussi, ce principe est communément admis : le devoir de l'État n'est pas la croissance économique à tout prix. Il consiste à créer les conditions qui permettent au plus grand nombre possible de citoyens d'accéder à une vie satisfaisante, voire à une forme de plénitude qui n'est pas clairement définie mais se présente comme un mélange de bien-être matériel et immatériel, de biens et de culture, de marchandises et de dispositions d'esprit. L'aisance matérielle n'est pas une fin en soi : elle est une condition nécessaire mais non suffisante du bien-être.

Voilà pour le principe. Mais qui, dans notre pays, veille effectivement à ce qu'on aille dans la bonne direction ? Contrairement à ce qui se passait au XVIIIe siècle, les philosophes n'ont plus aucune influence en politique. Ils sont remplacés par les économistes de tout poil, dirigeants de grandes entreprises et lobbyistes, *spin doctors*, conseillers en communication et consultants. L'avenir n'est évidemment pas leur sujet de prédilection : leur horizon se borne à des considérations de marché, de pouvoir et de carrière. Et leur seul souci est de maintenir le statu quo.

Déterminer la direction à suivre ne signifie pas seulement veiller à ce que la machine tourne rond. Il s'agit aussi de décider des moyens susceptibles de stimuler la société, des besoins de sens qui devront être satisfaits en premier lieu. Notre société et notre économie reposent essentiellement sur la notion de consommation. Tout ce qui contribue à notre joie de vivre, la liberté, le besoin de se singulariser, de satisfaire des besoins toujours nouveaux – pour le plaisir des yeux, des oreilles, du corps en général et de l'estomac en particulier –, tout cela peut être acheté ; pour tout cela, il y a des produits. Et parmi ces produits, les assurances, les biens immobiliers nous sont proposés pour satisfaire nos besoins de sécurité.

Plus nous « matérialiserons » le sens de notre vie, mieux nous nous porterons, écrivait déjà au XIXe siècle le journaliste et philosophe Max Stirner (1806-1856) dans son ouvrage majeur, *L'Unique et sa propriété*. Stirner appelle de ses vœux un homme déterminé à accroître sa liberté intérieure et extérieure en se libérant de toutes les obligations possibles et imaginables. L'égoïsme pur et dur se trouve érigé en principe sacré. Ou, pour reprendre une maxime de Stirner : « Rien ne m'est plus cher que moi-même[3]. »

Pour un philosophe contemporain comme le Français Pierre Bourdieu (1930-2002) qui fut longtemps professeur au Collège de France, Stirner est un prophète qui annonce le XXe siècle. Bourdieu a d'ailleurs fait preuve de beaucoup de sagacité en accommodant le titre de l'ouvrage de Stirner au temps présent : ce qui tient lieu aujourd'hui de « propriété » au plus grand nombre, c'est la maison individuelle qui nous appartient en propre. En Allemagne surtout, affirme Bourdieu, on satisfait ses besoins de sens en s'achetant une sécurité supposée, en l'espèce, une maison[4]. Voilà des dizaines d'années qu'il se trouve même bon nombre de sociaux-démocrates purs et durs pour rêver de propriété bâtie. Mais, tandis que le propriétaire s'illusionne sur la liberté que va lui procurer la maison qu'il vient d'acquérir, il s'est en réalité mis la corde au cou. Le remboursement de ses dettes l'enchaîne à sa maison. Et il y demeure enchaîné, même si la valeur de l'immobilier est en baisse. Et les mariages perdurent envers et contre tout parce qu'il faut finir de payer la maison ou parce qu'on ne veut surtout pas la quitter. La génération de nos grands-parents n'aurait pas même pu imaginer une vie où l'on pourrait satisfaire tous les besoins qui sont devenus les nôtres. Mais sommes-nous, pour autant, plus heureux qu'eux ? La satisfaction de tous ces besoins ne se traduit pas par un accroissement du bonheur, ainsi que le confirment certaines recherches en psychologie sociale. En 1971, les psychologues américains Philip Brickman et Donald Campbell ont démontré que nos attentes évoluent en fonction des circonstances. Ce qui passe pour exceptionnel à un certain moment a tôt fait de se banaliser. Quelques années plus tard, Brickman précisa et élargit son champ de recherches en s'appuyant sur des exemples tout à fait frappants. Le bonheur d'un gagnant au loto et le malheur d'un accidenté de la route étaient ramenés à l'état d'équilibre initial environ deux ans après l'événement heureux et l'événement funeste[5]. Seules échappaient à ce modèle les séquelles psychiques entraînées par un divorce ou la perte de l'emploi[6].

Pour décrire ce mécanisme, Brickman proposa un concept nouveau : le tapis de course du bonheur (*hedonic treadmill*). Nous avons beau courir, nous ne faisons le plus souvent que piétiner interminablement sans progresser d'un iota. Autrement dit, et en recourant à une illustration empruntée à la littérature : notre société fonctionne selon les règles qui prévalent dans le royaume de la reine rouge tel que nous le présente Lewis Carroll dans son roman : *De l'autre côté du miroir*. La suite d'*Alice au pays des merveilles* se déroule dans un monde délirant symbolisé par un échiquier. Alice y est constamment en mouvement : « Elles filèrent si vite qu'elles avaient l'impression de voler à travers les airs, leurs pieds effleurant à peine le sol, jusqu'à ce que, soudain, alors qu'Alice était déjà au bord de l'épuisement, elles se retrouvent immobiles, et l'instant d'après Alice était assise sur le sol, haletante et en proie au vertige. Étonnée, Alice laissa courir son regard à la ronde. "Mais je croirais presque que nous n'avons pas bougé durant tout ce temps ! Tout est comme avant !" "Bien entendu, dit la reine, dans ce pays il faut que tu coures aussi vite que tu le peux, si tu veux rester sur place[7]." »

Cette phrase de Lewis Carroll est une critique masquée des non-valeurs de l'ère victorienne : plus vite, plus haut, plus loin, plus riche, des mots d'ordre qui sont ceux du capitalisme moderne. Et ce que Carroll supputait, d'innombrables études nous en apportent aujourd'hui la confirmation. À partir d'un niveau de vie moyen, l'accumulation de biens n'apporte plus un bonheur durable. Le fait que de très nombreux individus prennent plaisir à acheter quelque chose ne change rien à l'affaire. Acheter et posséder sont deux choses tout à fait différentes. Georg Simmel déjà avait expliqué dans sa *Philosophie de l'argent* que le plaisir généré par de nouvelles acquisitions se volatilisait comme par enchantement en peu de temps[8]. Une fois que le nouveau manteau a été étrenné, notre attention se détourne très vite de lui. De même, la voiture neuve ne nous fait plus, après quelques mois, l'effet qu'elle nous faisait les premières fois que nous la conduisions.

Les promesses de bonheur matériel sont des plus éphémères. À cela s'ajoute le fait que chaque nouveau bien acquis ne fait qu'accroître notre dépendance. Il faut contracter des assurances, maintenir les choses en état. Plus on possède de choses, plus on craint de les perdre, de les voir endommagées, détruites, volées. Aussi ne faut-il pas s'étonner que le bonheur des classes moyennes ne s'accroisse pas à mesure qu'elles accèdent à de nouveaux biens.

La plupart de nos achats ne répondent pas à un réel besoin. Mais, si nous nous bornions à acheter ce dont nous avons effectivement besoin, tout notre marché intérieur s'effondrerait. Des gens qui n'ont que quatre paires de chaussures et un shampooing ne peuvent pas faire vivre notre économie. C'est pour cette raison qu'elle fait sans cesse en sorte d'éveiller chez nous le désir de choses nouvelles. Elle crée de nouvelles envies, en appelle au besoin que nous avons de nous singulariser ou d'impressionner notre entourage. Bref, elle nous promet un gain de reconnaissance – donc exactement ce à quoi nous aspirons dans notre vie sociale.

Notre économie ne fait pas que combler nos aspirations, elle les crée. Lecteurs-enregistreurs de DVD, téléphones portables et iPhone sont des réponses à des questions que personne ne se posait avant que ces objets ne soient lancés sur le marché. Aujourd'hui, nous ne pouvons même pas imaginer vivre sans eux. Nous vivons dans une société qui vise principalement à couvrir des besoins que nous n'avions pas avant qu'elle ne les invente et nous les insuffle par le canal de la publicité, qui nous invite à grand renfort de flatteries, voire de messages subliminaux, à aller chercher notre bonheur là où nous n'avions jamais supposé qu'il pût se trouver et où nous ne le trouvons d'ailleurs que très rarement.

Le mot magique dans ce jeu de dupes est le mot « statut ». Il est l'image matérialisée de notre moi, de la représentation que nous avons de nous-mêmes. Le statut détermine la manière dont les autres nous perçoivent spontanément et la manière dont nous nous percevons nous-mêmes dans le regard des autres. Considéré du point de vue psychosociologique, le statut est la clé qui permet de comprendre pourquoi et comment notre société peut fonctionner comme elle fonctionne, alors même qu'elle ne nous donne pas plus de bonheur. Reprenant l'image du tapis de course du bonheur (*hedonic treadmill*) de Philip Brickman, l'économiste suisse Mathias Binswanger (né en 1962), professeur à l'Institut des hautes études technologiques de Soleure, estime que l'acquisition de statut donne également lieu à une course sans fin[9]. À peine scolarisés, les enfants connaissent déjà les choses qui passent pour des symboles de statut, et la notion de statut n'est pas absente des écoles maternelles.

La caractéristique du statut est de tomber en désuétude dès l'instant où il a été acquis. Le statut est par nature exclusif en ce sens qu'il exclut les autres. Des chaussures de sport allemandes de marque sont un symbole de statut à Cuba, alors qu'elles ne le sont plus depuis longtemps en Allemagne. Que vaudrait une Mercedes si tout le monde en possédait une ? L'acquisition du statut satisfait un besoin relatif et non un besoin absolu. Il s'agit en ce domaine d'acquérir ce qui représente un « plus » aux yeux des autres, de marquer sa différence. Wilhelm Busch déjà savait que l'« envie » est la « forme la plus franche de l'admiration ».

D'après Meinhard Miegel (né en 1939), qui fut

longtemps le directeur de l'institut des sciences économiques et sociales de Bonn, « notre société tout entière, depuis le jardin d'enfants jusqu'à la maison de retraite, s'est enferrée, au nom du statut, dans une guerre sans merci, donnant lieu en règle générale à des manifestations de masse[10] ». Les grèves en Allemagne ne sont plus faites pour les salaires mais pour le statut. « Ils se mettent alors en branle et ils scandent leurs slogans, prêts à se battre pour faire valoir leur bon droit : conducteurs de train et médecins, éboueurs et professeurs, ouvriers métallurgistes et musiciens d'orchestre, éducatrices de jeunes enfants et techniciens de surface. Aucun d'eux ne saurait prétendre qu'il ne peut pas vivre décemment du fruit de son travail et des avantages sociaux qui s'y rattachent. Et aucun d'eux n'est en mesure de dire quel devrait être le juste salaire d'un conducteur de train ou d'un médecin. Et ce, d'autant moins qu'il n'existe pas en réalité de juste salaire. La motivation unique pour se mettre en grève est le plus souvent la suivante : d'autres gagnent davantage[11]. »

La signification démesurée du statut ne contribue pourtant en rien au bonheur de tous ces gens. Car plus les produits symbolisant le statut seront exclusifs, plus grand sera le nombre de ceux qui n'y auront pas accès et qui s'aplatiront le nez contre les vitrines derrière lesquelles trônent les voitures haut de gamme et les montres de luxe. À cet égard il est utile à l'économie et à la société que ces produits se déprécient assez rapidement (et puissent être simultanément remplacés par des produits encore plus coûteux). Faute de donner à la notion de statut toute l'importance qu'elle a prise dans nos sociétés, on ne saurait comprendre la dimension existentielle que peut revêtir, pour un allocataire des minima sociaux, la possession d'un objet tel qu'une télévision à écran plat : le sentiment de faire encore partie de l'ensemble et de ne pas valoir moins que les autres. Il s'agit là d'un point crucial, tout à fait déterminant pour le climat social d'un pays. Plus il y a de gens qui ont le sentiment de « pouvoir s'offrir quelque chose », mieux la paix sociale sera préservée.

Le fait remarquable est que l'illusion suffit dans bien des cas à satisfaire le plus grand nombre. C'est déjà chose singulière en soi que les gens attribuent une valeur à ce point excessive à des symboles de statut tels que les voitures et jeux électroniques. La facilité avec laquelle ils cèdent à l'illusion de l'argent paraît non moins singulière. Comme nous l'avons montré dans la deuxième partie (cf. *Dans la toile d'araignée. Ce que l'argent vient faire dans la morale*), les gens sont portés à attribuer à l'argent une valeur absolue plutôt que relative. Le célèbre économiste anglais John Maynard Keynes (1883-1946) avait déjà reconnu en son temps l'importance primordiale de l'argent. Il y a quelques années, le Zurichois Ernst Fehr démontrait que, s'agissant de salaires ou de prix, les gens ne voyaient que les chiffres et omettaient totalement de prendre en compte le pouvoir d'achat auquel ces chiffres étaient pourtant étroitement liés. Des facteurs tels que le renchérissement et l'inflation ne sont pas perçus de façon réaliste. Fehr et son collègue de Copenhague, Jean-Robert Tyran, demandèrent d'ailleurs à de nombreux travailleurs ce qu'ils accepteraient plus volontiers s'ils étaient placés devant l'alternative suivante : une augmentation de salaire de 2 % en présence d'un taux d'inflation de 4 % ou une diminution de salaire de 2 % face à un taux d'inflation de 0 % ? Bien que le résultat soit le même dans les deux cas, la majorité se rallia spontanément à la première proposition[12].

Dans le doute, les gens n'envisagent pas la situation de manière objective, mais cèdent plus volontiers à l'illusion de l'argent. Le fait de perdre quelque chose leur pose de gros problèmes. Cette « aversion pour la perte » constitue, selon Fehr, un facteur psychologique de première importance dans notre économie politique, car « le ressenti des pertes est beaucoup plus fort que celui des gains ». Lorsqu'on est payé mille francs (suisses) de moins que prévu, la perte en termes d'avantages est évaluée au double du gain escompté, toujours en termes d'avantages, lorsqu'on touche mille francs de plus que prévu. L'aversion pour la perte est un facteur psychologique crucial qui explique en grande partie la difficulté bien connue de faire passer des réformes dans les entreprises comme en politique ; la résistance de ceux qui risquent de pâtir des réformes envisagées est souvent beaucoup plus forte que le soutien de ceux qui sont supposés en tirer profit[13].

L'aversion pour la perte fait qu'il est très difficile de réorienter l'économie de manière décisive. Des sociétés habituées depuis des décennies à ce que tout aille dans le sens du « toujours plus » ne sont pas disposées du tout à changer d'optique et à renoncer volontairement à une partie de ce qu'elles considèrent comme dû. Si l'on retirait aux Allemands la moitié de ce qu'ils gagnent et possèdent, ils ne redeviendraient certainement pas aussi heureux qu'ils l'étaient en 1970. Leurs cris de protestation se feraient entendre. L'indignation et l'effroi se répandraient comme une traînée de poudre. Notre démocratie serait très vraisemblablement balayée. Et de dangereux populistes seraient probablement portés au pouvoir.

C'est que les attitudes d'attente obéissent également au principe des *shifting baselines*. Au lieu de se réjouir de vivre dans l'un des pays les plus riches de la planète, de nombreux corps professionnels sont mécontents de leurs salaires. Pourtant, leur niveau de revenus aurait assurément comblé leurs pairs des années 1950. Mais nos besoins découlent de l'environnement qui est le nôtre ; ils ne s'orientent pas par comparaison avec les besoins d'il y a cinquante ans. Une société tient pour « normal » ce qu'elle vit et connaît chaque jour, et non ce qu'elle n'a jamais vécu ou connu elle-même. Et quelle que soit la quantité de biens que nous produirons demain, la pauvreté et la richesse ressenties ne varieront guère.

Nous avons beau être bien informés du changement climatique en cours, des limites de la croissance, des funestes conséquences écologiques de notre activité, nous ne sommes pas disposés à changer de comportement. En tout cas, pas aussi longtemps que d'autres n'y seront pas disposés. Et aussi longtemps que les autres – tous les autres – ne seront pas prêts à renoncer à plus d'aisance, nous n'y renoncerons pas non plus. Et ce, d'autant moins que nous ne pouvons rien changer tout seuls.

La méfiance généralisée à l'égard des autres n'est pas le fruit du hasard. Elle est la conséquence de notre idéologie économique. Le sentiment de solidarité s'éteint en un rien de temps lorsqu'on est poussé au quotidien, à la fois par la publicité, par l'esprit régnant de compétition et par l'opinion publique, à se procurer des avantages que les autres n'ont pas.

Vu sous cet angle, même le comportement irresponsable des banquiers pendant la crise financière est très normal : loin d'être une aberration, une tumeur cancéreuse affectant un organe de la société, il est le symptôme d'un mal dont souffre le corps social tout entier. Innombrables sont sans nul doute en Allemagne, aux États-Unis et ailleurs ceux qui auraient fait preuve, s'ils en avaient eu les moyens, de la même cupidité démesurée, du même aveuglement que nos puissants chevaliers de l'or. Celui qui, au moment de faire sa déclaration d'impôt, s'évertue à ne pas lâcher un centime de trop au profit de l'État, celui qui ne voit en toute chose que son intérêt personnel, qui cherche à réduire par tous les moyens son forfait de portable et qui est partout à l'affût de la moindre opportunité, du moindre avantage, a-t-il éventuellement (ne serait-ce qu'un tout petit peu) honte de critiquer la mentalité des grands maîtres de la finance ? Le fait est d'ailleurs que les brefs cris de protestation suscités par le comportement des banquiers ne couvrent qu'à grand-peine l'admiration muette que nous leur vouons et qui les met à l'abri des conséquences que devraient avoir leurs actes.

C'est bien, semble-t-il, la raison pour laquelle l'indignation déclenchée par les errements de la haute finance est somme toute plutôt discrète, officieuse et fort peu organisée. Pourquoi les banquiers se priveraient-ils de faire ce que la plupart des gens feraient s'ils étaient à leur place ?

Le royaume de la reine rouge se signale par un coût social élevé : le rapport entre normes sociales et normes de marché est depuis longtemps faussé, non seulement en Allemagne mais dans la quasi-totalité des États du monde occidental. La liquidation psychique des dernières réserves spirituelles sous l'implacable pression du marché est bien plus avancée que nous ne voulons l'admettre. Ce ne sont pas seulement nos sous-vêtements mais aussi les dessous de notre conscience qui sont cousus de noms de marques. La psyché de nos enfants est encombrée de jingles et de spots publicitaires. La volonté d'avoir est devenue plus forte que la volonté d'être.

Les citoyens sont devenus des usagers et les électeurs des clients. Et la part prise par l'État dans cette métamorphose est loin d'être négligeable. En Allemagne, il se trouve aujourd'hui dans la même situation que du temps de Schroeder, en porte-à faux, dans un rôle qui n'est pas le sien. L'Institut fédéral du travail a rempli sa mission durant des décennies, jusqu'au moment où, cédant à un état d'esprit capitaliste généralisé, il s'est transformé en « Agence du travail ». Les gens sans emploi eux-mêmes, quoique exclus du marché du travail, devaient néanmoins pouvoir se bercer du sentiment illusoire de participer de quelque manière au grand jeu de l'économie de marché. Mais cette « agence » du travail n'avait d'agence que le nom. Une agence a besoin d'argent, elle exige d'être provisionnée. L'État fédéral ne fonctionne pas cependant de cette manière. Il n'est pas une agence et il n'en entretient pas. Plus mensongère encore et à la limite du clownesque, la dénomination de la « Ich-AG », la micro-entreprise unipersonnelle qui se voit pompeusement affublée du sigle d'une société par actions (AG). Mais aucun boniment n'est de trop, pourvu qu'il dégage un parfum de marché et de tractations boursières. Il importe peu aux maîtres de l'illusion que le manœuvre livré à lui-même ait aussi peu à voir avec une société par actions qu'une ludothèque de banlieue avec le paradis.

L'endoctrinement qui consiste à pousser les gens à se procurer encore et encore des avantages que d'autres n'ont pas ne saurait tenir lieu d'éducation citoyenne. Des milliards se déversent sous forme de publicité, en un flot ininterrompu, sur le peu qui reste de nos valeurs : la morale d'une enfance révolue, une trace infime de religion, un zeste de compréhension de la démocratie remontant à la scolarité. Le combat est inégal. Personne aujourd'hui ne se demande plus si le tarif préférentiel dont il bénéficie pour ceci ou pour cela n'a pas été obtenu aux dépens de son voisin.

Le défaut de solidarité est la conséquence de la manière dont nous menons notre barque. Quand chacun veut être différent des autres, il n'y a plus de nous. « Nous », ce sont toujours les autres. L'économie de marché et le business des marques éradiquent le sentiment d'appartenance à la communauté et ne font que créer des travailleurs à temps partiel déconnectés du milieu social qu'ils sont censés représenter. Or – et c'est là le comble du paradoxe – le bien-être auquel aspirent nombre de gens est exactement le contraire ! Ils veulent plus de qualité de vie, plus de loisir, moins de stress, un travail auquel ils peuvent s'identifier et plus de temps à consacrer aux amis et à la famille. Car, comme nous le savons au fond, tous autant que nous sommes, nous n'avons pas besoin de plus de choses mais de plus de temps.

La crise que nous connaissons n'est pas seulement une crise financière ou économique. C'est une crise de la société. Notre économie nous a fait avancer en maints domaines et nous a causé de grands dommages en d'autres. Notre société, vouée comme nulle autre dans le passé à l'acquisition de biens matériels, ne nous a pourtant pas apporté plus de bonheur. Notre mentalité s'est transformée et n'obéit plus qu'aux impératifs de la consommation. Mais, tandis que les courses au bonheur demeurent vaines, la cohésion sociale, elle, ne cesse de se dégrader.

La roue d'écureuil que nous ne cessons de faire tourner est le symbole d'une idéologie qui associe notre bonheur à la croissance matérielle. Mais pourquoi continuons-nous d'y croire ?

• *Du bonheur d'être bhoutanais*. Pourquoi nous mesurons mal notre bien-être

Du bonheur d'être bhoutanais

Pourquoi nous mesurons mal notre bien-être

La « Terre du Dragon Tonnerre » compte sept cent mille habitants. On y trouve les plus hauts sommets du monde non encore conquis par l'homme. Au Bhoutan, il est formellement interdit de grimper à plus de six mille mètres d'altitude. Les sommets enneigés de l'Himalaya appartiennent aux dieux et aux démons. Les hommes n'y ont pas accès.

Mais il est d'autres choses encore par lesquelles le Bhoutan se distingue du reste du monde et, plus particulièrement, du monde occidental. Les hommes y vivent modestement de ce que produisent leurs champs. Le but ultime de l'État n'est pas la croissance économique mais la protection de la nature et le respect de l'environnement. Le Bhoutan est sans nul doute le pays du monde le plus proche de sa forme originelle. Les deux tiers du pays sont occupés par des forêts vierges ou très faiblement exploitées. Le budget de l'éducation y est sept fois plus élevé que celui de la défense nationale[1]. Il est permis de fumer en privé, mais on n'y cultive pas de tabac. Et tout est régi par la religion d'État, le bouddhisme Vajrayãna : la philosophie de l'unité de l'être selon laquelle le moi et le monde, le désir et l'objet du désir sont une seule et même chose. Une philosophie donnant lieu à une doctrine où la notion du bien se confond avec celle de compassion.

Le Bhoutan est l'un des très rares pays au monde où il n'est accordé qu'une signification très faible à la notion de produit intérieur brut (PIB). Le fait qu'ils occupent à ce titre la 113e place dans la hiérarchie mondiale n'émeut guère les Bhoutanais. Car, depuis 1972, ils se réfèrent à une échelle de valeur fondée sur un concept d'une nature radicalement différente : Le « bonheur national brut[2] » (*gross national happiness*). Le recours à ce concept original a été motivé par un article du *Financial Times*. Son auteur regrettait que le pays soit si mal loti au point de vue de sa croissance économique. Jigme Singye Wangchuk, le roi du Bhoutan, en conçut quelque déplaisir. Il rédigea de sa propre main, à l'intention du journal, une lettre dans laquelle il se disait consterné de voir à quel point les États-Unis demeuraient dans l'incompréhension totale de ce qui pouvait se passer ailleurs que chez eux, en particulier lorsque cela ne correspondait pas à leur modèle de société. L'objectif du gouvernement bhoutanais n'était pas la croissance économique mais le bonheur. Joignant les actes à la pensée, le roi nomma sur-le-champ une commission pour l'évaluation du « bonheur national brut ». Sa mission : le calcul statistique du niveau de vie bhoutanais incluant tous les facteurs psychologiques et spirituels du bonheur.

La directrice de la commission du plan bhoutanais, Karma Tshiteem, expliquait encore récemment que « la croissance devrait aussi désigner ce que les hommes souhaitent » et inclure des paramètres tels que l'environnement, la culture, les traditions[3]. Le gouvernement bhoutanais se prête à un échange permanent avec la population et tient largement compte des informations qui sont collectées de la sorte afin de mesurer son bien-être. Aucun programme politique n'est mis en œuvre sans que l'on ne se soit assuré en premier lieu que les objectifs visés contribueront au bonheur de la population. Et le résultat est là : en 2008, plus des deux tiers des Bhoutanais interrogés se déclaraient heureux de la vie qu'ils menaient.

En République fédérale allemande, le critère qui sert à mesurer le bien-être de la population n'est pas le bonheur mais le PIB, autrement dit la valeur globale de tous les produits et services générés en un an par notre économie. Chaque tonne d'acier, chaque course de taxi, chaque visite au zoo, chaque examen radiologique, etc., est répertorié et s'additionne pour calculer le PIB. Ce qui tient lieu de mesure n'est que la somme des activités économiques chiffrées en termes d'argent. Plus cette somme constituant le PIB est élevée, plus la politique est jugée bonne.

L'absurdité de ce système de mesure tombe sous le sens. Car, avec le PIB, on ne mesure pas le bien-être mais uniquement la croissance. La différence saute aux yeux : lorsque nos communes vendent leurs forêts domaniales et les remplacent par des lotissements, le PIB augmente. Lorsque nous construisons des autoroutes dont le tracé court à travers des zones naturelles protégées et des zones d'habitation, le PIB augmente.

Lorsque des millions d'individus accablés par le bruit, le stress et l'insatisfaction se rendent chez le médecin ou chez le psychiatre, le PIB augmente. Lorsqu'une municipalité supprime ses parkings et contraint à passer à la caisse chaque automobiliste qui veut garer sa voiture, le PIB augmente. Lorsque nos tas de déchets croissent et exigent de nouvelles déchetteries et de nouvelles installations d'incinération, le PIB augmente. Lorsque nos prisons surpeuplées nécessitent qu'on en construise de nouvelles, le PIB augmente. Même une catastrophe pétrolière telle que celle qui s'est récemment produite sur la côte sud des États-Unis se traduit vraisemblablement de manière positive sur le PIB.

N'est-il pas aberrant que le succès de notre économie et de notre politique soit mesuré à pareille aune ? Et quelle est, dans ces conditions, la part sacrifiée de ce qui constitue le bien-être effectif d'une société ? Tient-on compte, dans ce calcul, du travail non rémunéré des mères et des pères, des grands-parents et des travailleurs bénévoles ? Et que nous apprend le PIB sur l'utilité ? « Le PIB par tête (par habitant) mesure nos dépenses de santé mais non le résultat obtenu grâce à ces dépenses – autrement dit, notre état de santé tel qu'il se reflète, par exemple, dans l'espérance de vie. Le PIB peut donc continuer d'augmenter alors même que notre système de santé devient de plus en plus inefficient et bien que l'état de santé général de la population ne cesse de se dégrader[4] », écrit l'économiste et prix Nobel Joseph Stiglitz (né en 1943), de la Columbia University de New York.

Le PIB ne dit rien sur le bien-être des gens – qui est pourtant le but que devrait poursuivre l'économie. Il ne dit rien sur la qualité de l'eau, ni sur celle du corps enseignant, ni sur les rapports de voisinage ou la couverture sociale ; et il ne se préoccupe pas non plus de la manière dont sont réparties les richesses. Le PIB d'une dictature reposant sur une justice totalement arbitraire n'est pas forcément moins élevé que celui d'une démocratie fonctionnant avec des règles. La qualité de vie et l'équité ne sont pas de son ressort. L'essentiel n'est pas mesuré et n'est d'ailleurs pas mesurable suivant les critères du PIB. Pourtant, on continue de faire comme si rien ne comptait davantage que le PIB, comme si notre salut ne dépendait que de lui. « La science et la politique ressemblent à des médecins qui chercheraient à mesurer la tension avec un thermomètre[5]. »

La manière dont nous mesurons notre bien-être confond qualité et quantité. Il y a longtemps que les sociologues et les économistes ont fait ce constat. Mais les politiques tardent à suivre. L'un des seuls chefs d'État du monde occidental à avoir pris conscience de ce problème est le président français Nicolas Sarkozy. C'est pour le cerner plus précisément qu'il fit appel en 2008 aux lumières de deux prix Nobel, Joseph Stiglitz et Amartya Sen. Ensemble, ils créèrent un « groupe de travail pour l'amélioration de la mesure de la performance économique et du progrès social ».

L'expérience de Sen devait se révéler particulièrement utile dans ce contexte et propre à permettre au président de se faire une idée plus précise du bien-être de la population française. L'économiste indien est à maints égards le digne successeur du marquis de Condorcet. À l'instar de ce représentant français des Lumières du XVIIIe siècle, Sen croit dur comme fer que la démocratie est garante du progrès ininterrompu de l'esprit humain. Sa conviction est que presque toutes les communautés humaines prennent des décisions raisonnables pour peu qu'elles ne soient pas manipulées. Quant au bien-être proprement dit, Sen estime qu'il tient davantage aux valeurs morales et à l'éducation qu'à la somme des marchandises produites.

À la fin des années 1980, Sen incita les Nations unies à adopter un nouvel index d'évaluation du bien-être : le *Human Development Index*, qui devait mesurer le degré de réalisation des objectifs fixés par Aristote à l'action conjointe de la morale, de la politique et de l'économie – les perspectives du « bien-vivre » pour le plus grand nombre. Dans cette optique, le « développement » ne tient plus uniquement à la croissance mais aussi à la qualité de la nourriture, à l'état de santé général, à la qualité du système éducatif et des loisirs, ainsi qu'aux possibilités qui sont offertes à chacun de participer aux décisions politiques. Le bilan actuel (2009) de cette évaluation place en tête la Norvège et l'Australie ; l'Allemagne arrive à la 22e place, les heureux Bhoutanais à la 132e, les deux dernières places étant occupées par le Niger et l'Afghanistan.

En tant que présidents de la commission Sarkozy, Stiglitz et Sen estiment que toute mesure des performances économiques devra comprendre à l'avenir l'évaluation de l'action de l'État en termes de développement durable et de prévoyance. Si l'on mesure les marchandises produites, il faut aussi mesurer les déchets. Et si l'on mesure les forces de production, il faut aussi tenir compte de ce qu'il en a coûté en termes de ressources. Autrement dit, en même temps que la croissance, il importe de mesurer les conséquences écologiques et sociales de cette croissance afin de déterminer si elle a profité ou non à la population.

Un instrument de mesure susceptible d'intégrer tous ces paramètres est bien entendu très difficile à mettre au point. Mais on ne peut pas continuer à procéder comme on l'a fait jusqu'à présent. « La mesure du PIB aux États-Unis ne nous a pas fourni une image parlante des données économiques avant l'explosion de la bulle. L'Amérique croyait qu'elle se portait mieux qu'elle ne le faisait en réalité, et dans les autres pays, il en allait de même. Les prix gonflés par la spéculation entraînèrent un accroissement des investissements immobiliers ainsi que des bénéfices des entreprises[6]. » La quantité seule nous apprend donc beaucoup moins que ce que la politique veut nous le faire croire. « Un plus grand gâteau ne signifie pas que tout le monde – ou même une majorité de gens – en aura une plus grande part[7]. »

Nombre d'économistes doutent aujourd'hui que bien-être et croissance puissent aller de pair. Mais ce qui doit finalement être mis en cause, ce n'est pas seulement l'instrument de mesure mais bien davantage, à savoir notre conception du monde : la croyance selon laquelle notre société, quoi qu'il en coûte, doit progresser indéfiniment sur le plan matériel. Tout comme sous le règne du socialisme d'État, cette conception place l'homme sous la tutelle de l'idéologie. Ce qui compte, ce n'est pas le citoyen en tant que tel mais la croissance à tout prix.

Voilà des décennies que le monde occidental ne voit les choses que sous cet angle, estimant que l'économie n'est qu'une question de croissance et qu'elle n'a en aucun cas à se préoccuper de la vie des hommes. La faim dans le monde ? Certainement pas un problème d'économie mondiale, le soin d'y remédier en est laissé à des organisations caritatives. La privatisation des ressources naturelles telles que l'eau dans le tiers-monde ? C'est l'œuvre du « marché libre », l'économie mondiale n'a rien à voir là-dedans. Les économistes d'aujourd'hui n'ont pas pour devoir de déterminer la direction dans laquelle notre économie galope. Et il y a bien longtemps que les politiques, de leur côté, se sont déchargés de ce devoir. En fait, ce n'est plus le devoir de personne.

Pour les philosophes de l'économie de tous bords, c'est là un aveu d'impuissance caractérisé. S'il n'y a plus personne pour veiller à ce que l'économie remplisse sa fonction essentielle, le règne du n'importe quoi est assuré. Et comme il n'y a effectivement personne pour indiquer la direction à suivre, on peut dire qu'il n'y a pas véritablement d'« économie mondiale » et que tout fonctionne uniquement en conformité exclusive et totale avec les intérêts particuliers des États et des sociétés multinationales.

Notre système économique n'est pas de nature à nous apporter davantage de bonheur. Les preuves concrètes permettant d'étayer une telle assertion sont légion. La plus célèbre étude sur le bien-être et le bonheur des nations est le *World Values Survey*[8]. L'étude porte sur quatre-vingt-deux pays. Les enquêteurs ont posé partout la même question : les gens s'estimaient-ils heureux et quel était leur degré de satisfaction ? Résultat : jusqu'à un salaire annuel de quinze mille dollars, l'indice de bonheur croît avec le revenu. Au-delà de quinze mille dollars, l'augmentation du revenu n'ajoute rien au bonheur. C'est ainsi que des études américaines portant sur de longues durées montrent que l'indice de bonheur des Américains de la classe moyenne n'a pas augmenté d'un iota depuis 1946[9]. Et cela, en dépit du fait que le revenu de l'Américain moyen ait entre-temps été multiplié par trois.

Les résultats pour l'Allemagne sont analogues. Les recherches menées par l'institut de démoscopie d'Allensbach montrent que l'indice de bonheur des Allemands a augmenté aussi longtemps qu'ils étaient assez pauvres. Mais, depuis la fin des années 1960, cet indice n'augmente plus. Une étude de 2002 aboutit au même résultat que celle de 1970 : à peu près 60 % des Allemands s'estiment satisfaits ou très satisfaits de leur vie. Depuis 1970, les performances économiques de la République fédérale ont plus que doublé. Et le pouvoir d'achat de l'Allemand moyen, qui s'élevait en 1970 à seize mille euros, atteint aujourd'hui vingt-cinq mille euros. Mais l'indice de bonheur n'a pas bougé durant tout ce temps.

L'effort chiffré que l'économie devait déployer en 1970 pour notre bonheur était moitié moins grand qu'il ne l'est aujourd'hui. Nous sommes donc actuellement deux fois moins performants que nous ne l'étions à l'époque : un effort redoublé pour arriver au même résultat.

Dans notre pays aussi, la plupart des gens savent qu'aisance n'est pas synonyme de bien-être. Nombreux sont pourtant ceux qui se démènent pour arriver à un niveau de vie plus élevé. Mais pas à tout prix. L'aspiration de l'économie à la croissance est beaucoup plus impérieuse que l'aspiration de la population à plus d'aisance. Lors d'une enquête menée en 2007, moins d'un tiers (27 %) des citoyens allemands interrogés ont déclaré qu'ils aspiraient à plus de biens matériels[10]. Plus de la moitié (59 %) sé sont déclarés satisfaits de ce qu'ils possédaient. Une personne sur dix a estimé qu'elle pouvait vivre aussi bien avec un revenu moindre et moins de biens matériels. Miegel écrit ainsi : « Les gens, dans leur immense majorité, ont le sens de la mesure et de l'objectif qu'ils peuvent raisonnablement viser. Ils savent quand ils ont assez mangé et bu, quand leurs armoires sont pleines et leurs désirs de confort assouvis. Lorsque c'est le cas, les biens matériels supplémentaires ne leur procurent pas davantage de satisfaction. Nul ne voudrait avoir faim ou froid. Mais peu nombreux sont ceux qui se sentiraient plus heureux s'ils possédaient un manteau de zibeline ou s'ils conduisaient une Maybach[11]. »

Bien qu'à peu près tout le monde s'accorde à dire qu'aisance matérielle et bien-être ne sont pas identiques, notre société reste psychologiquement inféodée à l'idée qu'il convient malgré tout de ne pas relâcher l'effort afin d'accéder coûte que coûte à plus d'aisance matérielle. Sans doute se trouvera-t-il parmi nos compatriotes qui auront choisi le Bhoutan comme destination de vacances des gens pour se dire qu'il serait peut-être bon de changer de cap, de s'occuper de son développement spirituel plutôt que de continuer à courir après l'argent. Mais qu'un parti ou le gouvernement fasse seulement mine de vouloir les taxer davantage et leur romantisme himalayen fraîchement acquis se volatilisera en un clin d'œil.

Ce que beaucoup d'entre nous jugent bon en principe – mener une vie paisible, riche de sens, en accord avec nos aspirations spirituelles et les valeurs qui sont les nôtres – n'est hélas jugé bon qu'en principe. Les principes ne s'accordent que difficilement à la vie. Comme nous l'avons montré dans la deuxième partie, ils ne nous guident que rarement dans l'action. Car, comme l'écrivent les sociopsychologues Harald Welzer et Claus Leggewie dans leur excellent livre *La fin du monde tel que nous le connaissions*, les hommes sont aptes « à créer des distances incommensurables entre leur conscience et les options qui se présentent à eux lorsqu'il s'agit d'agir. Ils n'éprouvent pas la moindre difficulté à intégrer les plus éclatantes contradictions et à les mener de front dans leur vie de tous les jours. Le fait qu'un tel constat puisse nous étonner tient à l'image de l'homme telle qu'elle a été forgée par la philosophie morale et la théologie, en particulier par les courants protestants de ces disciplines, une image dont nous sommes imprégnés pour ainsi dire à notre insu et qui représente l'homme comme une créature tendant à s'affranchir des contradictions. Si quelqu'un agit ouvertement et délibérément en rupture avec ses convictions, on verra en lui un individu atteint de "schizophrénie" ou souffrant, à tout le moins, d'une faiblesse de caractère quasi pathologique. Et pourtant il n'y a pas une once de réalisme dans les thèses qui veulent que les motifs des actes prennent racine dans la structure de la personnalité de l'homme et qu'il y ait une sorte de conformité naturelle entre conviction et action[12] ».

Ce qui nous paraît fondamentalement juste et ce que nous vivons sont deux choses très dissemblables. C'est ainsi que les policiers du bataillon Hambourg n'estimaient pas fondamentalement juste d'assassiner des femmes, des enfants et des nourrissons, mais l'ont fait malgré tout. S'agissant des problèmes en rapport avec notre société, ils donnent lieu à des inquiétudes qui demeurent fort abstraites. Les effets du changement climatique sont aussi vagues à nos yeux que ceux du pillage délibéré des ressources du tiers-monde. Nous savons que notre système de Sécurité sociale est menacé, mais nous ne le sentons pas (encore). Nous savons aussi que l'écart entre pauvres et riches ne cesse de grandir, mais il n'affecte guère notre quotidien. D'ailleurs, que pourrait-on bien faire personnellement pour contrer un tel phénomène ?

Les plus grands problèmes générés par notre activité demeurent en outre invisibles. Comme nous l'avons montré précédemment, les hommes ne sont pas dotés d'une longue-vue biologique, mais avancent en règle générale plutôt à tâtons. Nos critères de décision au quotidien sont rarement d'ordre moral ; nous décidons de faire ce qui nous paraît le plus approprié à la situation donnée. Nous prenons l'avion de Munich à Berlin, bien que nous sachions que ce mode de transport est indéfendable écologiquement parlant – mais le trajet en train nous semble vraiment trop long. Alors que je disais récemment à un groupe de managers que j'évitais en général de prendre l'avion pour mes déplacements en Allemagne, ces messieurs se regardèrent d'un air entendu qui laissait aisément deviner ce qu'ils pensaient : je n'étais manifestement pas accablé de travail et de responsabilités comme ils l'étaient, eux, et je pouvais donc me permettre ce genre de fantaisie…

Comme le montrent Welzer et Leggewie, ce n'est pas le défaut de raison qui nous empêche d'agir de façon responsable à grande échelle, mais plutôt la multitude de décisions prétendument raisonnables que nous prenons au quotidien : « Le pathos sur la fin du monde, la communauté humaine, le changement climatique n'a que peu d'incidence sur notre manière d'agir – il nous est tout simplement impossible de le rapporter à la réalité sociale vécue. Il ne nous sert finalement qu'à continuer à nous étonner de façon ostensible que les hommes puissent se montrer aussi déraisonnables[13]. »

Il en va de même des positions que nous prenons au sujet des lois qui régissent notre idéologie de la croissance. On s'accorde à dire que notre économie ne peut pas continuer à fonctionner comme elle le fait, mais on évite soigneusement d'en tirer une conclusion concernant sa propre manière de fonctionner. Une petite minorité de gens seulement modifient leurs habitudes pour préserver les ressources de la planète et décident, par exemple, d'acheter une voiture plus petite et respectueuse de l'environnement. Qui renonce, pour des motifs écologiques, à emprunter un vol à destination de quelque paradis touristique situé à l'autre bout du monde ? Qui décide de consacrer plus de temps à sa famille, quitte à perdre quelques avantages professionnels ? Et qui agit en conformité avec la belle idée que le bonheur d'un Allemand, de même que celui d'un Bhoutanais, peut s'accomplir sans qu'il ne soit besoin de courir sans cesse après de nouveaux biens de consommation ?

Notre politique et notre économie poursuivent un objectif extrêmement douteux : l'augmentation du PIB. La promesse de bonheur de la société réside dans la croissance continuelle de notre bien-être matériel. Cependant, nous savons pertinemment et depuis fort longtemps que davantage de croissance économique et l'accès à davantage de biens de consommation n'auront pas d'incidence durable sur notre bonheur.

L'art de ne pas être égoïste consiste donc avant tout à apprendre à faire la différence entre nos besoins réels et nos appétits. Mais cela est-il économiquement défendable ? Sommes-nous condamnés à la croissance à tout prix ?

• *Bien le bonjour de l'île de Pâques*. Pourquoi notre bien-être n'augmente plus

Bien le bonjour de l'île de Pâques

Pourquoi notre bien-être n'augmente plus

L'île de Pâques, dans le Pacifique Sud, est célèbre pour ses statues de pierre de neuf mètres de haut, les *moai.* Plus d'une centaine de ces figures impressionnantes se dressent sur cette île désolée. Ces étranges colosses de pierre contrastent si vivement avec le paysage environnant que les visiteurs d'aujourd'hui se demandent comment ces statues ont bien pu arriver là. À cette question, l'extravagant Suisse Erich von Däniken n'a trouvé qu'une réponse : elles ont dû être érigées sur cette terre dénudée, perdue au beau milieu du Pacifique, par des extra-terrestres venus de quelque monde lointain. Pour Däniken, il n'était pas pensable que les natifs polynésiens de l'île puissent avoir accompli pareille performance. De son côté, l'explorateur norvégien Thor Heyerdahl y voyait l'ouvrage de visiteurs étrangers, vraisemblablement des représentants d'une grande civilisation d'Amérique du Sud.

Les statues suscitent étonnement et interrogations.

Leur présence est en effet une énigme qui laissa déjà perplexe le navigateur néerlandais Jacob Roggeveen lorsqu'il aborda dans l'île en 1722, le dimanche de Pâques, dix-sept jours après avoir quitté la côte du Chili. Pour ériger des colosses comme les statues *moai*, il fallait des troncs d'arbre pour fabriquer des traîneaux, de grandes pirogues et des bras de levier. Or, l'île était dénudée et le plus grand arbre que vit Roggeveen ne mesurait pas trois mètres de haut. Quant aux habitants de l'île, ils se présentaient comme une peuplade arriérée, naviguant à bord de petites embarcations de fortune. Quelque chose ici avait dû mal tourner, mais quoi ?

Le fait est que l'île de Pâques était boisée à l'origine. Lorsque les Polynésiens s'y établirent vers 900 av. J.-C., la forêt offrait de multiples ressources qu'ils se mirent à exploiter. Mais cette exploitation prit une tournure catastrophique lorsque les chefs des différents clans présents sur l'île décidèrent de prendre de l'ascendant sur leurs rivaux en se dotant de statues plus grandes que celles du voisin. Au fur et à mesure que la situation économique se dégradait du fait de l'exploitation massive de la forêt, on façonnait des figures de pierre plus grandes et plus coûteuses. Celles-ci étaient devenues peu à peu les fétiches de la classe dirigeante et des symboles de leur statut privilégié. Lorsque les ressources botaniques se firent plus rares, les insulaires adoptèrent progressivement un régime carné. Ils commencèrent par faire un sort aux dauphins qui vivaient sur la côte, puis ce fut le tour des oiseaux, d'abord ceux qui vivaient à l'intérieur de l'île puis les oiseaux de mer. Au bout du compte, il ne leur resta à manger pratiquement que des rats. La famine commença à sévir, les liens socioculturels se défirent, la population diminua, en particulier sous l'effet du cannibalisme généré puis banalisé par la disette.

C'est seulement lorsqu'ils eurent abattu le dernier arbre de l'île, tué le dernier animal sauvage et pêché le dernier poisson que les habitants de l'île de Pâques, ainsi qu'on pourrait le dire ici en transposant quelque peu la sombre « prophétie des Indiens Cree », s'aperçurent qu'ils ne pouvaient pas manger leurs statues. De rage, ils les renversèrent. Mais il était trop tard. 90 % des habitants avaient péri, il ne restait aux survivants qu'à affronter le sort misérable qui était à présent le leur.

Comment a-t-on pu en arriver là ? Pourquoi personne ne résista aux forces qui devaient aboutir au suicide écologique de toute une civilisation ? Pourquoi personne sur l'île de Pâques ne reconnut suffisamment tôt que l'abattage forcené de bois aurait rapidement des conséquences désastreuses ? Et si quelqu'un en prit conscience, pourquoi ne fut-il pas écouté ? « Que peut bien avoir pensé, s'interroge le biologiste de l'évolution Jared Diamond (né en 1937) de la California University à Los Angeles, celui qui abattit le dernier arbre de l'île de Pâques et scella ainsi le déclin et la chute annoncée d'une civilisation vieille de sept cents ans[1] ? » Donnée par l'auteur lui-même, la réponse à cette question est aussi simple que réaliste : « Il aura sans doute pensé qu'on avait de tout temps abattu des arbres et qu'il était donc tout à fait normal que le dernier soit également abattu. »

D'après Arthur Schopenhauer, toute question de société en voie de reconnaissance passe par trois phases. On commence par en rire ; ensuite on la combat ; pour finir elle est admise comme allant de soi. Peut-être est-ce exactement ce qui s'est produit sur l'île de Pâques. Pour commencer, personne n'aura pris les protestataires au sérieux. Plus tard, on se sera évertué à les faire taire. Et, pour finir, tout le monde se sera dit : « De toute façon, il est trop tard pour revenir en arrière. On ne peut plus rien y changer, maintenant. » La manière dont les choses se sont passées sur l'île de Pâques constitue un exemple frappant du phénomène des *shifting baselines.* Comme la forêt était progressivement grignotée au fil des siècles, chaque nouvelle génération vivait une situation écologique différente de celle qu'avait connue la génération précédente. Celui qui grandit dans un environnement forestier dont il ne subsiste que 20 % de ce qu'il était à l'origine n'est pas choqué qu'il n'en reste que 15 % vers la fin de sa vie. Et le bûcheron qui, au XVIIe siècle, abattit le dernier arbre était né sur une île où la forêt avait déjà presque disparu. À la lumière de ce qui vient d'être dit, on imagine aisément que, même à l'époque où on ne trouvait plus, sur l'île de Pâques, que des oiseaux de mer à se mettre sous la dent, une minorité d'insulaires seulement devait estimer que la situation était devenue dramatique. Au XVIIIe siècle, les habitants de l'île de Pâques vivaient d'ailleurs plus que modestement et presque exclusivement de l'élevage des poules. Sans doute était-on alors depuis longtemps accoutumé à ne manger que des volatiles.

L'exemple de l'île de Pâques a été choisi, car il permet d'établir un parallèle avec ce qui se passe dans nos sociétés industrialisées. Diamond souligne que notre planète est aussi isolée dans l'univers que l'île de Pâques dans l'océan. Mais, si dramatiques qu'aient été les circonstances du déclin de cette civilisation polynésienne et le sort qu'ont connu ceux qui survécurent à sa chute, la situation, chez nous, se présenterait sous un jour encore infiniment plus critique : « Si quelques milliers d'hommes vigoureux et munis d'outils rudimentaires sont parvenus à détruire leur environnement et, du même coup, leur société, comment plusieurs milliards d'hommes équipés d'outils perfectionnés et de machines pourront-ils éviter de faire encore bien pire[2] ? »

Depuis le début du XIXe siècle, les hommes du monde industrialisé considèrent que leur économie ne cessera de croître et qu'ils accéderont, de ce fait, à toujours plus de confort et à une vie de plus en plus agréable. Si l'on fait abstraction de quelques retours de manivelle, cette promesse a été longtemps tenue. Le nombre des indigents est passé graduellement d'une large majorité à une minorité de plus en plus réduite. Entre 1800 et aujourd'hui, le PIB mondial a été multiplié par quatre-vingts. Et la population de la planète est passée de un à près de sept milliards. Mais comment se présenterait notre monde si la population, les biens et les services continuaient à augmenter à ce rythme durant encore une centaine d'années ? D'où viendraient les ressources nécessaires à cette croissance prolongée ? Qui réparera les dommages écologiques qu'elle entraînera fatalement ? Et qui voudra vivre dans l'air pollué et parmi les montagnes de déchets de mégalopoles de quarante millions d'habitants et plus ?

Compte tenu de cela, on ne peut que lever les yeux au ciel lorsqu'une chancelière de la République fédérale allemande déclare que la croissance est et reste l'objectif fondamental du gouvernement pour les quatre années à venir[3]. Ses conseillers dans les instituts économiques, universités et multinationales exigent un taux de croissance d'au moins 2 %, si possible 3 %, faute de quoi notre niveau de vie ne saurait être maintenu, les citoyens seraient mécontents, et les partis au pouvoir perdraient des électeurs.

Pour Meinhard Miegel, cette politique n'est ni sage ni raisonnable. Au stade de développement qui est le nôtre, la volonté de croissance n'est plus, selon lui, qu'une dangereuse illusion : « Un tel programme s'inscrivant dans la durée revient à postuler un doublement du volume des biens et services tous les vingt-trois ans ; par rapport à ce qu'il est aujourd'hui, ce volume serait multiplié par mille en deux cent trente-quatre ans… De grandes régions du monde – à leur tête, les pays très tôt industrialisés d'Europe, l'Amérique du Nord, le Japon et l'Australie – sont accros à la croissance comme les alcooliques à la bouteille et les drogués à la seringue. En cas de rupture d'approvisionnement, fût-elle de courte durée, ils sont sujets à des crises de peur panique et d'angoisses existentielles. Surtout ne pas déroger aux habitudes ! De la came, encore et toujours plus ! Il le faut, et il ne saurait en aller autrement. L'économie doit croître, croître indéfiniment. Si elle cesse de croître un moment, c'est un drame : la "récession" ; si elle vient à décroître, c'est une tragédie : la "dépression". Alors, on sonne l'alarme et l'on peint à la brosse large de sombres scénarios d'avenir, et il n'est de comparaison historique suffisamment oppressante pour décrire la gravité de la situation. La crise mondiale des années 1930, les grandes famines, des centaines de millions de gens plongés dans la misère – tout cela était grave et le demeure, et n'en mérite pourtant pas moins d'être relativisé par comparaison avec la détresse de tous ceux qui de par le monde n'ont jamais connu autre chose que les vaches maigres[4]. »

Celui qui soutient que notre société est condamnée à ne plus croître et n'a d'ailleurs nul besoin de croître davantage passe encore bien souvent aux yeux du public pour un excentrique ou un Cassandre. Quand tout le monde roule dans la mauvaise direction, le contestataire apparaît comme un empêcheur de tourner en rond, que ce soit sur l'île de Pâques ou chez nous.

Mais pourquoi tenons-nous dur comme fer à la croissance si notre but n'est pas la croissance elle-même mais le plaisir de vivre ? La question n'est pas nouvelle, ainsi qu'en témoignent les écrits du célèbre philosophe et économiste britannique John Stuart Mill (1806-1873). L'idéal économique, selon ce penseur, n'est pas l'expansion à tout prix mais une « économie stationnaire ». Le bonheur de la société ne tient pas à la croissance matérielle mais à la croissance immatérielle. En d'autres termes : une bonne croissance est une croissance qualitative plutôt que quantitative. Et ce n'est pas la concurrence qui rend l'homme heureux, mais la coopération : « La situation qui se révèle le plus appropriée à la nature humaine est celle où il n'y aurait pas de pauvres, où personne ne désirerait s'enrichir et où nul n'aurait à craindre d'être refoulé sous la pression conjuguée de gens qui chercheraient à lui passer devant[5]. »

John Stuart Mill estimait qu'une économie doit changer de cap lorsque les objectifs de croissance sont atteints. Une fois que les besoins sont satisfaits, que la pauvreté est éradiquée, l'éducation démocratisée, le niveau de vie assuré, l'économie n'a plus aucune raison de viser davantage de croissance matérielle. À ce stade, tout progrès ultérieur ne peut être qu'un progrès immatériel du savoir, de la culture et de l'intellect. Dans cette situation, les hommes n'ont plus besoin d'argent. Ils peuvent se permettre de travailler moins. Et la population n'a pas besoin non plus de croître davantage. Celui qui n'en continuerait pas moins – la société étant parvenue à ce stade de développement – à aspirer à davantage de croissance matérielle devrait être considéré comme victime d'une addiction. Or, c'est précisément cette sorte d'addiction qui doit être surmontée pour garantir le progrès culturel et moral de la société.

Pour Mill, la croissance matérielle n'est pas une fin en soi, mais une sorte d'étape intermédiaire sur le chemin d'une société morale. Keynes, dans les années 1920, ne voyait pas les choses autrement. Les conceptions de ces penseurs sont aujourd'hui plus actuelles que jamais. Le credo de la quasi-totalité des meilleurs ouvrages actuels sur la situation du capitalisme est que nous avons depuis longtemps fait le plein de biens matériels. Ce qu'il nous faut, c'est moins de croissance, plus de social, plus de régulation, moins de spéculation, plus de mesure, moins de cupidité. Presque tout le monde s'accorde sur ces points, à l'exception de quelques lobbyistes impénitents qui campent sur leurs positions et s'obstinent, sur le mode de la mise en garde et sous le masque de l'indignation, à défendre ce qui est depuis longtemps devenu indéfendable[6].

En Allemagne, toutes les conditions d'un « état stationnaire » étaient largement remplies à la fin des années 1960. L'économie stagnait, et les vœux affichés de la société portaient moins sur la croissance économique que sur celle des libertés. Le système éducatif fut davantage démocratisé, la cogestion introduite dans les entreprises, la morale sexuelle libéralisée. Cependant, l'État ne vivait que difficilement avec un taux de croissance en baisse et stimula l'économie en levant des impôts. Ce faisant, il recourut très précisément à une recette que Keynes ne jugeait recevable qu'en temps de crise. Une fois atteint l'« état stationnaire », les moyens de stimulation étatiques de l'économie n'étaient plus de mise, selon Keynes. Parvenue à ce stade, la République fédérale n'en dopa pas moins l'économie avec des hormones de croissance et s'endetta d'une manière démesurée. Au lieu de réfléchir aux possibles conséquences écologiques et sociales d'un trafic automobile en constante augmentation, l'État se lança à corps perdu dans la construction de voies rapides et d'autoroutes. La baisse de la qualité de vie dans les villes encombrées de véhicules et empestées par les gaz d'échappement ne fut réellement prise en compte que dix années plus tard. Les Verts entrèrent en scène et exigèrent en effet une société stationnaire : davantage de bien-être immatériel fondé sur une économie soumise au principe de développement durable, moins de bien-être matériel acquis au prix de la détérioration de l'environnement. On commença par se moquer d'eux ; plus tard on les combattit ; aujourd'hui nombre de leurs idées ont fait leur chemin et sont communément admises, voire partagées. Cependant, nous ne leur accordons guère plus d'importance au quotidien qu'à nos autres convictions morales. L'expérience prouve que la plupart des hommes ne prennent leurs idéaux réellement au sérieux que pendant quelques minutes ou quelques heures – au sommet d'une montagne ou après un reportage qui les a secoués. Le reste du temps, ils ne déterminent que très rarement leur comportement. Nous les occultons, nous les refoulons, ou alors nous nous redonnons bonne conscience à l'aide d'arguments plus ou moins spécieux. Nous sommes parfaitement au courant de la dangerosité de certaines de nos activités sociales ou personnelles (Oui, oui, je sais bien…), mais, de même qu'à la cigarette, nous n'y renonçons pas.

Du point de vue même des citoyens de la République fédérale, nous pouvons nous passer de plus de croissance mais non d'une meilleure répartition des biens. Le revenu moyen mensuel d'un ménage allemand avoisine les trois mille deux cent cinquante euros ; ce n'est pas peu. Si ce niveau de vie pouvait être maintenu dans la durée, nos compatriotes s'en satisferaient sans nul doute. Car à quoi leur servirait une autre voiture, alors qu'on ne peut déjà plus traverser les villes aux heures de pointe et qu'on ne trouve plus de place pour se garer ? Faut-il vraiment que la qualité de nos lecteurs de CD, de nos postes de télévision et de nos téléphones portables devienne meilleure qu'elle ne l'est ? Si elle s'améliore encore, cela nous rendra-t-il plus heureux ? Et quel avantage auront finalement les communes à multiplier les centres commerciaux, si cela doit signifier la ruine totale des commerces de proximité ? Combien d'autoroutes devrons-nous encore construire aux dépens de l'environnement pour reconnaître enfin qu'il y a déjà longtemps que nous en avons bien assez ?

Pour répondre à ces questions, il faut commencer par faire la distinction entre deux dimensions : l'une psychologique, l'autre économique. La réponse psychologique serait la suivante : il est dans la nature de l'homme de vouloir « toujours plus ». Le sentiment de stagnation rendrait l'homme malheureux, ainsi qu'en témoigne l'état d'esprit qui régnait naguère dans les pays de l'Est.

Voilà un jugement qui mérite assurément d'être vérifié et qui prête d'emblée à discussion. Il est en effet loisible de penser que la plupart des gens qui vivaient sous la férule du socialisme d'État pur et dur étaient somme toute plutôt satisfaits de leur sort et ne se plaignaient pas spécialement que leur niveau de vie, après des années de croissance, se soit stabilisé et demeure le même tout au long des années 1980. Mais il n'est pas nécessaire de se fixer sur un exemple aussi précis pour les besoins de notre démonstration. Le niveau de vie de la moyenne des habitants de la planète n'ayant pas connu d'accroissement notable entre la fin de l'âge de pierre et le début du XIXe siècle, on est enclin à mettre en doute le fait qu'il soit dans la nature de l'homme de ne jamais se satisfaire de ce qu'il a. Mes propres grands-parents n'avaient encore que fort peu d'aspirations matérielles et vivaient assez contents dans leur petit logement à loyer modéré. L'état d'esprit qui consiste à en vouloir toujours plus leur était tout simplement étranger. Et nombre de contemporains célèbres de mes grands-parents partagent le point de vue que nous défendons ici. En témoigne la critique du capitalisme à laquelle se livrent des penseurs tels que Siegfried Kracauer, Theodor W. Adorno, Ernst Bloch et Walter Benjamin. Pour eux, l'insatiable cupidité capitaliste n'est pas une expression de la nature humaine mais le produit d'une idéologie, « une véritable religion culturelle, peut-être la plus extrémiste qui ait jamais existé[7] ». Le fait est que ce qui nous paraît si commun que nous l'attribuons aujourd'hui à la nature humaine a été totalement étranger aux hommes durant des millénaires.

Un économiste pourrait peut-être nous donner raison sur ce point : la nature humaine est complexe et ne saurait être réduite à la seule cupidité matérielle. Mais, après l'avoir admis, notre homme nous dévisagerait sans doute avec gravité et nous expliquerait en long et en large pourquoi il est néanmoins impossible de fonctionner autrement que sur le mode qui est le nôtre. Notre économie, dirait-il, doit continuer à croître, que cela nous plaise ou non. Le processus économique dans lequel nous sommes impliqués bon gré mal gré est comme un cours d'eau dans lequel il nous faut nager à contre-courant. Si nous relâchions un instant l'effort pour avancer, nous ne pourrions que reculer, nous serions emportés par les flots, et tout le reste avec nous. Bref, nous n'œuvrons pas pour la vie mais pour la bonne marche de l'économie !

Est-ce bien exact ? Ce point de vue trouve d'éminents défenseurs dans les familles politiques les plus diverses. Marx notamment s'y rallie lorsqu'il critique la notion d'« état stationnaire », telle qu'elle a été définie par John Stuart Mill. Pour Marx, cette notion n'est qu'une « illusion romantique », le capitalisme étant condamné à la croissance : en l'absence de croissance, les marges bénéficiaires ne peuvent que baisser, et la baisse tendancielle des marges bénéficiaires ne peut qu'aboutir à l'effondrement du système tout entier. Les économistes d'aujourd'hui ont recours à des arguments analogues lorsqu'ils nous expliquent que l'économie doit croître afin de procurer du travail à tous. Faute de croissance suffisante, le chômage ne peut qu'affecter toujours davantage de gens. À les entendre, seule la croissance serait à même d'assurer à la fois notre plein-emploi et nos vieux jours. Mais pourquoi ?

À cette question, il n'est apporté qu'un nombre étonnamment restreint de réponses plausibles[8]. L'une d'elles est proposée par l'économiste suisse Hans Christoph Binswanger (né en 1929) de l'université de Saint Gall. Binswanger est sans doute l'un des pionniers majeurs d'un mouvement de pensée voué à la transformation du modèle économique des sociétés industrielles en un modèle soumis aux principes de l'écologie et du développement durable. Il fut aussi le directeur de thèse de Josef Ackermann, président de la Deutsche Bank. Mais, tandis qu'Ackermann – tel un fruit tombé loin du tronc de l'arbre qui l'a porté – visait encore il y a peu une croissance de 25 % du revenu annuel de son établissement, Binswanger, lui, affirme que l'on peut se passer de croissance.

Pour se libérer de l'illusion de la croissance, il faut commencer par comprendre pourquoi et comment cette illusion fonctionne. Pour Binswanger, l'explication est très simple. Il la résume dans *La Spirale de la croissance*[9], en 2006. Le mécanisme qui entraîne la machine y est décrit comme suit : pour créer de nouveaux produits, financer leur fabrication et leur lancement, une entreprise a besoin d'argent. Comme elle ne l'a généralement pas sous la main, elle l'emprunte à la banque. Sur la somme empruntée, l'entreprise paie des intérêts. Pour que les comptes puissent s'équilibrer, il faut que les bénéfices de l'entreprise soient plus élevés que le montant des intérêts. Mais l'entreprise ne peut faire de bénéfices que si ses produits sont achetés. Or, les produits ne peuvent être achetés que si le pouvoir d'achat de la population progresse. Et le pouvoir d'achat de la population ne peut progresser que si les entreprises distribuent des salaires plus élevés à leurs collaborateurs. Mais, pour consentir des salaires plus élevés à ses collaborateurs, l'entreprise doit faire de nouveaux investissements et emprunter de l'argent pour assurer ses bénéfices futurs, et ainsi de suite.

La question cruciale est celle-ci : comment éviter cette spirale de la croissance ? D'après Binswanger, le problème tout entier réside dans la phase initiale de la spirale, c'est-à-dire dans la prise de crédit. Si la banque peut consentir autant de crédit qu'elle le juge bon, l'argent ne cesse d'affluer dans l'économie, et la spirale ne cesse de se développer. Or, la banque ne possède pas tout l'argent qu'elle prête mais seulement une fraction de cet argent. Chaque crédit consenti par la banque est en quelque sorte une « invention » de sommes nouvelles largement incontrôlées. C'est à cela, affirme Binswanger, qu'il doit être mis fin une fois pour toutes. Pour se soustraire à l'illusion de la croissance, il convient de réduire de manière significative le pouvoir des banques privées. Seule la Banque centrale devrait être habilitée à accorder des crédits, et ces crédits devraient être consentis à des taux d'intérêt relativement faibles. Les banques privées, elles, verraient leurs attributions strictement restreintes à la gestion des biens. Les flux d'argent incontrôlés seraient régulés de cette manière ; du même coup, tout processus inflationniste serait presque exclu et la contrainte de la croissance notablement amoindrie. Car là où l'on ne fait pas continuellement marcher la planche à billets il n'y a pas d'argent frais. Et là où il n'y a pas d'argent frais on ne peut pas non plus en tirer de sa manche ni en distribuer sur commande.

Dans quelle mesure il peut être envisagé de manière réaliste, contre ce qui passe aujourd'hui pour un imprescriptible droit national et international, de réduire effectivement à la portion congrue le pouvoir presque discrétionnaire des banques, voilà une question qui demeure posée. Sans doute cela dépend-il du cours que prendra dans l'avenir la crise financière à laquelle nous sommes confrontés. Si, à la suite des krachs qui ne manqueront pas de se produire dans un futur plus ou moins proche, le sauvetage des établissements financiers ne peut plus être assuré qu'au prix de la ruine totale de l'économie, on verra sans doute de nombreuses banques se démettre volontairement de leur pouvoir et donner naissance, ce faisant, à un marché totalement nouveau. Quant à savoir si ce marché pourrait fonctionner avec moins de croissance, là encore, la question reste posée.

Du point de vue des économistes et des hommes politiques d'aujourd'hui, les idées de Binswanger sont à la fois pertinentes et totalement déconnectées du monde réel. Car même ceux qui ont percé à jour l'illusion de la croissance ont peine à croire que l'on puisse en sortir. Nous savons évidemment que nous payons très cher, et même beaucoup trop cher, notre croissance matérielle ininterrompue. Nous empoisonnons l'atmosphère ; impliqués dans une compétition acharnée avec les autres, nous épuisons à un rythme de plus en plus soutenu les ressources de la planète et gaspillons avec frénésie l'héritage des générations à venir. Tout cela pour produire des choses dont nous n'avons souvent nul besoin et qui, loin de contribuer à notre bonheur, ne font dans bien des cas que le ternir ou le rendre de plus en plus problématique.

Nombre d'hommes politiques nous donneraient également raison sur ce point, et plutôt deux fois qu'une. Mais, quelques heures après en avoir débattu et avoir souscrit éventuellement sans réserve aux idées d'un Binswanger, on les verrait se pencher avec ferveur sur quelque nouveau programme de croissance. Car le présent commande. Là, maintenant, il s'agit de résoudre une multitude de problèmes économiques d'une actualité brûlante. Pas le temps de s'occuper du grand tout. Lorsque l'avenir d'Opel est en jeu, le climat doit attendre. Car il y a beaucoup plus important que le climat : les postes de travail à préserver et, avec eux, les voix des électeurs qui les occupent ! C'est ainsi, comme l'écrivent Leggewie et Welzer, que tout tourne autour d'un « vieux complexe industriel » plutôt qu'autour de l'avenir. Très significatives à cet égard sont les décisions politiques tout à fait paradoxales prises en faveur d'une industrie automobile qui « ne *devra* plus jouer à l'avenir le rôle qui a été longtemps le sien. Bichonner aujourd'hui l'industrie automobile (au prix de mesures insensées telles que les primes à la casse) revient à dépenser pour une survivance du passé l'argent qui devrait servir à jeter les bases d'un avenir meilleur. De tels plans de sauvetage obéissent à une forme d'autosuggestion en vertu de laquelle un monde peuplé de neuf milliards d'habitants pourrait, à l'instar de l'Europe d'aujourd'hui, être desservi par un réseau planétaire de routes à huit voies agrémenté d'une multitude de parkings gigantesques[10] ».

Personne dans notre monde industriel n'assume véritablement la responsabilité juridique de l'avenir.

Comme le prouve l'exemple de la catastrophe survenue dans le golfe du Mexique, il nous est permis d'extraire le pétrole de la mer, même si nous ne disposons pas des moyens nécessaires pour parer ou remédier à un possible désastre. Cela vaut également pour les pétroliers ou les centrales nucléaires. Comment se fait-il que notre société n'interdise pas l'exploitation de ressources pouvant, en cas d'incident, entraîner des dommages irréparables ? Aucune compagnie d'assurances de par le monde ne garantit le risque nucléaire, car elle serait incapable, en cas de catastrophe, d'en assumer le coût. Celui-ci serait entièrement supporté par la population et ne se chiffrerait malheureusement pas seulement en termes d'argent.

Les sociétés des États industriels font face aujourd'hui au plus grand défi de leur histoire. Notre manière de conduire les affaires se heurte à des limites devenues infranchissables qui se présentent sous trois aspects. Primo, l'Occident fait globalement face à une concurrence accrue dans la lutte qui vise à s'assurer la mainmise sur les marchés et les ressources naturelles. Le gâteau devient plus petit, tandis que les mangeurs de gâteau deviennent de plus en plus nombreux. Secundo, les dommages écologiques causés par notre illusion de la croissance atteignent des proportions telles que les générations à venir seront totalement confisquées par la réparation de ces dommages et par l'élaboration de stratégies de survie. En troisième lieu, toute cette activité que nous déployons ne nous rend pas plus heureux mais génère, au contraire, une insatisfaction grandissante.

Si plus de croissance ne nous procure pas plus de bonheur, pourquoi ne parvenons-nous pas à virer de bord, à changer de cap ? Pourquoi tolérons-nous, au nom de la croissance, des excès qui sont les signes d'un monde économique en proie à une crise morale sans précédent ? Et pourquoi nos banques continuent-elles à prendre des risques financiers qui ne contribuent en rien à notre bonheur ?

• *Mythes, marchés, hommes d'affaires*. Ce qui fait marcher l'économie…

Mythes, marchés, hommes d'affaires

Ce qui fait marcher l'économie…

S'adressant à son fils Jean, Johann Buddenbrook, négociant à Lübeck, ne laisse planer aucun doute sur ce que signifie « être un commerçant honorable » : « Mon fils, prends plaisir aux affaires le jour, mais ne fais que celles qui nous permettent de dormir en paix la nuit[1]. »

Pour Thomas Mann, l'auteur des *Buddenbrook*, le négociant hanséatique incarne véritablement cette honorabilité : commerçant mais aussi homme d'honneur, volontaire, certes, et dur en affaires, calculateur et soucieux avant tout de son intérêt, mais n'outrepassant jamais les limites de la décence. En tant que membre d'une communauté, il se sent responsable de ses employés et de la cité qu'il représente. Homme d'affaires avisé, Johann Buddenbrook sait très exactement comment cela marche : de bonnes relations d'affaires reposent sur une base sociale et ne s'établissent que dans la durée ; un profit rapide réalisé par ruse ne tient pas ses promesses ; toute affaire solide se fonde sur une devise qui ne se déprécie jamais : la confiance.

L'idée n'est pas nouvelle. Le théologien et mathématicien Luca Pacioli (1445-1514), inventeur de la double comptabilité, savait déjà ce qu'implique la bonne gestion d'une entreprise. En 1494, il définissait dans sa *Summa* le code d'honneur d'un commerçant italien de la Renaissance : « Rien ne compte plus que la parole du bon commerçant, aussi renforcent-ils leurs accords en disant : sur l'honneur d'un vrai commerçant[2]. » Il semble pourtant que Pacioli ne se soit pas fait trop d'illusions sur la moralité des commerçants de son époque. Comme précepteur des fils d'un négociant vénitien, il était bien placé pour savoir à qui il avait affaire et estimait qu'il était infiniment plus difficile de former un commerçant honnête qu'un juriste roué.

Celui qui, dans le monde économique actuel, se mettrait en quête des honorables commerçants voulus par Johann Buddenbrook serait amené à constater le bien-fondé de la formule du précepteur Pacioli. Non pas qu'il n'y ait plus aujourd'hui de commerçants honorables, mais ils font partie d'une espèce en voie d'extinction. De la double comptabilité, on est passé à la comptabilité multiple. Bilans falsifiés, fausses déclarations destinées à doper le cours des actions, délits d'initiés, corruption, rejet de responsabilité, enrichissement personnel frauduleux sont devenus des pratiques courantes. La confiance dans l'honorabilité de notre économie a subi de graves dommages, et cela bien avant la récente crise financière.

Mais à quoi cela tient-il ? Les trois raisons principales du déclin de l'honorable commerçant sont vite trouvées. Le commerçant type n'est pas un employé, il est le propriétaire d'une entreprise qu'il a généralement créée et dans laquelle sa responsabilité personnelle est engagée. Il appartient à ce titre, dans le monde des affaires, à une couche moyenne dans laquelle il n'est pas rare, même aujourd'hui, de rencontrer des gens parfaitement honorables. En revanche, la plupart de nos dirigeants ne sont pas indépendants, et leur responsabilité n'est engagée que partiellement. Quant aux grands patrons, managers de puissantes sociétés multinationales, ils se voient nommés tous les deux ou trois ans à la tête d'une autre société qui ne leur demande rien d'autre que des résultats rapides sous forme de bilans aussi positifs que possible. La perte en matière de responsabilité et de relations d'affaires durables est générée par le mode de fonctionnement même de ces très grandes entreprises, des sociétés par actions et des marchés globalisés difficilement lisibles, gérés de surcroît par des compétences douteuses. Une troisième raison tient à la dynamique propre en vertu de laquelle le sentiment de faire ou de ne pas faire ce qu'il faut se métamorphose en son contraire de manière aussi imperceptible que rapide. Un cas remarquable de *shifting baselines.* Si les autres agissent de manière contraire aux bonnes mœurs, je fais de même. Par comparaison avec eux, ma façon d'agir est justifiée à mes propres yeux au point que je peux effectivement dormir tranquille la nuit en dépit de la manière dont je conduis mes affaires le jour.

Chaque fois que se déplacent les points d'appui qui constituent nos références, on assiste à la naissance de nouveaux mythes. Le premier de ces mythes est celui du « marché libre », une notion que nous devons au philosophe et moraliste écossais Adam

Smith (1723-1790). Dans l'esprit d'Adam Smith, ce marché s'identifiait à la Grande-Bretagne et comprenait indistinctement ouvriers et manufactures, négociants en coton et propriétaires de mines et de carrières. Il convenait que l'activité des uns et des autres ne soit freinée par aucune limitation. Ainsi qu'il est dit dans son célèbre ouvrage de 1776 *La Richesse des nations*, « une main invisible régulerait le marché, si bien que chacun y trouverait finalement son compte[3] ». L'évolution des normes de marché entraînerait celle des normes sociales. Et de la liberté du commerce résulterait la liberté tout court.

Cependant, les plus grands problèmes du capitalisme n'étaient pas encore d'actualité en 1776. Une économie globale était chose inimaginable du temps d'Adam Smith. De même étaient alors impensables des phénomènes tels que les catastrophes écologiques, les flux migratoires et les conflits culturels, les maladies dues au stress, les multimilliardaires et les acteurs financiers mondiaux, les spéculateurs en bourse internationaux, les produits dérivés, les fonds spéculatifs, les ventes à découvert et les manipulations de cours.

Il n'en reste pas moins qu'à son époque déjà Smith voyait bien que son système ne pouvait fonctionner sans la participation de l'État. Car qui garantit le marché libre ? Qui le protège contre ses adversaires ? Et qui veille à la bonne conduite de ses acteurs ? Pour toutes ces raisons, Smith avait besoin d'un État fort. Connaisseur en la matière, notre philosophe et moraliste savait pertinemment qu'il en va du marché libre comme de la justice : tout le monde les réclame, mais rares sont ceux qui s'y tiennent. Car on a tôt fait, dès que l'occasion se présente, de contrevenir aux règles du marché libre : « Il est fort rare que les représentants d'un même domaine de production se rencontrent, même en des occasions festives ou récréatives, sans que la conversation ne finisse par déboucher sur un complot contre les positions officielles ou sur l'élaboration d'un plan visant à augmenter les prix[4]. »

Dans le monde capitaliste réel, les marchés libres sont l'exception. Les forces en présence sont trop différentes, et les budgets prévisionnels trop inégaux, de même que les influences politiques, les avantages et inconvénients liés aux lieux et aux conditions de production, les possibilités de formation et ainsi de suite. Le marché n'a pas d'états d'âme, il n'est pas nécessairement orienté vers le progrès du bien-être général et il n'est pas non plus infaillible. Et ce qui valait pour l'époque d'Adam Smith vaut encore davantage pour la nôtre. « Une firme puissante n'est en aucun cas disposée à se soumettre aux données du marché ; elle met au contraire tout en œuvre pour rendre le marché aussi utile que possible à la réalisation de ses propres fins. Prix, coût, production et sommes mises en jeu ne sont nullement déterminés par le marché mais correspondent au plan de développement que s'est fixé la firme elle-même[5]. » Aucun capitaliste n'aime le marché, sauf pour la position dominante qu'il est susceptible d'y occuper.

La liberté du marché et ses bienfaits prétendument incontestables sont un conte des temps modernes. Contrairement à la thèse défendue depuis une trentaine d'années par les tenants du néolibéralisme, l'État n'est pas le problème mais la solution. Sans État fort, pas de liberté du marché. Un jardin qui n'est pas soigneusement entretenu ne fleurit pas mais dépérit. Et là où naguère cent espèces utiles trouvaient leur place, il ne pousse bientôt plus que des orties, du liseron et du trèfle. Or, les jardiniers de notre économie ont fait preuve d'une incurie folle. Au lieu d'éloigner les mauvaises herbes, ils les ont favorisées à grand renfort d'engrais : « Les instruments de régulation et de contrôle des mouvements de capitaux mondiaux ont été supprimés. Un afflux croissant de capital a nourri la spéculation au détriment de la création d'entreprises et de la consolidation des économies nationales. Nombre de gouvernements ont en outre favorisé cette dérive en défiscalisant les gains engrangés de la sorte. Pour attirer les capitalistes, certains États ont réduit ou supprimé les impôts sur les rentes, les revenus spéculatifs, la fortune et les successions[6]. »

La régulation du marché libre ne se fait pas d'elle-même, mais résulte d'un entretien et de soins plus ou moins responsables. Le marché libre ne peut pas fonctionner correctement en l'absence de règles fixées par l'État. Du reste, les marchés libres ne sont pas nés spontanément au XVIIIe siècle, mais ont été créés, réglementés et gérés par les États. De même, la liberté des citoyens n'a pas été générée par les marchés mais décidée « d'en haut », en des temps révolutionnaires, comme ce fut le cas aux États-Unis et en France. Celui qui s'entête à nier l'évidence et à récuser l'État ressemble à un enfant gâté qui voit toujours uniquement les bornes que ses parents fixent à sa liberté. Mais ce qu'il ne voit pas, c'est que sans ses parents il aurait une vie impossible.

La justification psychologique du mythe du marché libre découle d'un second mythe, celui d'une représentation purement économique de l'individu visant à affirmer l'existence d'un *homo œconomicus*, autrement dit d'un individu exclusivement déterminé par l'économie et dont toutes les décisions seraient prises uniquement en rapport avec les avantages matériels qu'il compte obtenir[7]. Né dans les manuels d'économie du XIXe siècle, cet égoïste pur et dur doit son nom à l'un de ses plus ardents détracteurs, le poète et économiste irlandais John Kells Ingram (1823-1907). Dans son ouvrage intitulé *A History of Political Economy* (1888), Ingram se gausse abondamment de l'image réductrice que les sciences économiques donnent de l'homme. Pour Ingram, l'*economic man* est une fiction aberrante qui a peu de chose à voir avec le comportement des personnes réelles. John Stuart Mill lui avait déjà donné raison lorsqu'il écrivait : « L'économie politique n'appréhende pas la nature humaine dans son intégralité, en ce sens qu'elle ne tient pas pleinement compte des variations liées à l'état social de l'homme, pas plus qu'elle n'appréhende dans son intégralité le comportement de l'homme dans la société. Elle le voit uniquement comme une créature avide de richesses matérielles et dotée de la capacité de juger, en les soumettant à comparaison au point de vue de leur efficacité, des meilleurs moyens pour atteindre ses fins[8]. »

Le concept d'*homo œconomicus* sous-estime l'homme au point de vue psychologique et le surestime au point de vue rationnel. Comme nous l'avons montré précédemment (cf. *Jeu d'échecs social.* Quelle part d'égoïsme y a-t-il dans l'homme ?), le comportement de l'« homme économique » n'a pas grand-chose à voir avec notre conduite effective. Nous ne sommes pas constamment en train de calculer l'utilité de notre action. Et nous sommes loin d'être seulement occupés à chercher partout notre avantage. Mais le spectre de l'*homo œconomicus* n'en continue pas moins de hanter nombre de manuels d'économie.

Un simple regard accordé à la vie réelle suffit pourtant à nous apprendre que l'*homo œconomicus* est une vue de l'esprit qui ne nous renvoie qu'une image très caricaturale de nous-mêmes. C'est ainsi, pour ne prendre qu'un exemple, que la notion de statut n'aurait que fort peu de prix aux yeux de celui qui s'en tiendrait à évaluer de manière purement rationnelle les avantages réels que lui vaudrait telle chose ou telle décision plutôt que telle autre. Il préférera vraisemblablement investir son argent dans une affaire qui rapporte plutôt que dans l'acquisition d'une nouvelle Mercedes. Le désir de « statut » a moins à voir avec la recherche d'un avantage réel qu'avec notre aspiration fort peu rationnelle à la reconnaissance. Nous nous sentons mieux lorsque les autres, considérant notre nouvelle voiture, notre maison ou nos lunettes de soleil, nous tiennent pour riches ou importants.

De même, le fonctionnement des marchés financiers n'est-il que pour une infime fraction de l'activité qui s'y déploie l'expression d'un calcul savamment dosé. Friedrich Schneider (né en 1949), professeur d'économie politique à l'université Johannes Kepler, à Linz, estime que la crise économique est due principalement au fait que « nous avons omis d'intégrer à nos modèles nombre de modes de comportements humains. L'instinct grégaire appliqué aux marchés financiers, par exemple, mais aussi la cupidité ou la déloyauté. Nous disposons de modèles mathématiquement très élaborés qui nous procurent des informations capitales. Mais ces modèles ne reflètent qu'une partie de la réalité et nombre d'entre eux en occultent des aspects essentiels[9] ». Des points de vue analogues sont exprimés par des psychologues de l'économie tels que Bruno Frey et Ernst Fehr, ainsi que par les coryphées américains George A. Akerlof, Robert J. Shiller et Nouriel Roubini[10].

La récente crise financière le montre clairement : les professionnels de la Bourse et des marchés financiers qui finissent par mettre en danger, voire par ruiner, des banques ou des secteurs entiers de l'économie ne sont pas guidés par une rationalité stricte, donc en quête de résultats durables, mais plutôt par une logique à la petite semaine, accordée à des décisions prises dans l'urgence. Les hommes ne sont ni des machines à calculer ni des êtres à sang froid, tel le Mister Spock du vaisseau *Enterprise*. S'ils étaient des créatures fondamentalement rationnelles, ils prendraient des décisions susceptibles de conduire à des résultats durablement positifs, au lieu de ruiner les marchés financiers et de dilapider l'héritage naturel de leurs enfants.

Pour les psychologues de l'économie, l'*homo œconomicus* est depuis longtemps remisé au placard. Là où la froide raison devrait régner sans partage, notre activité se déploie en vérité sur la base d'une compréhension partielle des données, de réactions émotionnelles et de règles découlant de l'élémentaire loi du plus fort. Il est d'autant plus irritant de constater que le spectre de l'« homme économique » continue à être invoqué comme excuse pour justifier les excès du marché. Lorsque les revenus des grands patrons enflent jusqu'à atteindre des montants absolument faramineux, les journalistes en charge des pages économiques de nos quotidiens se bornent à hausser les épaules : « Que voulez-vous, c'est le marché libre ! Et puis c'est dans la nature de l'homme : dans tout ce qu'il fait, il calcule froidement son avantage. Pourquoi ne ferait-il pas de même quand il s'agit de salaires, de primes et de bonus ? »

En réalité, les rémunérations colossales des grands patrons n'ont pas grand-chose à voir avec le marché libre, pas plus d'ailleurs qu'avec l'*homo œconomicus*. En République fédérale allemande, par exemple, il n'y a pas eu, depuis Ludwig Erhard, de changements fondamentaux au niveau du marché libre, alors que les salaires des patrons ont progressé de manière exponentielle. Que s'est-il passé ? En suivant l'évolution des appointements de ces grands patrons, on fait rapidement une découverte très intéressante. En 1989 encore, le salaire des dirigeants des entreprises du Dax était en moyenne quatorze fois supérieur au salaire moyen des employés. Aucun grand patron allemand ne touchait plus de un million de marks par an[11]. Ce montant de un million constituait une sorte de limite magique de bienséance que nul ne franchissait, bien que ce ne soit pas chose interdite. Les années 1990 se signalent par une grande vague de fusions internationales du type de celle que conclurent Mercedes Benz et le constructeur américain Chrysler. Comme les dirigeants des grands groupes américains gagnaient sensiblement plus que leurs collègues allemands, ceux-ci s'employèrent à combler la différence en exigeant des salaires équivalents. D'après les chiffres publiés par le *Manager Magazin*, le patron de Daimler-Chrysler, Jürgen Kemp, empocha en 2002, soit trois ans après la fusion, la coquette somme de dix millions huit cent mille euros, stock-options comprises. Le traitement moyen des dirigeants des sociétés cotées au Dax se chiffrait en 2007 à trois millions trois cent trente-trois mille euros, soit un salaire cinquante-deux fois supérieur à celui de la moyenne des employés de ces mêmes sociétés. En 2009, donc en pleine crise financière, le traitement moyen de ces dirigeants s'éleva encore d'un cran pour atteindre trois millions trois cent trente-sept mille[12].

Comment a-t-on pu en arriver là ? La première raison tient au fait que l'explosion des traitements des grands patrons était *socialement* possible, car personne n'y trouvait à redire. L'image du manager, plus particulièrement celle du manager financier, était auréolée de gloire. Les sociétés occidentales croyaient de manière presque religieuse à la fable de la croissance économique ininterrompue et de l'aisance grandissante pour tous. Dans ces conditions, pourquoi ceux qui étaient aux commandes ne devaient-ils pas profiter d'une si heureuse conjoncture ? Les barrières de la décence et de la honte qui constituaient naguère des limites presque infranchissables furent soufflées en un rien de temps.

La seconde raison tient au jeu des comparaisons et aux règles qui lui sont inhérentes. Aux États-Unis également, où la maladie des traitements hors norme a vu le jour, il existe en ce domaine quelque chose comme un sens des convenances. En 1993, l'alarme fut donnée à cet égard par le conseil de surveillance de la Bourse des États-Unis. En 1976, un manager de premier plan gagnait trente-six fois plus qu'un employé moyen ; en 1993, il gagnait cent trente et une fois plus. Le conseil de surveillance trouvait cette hausse excessive. Il parvint à contraindre les managers à publier leurs traitements. Les managers obtempérèrent, et les magazines spécialisés firent paraître dès lors un état annuel de leurs gains. Qu'en résulta-t-il ? En 2007, leur traitement avaient encore grimpé de manière vertigineuse et atteignait des montants absolument démesurés. Un manager de premier plan percevait à présent un salaire annuel équivalant à trois cent soixante-neuf fois le salaire moyen d'un employé. La palme de l'année était remportée par Stephen Schwarzman, président du fonds d'investissement Blackstone, dont le traitement s'élevait à sept cent vingt-neuf millions de dollars[13].

Un à-côté amusant de la dérive que constitue la croissance exponentielle des salaires des managers réside dans la polémique qu'elle suscite et dont on entend souvent dire qu'elle n'est qu'un « débat de jaloux ». Ceux qui protestent contre cette dérive ne seraient mus que par la jalousie. Un « débat de jaloux » existe bien, en effet, mais il s'agit pour l'essentiel d'un débat entre managers. Aux États-Unis, les traitements augmentèrent encore massivement à partir du moment où ils purent comparer leur revenu annuel avec celui de leurs pairs. Suivant la loi des *shifting baselines*, ils se mirent à contrôler scrupuleusement la vitesse des trains qui les croisaient ou les dépassaient et en concluaient en règle générale que leur propre train avançait trop lentement. Les normes déjà très extensibles s'appliquant aux très hauts salaires ne connurent dès lors plus de limites, et cette absence anormale de limites était pourtant jugée tout à fait normale par les intéressés qui prétendaient, comme si de rien n'était, à des rémunérations de plus en plus démesurées.

À cet égard, il suffit pourtant, pour ne prendre qu'un

exemple, de regarder comment les choses se passent au Japon pour s'apercevoir qu'il n'y a rien de normal dans cette évolution. Au pays du Soleil-Levant, le traitement du manager d'une grande entreprise est au maximum vingt fois supérieur au salaire moyen des employés de cette même entreprise. La rémunération annuelle d'un grand patron japonais ne peut donc en aucun cas s'élever à plus de huit cent mille euros[14]. En Allemagne, et davantage encore aux États-Unis, l'idée même de telles limitations, comme les règles de décence qui les sous-tendent, est très vite et totalement balayée par des arguments de motivation. Mais, s'indigne notamment un Joseph Stiglitz, « qu'est-ce donc qu'une société où un président du conseil d'administration d'un grand groupe peut dire : "Si vous ne me donnez que cinq millions de dollars, je ne pourrai pas faire de mon mieux. Pour que je mette toutes mes capacités à votre service, vous devez m'intéresser aux bénéfices"[15] ».

Des présidents de conseils d'administration et des directeurs généraux qui ont besoin de gagner des millions pour être motivés ont un réel problème personnel et ne sont assurément pas à leur place dans les fonctions qu'ils exercent. Et un banquier en faillite qui réclame ses bonus à l'État, comme cela s'est produit dans différents cas, ne démontre pas sa compétence mais plutôt son irresponsabilité sociale. Les plantes que la société annoncée par Adam Smith a pris si grand soin de faire prospérer sont en vérité bien singulières.

On devrait se gausser plutôt que s'indigner des exigences de salaire de certains dirigeants (car s'indigner signifie entériner un fait accompli) : quiconque estime mériter une rémunération plus de vingt fois supérieure au salaire d'un employé moyen a un sérieux problème avec sa propre image et devrait être congédié – pour atrophie du sens du réel et de la décence, outrecuidance et manque patent de compétence sociale.

Cependant, les rémunérations excessives dont bénéficient les grands patrons ne doivent surtout pas nous faire oublier qu'elles ne sont que les symptômes du mal qui ronge notre économie. Le mal lui-même est ailleurs. Car, quand bien même ces rémunérations seraient sensiblement diminuées, le mode de fonctionnement de nos sociétés n'en serait pas moins douteux. Rappelons-nous que l'œuvre maîtresse de Karl Marx, qui pronostique dans sa troisième partie le pourrissement du capitalisme par le « capital fictif », est intitulée *Le Capital* et non *Les Capitalistes*…

Notre économie est imprégnée de mythes et de fictions tels que le « marché libre » et l'*homo œconomicus*. L'un et l'autre n'ont pas grand-chose à voir avec les mécanismes réels de l'économie, mais ils servent d'arguments pour tenir l'État en respect et présenter la cupidité des grands patrons comme un phénomène logique et « naturel ».

Il est évident que le fonctionnement de notre économie a pris une orientation dangereuse. Mais existe-t-il une solution à cela ? Est-il dans la nature du capitalisme que ses côtés obscurs l'emportent et trouvent à se justifier d'eux-mêmes, ou bien existe-t-il des moyens de le « civiliser » ?

• *Retour à Fribourg*… et ce qui devrait la faire marcher

Retour à Fribourg

... et ce qui devrait la faire marcher

Lorsqu'il se révéla finalement impossible d'avoir encore une vue d'ensemble des affaires, lorsque les transactions internationales furent devenues si complexes qu'elles se déroulaient en grande partie dans un espace de non-droit, que le personnel dirigeant eut perdu tout sens des réalités et de la mesure, et que personne ne fit plus confiance à personne, le système tout entier s'écroula. L'État se trouva seul confronté aux ruines résultant de la mauvaise gestion de l'ensemble, des affaires opaques, des agissements frauduleux, de la prise de risques et des spéculations irresponsables. Ce qui restait fut étatisé, et les dettes devinrent des dettes nationales. Et le contribuable, au bout du compte, dut payer la note.

Ce texte reproduit une déclaration émanant de la Compagnie néerlandaise des Indes orientales (VOC), la première société par actions de l'histoire qui fut aussi l'acteur économique mondial dominant aux XVIIe

et XVIIIe siècles[1]. Fondée en 1602, la Compagnie fonctionna d'emblée suivant une stratégie nouvelle bâtie sur la coopération plutôt que sur la concurrence. Au lieu de continuer à se combattre, plusieurs sociétés marchandes néerlandaises décidèrent de travailler main dans la main. Pour chacune de ces sociétés, le terrain des affaires, à savoir le commerce des épices avec l'Indonésie, l'Inde et l'Extrême-Orient, était à la fois trop coûteux et trop risqué. Mais, ensemble, ces sociétés supplantèrent rapidement les Portugais et parvinrent à s'assurer un monopole commercial spectaculaire.

L'État néerlandais accorda à la Compagnie son soutien inconditionnel et lui concéda une autonomie sans précédent. La VOC menait des guerres de sa propre initiative et échappait presque à tout contrôle politique. Durant ses deux siècles d'existence, les couleurs de la Compagnie flottèrent sur quelque quatre mille sept cents navires. L'État néerlandais devint le représentant de la nation marchande la plus puissante du monde. Et la liberté politique dont jouissaient les citoyens néerlandais attira aux Pays-Bas négociants, savants et artistes en provenance des quatre coins de l'Europe.

Mais quel était exactement le secret de cette réussite ? La forme nouvelle de société par actions apparut très vite comme le modèle d'entreprise le plus performant, dès l'instant où il s'agissait de lancer un projet audacieux et de grande ampleur ou de conquérir de nouveaux marchés. Grâce à la puissance financière conjuguée de nombreux négociants – et avec des risques limités pour chacun d'eux –, un champ d'action jusque-là insoupçonné s'ouvrit aux affaires et donna lieu à une situation de monopole sans précédent.

À l'apogée de sa puissance, la Compagnie, qui manipulait les gouvernements et menait d'incessantes guerres commerciales, se lança dans des affaires purement financières. On achetait de l'argent en Asie orientale et on le revendait en Europe en réalisant d'importants profits.

Mais le déclin s'amorça au cours de la seconde moitié du XVIIIe siècle. La quatrième guerre maritime contre le rival anglais fut perdue. La Compagnie était alors déjà affaiblie depuis pas mal de temps. *Vergaan onder corruptie* (« dépérissement par la corruption ») : telle était la dénomination ironique à laquelle correspondait dans la bouche des contemporains le sigle de la VOC. Les profits connurent un recul dramatique ; la compagnie ne trouvait plus les financements nécessaires. En 1798, les Français envahirent les Pays-Bas et scellèrent sa chute.

L'un des observateurs les plus pénétrants du déclin de la VOC fut Adam Smith, qui prononça à son sujet un jugement des plus sévères. À ses yeux, les sociétés à responsabilité limitée constituaient un modèle totalement obsolète. Dans son ouvrage *La Richesse des nations*, il se livre à une critique en règle des sociétés par actions. Comme les actionnaires n'entendent pas grand-chose aux affaires, ils s'en remettent aux directeurs. Et ceux-ci agissent presque toujours à la légère et de manière irresponsable, étant donné qu'ils travaillent avec de l'argent qui ne leur appartient pas en propre. « C'est pourquoi la conduite des affaires au sein d'une telle société est toujours plus ou moins entachée de négligence et de gaspillage[2]. »

Le pronostic de Smith ne se vérifia pas. Loin d'être un modèle obsolète ou condamné à disparaître dans les plus brefs délais, les sociétés par actions devaient au contraire connaître un brillant avenir. Elles générèrent une dynamique de croissance jusqu'alors inconnue, et il apparut rapidement que cette forme d'entreprise était de loin la plus efficace dès l'instant où l'on se mesurait à des marchés mondiaux. Cependant, leur succès présentait et présente toujours des aspects plus que douteux. Car les sociétés par actions n'ont pas grand-chose à voir avec la morale d'un honnête commerçant. Du reste, que viendrait faire un honnête commerçant au sein d'une telle société ? La compétence morale n'y est pas requise, et toute valeur se confond avec celle des bilans. À la fin du XIXe siècle, l'écrivain américain Ambrose Bierce formulait cela ainsi : « Une société par actions est compétente en enrichissement personnel, mais la responsabilité personnelle n'est pas de son ressort. »

L'idée de responsabilité limitée devint l'idée force de l'économie mondialisée. L'Europe impérialiste s'arrogea des territoires dans le monde entier et établit sa domination coloniale suivant les règles de la responsabilité limitée. Des sociétés commerciales purent se livrer au pillage du tiers-monde sans avoir à se soucier des conséquences sociales et écologiques de leurs agissements. De par leur statut même, elles ne pouvaient pas être tenues pour responsables des dommages résultant de leur activité. De même, tout récemment encore, la responsabilité des grandes banques était si peu engagée dans la crise financière pourtant déclenchée par elles que ce furent au bout du compte les États, et non les banques, qui durent payer les dettes et prendre en charge la réparation des dommages. La même réflexion s'applique aux managers, présidents de conseils d'administration et autres barons de la finance qui n'eurent pas à s'excuser, même du bout des lèvres, de leurs prises de risques plus ou moins aventureuses, et encore moins à payer les pots cassés de leurs propres deniers.

Vue sous cet angle, la crise financière se présente effectivement comme une crise morale. Mais, au-delà de la formation et de la stature morale du personnel dirigeant de notre économie, qui sont à cet égard directement remises en question, elle nous force à réfléchir à la manière dont on pourrait introduire dans notre système économique des réformes visant à engager davantage la responsabilité et la fortune personnelle de ses acteurs. Un certain laxisme, comme nous l'avons vu, est en quelque sorte inhérent à la psyché humaine, et les sociétés à responsabilité limitée lui laissent le champ libre. Car nous ne sommes responsables de nos actes que dans la mesure où nous nous sommes personnellement portés garants de leurs conséquences. Et ce dont nous ne sommes pas responsables ne relève pas non plus de notre compétence. Je ne laisse pas traîner de déchets dans mon propre jardin ni même, dans la mesure où j'entretiens de bons rapports avec eux, dans le jardin de mes voisins. Dans la forêt communale, en revanche, les détritus laissés par des promeneurs anonymes me mettent hors de moi, mais il est fort peu probable que j'aille jusqu'à les ramasser.

Le fait que le capitalisme moderne, de par son mode de fonctionnement, a du mal à intégrer les règles élémentaires de la morale et de la responsabilité sociales a été largement mis en évidence et analysé, dans les années 1930 et jusque dans les années 1950, par les tenants de l'école dite de Fribourg. Dans l'idyllique région du

Brisgau et de la Forêt-Noire voisine, et dans les peu idylliques années 1932-1933, trois hommes – l'économiste Walter Eucken (1891-1950), le juriste Franz Böhm (1895-1977) et Hans Grossmann-Doerth (1894-1944) – tentèrent, chacun de son côté mais en étroite collaboration, de définir ce qui constituerait pour notre société la combinaison optimale entre pouvoir privé et responsabilité sociale[3].

La question n'était pas nouvelle. De son temps déjà, John Stuart Mill avait longuement réfléchi à la manière dont pourraient être accordées les deux valeurs fondamentales de la politique : l'idée de *libéralisme* et l'idée de *démocratie*. Ces deux notions, si positives et étroitement associées qu'elles nous paraissent, ne vont pourtant pas de pair. Le bon fonctionnement de la démocratie repose sur l'égalité : égalité civile, égalité devant la loi, égalité en matière de protection sociale, d'accès à l'instruction, à la culture, à l'information, etc. Le libéralisme, en revanche, a pour principe fondamental la liberté et, par conséquent, la possibilité offerte à chacun de s'assurer des avantages économiques ou politiques que d'autres n'ont pas.

Pour nos trois Fribourgeois et pour leurs disciples Wilhelm Röpke, Alfred Müller-Armack et Alexander von Rüstow, une combinaison harmonieuse de ces deux approches contradictoires ne pouvait être obtenue qu'au prix d'une régulation stricte. Du point de vue moral, l'économie avait absolument besoin d'être contrôlée par un État fort. Les « marchés libres » ne pouvaient se déployer librement qu'à cette condition. Celui qui veut que le jeu des forces en présence se déroule dans le respect des uns et des autres ne peut pas le laisser se dérouler tout seul. Il lui faut intervenir.

L'État joue le rôle d'arbitre. Il siffle quand il y a faute, il sanctionne avec des cartons jaunes ou rouges, et il veille à la protection des joueurs les plus fragiles.

C'est à cette école de Fribourg que remonte le concept de « néolibéralisme ». Mais, à l'inverse du sens que recouvre aujourd'hui cette dénomination, « néolibéral » signifiait alors non pas *moins* mais *plus* d'État. À la différence de la plupart des économistes qui se déclaraient incompétents en matière de morale – une incompétence qui est d'ailleurs encore souvent revendiquée à l'heure actuelle –, les Fribourgeois tentèrent de réaliser une synthèse optimale entre marché et morale. Dans des situations très diverses, ils connurent tous le Troisième Reich et tirèrent de leur vécu politique une conclusion d'importance : l'ordre social d'une nation résulte de la manière dont sont conduites ses affaires. Et, inversement, le fonctionnement de l'économie d'une nation est déterminé par l'ordre social qui prévaut en son sein. Marché et morale sont des entités interdépendantes.

Mais quelle est exactement la nature de ce rapport de réciprocité ? La question a été traitée par Wilhelm Röpke[4] (1899-1966), qui en définit les termes de manière on ne peut plus claire : l'ordre résultant de l'économie libérale de marché repose sur des préalables qu'il ne peut pas créer lui-même. En d'autres termes et plus simplement : « D'abord vient la culture, ensuite le commerce, et non l'inverse[5]. »

Celui dont l'action est orientée vers le profit et la raison tout entière dévolue à la poursuite de cet objectif se comporte, économiquement, de manière fort avisée. Moralement, cependant, il n'apporte strictement rien. En revanche, il piochera dans les abondantes réserves de morale que la société tient à sa disposition. Il exploitera les règles de la bonne conduite. Il exigera qu'on lui fasse confiance et il fera confiance. Il s'en remettra à l'honnêteté de ses partenaires en affaires : par exemple, en présumant qu'ils honoreront leurs engagements, livreront la marchandise promise, rembourseront leurs dettes, etc. Or, ces règles ne sont pas générées par le marché lui-même mais constituent un dispositif préalable que le marché exploite pour pouvoir fonctionner. C'est pourquoi l'économie de marché se révèle à la longue pesante et dangereuse pour la société. Plus la raison de l'homme est accaparée par la notion de profit, plus le climat social se détériore. Le marché est un « consommateur compulsif de morale » qui épuise nos réserves éthiques. La recherche exclusive du profit personnel a un effet délétère sur la communauté.

Que faire contre cela ? Röpke était loin de mettre en question le capitalisme en tant que tel, et ce, d'autant moins qu'il ne voyait aucune solution de remplacement. L'unique voie était celle d'un État constamment occupé à lutter contre le courant afin d'enrayer le déclin moral des citoyens soumis aux impératifs du marché et de la concurrence. Le marché n'était pas, à ses yeux, l'émanation de quelque principe supérieur ; ce n'était qu'un moyen, dangereux, certes, mais incontournable. C'est la raison pour laquelle ce qu'il appelait le « principe individuel », véritable pierre angulaire du marché, devait être contrebalancé par un « principe social et humain » qui méritait d'être défini avec le plus grand soin. L'« économie sociale de marché », un concept forgé par un proche de Röpke, Alfred Müller-Armack, n'était pas seulement un nouveau modèle de marché mais un modèle social d'éducation et de formation. En ce sens, Röpke et ses collègues étaient des utopistes. Leur objectif ne se limitait pas à l'instauration d'un « bon » ordre social ; bien au-delà du « bon » ordre social, il s'agissait de former des hommes « bons » et de promouvoir l'éclosion d'un « humanisme économique ». Dans le monde de la politique comme dans celui de la Banque centrale, un seul credo devait avoir droit de cité : le respect des « vraies » valeurs, équité et décence, mesure et prévoyance, honnêteté et confiance.

Lui-même issu du cercle des fumeurs de cigares de l'école de Fribourg, le ministre allemand de l'Économie Ludwig Erhard (1897-1977), qui partageait fondamentalement les idées de ses condisciples, sut aussi faire preuve du pragmatisme nécessaire pour rallier la société à ses vues. Il est vrai que durant les premiers temps de la République fédérale, qui se signalent par un mélange de culpabilité, de mauvaise conscience, de pacifisme, de catholicisme, d'anticommunisme, le tout sur fond de célébration du travail, de la reconstruction et du miracle économique, cette sorte d'idées recueillait un large consensus. Singulièrement, les valeurs de la morale et les valeurs de l'aisance matérielle marchaient alors de pair.

Cependant, l'attachement aux vertus « citoyennes » et l'accord parfait entre liberté et responsabilité n'étaient pas faits pour durer. Au début des années 1970, le sociologue américain Daniel Bell (né en 1919) de l'université Harvard, diagnostiquait l'antinomie des valeurs qui, selon lui, caractérisait les sociétés occidentales[6]. Le temps des idéologies était certes passé, du moins en Occident, mais il laissait derrière lui une situation incohérente. L'homme occidental était divisé en deux parties qui ne s'ajustaient plus. L'économie avait besoin d'un hédoniste égocentrique, d'un insatiable consommateur avide de posséder toujours plus. La société, en revanche, réclamait un citoyen honnête et modeste, dévoué et satisfait de son sort. Comment, dans ces conditions, pouvait-on élever correctement ses enfants ? Comment pouvait-on formuler un idéal clair et convaincant ? Et quelles étaient les valeurs qu'il convenait de considérer comme directrices ?

Si la rationalité économique a assuré à l'Occident un progrès matériel tout à fait extraordinaire au cours des deux derniers siècles, elle s'est simultanément révélée parasitaire du point de vue moral. Elle a miné progressivement les fondements de notre société et généré des égoïstes purs et durs au prix d'un racolage publicitaire érigé en dogme et soutenu par des investissements financiers colossaux. Aux avant-dernières élections parlementaires, le magazine *Focus* publiait un numéro dont la thématique était des plus révélatrices : « Pour qui voterait votre argent ? », demandait-on au lecteur. Cette simple question revenait à nous laisser penser qu'il convenait de voter uniquement en fonction de son intérêt pécuniaire. Difficile d'imaginer une manière plus spectaculaire de remiser la solidarité au placard. Et, en poussant le bouchon un peu plus loin, on obtient une société telle que celle que nous décrit Joseph Stiglitz en rapport avec la récente crise financière : « Trop de gens en ont exploité d'autres. La confiance a été sabordée. De nouveaux rapports sur le comportement fautif d'hommes du secteur financier nous parviennent presque chaque jour – systèmes boule de neige, délits d'initiés, crédits frauduleux, pratiques bancaires illégales visant à presser comme des citrons les utilisateurs de cartes bancaires… Nous avons créé un système où le matérialisme a pris le pas sur les obligations morales, où la croissance n'est ni écologiquement ni socialement durable, où nous n'agissons plus, comme il se doit pour les membres d'une communauté, dans le but de satisfaire des besoins communs – le fait étant que le sens de la communauté a été largement érodé par un individualisme radical associé à un "fondamentalisme du marché"[7]. »

Nous avons vu que le dévoiement et le naufrage annoncés de la morale publique comptaient déjà au nombre des préoccupations majeures des penseurs de l'école de Fribourg. En ce qui concerne Röpke, il devait se montrer à cet égard de plus en plus pessimiste au fil des années. À la place du « libéralisme d'en bas » qu'il avait appelé de ses vœux, il voyait, dès 1958, que le marché était investi par des forces colossales qui œuvraient dans le sens d'un débridement total de l'économie et d'une fin certaine du libre jeu de l'offre et de la demande[8]. Les « saines » valeurs reposant sur la modestie, la simplicité du mode de vie et les liens familiaux et sociaux traditionnels avaient cédé la place à un monde de la démesure. En Europe également, l'économie évoluait dans le mauvais sens, se soudant peu à peu en un bloc compact, mû par des intérêts exclusivement financiers et au sein duquel les valeurs authentiques n'avaient plus droit de cité.

Cette évolution des choses, pressentie vers la fin des années 1950 puis confirmée par les faits, a pris aujourd'hui la tournure que l'on sait : l'économie s'est globalisée, s'ajustant en maints domaines aux impératifs d'un marché mondial ; mais cette mutation s'est opérée sans que l'on ait vu naître une politique globale digne de ce nom, donc susceptible de définir et d'imposer de nouvelles règles. Les disciplines économiques ont renoncé à toute préoccupation éthique au profit de cette ambition illusoire : devenir ce qu'elles n'ont jamais été et ne seront jamais, à savoir, à l'inverse des mathématiques, une science exacte[9]. À cela s'ajoute le fait qu'Internet a rendu entre-temps les affaires à la fois plus abstraites et plus irresponsables : il n'est plus de place attitrée pour l'honnête commerçant en un temps où des millions peuvent changer de mains en un seul clic sur le clavier de l'ordinateur. Telles qu'elles se traitent aujourd'hui dans le monde de la finance internationale, les affaires ne connaissent plus ni visage identifiable ni délai de réflexion. Il en résulte une énorme perte d'influence des mécanismes psychologiques et des conventions sociales qui déterminaient naguère les règles du jeu. Un pharmacien qui vend un médicament douteux doit craindre que son client ne le mette ultérieurement en cause ou n'en vienne même à ruiner sa réputation. Ce risque est presque inexistant pour un vendeur de médicaments en ligne. C'est ainsi également que s'explique l'évolution des marchés financiers globaux. Le monde des rapports humains s'est transformé en un monde de chiffres, de symboles et de profits rapides.

S'agissant de la mise en œuvre d'un nouveau code de bonne conduite, d'ailleurs largement inspiré de l'ancien, tout le monde est bien d'accord. Hommes politiques, économistes et journalistes décrètent d'une seule voix qu'il importe avant tout, pour assurer l'avenir, de restaurer la confiance. Mais la question est la suivante : sur quelle base ? Aussi longtemps que notre manière de conduire les affaires n'aura pas changé du tout au tout, la restauration de la confiance restera un vœu pieux, et la méfiance sera plus que justifiée. Nous n'avons pas seulement besoin de quelques nouveaux banquiers et d'un catalogue de bonnes intentions et de protestations indignées. Il nous faut des réformes concrètes de notre système économique et financier. Pour ne pas finir comme les habitants de l'île de Pâques, il importe que nous corrigions aussi notre représentation de la croissance. Et pour ne pas devenir comme les loups de Hobbes, il nous faut concevoir un programme de société qui ne soit pas totalement inféodé à la notion de statut.

Aux yeux de nombre de gens, on passe encore pour un esprit chimérique ou, à tout le moins, pour un rêveur impénitent lorsqu'on se risque à prétendre qu'un surcroît d'aisance n'est ni nécessaire ni même souhaitable. Un tel point de vue, pour beaucoup, ne peut être défendu que par un idéaliste naïf. Car on sait que l'homme n'est pas ainsi fait. Il est programmé pour la croissance, biologiquement pour ainsi dire. Or, c'est cette conviction, précisément, qui témoigne non pas d'une bonne connaissance mais, au contraire, d'une totale méconnaissance de l'homme – qu'on songe seulement, sous ce rapport, à l'image partiale que propose de l'homme le visiteur de la foire aux livres (cf. *Loup parmi les loups.* Ce qu'on appelle le mal).

Que ce soit dans le domaine de la morale ou dans celui de l'économie, le préjugé, comme nous l'avons montré, est exactement le même : l'homme serait insatiable « par nature ». Cependant, les *animal spirits*, souvent invoqués par les économistes eux-mêmes, ne se laissent pas réduire à un point de vue aussi simpliste. L'égoïsme leur est certes inhérent, mais l'altruisme ne l'est pas moins. En 1936 déjà, lorsqu'il introduisit ce concept dans les sciences économiques, Keynes souligna que ce qu'il appelait les « esprits animaux » poussaient l'homme à prendre aussi, et même surtout, des décisions spontanées procédant du désir de « faire quelque chose de positif[10] ».

Mais, quand bien même notre avidité serait insatiable au point de ne jamais nous laisser de repos (la vie de mes grands-parents prouverait d'ailleurs plutôt le contraire), cela ne voudrait pas encore dire que mon but dans la vie se réduit nécessairement et uniquement à posséder toujours plus d'argent et de biens matériels. Plus encore qu'à un surcroît de biens, l'homme occidental – et les statistiques que nous avons citées confirment amplement la justesse de cette présomption – aspire à plus de temps, d'amour, d'écoute, de sécurité et d'intimité.

Le strict calcul des avantages personnels, le mépris des autres et la cupidité ne sont pas les instincts primordiaux de l'homme mais plutôt les fruits vénéneux d'un dressage ciblé. « De l'origine de l'égoïsme par voie de sélection capitaliste », c'est ainsi que ce processus pourrait être appelé par rapprochement avec le titre du célèbre ouvrage de Charles Darwin[11]. Ernst Fehr et ses collaborateurs l'ont d'ailleurs si précisément analysé et explicité durant deux décennies qu'il serait tout à fait possible de lui consacrer un copieux ouvrage rien qu'en s'appuyant sur leurs travaux. Ces derniers mettent en évidence le fait que les hommes sont pour la plupart fondamentalement prompts à respecter les règles de la bonne conduite. De nombreuses expériences menées par Fehr et ses condisciples ont montré que les bonne et mauvaise conduites sont des notions flexibles, étroitement dépendantes des circonstances. S'agissant d'expériences où les égoïstes donnaient le ton, on notait que les sujets prompts à se conduire correctement, lassés d'être constamment mis en difficulté, finissaient par agir également en égoïstes. Lorsque tous les participants se montraient disposés à respecter les règles de la bonne conduite, nul n'éprouvait la nécessité d'y déroger. Le groupe détermine la morale de groupe, et cela tout autant parmi les participants d'une expérience psychoéconomique de groupe que parmi les membres du bataillon de police Hambourg agissant dans le cadre de la déportation des juifs polonais.

Le milieu où nous vivons détermine largement notre comportement. Parmi les loups, nous devenons loups ; parmi les agneaux, agneaux. En prison, les règles du jeu ne sont pas les mêmes que parmi les travailleurs sociaux, et les règles qui prévalent dans le monde des banquiers sont différentes de celles qui régissent la vie d'une communauté de nonnes. Pour le dire comme Ernst Fehr : « Vous pouvez créer des conditions environnementales qui renforcent les dispositions altruistes des hommes – ou qui les neutralisent totalement. Un de mes collègues a comparé le comportement des commis de deux entreprises employant des coursiers à vélo. L'une des entreprises payait ses coursiers à l'heure, l'autre à la tâche. Soumis à une série de tests comportementaux, les employés payés à l'heure ont montré des tendances altruistes nettement plus marquées que les employés payés à la tâche. Ces derniers s'étaient manifestement habitués à ne parer qu'au plus pressé[12]. »

Celui qui ne table que sur l'esprit de concurrence au

détriment de l'esprit de coopération ne doit pas s'attendre à avoir affaire à des gens spécialement accommodants. Celui qui dope des marchés saturés en leur injectant de l'argent public afin de redonner des ailes à la consommation et au désir de statut contribue à défaire les liens qui constituent le ciment de la communauté sociale. Celui qui assiste sans intervenir aux tractations de prétendus grands patrons cherchant à augmenter encore et encore leurs appointements et bonus déjà démesurés contribue à la détérioration du sens civique et moral. Et celui qui ne régule pas le jeu des forces en présence dans l'économie scelle la destruction du marché libre.

La morale naît de l'exemple, par imitation et par identification. Or, les modèles dont les sourires grimaçants s'étalent sur les pages de nos revues et magazines ainsi que sur nos écrans de télévision sont à cet égard le plus souvent contre-productifs et globalement nuisibles à la cohésion sociale. Vue sous cet angle, la récente crise financière se présente moins comme un accident de parcours que comme un signe des temps, un symptôme du mal qui ronge nos sociétés. « Il est facile de montrer du doigt celui-ci ou celui-là, cela ne suffit pas à faire le tour de la question. Les stigmatisés d'aujourd'hui ne sont pas des extraterrestres. Ils ont fréquenté nos jardins d'enfants, nos écoles et nos universités[13]. » Notre société occidentale va depuis longtemps tout droit dans une direction extrêmement problématique. « Trop peu de marché nuit à la performance et, par voie de conséquence, à la pérennité de notre société », écrivait le journaliste suisse Roger de Weck. Et il ajoutait : en revanche, « trop de marché nuit à sa cohésion[14] ».

Loin d'être un dispositif achevé, l'« économie sociale de marché » nécessite d'incessants réajustements. Ses deux principes de base, le libéralisme et la démocratie, ne se complètent et ne se fécondent que lorsque les circonstances sont favorables. Quand elles ne le sont pas, par exemple sous l'influence d'une globalisation que rien ne semble pouvoir arrêter, ces principes entrent automatiquement en conflit. Les forces du marché s'opposent aux forces démocratiques et menacent le bien-être commun. Faute d'interventions résolues de l'État, la vie économique échappe à tout contrôle et développe une dangereuse dynamique propre. Elle dévore ses présupposés sociaux et corrompt nos valeurs culturelles et morales.

Mais quelles sont les interventions possibles ? Lesquelles sont souhaitables ? Et peuvent-elles provoquer des transformations assez radicales pour civiliser la dynamique libérale de manière qu'elle profite à la grande majorité de la population, au lieu de lui être constamment préjudiciable ?

• *Ackermann et les pauvres.* Comment la responsabilité investit l'économie

Ackermann et les pauvres

Comment la responsabilité investit l'économie

> L'avenir dépend de nous, et nous ne dépendons pour notre part d'aucune nécessité historique.
>
> Karl POPPER

Parfois, Josef Ackermann s'inquiète aussi du fait qu'on puisse le prendre pour quelqu'un de froid et qui n'a pas de cœur.

Dans un documentaire de la chaîne ARD réalisé par le lauréat du prix Grimme Hubert Seipel, le PDG de la Deutsche Bank explique que lui aussi est un homme fait de chair et de sang, un homme qui a de la compassion[1]. Encore aujourd'hui, il aurait « du mal à passer devant quelqu'un qui lui demande de l'argent ».

Vraiment charitable jusque-là. Seulement, c'est ce que raconte l'auteur du film en *off*, il y aurait là un petit problème : Ackermann ne passerait plus devant aucun pauvre. Il passe devant, certes, mais en voiture. Roulant vers son prochain rendez-vous d'affaires. La caméra montre le requin de la finance à l'arrière de sa grosse Mercedes noire, *Financial Times* et portable professionnel à la main.

Dans cet exemple, le sujet n'est pas le caractère de Josef Ackermann. Car, même s'il faisait don aux pauvres de la plus grosse partie de son revenu annuel de neuf millions cinq cent cinquante mille euros (en 2009), le problème de fond resterait le même. Dans le monde de Josef Ackermann, on ne trouve pas un seul pauvre. En général n'y figurent presque que des hommes riches et puissants, des banquiers, des PDG et des hommes politiques. Le reste, c'est autre chose. Le système de la haute finance fonctionne selon la seule et unique règle de l'augmentation des bénéfices. Le reste, comme l'a dit Niklas Luhmann, c'est l'« environnement » (cf. *Dans la toile de l'araignée*. Ce que l'argent fait de la morale).

Ici, un sentiment de responsabilité envers la société, le processus dans son ensemble, la morale dans notre pays n'est pas qu'embarrassant : il n'apparaît même pas. « J'ai toujours dit clairement à Mme Merkel que je suis employé de la Deutsche Bank et que je ne peux donner aucun conseil allant à l'encontre des intérêts de la Deutsche Bank », dit Ackermann dans le film. « Les banques, en particulier les instituts privés et cotés en Bourse, ne sont pas dans l'obligation de promouvoir le bien commun », déclare quant à lui Alexander Dibelius, PDG de Goldman Sachs en Allemagne[2].

La phrase de Dibelius est fausse. Elle aurait été juste et honnête si le banquier avait dit : « Les banques, en particulier les instituts privés et cotés en Bourse, ne *se sentent* pas dans l'obligation de promouvoir le bien commun. » Pourtant, il est absurde que les banques ne doivent être soumises à aucune obligation. Comme tout notre système économique, l'économie du système financier vit aussi d'exigences qu'elle ne peut satisfaire elle-même. En ce point, les directeurs de banque se comportent, je le répète, comme des adolescents qui pensent ne pas avoir besoin de leurs parents et ne rien leur devoir. Ce n'est qu'en cultivant la confiance, la loyauté et la sincérité que le monde de la finance pourra justement s'épanouir, même si constamment il devait aller ou va réellement à l'encontre de cette culture. Plus que toute autre branche de l'économie, les banques sont des « rongeurs de la morale » dans l'esprit de Röpke. Celui qui croit pouvoir se détacher des règles du jeu de la société et suivre sa propre logique pour gagner de l'argent constatera sur le long terme qu'il endommage les deux : la société envers laquelle il ne se sent plus redevable d'aucune obligation *et* son propre business. L'expérience de la crise financière, où des banquiers « indépendants » ont soudain réclamé à l'État de socialiser leurs pertes, parle d'elle-même.

Mais qui ouvre les yeux aux adolescents de notre système économique ? Du reste, qui en a le pouvoir ? Ne sont-ils pas de loin bien plus puissants que parents, oncles, grands-parents et professeurs réunis ? Dans son film sur Ackermann, l'auteur Hubert Seipel explique que la chancelière Angela Merkel aussi a dû apprendre la même chose que ses prédécesseurs : « Elle pensait être au pouvoir, mais elle n'est qu'au gouvernement. »

Les propositions concernant la restructuration de notre société sont négociées sur un marché où c'est non pas la monnaie du meilleur argument mais celle du pouvoir et de l'emprise qui compte. Cependant, avant chaque négociation, il faut passer par des convictions et la formation de la volonté. En ce qui concerne les intérêts des banques privées, cette volonté est assez évidente. En ce qui concerne les convictions du gouvernement, pas du tout. Presque tous les jours, me disait récemment un membre de la commission de régularisation responsable de l'autorité de contrôle bancaire, il reçoit de nouvelles directives. Parfois il faut renforcer le règlement, parfois non : selon les données de la conjoncture, la situation de trésorerie et la politique courante.

La crise d'orientation de la politique dans tous les pays occidentaux est importante. Depuis la fin de la guerre froide au début des années 1990, les sociétés ont suivi fermement la même direction, et ce, sans tenir compte du tout du fait que leurs gouvernements se disaient de droite ou de gauche. Pour toutes, l'exemple à suivre était le modèle économique anglo-américain qui avait été amorcé par la présidence de Ronald Reagan et la régence de Margaret Thatcher : moins d'État et plus de liberté pour l'économie, en particulier l'économie financière. Les biens communs comme le chemin de fer, la télécommunication, l'alimentation en eau ou en électricité étaient nationalisés et en partie privatisés. Les communes, les pays et les États bradaient leur argenterie aux plus offrants ou à ceux qui possédaient les lobbies les plus puissants. L'économie libre vaut en tout cas mieux que l'État, affirmait le mot d'ordre général[3]. Et ce qui servait aux entreprises devait aussi servir au citoyen moyen. Au sommet du développement à la fin des années

1990, des millions de gens modestes purent même se prendre pour des capitalistes. Ils se procurèrent des paquets d'actions et spéculèrent sur des plus-values avec des assurances vie et des assurances retraite liées aux fonds d'action : « Nous, pourrait-on ainsi adapter librement la poésie de Friedrich Schiller, voulons être un seul peuple d'actionnaires. »

Aujourd'hui, ce rêve est brisé. Ces dix dernières années, les boursicoteurs ont, en fin de compte, surtout perdu de l'argent[4]. Il semblerait que la banque soit décidément toujours la grande gagnante. La commercialisation d'alimentation en énergie n'a pas fait baisser les prix mais les a fait flamber, et beaucoup de prestations de service commercialisées, autrefois de droit public, se sont cruellement dégradées. Mais il faut dire que, dans presque tous les pays ouest-européens, le fossé entre riches et pauvres ne cessait de se creuser.

Ce modèle de finance, d'économie et de pensée qui se méprend en se définissant comme « néolibéral », fait aujourd'hui banqueroute. La crise financière nous renseigne aussi clairement sur ce sujet que la détresse morale de notre système économique. Cette dernière donnerait la chair de poule aux véritables précurseurs du néolibéralisme, des hommes tels qu'Eucken, que Rüstow ou Röpke. La question de l'économie sociale de marché n'a en effet jamais été envisagée sous cet angle. Mais trop tard : le néolibéralisme a non seulement filé en emportant avec lui la caisse de la morale, mais il laisse derrière lui un tas de décombres dans les communes, les pays et l'économie nationale ; une montagne de dettes et une braderie de biens sociaux. Pourtant, Rüstow et Eucken, les ancêtres du concept, bienveillants, réfléchis et incitateurs, connaissent le même sort que les statues de Marx et d'Engels du forum éponyme sur l'Alexanderplatz à Berlin. Après l'effondrement de la RDA, de fins plaisantins leur avaient tagué dans le dos la phrase : « *Nous sommes innocents !* »

L'idée que le « néolibéralisme » tel qu'il est défini aujourd'hui n'est pas la solution mais bien le problème s'est entre-temps largement répandue jusqu'à l'intérieur des partis libéraux européens. L'appel à « moins d'État », que l'on pouvait entendre jusqu'à la crise financière, a cessé. Si nous voulons rendre notre société meilleure qu'elle ne l'est, nous ne devons pas l'abandonner aux forces du marché mais intervenir, collaborer et réglementer[5].

Là où, encore récemment, n'importe quelles lois absolues du marché devaient être appliquées, l'État doit aujourd'hui à nouveau participer davantage à l'orientation et à l'évolution de l'économie. Selon les mots du philosophe de l'université de Constance Jürgen Mittelstraß (né en 1936), cela signifie : « rendre au développement sociétal et social ses dimensions économiques et au développement économique ses dimensions sociétales et sociales[6] ».

Ce qui se profile n'est pas un débat sur l'orientation, mais avant tout une lutte pour le pouvoir très passionnante. C'est non seulement une question de changement de mentalité et de volonté mais aussi d'intérêt de ceux qui ne tirent aucun avantage financier des changements nécessaires, même si ceux-ci profitent à tous les autres. À quel point les gouvernements du monde occidental sont-ils assez puissants pour être capables de remettre en place les *global players* du monde de l'économie et de la finance devenus bien trop puissants ? Peut-on d'ailleurs encore, avec des moyens démocratiques, venir à bout de cette concentration de pouvoir économique, encouragée par le droit fiscal et des trafics d'influence ? Aujourd'hui, cette lutte a aussi bien lieu à l'intérieur d'États-Nations qu'entre les États, et elle concerne autant l'alimentation en énergie d'une petite ville que les négociations globales sur les « objectifs climat » et l'autorité de contrôle bancaire. Dans tous les cas, il s'agit du « développement de codes de conduite juridiquement obligatoires qui assurent que les opérations économiques globales sont en adéquation avec d'autres préoccupations et intérêts sociaux[7] ».

Les réflexions que je fais à ce propos dans ce qui suit sont conformes à l'idée d'un « paternalisme libéral », comme il est aussi voulu et revendiqué par d'éminents psychologues économistes. La revendication fondamentale est la suivante : plus de régularisation venant d'en haut et plus de liberté venant d'en bas.

À l'échelle de l'État et aussi, dans la mesure du possible, à celle de communautés d'État internationales, il s'agit de mettre le *principe de la durabilité* au cœur de la politique économique. « Bien vivre au lieu d'avoir beaucoup », clame également Felix Ekardt (né en 1972), professeur de droit public et de philosophie du droit à l'université de Rostock[8]. L'audace de ses thèses, il les applique à lui-même puisqu'il est végétarien, qu'il ne possède pas de permis de conduire, pas de téléphone portable, pas de télévision et qu'il ne monte presque jamais dans un avion. Mais notre système économique ne va pas s'améliorer uniquement grâce au comportement exemplaire d'une seule personne, Ekardt le sait bien.

L'économiste, politologue et sociologue américain Herman Daly de l'université de Maryland à College Park a rédigé un programme général de restructuration semblable. Daly était consultant expert en écologie à la banque mondiale ; il s'est engagé dans des projets de protection de l'environnement en Amérique du Sud et en a profité pour établir les directives d'une protection de l'environnement obligatoire. Comme Hans Christoph et Mathias Binswanger, Meinhard Miegel et Felix Ekardt, Daly est lui aussi un critique acerbe de notre idéologie du développement. Déjà dans les années 1970, il se passionnait pour l'idée de John Stuart Mill quant à la manière de façonner une « condition stable » qui pourrait satisfaire tout le monde ou presque[9]. Plus tard, il élabora à ce sujet un programme en dix points[10].

Pour arriver à une économie plus conforme aux impératifs écologiques, Daly formula en 2008 quatre règles de management fondamentales concernant la durabilité. La première : les ressources qui se renouvellent, comme les forêts ou les réserves de poissons, ne doivent pas être exploitées plus qu'elles ne peuvent se régénérer. La deuxième : les ressources qui ne se renouvellent pas, comme le pétrole ou le charbon, ne doivent être consommées qu'en quantités telles qu'on puisse tôt ou tard les remplacer par des énergies renouvelables. La troisième : les matières et énergies qui agressent notre environnement ne doivent pas être dégagées en plus grandes proportions qu'elles ne peuvent être supportées par la nature sans provoquer d'altérations nocives. La quatrième : les risques et dangers qui mettent potentiellement l'humanité en péril de manière importante, comme l'énergie nucléaire, ne sont pas défendables[11].

De bonnes intentions jusque-là. On voit ce qu'elles

valent en pratique quand on s'imagine inviter le représentant d'un des pays de l'OPEP à extraire moins de pétrole, ou imposer au président russe le débit de ses pompes de gaz naturel, ou asticoter les Indiens et les Chinois à propos de l'énergie nucléaire. Rien que la limitation des flottes de pêche au cabillaud est un combat difficile. Et le déboisement des forêts équatoriales en Amérique du Sud, en Afrique et en Asie, comme chacun sait, ne cesse également de progresser.

L'hypothèse que tous les pays du monde s'accordent sur les règles de Daly est exclue. La seule chose qui reste à faire est d'essayer de donner soi-même le bon exemple, en espérant que les autres suivront le mouvement. Pourtant, même dans les pays écologistes comme la Scandinavie, le Benelux, l'Allemagne et la Suisse, il est déjà assez difficile d'enrayer une croissance alimentée artificiellement.

Bien sûr, la croissance n'est pas nuisible à tout point de vue, par exemple dans le cas de l'augmentation des énergies régénératrices. De nouvelles technologies et matières premières peuvent aussi contribuer à une croissance qui ne repose pas sur le fait de mettre à sac sans ménagement des énergies non renouvelables et de nuire à l'environnement. Néanmoins, malgré une avancée technique conséquente, on ne peut pas éviter le ralentissement de la dynamique globale de la croissance. Une économie qui intègre réellement dans ses prix et ses factures les coûts des dégâts causés à l'environnement et de sa régénération, au lieu de simplement les refouler et les laisser aux générations futures, ne pourra plus continuer à proliférer comme avant.

Mais d'où vient cette durabilité qui s'immisce dans l'économie et la politique ? L'éventail des suggestions est large. Il serait important qu'une réforme fiscale réellement écologique ait lieu, et non pas une arnaque dissimulée sous ce nom. Un « conseil de l'écologie » composé d'experts indépendants et disposant d'un droit de veto contre les décisions du gouvernement serait aussi envisageable. La vision de Hans Christoph Binswanger paraît bien plus ambitieuse encore : intervenir directement dans le processus économique et, pourquoi pas, liquider des sociétés anonymes et les remplacer par des organisations à plus grosse responsabilité, par exemple des fondations ou des coopératives. Reste à savoir si son ancien élève Josef Ackermann et Alexander Dibelius comprendraient…

Presque toutes les suggestions portant sur une restructuration de notre économie évoluent en terrain miné. Tandis que les uns, dans une situation de crise écologique, financière ou sociale, sont à la rigueur prêts à exploiter la chirurgie esthétique, cela ne va pas encore assez loin pour les autres. Depuis longtemps déjà, les grands critiques de l'ensemble de notre système économique ne considèrent plus cela comme réformable. Dans leurs fantasmes, ils rêvent d'une immense redistribution et d'une nationalisation des banques et des « secteurs clés ». Ils ne parlent certes pas d'un communisme selon le modèle socioréaliste, mais d'un *commonism* (de *common* : « commun »), qui proclame que les ressources naturelles mondiales telles que la forêt, les richesses du sous-sol et l'air pur sont des biens collectifs que personne n'a le droit de posséder ou d'exploiter à titre privé. L'éducation, Internet et la Sécurité sociale appartiennent aussi, selon eux, aux biens communs intouchables par l'économie privée. Cela n'étant pas réalisable dans la situation économique et les rapports de force capitalistes actuels, ils appellent à un renouveau social et écologique radical. Mais ils ne disent rien quant à la façon d'y arriver dans notre monde réel en route vers la démocratie. Une révolution n'est pas envisagée non plus, d'autant plus que des contre-projets vraiment convaincants visant le capitalisme ne sont également pas définis pour l'instant.

Le point essentiel est qu'à l'heure actuelle on ne peut espérer de changements réalistes que là où un véritable sens des responsabilités se fait ressentir. Tout changement de position relève de la morale de groupe. Et la morale de groupe est la somme de tous les changements de position.

Un premier pas pour ancrer durablement le sens des responsabilités dans les entreprises et les banques serait l'introduction d'un *système de bonus-malus*. Malgré de nombreux débats, il n'a remporté jusqu'à présent que peu de succès[12]. Toujours est-il qu'à l'automne 2008 le conseil d'administration d'UBS, le numéro un bancaire de la Suisse, qui avait fait la une des journaux à cause de mauvaises spéculations se chiffrant en milliards, décidait d'instaurer dorénavant un système de bonus-malus pour ses managers[13]. Pour commencer, UBS supprima tout bonus pour le président du conseil d'administration afin que celui-ci, à l'avenir, ne succombe plus aux tentations telles que celle de la direction du groupe, mais qu'il conserve envers elle davantage de distance critique. Désormais, les bonus des managers ne seront versés immédiatement qu'à hauteur d'un tiers maximum. L'autre partie reste placée trois ans sur un compte bloqué et ne sera libérée que si la banque et ses domaines d'activité sont également prospères les années suivantes.

Pour continuer à faire avancer le principe de l'économie responsable, toute une ribambelle d'autres règles serait envisageable. On pourrait commencer par plafonner les salaires des managers, qui évoluent de façon pour le moins moyennement compréhensible par rapport aux revenus du personnel. Un argument en cette faveur est l'entorse aux bonnes mœurs offrant, aux concernés mais aussi à la société, des attraits généralement démesurés et créant de faux idéaux. Quels privilèges accordés au comité de direction sont réellement nécessaires, et qu'est-ce qui sert de manière malsaine la vanité ? Combien d'avantages un manager compétent et conscient de ses responsabilités doit-il avoir pour sa propre estime ? C'est ici que l'on voit si les valeurs de loyauté, de coopération, d'esprit d'équipe et de considération prônées dans les formations de managers sont prises au sérieux ou pas. Pour les branches où le risque est extrêmement élevé, on préconise aussi, en plus du système de bonus-malus, une garantie sous forme de capitaux propres des managers d'élite – avec l'assurance d'un des moyens les plus efficaces justement contre la mauvaise spéculation.

Il s'agit en même temps de développer une nouvelle attitude, un *ethos*, qui est en de nombreux points à l'opposé du modèle frimeur anglo-américain de ces vingt dernières années. Un manager honorable se montre modeste et renonce aux symboles voyants typiques des nouveaux riches et aux privilèges tout comme l'« honnête marchand » autrefois dans la tradition hanséatique. On revendique une *autre culture de la reconnaissance*, qui réévalue le comportement qu'elle bénit et celui qu'elle bannit.

Celui à qui cela paraît trop flou et pas assez prometteur ferait bien de se souvenir des violents changements de mentalité qu'ont éprouvés la République fédérale d'Allemagne et de grandes parties de l'Europe de l'Ouest depuis la Seconde Guerre mondiale. Sans parler des volte-face collectives liées au changement de système, entre l'Empire allemand, la République de Weimar et le Troisième Reich. Mais, même sans changement de système, la mentalité allemande des années 1950 était très différente de celle des années 1970, et celle-ci de celle des années 1990.

Ce changement de mentalité ne sera de toute façon réussi que s'il est soutenu et poussé par l'État. Si l'on veut une gestion « honorable », les banques et les groupes mais aussi l'État et les ménages ne peuvent plus continuer à agir comme ils l'ont fait jusqu'à maintenant. En résumé, les entreprises en Allemagne ont des dettes plus de deux fois supérieures à celles de notre État, dont les dettes s'élevaient, en mars 2010, à 1 682 700 000 000 euros, avec en outre une tendance fortement à la hausse[14]. Ce sont les citoyens qui paient les intérêts des deux, ceux de l'État *et* ceux de l'économie, grâce à leurs impôts et aux prix à la consommation. Cette somme, qu'un contribuable allemand moyen débourse dans l'année pour les intérêts de l'État, de l'économie et les intérêts personnels, s'élève tout de même à neuf mille cinq cents euros.

Rien d'étonnant à ce que la colère de beaucoup de critiques contre le système de crédit public s'abatte sur le système d'intérêts et sur les banques. La dépendance envers les banques ne cesse de croître, les espaces libres sont de plus en plus petits, et la puissance des banques, crise ou pas, augmente encore et encore. Le nombre de personnes qui profitent du système d'intérêt en Allemagne se situe au-dessous de 10 %. Le compte s'équilibre à tout juste 10 % de la population. Mais le nombre de ceux qui sont perdants en ce qui concerne les intérêts se situe à plus de 80 % environ[15]. Il est clair que cette évolution ne peut plus continuer de la sorte. Alors quelle possibilité avons-nous ?

Au vu d'une situation aussi sinistre, il serait nécessaire de protéger de nombreuses personnes d'elles-mêmes. Lors de processus abstraits comme les opérations financières et les intérêts, notre imagination qui date de l'âge de pierre nous lâche un peu (cf. *Dans la toile de l'araignée*. Ce que l'argent fait de la morale). Les choses sont tellement abstraites que nous refoulons au lieu de comprendre. Si nous rendons un portefeuille que l'on a trouvé à celui qui l'a perdu, cela stimule le système de récompense dans notre système limbique. Cependant, les personnes qui privent d'autres individus de sommes atteignant des milliards avec le clavier de leur ordinateur n'ont de toute évidence aucune stimulation négative dans le cerveau au moment où elles le font. C'est exactement pour cette raison que les opérations bancaires ont besoin non pas de règles plus laxistes mais de règles plus sévères que d'autres activités économiques.

Un exemple particulièrement effrayant est l'introduction généralisée des cartes de crédit à la fin des années 1980 et au début des années 1990. Ce qui semble à première vue simplement pratique est une minibombe à retardement. Celui qui n'a pas de vrais billets entre les mains perd facilement la notion de la valeur de l'argent. Déjà en 1990, les utilisateurs américains de cartes de crédit avaient accumulé une montagne de dettes de cent quatre-vingt-dix-neuf milliards de dollars[16]. Cela correspond à trois mille quatre cent trente et un dollars par tête. Aujourd'hui, aux États-Unis, chaque Américain possède en moyenne douze cartes de crédit, et les banques inondent en plus le marché de publicités aux couleurs criardes et de conditions apparemment toujours plus avantageuses. En 2007, la dette globale des utilisateurs de cartes de crédit s'élevait déjà à neuf cent soixante et un milliards de dollars ; un endettement de dix mille six cent soixante-dix dollars par tête. Presque 7 % de tous les possesseurs de cartes de crédit ne pourront jamais rembourser leurs dettes, même plus leurs règlements mensuels.

La situation est encore plus dramatique au Canada. Le Canadien moyen est endetté de quatre-vingt mille dollars canadiens[17]. Environ la moitié des utilisateurs de cartes de crédit ne sont plus en mesure de régler les dépenses qu'ils effectuent avec elle. Pour beaucoup de personnes au Canada, aux États-Unis ou même en Allemagne, les cartes de crédit sont des outils d'autodestruction dont le contrôle leur échappe. Tout comme avec certains sites Internet, enfers du jeu et du plaisir, l'utilisation en demande trop au mental et a des conséquences sinistres non seulement pour l'individu mais aussi pour la société. Des pertes se comptant en milliards menacent déjà les banques malignes et avides qui commercialisent des cartes de crédit. Si plus personne ne peut payer les loyers de la rue de la Paix, le jeu perd également son intérêt pour celui qui possède l'hôtel. Et si tout va de travers, le contribuable finit par payer la folie des banques et des consommateurs.

Dans ce cas, la critique s'adresse à la fois aux banques qui attisent la convoitise et aux consommateurs qui agissent à la légère. Un objectif politique important est que les clients dressés à la consommation à n'importe quel prix redeviennent des citoyens capables de séparer leurs réels besoins des faux qu'ils se sont inventés.

Bien sûr, cela demande de la créativité et de l'imagination. S'il est vrai que, pour la plupart des gens, épargner est très difficile, cela a aussi des conséquences sur l'assurance vieillesse. Si l'on ne fait rien, la pauvreté des personnes âgées va monter en flèche en Allemagne. Que peut faire l'État ? Eh bien, une solution pensée au niveau psycho-économique consiste, par exemple, à rendre plus flexible la prévoyance professionnelle vieillesse. Au lieu d'accepter des pertes de salaire au profit de l'assurance vieillesse, les salariés des entreprises s'obligent à économiser une partie de leurs futures augmentations de salaire. Selon les lois de l'illusion monétaire, il me paraît beaucoup plus simple d'économiser de l'argent que je ne vois jamais et dont je ne me sens pas en possession que de recevoir ou transférer quelque chose qui a été concrètement diminué[18].

Bien entendu, le sage entraînement des consommateurs à l'autodiscipline ne décharge pas l'État de civiliser le jeu dangereux des banques par des règles strictes. Ce qui reste à faire sur ce point a été longuement discuté durant ces deux dernières années[19]. Les règles essentielles sont :

- l'augmentation nette du taux de capitaux propres des banques dans les opérations de crédit ;
- l'interdiction des fonds spéculatifs, de la vente à découvert et autres dérivés ;
- la réintroduction de la taxe sur les opérations en Bourse supprimée en Allemagne en 1991 ;

- la limitation des salaires des managers et l'introduction d'un système de bonus-malus ;
- des critères réalistes plutôt qu'optimistes quant à la solvabilité des banques ;
- l'harmonisation du contrôle international des finances ;
- une plus grande garantie des actionnaires dans les cas d'insolvabilité ;
- l'interdiction de la publication des rapports trimestriels des banques et des entreprises, pour empêcher les spéculations à court terme ;
- les firmes et banques ayant recours à l'argent public ou à des cautions doivent en rendre compte sans restriction ;
- la création d'une liste des entreprises « essentielles au système » selon l'État ;
- le paiement de « taxes d'assurances » à l'État de ces entreprises essentielles au système faisant office d'économies dans le cas de leur insolvabilité.

C'est à chaque politique, en Allemagne et en Europe, d'estimer combien de ces exigences devront être imposées nationalement et internationalement. Mais c'est seulement si l'État agit contre l'abus et garantit loyauté et péréquation sociale que l'on pourra envisager les perspectives d'un avenir positif cultivant l'art de ne pas vivre aux dépens des autres.

Mais les entreprises et les citoyens se trouvent eux aussi dans l'obligation de collaborer à une société dans laquelle ils veulent aimer vivre. Dans la deuxième partie du livre, j'avais soulevé la question de savoir ce que le courtier qui s'occupe du commerce du cacao à la Bourse peut faire pour les enfants au Ghana (cf. *Le trader, le cacao et les enfants au Ghana*. Pourquoi nous ne sommes jamais concernés). Eh bien, c'est la même chose que ce que Josef Ackermann peut faire pour les pauvres. Ainsi, il peut par exemple convenir avec ses collègues de mettre un pourcentage préétabli des bénéfices à la disposition d'une fondation d'aide aux enfants se trouvant au Ghana[20]. Un jour, ils pourraient peut-être partir ensemble pour le Ghana et regarder le travail dans les plantations. Peut-être arriveraient-ils à vivre avec une baisse de leur marge bénéficiaire. Et peut-être se sentiraient-ils rehaussés par le sentiment d'avoir permis à des Ghanéens d'avoir une vie meilleure et plus heureuse.

Pourquoi les entreprises, une PME, un groupe ou même une caisse d'épargne, n'instaurent-elles pas comme condition d'embauche que l'apprenti ou l'employé s'engage dans un projet de partenariat choisi par l'entreprise ? Cela peut avoir lieu pendant les temps libres mais aussi dans un créneau horaire inscrit dans une journée de travail. Les universités d'élite en Angleterre attachent beaucoup d'importance à l'engagement social de leurs étudiants. Pourquoi pas également les entreprises allemandes ? Un *ethos* adapté librement selon Bill Gates : « Bien sûr, j'aurais pu offrir à mes enfants l'argent que j'ai gagné grâce à ma réussite avec Microsoft et le dépenser pour des yachts ou d'autres choses du même genre. Mais j'ai décidé d'utiliser cet argent pour les plus pauvres. C'est la liberté de notre système économique. Et j'espère que davantage de personnes suivront mon exemple. Avec d'autres riches donateurs, je partage un magnifique sentiment : je prends plaisir à aider. Cette mission me comble énormément[21]. » Début août 2010, Bill Gates a lancé avec son ami milliardaire Warren Buffet l'initiative à laquelle quarante milliardaires des États-Unis ont répondu présents : faire don d'au moins la moitié (!) de leur fortune à l'intérêt public.

Si ce sentiment de satisfaction ne se déclenche pas volontairement en Allemagne, il reste toujours la possibilité que l'État assiste les groupes de l'indice DAX dans cette démarche. Une taxe supplémentaire de 10 % sur le bénéfice net comme donation à l'intérêt public pourrait aider ceux qui ne ressentent pas encore leur engagement. Josef Ackermann n'aurait alors plus besoin de passer devant les pauvres : il leur aurait déjà donné…

Notre gestion doit devenir plus durable et plus responsable. Cette façon de revoir ses conceptions concerne au même titre l'État, les entreprises, les banques et les citoyens. Il faut un nouvel *ethos* de l'entreprise. Il faut que les dispositifs qui diminuent les marges de manœuvre de la négligence, de la convoitise et de l'abus et qui encouragent la responsabilité sociale deviennent efficaces à tous les niveaux.

Que ce soit au sein des entreprises ou de la société, l'objectif est d'établir des environnements de pensée et de ressenti moraux qui incitent à l'imitation. Mais comment cela marche ?

• *Le retour de la vertu.* Comment encourager le civisme

Le retour de la vertu

Comment encourager le civisme

La frontière ne passe pas entre les peuples mais entre le bas et le haut.

Banderole dans la Köpenicker Straße, à Berlin-Kreuzberg

La frontière ne passe pas entre le bas et le haut mais entre toi et moi.

Sur le mur d'une maison voisine

Le Rathenauplatz est probablement le plus beau parc de la ville de Cologne. Coincé entre les immeubles anciens de la Gründerzeit, le style architectural propre à la période de l'Empire allemand, il fait l'effet d'un petit coin de verdure parisien au milieu du Kwartier Lateng, le quartier étudiant de Cologne. Tout autour, les rues se dispersent en étoile. Le camaïeu de vert pâle des platanes filtre la lumière, les troncs sont tachetés d'une rouille éternelle. L'été, les enfants qui jouent couvrent le pépiement des oiseaux en criant. D'innombrables personnes sont assises autour de tables de jardin. Un air de « Cologne » et de tranquillité enveloppe les visages. Le soir, des guirlandes lumineuses colorées éclairent les enfants infatigables et les âmes détendues de leurs parents.

Le Rathenauplatz est un endroit plein de charme. Cela n'a pas toujours été le cas. Le parc a un lourd passé. Dès le début, une querelle éclate à propos de son nom. Il devait en effet porter celui du monarque prussien Frédéric Guillaume IV. Mais les Colonais, qui n'estimaient pas beaucoup la Prusse, se mirent d'accord sur « Königsplatz » – qui peut se référer à n'importe quel roi. En 1923, le parc devint la Rathenauplatz, en hommage au ministre des Affaires étrangères qui fut assassiné ; pendant le Troisième Reich, il devint le Horst-Wessel-Platz ; puis on revint de nouveau à Rathenau. Dans les années 1980, le parc était un terrain abandonné avec des broussailles, des rats et une fontaine en ruine ; une oasis pour les sans-abri et les toxicos.

Les habitants écrivirent des lettres à la municipalité. Ils demandaient de remettre le parc en état pour que l'on puisse aussi y entrer la nuit sans danger. La ville ignora les citoyens. Une communauté de citoyens se forma pour protester contre les crottes de chien et l'invasion de rats. Et une association naquit de cette initiative. De nombreux habitants du quartier participèrent à la remise en état du parc. Ils organisèrent eux-mêmes leurs intérêts de citoyens, élaborèrent des propositions et firent pression sur la ville. Deux aires de jeux furent créées, ainsi que des parterres de fleurs et un espace réservé aux chiens. Bien que la ville ait refusé de se porter garante, l'association a ouvert il y a dix ans un joli restaurant d'été, qui a entre-temps été primé. La ville n'a même pas participé au financement des toilettes nécessaires à cet établissement.

Les recettes du Biergarten reviennent non seulement au parc, mais encore aux autres nombreux projets de proximité de l'association. Entre deux discussions à l'heure du goûter, un groupe de seniors jouent au théâtre et s'occupent d'enfants de l'école voisine en leur faisant la lecture. Des passionnés ont étudié l'histoire du quartier au cours des cent dernières années et publié un livre. Une association de pétanque a été créée et elle organise des tournois. Un mouvement d'action lutte contre les bailleurs arbitraires et les appartements inoccupés dans le quartier. Dans les locaux de l'association se retrouvent des cercles de recherches, des groupes de parents et un groupe de projet d'aide de proximité.

Comment tout cela a-t-il été possible ? Comment des citoyens ont-ils pu faire d'un parc abandonné une oasis de proximité en pleine ville ? La première condition a sans aucun doute été la situation financière précaire de la ville de Cologne. Si la situation économique de la ville avait été meilleure, elle se serait probablement occupée elle-même du parc. L'impuissance et le je-m'en-foutisme de la commune ont ainsi involontairement favorisé l'engagement social des citoyens. La deuxième condition a un rapport avec l'esprit de 1968, qui s'est fait ressentir dans peu de villes allemandes de manière aussi locale qu'à Cologne. La ville est le champ d'action des comités de quartier et des centres culturels en autogestion, nés du climat de bouleversement social à la fin des années 1960 et ayant duré jusqu'au mouvement écologiste. La troisième condition était et est toujours l'engagement de militants courageux qui avancent dans les négociations tenaces avec la ville et qui en ont entraîné et en entraînent d'autres avec eux. À partir d'un certain point s'est développé dans le Rathenauplatz un sentiment d'appartenance presque généralisé, ainsi que la morale de groupe du « vivre et faire vivre » qui va avec. Personne n'est exclu du parc par une porte fermée à clé, et ici même les sans-abri trouvent toujours leur banc. Dans la langue de l'association, cela signifie : « Cologne en tant que village du monde universel vit grâce à ses quartiers et ses places, et les citoyens du monde sont avant tout des habitants du quartier[1]. »

L'idée de s'unir volontairement dans son propre intérêt et de s'engager en bon voisinage est présente dans beaucoup de cultures à travers le monde. Elle puise ses racines dans le libéralisme comme dans le socialisme et ne suit aucun schéma de « droite » ou de « gauche », conservateur ou progressiste. Les citoyens qui, dans l'Allemagne du XIXe siècle, créèrent des jardins biologiques et zoologiques, des fondations, des musées, des hospices et des caisses d'épargne n'étaient pas la plupart du temps des pseudo-révolutionnaires. Cependant, le socialisme aussi produisait des coopératives bénévoles, dans l'idée par exemple du *Subbotnik*, le mot russe pour « samedi » : lors de ces *subbotniki* (« samedis communistes »), les travailleurs communistes ou les partisans travaillaient bénévolement.

Celui qui, en RDA, se rendait volontairement à son travail le samedi en n'étant pas rémunéré était souvent beaucoup plus motivé que pendant son temps de travail quotidien. Quand j'avais neuf ans, j'ai pu voir à Köthen en 1974 des pères de famille se rassembler le samedi pour assainir un étang public. Tout cela reste bien ancré dans ma mémoire, y compris le barbecue le soir, une fois le travail accompli. Même si la participation au *Subbotnik* était soigneusement surveillée du côté des autorités et pouvait mener à des avantages, c'était l'une des meilleures idées du socialisme réel. Avec le déclin de la RDA dans les années 1980, ce fut bien sûr aussi la fin des *Subbotniki* dans de nombreux endroits. Les collectivités bénévoles abandonnèrent leur esprit social et socialiste. Depuis, quelques villes est-allemandes se remémorent encore malgré tout le bon vieux temps, comme à Potsdam, Berlin-Weißensee ou Kappellendorf, en Thuringe.

La plupart du temps, on s'aperçoit rarement au quotidien que prendre les choses en main nous rend heureux et nous procurent des satisfactions. Nous avons souvent besoin d'autres personnes qui nous motivent. Nos routines et nos habitudes nous retiennent prisonniers dans une cage, alors qu'avec un peu d'imagination nous pouvons facilement nous en échapper. Combien de soirées passées devant la télévision nous procurent la satisfaction durable que nous ressentons lorsque nous avons construit une aire de jeux avec d'autres parents, nettoyé le parc avec des habitants, organisé une fête des voisins ? La plupart du temps, nous suivons les chemins du bonheur déjà tracés à des fins commerciales, qui ne tiennent souvent qu'un instant, parfois même pas du tout leurs promesses, et qui cultivent alors notre insatisfaction.

Ce qui est caractéristique là-dedans, c'est que beaucoup d'hommes savent cela au fond, mais changent malgré tout peu de choses. En somme, on manque en Allemagne moins de personnes prêtes à s'engager par principe que de personnes prêtes à le faire concrètement. Les gens qui s'investissent dans le civisme y sont souvent parvenus par hasard ou par le biais d'une amitié, et non en raison de réflexions de principe ou d'une maxime morale. Car celui qui commence par le principe ne sait souvent pas du tout comment le mettre en pratique. Pour quelle cause doit-il se décider ? Comité de quartier, Croix-Rouge, Terre des hommes, Les Restos du cœur, Greenpeace ?

Pourtant l'aide de proximité bénévole et l'engagement citoyen ne se résument pas à un loisir. Un vrai sens du civisme, comme le montre l'exemple du Rathenauplatz, va bien au-delà. Il peut se manifester dans la lutte que mène l'association contre la hausse illicite des loyers et la spéculation immobilière dans le quartier. On peut aussi travailler sur un projet qui inciterait les habitants d'un quartier à passer des contrats collectifs avec un fournisseur d'électricité exemplaire sur le plan écologique.

Un objectif politique important – en fait, l'un des plus importants – serait de laisser un pouvoir de décision beaucoup plus important aux habitants des quartiers grâce à des référendums, notamment partout où il est question de leur qualité de vie élémentaire. Depuis le début des années 1980, la société parle de centres-ville interdits aux voitures. Le résultat à l'échelle de l'Allemagne est plutôt médiocre. À supposer que les communes le fassent, c'est par égard pour le tourisme ou à cause des difficultés techniques liées à la circulation qui ne se résorbent pas sans la démolition des vieilles murailles. Il serait pourtant bien plus beau et plus démocratique de laisser les habitants des quartiers décider en fonction de la majorité s'ils veulent avoir du trafic automobile dans leur quartier ou non.

Si cela était rendu possible il est alors tout à fait envisageable que des parties de la ville, comme le Kwartier Lateng et le Quartier belge à Cologne ou le Prenzlauer Berg à Berlin, soient bientôt interdites aux voitures (à l'exception de la police, des ambulances et des pompiers). Pour la génération actuelle de parents, qui a passé son enfance dans un monde exposé aux dangers que représentent les automobiles, cela serait pour beaucoup une vision tout droit sortie d'un conte de fées : pouvoir laisser les enfants marcher dans la rue en plein milieu de la ville, comme ça, sans danger ! Mettre les chaises et les tables du restaurant d'été sur les nouveaux boulevards, comme à Bologne ! Comme on y gagnerait en qualité de vie !

Notre société, axée sur l'automobile, est en effet non seulement une bénédiction, mais aussi une malédiction. Chaque nouvelle liberté était suivie d'une nouvelle restriction. Pour satisfaire les exigences de la circulation, il fallait diminuer la qualité de vie. Dans les grandes villes européennes, les places ont très souvent été transformées en carrefours et en étendues de béton après la Seconde Guerre mondiale. Dès lors, qualité de vie allait signifier mobilité et non plus calme, air pur et infrastructure de proximité. La vision de société mobile, importée des États-Unis, attira dans les années 1960 et 1970 la classe moyenne des centres-ville dans les nouveaux ghettos de lotissements en périphérie de la ville et dans les champs. La vague d'endettement, avec ses nouvelles dépendances, obligea les habitants à des migrations pendulaires à n'importe quel prix. L'État construisit de nouvelles routes bruyantes dans le paysage. Passer plus de deux heures dans les bouchons et le stress dû à la circulation était devenu monnaie courante. Et pour aller faire les courses dans les nouveaux centres commerciaux, madame avait aussi besoin d'une deuxième voiture, comme pour se rendre à son club de tennis.

Tout ce développement, qui n'aurait pas été possible sans l'achat massif de voitures, augmenta le PIB. Mais il augmenta aussi la pollution, le mitage des paysages, la course au statut, l'augmentation du nombre de divorces et la naissance généralisée de la *crise de la quarantaine*. Pas étonnant qu'avec de tels signes avant-coureurs le bonheur de la société ne grandisse plus depuis longtemps déjà.

L'être détermine la conscience. Et, alors que pendant plusieurs dizaines d'années nous n'avions sous les yeux presque que les prétendus avantages de notre nouveau mode de vie, nous découvrons maintenant petit à petit le prix que nous avons dû payer. Ce qui vaut pour l'écologie vaut aussi pour le social. Pendant bien trop longtemps, nous n'avons regardé qu'un côté de la médaille. Nous avons gagné plus de liberté et de sécurité, mais « au prix de renonciations considérables qui n'atteignent même plus le seuil de la conscience, parce qu'elles font partie des conditions évidentes reléguées au second plan, des choses qui sont simplement comme elles sont[2] ».

Renoncer volontairement à des choses que nous revendiquons avec la plus grande évidence paraît cependant difficile. Si l'on nous enlève quelque chose, tout à coup nous vient à l'esprit notre liberté que nous ne voudrions nous faire restreindre pour rien au monde. L'interdiction de fumer à l'intérieur des lieux publics est un bel exemple. Pendant des dizaines d'années, les hommes politiques du monde occidental n'osèrent pas se confronter à cet épineux problème. C'est seulement lorsque quelques pays de l'UE prirent les devants que se produisit l'effet domino, non sans protestations massives de la population, évidemment. À peine trois ans plus tard, de nombreux fumeurs n'arrivent pas, avec la meilleure volonté du monde, à s'imaginer qu'« avant » on fumait à la table d'à côté, alors qu'on venait de se faire servir son plat[3].

Il y a plus important que les libertés absolues ; en tout cas quand c'est la communauté qui en fait les frais. N'importe quel conducteur qui roule dans la ville ne fait pas qu'avoir recours à sa liberté ; il oblige aussi d'autres personnes à faire très attention à ce qu'il ne leur arrive rien au milieu de la circulation. Beaucoup de ce qui, à première vue, paraît être de la chance, comme la société axée sur l'automobile, devient une contrainte sur le long terme. Inversement, on ne considère souvent que comme une contrainte ce qui est une chance. Une interruption des travaux pour construire de nouvelles autoroutes, par exemple, ne causera de tort qu'à peu de personnes probablement, dans la mesure où le trafic urbain public est aménagé en conséquence. Quand il n'y a plus d'autre voie rapide, les citoyens s'adaptent déjà relativement vite. Il ne devrait pas en être autrement avec les quartiers et les centres-ville interdits aux voitures. Celui qui vit réellement cette situation une fois va réfléchir à la possibilité de faire de même dans son propre quartier.

Mais les restructurations de la société ne relèvent pas toutes de l'État. Dans le social, particulièrement, nous allons assister dans les prochaines dizaines d'années non pas à une augmentation de l'assistance mais à un recul de l'État et du Trésor public. Pour un citoyen qui s'est adapté à la symétrie sociale de l'Allemagne, c'est à peine concevable. Depuis notre plus tendre enfance, nous sommes habitués à ce que notre vie sociale soit régie et payée par l'État. Après tout, pourquoi payons-nous nos impôts et réglons-nous nos charges sociales ? Pour beaucoup, il paraît encore complètement utopique de devoir nous occuper nous-mêmes de plus en plus de notre parc municipal, de notre piscine en plein air, bientôt aussi de notre zoo et peut-être même un jour de nos écoles grâce à des dons ou des bonnes âmes dynamiques. Mais le regard objectif sur les recettes des communes, l'endettement du Trésor public depuis les villes jusqu'à l'État en passant par les Länder montre bien que la situation est plus grave que prévu. Il est plus que probable que nos systèmes de solidarité sociale ne tiendront pas vingt années de plus. C'est alors à nous ou à nos enfants qu'il reviendra de prodiguer une grande partie de la chaleur humaine, de l'assistance et des soins, exactement comme c'était encore le cas dans les années 1950.

La ville de Cologne, qui a laissé son parc se dégrader, est un petit exemple de ce qui va arriver. Soit l'évolution générale dérive vers la discorde et la résignation, soit nous mettons nous-mêmes la main à la pâte. Formulé de manière positive, cela signifie : « Les gens sont à nouveau capables d'aller directement les uns vers les autres, les associations familiales de prendre en charge plus de fonctions économiques et sociales, les villes et les communautés de s'appuyer davantage sur leurs citoyens. Un comportement solidaire entre les hommes et dans la société, qui a été submergé pendant des générations par des flots de paiements publics anonymes, peut remonter à la surface[4]. » Formuler de manière négative, cela signifie que les citoyens du Rathenauplatz vont peut-être réussir à s'en sortir mutuellement ; les citoyens des zones sensibles habitant dans les blocs, eux, non.

Davantage d'engagement citoyen est un pas dans la bonne direction. Il va s'agir de retrouver le « moi dans le nous », comme l'a joliment formulé le philosophe et sociologue de Francfort Axel Honneth (né en 1949), et aussi par conséquent le « nous dans le moi[5] ». Mais, évidemment, on est bien loin avec cela de pouvoir résoudre tous les problèmes sociaux actuels et à venir. Exiger davantage d'implication et de liberté d'organisation de l'ensemble des citoyens ne signifie pas être aveuglé par un idéal de romantisme social. De nombreuses personnes, surtout dans les quartiers très pauvres, auront du mal à se regrouper en communautés comme les citoyens du Rathenauplatz. Des quartiers abandonnés, où les perdants de la société de consommation vivent à côté d'émigrants des parties très pauvres du monde, ont une structure sociale clairement désespérée. Celui qui n'a pas envie de s'intégrer, celui qui ne partage que peu des valeurs « citoyennes » de notre société et qui même, parfois, les combat n'apporte pas grand-chose à notre cohabitation générale.

Pourtant, même si la responsabilité accrue de la classe moyenne ne résout pas tous les problèmes, en définitive, dans presque tous les cas, c'est à cette classe qu'il reviendra d'entretenir l'État et de porter son fardeau. Ce ne sont ni la classe supérieure ni la classe inférieure qui composent l'échine de notre société ; l'une parce qu'elle pourrait, en cas de doute, vivre ailleurs à n'importe quel moment ; l'autre parce qu'elle ne se sent pas compétente, parce que pas intégrée. Pour chaque projet que l'État ne pourra plus financer à l'avenir, la classe moyenne devra remplacer l'État et effectuer sa part de travail. Formulé de façon pathétique, cet engagement est le remerciement des citoyens à l'État pour le développement historiquement inhabituel de la prospérité des dernières décennies. D'un point de vue pragmatique, c'est un moyen indispensable pour garder notre société largement digne d'être vécue aussi à l'avenir.

La bonne nouvelle dans tout ça : on ne manque pas de citoyens engagés. Selon les données de la veille sur les bénévoles et de la commission d'enquête sur l'engagement citoyen, environ un tiers des citoyens allemands de plus de quatorze ans sont engagés bénévolement. Une grande partie d'entre eux s'orientent vers les clubs sportifs. Mais, même sans eux, l'engagement est vraiment important. Un développement récent comparable est l'implication des citoyens cultivés qui s'occupent des enfants de classes sociales moins privilégiées. À ce sujet, cela ne fait aucun doute qu'il s'agit ici d'une des missions les plus délicates et importantes.

En 2003, par exemple, le libraire Otto Stender à Hanovre monta le projet « Mentor – die Leselernhelfer[6] », les aides pour l'apprentissage de la lecture. L'idée qui sous-tend ce projet est aussi simple que séduisante. Des citoyens qui se sont engagés bénévolement montent une antenne du projet dans leur ville et cherchent des partenaires parmi les écoles. Grâce à des annonces ou des cercles d'amis et de connaissances, on trouve rapidement des citoyens. Ce sont souvent des retraités qui, après une courte formation professionnelle, s'occupent des « enfants à problèmes » dans les écoles. L'après-midi, ils leur apprennent la lecture, choisissent des livres avec eux et en discutent. Le premier pas vers l'éducation est que les enfants acquièrent des compétences en lecture. Seule l'éducation peut aider ces enfants à grandir en dehors de leur environnement social et de ses valeurs souvent problématiques. En attendant, il existe des projets Mentor dans de nombreuses villes allemandes, avec environ six mille enfants pris en charge. D'après une enquête de contrôle de l'association Mentor Hambourg, en un an, les aides à la lecture ont réussi à aider 64 % des enfants à lire mieux et de manière plus fluide. Seulement 4 % des enfants n'ont fait aucun progrès[7].

Il est tout à fait compréhensible que cela s'adresse avant tout à la génération des seniors. Nos retraités appartiennent à la « génération dorée » de cette République, avec des revenus assurés et une espérance de vie élevée. Dans cette situation incroyablement confortable, qu'ils n'ont pas édifiée uniquement à la force du poignet, ils se trouvent vraiment dans une situation de dette morale. Cependant, sur le long terme, ce sont toutes les générations qui devront combler les trous que l'État, de plus en plus dépassé, laisse béants. À ce sujet, il n'a pas vraiment toujours le beau rôle. Les citoyens engagés, comme ceux du Rathenauplatz, sont bien trop souvent confrontés à des services publics qui rendent leur intervention non pas plus facile, mais plus compliquée. Une polémique tatillonne à propos de la compétence et du pouvoir qui ne sera qu'un phénomène de transition. À l'avenir en effet, l'État et les communes devront se réjouir d'une grande partie des choses qui auront été allégées ou supprimées pour eux.

Des réflexions comme celle-ci suscitent, en politique, des réactions diverses. Traditionnellement, l'engagement citoyen est soutenu par le FDP (*Freie Demokratische Partei*), le parti libéral allemand, et par les Verts, et considéré de façon suspicieuse par le SPD, le parti social-démocrate allemand, et par la gauche. Le contre-argument des sociaux-démocrates soucieux et du parti de gauche est le suivant : les politiques et les partis qui revendiquent davantage d'engagement citoyen se déchargent de leur responsabilité sociale. Au lieu de mettre bénévolement les citoyens à contribution, les partis « de gauche » revendiquent des impôts plus élevés et de plus grandes actions sociales.

Le premier grand débat sur la question eut lieu dans les années 1990 en rapport avec le nouveau mot « communautarisme ». De grands philosophes américains comme Charles Taylor, Michael Sandel ou Alasdair MacIntyre l'avaient défini auparavant. D'après son origine, le « communautarisme » est un contre-projet aux réflexions du philosophe libéral John Rawls[8]. Comme indiqué (cf. *Le chat du yogi*. La morale est-elle partout pareille ?), les détracteurs de Rawls refusent de ramener la morale à des principes abstraits. Au lieu de cela, le fond de leur pensée revient à dire : la morale est un phénomène purement et simplement social, marqué par un environnement concret. Si Taylor, Sandel et MacIntyre ont raison, la mission de la société consiste alors à créer des milieux moraux et à répandre l'assistance et l'engagement par « contamination ».

À son apparition dans les années 1980, le communautarisme était une réaction à la politique sociale du gouvernement de Ronald Reagan, un libéralisme économique presque inconditionnel. Les dépenses sociales avaient été dramatiquement revues à la baisse, et c'est le marché qui devait tout réguler. Les frais pour le bien commun étaient immenses. Alors que les riches devenaient plus riches, les pauvres devenaient plus pauvres. Sandel, Taylor et MacIntyre opposèrent cette culture de l'égoïsme à l'éthique de la vertu d'Aristote. Ils en appelèrent à la solidarité, à la cohésion sociale, et revendiquèrent un « patriotisme social ».

En Allemagne, le débat fut accueilli d'une tout autre façon, la culture civique étant complètement différente en Allemagne et aux États-Unis. Beaucoup de tâches qui, chez eux, doivent être prises en charge par les citoyens animés de « vertus républicaines » sont gérées chez nous par l'État providence, de manière assez exemplaire. Le communautarisme apparut ainsi chez nous d'abord sous un aspect contraire à celui des États-Unis. Au lieu d'être le garant d'une solidarité globale, il fut considéré comme une attaque envers le principe de solidarité garanti par l'État. Les communautaristes étaient, aux yeux des détracteurs allemands et français, des créateurs de cliques élitistes avec un sens des responsabilités à portée limitée ; un retour au XIXe siècle, à l'époque précédant la législation sociale de Bismarck – une époque que les Américains n'ont pas encore vraiment dépassée aujourd'hui.

Au vu des problèmes actuels et à venir de notre société, cette situation ami-ennemi paraît dépassée. Celui qui appelle aujourd'hui au « patriotisme social » ne voudrait pas restaurer l'État providence ni diminuer les impôts des gros salaires. Communautarisme et hausse des impôts ne sont pas une contradiction. Chaque prestation sociale qui peut encore rendre l'État bon et convenable est et reste une plus-value. La question est juste de savoir combien il en restera encore dans dix ou vingt ans. On ne devrait pas poursuivre le débat sur la présence plus ou moins forte de l'État comme si on avait affaire ici à beaucoup trop d'options. Tout comme lors du débat à propos de la croissance économique, depuis longtemps déjà, la question n'est plus de savoir si c'est ce que l'on veut, mais ce qui sera vraiment encore possible à l'avenir.

Une société dont la croissance matérielle ne continue pas à progresser et n'est pas non plus autorisée à progresser doit se réorganiser en des points essentiels. Les formes d'engagement telles que le recours à ses propres moyens et la coopération bénévole prennent alors une nouvelle importance. Au lieu de l'égoïsme matériel inculqué et étudié en Allemagne depuis l'époque du miracle économique, et surtout depuis les années 1980, c'est un patriotisme social qui doit s'instaurer. Il en appelle à notre instinct social, au sentiment de responsabilité de la « horde » à laquelle on a le sentiment d'appartenir.

Cependant, l'aide de proximité et l'engagement social ne suffisent pas. Pour adapter la nouvelle société de citoyens aux conditions de vie qui seront modifiées dans le futur, de nombreux domaines de la vie courante doivent être réorganisés : les systèmes de récompense pour l'acceptation sociale tout comme le fisc, le monde du travail ou la famille…

• *Heureux contribuables*. Comment faire avec les récompenses

Heureux contribuables

Comment faire avec les récompenses

Le fonctionnaire en charge de ma déclaration fiscale ne m'a encore jamais proposé de café. Nous ne nous connaissons pas, nous ne nous sommes même encore jamais vus. Je paie mes impôts à la date voulue et parfois par le biais de lettres de mise en demeure peu aimable. Le service fiscal fait partie de l'État dans lequel je vis. Les États comme la République fédérale d'Allemagne n'ont rien de méchant, de sombre ni de dictatorial. Ils sont la représentation de leurs citoyens, c'est-à-dire de personnes comme vous et moi.

La plupart des citoyens correspondant aux gros salaires ne sont pas en bons termes avec le service fiscal. Une fois, ils s'énervent à cause des contributions élevées qu'ils doivent payer. En Allemagne, le taux d'imposition maximal tourne autour de 45 %. C'est presque la moitié du revenu. Une autre fois, cela concerne la manière dont le service fiscal, donc l'État, les traite. Les gros salaires sont fréquemment des travailleurs indépendants et doivent payer leurs impôts à l'avance. C'est un fonctionnaire des finances qu'ils ne connaissent pas qui en fait l'estimation.

Le service calcule le montant de l'estimation ; on ne demande pas l'avis du contribuable. Là, il ne s'agit pas de deux hommes côte à côte, qui se serrent la main, réfléchissent, estiment et délibèrent. Là, une puissance froide venue d'en haut plonge la main, de façon anonyme et autoritaire, dans la chaleur du porte-monnaie. Une banque qui agirait ainsi avec ses clients aurait fait faillite depuis longtemps. La plupart des travailleurs indépendants, a fortiori les gros salaires, haïssent leurs avis d'imposition, méprisent le service fiscal, fulminent contre l'État, cherchent des failles et votent pour un parti qui promet de l'apaisement à leurs âmes manifestement en peine.

Un État qui par son comportement monte ses citoyens contre lui n'est ni intelligent ni adroit. Cela donne plutôt l'impression d'un des derniers bastions du prussianisme qui serait déguisé, un reste traditionnel de démonstration de force de l'autorité étatique. Et la forme de rapports la plus répandue du service fiscal avec le contribuable n'est pas la confiance, mais la méfiance, cette dernière menant naturellement à l'aversion. L'aversion, d'autre part, favorise l'évasion fiscale et la fraude. Et cet État qui assure la prospérité de ses citoyens, garantit l'éducation de ses enfants et s'occupe de leur sécurité dans la rue ou ailleurs devient un ennemi. « L'État n'est pas la solution, il est le problème », écrivait déjà un auteur de discours de Ronald Reagan dans les années 1980.

Qu'est-ce qui cloche ici ? Quand l'écrivain et utopiste français Louis-Sébastien Mercier (1740-1814) s'imaginait en 1771 comment pourraient vivre les gens en Europe occidentale en 2440, il ne pensait pas qu'à une infrastructure moderne, à des ponts de la Seine réparés, à des hôpitaux et à des universités modernes, à un marché commun exempt de droits de douane ni à une armée réduite à son strict minimum. Il pensait aussi que chaque citoyen de cet État prévenant et juste paierait sereinement et volontiers ses impôts[1].

Des prophéties de Mercier, celle-ci est la seule qui est restée manifestement une utopie. L'estime sociale liée au fait de payer ses impôts paraît tout aussi insignifiante que ce que ressent le contribuable de la part les autorités. Du point de vue de la psychologie économique, presque tout cloche, ici. Celui qui donne quelque chose attend généralement en retour un remerciement ou de la reconnaissance, même si, dans ce cas, ce don n'est pas le résultat d'un acte bénévole. Dans le commerce, la vendeuse et le client se remercient mutuellement au moment où ce dernier achète du pain. L'État a compris cela à bien des égards. Après tout, notre police est beaucoup plus sympathique qu'il y a encore vingt ans. L'anonymat et le ton militaire ont fait place à un rapport amical, la plupart du temps.

D'un point de vue social, l'art de limiter le nombre d'égoïstes consiste à s'attaquer aux instincts sociaux positifs des hommes. L'obstination est renforcée ou affaiblie selon les conditions générales que crée la société. Même les psychologues économistes comme Ernst Fehr y voient l'objectif primordial de la politique. Pour lui aussi, beaucoup de choses dépendent du rapport des citoyens à leurs impôts : « La politique doit améliorer la morale fiscale des contribuables en faisant appel à leur coopération. » Car « davantage de coopération apporte aussi davantage d'argent dans la caisse de l'État[2] ».

Un meilleur esprit d'équipe entre le service fiscal et le contribuable calme également, dans la mesure du possible, les esprits comme celui du philosophe Peter Sloterdijk (né en 1974), qui s'irritait publiquement en juin 2009 dans la *Frankfurter Allgemeine Zeitung* d'être saigné à blanc par le service fiscal[3]. Pour Sloterdijk, l'État fiscal moderne est « un équivalent fonctionnel à l'expropriation sociale, avec l'avantage remarquable que la procédure se répète tous les ans – du moins pour ceux qui n'ont pas été ruinés par la razzia de l'année précédente ». Contre cet esprit malfaisant, Sloterdijk revendiquait une « révolution de ceux qui mettent la main à la poche », c'est-à-dire une révolution des contribuables et en particulier des gros salaires. Car la « réaction la plus plausible à cela » est la « guerre civile contre la fiscalité ».

Cette guerre à l'impôt trouva des retombées directes dans les élections législatives qui suivirent à l'automne, avec un résultat record pour le FDP, dont le message essentiel avait été de baisser les impôts. Aucun citoyen allemand ne devait payer un taux d'imposition sur le revenu supérieur à 35 %[4]. Aujourd'hui, il n'en est plus question. Et le climat parmi les gros salaires a lui aussi changé de façon dramatique. D'après une étude Foras, l'un des instituts leaders dans les sondages d'opinion et les études de marché en Allemagne, pour le compte de STERN, en juin 2010, 42 % des Allemands aisés ayant un revenu mensuel net supérieur à quatre mille euros étaient prêts à payer plus d'impôts. Dans le groupe des revenus mensuels situés entre trois mille et quatre mille euros, ils étaient un peu plus nombreux à y être disposés (43 %). Même un tiers des citoyens gagnant moins de trois mille euros net étaient prêts à payer plus d'impôts au vu de la dette nationale élevée[5].

Comme toute morale, la morale fiscale dépend aussi des conditions générales et de l'atmosphère. En tant que contribuable, l'homme n'est pas plus *homo œconomicus* que dans n'importe quel autre environnement ; c'est la motivation émotionnelle qui est déterminante en vertu de l'environnement et des conditions.

Pour accroître la motivation, il serait judicieux d'intégrer dans notre système fiscal l'aspect de volontariat, si déterminant au niveau psychologique. Évidemment pas sous la forme de l'idée cocasse et provocante de Sloterdijk, qui est de supprimer l'impôt sur le revenu et de le transformer en cadeaux bénévoles à la communauté. En revanche, il serait envisageable dans la pratique d'augmenter les impôts des gros salaires d'une taxe obligatoire de 5 % sur un revenu de deux cent cinquante mille euros par an. Le dénouement particulier résiderait dans le fait qu'en plus ce seraient les contribuables eux-mêmes qui décideraient à quelle fin cette taxe de 5 % devrait être employée. Dans cette optique, l'État fixe à l'avance une liste, qui s'étend des engagements militaires à l'étranger de l'armée allemande à la création de nouvelles crèches. Par le biais de la décision personnelle du contribuable, la taxe obligatoire prend le caractère psychologique d'un don. Et, au lieu d'être le dindon de la farce, on se sent l'âme d'un généreux donateur, qui sait qu'il s'est investi de manière très personnelle pour qu'en Allemagne de nouvelles crèches soient construites, des écoles modernisées ou des assistants sociaux embauchés.

La différence peut aussi être expliquée avec un autre exemple. Celui qui se rend pour la première fois dans une brasserie à Cologne est très surpris par les manières du serveur, du « *Köbe* », comme on l'appelle traditionnellement dans les brasseries de Cologne, Bonn, Düsseldorf ou Krefeld : il remplace spontanément chaque Kusch (la bière brassée dans les environs de Cologne) par une autre, dès qu'elle est bue. Là-dessus il fait un trait au crayon à papier sur le dessous de bière. Tard dans la soirée, après de nombreuses Kusch, on en vient encore et toujours aux mains avec les clients novices de la brasserie. Au moment de faire les comptes, le client a toujours l'impression d'être escroqué. Il ne s'agit alors pas de la somme mais des nombreux traits sur la capsule, dont il ne sait pas si chacun d'eux correspond réellement à une Kusch. Le *Köbe* a-t-il profité de l'attention troublée du client pour le duper ? (En réalité, les *Köbe* de Cologne ne dupent jamais personne, bien sûr. Un *Köbe* ne ferait jamais une chose pareille.)

Sur le Zionskirchplatz à Berlin, en revanche, se trouve un café où le serveur ne note rien du tout. On nous donne un verre qu'on fait remplir avec la boisson de notre choix. À la fin de la soirée, le serveur demande au client de payer la somme qu'il estime juste. Le café existant depuis très longtemps, on est en droit de supposer que c'était bien calculé. Celui qui, en tant que client, reçoit une telle marque de confiance se donne en règle générale beaucoup de mal pour ne pas décevoir cette confiance et paie plutôt trop que pas assez.

Le génie de ce Berlinois réside dans le fait qu'il transforme une motivation extrinsèque (*devoir* payer ses boissons) en motivation intrinsèque (décider *soi-même* d'une somme convenable). Le client paie ainsi, par loyauté, souvent plus qu'il ne doit. Tandis que l'on aura tendance, dans la brasserie, à se méfier du *Köbe*.

Comme nous l'avons vu dans la deuxième partie du livre, ce que nous considérons comme loyal ou déloyal, comme convenable ou non convenable, est une question d'environnement et de morale de groupe. Quand nos collègues de travail dépensent beaucoup pour une bonne cause, nous sommes fortement rabaissés à contrecœur. Finalement, il en est de même pour les impôts. À l'époque de Helmut Kohl, le taux d'imposition le plus élevé concernant l'impôt sur le revenu se situait aux alentours de 52 %, avant que la coalition rouge et verte, rassemblant le SPD (parti social-démocrate allemand) et les Verts, ne le baisse à 42 %. En 2007, il fut ensuite élevé à 45 % pour les « riches » ayant un revenu annuel de deux cent cinquante mille euros et plus. Mais il semblerait que le nombre d'insatisfaits ne dépende pas du tout des chiffres absolus mais du climat social. En Grande-Bretagne, les gros salaires acceptent, bon gré mal gré, un impôt sur le revenu à 60 %, sans que cela ne mène à des agitations.

Le mental des hommes ne fonctionne pas selon des chiffres absolus. Et une partie considérable des prestations culturelles de l'humanité ne se calcule pas non plus selon le schéma du bénéfice financier, des coûts et des avantages. Quand la motivation intrinsèque est juste, la motivation extrinsèque n'a plus autant d'importance. D'éminents scientifiques, qui exercent dans nos universités en tant que chargés de cours sans avoir le revenu de professeur, acceptent de le faire pour moins de mille cinq cents euros brut par mois, bien que leur rémunération soit véritablement scandaleuse !

Déjà saint Boniface n'avait pas réclamé son dû quand il évangélisa les Germains (et y trouva la mort). Aujourd'hui, en revanche, l'Église ferme de nombreuses paroisses sous prétexte que cela n'est plus rentable financièrement. Depuis quand la mission de l'Église est-elle d'être en bonne santé économique ? Celui qui calcule tout dans la vie selon des coûts et des avantages matériels détruit ce qui, pour de bonnes raisons, nous est sacré et précieux. Les normes du marché ont peu perdu avec l'Église. Il suffit de demander à un héros guerrier s'il préférerait avoir une décoration ou le double de la valeur matérielle sous la forme de quarante euros…

Ces réflexions valent également dans le domaine de la culture ou de la santé. Une culture humaniste ne se mesure pas en argent et ne se convertit pas en avantages matériels directs pour l'économie et la société. Pourtant, sans citoyen sensibilisé à l'humanisme, le niveau de culture baisse et porte préjudice à la qualité de vie de nombreuses personnes. On ne dirige pas non plus les hôpitaux publics en fonction d'un simple calcul de coûts-avantages sans trahir les règles sociales de la société.

La négligence de motivations intrinsèques par le « fait de presque tout monnayer », comme l'a dit Georg Simmel, intéresse aussi Jürgen G. Backhaus (né en 1950), professeur de science des finances et de sociologie des finances à l'université d'Erfurt. Ses exemples concernent surtout ce qu'ont vécu les anciens citoyens de la RDA lors du changement de système : « L'officier de la *Nationale Volksarmee*, l'"armée nationale populaire", qui, lié à son serment, remplit sa mission, ressent ce service et la rémunération qui s'y rapporte, les honneurs et le respect qui lui sont témoignés, de manière complètement différente de ce même homme dans le rôle de collaborateur dans une affaire privée de protection de bâtiments et de transports, même si chacune de ses activités quotidiennes concorde totalement avec son service précédent. Inversement, le collaborateur d'une entreprise autrefois nationalisée, qui pouvait évidemment avoir recours à une multitude de prestations sociales quand il avait eu un comportement politiquement correct, reste sur sa faim quand le voyage annuel, l'accès aux soins ou l'assurance d'une place en crèche exigent chaque fois des moyens financiers importants, là où auparavant on échangeait un comportement exemplaire contre ces prestations[6]. »

Une nouvelle culture de la récompense qui éveille la motivation intrinsèque est plus qu'un simple maquillage psychologique. On ne peut vraisemblablement pas y renoncer lorsqu'il s'agit de s'adapter à un nouveau monde du travail, celui du futur. Mais comment faire pour éveiller des motivations intrinsèques ?

Le fait que la plupart des gens dans notre société savent « d'eux-mêmes » exactement ce qu'ils veulent est vraisemblablement une légende. Il est plus probable que beaucoup ne savent pas exactement ce qu'ils veulent avant qu'on leur en donne une représentation et qu'on canalise leur imagination. Ce n'est pas sans raison qu'avant Noël les fabricants de jouets mettent leurs catalogues en supplément des journaux, pour éveiller les convoitises des enfants. Il en est souvent de même chez les adultes. Une société qui suscite le besoin oriente sans cesse l'imagination vers de nouvelles choses et exauce des vœux qui n'existaient pas auparavant. Certaines convoitises sociales ou morales fonctionnent aussi sur le même modèle. Ainsi, le désir d'être aimé d'un amour romantique jusqu'au dernier jour n'est pas qu'une idée inspirée de modèles culturels. Elle est plutôt un programme (souvent utopique) de notre société occidentale depuis une centaine d'années. L'idée manipulée au niveau culturel, qui voudrait que l'on trouve l'accomplissement dans la mort héroïque, obscurcissait tellement la raison des hommes du Troisième Reich, comme celle de certains groupements islamistes, qu'ils la considéraient comme une motivation intrinsèque : « Oui, c'est moi qui veux cela ! »

Les « hommes » sont beaucoup plus capables de s'adapter que ne peuvent souvent l'imaginer les hommes politiques par peur de réactions passagères et tapageuses des médias à sensation. Car nos besoins matériels et sociaux ne s'entendent qu'en rapport l'un avec l'autre. Un changement de rapport favorise un autre ressenti et une autre façon de penser. Même notre opinion complètement démesurée concernant notre statut ne fait pas partie de notre nature, mais est le produit d'un endoctrinement quotidien à travers la réclame. La publicité est l'office de notre monde, le commandement rituel d'acheter quelque chose. Comment les hommes peuvent-ils, dans de telles conditions, déceler ce qu'ils veulent et ce dont ils ont réellement besoin ? « Il en va pour eux de même que pour ceux qui, depuis leur plus tendre enfance, n'ont consommé que des aliments au goût modifié – trop sucré, trop salé, « enrichi en goût » – et qui désormais ne sont plus capables de sentir les nuances délicates des produits naturels. On leur a mal appris le comportement du consommateur – le “quoi” et le “combien”. Ils sont le résultat d’empreintes qu’ils ont reçues de tiers et qui pourraient être telles quelles ou différentes[7]. »

Que j’emploie mon énergie à conduire une voiture chère ou à participer à la création d’un parc n’est pas simplement une question d’avoir un tempérament plus ou moins égoïste. C’est surtout le résultat de mon éducation et de mon environnement. Les comportements sociaux et les normes morales de groupes sont le résultat de « contaminations » pour lesquelles je ne me suis souvent que prétendument motivé « de moi-même ».

C’est pourquoi, plus que toute autre chose, l’encouragement à des motivations intrinsèques est une mission de nos écoles et de notre système éducatif. Qu’un enfant sache résoudre des équations à deux inconnues ou nommer toutes les capitales européennes, connaisse les lois de Kirchhoff ou différencie un dactyle d’une trochée n’a aucune importance en comparaison de la capacité à entretenir sa curiosité et à vouloir faire quelque chose d’autonome dans la vie. En revanche, notre système éducatif fonctionne selon le schéma néfaste des expériences de Felix Warneken et Michael Tomasello avec des enfants en bas âge (cf. *Dans la toile de l’araignée.* Ce que vient faire l’argent dans la morale). Celui qui ouvre la porte d’une armoire reçoit une récompense tant qu’il continue à n’ouvrir la porte que *dans le but* de recevoir une récompense. La récompense dans les écoles, ce sont les notes. Et, comme on travaille « extrinsèquement » pour les notes dans les écoles, on travaille plus tard « extrinsèquement » pour l’argent dans la vie professionnelle. Les membres véritablement précieux d’une société sont pourtant ceux qui sont motivés intrinsèquement. Et une part considérable d'entre eux sera fatalement mise à part prématurément.

La motivation extrinsèque pour évaluer les efforts professionnels selon la quantité d'argent est par conséquent aussi très dangereuse, car dans de nombreux cas elle ne fonctionnera plus du tout dans la mesure que l'on connaissait jusqu'ici. Nos enfants sont nés dans une société qui, à l'avenir, ne répartira sans doute pas plus, mais moins d'argent que jusqu'à présent. Si jamais cela se produisait, il faudrait éventuellement y associer en plus une réorientation – faire en sorte qu'à l'avenir en effet l'argent serve de moins en moins de mesure de réussite sociale et de la considération qui s'y rapporte. Déterminer une vie accomplie en fonction du revenu est et était le stigmate d'une époque où chacun devait officiellement pouvoir améliorer sans cesse sa condition financière. Une vie accomplie aujourd'hui et à l'avenir, en revanche, pourrait justement consister à se libérer considérablement des contraintes et des excès liés à la course à la prospérité, pour façonner sa vie de manière plus libre et plus sociale.

Le nouveau monde du travail montre que le nombre de ceux qui travaillent en tant qu'employés va avoir tendance à diminuer, et le nombre de travailleurs indépendants à augmenter. La liberté grandit, mais aux dépens de la Sécurité sociale garantie par l'État. Celui qui souhaite vivre en toute sécurité au niveau social doit dorénavant se créer cette sécurité à renfort d'imagination et de qualités relationnelles : grâce à des réseaux privés d'amis, de connaissances et de semblables. Tout cela non pas parce que l'État *doit* se retirer de certains domaines, mais parce qu'on peut à peine imaginer comment il *pourra* encore maintenir ses prestations sociales dans vingt ou trente ans en raison de l'évolution démographique – même si tous les gros salaires de l'Allemagne payaient un taux d'imposition maximal de 80 %.

C'est même là où l'on s'y attendrait le moins que l'on recevrait du soutien pour un monde du travail ainsi transformé : auprès du jeune Karl Marx (1818-1883). En exil à Bruxelles, il apporta en 1845, avec son ami Friedrich Engels, sa première vision couchée sur papier de la façon dont il s'imaginait une société « communiste » future. À savoir que dans une société où « chacun peut se former dans n'importe quelle branche de son choix, la société règle la production générale et me permet ainsi de faire aujourd'hui telle chose, demain telle autre, de chasser le matin, de pêcher l'après-midi, de pratiquer l'élevage le soir, de m'adonner à la critique après le repas, selon mon bon plaisir, sans jamais devenir chasseur, pêcheur, berger ou critique[8] ».

Pour le jeune Marx, c'était justement la division du travail, la décomposition de l'homme dans différentes « fonctions », qui allait à l'encontre de son autodétermination et de son bonheur. Ce qui, depuis Adam Smith, nous a rendus prospères économiquement nous rendrait malheureux à titre personnel, selon Marx. Sa belle imagination tombait sans aucun doute dans un excès de romantisme. Les mondes professionnels du chasseur, du pêcheur et du berger viennent d'une époque féodale précitoyenne. Pourtant, la pointe de la liberté autodéterminée opère presque intemporellement de manière attractive. Nul autre que l'éminent sociologue libéral germano-britannique Ralf Dahrendorf

(1929-2009) ne lui trouvait d'intérêt lorsqu'il écrivit sa thèse sur ce sujet, encore au début des années 1950[9]. Pour Dahrendorf, chez le jeune Marx, rien n'est plus central que la liberté. Et l'utopie attendue n'est pas le bonheur arrêté d'une dictature égalitaire, mais une « liberté des semblables ».

Il semble que l'économie future des pays occidentaux devienne effectivement petit à petit une nouvelle forme de société de services avec de tout nouveaux concepts de travail. En plus du travail salarié, le travail d'éducation des parents ou leur travail de soins auprès des parents et grands-parents va devoir être considéré comme un « travail ». Le partage du travail, le travail à temps partiel et les congés parentaux marquent également des parties de ce nouveau monde du travail. Et de nombreuses personnes n'ont pas qu'un boulot, mais plusieurs.

La situation unique dans l'histoire universelle, où les gens en Allemagne, dans les dernières décennies, ont de moins en moins travaillé et, parallèlement à cela, ont vécu de plus en plus aisément, est révolue. Faire de cette époque une mesure de la façon dont nous voulons vivre aussi à l'avenir est aussi borné qu'absurde. Aujourd'hui déjà nous traînons avec nous des systèmes de Sécurité sociale que personne n'ose réformer, bien que tout le monde sache que prochainement ils ne vaudront plus rien. Celui qui cotise en tant que jeune salarié moyen aux assurances retraite légales percevra une retraite qui ne lui permettra pas de vivre, si du reste il en perçoit une. La même tournure se profile en ce qui concerne les assurances maladie légales, qui ne lui garantissent plus aucun séjour hospitalier digne d'un être humain durant sa vieillesse.

Pour rebondir quelque peu face à cette évolution, il ne suffit pas d'un « Continuez ! » obstiné. Et les recettes de la gauche – remplir les caisses avec de nouveaux impôts et de nouvelles dettes – ne sont d'aucune aide, au même titre que les économies factices qui viennent à l'esprit du gouvernement actuel. Il s'agit ici d'une restructuration fondamentale de notre société. Nos systèmes de cotisations sociales doivent probablement être dissociés du facteur travail. Pour arriver à une telle restructuration, il existe une pléthore d'idées qui devraient être discutées sans préjugé par nos partis : le revenu de base inconditionnel accompagné de motivations ingénieuses en fait partie, comme la prolongation du temps de travail dans de nombreux secteurs d'activité. De tels concepts nécessitent une discussion riche, pas seulement en petit comité mais aussi avec toute la population.

En contrepartie, la responsabilité de l'individu devrait augmenter, tout comme sa chance de pouvoir véritablement participer à la vie des entreprises, des partis et des communes. À la différence des utopies de Marx, il ne s'agit pas de socialiser des valeurs matérielles – ce qui ne mène qu'à de nouvelles inégalités et de nouveaux abus –, mais de la socialisation de la responsabilité.

Le but d'une nouvelle morale sociale consiste à mieux lier juridiquement, politiquement et socialement les citoyens de notre démocratie à l'État. D'un autre côté, ils ont besoin de plus de libertés pour s'organiser aussi indépendamment de l'État et pour renforcer la cohésion sociale et la responsabilité de chacun. Des systèmes ingénieux de motivation et de récompense peuvent aider à rendre plus attractives la contribution et la participation, afin que davantage de personnes se sentent responsables du sort des autres.

Sans doute cela ne fonctionnera-t-il que si les structures sociales, politiques et juridiques existantes sont modifiées. Mais quelles instances doivent être renforcées et quelles instances doivent être diminuées ?

• *Ville, pays, État*. De quel horizon avons-nous besoin ?

Ville, pays, État

De quel horizon avons-nous besoin ?

« Un des plus beaux balcons de mairie qui soient. » Torsten Albig s'avance sur la terrasse bétonnée. Les regards se portent sur les briques rouges. « Cela dit, j'avoue que je ne suis jamais non plus allé sur un autre. » Cet homme au crâne dégarni, en chemise à rayures bleues et blanches, n'est pas architecte. Son métier, c'est la politique, et encore, pas tout à fait. Il a été directeur d'un institut de formation pour les fonctionnaires de l'administration fiscale à Malente et porte-parole d'un grand groupe bancaire à Francfort. À Berlin, il a siégé à la direction du ministère des Finances, a été directeur général et chargé de relations avec la presse, a survécu à trois ministres sociaux-démocrates. Depuis l'été dernier, cet homme de quarante-sept ans est le maire de Kiel.

Dès lors, Albig a appris à porter un nouveau regard sur le monde. Que les communes allaient mal en Allemagne, il le savait déjà. Mais que la situation soit aussi grave, il faut le vivre pour le comprendre. Arpenter la ville à longueur de journée et voir l'envers du décor, compter les nids-de-poule des routes, renifler l'odeur que dégagent les toilettes de l'école. « Ici, dit Albig, c'est le dépôt ultime des problèmes de société, la galerie souterraine où la politique cache ses liquides contaminés. »

Comme tant d'autres villes allemandes, Kiel n'a plus de budget équilibré depuis le début des années 1970. Les recettes des impôts sur les sociétés n'ont fait que reculer presque sans interruption, les dépenses sociales ont explosé. La ville est piégée par la dette. Cinq cents millions d'euros de prêt de trésorerie et quatre cents millions de dettes à long terme plombent le budget ; aucun espoir en perspective. Et les problèmes ne font qu'augmenter. De nombreuses écoles ont un besoin urgent de travaux de réfection, mais l'argent manque. À lui tout seul, un quartier de trente mille habitants engloutit chaque année cent millions d'euros pour les chômeurs de longue durée et les cas sociaux. Un dixième des élèves quittent l'école sans diplôme et coûteront, peut-être jusqu'à la fin de leur vie, quatre-vingts millions par an, année scolaire après année scolaire. Cet argent pourrait financer la construction d'un grand centre scolaire ou de quatre piscines couvertes par an.

« Bien sûr, dit Albig, il vaut mieux embaucher quinze nouveaux éducateurs que se résigner. » Mais l'argent manque aussi pour les pédagogues et les travailleurs sociaux. Pourtant, Kiel est loin d'être le cas le plus grave. La ville de Duisburg croule sous des dettes à hauteur d'un milliard quatre cent mille euros. Auxquels s'ajoutent deux cent cinquante millions chaque année. Mais on atteint des sommets à Cologne : la différence entre recettes et dépenses représente un nombre compris entre quatre cents à cinq cents millions par an.

Dans leur détresse, les communes cherchent des sources d'économie et les trouvent dans les piscines et les bibliothèques. Les économies sont minimes ; un cautère sur une jambe de bois. Aussi longtemps que l'échelle de répartition restera la même, de nombreuses villes allemandes seront tôt ou tard vouées à la faillite. Aujourd'hui, 43 % des recettes issues de l'impôt sur le revenu reviennent à l'État, 34 % aux Länder et 13 % seulement aux communes. Selon Albig, les communes ont besoin d'une aide d'urgence d'au moins six milliards d'euros. Si cela ne tenait qu'à lui, ce n'est pas à l'État que les citoyens paieraient le quart de leurs impôts à l'avenir, mais à leur ville ou à leur canton.

« La ville plutôt que l'État », telle est la devise d'Albig. Car, quand les villes s'appauvrissent, c'est notre qualité de vie qui en pâtit. Mais qu'en est-il de l'État et des Länder dont les recettes se réduisent ? L'une des propositions les plus importantes d'Albig est de réduire le nombre des Länder, voire de les supprimer purement et simplement. L'idée mérite qu'on s'y attarde : en quoi la Rhénanie du Nord ou la Saxe importent-elles aux Allemands ? Valent-elles vraiment tous ces milliards que leur coût enlève à nos villes ? Les sommes énormes utilisées par les Länder uniquement pour leur administration pourraient à elles seules initier une nouvelle renaissance de nos villes, régler leurs dettes et faire revivre les communes.

Rappelons que le pouvoir des Länder en Allemagne n'est pas l'expression d'une volonté populaire ou d'un processus d'identification massif (à l'exception peut-être de la Bavière) ; c'est le résultat d'un management de crise. Pour éviter le développement d'un nouveau national-socialisme, les Alliés donnèrent aux Länder le pouvoir sur l'Église, l'école, les médias et la police. Ce qui était compréhensible dans le contexte de l'époque. Mais à quoi bon une telle soupape en 2010 ? N'est-il pas grand temps de laisser à l'État la prise en charge de notre politique de formation, et aux communes celle des écoles, afin que cesse la sempiternelle et inutile dispute entre les différents ministres de l'Éducation ?

La gestion des églises serait ainsi en de bonnes mains, elle aussi, de même que la police et la politique des médias. Ce qui resterait, ce seraient des Länder assumant des fonctions purement administratives, la protection des monuments, les mines, etc. – une administration informative et réglementaire qui fonctionnerait de la même façon dans tous les Länder. Ce qui rendrait également superflu le Bundesrat, remplacé par un « conseil régional » composé de conseillers régionaux et de maires élus au suffrage universel direct.

Mais comment mettre en œuvre des idées aussi raisonnables que celles-là ? Comment espérer réformer, de façon pratique, tout un système alors que cela signifierait pour certains abandonner leur pouvoir ?

Lorsque s'effectue une nouvelle répartition du pouvoir, des hommes se retrouvent privés de tout ce qu'ils possédaient auparavant : une fonction, un traitement, des privilèges. Voilà pourquoi les systèmes démocratiques sont très difficiles à réformer au niveau structurel. Pourtant, d'un point de vue juridique, fusionner ou supprimer des Länder ne poserait aucune difficulté particulière. D'après l'article 29, paragraphe 2 de la Constitution, l'organisation du territoire national peut être modifiée par référendum[1]. Cependant, pour éviter de transformer de telles décisions en vote folklorique, une vaste campagne d'information doit être menée. Il serait important d'initier un état d'esprit qui mette les partis sous pression. Quand il n'est plus possible de contenir cette pression, c'est celui qui embrasse le premier la cause pour des raisons électoralistes qui gagne. Un président de la République qui possède l'inspiration, la passion et le courage suffisants pour mettre sérieusement dans la balance politique son autorité morale pourrait aussi servir le changement et l'accompagner efficacement. C'est à peu près en ces termes que Joachim Gauck, candidat à la présidentielle, a plaidé pour que commence enfin la discussion « restée en souffrance » à propos de la fusion des Länder. Lui aussi considère qu'un remembrement s'impose, ne serait-ce que pour des questions économiques[2].

Pour saisir tout le sérieux de la situation : sur la question des Länder, il ne s'agit pas d'une discussion académique, de concepts expérimentaux ou de folklores régionaux (Il sera toujours possible de devenir le champion de quilles de la Sarre !). C'est une tentative pour sauver du naufrage un navire qui prend l'eau de toutes parts.

Un regard sur les villes allemandes, celles de l'Est par exemple, suffit pour se faire une idée des dégâts en cours depuis des décennies. Partout, le petit commerce est en recul. Là où les petits patrons menaient autrefois leurs affaires, on trouve désormais des multinationales et leurs chaînes de magasins. Les membres du conseil municipal appâtent n'importe quel gros investisseur, aussi obscur soit-il, à l'aide de conditions favorables, lui vendant l'argenterie dans l'espoir de récupérer la taxe professionnelle.

La conséquence, ce sont nos centres-ville sans âme, où nous ne trouvons plus notre place, avec leurs supermarchés géants, boutiques de camelote et autres fast-foods, et un petit commerce presque réduit à néant. Là où, dans les années 1960, s'épanouissait une véritable culture de ville, on trouve aujourd'hui des villes presque toutes identiques avec leurs pavés dignes d'un Disneyland, leurs jardinières en béton, leurs innombrables pharmacies, et leurs odeurs de friture, de parfum et de saucisse. En périphérie, les écoles menacent ruine, on ferme les équipements de loisir et les ghettos sociaux prospèrent. Avons-nous vraiment voulu cela ? En retirons-nous sens et beauté, plaisir et qualité de vie ? Ou bien est-ce la conséquence désastreuse d'une évolution pernicieuse provoquée par la mainmise des grands investisseurs de multinationales, le résultat de la concurrence et de divers chantages[3] ?

La vague « néolibérale » de ces vingt dernières années a presque englouti nos communes. Les décideurs se sont souvent retrouvés démunis et dépassés devant l'idée d'un « nouveau management public » qu'au fond ils comprenaient à peine. De rusés entrepreneurs leur ont proposé d'améliorer l'état de leurs finances et leurs bilans par le biais de la commercialisation, de la privatisation ou semi-privatisation. Aujourd'hui, on sait que les villes ont été flouées, tout comme l'ont été les citoyens de l'ex-RDA en achetant couvertures antirhumatismes et assurances vie. Ils se sont naïvement laissé piéger par le discours ambiant selon lequel les entreprises privées sauraient pour ainsi dire par nature mieux faire ce qui était auparavant du ressort des fonctionnaires et employés de la ville. Doutant de leurs compétences, ils ont alors démontré pour de bon leur incompétence en tant qu'entrepreneurs en signant des contrats comportant une part de risques avec ces entreprises plus ou moins volatiles, sans s'interroger le moins du monde sur les retentissements économiques, mais avant tout sociaux, qu'aurait cette braderie. Ils ont scié à grande vitesse, comme on le ferait d'un chêne importun situé sur le tracé d'une autoroute, tout un *ethos* de fonctionnaires et de serviteurs de l'État qui avait mis plus de cent ans à se construire. Et avec lui, une part considérable de responsabilité collective. S'est ensuivi un cercle vicieux aboutissant à une prophétie qui s'autoréalise. Car, lorsque les institutions nationales, les gouvernements et les administrations des communes « transfèrent de plus en plus d'activités à des entrepreneurs privés, les fonctionnaires perdent effectivement leurs compétences dans les domaines qui sont désormais du ressort des firmes privées et dans des domaines où la compétence des serviteurs de l'État n'avait pourtant jamais été remise en cause. Lorsqu'ils se transforment en vulgaires courtiers, assurant les négociations entre employeurs publics et exécuteurs privés, c'est à ces derniers que passe le savoir professionnel et technique[4] ».

Aujourd'hui, vingt ans après le début de cette inquiétante évolution, on se rend compte de ce que cachait ce « nouveau management public » : une attaque contre le citoyen. Les vieux clivages droite/gauche ne doivent pas occulter le fait que la commercialisation de nombreuses missions de service public menace un principe fondamental de notre société : à chaque citoyen de notre pays est garanti un droit fondamental à des services qui dès le XIXe siècle ont été à juste titre soustraits à la logique du marché. De même qu'on n'est pas obligé d'acheter ou de marchander le droit de vote, il existe un droit fondamental et non commercialisable à la santé, à l'assurance vieillesse, aux jardins d'enfants et aux écoles pour tous. L'approvisionnement en eau, les ordures ménagères et les transports publics relèvent traditionnellement de la puissance publique. Leur raison d'être ne consiste pas *fondamentalement* à en retirer un quelconque profit mais à satisfaire les besoins essentiels, respectant ainsi les droits des citoyens.

Il ne faut pas que ce qui ressortit à la qualité de vie des citoyens d'une ville tombe entre les mains de multinationales. Au moment où ils sont apparus, à la fin du XIXe et au début du XXe siècle, les transports en commun, les services du gaz, de l'électricité, des eaux, des eaux usées, des ordures, les établissements d'enseignement et les hôpitaux n'avaient pas pour but de faire de l'argent. C'était la base du développement de l'économie et de la culture urbaine. Que des pans de ce service de base aient pu devenir un objet à conquérir, voilà qui va à l'encontre de tout bon sens économique. Bien plus, c'est l'expression de la panique, de la détresse, et même d'une bonne part d'idéologie mercantile.

La privatisation des chemins de fer britanniques (*British rail*) constitue un exemple particulièrement effrayant de ce qui arrive lorsque les services publics deviennent un enjeu commercial[5]. Une fois ce service éclaté en près de cent entreprises en 1994, le prix du billet a augmenté jusqu'à devenir le plus cher d'Europe. Les risques liés à la sécurité ont augmenté, des accidents spectaculaires se sont produits parce que les nouveaux exploitants n'étaient pas prêts à investir dans la sécurité. Après des années de profits, la firme Railtrack, qui avait mis en place le réseau ferroviaire, a soudainement fait faillite – des travaux importants de remise en état concernant les rails vétustes, la signalisation, les tunnels et les ponts étaient prévus. Et l'État, ainsi escroqué, a dû renationaliser le réseau ferré déficitaire. Au regard de telles mauvaises plaisanteries, c'est une véritable bénédiction pour la collectivité que la crise financière ait empêché à la dernière minute l'introduction en Bourse de la Deutsche Bahn (prévue dans un premier temps).

Presque toutes les communes allemandes d'une certaine taille ont fait la même expérience que celle de l'État britannique avec la privatisation de ses chemins de fer. Dans les « partenariats public/privé », les entreprises privées tirent d'ordinaire les marrons du feu alors que la commune continue à assumer ce qui n'est pas rentable. Pour pouvoir échapper à une exploitation effrénée, nos communes ont besoin de beaucoup d'argent, d'une nouvelle identité et de la mise à contribution de leurs citoyens. La tendance est à la « recommunalisation » dans plusieurs secteurs. Des villes prises, dans les années 1980 et 1990, d'une folie collective de privatisation de leurs services municipaux ou de la collecte des déchets se battent aujourd'hui avec énergie pour les récupérer. De nombreux services se sont fortement dégradés du fait de leur privatisation, et la ville a perdu petit à petit le contrôle sur le marché régional du travail. Partout, les contrats précaires ont remplacé les conditions de travail réglementées, privant les villes, les Länder et l'État de recettes fiscales.

Le sociologue de Bielefeld Wilhelm Heitmeyer nomme ce dangereux processus une « perte de la substance démocratique[6] ». Pour y mettre un frein, il faut sérieusement réfléchir aux instances et unités administratives en place qui méritent d'être conservées. Les composants importants de notre démocratie sont en toute première ligne ceux auxquels nous sommes reliés par un sentiment réel. Cologne, comme aime à le dire le Colonais, n'est pas une ville, c'est un sentiment ; ce qui n'est pas le cas du Land de Rhénanie du Nord-Westphalie. S'il n'y avait plus de Länder, la sensation de perte serait probablement facile à surmonter ; en tout cas, si cela peut contribuer à désendetter à grande échelle les communes et à initier leur renaissance.

On ne pourrait pas ne pas voir les nombreuses retombées positives : que l'on songe seulement aux réseaux inextricables des forces et responsabilités dans le domaine de la politique de la formation qui pourraient être dénoués par ce biais. Que l'on songe aux seize élections régionales qui deviendraient alors superflues. La politique nationale n'aurait désormais plus lieu de craindre d'incessantes « années superélectorales » et de se croire obligée d'engager sous ce prétexte d'inutiles réformes. Les citoyens pourraient à la place orienter leur activité politique vers ce qui les concerne effectivement : leur quartier, leur arrondissement, leur ville ou leur canton.

Il ne s'agit donc pas de prendre des mesures cosmétiques, mais bien de lever les autoblocages de notre système démocratique à la lueur de problèmes différents ou nouveaux. Une société qui doit s'en sortir sans nouvelle croissance économique et qui doit concevoir des formes sociales de vie en collectivité nouvelles n'a pas seulement besoin de moins de gens égoïstes ; elle a besoin de circonstances permettant à ces gens d'exprimer leur imagination sociale et de donner de nouvelles formes aux choses. Par exemple, au moyen de référendums communaux dont le but ne serait pas seulement d'empêcher les choses de se faire mais d'en exposer et d'en réaliser de nouvelles. Beaucoup de ces éléments relevant de la démocratie basique ne sont pas des vues de l'esprit. En Suisse, ils font partie depuis longtemps du quotidien.

À l'opposé se trouvent les postes, les influences et les droits à pension des politiques régionaux, ainsi qu'une bureaucratie régionale qui ne quittera jamais le terrain de son plein gré. À l'opposé se trouve le Bundesrat, qui sert souvent et volontiers d'instrument stratégique de blocage apprécié dans les coteries des partis. Souvenons-nous de la phrase d'Upton Sinclair : « Il est difficile de faire comprendre quelque chose à un homme qui est payé pour ne pas comprendre. » Le combat mené autour des Länder, on peut le supposer, se transforme de ce point de vue en épreuve de vérité pour une nouvelle société citoyenne. Qu'elle la remporte, ce sera alors le signe de sa nouvelle puissance.

D'autres processus de démocratisation s'en trouveront stimulés, par exemple un blocage de la politique « néolibérale » pratiquée sans interruption par l'Union européenne, et en particulier par la Commission européenne. Depuis l'entrée en vigueur du traité d'Amsterdam en 1999, ce que l'on appelle la « libéralisation » et la « dérégulation » interviennent à marche forcée dans la vie de nos villes et égratignent le droit à l'autodétermination. Car, s'il faut que le moindre contrat de concession fasse l'objet d'une ordonnance européenne, il devient presque impossible pour nos villes de pratiquer une politique locale cohérente. Ce qui est qualifié de libre marché au sein de l'Europe aboutit finalement à une poignée de grands qui se partagent ce marché.

Sur des points tels que ce dernier, cela fait longtemps que l'UE va trop loin. Les citoyens, qu'ils soient allemands, portugais ou roumains, n'ont aucun besoin de cette Europe-là.

Encore une fois, nous sommes confrontés à une perte de substance démocratique résultant d'une perte des compétences injustifiée. Au lieu d'une « Europe des régions » avec une gouvernance économique forte à Bruxelles, il y a aujourd'hui une Europe des grands groupes pratiquant la religion, toujours aussi dangereuse, du marché dit libre. Tirer les bons enseignements de la crise financière et des erreurs du néolibéralisme signifie réformer et réajuster l'Europe.

Cela fait longtemps que la résistance existe, dans de nombreux pays de l'UE. Elle s'exerce de façon multiple contre l'Accord général sur le commerce des services (*General Agreement on Trade in Services,* GATS) de l'Organisation mondiale du commerce (OMC). Le dispositif juridique adopté en 1995 fixe les règles du commerce transfrontalier des services et pousse à la libéralisation dans tous les domaines, du marché de l'électricité à celui de l'éducation. Quatre cents communes et régions françaises se sont déjà déclarées zones extérieures au GATS parce qu'elles refusaient cette ingérence. Deux cent quatre-vingts communes autrichiennes ont suivi le même chemin. Le conseil de la ville de Göttingen a adopté en 2002 une résolution contre la privatisation des services publics.

Nombre d'initiatives citoyennes dans des villes et villages d'Allemagne ont fait et continuent de faire barrage avec succès à de douteuses opérations de leasing transfrontalier avec des entreprises étrangères concernant des stations d'épuration, des métros, des halls d'exposition, des réseaux de canaux, des stations thermiques, etc. À Hambourg-Altona, les citoyens de la ville ont empêché la privatisation d'un hôpital dans le cadre de la campagne « La santé n'est pas une marchandise ». Et, dans le domaine du service des eaux, la mobilisation citoyenne a pu, jusqu'en 2004, dans vingt-sept cas, empêcher une privatisation[7].

De nombreuses structures décisionnelles au niveau des Bundesländer, de l'État et de l'Europe doivent être décentralisées pour que les citoyens aient davantage voix au chapitre et puissent plus être acteurs de la démocratie. Il est important dans cette optique de renforcer la responsabilité propre et les moyens financiers des communes, et de redéfinir les compétences des villes, des Bundesländer et de l'État. La « libéralisation » des marchés communaux encouragée par l'Union européenne doit être revue et, le cas échéant, annulée.

Mais des changements structurels d'une telle importance sont-ils vraiment réalistes ? Pour répondre à cette question, il nous faut nous pencher plus en détail sur la façon dont notre démocratie fonctionne actuellement…

• *La République aliénée*. De quoi souffre notre démocratie

La République aliénée

De quoi souffre notre démocratie

Un paquebot traverse la Méditerranée. Ce n'est pas un bateau somptueux, mais un paquebot comme on en voyait il y a des années. Les chaises longues sur le pont sont le seul signe de luxe. Tantôt elles sont occupées, tantôt on a de la chance et on peut en dégoter une. Ce petit jeu dure pendant des semaines. Mais, un jour, tout change. Un groupe important monte à bord lors d'une escale dans une ville portuaire, des gens qui se connaissent entre eux. Ils accaparent sur-le-champ toutes les chaises longues disponibles et investissent le terrain. Quand l'un d'eux doit quitter le pont, les autres lui gardent la place avec une serviette de bain. Ce qui auparavant était accessible à tous par principe n'est plus disponible. Quelques passagers se plaignent. Les membres du clan des chaises longues ont une réaction mitigée. Les uns râlent. Les autres proposent un arrangement aux mécontents. Ils suggèrent qu'une partie des personnes exclues jusqu'à présent les aident à surveiller les chaises longues. En échange, ces personnes pourront utiliser les chaises longues pendant ce temps. Quelques-uns acceptent ce marché.

À la place du groupe égalitaire de départ qui bénéficiait des mêmes conditions d'accès à bord, on a à présent trois groupes : les propriétaires des chaises longues ; leurs employés qui en profitent un peu ; et ceux qui en sont exclus. Il paraît complètement impossible de faire une révolution pour renverser cet ordre. Les propriétaires des chaises longues savent comment l'empêcher, et leurs employés aussi.

Cette histoire très subtile remonte aux années 1980. C'est le sociologue Heinrich Popitz (Cf. *Meurtre dans un petit jardin. Pourquoi il ne faut jamais prendre au pied de la lettre les règles morales*) qui en est l'auteur[1]. Son enseignement est clair comme le jour. Quand personne ne surveille un ordre démocratique, des structures de pouvoir finissent par apparaître tôt ou tard et par le faire sauter. Là où l'égalité était de mise règne désormais l'oligarchie.

Cet exemple a-t-il quelque chose à voir avec nous ? L'idée des démocraties, comme celle de la République fédérale, est d'appliquer la volonté de la majorité du peuple. Elles vivent de l'intérêt d'un peuple pour le bien commun. Pour le formuler de façon plus théâtrale, on pourrait dire qu'elles sont le pendant politique d'une éthique éclairée datant d'Aristote : que le plus de gens possible aient la chance d'avoir une vie bien remplie. Cette promesse a-t-elle été tenue dans notre pays ?

Quelque chose ne tourne pas rond avec les chaises longues et leur répartition. D'après une étude de l'institut Friedrich Ebert, un Allemand sur trois pense que notre démocratie fonctionne mal. À l'est du pays, c'est même 61 % de la population qui le pense[2]. Un sondage du magazine STERN datant de 2009 arrive à un résultat similaire. Selon lui, 36 % de la population allemande trouve que notre démocratie fonctionne « globalement plutôt bien ». Et un tiers pensent même que « nous ne vivons pas vraiment dans une démocratie où le peuple a son mot à dire[3] ».

Ces valeurs ne se sont probablement jamais trouvées à un point aussi critique dans l'histoire de notre pays. Mais le bilan que beaucoup de gens tirent de la démocratie dans la République fédérale n'est pas l'expression d'un accès de dépression. Il est la preuve d'une aliénation grandissante. Cette aliénation est explicable. Du fait des mauvaises expériences du passé, la démocratie parlementaire de la République fédérale ne fait pas vraiment confiance au peuple : peu ou pas de référendum, pas de scrutin direct pour les hautes fonctions, pas de mandat impératif. Mais, alors que le système politique et son personnel persistent dans leur méfiance, la population a évolué depuis longtemps. Dans les années 1950, l'Allemand moyen n'était pas un démocrate convaincu, mais il était satisfait. Aujourd'hui, l'Allemand moyen est un démocrate convaincu… et insatisfait.

Il est probable que cette contradiction n'aurait pas été aussi manifeste et dérangeante si notre système n'avait pas connu toute une série de difficultés qui ne remettent pas seulement en question la poursuite de ce qui a fait ses preuves mais la rende définitivement impossible.

Le premier problème est l'avenir de l'État social. Il a atteint ses limites financières depuis longtemps. Mais, dans notre pays, la paix sociale est si inséparablement liée à l'État social que presque aucun politicien n'ose réfléchir publiquement à une réforme de fond. Et, pendant qu'à juste titre les citoyens ont de moins en moins confiance dans les systèmes de Sécurité sociale, les hommes politiques promettent presque à l'unisson la persistance de l'ordre établi. Cela provoque une crise de confiance. La plupart des gens savent depuis longtemps qu'on leur joue la comédie. Le grand consensus sur l'économie sociale de marché est devenu un *dissensus* quant à son avenir. Comment est-il possible que l'écart entre les pauvres et les riches se creuse aussi dramatiquement depuis quelque temps ? Que faut-il répartir autrement, ou que faut-il redistribuer ? Et combien de profiteurs notre système peut-il au juste (encore) se permettre ?

Le froid entre les citoyens et les hommes politiques est donc plus qu'un simple problème de refus de participation. C'est aussi une protestation contre la tentative de plus en plus obstinée pour conserver une politique dépassée dans la forme et dans le fond. Comme nous l'avons montré, cela trouve son expression la plus forte dans un deuxième problème : l'idéologie du progrès, qui aimerait nous faire croire que nous devons continuer à détruire l'environnement et à épuiser les ressources pour produire encore plus de biens de consommation. Nous l'avons vu : en réalité, la croissance économique cause tout autant la ruine de la prospérité qu'elle ne la favorise.

Mais pourquoi nos politiciens ne changent-ils pas de cap, alors que notre société, dopée aux hormones de croissance, roule pleins gaz vers l'Absurdistan ? La réponse nous renvoie au deuxième problème : parce que personne n'est concerné ! Le problème de la politique est ici le même que celui de l'économie. Déterminer et modifier la direction globale n'est pas la tâche des secrétaires d'État et des ministres. Les besoins et les nécessités des portefeuilles sont soumis à des processus bien arrêtés et non pas à une raison supérieure.

Cette léthargie indifférente s'explique par un troisième problème. Jusqu'au début des années 1970, les gens se berçaient de l'espoir ou de l'illusion de pouvoir changer radicalement un système économique comme le nôtre. À l'ère des flux financiers internationaux, de l'Union européenne et des acteurs de la mondialisation, ces représentations ont perdu leur charme et leur éclat. Ce ne sont pas les gouvernements mais les caprices de l'économie mondiale qui déterminent aujourd'hui principalement la conjoncture et la récession. Les marges d'action des États nationaux se réduisent de plus en plus, d'un point de vue économique mais aussi d'un point de vue politique. Tout le système de l'Union européenne repose sur la tentative de rendre le *statu quo* actuel de l'économie de marché suffisamment contraignant pour que tout écart ou initiative individuelle soit impossible. Cette Europe économique ne souhaite pas d'expérimentation sociale ; elle l'empêche. Et ce qui avait été pensé comme *un* château de sable commun – les États-nations sociaux fondés sur la solidarité *avec* la mer du marché « libre » européen fondée sur la concurrence pour les entourer – menace de s'effondrer. Les flots rongent et creusent les murs. Le « avec » a de plus en plus de peine à maintenir les deux éléments ensemble, et ce, autant dans les rapports entre les États qu'à l'intérieur des pays.

Dans une telle situation, ce qui manque à la politique, c'est la foi en la possibilité de changer quelque chose, ainsi que la volonté. La classe dirigeante ne se distingue malheureusement presque plus des banquiers de l'économie de faillite qui ont emporté ce qu'ils pouvaient : quelques derniers privilèges, un peu de sentiment de pouvoir, le droit à la rente.

Un politicien a pour objectif principal les élections et non la transformation de notre société. Et au lieu d'apporter de nouvelles idées, il cherche à obtenir le consensus le plus facile. Cela n'a rien à voir avec des visions ou de grandes idées de réforme. Il n'est donc pas étonnant que les partis se ressemblent de plus en plus. Cela dépend de moins en moins d'eux, du moins pas réellement. Il n'existe nulle part de lieu pour une conception du monde liée aux partis politiques. Et ce n'est pas un phénomène propre à l'Allemagne. Les choses ne sont pas différentes dans les autres pays d'Europe occidentale.

Mais pourquoi le peuple ou les gens acceptent-ils encore ces choses ? Parce que personne n'est « le peuple » ou « les gens », mais tout au plus un téléspectateur qui après chaque débat télévisé se dit que vraiment c'est bien la dernière fois qu'il s'inflige ça. Souvent, il ne va plus voter non plus, car il n'a pas l'impression d'être représenté. Aucun parti n'est aussi fort en Allemagne que celui des abstentionnistes. C'est le nouveau parti populaire. Les hommes politiques peuvent vivre avec – mais pas notre démocratie. Si le gouvernement et les gouvernants ne représentent plus la volonté du peuple, on peut se demander d'où ils tirent leur légitimité. À quel niveau le taux de participation doit-il baisser pour que les régnants n'aient plus l'impression de représenter le peuple ? 40 %, 30 %, 20 % ?

Naturellement, il ne faut pas se leurrer. Tous les abstentionnistes ne sont pas des idéalistes qui ont perdu leurs illusions. Parmi ceux qui refusent de conforter notre démocratie par la croisade électorale, nombreux sont ceux qui ne sont plus en quête de conceptions du monde depuis longtemps. Ce qu'ils désirent tout au plus, c'est une agence de notation fiable pour assurer leurs perspectives d'existence. Les partis jouent encore là un rôle subalterne, tant ils se comportent en courtisans pour l'obtenir. Mais celui que l'État encourage à ne plus lui confier son assurance vieillesse, qui ne partage plus ses peines avec une caisse maladie « légale », et qui envoie ses enfants, quand il le peut, dans des écoles privées et des universités d'élite, celui-ci non plus n'a plus du tout confiance dans l'État. Seuls les plus démunis socialement font confiance à l'État… parce qu'ils n'ont pas le choix.

On sous-estime encore la privatisation des assurances vie. Elle engendre un électeur boudeur, las de la politique, mécontent, stimulé par l'illusion de ne plus avoir vraiment besoin de l'État. Dans les sondages, il déclare qu'il ne croit plus à la démocratie, il n'épargne aucun parti et il reproche aux hommes politiques ce qui vaut aussi pour lui depuis longtemps : de ne penser qu'à eux-mêmes. Au lieu d'être soumis à une éthique d'État citoyenne, il a de plus en plus tendance à se prendre pour une société fictive morale dont le siège serait dans le néant.

Ces citoyens dont la conscience morale est à la baisse sont-ils gouvernables ? Existe-t-il, demande De Weck, une politique pour ceux qui « craignent autant le réchauffement climatique que la hausse des prix du pétrole[4] » ? Pour ceux qui, d'un point de vue économique, sont contre la prime à la casse mais qui l'empochent quand même ? Pour les électeurs qui exigent des politiques qu'ils soient honnêtes mais qui, dans l'expectative, ne le sont pas non plus eux-mêmes ? Pour les clients qui entendent dire tous les jours qu'ils doivent utiliser leurs bons de réduction et qui lorgnent après les primes de faveur ? Bien sûr, on peut aussi renverser la question et se demander à quel point nos politiciens se plaisent à gagner les faveurs des clients de l'année, à qui on ne peut pourtant pas promettre le statut d'« électeur de l'année ». « Votez pour ce parti et vous aurez un tarif préférentiel sur vos impôts, une carte de fidélité d'électeur et un portable dernier cri offert par le député de votre circonscription… »

Ce qui autrefois était une conception du monde est devenu aujourd'hui en grande partie un calcul des coûts et des avantages, et les terres d'élection morales et sociales ont laissé la place à des affaires d'humeurs et de tendances. Ce processus est alimenté par les journaux télévisés et les magazines politiques, qui traitent depuis longtemps la politique comme un sujet de presse à sensation : qui est avec qui, pourquoi ou pourquoi pas – un programme de divertissement assez peu intéressant aux personnages pas très séduisants.

Et, tandis que le public peine à trouver quelque plaisir à ce feuilleton quotidien, les politiques, eux-mêmes personnages de feuilleton, prennent leur rôle médiatique pour la réalité et leur image pour eux-mêmes. Les politiciens s'intéressent surtout aux autres politiciens : à leurs concurrents et à leurs alliés, aux membres de leur parti et à leurs ennemis, aux alliances stratégiques et aux groupes parlementaires.

Ce genre de politicien ne s'occupe pas du « peuple ». Il n'a d'ailleurs pas vraiment besoin de s'en occuper, si ce n'est dans les sondages d'opinion. Dans ses affaires quotidiennes, il ne tient pas compte de la population, car rien ni personne ne l'y oblige, sauf peut-être en campagne électorale. En fin de compte, le théâtre de la démocratie peut se dérouler sans spectateurs. Les partis, les hommes politiques, les conseillers de communication et les sondeurs d'opinion allument leurs phares tous ensemble, ou les uns contre les autres, et parasitent la lumière de la connaissance morale. Comme les métropoles la nuit, ils créent leurs propres faisceaux de lumière qui empêchent de voir les étoiles dans le ciel. Pour le politologue et sociologue anglais Colin Crouch (né en 1944), de l'université de Warwick, ce théâtre n'est plus démocratique mais « postdémocratique[5] ».

Ce qui manque, c'est un jeu commun, de la fraîcheur, un échange, une jonction avec la terre, de la longévité et un sens social pour la réalité. Au lieu de demeurer au contact de la population, les grands hommes politiques réagissent à la fiction médiatique de ce que pense le « peuple ». À un emportement supposé dans les médias de boulevard ou bien à des « tendances » dont on ne sait pas très bien si ceux qui les créent ne sont pas précisément ceux qui affirment qu'elles représentent la volonté du peuple.

Ce sont les conseils que les lobbyistes leur glissent dans le creux de l'oreille que les hommes politiques considèrent comme avisés, ce sont ceux-là auxquels ils accordent le plus de confiance. En règle générale, ceux-ci sont de la même classe sociale que les hommes politiques eux-mêmes, ils mangent dans les mêmes restaurants et se rendent aux mêmes événements. À la différence du peuple, qui est abstrait, les lobbyistes sont de vraies gens aux objectifs et aux représentations clairs. Et ceux qui les utilisent, ils les utilisent aussi – un cas exemplaire de l'« altruisme réciproque » de Robert Triver. Les grands représentants des ligues, des grandes associations, des syndicats et des patrons, ainsi que les rédacteurs en chef des journaux et des télévisions forment à eux tous l'environnement social des hommes politiques ; ils sont le clan dans lequel ces derniers doivent s'orienter, disputer leur place et s'affirmer. En plus de leur position sociale au sein de leur parti, il en va de leur position dans *ce* monde-là et dans aucun autre.

On peut considérer la chose à l'image de la politique aux États-Unis, ce qui est plus parlant, mais pas fondamentalement différent. Pourquoi autant de problèmes de cette superpuissance ne sont-ils ni combattus ni résolus ? Pourquoi le pays le plus riche du monde a-t-il autant de peine à garantir à ses citoyens une assurance maladie et une couverture sociale dignes ? Pourquoi la conscience environnementale est-elle aussi peu développée ? Le prix Nobel Joseph Stiglitz explique cela très bien : « Parmi les problèmes discutés, beaucoup sont connus depuis longtemps, et cependant très peu de progrès ont été faits pour les résoudre. Pourquoi un pays avec autant de personnes si douées [...] ne peut-il pas mieux résoudre les problèmes de la planète ? » Selon Stiglitz, le problème principal, ce sont les « groupes d'intérêts qui exercent une influence déterminante sur la politique économique et sociale des États-Unis [...], les industries financière, pharmaceutique, pétrolière et minière. Leur influence politique rend presque impossible une conception politique rationnelle. Pour beaucoup de questions majeures, les lobbyistes se sont comportés d'une façon qui n'était rien de moins que de la cupidité sans fard[6] ».

Dans les démocraties occidentales, l'un des plus gros problèmes de la politique contemporaine est l'interdépendance souvent bien trop étroite entre la politique et l'économie. Là aussi, les frontières de la honte ont presque disparu, comme pour les salaires des managers. Aux États-Unis, ce sont les banquiers eux-mêmes qui aujourd'hui, comme par le passé, font la politique financière, et pas les hommes politiques. De Weck écrit ceci : « La haute finance américaine, qui jouissait de plus de libertés que jamais, s'est emparée de l'État à l'aide de sa notoriété, de sa richesse et des financements des campagnes électorales. Elle a envoyé un gouverneur à la capitale par le biais du "bon vieux corridor Wall Street-Washington". Robert Rubin, le secrétaire d'État aux Finances de Bill Clinton, Henry Paulson, celui de George W. Bush, son chef d'état-major Joshua B. Bolten et Neel Kashari, l'administrateur du fonds de sauvetage de sept cents milliards, venaient tous de la banque d'investissement Goldman Sachs[7]. »

Mais Wall Street et l'Italie de Silvio Berlusconi ne sont pas les uniques théâtres de cette « postdémocratie ». Des choses similaires arrivent aussi en Allemagne de façon très banale. L'autorisation exceptionnelle accordée en 2002 par Werner Müller, alors ministre de l'Économie, est un exemple parlant de politique, de magouille et de lobbyisme. Ancien directeur aux énergies de la société VEBA AG, Müller devint ministre de l'Économie et de la Technologie en 1998. À cette époque, l'entreprise E.ON AG, qui avait succédé à VEBA, l'ancien employeur de Müller, voulait reprendre la société Ruhrgas AG. Du fait de l'importante position sur le marché qu'aurait cette nouvelle entreprise énergétique, l'Office fédéral de l'enregistrement et du contrôle des cartels intervint en interdisant la reprise. Mais Müller passa outre l'interdiction et attribua à la reprise une autorisation ministérielle exceptionnelle, qui était juridiquement possible, pour « le plus grand intérêt de tous ». Le secrétaire d'État Alfred Tacke mena l'affaire du ministre jusqu'à la fin, laquelle ne fut pas très heureuse pour les consommateurs de gaz. Par la suite, comme nous le savons, les prix du gaz connurent une forte hausse, probablement pour « le plus grand intérêt de tous ». La rétribution de Tacke ne se fit pas attendre. En 2004, il devint président du conseil d'administration de l'entreprise d'électricité STEAG, un pur produit de la Ruhrkohle AG. Depuis 2003, son président était l'ancien ministre Werner Müller. Et l'un des principaux actionnaires de la Ruhrkohle AG n'est autre qu'E.ON.

Comment se fait-il que de tels changements de poste, de telles carrières et de telles transactions soient possibles ? Stiglitz n'est pas le seul à exiger que, pour le plus grand intérêt de tous, on mette rapidement un terme à ce « système de porte à tambour », par lequel des gens peuvent circuler sans encombre entre l'économie et la politique. Faire entrer la morale en politique signifie empêcher qu'un petit groupe de gens plus rusés que les autres ne se garde les chaises longues à tour de rôle, comme dans notre exemple du paquebot. Cela signifie réduire les marges d'abus et faire en sorte que ce soit le franc-jeu et non l'inverse qui fixe les mêmes règles pour tous.

Dans ce sens, le problème des portes à tambour serait facile à résoudre. Quelques petites règles permettraient d'interdire aux hommes politiques d'envergure, comme les ministres, de se faire embaucher à la fin de leur mandat dans un secteur économique ayant des rapports notables avec leur ancienne activité au nom du peuple allemand. On éradiquerait ainsi la tendance récente faisant que, leurs cinquante ans à peine sonnés, âge relativement jeune, les hommes politiques utilisent l'influence que le peuple leur a concédée pour obtenir des emplois lucratifs dans l'économie. Et les *elder statesmen* redeviendraient ainsi des *elder statesmen* au lieu d'être des *elder salesmen*.

En jetant un regard en arrière sur l'histoire de la République fédérale, on peut tout de même s'étonner de la rapidité avec laquelle les digues ont pu céder de tous les côtés. Alors que, dans les quarante premières années de l'État, il serait venu à l'esprit de peu d'hommes politiques d'utiliser leurs mandats comme position transitoire vers des postes mieux rémunérés, ce comportement semble aujourd'hui monnaie courante. Mais il comporte des risques manifestes. Comment les électeurs peuvent-ils avoir confiance dans la classe politique, alors qu'ils ne savent pas si ses décisions sont influencées par des promesses antérieures ou postérieures, donc par la corruption légale ? Tout le monde s'accorde semble-t-il pour dire qu'il faut mettre en place des mesures afin de couper court à cette perte de confiance – à l'exception des hommes politiques eux-mêmes et de ceux qui, financièrement, profitent d'eux.

L'interdiction des portes à tambour rapides n'échoue donc pas parce que la population serait particulièrement divisée sur la question. Cette loi n'est pas votée car, pour le coup, les hommes politiques ont des intérêts tout autres que ceux de leurs électeurs. Mais c'est justement face à de tels dangers que notre démocratie doit pouvoir faire des corrections.

En Allemagne, les lobbyistes obtiennent très souvent les décisions qu'ils désirent, que ce soit par le financement d'un parti, des marques de sympathie insistantes ou des offres d'emploi intéressantes. Pas étonnant que bon nombre de questions primordiales pour l'avenir, comme la quasi-reconversion écologique de toute la société industrielle, soient sans cesse empêchées et bloquées. Les économistes de l'école de Fribourg ont flairé très tôt le danger. Cependant, la solution qu'ils proposaient était irréaliste. Selon eux, afin de demeurer indépendant, l'État devait cesser d'être le donneur d'ordres de l'économie. Mais qui est censé fabriquer les trains pour les voies ferrées, les véhicules pour le transport des déchets ? Qui construit nos écoles, qui équipe nos hôpitaux ?

Les inquiétudes de Walter Eucken face à la mainmise des lobbyistes des grandes entreprises et de la haute finance sur l'État étaient justifiées, mais les moyens de lutte qu'il proposa étaient en revanche inefficaces. Encore plus que Berlin, Bruxelles porte aujourd'hui l'étiquette de « capitale mondiale du lobbyisme ». Selon les sources d'ALTER-EU, la confédération des associations pour les droits civiques siégeant à Bruxelles, qui s'engage pour plus de démocratie et de transparence, deux cent quatre-vingt-six sociétés de conseil ont influé sur la politique européenne en 2009[8]. Mais plus de la moitié d'entre elles ne sont pas enregistrées officiellement. Qu'il s'agisse de politique environnementale ou de politique énergétique, de protection des consommateurs ou de politique agraire, les lobbys ont bien plus de pouvoir que les électeurs.

Le vernis des mauvaises habitudes conserve beaucoup de choses, mais il ne les légitime pas. Et les usages funestes qui, avec une certaine impudence, se sont entre-temps répandus dans tout le monde occidental ne trouvent pas de continuité dans le droit. Mais pendant combien de temps les citoyens vont-ils supporter d'être traités comme les passagers du paquebot qui se sont fait prendre les chaises longues ? « Partout, l'autorité et la tradition doivent tolérer qu'on leur demande de se justifier. Ni les églises chrétiennes avec leurs ordres et leurs déclarations de foi, ni l'État et ses organes constitutionnels, comme les parlements, ni la tradition ou la morale en tant que telles [...] ne sont aujourd'hui épargnés par ces questions et ces critiques inquisitrices. Pas moins, mais plus de démocratie : voilà l'exigence, voilà le grand objectif auquel nous devons tous nous consacrer, la jeunesse en premier[9]. » L'auteur de ces propos fut un grand président de la République fédérale, Gustav Heinemann. Ses propos n'ont pas pris une seule ride.

L'écart entre la politique et les citoyens n'a jamais été aussi grand depuis la fondation de la République fédérale. La vague néolibérale elle aussi a affaibli la politique. À quelques détails près, notre démocratie est devenue un théâtre qui montre des partis sans potentiel d'action. Mais la léthargie, l'absence d'imagination qui n'ose aucune nouvelle politique et l'autoréférentialité des partis et des lobbyistes rongent la morale qui soutient et stabilise notre système.

Mais, si tout cela est vrai, que peut-on faire de concret ? Est-il possible de corriger les ratés ? Notre démocratie est-elle encore récupérable ?

• *Le consensus des citoyens*. Comment réformer la démocratie

Le consensus des citoyens

Comment réformer la démocratie

Berlin. Quartier des institutions gouvernementales, août 2010. Sur la pelouse du Reichstag, des enfants d'immigrés jouent au foot, des journalistes paressent sur des transats, des touristes, sac au dos, somnolent le long de la Spree à l'ombre du Reichstag, des passants curieux inspectent le jardin du château de Bellevue. Une allégorie de la paix et de la tranquillité ; image idéale des temps prospères.

Tout est-il pour le mieux dans l'État allemand ? « Il se pourrait très bien, écrivent Leggewie et Welzer, que dans cent ans les historiens fixent à 1989 le début du déclin des démocraties et l'essor du capitalisme et ne définissent la crise financière mondiale intervenant à peine dix-neuf ans après que comme une étape d'un déclin amorcé bien avant. Il s'avère en tout cas que les espérances de stabilité placées dans le système d'une République fédérale ne se justifient peut-être pas seulement par le fait que tout se soit bien passé pendant soixante ans[1]. »

Sous des dehors de calme et de tranquillité, c'est probablement le plus grand bouleversement de l'histoire actuelle qui commence. Le pays a atteint les limites prévisibles de son expansion économique. Des contraintes d'économie et des luttes pour la répartition d'une ampleur inégalée vont modifier le climat en République fédérale. L'oxygène se fait plus rare, le ton, plus rude. Le taux de participation aux élections chute de façon dramatique, la déconsidération de nos responsables politiques atteint des sommets. Notre classe politique dirigeante, cachée derrière les jolies haies neuves du quartier des institutions, est de moins en moins considérée comme une solution, mais bien comme le problème.

Pourquoi personne n'essaie-t-il d'inverser la tendance ? Les *shifting baselines* semblent expliquer beaucoup de choses – l'évaporation progressive de la réalité lorsque l'on gouverne : le train roulant encore à bonne vitesse juste avant de manquer le virage. Le système politique ne connaît presque plus que le pragmatisme nécessaire au maintien du pouvoir, car il ne se place plus dans des rapports normaux avec les individus dont il est question. C'est justement ce phénomène qui a provoqué la destruction de la RDA : la folie de dirigeants ayant perdu de vue le peuple.

C'en est fini de la vigilance qui caractérisait la politique de la RFA jusqu'en 1990. Notre démocratie va tellement de soi qu'elle n'est plus réfléchie. En cas de monopole de la foi et de l'opinion, comme l'écrivait John Stuart Mill en 1859, la foi ou l'opinion se transformerait rapidement en parole désincarnée : « Les maîtres tout comme leurs disciples s'endorment à leur poste aussitôt qu'il n'y a plus d'ennemi en vue. »

Or l'« ennemi » est là depuis longtemps. Il n'a pas de drapeau à agiter, pas de slogans à proférer, pas d'armée à déchaîner. Il avance au rythme feutré du déclin moral. D'après Mill, une démocratie nécessite que les plus hautes sphères du pouvoir soient habitées par des experts incorruptibles et triés sur le volet. Seule une gouvernance exercée par les meilleurs pourrait justifier que ce ne soit pas le peuple qui brandisse le sceptre du pouvoir. Mais, dans la réalité démocratique allemande, les experts sont bien cachés, ensevelis sous des monceaux d'expertises laissées dans les tiroirs ; ils portent la bonne parole dans des livres qu'aucun homme politique ne lit, ou ils se perdent dans le travail quotidien de nos universités.

Bien sûr, l'idée d'un État constitué d'experts allant des « philosophes-rois » chers à Platon aux élites intellectuelles et morales de Mill n'est ni adaptée à notre époque, ni souhaitable. Cependant, il est urgent d'exiger davantage de transparence, d'imagination et d'échanges entre la politique et l'expertise. À quoi bon pour notre pays s'offrir tout un aréopage d'universitaires pensant la société si ce n'est pour faire régulièrement appel à eux ?

Comment se fait-il que le travail furtif des sondeurs d'opinion ait plus de poids en politique que les travaux des sociologues, socio-psychologues et socio-philosophes ? Pourquoi existe-t-il des économistes, mais pas de « sociétéistes » ? Jamais encore au cours de l'histoire il n'y a eu autant d'intelligence laissée en friche ni de savoir à ce point ignoré par la politique. L'occultation des problèmes vraiment importants et durables est un stigmate de notre époque et le calvaire de notre système politique.

Ce refoulement se trouve encore renforcé par la façon dont vieillit le système. Car les démocraties, y compris la démocratie fédérale allemande, ne vieillissent guère plus mal que d'autres systèmes.

Les pays anglo-saxons et la France parlent une langue issue de l'émergence d'élites non démocratiques. Les démocraties d'un certain âge deviennent plus opaques et moins perméables, les différentes strates se fixent, le passage de l'une à l'autre est bloqué. Et, à la fin, presque toutes les chaises longues du pont principal sont réservées d'avance, et pour longtemps.

Cela représente un risque évident : ce qui est valable en économie l'est tout autant en politique. Cette dernière dépend elle aussi de conditions qu'elle ne peut créer par elle-même. La politique suppose d'avoir de l'intérêt pour la démocratie, de la confiance envers les dirigeants et de la sincérité : que chacun se donne de la peine non pour son bien personnel mais pour le bien de la nation. Cependant le pragmatisme politique suit une tout autre logique – la chancellerie n'est pas l'Allemagne. Se maintenir au pouvoir ne demande ni sincérité ni fair-play. Gouverner n'est pas créer la solidarité mais la consommer. C'est pourquoi des innovations qui seraient plus qu'un énième changement dans la continuité sont incontournables.

Personne n'a plus l'air d'être garant de la démocratie. L'indifférence manifestée à l'égard de dangereux symptômes et la façon de s'accrocher à des rituels dépassés en sont une preuve manifeste.

On pense aux promesses clamées lors des campagnes électorales, dont les politiques savent, tout autant que les électeurs, qu'elles ne seront pas tenues. Là, on garantit une Sécurité sociale que personne n'est en mesure de maintenir, même à moyen terme, ce qui ne nuit cependant pas aux politiques ; car, lorsque arrivera le désastre, ils ne seront plus en fonction. C'est la rhétorique dépassée de la « droite » et de la « gauche » qui n'est plus adaptée aux problèmes de notre époque.

Le jargon par lequel nos partis veulent se différencier les uns des autres est aujourd'hui tout simplement bête. Non content de jouer un rôle dans les campagnes électorales, il suggère également une identité aux partis et continue d'établir des lignes de front traditionnelles. Dans la vie politique quotidienne, ces partis pris ne jouent la plupart du temps qu'un rôle d'opposition. Lorsque des directeurs d'école obtiennent leur poste d'après la représentation proportionnelle en politique, et un ministre le sien parce qu'il est franconien et protestant, l'absurdité devient évidente.

Mais pourquoi ces rituels et ces ancrages dépassés subsistent-ils encore ? L'économiste et historien Douglas North (né en 1920), de l'université de Saint Louis, a, au début des années 1990, employé les termes de « dépendance au chemin[2] ». D'après son utilisation originelle, ce concept décrit la façon dont les nouvelles technologies font surgir de nouvelles normes comportementales. Le clavier classique d'une machine à écrire, le clavier QWERTY, en fournit un bel exemple. Aucune logique et aucune raison utilitaire n'explique pourquoi les touches d'une machine à écrire sont disposées dans cet ordre. En réalité, ce clavier était (à côté d'autres solutions très sensées) un simple pis-aller. Christopher Latham Sholes, comptable américain qui inventa en 1868 le clavier QWERTY, disposa les touches de façon que les lettres fréquemment utilisées à la suite soient le moins près possible les unes des autres. À défaut, les barres de lettres de la machine se seraient coincées trop souvent. Ce problème s'est certes réglé dès l'apparition de la machine à écrire électrique. Cependant des centaines de millions de personnes, habituées au clavier QWERTY (ou QWERTZ ou AZERTY), ne voudraient pas en changer. Elles continuent à suivre un chemin dénué de sens du point de vue logique et ergonomique, mais qu'on ne peut à l'évidence quitter.

North a analysé les énormes répercussions de la dépendance au chemin dans le domaine économique, ce qui lui a valu le prix Nobel d'économie en 1993. D'après lui, l'analogie avec les claviers et les utilisateurs de machines à écrire saute aux yeux. Les chemins indiqués et leurs utilisateurs forment une « matrice institutionnelle » qui se renforce constamment. Ce ne sont pas les problèmes réels qui déterminent leur pertinence, mais la façon dont ils sont perçus et traités par les institutions.

Il n'en va pas autrement en politique. Les partis ne se saisissent pas des problèmes parce qu'ils sont pertinents, mais parce qu'ils comptent en tirer parti, copiant ainsi des modèles. Lorsque, dans les années 1950, les premiers États africains devinrent indépendants, ils provoquèrent un véritable raz-de-marée. À la fin des années 1960, presque tous les pays africains avaient été décolonisés. Dans les années 1970, de nombreux États d'Europe de l'Ouest connurent une vague parfaitement parallèle de libéralisation des droits des femmes et des minorités. Lorsqu'il devint clair à la fin des années 1990 que l'assurance vieillesse ne suffirait pas pour les jeunes générations, les gouvernements « conservateurs » et « socialistes » d'Europe occidentale prônèrent presque en même temps le recours à un calcul mixant le public et le privé d'après le « modèle néerlandais[3] ».

Presque tous les changements sociétaux ne paraissent légitimes, raisonnables et réalisables qu'à partir du moment où d'autres en donnent l'exemple. Rares sont ceux qui sortent du bois à découvert. Cela n'est pas étonnant. Qui s'écarte des sentiers battus doit s'attendre à de fortes réactions, à de la colère et de l'indignation. À des résistances et des oppositions, à des difficultés d'organisation et à une perte d'orientation. Dans le doute, un esprit timoré préférera s'en remettre à un système qui a fait ses preuves et continuera à abattre les arbres, comme sur l'île de Pâques. Des erreurs introduites par le passé subsistent, comme le clavier QWERTY. Mais, de l'imagination sociale à l'œuvre dans nos universités, des modèles alternatifs de revenu minimum ou de revenu citoyen, d'un urbanisme et d'une agriculture écologiques, presque rien n'émerge.

Du point de vue des leaders politiques, ce vaste désintérêt paraît parfaitement compréhensible. Dans leur monde de routines et de procédures standard, de réseaux verrouillés et de prévenances intéressées, de domaines de responsabilité et de guéguerres de préséance, les visions d'avenir n'ont pas leur place. En général, ce n'est pas lorsque l'on est en politique que l'on développe des utopies de vie meilleure, mais avant ou bien en dehors.

Une partie de la population, la plus cultivée et la mieux informée de toute l'histoire de l'humanité grâce à Internet, s'oppose aujourd'hui en Allemagne aux barrières institutionnalisées. Jamais encore les Allemands n'ont aussi peu ressenti la peur des autorités ni n'ont été autant entraînés à exprimer leur avis. On le leur demande aujourd'hui sur tout, et ils peuvent se procurer toutes sortes de choses, des téléphones portables aux tarifs des trains – comme il est client, tout Allemand vit dans l'illusion d'avoir son mot à dire. Sur Internet, il peut donner son avis sur l'appareil photo qu'il a acheté comme sur l'envoi de troupes en Afghanistan. Et le tchat lui permet de critiquer une amie ou Angela Merkel.

Notre système démocratique est pourtant toujours le même, comme au début de la République fédérale en 1949. Ce que les pères de la Constitution ont établi paraît, aujourd'hui encore, juste et sensé. Cependant, certaines choses sont dépassées. Ce n'est pas parce qu'on trouve bêtes certains de leurs comportements ou opinions que l'on traite des enfants devenus adultes comme des tout-petits. D'après un sondage d'*Omniquest* datant de juillet 2010, 81,5 % des citoyens de la République plébiscitent les référendums régionaux. Parmi eux, une bonne moitié ne souhaite pas se contenter de donner son avis sur de simples lois, mais également sur des changements de Constitution. Plus des deux tiers (69 %) plébiscitent les référendums au niveau national – par exemple, à propos du service militaire ou des orientations en matière de politique énergétique[4].

De quel droit refuse-t-on aujourd'hui aux citoyens cette participation ? N'est-ce pas de la facilité, de l'inertie, de la misanthropie et de la prétention intellectuelle de croire que l'on ne peut pas faire confiance au « peuple » ? La seule chose à faire pour quelqu'un qui veut combattre ce que l'on appelle le désintérêt pour la politique dans notre pays est, pour parler comme Willy Brandt, d'« oser plus de démocratie ». De ce point de vue, Leggewie et Welzer parlent même entre-temps d'une OEP 2.0, une nouvelle opposition extra-parlementaire : « L'OEP 2.0 est foncièrement différente de l'époque des années 1968 et 1989, dont le style a déterminé les différents mouvements et révoltes. Elle ne sera pas animée par des modèles de société promettant le bonheur pour tous – les commissaires et cadres des utopies totalitaires du XXe siècle leur ont une fois pour toutes réglé leur compte [...]. L'OEP 2.0 n'est pas seulement en situation de soumettre les représentants du peuple à la pression de devoir se justifier et innover, elle peut également faire naître, en s'appuyant sur les expériences collectives "d'en bas", un sentiment d'identité seul à pouvoir définir quel genre de société on voudrait *être* dans le futur[5]. »

Pour qui veut dépasser les égoïsmes personnels fermement ancrés dans la société, il faut interroger notre système politique là où il limite le champ du « bon » et cultive celui du « mauvais ». Mais toute transformation se heurte à des barrières très hautes. Pas une seule initiative parlementaire allant dans le sens de plus de référendums n'a jusque-là obtenu la majorité des deux tiers au Bundestag exigée par la Constitution. Et le président du Bundestag actuellement en exercice se déclare, sur sa page Internet personnelle, opposé aux référendums, parce qu'il ne considère pas « la mise en place d'éléments de plébiscite au niveau national comme une panacée contre le désintérêt pour la politique ». Des « doutes sérieux » apparaîtraient même : « Bien que des éléments relevant de la démocratie directe aient été systématiquement développés au niveau des communes et des Länder ces dernières années, cela n'a pas conduit à une plus forte participation lors des élections communales et nationales. Au contraire : comparé aux élections législatives, où il avoisine depuis quelques années les 80 %, le taux de participation a été en net recul pour les communes et les Länder. En Suisse, où les votations nationales sont une tradition, le taux de participation aux élections du Conseil national tourne autour des 50 % depuis vingt-cinq ans[6]. »

Cette argumentation constitue un bel exemple de dépendance au chemin. Pour que les référendums aient droit de cité au niveau national, il faudrait qu'ils soient des « panacées », rien de moins. Quel autre processus démocratique mesure-t-on à cette aune ? Le clavier QWERTY ne peut donc être modifié que si le nouveau clavier résout *tous* les problèmes et se montre *parfait* à tous les points de vue. La deuxième partie de l'argumentation mesure le succès de la participation citoyenne directe de façon purement *quantitative* et non *qualitative*. L'idée d'attribuer la chute du taux de participation dans les Länder à une démocratie directe plus importante (!) et non à une perte d'intérêt des citoyens pour les Länder est également très significative. Et si les citoyens suisses participent en grand nombre aux votations (lesquelles supposent souvent que le sujet en ait été minutieusement étudié), en quoi est-ce donc si pénible de voir que les élections au Conseil national n'importent plus autant aux Suisses ? Ici encore, on est étonné par l'appréhension des choses terriblement réductrice du côté allemand.

Dans ce contexte, il pourrait se révéler profitable de réévaluer notre démocratie d'opposition. Il est bien connu que seuls contribuent au succès d'une participation au gouvernement les votes que le parti le plus fort ou bien une coalition formée avec lui ont choisis. Tout le reste est mis à l'écart. Cependant ne paraît-il pas plus adapté de laisser les partis participer au gouvernement *proportionnellement au nombre de voix récolté* ? L'idée d'une démocratie majoritaire date d'une époque où nos partis se différenciaient encore par des visions claires du monde et par des conceptions partiellement divergentes du système. Mais, en réalité, que sont devenues ces différences ?

En Suisse, le gouvernement se compose depuis 1959 de sept membres rassemblés en fonction du nombre de voix des partis principaux. Le principe est celui d'une « démocratie de concordance » (de *concordare* = concorder). L'avantage est évident. Au lieu de s'empêcher d'avancer du matin au soir et d'utiliser toute leur énergie à se nuire mutuellement, les partis sont obligés de travailler ensemble et de composer les uns avec les autres. Si malgré toute la bonne volonté du monde les questions controversées ne se règlent pas, il reste le recours à la votation – si le sujet s'y prête.

Le célèbre politologue américano-néerlandais Arend Liphart (né en 1936), de l'université de San Diego en Californie, a analysé en détail, sur trente ans, les deux formes de démocratie. Il en résulte que le modèle de la démocratie de concordance est supérieur en de nombreux points à celui de la démocratie d'opposition[7]. Néanmoins, on ne peut faire abstraction du fait que cette question doive bientôt faire l'objet d'une réflexion sérieuse en Allemagne. « Trop lent » ou « trop ennuyeux » : tels sont les préjugés invoqués pour échapper à cette fastidieuse discussion.

À cela s'oppose la vision de ce qui serait véritablement possible si nos partis étaient contraints de travailler ensemble, et non les uns contre les autres. De nombreux problèmes depuis longtemps remis à plus tard, comme la transformation de notre système de Sécurité sociale, les avancées vers une agriculture écologique, la réduction de l'énorme dette nationale, etc., pourraient enfin être courageusement abordés.

Nous pouvons illustrer cela par l'enjeu de taille consistant à débarrasser nos villes des véhicules pourvus de moteurs à combustion au cours des dix prochaines années. Techniquement, le passage à la voiture électrique ne pose pas de gros problèmes. Le fait que la transformation ne s'effectue cependant pas est à mettre sur le compte d'une industrie automobile réticente, de l'ADAC (automobile-club) et autres organismes qui voudraient nous persuader que la « liberté » de l'automobiliste importe plus pour la société que celle de tous les autres, plus que la liberté des générations futures de vivre dans un environnement sain. La démocratie d'opposition est jusqu'à présent totalement impuissante face à ces lobbies. Aucun parti, pas même les Verts, n'ose ouvrir la bouche pour engager sérieusement le combat. Et se trouve-t-il quelqu'un pour imposer aux compagnies aériennes low-cost, extrêmement polluantes, de payer une taxe sur le carburant, malgré l'opposition ? Entre autres pour que cette contribution fasse baisser les prix du train. Qui enchérit sur la course aux promesses des différents partis en finançant les œuvres sociales destinées aux électeurs par de nouvelles dettes ?

Lorsqu'un système se révèle impossible à réformer de l'intérieur, on cherche des solutions à l'extérieur. Dans ce contexte, une possibilité consisterait à faire élire un président, que sa fonction place au-dessus des partis, au suffrage universel direct. On sait que la majorité des citoyens y est favorable – facteur non négligeable dans une démocratie. Évidemment, le gouvernement a de bonnes raisons de craindre que le seul haut représentant du peuple à avoir été élu directement ne voie ainsi son importance fortement accrue. Et c'est exactement ce dont nous avons besoin : d'un contrôle qui se situe au-dessus des partis et d'une figure emblématique désintéressée. De quelqu'un qui irrigue ce pays avec des idées nouvelles au lieu de seulement administrer le statu quo. Pas de quelqu'un qui rassure, mais qui prenne au sérieux les inquiétudes. Il pourrait par exemple rassembler une commission réunissant des experts qui ne soient pas suspectés de lobbyisme. Ensemble, ils pourraient proposer les modifications structurelles fondamentales que les partis ne promeuvent pas d'eux-mêmes pour des raisons bien connues. Les propositions ne seraient certes que consultatives et n'auraient donc aucun poids législatif. Mais les partis devraient avancer de solides raisons pour les contester ou empêcher leur mise en œuvre.

Les propositions de ce genre se heurtent à la peur des expérimentations. Comme si les fondateurs de la Constitution allemande avaient conçu, en 1948 et 1949, un modèle intemporel qui serait optimal en tout point et valable de tout temps. Politique au point mort et blocage, désintérêt pour la politique et abstention grandissante, perte de prestige de la classe politique, tout cela, notre démocratie devrait le supporter, mais le changement, en revanche, non ?

Pour préparer notre démocratie aux problèmes

futurs et à long terme, des aménagements sont nécessaires, et davantage de codécision et de démocratie directe les permettraient. Pour cela, il faut briser les « dépendances au chemin » qui ont jusqu'à maintenant prévalu et empêchent toute adaptation. Dans ce but, des éléments de démocratie de concordance seraient envisageables, avec une élection directe du Président.

Les médias de masse sont indispensables pour diffuser des idées concernant les réformes essentielles de notre système politique. Mais nos médias sont-ils seulement adaptés à une telle transformation ? Ne doivent-ils pas être eux-mêmes transformés ? Et si oui, quels médias pour quel projet ?

• *Speakers' Corner*. La perte de la responsabilité publique – et comment la récupérer

Speakers’ Corner

La perte de la responsabilité publique – et comment la récupérer

Les plus bruyants sont ceux qui n’ont rien à dire.

Gisbert ZU KNYPHAUSEN

Au nord-est de Hyde Park, à deux pas de Marble Arch, se trouve le *Speakers’ Corner*, le « coin des orateurs ». Ces joutes entre originaux qui se mettent en scène pour se faire remarquer sont devenues une véritable attraction pour les touristes de Londres. Tous les week-ends, des hommes, dont beaucoup sont de culture musulmane, viennent se jucher sur des caisses de bière sous les platanes. Entourés par quelques grappes de spectateurs, ils se font valoir à qui mieux mieux. Et celui qui déclame les plus grosses inepties de la façon la plus bruyante et la plus distrayante attire les badauds et domine le spectacle.

Ce que l’on décrit aujourd’hui par une gentille périphrase, en disant que c’est « pénible » ou « stupide », était une bonne idée au départ. La légende raconte que c'est là, sur l'échafaud de Tyburn, que les condamnés prononçaient leur dernier discours. Un peu trop romanesque pour être vrai. L'échafaud existait bel et bien, mais la tradition d'une liberté d'expression ultime ne se retrouve que dans cette histoire haute en couleur. En 1855, des ouvriers en colère se rassemblèrent à Hyde Park. Ils protestaient contre l'interdiction d'acheter et de vendre le dimanche, le seul jour où ils avaient l'occasion de le faire. Dès lors, les rassemblements d'ouvriers ne cessèrent plus dans le parc. Leur revendication de la « liberté d'expression » finit par être entendue. En 1872, après d'innombrables échauffourées, le Parlement donna à l'administration du parc le droit de décider qui pouvait parler à Hyde Park et de quoi.

Depuis, le *Speakers' Corner* passe pour le lieu de la liberté d'expression. Des personnalités comme Karl Marx, Lénine et George Orwell y aiguisèrent leurs armes rhétoriques. Et il permit à de nombreux orateurs locaux d'acquérir une grande popularité à Londres. Mais aujourd'hui le *Speakers' Corner* n'est plus qu'un mauvais folklore. De sous les arbres ne rayonnent plus ni le pathos de la liberté d'expression, ni le souffle de la diversité d'opinion vécue, ni l'esprit d'une démocratie bien vivante. L'époque est loin où les discours, déclamés avec l'ardeur des apôtres, parvenaient à soulever la chape de plomb des rapports sociaux. Une chose surtout a été conservée : la liberté de propager la bêtise impunément.

Aujourd'hui, tenir un discours au coin d'une rue est un anachronisme. Il y a longtemps que les véritables orateurs de notre époque interviennent dans les débats télévisés et surtout sur Internet, dans les forums d'opinion. Là, chacun peut dire (presque) tout ce qu'il veut. On peut échanger, se divertir et s'affronter ; on peut diffuser, évaluer et célébrer des opinions, combattre, provoquer et anéantir. De ce point de vue, Internet est de la démocratie vécue – même si elle l'est uniquement de ce point de vue.

Les nouveaux médias ont-ils rendu notre démocratie plus démocratique ? Nous donne-t-elle maintenant plus de chances de participer ? Internet renforce-t-il la cohésion sociale et le sentiment de responsabilité de la société ? Ou bien, au contraire, les nouveaux médias n'encouragent-ils pas davantage d'égotisme et de narcissisme ? Qu'est-ce qui se renforce : ce que nous partageons ou ce qui nous sépare ? En d'autres termes, les nouveaux médias nous aident-ils à être moins égoïstes ou bien cultivent-ils l'égoïsme ?

Pour répondre à ces questions, il nous faut d'abord déterminer ce que nos médias de masse savent généralement bien faire. Leur fonction sociale la plus importante est de créer la sphère publique. Comme jadis sur l'agora de l'Athènes antique, le forum romain ou les places de la Renaissance, où les gens se retrouvaient pour discuter de la vie et de la société, dans notre monde complexe, les médias de masse font essentiellement connaître ce qui est « important ». Dans ce sens, la sphère publique signifie finalement juste l'endroit où beaucoup parlent de la même chose. Fréquenter d'autres personnes n'est pas suffisant pour savoir dans quelle société et dans quel monde je vis. Et qu'importe ce qui détermine mon image du monde, car sans les médias de masse comme les livres, les journaux, la radio, la télévision ou Internet, je ne saurais pour ainsi dire rien sur celui-ci.

Mais quelque chose ne devient pas un « sujet » pour la simple raison que je lis un article ou que j'en entends parler à la radio. Un sujet naît quand plusieurs personnes parlent de la même chose. Sans les médias de masse, il n'y aurait pas de sphère publique dans notre monde complexe. Et, sans sphère publique, pas de représentation commune, un tant soit peu similaire, de notre vie et de celle des autres. Comme le dit Niklas Luhmann, les médias de masse garantissent la « capacité de rattachement de la communication ».

La démocratie n'est pas juste un échange d'intérêts et d'avis divergents, comme on la comprend souvent à tort[1]. Car, rien que pour pouvoir échanger des arguments, il faut commencer par jouer dans le même film. Comme le dit le philosophe américain Donald Davidson (1917-2003), « pour avoir des opinions divergentes sur un sujet, il faut déjà s'accorder sur beaucoup d'autres choses ». Autrement, on ne se comprendrait même pas ! Il faut parler la même langue, trouver un point commun pour l'échange, partager des règles précises, connaître au moins les mêmes valeurs, comprendre la rhétorique de l'autre et être capable de concevoir ses positions même quand on ne les comprend pas. C'est justement dans ce sens que les médias de masse sont un ciment important qui maintient la cohésion de notre société.

Quant à savoir s'ils remplissent cette fonction sociale de façon satisfaisante, à commencer par le grand média toujours aussi prédominant qu'est la télévision, les avis sont des plus divers. De nos jours, les Allemands passent en moyenne cent trois heures par mois devant le petit écran, soit plus de trois heures par jour. Mais les esprits sont divisés depuis toujours en ce qui concerne l'utilité et les inconvénients de cette activité pour le développement de la sphère publique et de la société. Depuis les débuts de la télévision, on se dispute sur sa capacité à éduquer et à abêtir. La dernière fois, ce fut à grande échelle, au moment où, dans les années 1980, la télévision privée envahit le marché et se vit accorder le droit de diffuser des contenus qui, certes, n'étaient pas « nés à l'âge de Néandertal » mais lui demeuraient « fortement assujettis »[2]. La fin du monopole de l'antenne publique prit des airs d'apocalypse, « plus importante que Gorleben », village de Basse-Saxe où sont enterrés des déchets radioactifs, déclara Ernst Albrecht, le ministre-président de cette même région. Aux yeux du chancelier Helmut Schmidt, elle était « plus dangereuse que l'énergie atomique[3] ». Il n'y eut néanmoins aucune tentative sérieuse pour endiguer cette évolution. Tous les autres pays européens firent de même. Et les comportements de masse, la dépendance au sentier et le lobbyisme rendirent obligatoire une chose qui ne l'était pas.

On connaît les conséquences. La crème de la télévision allemande est aujourd'hui meilleure que jamais, et sa base est terriblement mauvaise. Alors que les productions de longs-métrages n'ont cessé de se perfectionner sous la pression de la concurrence, les antennes publiques ont adopté de nombreux aspects du privé, depuis les journaux télévisés jusqu'au programme de l'après-midi. Les émissions politiques accordent une large place aux potins et au glamour, les documentaires historiques sont devenus des machines à sensation, les émissions sportives des cases de remplissage pour les pages de publicité. Dans ce contexte, l'introduction du « système dual » fut le début d'une spirale vers le bas, un *dumping* concurrentiel à force de vulgarisation et d'accélération. L'esthétique publicitaire a entamé sa marche triomphante dans toutes les parties du programme, le rythme des bandes-annonces a coupé court à la réflexion, le gain est devenu l'unique aune du succès. Et, comme à quelques exceptions près, tout fonctionne selon les principes du « changement des états de référence », ou *shifting baselines*, cela s'est produit sans presque aucune contestation dommageable. Pas un téléspectateur des années 1980 n'a ressenti de gêne devant le programme de l'année 2010… et ce, heureusement pour les décideurs.

Pour comprendre comment ce processus a été possible, il faut avoir à l'esprit la vision que portaient les années 1980 et 1990 : l'idée de fonder la prospérité et la croissance de notre société sur le sens et sur le non-sens plutôt que sur la production de charbon et d'acier[4]. Au-delà de ça, on se disait aussi que les technologies de l'information et du divertissement fusionneraient pour former le joli monde multicolore de télévision *et* d'Internet, créant par la même occasion un grand nombre de nouveaux emplois. La moindre réserve à l'encontre de cette vision semblait mesquine et rétrograde. La question de savoir si cette utopie encourageait la coexistence sociale fut posée, mais pas vraiment par les sphères économique et politique[5].

Aujourd'hui, nous savons que les attentes de profits et d'emplois étaient démesurément exagérées. Économiquement, il s'agissait de réponses à des questions non posées. Les journaux et les revues ne connurent pas la nouvelle donne en clientèle publicitaire dont bénéficia la télévision privée. Toutefois, seules deux des plus grandes chaînes privées réalisent aujourd'hui des profits avec leurs programmes. Pour être diverti, le téléspectateur moyen n'a besoin de toute façon que d'un nombre appréciable de chaînes, et le reste vaut ce qu'il vaut. Si, aujourd'hui ou demain, le marché s'assainit de nouveau, rien ne se perdra qui vaille la peine d'être regretté.

La question de l'utilité sociale est difficile à estimer.

Au cours des vingt-cinq dernières années, les antennes publiques ont sans nul doute grandement contribué à l'abrutissement des cerveaux. Aujourd'hui, on ne trouve presque plus de chômeurs dans la rue ; tous sont devant le petit écran ou l'ordinateur, tout comme les retraités, les enfants et les personnes isolées. Cette pacification par la satisfaction laisse des traces derrière elle : pas d'épanouissement certes, mais au moins une vaste tranquillité. Quel serait le potentiel de protestation des laissés-pour-compte de notre société, s'il n'y avait pas d'industrie du divertissement ? Voilà quelque chose qu'on préfère ne pas savoir.

Mais la conséquence la plus importante est tout autre : l'ensemble de la télévision, y compris la télévision publique, souffre d'une grande perte de son sentiment de responsabilité. Sur le marché des médias, comme sur tous les autres marchés, tout est calculé selon l'argent et les taux d'audience. Ici, les normes du marché ont définitivement englouti les normes sociales. Les intendants publics, dans leur rôle de gardiens des taux d'audience, se considèrent eux aussi comme des entrepreneurs et non plus comme des pédagogues, comme c'était encore le cas dans les années 1980. Une fois mis de côté quelques cache-misère pour leur mission éducative, ils accordent principalement de la valeur à ce qui est demandé. Les valeurs non économiques ont massivement perdu de leur signification. Le fait que l'influence de la politique sur la gestion du personnel et sur le contenu des programmes ait en revanche fortement augmenté n'y change rien non plus.

Si la transmission des valeurs démocratiques, sociales, culturelles et écologiques ne constitue plus le fondement de la télévision publique – il est entendu qu'elle n'a jamais été celui des chaînes privées –, on peut en revanche applaudir Internet. Pour les aficionados des médias, il est lié à la vision d'un grand élan de démocratie. Les habitants des quatre coins du monde se rejoignent sur les réseaux sociaux, les blogs et autres plateformes du web 2.0, échangent, s'informent librement, loin des canaux dirigés des autres médias de masse, et c'est vraiment formidable. Alors qu'auparavant les programmateurs et les rédacteurs en chef filtraient le monde et le présentaient hiérarchisé et structuré d'avance, la liberté, la démocratie et l'échange d'égal à égal règnent aujourd'hui. Internet, siège de l'anarchie bienfaisante : c'est l'un des côtés de la médaille.

Si l'on considère le revers, il faut se demander si l'anarchie vaut la démocratie. « Oser plus de démocratie » signifie-t-il vraiment se contenter de plus de diversité d'opinions et d'information ? Qui s'engage en faveur de plus de démocratie, par le biais de référendums par exemple, sait que la démocratie demeure soumise à la hiérarchie. Il y a de bonnes raisons à ce qu'un conseil constitutionnel « élitaire » décide de la constitutionnalité de nos lois et non des millions d'utilisateurs. La hiérarchie légitimée par la démocratie n'est pas une mauvaise chose en soi. Une société sans la moindre hiérarchie serait probablement bien moins démocratique qu'une société hiérarchisée. L'anarchie est la domination des plus bruyants, des moins prévenants et sans doute aussi des plus criminels. Pas même l'anarchiste Pierre Kropotkine ne souhaitait une anarchie semblable.

Il est bien que l'humanité puisse échanger librement à travers le monde par le biais de forums et de blogs. Mais, pour la démocratie, c'est à la fois un gain et une perte. Pour le philosophe Jürgen Habermas (né en 1929), Internet fragmente « le public de masse, simultanément concentré sur la même interrogation[6] ». Car, pour le moment, « il manque à l'espace virtuel les équivalents fonctionnels des structures officielles, qui recueilleraient, sélectionneraient et synthétiseraient les messages décentralisés sous forme lisible[7] ».

Habermas a reçu une terrible volée de bois vert pour sa critique des nouveaux médias. Comme dans un conflit de générations, les défenseurs de la toile ont affirmé qu'il avait terriblement vieilli. Selon eux, seule une personne n'ayant rien compris aux nouvelles règles, aux nouvelles lois et aux usages d'Internet pouvait écrire de telles thèses. Le juriste américano-israélien Yochai Benkler (né en 1964), de la Harvard Law School, accomplirait maintenant pour l'ère numérique ce qu'Habermas avait intelligemment fait pour l'ancienne sphère publique. Pour Benkler, Internet forme aujourd'hui effectivement une sphère publique commune[8]. Selon lui, Internet est une bénédiction à partir du moment où tous y ont accès, où les acteurs suspects se sont retirés et où un maillage efficace permet une « opinion publique » que les gouvernements ne peuvent manipuler.

Si Benkler est dans le vrai, il n'y a aucune contradiction entre la façon très personnelle dont nous nous informons sur Internet et la formation d'une opinion publique. Car la somme de toute une série d'articles très personnels a forcément pour résultat un grand magasin en état de fonctionnement. Avec leur rhétorique vieux jeu, leurs rituels préfabriqués, leur circonspection progouvernementale et leurs prétentieux faiseurs d'opinion, les anciens médias donnent quant à eux une image insipide et dépassée. Il n'est pas très étonnant que ce théâtre d'opinions ait de plus en plus de peine à séduire, surtout parmi les jeunes. Ceux-ci ne vivent plus dans le vieux monde en noir et blanc mais dans les nouvelles aires de jeu colorées du nouveau monde multidimensionnel de la noosphère (du grec ancien *noûs* qui signifie « esprit »), l'espace de toutes les pensées pensables.

Jusqu'ici tout va bien. Nous sommes en pleine utopie. Cette vision, comme toute grande vision de la société, surestime cependant beaucoup l'humanité. La première erreur d'estimation concerne notre *capacité d'absorption psychologique*. Alors que les vieux médias de masse regroupaient les informations comme des copeaux de fer sur un champ magnétique, c'est à nous que reviennent le devoir et l'autorisation de le faire sur la Toile. Certes, le choix est plus libre et plus large, mais notre capacité d'attention reste la même. Les nouveaux médias ne produisent pas non plus de nouvel *homo sapiens* ou de nouveau cerveau ; ils exigent juste de lui des choses différentes. La complexité du monde, que nous pouvons non seulement percevoir mais aussi comprendre, ne connaît pas la moindre évolution. Et plus nous surfons sur Internet, plus nous devons faire le tri.

Selon David Gelernter (né en 1955), professeur d'informatique à l'université Yale et l'un des cerveaux de la révolution médiatique, l'utilisation d'Internet a assez peu d'impact sur notre degré d'information. Cette « star » de l'ère informatique, qui avait prédit la naissance d'Internet en 1991, avec cinq ans d'avance, n'observe de différence vraiment fondamentale qu'entre les anciens et les nouveaux médias. Les utilisateurs d'Internet « connaissent l'instant présent. La culture Internet est une culture de l'instantané. Internet nous permet de savoir ce que font nos amis et le monde en ce moment, de connaître l'état des affaires, des marchés et de la météo, d'être au fait de l'opinion publique, des tendances et de la mode d'aujourd'hui[9] ». Aucune génération n'a jamais été aussi concentrée sur le présent que la jeunesse actuelle. Elle peut s'intéresser à des événements dans le monde entier parce qu'elle s'occupe exclusivement de ce qui se passe aujourd'hui et non de ce qui s'est passé hier. Mais avec ceci de paradoxal que, selon Gelernter, ce fait est source de ressemblance au lieu d'être source de diversité : « Peu à peu, l'attention du monde occidental est passée de l'espace étroit d'une famille ou d'une localité et de son histoire à une société plus large, à toute une nation, au monde entier. Le culte des stars, l'influence des sondages d'opinion, l'importance décroissante du savoir historique, l'uniformité des opinions et des conceptions des universitaires et des autres élites instruites : tout cela fait partie du même phénomène[10]. »

Internet ne nous rend donc pas plus intelligents que ne le font les autres médias. Il stimule plutôt une certaine forme d'intelligence, avec tous les risques et les effets secondaires que cela peut comporter. Il déforme notre conception du monde en faveur de l'instant présent. Cela ne fait probablement pas de nous des êtres plus différenciés. Le besoin des gens ordinaires de se confronter à des opinions nouvelles et divergentes est vraisemblablement resté au même niveau depuis longtemps. Et « par essence, l'Internet que nous connaissons aujourd'hui est une machine qui renforce nos préjugés. Plus le panel d'informations est large, plus nous pinaillons pour sélectionner ce qui nous conforte dans nos opinions, en ignorant tout le reste. La Toile nous garantit la satisfaction d'être informé des seules opinions que nous approuvons déjà et des faits (ou des faits supposés) que nous connaissons[11] ».

La passion des nouveaux médias commet sa deuxième erreur en évaluant de façon manifestement fausse la *dynamique économique* d'Internet. Si les partisans enthousiastes du nouveau monde médiatique de la Toile y voient plus de démocratie, c'est parce que toutes les personnes qui n'ont pas de visée commerciale peuvent y prendre la parole. Auparavant, la préoccupation principale des entrepreneurs des médias était la recherche de profit (à l'exception des antennes publiques), mais aujourd'hui la toile foisonne d'idéalistes purs et vertueux. De telles thèses n'éveillent qu'un sourire triste chez un autre pionnier d'Internet, l'Américain Jason Lanier, l'un des pères du web 2.0. Le créateur du concept de « réalité virtuelle » porte un regard nostalgique sur l'époque où lui-même nourrissait le même genre de rêves dans la Silicon Valley. Mais, aujourd'hui, il considère que ses visions ont été trahies et vendues : « Malheureusement, un seul produit pourra conserver sa valeur… Au bout de l'arc-en-ciel de la culture ouverte se trouve le printemps éternel de la *publicité*. La culture ouverte élève la publicité… pour la placer au centre de notre univers[12]. »

Lanier et ses compagnons n'ont pas détruit la publicité, « le pire des démons de la télévision commerciale ». Ils ressemblent plutôt au funeste professeur Abronsius du *Bal des vampires*, le film de Roman Polanski, qui finit par entraîner dans le monde le mal qu'il combattait avec tant d'ardeur. Pour Lanier, Internet est une machine commerciale formidable dont le rôle se réduit uniquement à transformer la culture en publicité. « La publicité a pris une importance absurde dans la nouvelle économie d'essaim et de ruche digitale, et il est encore plus absurde que l'on fasse si peu de cas de ce phénomène[13]. »

Après Lanier, il est difficile de faire un tableau plus noir des dégâts infligés à notre démocratie par la disparition des anciens médias. Au noyautage psychologique de la conscience par la publicité viennent s'ajouter des possibilités d'abus qui peuvent difficilement être plus subtiles et plus perfides. Il y a longtemps que des entreprises phagocytent les portails et les blogs pour construire des opinions et vanter des produits. Les centres d'intérêt et les habitudes de consommation sont de plus en plus soumis à un espionnage d'une ampleur jusqu'alors inconnue.

Donc, si l'on abandonne l'idée d'inventer un homme nouveau, pourquoi les dangers d'Internet devraient-ils être moindres que ceux des autres médias de masse ? La télévision privée a-t-elle vraiment apporté plus de liberté et de diversité, comme cela avait été juré au départ ? N'aurait-elle pas plutôt accentué l'absence de liberté, par le biais de la manipulation publicitaire et de l'abêtissement consenti ? Dans le joli monde d'Internet aussi, les sites pornographiques affichent des taux de fréquentation bien supérieurs à ceux de Wikipédia.

Dans les années 1990, quand Bill Clinton et son vice-président Al Gore ont commencé à promouvoir le développement d'Internet, Gore tout au moins n'était pas personnellement affranchi de tout intérêt commercial. Selon les indications de la chaîne américaine ABC, ce prophète d'une démocratie Internet nouvelle et plus démocratique, déjà lié à l'industrie de l'information high-tech avant son entrée en fonction, gagnerait aujourd'hui plus de cent millions d'euros par an avec une société d'informatique[14].

Mais, même sans faux pathos, l'idée demeure gênante : une démocratie plus démocratique se résume-t-elle au fait de pouvoir tchater de n'importe quoi avec n'importe qui et d'aller chercher les images et les informations comme on le désire ? C'est peut-être le cas dans des pays comme la Chine ou l'Iran. Mais dans les pays occidentaux, en revanche, le principe d'Internet est loin d'ajouter *fondamentalement* quelque chose à la démocratie. Il n'empêche pas l'existence d'un souverain postdémocratique tel que Silvio Berlusconi ; il ne solidarise pas les insatisfaits ; il ne met pas un terme au lobbyisme et ne crée pas de réelle participation.

Que faut-il donc faire pour que revive aujourd'hui l'ancien esprit du *Speakers' Corner* ? Comment faire pour que les médias de masse deviennent des laboratoires d'idées constructives avec un impact réel sur la communauté ? Comment mettre en place médiatiquement l'art de ne pas être égoïste ?

La réponse est semblable à celle que l'on a donnée pour l'économie et la politique. Il faut d'abord que la dynamique économique ait un adversaire qui soit un contre-pouvoir avec une optique de bien commun : mi-étatique, mi-engagement d'en bas. Cela nécessite un effort double. Si l'État se charge seul de cette tâche, la bonne volonté se mue en une « dictature éducatrice » plutôt douteuse ; et si cela provient seulement d'en bas, l'engagement demeure partiel.

Quant aux anciens médias, ils sont en train de vivre une crise majeure. Leurs bases économiques s'effondrent à différents niveaux, et les journaux sont de plus en plus nombreux à faire faillite, ainsi que les chaînes privées[15]. Les principes idéologiques sur la base desquels les journaux rassemblaient leurs lecteurs et les chaînes publiques leurs téléspectateurs ont aussi dû plier devant un nouvel arbitraire. La majorité des rédacteurs en chef, qu'ils soient issus de la presse écrite ou télévisée, professent aujourd'hui avec détermination la doctrine des « deux à la fois ». De nos jours, l'opportunisme semble être devenu le premier commandement des rédacteurs, et le journalisme vraiment courageux se fait rare. Comme le dit le journaliste Mathias Greffrath (né en 1945), les grands médias classiques ne jouent « presque plus le rôle de “quatrième pouvoir”. Du fait de la faiblesse d'organisation grandissante de l'État, ils ne concentrent plus les énergies politiques depuis longtemps, ils suivent plutôt la tendance vers la personnification des matadors d'une politique sans alternative, vers la représentation arbitraire de symptômes et la prestation de services d'informations. À cela vient s'ajouter un phénomène de plus en plus irritant d'année en année : les journalistes, en leur qualité de piliers intellectuels du “quatrième pouvoir”, sont atteints de l'indécision d'une classe moyenne – la leur – qui s'oppose, dans le meilleur des cas avec ambivalence, aux réformes radicales à venir parce qu'elles mettent en péril ses conditions de vie et ses privilèges[16] ».

Comment la télévision publique rassemble la « sphère publique », voilà qui a été démontré avec succès par l'expérience collective de la Coupe du monde de football, qui a coûté des centaines de millions. En revanche, cela peine à créer quelque chose qui favorise des perspectives durables de vie commune au-delà du caractère événementiel du phénomène. Au lieu de la réflexion commune réclamée avec insistance avec et pour la population, la chaîne publique programme un nombre croissant de talk-shows dont le mot d'ordre est « l'actualité du jour ». Voilà qui paralyse le changement structurel à venir de notre démocratie au lieu de le soutenir.

Pour sortir de cette situation critique, il faudrait que les chaînes – qui à l'avenir se seraient naturellement affranchies de toute publicité – se libèrent de l'étau de plus en plus serré de la politique. Cette rébellion devrait être menée par les intendants et par les rédacteurs en chef eux-mêmes, les « locomotives non licenciables des institutions. Avec la participation paritaire des journalistes dans des conseils audiovisuels indépendants, des écoles de journalisme renommées et à large résonance pour la première chaîne publique, des statuts de rédaction efficaces et des fréquences dignes de ce nom pour la radio nationale[17] ». Quant à savoir si les rédacteurs en chef arrivés à leur poste dans les circonstances actuelles sont prêts à faire cela, c'est une question qui reste en suspens – mais quelle est l'autre possibilité ? Une télévision publique qui court loin derrière les chaînes privées finit tôt ou tard par perdre toute garantie constitutionnelle.

Pour les nouveaux médias aussi, il s'agira bientôt de faire un grand écart très consciemment équilibré entre raison économique et raison sociale. Qui ne se charge pas de cette tâche deviendra le spectateur du morcellement d'Internet, à l'image du *Speakers'Corner* : la toile deviendra une scène de poseurs sans pertinence, de plus en plus bruyants et tapageurs, soutenus par des entreprises qui financent le spectacle à coups de publicité.

S'il est vrai que plus de liberté économique conduit inévitablement à de plus grandes privations de liberté, on peut parfaitement considérer les interventions dans le marché comme des mesures favorisant la liberté. Contrairement à ce que l'on souhaite souvent, la sphère publique et le sens commun n'arrivent pas tout seuls sur la toile. Mais, bien entendu, il est possible d'encourager leur apparition. Il est certain qu'« Internet ne créera jamais de nouvelle économie fondée sur le travail bénévole plutôt que sur le travail payé ; mais il pourrait contribuer à faire émerger la meilleure économie de tous les temps, au sein de laquelle les nouveaux marchés, comme un marché libre de l'éducation, changeraient la face du monde[18] ».

Aujourd'hui, Internet est déjà un excellent outil pour soutenir des campagnes, comme récemment celle de Joachim Gauck, le candidat à la présidentielle. Il est souvent bien plus utile pour diffuser les idées que les grands médias, trop frileux. Des plateformes comme *utopia.de* informent sur la consommation responsable et sur les rapports entre l'écologie et l'économie mondiale. Le portail *campact.de – Demokratie in Aktion* – organise des campagnes en ligne sur les sujets les plus sensibles d'aujourd'hui et de demain. Et, avec *glocalist.com*, on dispose d'un site d'information quotidienne sur l'éthique économique, le développement durable et la responsabilité sociale, primé à plusieurs reprises, qui ne se contente pas de diffuser des mauvaises nouvelles. Avec de tels moyens, les nouveaux médias sont probablement capables d'accompagner et de coorganiser l'évolution future vers une société citoyenne plus active et plus démocratique, mais ils ne constituent pas encore cette société citoyenne pour autant.

Dans l'histoire de l'humanité, la technique a servi à l'homme à survivre, et la culture à coexister. Aujourd'hui, cependant, la technique sert de plus en plus à coexister. Il y a de bonnes raisons de se demander si la culture assure la survie : la survie de nos valeurs, de notre sphère publique, de notre société. La technique ne résoudra pas ces questions d'elle-même en ne cessant de multiplier l'information. C'est seulement si nous continuons à arrimer les fils directeurs de notre culture au monde de la coexistence technique que le rôle de cette dernière sera bénéfique et qu'elle n'entraînera pas la fragmentation de notre société ni la destruction de notre sens commun.

Épilogue

Je me réjouis d'avoir parcouru ce long chemin avec vous, depuis la conception du bien de Platon, les origines biologiques de nos capacités morales, les mécanismes de gratification du cerveau, les idées d'Aristote sur l'autogratification, nos comportements d'essaim et de groupe et nos standards de comparaison, jusqu'aux problèmes moraux des sociétés occidentales actuelles.

Une chose me semble être commune à tout cela : dans leur vie sociale, les hommes sont en quête de reconnaissance. Et ils sont capables de se faire du bien en faisant du bien aux autres. Le fait de savoir s'ils en font usage, et comment, est davantage une question qui relève de l'environnement qui les influence et par lequel ils se laissent influencer, qu'une question de grands principes. Rappelons-nous ce que disait Edward Westermarck : « La société est la matrice de la conscience morale. »

Pour citer librement Aristote, une bonne société est une société qui offre au maximum de personnes le maximum de chances de reconnaissance sans pour autant nuire aux autres. Beaucoup de problèmes n'ont néanmoins pas été abordés dans ce livre : la question d'une justice globale de répartition, la question de la santé, de la protection de l'environnement et des animaux, et surtout les questions de l'éducation et de l'instruction. Elles constituent la matière de considérations qui nous conduiraient plus loin encore.

Mes réflexions sur l'économie et la politique sont essentiellement des *propositions*, avec leurs forces et leurs faiblesses, sur le terrain miné des structures et des systèmes existants. Aucune d'elles ne peut être partagée si l'on doute de cette idée fondamentale : nous avons besoin de plus de responsabilité d'en *haut* et d'en *bas*. Je ne souhaite pas de démocratie fondamentalement différente, il nous faut seulement améliorer celle que nous avons aujourd'hui pour ne pas devoir être les spectateurs du travail de sape qu'elle est en train de faire sur ses propres fondements. Pour cela, nous avons besoin d'un renouveau des vertus citoyennes. Nous devons réapprendre à endosser plus de responsabilité individuelle et créer un « patriotisme social » que beaucoup d'entre nous ont perdu.

Certains risquent de trouver cette vision trop irréaliste, voire naïve. Dans certaines couches de notre société, un tel changement est imaginable et même déjà en cours, mais dans d'autres, en revanche, il est encore difficilement imaginable à long terme. Mais mon plaidoyer n'est pas l'expression d'un idéalisme erroné, qui ne verrait pas la situation des villes satellites et des ghettos en marge de notre société. Il est plutôt le fruit d'*une* question et d'une réflexion : que se passera-t-il si rien ne se passe, si ceux qui en ont les capacités aujourd'hui ne prennent pas les choses en main ?

Revenons un instant à l'escalier de Schopenhauer. Lorsqu'un problème social apparaît, on commence par s'en moquer, puis par le combattre, et on finit par le considérer comme évident. Les problèmes moraux de notre société eux aussi passent par cet escalier. Mais, au bout du compte, qu'est-ce qui va devenir évident ? Le « je-m'en-foutisme », l'indifférence avec laquelle nous accueillons les dérives de l'évolution sociale et écologique, tout en dilapidant et en détruisant l'héritage de nos enfants ? Ou bien le sentiment de responsabilité selon lequel nous tous (et pas seulement les autres, les hommes politiques, etc.) avons le devoir de rendre cette société meilleure que ce qu'elle est, que ce qu'elle va devenir sans notre aide ?

Il y a longtemps déjà, au milieu du XIXe siècle, le physicien et philosophe Gustav Theodor Fechner fit la distinction entre la perspective du jour et celle de la nuit. La première rendait la vie lumineuse et optimiste, la seconde sombre et pessimiste. La lumière matinale jette une première lueur sur les façades pastel des maisons devant ma fenêtre. Optons pour la perspective du jour.

Notes

Introduction

1. Josef Kirschner : *L'Art d'être égoïste*, Leduc, 2009.

2. *The Letters of David Hume*, en 2 vol., sous la direction de J.Y.T. Greig, Oxford University Press, 1931/1932, ici vol. 1, p. 32.

3. Edward O. Wilson : *Sociobiology. The New Synthesis* (1975), 25th Anniversary Edition, Belknap-Press of Harvard University Press, 2000, p. 562.

4. Matt Ridley : *Die Biologie der Tugend. Warum es sich lohnt, gut zu sein,* Ullstein, 1999, p. 340.

Le bien et le mal

Le talk-show de Platon
Qu'est-ce que le bien ?

1. Sur la biographie de Platon, cf. Michael Erler : *Platon*, Éd. Beck, 2006, pp. 15-26.

2. Voir à ce sujet Ursula Wolf : *Die Suche nach dem guten Leben. Platons Frühdialoge*, Rowohlt, 1996.

3. Platon discute de la concurrence entre plaisir et raison dans cinq textes : *Protagoras*, *Gorgias*, *Phédon*, *La République* et *Philebe*. C'est dans l'écrit tardif *Philebe* que le plaisir s'en

sort le mieux, comparé aux autres textes. Le plaisir et la raison n'apparaissent plus ici antagonistes mais comme les compléments indispensables d'une vie réussie – même si la part de plaisir physique reste floue dans cette conception de la vie

4. Platon : *Sämtliche Werke* (« œuvres complètes ») *3, Phaidon*, *Politeia*, Rowohlt, 1958, pp. 67-310.

5. *Ibid.*, Livre VI, chap. 19 (508a-509b).

6. *Ibid.*, Livre VI, chap. 8 (506d-e).

7. Sur la controverse à propos de « l'enseignement non écrit », voir Rafael Ferber : *Die Unwissenheit des Philosophen oder Warum hat Plato die « ungeschriebene » Lehre nicht geschrieben ?* Academia-Richang, 1991 ; Konrad Gaiser : *Platons ungeschriebene Lehre*, Klett-Cotta Verlag, 1998.

8. Platon : *Sämtliche Werke* (« œuvres complètes ») *4, Phaidros*, *Parmenides*, *Thaeietos*, *Sophistes*, Rowohlt, 1958, p. 25 (246a-247a).

Rivaux de la vertu
Le bien contre le bien

1. Platon, *Sämtliche Werke* (« œuvres complètes ») *2*, Rowohlt, 1958, pp. 111-126, ici p. 57 (292e).

2. Isaiah Berlin : *Freiheit. Vier Versuche*, Fischer Taschenbuch Verlag, 2006, p. 251.

3. *Cf.* Peter Singer : *Praktische Ethik*, 2e éd., Reclam, 1994, pp. 283-284.

4. Sur l'influence tardive de Platon à Athènes et sur l'environnement de l'Académie, voir Konrad Gaiser : *Philodems Academia*, Frommann-Holzboog, 1988.

5. Albert Einstein : *Comment je vois le monde* (1934), Flammarion, Paris, 1934/1989, collection Champs.

6. Cf. à ce sujet Gilbert Ryle : *Der Begriff des Geistes*, Reclam, 1986.

Loup parmi les loups
Ce qu'on appelle le « mal »

1. Sur la vie et l'œuvre de Thomas Hobbes, cf. Herfried Münkler : *Thomas Hobbes*, Campus, 2001 ; Wolfgang Kersting : *Thomas Hobbes zur Einführung*, Junius, 2002 ; Otfried Höffe : *Thomas Hobbes*, C.H. Beck, 2010.

2. Cité d'après Iring Fetscher (éd.) : Thomas Hobbes, *Leviathan*, Berlin, 1966, Introduction p. XI.

3. Cf. à ce sujet le chapitre 13 du *Leviathan* : « De ce fait, aussi longtemps que deux personnes désirent la même chose qu'ils ne peuvent se partager, l'un va devenir l'ennemi de l'autre et, pour atteindre le but qui est toujours lié à la survie, toutes deux vont s'efforcer soit de soumettre l'autre soit de le tuer. » (Thomas Hobbes, *Leviathan*).

4. Thomas Henry Huxley : *De la place de l'homme dans la nature*, J.P. Baillière et Fils, Paris, 1868.

5. William Winwood Reade : *Savage Africa : Being the Narrative of a Tour in Equatorial, South Western, and North Western Africa ; With Notes on the Habits of the Gorilla*…, Smith, Elder & Co, 1863.

6. Thomas Henry Huxley : *Evolution and Ethics and Other Essays* (1894), Princeton University Press, 1989.

7. Leonard Huxley : *The Life and Letters of Thomas Henry Huxley*, 2 vol., Macmillan, 1900, 2e vol. p. 285.

8. Cf. à ce sujet la biographie de référence d'Adrian Desmond : *Huxley*, vol. 1 : *The Devil's Disciple*, et vol. 2 : *Evolution's High Priest* ; Joseph, 1994 et 1997. Sur la maladie mentale de Huxley, voir vol. 2.

9. Cité d'après Peter Singer : « *Moral, Vernunft und die Tierrechte* », dans Frans de Waal : *Primaten und Philosphen*, Hanser, 2008, p. 160 (*Primates et philosophes*, Le Pommier, Paris, 2008).

10. Charles Darwin : *La Descendance de l'homme et la sélection sexuelle*, traduction de J.-J. Moulinier, 1872, disponible sur Gallica.

11. Frans de Waal : *Primates et philosophes*, Le Pommier, Paris, 2008.

12. Cf. Konrad Lorenz : *L'Envers du miroir : Une histoire naturelle de la connaissance,* Flammarion, Paris, 1975.

13. Konrad Lorenz : *L'Agression, une histoire naturelle du mal,* Flammarion, Paris, 1977.

14. Michael Ghiselin : *The Economy of Nature and the Evolution of Sex,* University of California Press, 1974, p. 247.

15. Jane Goodall : *Wilde Schimpansen. Verhaltensforschung am Gombe-Strom* (1971), Rowohlt Taschenbuch, 1994.

Le prince, l'anarchiste, le naturaliste et son héritage
Comment nous coopérons les uns avec les autres

1. Piotr Kropotkine : *Mémoires d'un révolutionnaire*, Scala, 1989. Ré-édité chez Nemo en 2008.

2. *Ibid.*

3. Julius Hermann von Kirchmann : *Ueber den Communismus der Natur. Ein Vortrag gehalten in dem Berliner Arbeiter-Verein im Februar 1866*, 2e éd., L. Heimann's Verlag, 1872.

4. Piotr Kropotkine : *L'Entraide : Un facteur de l'évolution*, Alfred Costes, 1938. Réédité aux éditions Écosociété en 2010.

5. Thomas Henry Huxley : *Nineteenth Century* (1888), p. 165.

6. C'est la raison qui permet à Kropotkine de déduire que ce n'est pas la nourriture qui arriva avant la morale mais

inversement. Avant toute chasse menée en commun, il y a intervention de la morale : la coopération. Cf. : *Die Eroberung des Brotes* (1892), Anares, 1989. Sur la pertinence de Kropotkine en matière de nourriture au niveau mondial actuellement, voir l'analyse de Hans Werner Ingensiep et Marc Meinhardt : « *Food Ethics in a Globalized World – Reality and Utopia* », *in* dies. Et Franz-Theo Gottwald (éd.) : *Food Ethics*, Springer, 2010.

7. Kropotkine (1904), p. 119.

8. Kropotkine (1904), p. 307.

9. Wolfgang Köhler : *Intelligenzprüfungen an Anthropoiden* (1917), 2e éd., Springer, 1921 ; du même auteur : *Aus der Anthropoidenstation in Teneriffa. Zur Psychologie der Schimpansen. Sitzungsbericht der preussischen Akademie,* Akademie der Wiswsenschaften, 1921.

L'évolution de l'intention
Pourquoi nous nous comprenons

1. Sur le Cercle de Vienne, voir Hans Jörg Dahms : *Philosophie, Wissenschaft, Aufklärung : Beiträge zur Geschichte und Wirkung des Wiener Kreises,* De Gruyter, 1985 ; Friedrich Stadler : *Studien zum Wiener Kreis. Ursprung, Entwicklung und Wirkung des Logischen Empirismus im Kontext,* Suhrkamp, 1997 ; Michael Stöltzner et Thomas Uebel : *Wiener Kreis : Texte zur wissenschaftlichen Weltauffassung von Rudolf Carnap, Otto Neurath, Moritz Schlick, Philipp Frank, Hans Hahn, Karl Menger, Edgar Zilsel und Gustav Bergmann,* Meiner, 2009.

2. Les écrits les plus importants de Paul Grice sont : *Meaning*, dans *Philosophical Review*, 64, pp. 377-388, 1957 ; « *Logic and conversation* », *in* : P. Cole et J.L. Morgan (éd.) : *Syntax and Semantics*, vol. 3, Speech Acts, Academic Press, 1975.

3. Sur la signification de la compréhension du contexte, voir aussi : Erving Goffman : *Forms of Talk*, University of Pennsylvania Press, 1981 ; John J. Gumperz : *Discourse Strategies. Studies in Interactional Sociolinguistics 1,* Cambridge University Press, 1982 ; Stephen C. Levinson : *Pragmatics,* Cambridge University Press, 1983 ; Hans Joas : *Die Kreativität des Handelns,* Suhrkamp, 1992 ; Alessandro Duranti et Charles Goodwin (éd.), *Rethinking Context,* Cambridge University Press, 1992.

4. Cf. Michael Tomasello : *Die kulturelle Entwicklung des menschlichen Denkens : Zur Evolution der Kognition,* Suhrkamp, 2006 ; du même auteur : *Die Ursprünge der menschlichen Kommunikation,* Suhrkamp, 2009.

5. Michael Tomasello : *Die Ursprünge der menschlichen Kommunikation,* Suhrkamp, 2009, p. 16.

6. Harry J. Jerison : *Evolution of the Brain and Intelligence*, New York Academic Press, 1973 ; cf. aussi du même auteur : *Palaeoneurology and the Evolution of the Mind*, Scientific American, 1976 ; du même auteur et d'Irene Jerison : *Intelligence and Evolutionary Biology*, Springer, 1988.

7. Terrence Deacon : *The Symbolic Species, The Coevolution of Language and the Brain,* Norton & Co, 1997.

8. Philip Lieberman et P. Crelin : « *On the Speech of the Neandertal Man* », dans *Linguistic Inquiry* 2, 1971, pp. 203-222 ; Philip Lieberman : *On the Origins of Language,* Macmillan, 1975.

9. Cf. W. T. Fitch : « *Comparative Vocal Production and the Evolution of Speech : Reinterpreting the Descent of the Larynx* », dans A. Wray (éd.) : *The Transition to Language,* Oxford University Press, 2002 ; A. M. MacLarnon et G. P. Hewitt : « *The Evolution of Human Speech : The Role of Enhanced Breathing Control* », dans *American Journal of Physical Anthropology*, 109, 1999, pp. 341-361 ;

Ruth Berger : *Warum der Mensch spricht. Eine Naturgeschichte der Sprache,* Eichborn, 2008.

10. Cf. Noam Chomsky : *Le Langage et la Pensée*, rééd. Payot/Rivages, coll. Petite Bibliothèque Payot, 2001. Cf. d'un point de vue de la pyschologie de l'évolution la critique de Stanley I. Greenspan et Stuart G. Shanker : *Der erste Gedanke. Frühkindliche Kommunikation und die Evolution menschlichen Denkens,* Beltz, 2007.

L'animal qui sait pleurer
Nature de la psychologie

1. À la différence de ce que l'on croit généralement, les lemmings qui se jettent dans la mer par milliers ne le font pas pour se suicider. Ces animaux prennent ce risque pour aller chercher de nouvelles sources de nourriture.

2. Martha Nussbaum : « *Menschliches Tun und soziale Gerechtigkeit. Zur Verteidigung des aristotelischen Essentialismus* », dans Holmer Steinfath (éd.) : *Was ist ein gutes Leben ? Philosophische Reflexionen,* Suhrkamp, 1998, p. 208.

3. Jane Goodall : *Wilde Schimpansen. Verhaltensforschung am Gombe-Strom,* Rowohlt, 1994, p. 41.

4. Une vue d'ensemble sur la recherche de la coopération parmi les primates nous est donnée par Joan B. Silk : « *The Evolution of Cooperation in Primate Groups* », dans Herbert Gintis, Samuel Bowles, Robert Boyd et Ernst Fehr (éd.) : *Moral Sentiments and Material Interests. The Foundations of Cooperation in Economic Life,* MIT Press, 2005, pp. 43-73.

5. Il est étonnant de voir comment l'observation de l'évolution psychologique de l'homme a été longtemps dominée par une sorte de sociobiologie technicienne. De toute évidence,

c'est le rapide développement des progrès techniques au cours de la première moitié du XXe siècle qui a promu cette vision partiale. Exemples de ce technicisme chez Leslie White : *The Evolution of Culture : The Development of Civilization to the Fall of Rome,* McGraw-Hill, 1959, qui constate de façon partiale : « Les systèmes sociaux sont déterminés par des systèmes techniques. » En conséquence, le progrès d'une société serait calé sur sa consommation d'énergie (!). Gerhard Lenski va dans le même sens dans ses ouvrages : *Power and Privilege. A Theory of Social Stratification,* McGraw-Hill, 1966 et : *Human Societies : A Macrolevel Introduction to Sociology,* McGraw-Hill, 1970. Même Lenski subordonne tous les développements culturels au progrès technique.

6. Robert Trivers : *The Evolution of Reciprocal Altruism,* dans *Quarterly Review of Biology*, 46, 1971, pp. 35-57.

7. Sur la controverse à propos de l'épouillage, cf. Robin Dunbar : *Primate Social Systems,* Croom Helm, 1988 ; du même auteur : *The Functional Significance of Social Grooming in Primates,* dans *Folia Primatologica*, vol. 57, 1991, pp. 121-131.

8. Cf. Ronald Clark : *JBS : The Life and Work of J.B.S. Haldane,* Hodder and Stoughton, 1968.

9. Sur la théorie de l'aptitude globale, voir : William Donald Hamilton : « *The Moulding of Senescence by Natural Selection* », dans *Journal of Theoretical Biology*, 12, 1966, pp. 12-45 ; du même auteur : « *Selfish and Spiteful behaviour in an Evolutionary Model* », dans *Nature*, 228, 1970, pp. 1218-1220 ; « *The Geometry of the Selfish Herd* », dans *Journal of Theoretical Biology*, 31, 1971, pp. 295-311 ; « *Altruism and Related Phenomena, Mainly in Social Insects* », dans *Annual Review of Ecology and Systematics*, 3, 1972, pp. 193-232 ; *Narrow Roads in Gene Land,* vol. 1 et 2, Oxford University Press, 1996 et 2002.

10. Cf. Joan Silk : *The Evolution of Cooperation,* p. 41.

11. Cf. à ce sujet Jane Goodall : *The Chimpanzees of Gombe. Patterns of Behavior,* Belknap Press, 1986.

12. J. Burkart, E. Fehr, C. Efferson et C.P. Van Schaik : « *Other-regarding Preferences in a Nonhuman Primate : Common Marmosets Provision Food Altruistically* », dans *PNAS*, 104 (50), 2007. Van Schaik va jusqu'à admettre un sens génétique de l'attention chez les humains. L'altruisme serait donc une sorte de prolongement des instincts de couvée. Dire que nos ancêtres élevaient ensemble les enfants selon un principe de la division du travail reste quand même une pure spéculation. Nos plus proches parents, les grands singes, ne présentent pas de comportement unitaire dans ce domaine. On pourrait aussi se demander pourquoi l'instinct de couvée a été aussi fluctuant chez les hommes au cours de l'histoire culturelle. Pendant des siècles, les hommes ne se sont pas du tout occupés d'élever les enfants. Alors que maintenant on voit cet instinct se développer à une vitesse fulgurante chez les hommes, dans les grandes villes. Lequel des deux comportements est « typique de l'espèce » ?

13. I. S. Bernstein : *The Correlation Between Kinship and Behaviour in Non-Human Primates*, dans P. G. Hepper : *Kin Recognition,* Cambridge University Press, 1991, pp. 6-29.

14. C. Boesch, C. Bolé, N. Eckhardt, H. Boesch : « *Altruism in Forest Chimpanzees : The Case of Adoption* », dans *PLoS ONE*, 26 janvier 2010 ; http://dx.plos.org/10.1371/journal.pone.0008901.

15. Martin Seel : *Theorien,* Fischer, 2009, p. 63.

16. Peter J. Richerson et Robert Boyd : *Not by Genes Alone. How Culture Transformed Human Evolution,* University of Chicago Press, 2006.

17. Barbara McClintock : « *The Origin and Behavior of Mutable Loci in Maize* », dans *Proceedings of the*

National Academy of Science, 36, 1950. Sur la réception de McClintock en biologie, cf. Nathaniel C. Comfort : « *The Real Point is Control : The Reception of Barbara McClintock's Controlling Elements* », dans *Journal of the History of Biology*, 32, 1999, pp. 133-162.

18. Eric Kandel : « *Genes, Nerve Cells, and the Remembrance of Things Past* », dans *Journal of Neuropsychiatry and Clinical Neuroscience*, 1, 1989, pp. 103-125.

19. Christian Schwägerl donne un bon aperçu de l'état de la recherche et de la discussion sur l'épigénétique dans *Ein Dogma fällt*, dans *GEO*, avril 2007, pp. 152-166.

20. Dans cette situation, Richard Dawkins a inventé dès 1976 un semblant de solution. Comme il était impossible de nier l'influence de la culture sur l'évolution de l'être humain, il a inventé ce qu'il a appelé des « mèmes ». Pour Dawkins, les mèmes sont nos idées et nos performances culturelles. Le fin du fin, c'est qu'au cours de l'évolution ils se copient, se multiplient et continuent donc à vivre *exactement de la même façon* que nos gènes. Pour de nombreux biologistes, mais aussi pour de nombreux profanes, le problème était ainsi réglé. Or, en fait ce concept de mème ne fait qu'embrumer la différence décisive entre évolution biologique et culturelle. Nos idées ne sont pas des entités biologiques bien définies comme les gènes. Conformément à la nature de notre langue, nous pensons toujours de façon imprécise. Nous formulons des moitiés d'idée, des pensées ambiguës, incompréhensibles et floues. Les idées ne sont pas non plus simplement copiées et, le cas échéant, corrigées ; elles sont interprétées, atténuées, accentuées, etc. Seuls les individus intellectuellement limités prennent chaque idée à la lettre. Dire donc que les hommes transmettent leur savoir comme leurs gènes est une jolie idée, mais sans la moindre valeur scientifique.

21. Cf. *ibid.*, pp. 102-132.

22. Birute M. F. Galdikas : *Meine Orang-Utans. Zwanzig Jahre unter den scheuen « Waldmenschen » im Dschungel Borneos,* Scherz, 1995.

23. Cf. l'interview de Frans de Waal avec Manuela Lenzen : « *Der Engel im Affen. Frans de Waal findet Bausteine der Moral auch bei unseren Verwandten* », dans *Die Zeit* (52), 17 décembre 2003.

Les cris des capucins
Le sens de la justice est-il inné ?

1. Cf. Frans de Waal : *La Politique du chimpanzé,* Le Rocher, Paris, 1987 ; du même auteur : *Peacemaking among Primates,* Harvard University Press, 1989.

2. S. F. Brosnan et Frans de Waal : « *Monkeys Reject Unequal Pay* », dans *Nature*, 425, 2003, pp. 297-299.

3. Frans de Waal : *Primates et philosophes*, Le Pommier, Paris, 2008.

4. *Ibid.*, p. 68.

5. Frans de Waal, *Die Zeit* (52), 17 décembre 2003.

6. John Stuart Mill : *Der Utilitarismus,* Reclam, 1976, p. 83.

7. Dominique de Quervain, Urs Fischbacher, Valerie Treyer, Melanie Schellhammer, Armin Schnyder, Alfred Buck et Ernst Fehr : « *The Neural Basis of Altruistic Punishment* », dans *Science*, 305, 2004, pp. 1254-1258.

8. À propos du jeu de l'ultimatum, voir Werner Güth, Rolf Schmittberger et Bernd Schwarze : « *An Experimental Analysis of Ultimatum Bargaining* », *Journal of Economic Behavior and Organization*, 3-4 décembre 1982, pp. 367-388. Sur les recherches récentes d'Ernst Fehr à l'aide du jeu de l'ultimatum : Karl Siegmund, Ernst Fehr,

Martin A. Nowak : « *Teilen und Helfen / Ursprünge sozialen Verhaltens* », dans *Spektrum der Wissenschaft*, dossier, cahier mai 2006, p. 55 ; Ernst Fehr et Klaus M. Schmidt : « *A Theory of Fairness, Competition, and Cooperation* », dans *Quaterly Journal of Economics*, 114, 1999, pp. 817-868 ; Ernst Fehr, Simon Gächter, Georg Kirchsteiner : « *Reciprocity as a Contract Enforcement Device : Experimental Evidence* », dans *Econometrica*, 65, 1997, pp. 833-860.

9. Ce résultat est néanmoins surtout valable pour les étudiants des universités européennes et nord-américaines. Dans une étude plus vaste, Joseph Henrich, Robert Boyd, Samuel Bowles, Colin Camerer, Ernst Fehr et Herbert Gintis se penchèrent sur les comportements dans quinze cultures différentes. L'offre que le premier joueur faisait au second variait selon les cultures de 26 % de la somme (une culture d'Amérique du Sud) à 58 % (une culture en Asie). Cf. *Foundations of Human Sociality : Economic Experiments and Ethnographic Evidence from Fifteen Small-Scale-Societies,* Oxford University Press, 2004. L'importance de cette étude de grande ampleur est toutefois contestée. Dans une perspective ethnologique, on peut objecter à juste titre que les indigènes interrogés cherchaient plus à répondre aux attentes des scientifiques qu'à montrer leur propre conception de la justice. En outre, l'importance de l'argent est différente suivant les cultures, et les comportements de jeu varient aussi. Tirer de ce jeu de l'ultimatum des conclusions sur les préférences effectives de justice chez les peuples indigènes et donc assez délicat et sans grande valeur scientifique

10. Sur le jeu du dictateur, cf. R. Forsythe, J. Horowitz, N. E. Savin et M. Sefton : « *Fairness in Simple Bargaining Experiments* », dans *Games and Economic Behavior*, 6, 1994, pp. 347-369.

Sentiment contre raison
Qui prend nos décisions ?

1. David Hume : *Enquête sur l'entendement humain*, traduction de Philippe Folliot (2002). http://philotra.pagesperso-orange.fr/enquet.htm.

2. David Hume : « *My Own Life* », dans (du même auteur) *The Philosophical Works*, 2e éd., 1882, Neudruck Scientia, 1964, 3 vol., p. 1. Sur la vie et l'œuvre de Hume, cf. Gerhard Streminger : *Hume,* Rowohlt, 1986 ; Jens Kulenkampff : *David Hume,* Beck, 2003 ; Heiner F. Klemme : *David Hume zur Einführung,* Junius, 2007.

3. La critique est parue de façon anonyme dans *The History of the Works of the Learned*, 1739 (novembre : pp. 353-390 ; décembre : pp. 391-404).

4. Cf. à ce sujet et sur la suite : Gerhard Streminger : *Hume,* Rowohlt, 1986.

5. David Hume : *Mein Leben*, dans (du même auteur) : *Eine Untersuchung über den menschlichen Verstand,* p. LVIII.

6. Immanuel Kant : *Réflexions sur l'anthropologie*, Librairie philosophique de Ladrange, Paris. Cf. aussi *Les Prolégomènes*, préface IV : « Je l'avoue franchement : ce fut justement le souvenir de David Hume qui, il y a de longues années, troubla le premier mon sommeil dogmatique et donna à mes recherches sur le terrain de la philosophie spéculative une tout autre direction. J'étais loin d'accepter ses conclusions, qui ne provenaient que d'une étude incomplète du problème et n'avaient rapport qu'à une partie de ce problème : or, on ne peut arriver à aucune solution si l'on ne tient pas compte de l'ensemble. Quand on part d'une pensée exacte encore qu'incomplète, léguée par un autre, on peut bien espérer, à force de réflexions, s'avancer plus

loin que l'homme perspicace, à qui l'on a dû la première étincelle de cette lumière. »

7. Cf. Francis Hutcheson : *Eine Untersuchung über den Ursprung unsere Ideen von Schönheit und Tugend : Über moralisch Gutes und Schlechtes* (1725), Meiner, 1986 ; Adam Smith : *Theorie der ethischen Gefühle* (1759), Meiner, 2010.

8. Gerd Gigerenzer : *Le Génie de l'intuition : Intelligence et pouvoirs de l'inconscient*, Belfond, Paris, 2007 ; Marc Hauser : *Moral Minds. How Nature Designed our Universal Sense of Right and Wrong,* Abacus, 2008.

9. Jonathan Haidt : « *The Emotionnal Dog and its Rational Tail : A Social Intuitionist Approach to Moral Judgement* », dans *Psychological Review*, 108 (4), 2001, pp. 814-834 ; cf. aussi du même auteur : « *The New Synthesis in Moral Psychology* », dans *Science*, 316, 2007, pp. 998-1002.

10. Jonathan Haidt, S. Koller et M. Dias : « *Affect, Culture, and Morality, or is it Wrong to Eat Your Dog ?* », dans *Journal of Personal and Social Psychology*, 65, 1993, pp. 613-628.

11. Sur l'accident et la vie de Phineas Gage, cf. Malcolm MacMillan : *An Odd Kind of Fame : Stories of Phineas Gage,* MIT Press, 2000 ; John Fleischmann : *Phineas Gage : a Gruesome But True Story about Brain Science,* Mifflin, 2004. Sur l'étude du cerveau de Phineas Gage, cf. Antonio Damasio : *Descartes' Irrtum. Fühlen, Denken und das menschliche Gehirn,* List Taschenbuch, 2004.

12. Joshua Greene : *The Terrible, Horrible, No Good, Very Bad Truth About Morality and What to Do About It,* Department of Philosophy, Princeton University Press, 2002.

13. A. S. Shenhav et Joshua Greene : *Utilitarian Calculations, Emotional Assessments, and Integrative Moral*

Judgments : Dissociating Neural Systems Underlying Moral Judgment (non publié) ; Joshua Greene, K. Lowenberg, L. E. Nystrom, J. D. Cohen : *Neural Dissociation Between Affective and Cognitive Moral Disapproval* (non publié).

14. Christine Korsgaard, dans Herlinde Pauer-Studer (éd.) : *Konstruktionen praktischer Vernunft,* Francfort-sur-le-Main, 2000, p. 65.

Nature et culture
Comment nous apprenons la morale

1. Kiley Hamlin, Karen Wynn & Paul Bloom : « *Social Evaluation by Preverbal Infants* », dans *Nature*, 450, 2007, pp. 557-559.

2. Martin L. Hoffman : *Empathy and Moral Development : Implications for Caring and Justice,* Cambridge University Press, New York, 2000.

3. Cf. Jean Piaget : *Le Jugement moral chez l'enfant*, Bibliothèque philosophie contemporaine, Paris, PUF (1re éd. : PUF, 1932), et *Le Langage et la pensée chez l'enfant*, Delachaux et Niestlé, Paris, 1923 ; Lawrence Kohlberg : *Zur kognitiven Entwicklung des Kindes* (1969), Suhrkamp, 1974 ; du même auteur : *Zur Psychologie der Moralentwicklung,* Suhrkamp, 1995 ; Robert L. Selman : *Zur Entwicklung des sozialen Verstehens. Entwicklungspsychologische und klinische Untersuchungen,* Suhrkamp, 1984.

4. Sur l'empathie des enfants de dix-huit mois, voir aussi l'étude de Felix Warneken et Michael Tomasello : « *Altruistic Helping in Human Infants and Young Chimpanzees* », dans *Science*, 311, 2006, pp. 1301-1303. Ces scientifiques ont observé comment les petits enfants cherchaient à aider des adultes qui n'arrivaient pas à ouvrir une porte

de placard. De toute évidence, ils reconnaissaient l'intention et se montraient spontanément prêts à aider sans qu'on le leur demande. En revanche, si les adultes montraient qu'ils pouvaient ouvrir la porte eux-mêmes, les enfants renonçaient à les aider.

5. Dale F. Hay et S. Pawlby : « *Prosocial Development in Relation to Children's and Mother's Psychological Problems* », dans *Child Development,* 74, 2003, pp. 1314-1327 ; Dale F. Hay, S. Pawlby, A. Angold, G. T. Harold, D. Sharp : « *Pathways to Violence in the Children of Depressed Mothers* », dans *Developmental Psychology*, 39, 2003, pp. 1083-1094 ; D. F. Hay, A. J. Payne, A. J. Chadwick : « *Peer Relations in Childhood* », dans *Journal of Child Psychology and Psychiatry*, 45, 2004, pp. 84-108. Cf. aussi Doris Bischof-Köhler : *Spiegelbild und Empathie,* Huber, 1989 ; Ervin Staub : *Entwicklung prosozialen Verhaltens,* Urban & Schwarzenberg, 1982 ; Reinhard Tausch et Annemarie Tausch : *Erziehungspsychologie. Begegnung von Person zu Person,* Hogrefe, 1991 ; Jutta Kienbaum : *Entwicklungsbedingungen prosozialer Responsivität in der Kindheit,* Pabst Science Publishers, 2003.

6. Sur la biographie d'Ernst Fehr, cf. *Was ist gerecht ?* Ernst Fehr abordant le problème de notre besoin inné de justice, les enfants uniques non égoïstes et la question de savoir quelle part d'injustice une société est capable de supporter. Un entretien avec Stefan Klein, dans *Die Zeit*, 31, ZEITmagazin, 23 juillet 2009.

7. Ernst Fehr, Bettina Rockenbach, Helen Bernhard : « *Egalitarianism in Young Children* », dans *Nature*, 454, 2008, pp. 1079.

8. Ming Hsu : « *The Right and the Good : Distributive Justice and Neural Encoding of Equity and Efficiency* », dans *Science Express*, 8 mai 2008.

9. Sur le jeu de la confiance, cf. Ernst Fehr et Simon Gächter : « *Altruistic Punishment in Humans* », dans *Nature*, 415, 2002, pp. 137-140.

10. Daria Knoch, A. Pascual-Leone, K. Meyer, V. Treyer, Ernst Fehr : « *Diminishing Reciprocal Fairness by Disrupting the Right Prefrontal Cortex,* », dans *Science*, 314, 2006, pp. 829-832 ; cf. aussi : Daria Knoch, Fréderic Schneider, Daniel Schunk, Martin Hohmann, Ernst Fehr : « *Disrupting the Prefrontal Cortex Diminishes the Human Ability to Build a Good Reputation* », dans *Proceedings of the National Academy of Sciences of the USA*, 2010, doi : 10.1073/pnas.0911619106.

11. Michael Kosfeld, Markus Heinrichs, Paul J. Zak, Urs Fischbacher et Ernst Fehr : « *Oxytocin Increases Trust in Humans* », dans *Nature*, 435, 2005, pp. 673-676.

12. Jay N. Giedd et autres : « *Brain Development During Chilhood and Adolescense : A Longitudinal MRI Study* », dans *Nature Neuroscience*, 2/10, 1999, pp. 861-863 : C'est la myéline, dans le cerveau, qui est responsable de la brusque poussée de croissance et c'est elle qui forme la substance blanche. La myéline est une sorte de superconducteur. Si les axones, ces prolongations des cellules nerveuses qui ressemblent à des filaments, se retrouvent gainés de myéline, cela multiplie par trente la vitesse de diffusion des informations et des signaux. Entre dix et vingt ans, le nombre des axones ainsi gainés est doublé. C'est en soi une bonne nouvelle – mais ces connexions gainées ont aussi un inconvénient. Plus les axones sont solidement gainés, plus ils deviennent forts. Une fois établies, les connexions sont moins flexibles. Pour de nombreux neurologues, c'est la raison pour laquelle les petits enfants apprennent mieux et de façon plus intuitive les langues vivantes que les enfants qui ont dépassé l'âge de dix ans. Ce qui peut servir d'un côté peut nuire

de l'autre. Mais on admet en général que l'épaisseur du gainage est un bon point de départ pour mesurer l'intelligence humaine. Plus l'épaisseur de la couche de myéline est importante, plus le cerveau travaille vite – mais, comme nous l'avons dit, au détriment de la flexibilité. C'est peut-être ce qui explique que les élèves qui répondent le plus vite et le mieux aux exigences de leurs professeurs ne sont pas forcément les plus créatifs.

13. Robert McGivern, Julie Andersen, Desiree Byrd, Kandis L. Mutter, Judy Reilly : « *Cognitive Efficiency on a Match to Dample Task Decreases at the Onset of Puberty in Children* », dans *Brain Cognition*, 50 (1), 2002, pp. 73-89.

14. Yasuko Minoura : « *A Sensitive Period for the Incorporation of a Cultural Meaning System : A Study of Japanese Children Growing up in the United States* », dans *Ethos*, 20, 1992, pp. 304-339.

Jeu d'échecs social

Quelle part d'égoïsme y a-t-il dans l'homme ?

1. Richard Alexander : *The Biology of Moral Systems,* Aldine Transaction, 1987 ; Robert Wright : *Jenseits von Gut und Böse. Die biologischen Grundlagen unserer Ethik,* Limes, 1996 ; Robert Frank : *Passions within Reasons. The Strategic Role of the Emotions,* Norton, 1988 ; Matt Ridley : *Die Biologie der Tugend. Warum es sich lohnt, gut zu sein,* Ullstein, 1997, p. 194.

2. Matt Ridley : *Die Biologie der Tugend,* p. 194.

3. Jürgen Kaube : « *Weibchen* », dans *FAZ,* 256, 4 novembre 2009.

4. L'expression « *survival of the nicest* » est aujourd'hui revendiquée autant par les représentants de la théorie de l'égoïsme que par ses détracteurs. Pour autant que je sache,

le plus ancien travail sur ce concept remonte à Eliott Sober et David Sloan Wilson : *Unto Others : The Evolution and Psychology of Unselfisch Behavior*, Harvard University Press, 1999.

5. Christine Korsgaard, *in* : Frans de Waal : *Primates et philosophes,* Le Pommier, Paris, 2008.

6. Georg Simmel : *Einleitung in die Moralwissenschaft. Eine Kritik der ethischen Grundbegriffe,* 2 vol., 2e éd., Cotta, 1911, 1er vol. p. 86.

7. On trouve un tableau très parlant qui oppose l'éthique rationnelle des philosophes et leur idée d'« égoïsme » et d'« altruisme » aux définitions de l'éthique du succès à l'intérieur de l'évolution dans : Eckart Voland, Paul Winkler et Hans Werner Ingensiep : *Évolution des Menschen (4). Évolution des Verhaltens – biologische und ethische Dimensionen,* Studienheft des Deutschen Instituts für Fernstudien an der Universität Tübingen, 1990, p. 112.

8. *Ibid.*, p. 87.

Bons sentiments
Pourquoi nous aimons bien être gentils

1. Sigmund Freud : *Le Moi et le Ça*. Traduction de l'allemand par S. Jankélévitch en 1920 revue par l'auteur lui-même. Réimpression : *Essais de psychanalyse*, Paris, Payot, 1968. Petite bibliothèque Payot, n° 15.

2. Daniel Kahneman et Alan Krueger : « *A Survey Method for Characterizing Daily Life Experience : The Day Reconstruction Method* », dans *Science*, 306, 2004, pp. 1776-1780 ; des mêmes : « *Developments in the Measurement of Subjective Well-Being* », dans J*ournal of Economic Perspectives*, 20 (1), 2006, pp. 3-24.

3. Jaak Panksepp et J. Burgdorf : « *50-kHz Chirping (Laughter ?) in Response to Conditioned and Unconditioned*

Tickle-Induced Reward in Rats : Effects of Social Housing and Genetic Variables », dans *Behavioral Brain Research*, 115, 2000, pp. 25-38.

4. Jaak Panksepp : « *Beyond a Joke : From Animal Laughter to Human Joy* », dans *Science*, 308, 2005, p. 62.

5. Jaak Panksepp : *Affective Neuroscience : The Foundations of Human and Animal Emotions,* Oxford University Press, 1998 ; du même auteur : *The Archaeology of Mind, Neural Origins of Human Emotion,* Norton & Company, 2010.

6. H. A. Hofmann, M. E. Benson, Russell D. Fernald : « *Social Status Regulates Growth Rate : Consequences for Life-History Strategies* », dans *Proceedings of the National Academy of Science,* 96, 1999, pp. 14171-76.

7. Thomas Insel, Russell D. Fernald : « *How the Brain Processes Social Information : Searching for the Social Brain* », dans *Annual Review of Neuroscience,* 27, 2004, pp. 697-722.

8. Harry F. Harlow, M. K. Harlow : *Psychopathology in Monkeys*, dans H. D. Kimmel (éd.) : *Experimental Psychology, Recent Research and Theory,* Academic Press, 1971.

9. Ernst Fehr, Urs Fischbacher, Michael Kosfeld : « *Neuroeconomic Foundations of Trust and Social Preferences* », dans *American Economic Review, Papers & Proceedings*, 95 (2), 2005, pp. 346-351.

10. Joachim Bauer : *Prinzip Menschlichkeit. Warum wir von Natur aus kooperieren,* 3e éd. Heyne, 2008, p. 37.

11. *Ibid.*, p. 39.

12. Jorge Moll, Jordan Grafman, entre autres : *Human Fronto-Mesolimbic Networks Guide Décisions About Charitable Donation*, dans *Proceedings of the National Academy of Sciences*, vol. 103 (42), 2006, pp. 15623-15628. Les ambitions de Jorge Moll dépassent néanmoins largement

cette série d'expériences. De tous les neurologues actuels, il est celui qui ose établir le modèle le plus ambitieux et le plus complet nous permettant de comprendre comment nous sentons, décidons et agissons au niveau moral. Cette théorie s'appelle *Event-feature-emotion-complex framework* (EFEC). D'après cette théorie, les sensations morales sont issues d'une combinaison de trois éléments : le savoir structuré des événements (*structured-event-knowledge*), les qualités fonctionnelles d'appréhension sociale (*social perceptual and functional features*) et les états centraux de motivation (*central motive states*). Ce qui se passe dans le cerveau se répartit alors en trois domaines : notre cerveau frontal (le cortex préfrontal) emmagasine nos expériences et développe à partir de là certains schémas de réaction. Quand il arrive quelque chose que je connais ou que j'ai déjà vécu de façon plus ou moins analogue, je réagis de la même façon ou de façon analogue. Les qualités fonctionnelles d'appréhension sociale sont des filtres qui, parmi toutes les expériences que nous vivons, ne retiennent que ce qui est essentiel pour nous : une mimique, un sourire, un geste, mais aussi ce qui peut se cacher derrière une action d'autrui. La région du cerveau qui est ici active est le sillon supérieur du lobe temporal (*sulcus temporalis superior*). Les états centraux de motivation ne sont pas issus des fonctions supérieures du cerveau comme les deux composantes précédentes. Ils sont situés dans le diencéphale, dans le système limbique et plus précisément dans l'hypothalamus. C'est là que se forment des émotions telles que la faim, l'agressivité, l'excitation sexuelle, la fatigue, etc. Le déroulement d'une sensation morale se ferait donc de la façon suivante : mes qualités fonctionnelles d'appréhension sociale saisissent quelque chose de bien visible. Je vois par exemple quelqu'un qui me fait de la peine ou un acte qui m'énerve. Mon savoir structuré des événements me transmet alors des informations plus vastes qui, à partir de mes expériences, me permettent d'évaluer la situation. Quelque chose de grave s'est-il passé ? Dois-je intervenir ? Dois-je me tenir à l'écart ou bien intervenir ? Suis-je directement porté à agir ou non ? Le système limbique me transmet en plus des sentiments amplificateurs : tristesse, peur, fureur, etc. Dans un traitement clinique, ce modèle a de grands avantages, car une lésion de l'une de ces trois fonctions explique très bien pourquoi certaines personnes, comme les autistes, par exemple, apparaissent « non fiables » dans leurs actions sociales et morales. En revanche, on ne sait toujours pas si l'EFEC peut contribuer à expliquer la question de la supériorité du sentiment sur la raison.

Le bien et moi
Ce à quoi nous oblige notre propre image

1. Martin Seel : *Theorien*, p. 34.

Ami de moi-même
Ce que pourrait être une vie bonne

1. Sur la vie et l'œuvre d'Aristote, cf. Otfried Höffe : *Aristoteles,* 3e éd. Beck, 2006 ; du même auteur : *Die Nikomachische Ethik,* 2e éd., Akademie-Verlag, 2006 ; Christof Rapp : *Aristoteles zur Einführung,* Junius, 2007.

2. Référence à Helmut Jungermann, Hans-Rüdiger Pfister, Katrin Fischer : *Die Psychologie der Entscheidung,* 2e éd., Spektrum, 2005.

3. La comparaison avec l'amant ne vient pas d'Aristote mais de moi – ou, plus exactement, de mon père. Ou, plus exactement encore, du professeur de mathématiques de mon

père. Il disait dans sa grande sagesse : « La différence entre pouvoir et "savoir comment ça marche" est très simple. Un eunuque sait aussi comment ça marche mais il ne peut pas quand même. »

4. L'étude de l'influence du bruit sur notre capacité à aider les autres vient de K. E. Matthews et L. K. Cannon : « *Enviromental Noise Level as a Determinant of Helping Behaviour* », dans *Journal of Personality and Social Psychology*, 32, 1975, pp. 571-577.

5. Cf. à ce sujet le traité d'Aristote sur l'amitié dans *Éthique à Nicomaque (EN)*, livre IX.

6. *EN* I 9, 1099a31-1099b6.

7. *EN* VII 13, 1153a14f. ; X 4, 1174b33.

8. Sur ce point, Aristote et Kant sont parfaitement d'accord. À la différence de l'utilitarisme, où la question de l'image de soi est mise entre parenthèses et ne doit jouer aucun rôle dans la motivation de l'action. L'enjeu autant pour Aristote que pour Kant est de mettre en harmonie les actions concrètes avec le mode d'action considéré par principe comme bon et juste. Pour Aristote, ce mode d'action est l'idéal vertueux ; pour Kant, c'est la maxime. En revanche, une éthique qui n'accompagne pas le grand écart entre idéal et action et les tensions psychologiques qui s'ensuivent ne touche pas le cœur du problème.

Le chat du yogi
La morale est-elle partout pareille ?

1. Cité d'après Peter Knauer : *Handlungsnetze. Über das Grundprinzip der Ethik,* Books on demand GmbH, 2002, p. 12.

2. Cf. Edward Westermarck : *The Origin and Development of the Moral Ideas,* 2 vol., Macmillan, 1906/1908,

ici vol. 1, p. 3 : « *It will, moreover, appear that a moral estimate often survives the cause from which it sprang.* »

3. Edward Westermarck : *The History of Human Marriage,* Macmillan, 1891.

4. Edward Westermarck : *Ethical Relativity*, Kegan Paul, 1932, p. 147, note 60 : « *Could it be brought home to people that there is no absolute standard* in *morality, they would perhaps be somewhat more tolerant* in *their judgments, and more apt to listen to the voice of reason.* »

5. Michael Schmidt-Salomon aborde une variante de cette idée dans son livre *Jenseits von Gut und Böse. Warum wir ohne Moral die besseren Menschen sind*, Pendo, 2009. D'après lui, nous n'avons pas besoin d'une « morale » au sens d'un ordre prescrit à l'avance mais simplement d'une « éthique » au sens de règles pratiques minimales.

6. « *He embodied, with an exceptional, militant power, a current of thought which renewed our social and moral understanding, and out of which grew the first efforts to develop a comprehensive description of mankind.* » Cité d'après Edward Westermarck : *The History of Human Marriage. With a New Introduction of Prof. Yogesh Atal*, Logos Press, 2007, p. IX.

7. Sur la liste de Murdock, cf. Christoph Antweiler : *Heimat Mensch. Was uns alle verbindet,* Murmann, 2009, p. 15.

8. La méprise largement répandue parmi les anthropologues à propos de « l'universalité de l'amour romantique » relève d'une étude de grande ampleur menée par William Jankowiak et Edward Fisher à la fin des années 1980 et au début des années 1990. Ils ont mené cette enquête auprès de personnes relevant de cent soixante-huit cultures différentes en les interrogeant sur quatre éléments de l'amour : 1) Le fait de chanter des chansons d'amour ; 2) Les amoureux qui

s'opposent à la volonté de leurs parents ; 3) Les porteurs culturels d'informations qui parlent de chagrin personnel et de désir d'une personne aimée et 4) Les indices populaires de liaisons romantiques. (Résumé dans William Jankowiak *Intimacies. Love and Sex Across Cultures*, Colombia University Press, 2008.) Nos chercheurs en sont arrivés au résultat douteux que « l'amour romantique » ne serait pas une invention de la culture occidentale mais serait universel. Des éléments permettant de critiquer cette conclusion rapide se trouvent dans la note 3 du chapitre « Les cris des capucins », p. 30 de ce livre. Voir aussi ma critique dans : *Amour : Déconstruction d'un sentiment*, Belfond, Paris, 2011.

9. « *Society is the birthplace of the moral consciousness* », Edward Westermarck : *The Origin...,* vol. 2, p. 740.

10. Kwame Anthony Appiah : *Ethische Experimente. Übungen zum guten Leben,* C. H. Beck, 2009, p. 76.

Excursion à Shangri-La
Pourquoi les guerres ne sont pas une fatalité

1. Bien entendu, les Mangyans n'ont pas l'impression de vivre dans un vrai Shangri-La ; leur situation économique est trop précaire. Si leur sort matériel n'est pas trop mauvais, c'est essentiellement grâce aux missionnaires et aux ONG.

2. James Hilton : *Lost Horizon*, 1933.

3. Sur la culture des Mangyans, voir Jürg Helbling : *Verwandtschaft, Macht und Produktion. Die Alangan-Mangyan im Nordosten von Mindoro, Philippinen,* Dietrich Reimer Verlag, 1996.

4. Sur les chiffres cf. Christoph Antweiler : *Heimat Mensch,* Murmann, 2009, p. 102.

5. *Ibid.*, p. 110. La liste des peuples pacifiques se trouve sur : www.peacefulsocieties.org (mais les Mangyans n'y sont pas mentionnés).

6. Cela a été affirmé avec le plus grand sérieux par l'anthropologue américain Napoleon Chagnon. Après avoir étudié les Indiens Yanomani d'Amérique du Sud, il en est arrivé à la conclusion suivante : « Les hommes qui tuaient avaient plus de deux fois plus de femmes et trois fois plus de progéniture que ceux qui ne tuaient pas. » Dans *Yanomamo. The Fierce People*, Rinehart & Winston, 1968. Deux chercheurs ont montré toute la faiblesse spéculative de ce résultat : Brian Fergueson : *Yanomani Welfare : a Political History*, Santa Fe School of American Research, 1995, et Patrick Tierney : *Darkness in El Dorado*, Norton & Company, 2000.

7. Voir ce que dit Eckart Voland dans une interview au journal *Süddeutsche Zeitung*, le 19 février 2009 : « L'histoire de l'humanité a toujours été un processus de concurrence entre groupes pour assurer de meilleures chances de vie, et on le voit encore aujourd'hui chez de nombreux peuples primitifs : ils ne connaissent pas de rencontre neutre. Si le voisin possède un territoire qui semble meilleur, aussitôt il y a concurrence, au besoin par la violence. » Le fait que la formation de groupes conduit nécessairement à la concurrence est une idée de Thomas Henry Huxley. Comme le montrent les propos de Voland, cette idée résiste à toutes les nouvelles découvertes.

8. Cf. à ce sujet les observations sur le terrain de Joseph H. Manson et Richard W. Wrangham : « *Intergroup aggression in chimpanzees and human* », dans *Current Anthropology*, 32, 1991, pp. 369-390. Voir aussi Stephen Le Blanc : *Constant Battles : The Myth of the Peaceful Noble Savage*, St. Martin's Press, 2003, qui fait un lien assez simpliste

entre le comportement agressif des chimpanzés et le comportement belliqueux des humains.

9. Richard Gabriel : *The Culture of War : Invention and Early Development,* Greenwood Press, 1990, p. 4.

10. Jürg Helbling : *Tribale Kriege. Konflikte in Gesellschaften ohne Zentralgewalt,* Campus, 2006, p. 105.

11. D'après Helbling, « ce mécanisme permettant d'éviter les conflits violents vaut également pour les individus : ces derniers peuvent aussi changer de groupe sans subir d'inconvénients économiques, ce qu'ils font même assez souvent. En revanche, l'échange de gènes ne semble pas être la raison d'un changement de groupe. Pour les chasseurs et les cueilleurs, comme pour la plupart d'entre nous d'ailleurs, les gènes sont la dernière de leurs préoccupations. » (Propos qu'il m'a dits en particulier.)

12. Jürg Helbling : *Tribale Kriege,* p. 166.

13. Pour Helbling, de nombreuses guerres obéissent à la structure d'Albert William Tucker de l'université de Princeton et qu'il appelle « *le dilemme du prisonnier* » : Deux personnes accusées de vol sont arrêtées par la police. Or, la police peut prouver quelques entorses à la loi pour l'un comme pour l'autre, mais pas le vol commis ensemble. Dans cette situation, la police recourt à une astuce : elle interroge les deux prisonniers séparément et leur fait à chacun l'offre suivante : si le prisonnier avoue, il n'ira pas en prison, alors que son complice écopera de cinq ans. S'ils avouent tous les deux, ils écopent chacun de quatre ans de prison. Si aucun des deux n'avoue, la police ne peut les accuser que de détention illégale d'armes à feu, et ils passeront tous les deux un an en prison. Le mieux pour les prisonniers, c'est de ne pas avouer du tout (chacun écope de un an de prison, ce qui fait deux au total). Lorsque le premier prisonnier (A) suppose que l'autre (B) se tait, le plus grand

intérêt pour A est de donner B. La même chose est valable si A suppose que B l'a dénoncé. Dans cette optique, le mieux, pour chacun des prisonniers, est de se trahir mutuellement. Même si, pour les deux ensemble, le mieux est de se taire. Pour Helbling, cette situation est aussi valable pour de nombreuses guerres. Dans des conditions anarchiques, il semble souvent plus profitable d'attaquer l'autre pour ne pas être attaqué. Seul un pouvoir central peut empêcher l'escalade de la violence et indique (de façon idéale) ce qui est le mieux pour les deux parties. Et le mieux est en général d'éviter la guerre. Dans cette optique, on peut dire que des conditions anarchiques renforcent l'égoïsme individuel (d'une personne, d'un groupe, d'un peuple), alors que les pouvoirs centraux favorisent l'égoïsme commun (de plusieurs personnes/groupes/peuples) – un argument fort pour une démocratie (nationale et internationale) avec des hiérarchies et en totale opposition avec l'anarchisme.

14. Jürg Helbling : *Tribale Kriege,* p. 166.

Vouloir et faire

La vision en tunnel de la morale
Sentiments moraux, responsabilité humaine

1. Günther Anders : *L'Obsolescence de l'homme : Sur la destruction de la vie à l'époque de la troisième révolution industrielle*, Fario, Paris, mars 2011.

2. Thomas Metzinger : *Der Ego-Tunnel. Eine neue Philosophie des Selbst : Von der Hirnforschung zur Bewusstseinsethik*, Berlin Verlag, 2009, p. 21.

3. Martin Seel : *Theorien*, p. 22.

4. Gerd Gigerenzer : *Bauchentscheidungen*, p. 45.

5. *Ibid.*, p. 150.

6. Sur les études récentes concernant l'attention à soi dans l'action, voir aussi : C.S. Carver et M.F. Scheier : *Attention and Self-Regulation : A Control Theory Approach to Human Behavior*, Springer, 1981 ; R.F. Kidd et L. Marshall : « *Self-Reflection, Mood, and Helpful Behavior* », dans *Journal of Research in Personality*, 16, 1982, pp. 319-334 ; F.X. Gibbons et Robert A. Wicklund : « *Self-Focused and Helping Behavior* », dans *Journal of Personality and Social Psychology*, 43, 1982, pp. 462-474 ; F.X. Gibbons : « *Self-Attention and Behavior : A Review and Theoretical Update* », dans M.P. Zanna (éd.), *Advances in Experimental Social Psychology*, 23, Academic Press, 1990, pp. 249-303 ; P.M. Gollwitzer et Robert A. Wicklund : « *Self-Symbolizing and the Neglect of Others' Perspectives* », dans *Journal of Personality and Social Psychology*, 48, 1982, pp. 702-715 ; B.O. Stephenson et Robert A. Wicklund : « *Self-Directed Attention and Taking the Other's Perspective* », dans *Journal of Experimental Social Psychology*, 19, 1983, pp. 58-77 ; Robert A. Wicklund et M. Eckert : *The Self-Knower : A Hero Under Control,* Plenum, 1992 ; S.P. Sinha et P. Nayyar : « *Crowding Effects of Density and Perrsonal Space Requirements among Older People : The Impact of Self-Control and Social Support* », dans *Journal of Social Psychology*, 140 (16), 2000, pp. 721-728 ; W.B. Mendes, J. Blascovich, S. Hunter, B. Lickel, J.T. Jost : « *Threatened by the Unexpected : Physiological Responses During Social Interactions With Expectancy-Violating Partners* », dans J*ournal of Personality & Social Psychology*, 92, 2007, pp. 698-716.

La morale de la horde
Pourquoi on copie avant de comprendre

1. John R.G. Dyer, Anders Johansson, Dirk Helbling, Ian D. Couzin et Jens Krause : « *Leadership, Consensus Decision Making and Collective behaviour in Humans* », dans *Philosophical Transactions of the Royal Society*, 364, 2009, pp. 781-789.

2. Culum Brown, Kevin Laland, Jens Krause : *Fish Cognition and Behavior*, BBC Audiobooks, 2006.

3. I.D. Couzin, Jens Krause, R. James, G.D. Ruxton, N.R. Franks : « *Collective Memory and Spatial Sorting in Animal Groups* », dans *Journal of Theoretical Biology*, 218, 2002, pp. 1-12.

4. Il existe un phénomène bien connu montrant qu'il suffit de voir quelque chose ou d'y penser pour le faire effectivement. Ce processus, inconscient désigné autrefois sous le terme d'*effet Carpenter* et plus connu aujourd'hui sous le nom d'*effet idéomoteur*, est aujourd'hui très bien analysé sur le plan neurobiologique. De toute évidence, le contact entre les impulsions intellectuelles et les neurones d'action qui commandent nos muscles est parfois étonnamment bref et rapide.

5. Sur les *neurones miroirs*, voir Giacomo Rizzolatti, Corrado Sinigaglia : *Empathie und Spiegleneurone : die biologische Basis des Mitgefühls*, Suhrkmap, 2008.

6. À la base, le cervelet n'a pas de grandes fonctions cognitives mais il est responsable des processus d'apprentissage que notre corps automatise. Lorsque nous clignons des yeux, lorsque nos doigts semblent s'y retrouver « d'eux-mêmes » sur le clavier d'un piano ou d'un ordinateur, c'est grâce au cervelet. Mais, depuis vingt ans, les indices s'accumulent, montrant la participation du cervelet à des tâches

cognitives comme la pensée spatio-visuelle ou même le langage et la reconnaissance du langage. C'est ainsi, par exemple, que la dyslexie s'explique aujourd'hui par un dysfonctionnement dans le cervelet.

7. Sur le nombre de Dunbar, voir Malcolm Gladwell : *The Tipping Point*, Little Brown, 2000.

8. Voir à ce sujet James Surowiecki : *Die Weisheit der vielen : Warum Gruppen klüger sind als Einzelne*, Goldmann, 2007.

9. Sur la définition que fait Reynold du comportement de groupe, voir www.red3d.com.

10. Martin Seel : *Theorien*, p. 139.

11. *Ibid.*, p. 140.

12. Cf. Joachim Bauer : *Warum ich fühle, was du fühlst. Intuitive Kommunikation und das Geheimnis der Spiegelneurone*, Hoffmann und Campe, 2005, pp. 57-61.

13. Siegfried Kraucauer : *L'Ornement de la masse*, La Découverte, 2008.

Un peuple de gens étroits d'esprit
Nous, les autres et les tout autres

1. Samuel Bowles, Herbert Gintis : *Optimal Parochialism : The Dynamics of Trust and Exclusion in Networks*, University of Massachusetts Press, 2000 ; Helen Bernhard, Urs Fischbacher et Ernst Fehr : « *Parochial Altruism in Humans* », dans *Nature*, 442, 2006, pp. 912-915 ; Ernst Fehr et Herbert Gintis : « *Human Nature and Social Cooperation : Analytical and Experimental Foundations* », dans *Annual Review of Sociology*, 33, 2007, pp. 43-64.

2. Ernst Fehr, Bettina Rockenbach, Helen Bernhard : « *Egalitarianism in Young Children* », dans *Nature*, 454, 2008, pp. 1079.

3. Samuel Bowles : « *Conflict : Altruism's Midwife. Generosity and Solidarity toward one's own May Emerged only in Combination with Hostility towards Outsiders* », dans *Nature*, 456, 2008, pp. 326-327.

4. Peter Sloterdijk : *Le Palais de cristal. À l'intérieur du capitalisme planétaire*, Maren Sell, Paris, 2006.

5. Interview d'Eckart Voland dans le journal *Süddeusche Zeitung* du 19 février 2009.

Des assassins tout à fait normaux
Dans la gare de triage de la morale

1. Christopher R. Browning : *Ganz normale Männer. Das Reserve-Polizeibataillon 101 und die « Endlösung » in Polen,* 5e éd., Rowohlt, 2009, pp. 21-22.

2. Les cinq cents hommes du bataillon ont tué en tout trente-huit mille personnes et en ont déporté quarante-cinq mille dans le camp d'extermination de Treblinka.

3. Browning, p. 70.

4. Browning, p. 241.

5. Browning, pp. 246-247.

6. Le psychologue social Solomon Asch en est arrivé aussi à ce résultat par une expérience tout à fait classique. Il s'agissait, dans un groupe de participants apparemment tous là par hasard, d'évaluer la longueur d'une ligne par rapport à trois autre lignes. Si tous les faux participants faisaient (exprès) une évaluation fausse, les autres se laissaient influencer et disaient la même chose. Ils estimaient, manifestement, que la majorité ne peut pas se tromper. *Cf.* Solomon Asch : « *Effects of Group Pressure upon the Modification and Distorsion of Judgment* », dans H. Guetskow (éd.) : *Groups, Leadership, and Men*, Carnegie Press, 1951, p. 76-92.

7. Harald Welzer : *Täter. Wie aus ganz normalen Menschen Massenmörder werden,* 3e éd. Fischer, 2009, p. 117.

8. *Ibid.*, p. 117.

9. *Ibid.*, p. 116-117.

L'expérience de Milgram
Comment nous déplaçons les limites

1. Milgram a publié pour la première fois les résultats de ses expériences dans un article intitulé « *Behavioral Study of Obedience* », dans *Journal of Abnormal and Social Psychology*, 67, 1963, pp. 371-378 ; cf. aussi du même auteur : *Obedience to Authority : An Experimental View*, HarperCollins, 1974.

2. Cf. « *Could Abu Ghraib happen again ? Psychologists call for Greater Attention to Role of Peers and Superiors in Prison Scandal* », sur la homepage de Susan Fiske : http://www.princeton.edu/pr/news/04/q4/1125-fiske.htm.

3. S. Ulrich : « *Fernsehspiel mit dem Tod* », dans *Süddeutsche Zeitung*, 18 mars 2010.

4. Daniel Pauly : « *Anecdotes and the Shifting Baseline Syndrome of Fisheries* », dans *Trends in Ecology and Evolution* (10), 1995, p. 430.

5. Harald Welzer : *Klimakriege. Wofür im 21. Jahrhundert getötet wird,* Fischer, 2008, p. 211.

6. *Ibid.*, p. 233.

7. *Ibid.*, p. 221-231.

8. William Isaac Thomas et Dorothy Swaine Thomas : *The Child in America,* Knopf, 1928, p. 572.

9. Ernst Fehr : « *Die psychologische Wende in der Ökonomik* », sur : http://www.iew.uzh.ch/institute/people/fehr/publications/stgallen02.pdf.

Ne rien prendre de façon personnelle
Comment nous nous cachons face à nous-mêmes

1. Thomas Shelley Duval, Robert A. Wicklund : *A Theory of Objective Self-Awareness*, Academic Press, 1972 ; Thomas Shelley Duval, V. Duval, R. Neely : « *Self-Focus, Felt Responsability and Helping behavior* », dans *Journal of Personality and Social Psychology*, 37, 1979, pp. 1769-1778 ; Thomas Shelley Duval, P.J. Silvia, N. Lalwani : *Self-Awareness and Causal Attribution : A Dual-Systems Theory*, Kluwer Academic Publishers, 2001.

2. Kathleen Martin Ginis, S.M. Burke, L. Gauvin : « *Exercising with others Exacerbates the Negative Effects of Mirrored Environments on Sedentary Women's Feeling States* », dans *Psychology and Health*, 22, 2007, pp. 945-962.

3. Sur la biographie cf. Annette Schäfer : « *Mr. Flow und die Suche nach dem guten Leben* », dans *Psychologie heute*, mars 2005, pp. 42-48.

4. Mihaly Csíkszentmihályi et Thomas Figurski : « *Self-Awareness and Aversive Experience in Everyday Life* », dans *Journal of Personality*, 50, 1982, pp. 15-28.

5. L'évaluation de ces 8 % est contestée. Pour le psychosociologue Thomas Mussweiler, ces 8 % sont trop importants : « Si l'on intègre à quel point nos contenus de pensée sont structurellement donnés (travail, routine), ces 8 % me paraissent énormes. » (Propos tenus en ma présence.)

6. Lawrence Kohlberg : *Die Psychologie der Moralentwicklung,* Suhrkamp, 1996.

7. Christopher R. Browning : *Ganz normale Männer,* Rowohlt, 2009, p. 107.

8. Harald Welzer : *Täter,* Fischer, 2009, p. 38.

1. « Lucien Lux au sujet de son mandat, son état d'esprit et son bilan personnel », dans *Luxemburger Wort*, 30 janvier 2009.

2. La différence entre la position de principe et le comportement réel est la base de la *theory of reasoned action* de Martin Fishbein et Icek Ajzen : *Belief, Attitude, Intention and Behavior*, Addison-Wesley, 1975.

3. Thomas Mussweiler, Katja Rüter, Kai Epstude, « *The Man who wasn't there. Subliminal Social Standards Influence Self-Evaluation* », dans J*ournal of Experimental Social Psychology*, 40, 2004, pp. 689-696.

4. Cf. Thomas Mussweiler et Fritz Strack, « *The "Relative Self" : Informational and Judgmental Consequences of Comparative Self-Evaluation* », dans *Journal of Personality and Social Psychology*, 79, 2000, pp. 23-38 ; *id.*, Katja Rüter et Kai Epstude, « *The Ups and Downs of Social Comparison : Mechanisms of Assimilation and Contrast* », dans *Journal of Personality and Social Psychology*, 87, 2004, pp.832-844 ; *id.* et Kai Epstude, « *What you feel is how you compare : How comparisons influence the social induction of affect* », dans *Emotion*, 9, 2009, pp. 1-14.

5. Jonathon D. Brown, N.J. Novick, K. Lord, J.M. Richards, « *When Gulliver travels : Social Context, Psychological Closeness, and Self-Appraisals* », dans *Journal of Personality and Social Psychology*, 62, 1992, pp. 717-727. Voir aussi Penelope Lockwood et Ziva Kubda : « *Superstars and Me : Predicting the Impact of Role Models on the Self* », dans *Journal of Personality and Social Psychology*, 73, 1997, pp. 91-103.

6. Thomas Mussweiler et Katja Rüther : « *What Friends*

Are For ! The Use of Routine Standards in Social Comparison », dans *Journal of Personality and Social Psychology*, 85, 2003, pp. 467-481.

Gestion morale

Comment nous façonnons par le mensonge l'image que nous avons de nous-mêmes

1. *Cf.* Andrian Kreye : « *Bushs Kriegsrhetorik hat ausgedient* », dans *Süddeutsche Zeitung*, 1er avril 2009.

2. Terry Eagleton : *Der Sinn des Lebens,* Ullstein, 2008, p. 27.

3. Elliot Aronson, Timothy D. Wilson, Robin M. Akert : *Sozialpsychologie,* 6e éd., Pearson Studium, 2008, p. 163.

4. Voir à ce sujet Russ H. Fazio, « *Self-perception Theory : A Current Perspective* », dans M.P. Zanna, J.M. Olson, C.P. Herman (éd.) : *Social Influence : The Ontario Symposium*, vol. 5, Erlbaum, 1987, pp. 129-250. L'objet de la recherche de Fazio est de montrer comment nous évaluons les informations, selon leur utilité pour nous et selon la façon dont elles appuient notre amour-propre. Pour les personnes bonnes en maths, les capacités mathématiques sont beaucoup plus déterminantes dans l'intelligence d'une personne que pour celles qui sont mauvaises en maths.

5. Festinger : *A theory of Cognitive Dissonance*, Stanford University Press, 1957.

6. Voir à ce sujet Leon Festinger, H.W. Riecken et Stanley Schachter : *When Prophecy Fails*, University of Minnesota Press, 1956.

7. Voir à ce sujet les recherches d'Elliot Aronson, l'élève de Festinger : « *Applying social psychology to prejudice reduction and energy conservation* », dans *Personality and*

Social Psychology Bulletin, 16, 1990, pp. 118-132 ; et aussi *The Social Animal*, Worth/Freeman, 8e éd., 1999.

8. Drew Westen : *The Political Brain. The Role of Emotion in Deciding the Fate of the Nation*, Public Affairs, 2008.

9. « *None of the circuits involved in* conscious reasoning were particularly engaged… Essentially, it appears as if partisans twirl the cognitive kaleidoscope until they get the conclusions they want… Everyone […] may reason to emotionnally biased judgments when they have a vested interest *in* how to interpret "the facts" », en ligne : http://www.nytimes.com/2006/01/24/science/24find.html.

10. Heinrich Popitz : *Soziale Normen,* Suhrkamp, 2006, p. 162.

Le trader, le cacao et les enfants du Ghana
Pourquoi nous ne sommes jamais concernés

1. Talcott Parsons, *The Social System*, Free Press, 1951.

2. Upton Sinclair, *I, Candidate for Governor : And How I Got Licked* (1935), nouvelle édition, University of California Press, 1994, p. 109.

3. Niklas Luhmann, *Systèmes sociaux : Esquisse d'une théorie générale*, Presses de l'université, Laval, 2010.

4. Cf. Niklas Luhmann : *Paradigm Lost. Über die ethische Reflexion der Moral,* Suhrkamp, 1989.

5. Cf. à ce sujet Niklas Luhmann et Stephan Pfürtner (éd.) : *Theorietechnik und Moral,* Suhrkamp, 1978.

6. Voir à ce sujet, R.F. Baumeister et T.F. Hetherington, « *Self-Regulation Failure : An Overview* », dans *Psychological Inquiry*, n° 7, 1996, pp. 1-15 ; R.F. Baumeister et K.D. Vohs : *Handbook of Self-Regulation : Research, Theory and Applications*, Guilford, 2004.

7. Sur le combat de Luhmann avec la morale voir aussi son ouvrage édité de façon posthume : *Die Moral der Gesellschaft,* éd. par Detlef Horster, Suhrkamp, 2008.

Dans la toile d'araignée
Ce que vient faire l'argent avec la morale

1. La vidéo correspondante se trouve sur http://email.eva.mpg./~warneken/video.

2. Felix Warneken et Michael Tomasello : « *Altruistic Helping in Human Infants and Young Chimpanzees* », dans *Science*, 311 (3), 2006, pp. 1301-1303 ; « *Cooperative Activities in Young Children and Chimpanzees* », dans *Child Development*, 77 (3), 2006, pp. 640-663 ; Felix Warneken, B. Hare, A.P. Melis, D. Hanus et Michael Tomasello : « *Spontaneous Altruism by Chimpanzees and Young Children* », dans *PloS Biology*, 5 (7), 2007, pp. 1414-1420 ; Felix Warneken et Michael Tomasello : « *Helping and Cooperation at 14th Months of Age* », dans *Infancy*, 11 (3), 2007, pp. 271-294.

3. Felix Warneken et Michael Tomasello : « *Extrinsic Rewards Undermine Altruistic Tendencies in Twenty-Months-Olds* », dans *Developmental Psychology*, 44 (6), 2008, pp. 1785-1788.

4. Richard Fabes, J. Fulse, N. Eisenberg : « *Effects of Rewards on Children's Prosocial Motivation. A Socialization Study* », dans *Developmental Psychology*, 25, 1989, pp. 509-515.

5. Georg Simmel : *Philosophie de l'argent.* PUF, Paris, 1987.

6. *Ibid.* : La première partie de l'ouvrage « vise à appréhender l'essence de l'argent sur la base des conditions et des circonstances de la vie d'une part, en termes d'efficacité

d'autre part » et p. 14 : « La seconde partie, synthétique, traite de l'apparition de l'argent sur la scène de l'histoire et de ses effets sur le monde intérieur : sur le sentiment existentiel des individus, sur l'imbrication de leurs destins, sur la culture en général. »

7. *Ibid.*

8. *Ibid.*

9. *Ibid.*

10. Brian Knutson, G.W. Fong, S.M. Bennett, C.S. Adams et D. Hommer : « *A Region of Mesial Prefrontal Cortex Tracks Monetarily Rewarding Outcomes : Characterization with Rapid Event-Related FMRI* », dans *NeuroImage*, 18, 2003, pp. 263-272. Cf. aussi : P. Winkielman, M. Paulus, J.L. Trujillo : « *Affective Influence on Judgments and Decisions : Moving Towards Core Mechanisms* », dans *Review of General Psychology*, 11, 2007, pp. 179-192 ; ainsi que J. Bhanji, R.E. Cooney, L. Atlas, I.H. Gotlib : « *Neural Responses to Monetary Incentives in Major Depression* », dans *Biological Psychiatry*, 63, 2008, pp. 690-692.

11. Armin Falk, Bernd Weber, Antonio Rangel et Matthias Wibral : « *The Medial Prefrontal Cortex Exhibits Money Illusion* », dans *Proceedings of the National Academy of Sciences*, tome 106 (13), 2009, pp. 5025-5028.

12. Karl Marx : *Le Capital : Critique de l'économie politique,* tome 1, PUF, 1963.

13. Cf. aussi à ce sujet : Eva Illouz : *Der Konsum der Romantik. Liebe und kulturelle Widersprüche im Kapitalismus* (« la consommation dans le monde romantique. L'amour et les contradictions culturelles dans ler capitalisme »), Suhrkamp, 2007.

14. Dan Ariely : *Denken hilft zwar, nützt aber nichts. Warum wir immer unvernünftige Entscheidungen treffen* (« penser aide mais ne sert à rien. Pourquoi nous prenons

constamment des décisions déraisonnables »), Droemer, 2008, p. 105.

15. *Ibid.*

Meurtre dans un petit jardin
Pourquoi il ne faut jamais prendre au pied de la lettre les règles morales

1. Le récit des faits est emprunté à Hans Holzhaider : « Un jardinier cultive la haine », dans *Süddeutsche Zeitung*, 6 mai 2009.

2. Marie-Jean-Antoine-Nicolas Caritat, marquis de Condorcet : *Discours prononcé à l'Assemblée nationale, au nom de l'Académie des Sciences*, dans *Œuvres* (12 vol., 1847-1849), Reprint Fromann-Holzboog, 1968, vol. 1, p. 511.

3. William Makepeace Thackeray : *On Being Found Out*, dans *Œuvres,* tome 20, Londres, 1869, pp. 125-132.

4. Voir à ce sujet : Heinrich Popitz : *Soziale Normen* (« les normes sociales »), Suhrkamp, 2006, pp. 159-174.

5. *Ibid.* p. 164.

6. *Ibid.* p. 167.

7. Jürgen Schmieder : *Du sollst nicht lügen !* (« tu ne mentiras point »), C. Bertelsmann, 2006.

8. Michael T. Young : *The Rise of Meritocracy*, Thames and Hudson, 1958.

MORALE ET SOCIÉTÉ

Au pays de la reine rouge
Ce dont souffre notre société

1. Cf. « *The Queen Asks Why No One Saw the Credit Crunch Coming* », dans *Daily Telegraph*, 5 novembre 2008.

Cf. également : Wolf Lepenies : « *Auf der Suche nach dem wahren Fortschritt* » (« en quête du vrai progrès »), dans *Die Welt*, 27 octobre 2009.

2. Jaron Lanier : « *Warum die Zukunft uns noch braucht* », dans *FAS*, 17 janvier 2010.

3. Max Stirner : *L'Unique et sa propriété*, Stock, 1900 (indisp.).

4. Pierre Bourdieu : *L'Unique et sa maison individuelle*, VSA, 1998.

5. Philip Brickman, D. Coates et R.J. Janoff-Bulman : « *Lotterie Winners and Accident Victims : Is Happiness Relative ?* », dans *Journal of Personality and Social Psychology*, 36, 1978, pp. 917-927.

6. Richard E. Lucas : « *Adaptation and the Set-Point Model of Subjective Well-Beeing. Does Happiness Change after Major Life Events* », dans *Current Directions in Psychological Science*, 16, 2007, pp. 75-79.

7. Lewis Carroll : *De l'autre côté du miroir*, Le Livre de poche, Paris.

8. Georg Simmel : *Philosophie de l'argent*, PUF.

9. Mathias Binswanger : *Die Tretmühlen des Glücks*, Herder, 2006.

10. Meinhard Miegel : *Exit. Wohlstand ohne Wachstum*, 3e éd., Propyläen, 2010, p. 52.

11. *Ibid.* pp. 52-53.

12. Ernst Fehr et Jean-Robert Tyran : *Limited Rationality and Strategic Interaction – The Impact of the Strategic Environment on Nominal Inertia*, University of St. Gallen Department of Economics, working paper series, 2002.

13. Ernst Fehr : « *Mit Neuroökonomik das menschliche Wesen ergründen* », dans *NZZ*, 25-26 juin 2005.

Du bonheur d'être bhoutanais
Pourquoi nous mesurons mal notre bien-être

1. En Allemagne, le budget de la défense (31,1 milliards) est trois fois plus élevé que celui de l'éducation (10,8 milliards).

2. L'Équateur (2008) et la Bolivie (2009) ont suivi l'exemple en inscrivant dans leur constitution, par référence à leur tradition indienne, la notion de « bonne vie » (Sumak Kawsay).

3. *Bhutan will das Bruttonationalglück messen* (le Bhoutan veut mesurer le bonheur national brut »), dans *Der Tagesspiegel*, 23 mars 2008.

4. Joseph Stiglitz : *La Grande Désillusion : La mondialisation ne marche plus*, Fayard, Paris.

5. *Ibid.*

6. *Ibid.*

7. *Ibid.*

8. www.worldvaluessurvey.com.

9. Richard A. Easterlin : *Will Raising the Incomes of All Increase the Happiness of All ?*, dans *Journal of Economic Behaviour and Organization*, 27, 1995, pp. 35-47.

10. Meinhard Miegel : *Exit. Wohlstand ohne Wachstum* (« Exit. Aisance sans croissance »), Propyläen, 2010, p. 31.

11. *Ibid.*

12. Claus Leggewie et Harald Welzer : *Das Ende der Welt wie wir sie kannten. Klima, Zukunft und die Chancen der Demokratie* (« la fin du monde tel que nous le connaissions. Le climat, l'avenir et les chances de la démocratie »), Fischer, 2009, p. 7.

13. *Ibid.*

Bien le bonjour de l'île de Pâques
Pourquoi notre bien-être n'augmente plus

1. Jared Diamond : *Kollaps. Warum Gesellschaften überleben oder untergehen* (« collapsus. Pourquoi les sociétés survivent ou disparaissent »), Fischer Taschenbuch, 2010, pp. 103-153.

2. *Ibid.* p. 153.

3. Le programme d'Angela Merkel tient en quelques mots : « Il faut que nous mettions tout en œuvre pour créer rapidement et de façon déterminée les conditions d'une croissance plus forte et accélérée. Créer de la croissance, tel est le but de notre gouvernement. » www.bundesregierung.de/Content /DE/Regierungserklärung/2009/2009-11-10-merkel-neue-regierung.html.

4. Meinhard Miegel : *Exit*, p. 11.

5. John Stuart Mill : *Principes d'économie politique*, livre 4, Guillaumin, Paris, 1873.

6. Allusion est faite ici à Hans Olaf Henkel : *Die Abwracker : Wie Zocker und Politiker unsere Zukunft verspielen* (« les démolisseurs. Comment spéculateurs et politiciens bradent notre avenir »), Heyne, 2009 ; Clement et Merz : *Was jetzt zu tun ist, Deutschland 2.0.* (« ce qu'il faut faire maintenant, Allemagne 2.0 »), Herder, 2010.

7. Le passage prophétique de Benjamin est le suivant : « Il faut voir dans le capitalisme une religion en ce sens que le capitalisme sert essentiellement à apaiser les peines, tourments et inquiétudes dont le traitement était autrefois l'apanage de ce qu'il est convenu d'appeler les "religions". La démonstration de cette structure religieuse du capitalisme, se présentant non seulement, ainsi que l'entend Weber, comme une entité conditionnée par des aspects religieux mais comme un dispositif d'essence religieuse, donnerait

lieu aujourd'hui encore à une polémique universelle démesurée. Nous ne pouvons pas fermer le filet dans lequel nous nous tenons. Mais nous aurons l'occasion de nous repencher ultérieurement sur cette question. » Walter Benjamin : « *Le Capitalisme comme religion* », dans *Fragments*, PUF – Collège international de philosophie, 2001.

8. Parmi les théories de la croissance les plus connues, on peut citer le modèle Harrod-Domar de type keynésien (1942), d'après lequel la croissance est déterminée par la conjugaison des lois de la *demande* de biens d'investissement générée par l'économie elle-même et de la demande de biens de consommation en provenance des consommateurs. Plus qu'à la notion de *demande*, le modèle Solow-Swan (1956) s'oriente sur le *progrès technique.* De ces deux modèles procèdent des théories de croissance dites « endogènes » qui tiennent compte du coût de la recherche préalable à tout progrès technique. D'après ces théories, l'innovation technologique et ses applications pratiques supposent que l'investissement initial sera couvert par des bénéfices ultérieurs. C'est très précisément à ce point que se raccorde la thématique de Binswanger.

9. Hans Christoph Binswanger : *Die Wachstumsspirale. Geld, Energie und Imagination in der Dynamik des Marktprozesses* (« la spirale de la croissance. Argent, énergie et imagination dans la dynamique du processus de marché »), Metropolis, 2006. Voir aussi, du même auteur : *Geld & Wachstum. Zur Philosophie und Praxis des Gelde* (« argent et croissance. Contribution à la philosophie et à la pratique de l'argent »), Weitbrecht, 1994 ; ainsi que : *Die Glaubensgemeinschaft der Ökonomen. Essays zur Kultur der Wirtschaf* (« la communauté de croyance des économistes. Essais sur la culture économique »), Gerling, 1998.

10. Claus Leggewie et Harald Welzer : *Das Ende der Welt…*, pp. 12-13.

Mythes, marchés, hommes d'affaires
Ce qui fait marcher l'économie…

1. Thomas Mann : *Les Buddenbrook*, Fischer, 2007, livre 2, chap. 4, p. 174.

2. Luca Pacioli : *Traité de comptabilité* (1494), Schaefer-Poeschel, 2009, p. 88.

3. Adam Smith : *La Richesse des nations*, GF-Flammarion, Paris, livre 4, chap. 2.

4. *Ibid.*, livre 1, chap. 10.

5. Roger de Weck : *Nach der Krise. Gibt es einen anderen Kapitalismus ?* (« après la crise. Existe-t-il un autre capitalisme ? »), Nagel & Kimche, 2009, p. 21.

6. *Ibid.*, p. 11-12.

7. Voir aussi : Gebhard Kirchgässner : *Homo œconomicus – das oekonomische Modell individuellen Verhaltens und seine Anwendung in den Wirtschafts – und Sozialwissenschaften* (« *Homo œconomicus* – le modèle économique du comportement individuel et son application dans les sciences économiques et sociales »), Mohr Siebeck, 2008 ; Reiner Manstetten : *Das Menschenbild in der Ökonomie – Der homo œconomicus und die Anthropologie von Adam Smith* (« la représentation de l'homme en économie – l'*homo œconomicus* et l'anthropologie d'Adam Smith »), Karl Alber, 2002 ; Niels Goldschmidt : *Vom Homo œconomicus zum Homo Culturalis, Handlung und Verhalten in der Ökonomie* (« de *l'homo œconomicus* à *l'homo culturalis*, action et comportement dans l'économie »), Lit-Verlag, 2009.

8. « *(Political Economy) does not treat the whole of man's nature as modified by the social state, nor of the whole conduct of a man* in *society. It is concertned with him solely as a beeing who desires to possess wealth, and who*

is capable of judging the comparative efficacy of means to obtain that end », dans John Stuart Mill : « *On The Definition of Political Economy and on the Method of Investigation Proper to it* », dans *Essays on some Unsettled Questions of Political Economy,* Longmans, Green, Reader & Dyer, 1874, pp. 38-48.

9. Friedrich Schneider : *Wir sind alle sprachlos* (« nous sommes tous sans voix »), dans *Financial Times Deutschland*, 2 mars 2009.

10. George A. Akerlof et Robert J. Shiller : *Animal Spirits. Wie Wirtschaft wirklich fonktioniert* (« *animal spirits*. Comment fonctionne vraiment l'économie »), Campus, 2009 ; Nouriel Roubini : *Das Ende der Weltwirtschaft und ihre Zukunft* (« la fin de l'économie mondialisée et son avenir »), Campus, 2010.

11. D'après Meinhard Miegel : *Exit*, p. 181.

12. *Kölner Stadt-Anzeiger*, 31 juillet-1er août 2010.

13. Voir aussi à ce sujet Dan Ariely : *Denken hilft zwar, nützt aber nichts. Warum wir immer unvernünftige Entscheidungen treffen* (« penser aide mais ne sert finalement à rien. Pourquoi nous prenons toujours des décisions déraisonnables »), Droemer, 2008, p. 39-40.

14. Voir : *Kein Manager ist 50 Millionen wert* (« Aucun manager ne vaut cinquante millions »), dans *Stern.de*, 11 décembre 2007.

15. Joseph Stiglitz : *La Grande Désillusion : La mondialisation ne marche plus*, Fayard, Paris.

Retour à Fribourg

… et ce qui devrait la faire marcher

1. Pour VOC voir : Jürgen G. Nagel : *Abenteuer Fernhandel. Die Ostindienkompanien* (« l'aventure du commerce

avec les antipodes. Les compagnies des Indes orientales »), Wissenschaftliche Buchgesellsachaft, 2007 ; Roelof Van Gelder : *Das ostindische Abenteuer* (« l'aventure des Indes orientales »), Convent, 2004.

2. Adam Smith : *La Richesse des nations*, GF-Flammarion, Paris, livre 5, chapitre 1, 3e partie.

3. Voir aussi à ce sujet : Michaël S. Assländer et Peter Ulrich : *60 Jahre sozialer Marktwirschaft, Illusionen un Reinterpretationen einer ordungspolitischen Integrationsformel* (« 60 ans d'économie sociale de marché, d'illusions et de réinterprétations d'une formule d'intégration de l'ordre politique »), Haupt, 2009.

4. Wilhelm Röpke : *Die Lehre von der Wirtschaft* (« la doctrine de l'économie »), Julius Springer, 1937 ; *Die Gesellschaftskrise der Gegenwart* (« la crise de la société actuelle »), (1942) 6e éd., Haupt, 1979.

5. *Die Zivilisation ist bedroht* (« la civilisation est menacée »), interview de Jeremy Rifkin dans *TAZ*, 1er septembre 2000.

6. Daniel Bell : *Die nachindustrielle Gesellschaft* (« la société post-industrielle »), Campus, 1976.

7. Joseph Stiglitz : *Chute libre.*

8. Wilhelm Röpke : *Jenseits von Angebot und Nachfrage* (« au-delà de l'offre et de la demande »), 1958, 2e éd., Haupt, 1979. L'économiste américain Charles Edward Lindblom dresse un constat analogue dans un essai qui s'appuie largement sur les thèses de Röpke : *Jenseits von Markt und Staat* (« au-delà du marché et de l'État »), Klett-Cotta, 1980.

9. Parallèlement à cette évolution des sciences économiques, les sciences humaines, la philosophie et la politologie renonçaient pratiquement à toute compétence en matière d'économie politique. Ces renoncements conjugués

donnèrent effectivement lieu à un vide qui n'était pas fait pour arranger les choses.

10. John Maynard Keynes : *The General Theory of Employment, Interest and Money,* Macmillan, 1936, pp. 161-162 : « *Even apart from the instability due to speculation, there is the instability due to the characteristic of human nature that a large proportion of our positive activities depend on spontaneous optimisme rather than mathematical expectations, whether moral or hedonistic or economic. Most, probably, of our decisions to do something positive, the full consequences of which will be drawn out over many days to come, can only be taken as the result of animal spirits – a spontaneus urge to action rather than inaction, and not as the outcome of a weighted average of quantitativ benefits multiplied by quantitative probabilities.* »

11. Charles Darwin : *De l'origine des espèces par voie de sélection naturelle* (1859), http://classiques.uqac.ca/classiques/darwin_charles_robert/origine _especes/darwin_origine_des_especes.pdf.

12. Ernst Fehr en conversation avec Stefan Klein : *Was ist gerecht ?* (« qu'est-ce qui est juste ? »), dans *Zeit magazin*, 22 septembre 2009.

13. Meinhard Miegel : *Exit*, p. 15.

14. Roger de Weck : *Nach der Krise* (« après la crise »), p. 24.

Ackermann et les pauvres
Comment la responsabilité investit l'économie

1. Hubert Seipel : *Die Welt des Josef Ackermann*, *ARD*, 2 août 2010.

2. Hans von Hagen : « *Gottes Werk und Dibelius' Beitrag* », dans *Süddeutsche Zeitung*, 15 janvier 2010.

3. Ronald Dore fait de cette illusion une analyse claire comme de l'eau de roche : *Stock Market Capitalism : Welfare Capitalism*, Oxford University Press, 2000.

4. Tout comme la thèse du courtier Dirk Müller : *Weltwirtschaftskrise oder Jahrhundertchance : Wie Sie das Beste aus Ihrem Geld machen können*, Droemer/Knaur, 2010.

5. Le précurseur du libéralisme britannique, Anthony Giddens, revendique également dans son livre un tel État puissant qui intervient dans l'économie en planifiant davantage : *The Politics of Climate Change*, John Wiley & Sons, 2009.

6. Jürgen Mittelstraß : *Wirtschaft und Ethos*, dans le *Frankfurter Allgemeine Zeitung* du 9 octobre 2009.

7. Colin Crouch : *Postdemokratie*, Suhrkamp, 2008, p. 140.

8. Felix Ekardt : *Das Prinzip Nachhaltigkeit. Generationengerechtigkeit und globale Gerechtigkeit*, C. H. Beck, 2005.

9. Herman Daly : *Towards a Steady-State Economy*, Freeman & Company, 1973 ; *ibid.* : *Steady-State Economics* (1977), 2e éd., Island Press, 1991 ; *ibid.* : *Wirtschaft jenseits von Wachstum*, Pustet, 1999.

10. Herman Daly : *A Steady-State Economy* (2008), sur : steadystaterevolution.org/files/pdf/Daly_UK_Paper.pdf.

11. Herman Daly : « *Big Idea. À Stady-State Economy* », dans : *Adbuster*, 81, 17 décembre 2008.

12. Bien au contraire : ainsi, le concepteur de logiciels SAP a par exemple augmenté l'année dernière les bonus de tout juste 80 % malgré un bénéfice qui avait légèrement baissé. Dans le cas de Heidelberg Cement, le bonus annuel a augmenté de 70 %, bien que le bénéfice annuel ait baissé de plus de 90 %. Adidas et Beiersdorf ont aussi augmenté leurs bonus alors que leurs bénéfices ont baissé.

13. Swissinfo et les agences, 17 novembre 2008.

14. Source : Wikipedia, « Staatsverschuldung ».

15. www.helmut-creutz.de.

16. Anette Dowideit : *Kreditkarten bringen die Banken in Bedrängnis*, dans *Die Welt*, 26 septembre 2008.

17. www.epochtimes.de.

18. Cf. Hanno Beck : *Angriff auf den Homo œconomicus*, dans *Frankfurter Allgemeine Zeitung*, 2 mars 2009.

19. Cf. entre autres Hans-Werner Sinn : *Kasino-Kapitalismus. Wie es zur Finanzkrise kam, und was jetzt zu tun ist*, Ullstein, 2010 ; Peter Bofinger : *Ist er Markt noch zu retten ? Warum wir jetzt einen starken Staat brauchen*, Ullstein, 2010 ; Heiner Flassbeck : *Gescheitert. Warum die Politik vor der Wirtschaft kapituliert*, Westend, 2009. Roger de Weck fait les propositions les plus précises : *Nach der Krise. Gibt es einen anderen Kapitalismus ?*, Nagel & Kimche, 2009.

20. Cette idée est apparue lors d'un congrès de la société en commandite Geberit GmbH & Co, en particulier grâce aux instigations de Karl Spachmann.

21. Bill Gates dans *Der Spiegel*, 26, 2009.

Le retour de la vertu
Comment encourager le civisme

1. www.buergergemeinschaft-rathenauplatz-ev.de.

2. Claus Leggewie et Harald Welzer : *Das Ende der Welt*…, p. 180.

3. *Ibid.*, p. 202.

4. Meinhard Miegel : *Exit*, p. 205.

5. Axel Honneth : *Das Ich im Wir. Studien zur Anerkennungstheorie*, Suhrkamp, 2010, ici en particulier pp. 261-279.

6. www.mentor-leselernhelfer.de.

7. www.mentor-hamburg.de.

8. Alasdair MacIntyre : *Après la vertu : Étude de théorie morale*, PUF, 1997 ; Charles Taylor : *Wieviel Gemeinschaft braucht die Demokratie ? Aufsätze zur politischen Philosophie,* Suhrkamp, 2001 ; Michael Sandel : *Le Libéralisme et les limites de la justice*, Seuil, 1999. Sur la discussion à propos du communautarisme voir le recueil établi par Axel Honneth : *Kommunitarismus – Eine Debatte über die moralischen Grundlagen moderner Gesellschaften,* Campus, 1993. Voir aussi : Michael Haus. *Kommunitarismus : Einführung und Analyse,* VS-Verlag für Sozialwissenschaften, 2003 ; Christel Zahlmann : *Kommunitarismus in der Diskussion,* Rotbuch, 1994.

Heureux contribuables
Comment faire avec les récompenses

1. Louis Sébastien Mercier : *L'An 2440, rêve s'il en fut jamais*, La Découverte, 1999.

2. Cité d'après : « *Fair spielen, mehr gewinnen* », dans *Brand eins Online*, janvier 2002.

3. Peter Sloterdijk : « *Die Revolution der gebenden Hand* », dans *Frankfurter Allgemeine Zeitung*, 13 juin 2009.

4. Cf. *Die Mitte stärken* (« Renforcer le centre »), *Deutschlandprogramm der FDP* (parti centriste) *2009* : « Notre tarif simplifié et plus compréhensible en trois paliers de 10,25 et 35 % baisse la charge fiscale et crée la marge financière dont les citoyens et les entreprises ont besoin urgemment (p. 5)… Chaque citoyen reçoit en plus – adulte ou enfant – un abattement de base de huit mille quatre euros. De plus, un taux d'imposition de 10 % est appliqué pour les revenus allant jusqu'à vingt mille euros,

un taux d'imposition de 25 % pour les revenus situés entre vingt mille et cinquante mille euros et un taux d'imposition de 35 % pour les revenus à partir de cinquante mille euros. » www.deutschlandprogramm.de.

5. www.stern.de/politik/deutschland/stern-umfrage-gutverdiener-wuerden-mehr-steuern-zahlen-1576480.html.

6. http://arno.unimaas.nl/show.cgi?fid=621.

7. Meinhard Miegel : *Exit*, p. 172.

8. Karl Marx et Friedrich Engels : *Œuvres complètes*, La Mega, 2011.

9. Ralf Dahrendorf : *Marx in Perspektive. Die Idee des Gerechten im Denken von Karl Marx*, Dietz 1952.

Ville, pays, État
De quel horizon avons-nous besoin ?

1. La dernière tentative (la fusion programmée des Länder de Berlin et du Brandebourg en 1996) n'a pas échoué pour des raisons politiques, mais du fait des citoyens du Brandebourg qui n'ont pas voulu franchir ce pas. Il faut dire que la fusion d'un Land-ville avec un Land fédéral est un cas particulièrement sensible. Les deux millions et demi d'habitants du Brandebourg n'avaient pas tout à fait tort de craindre de n'être plus que la région voisine de la capitale (trois millions quatre cent mille habitants), et les avantages financiers leur ont peu été expliqués. La question qui domina l'ensemble du débat à propos de la fusion fut celle des moyens par lesquels on pourrait redresser les finances de Berlin, alors fortement endetté.

2. dpa (Agence de presse allemande), 17 juin 2010.

3. Sur l'analyse de la commercialisation des services publics voir : Markus Kajewski : « *Public services and Trade Liberalization : Mapping the legal Framework* »,

dans *Journal of International Economic Law*, 6 (2), 2003, pp. 341-367 ; *Tout doit disparaître : Comment le bien public passe au privé,* édition Le Monde diplomatique, n° 6, 2009.

4. Colin Crouch : *Postdemokratie*, p. 127.

5. Cf. « *L'exemple du rail britannique* », dans *Tout doit disparaître,* p. 4.

6. Wilhelm Heitmeyer : « *Autoritärer Kapitalismus, Demokratieentleerung und Rechtspopulismus. Eine Analyse von Entwicklungstendenzen* », dans Wilhelm Heitmeyer (co-éd.) : *Schattenseiten der Globalisierung,* Suhrkamp, 2001, pp. 497-534.

7. *Cf.* Barbara Dickhaus et Kristina Dietz : *Öffentliche Dienstleistungen unter Privatisierungsdruck. Folgen von Privatisierung und Liberalisierung öffentlicher Dienstleistungen in Europa*, publication de travail WEED 2004, www.kommunale-info.de, p. 69.

La République aliénée
De quoi souffre notre démocratie

1. Heinrich Popitz : *Phänomene der Macht*, Mohr Siebeck, 2e éd., 2004, p. 187.

2. Fondation Friedrich Ebert (éd.) : *Persönliche Lebensumstände, Einstellungen zu Reformen, Potenziale der Demokratieentfremdung und Wahlverhalten*, 2008.

3. www.neon.de/kat/krisenumfrage.

4. Roger de Weck : *Nach der Krise*, p. 42.

5. Colin Crouch : *Post Democracy*, 2004 : « Ce concept désigne une communauté dans laquelle des élections continuent d'avoir lieu, lesquelles peuvent même conduire à des changements de gouvernement, mais où des équipes concurrentes de professionnels de la communication contrôlent tellement les débats publics lors des campagnes électorales que

ceux-ci ne sont plus que du pur spectacle dans lesquels ne sont plus discutées que des séries de problèmes fixées à l'avance par les experts. Face à cela, la majorité des citoyens joue un rôle passif, voire apathique, ne réagissant qu'aux signaux qu'on lui donne. La vraie politique se fait en lieu clos, à l'ombre de cette mise en scène, par des gouvernements élus et des élites qui défendent principalement les intérêts de l'économie. »

6. Joseph Stiglitz : *La Grande Désillusion : La mondialisation ne marche plus*, Fayard, Paris.

7. Roger de Weck, *Nach der Krise*, p. 32.

8. DiePresse.com, 27 avril 2010.

9. Mathias Rensing : *Geschichte und Politik in den Reden der deutschen Bundespräsidenten 1949-1984*, Waxmann, 1996, p. 114.

Le consensus des citoyens
Comment réformer la démocratie

1. Claus Leggewie, Harald Welzer : *Das Ende der Welt…*, p. 86.

2. Douglass C. North : *Institutionen, institutionneller Wandel und Wirtschaftsleistung*, Mohr, 1992 ; *Economic Performance Through Time*, dans *The American Economic review*, 84 (3), 1994, pp. 359-368.

3. Jelle Visser et Anton Hemerijck : *Ein holländisches Wunder ? Reform des Sozialstaates und Beschäftigungswachstum in den Niederlanden*, Campus, 1998.

4. Tobias Peter : *Lauter Ruf nach mehr Demokratie*, dans *Kölner Stadtanzeiger*, 19 juillet 2010.

5. Claus Leggewie, Harald Welzer : *Das Ende der Welt…*, p. 229.

6. www.direktzu.de/bundestagpraesident/messages.

7. Arend Lijphart : *Patterns of Democracy : Governement Forms and Performance in Thirty-Six Countries,* Yale University Press, 1999 ; cf. *Democracy in Plural Society : A Comparative Exploration*, Yale University Press, 1977 ; *Democracies : Patterns of Majoritarian and Consensus Governement in Twenty-One Countries*, Yale University Press, 1984 ; *Thinking about Democracy : Power Sharing and Majority Rule in Theory and Practice*, Chapman & Hall, 2007.

Speakers' Corner
La perte de la responsabilité publique – et comment la récupérer

1. Par exemple, Stefan Münker, dans sa réponse à mon intervention lors des Assises munichoises des médias de 2009 : « Ainsi, la sphère publique se structure principalement aussi en un espace d'articulation entre des opinions divergentes et des intérêts particuliers. C'est justement par là qu'elle devient un élixir de jouvence pour les sociétés démocratiques, qui n'accordent pas par hasard une place d'une telle importance à la liberté de pouvoir s'exprimer publiquement et médiatiquement contre les résistances politiques et économiques. »

2. Selon l'écrivain Hans Wollschläger, dans son essai « *Tiere – Rechte – Ethik. Kleines Parlando über die grossen Dinge* », dans *ibid.* : « *Tiere sehen dich an* », *Essays, Reden*, Wallstein, 2002, p. 253.

3. Cité d'après Matthias Greffrath : « *Hamlet zur Primetime* », dans *Ausverkauft. Wie das Gemeinwohl zur Privatsache wird*, édition Le Monde diplomatique, n° 6, 2009, p. 65.

4. Voir à ce sujet mes deux essais dans *Die Zeit* : « *Die Invasion der Bilder. Niemand stellt Fragen, das*

Digitalfernsehen antwortet », 33, 1997, et « *Die Ware Vision* », 27, 1998.

5. Sur la critique des médias dans les années 1980, voir Hans Magnus Enzenberger : *Médiocrité et folie*, Gallimard, 1991.

6. Jürgen Habermas : *Ach, Europa*, Suhrkamp, 2008, p. 162.

7. *Ibid.*

8. Yochai Benkler : *The Wealth of Networks. How Social Production Transforms Markets and Freedom*, Yale University Press, 2007.

9. David Gelernter : *Wie wir mit unserem Leben in Verbindung bleiben*, dans *FAS*, 28 février 2010.

10. *Ibid.*

11. *Ibid.*

12. Jaron Lanier, *Warum die Zukunft uns noch braucht*, dans *FAS*, 17 janvier 2010.

13. *Ibid.*

14. Abcnews.go.com/GMA/Story?id=3281925.

15. Quant à la menace économique qui pèse sur les journaux de qualité, il semble tout à fait pertinent de les protéger de la faillite par l'intermédiaire de fonds publics, comme le propose entre autres Habermas.

16. Matthias Greffrath : *Hamlet zur Primetime*, p. 66.

17. *Ibid.*, p. 67.

18. David Gelernter, *Wie wir mit unserem Leben in Verbindung bleiben.*

Table des matières

Introduction 13

Le bien et le mal

Le talk-show de Platon
Qu'est-ce que le bien ? 27

Rivaux de la vertu
Le bien contre le bien 43

Loup parmi les loups
Ce qu'on appelle le « mal » 59

Le prince, l'anarchiste, le naturaliste et son héritage
Comment nous coopérons les uns avec les autres 76

L'évolution de l'intention
Pourquoi nous nous comprenons 88

L'animal qui sait pleurer
Nature de la psychologie 102

Les cris des capucins
Le sens de la justice est-il inné ? 120

Sentiment contre raison
Qui prend nos décisions ?.. 133

Nature et culture
Comment nous apprenons la morale................................ 151

Jeu d'échecs social
Quelle part d'égoïsme y a-t-il dans l'homme ? 168

Bons sentiments
Pourquoi nous aimons bien être gentils 184

Le bien et moi
Ce à quoi nous oblige notre propre image..................... 196

Ami de moi-même
Ce que pourrait être une vie bonne 210

Le chat du yogi
La morale est-elle partout pareille ?.............................. 224

Excursion à Shangri-La
Pourquoi les guerres ne sont pas une fatalité................. 236

Vouloir et faire

La vision en tunnel de la morale
Sentiments moraux, responsabilité humaine.................. 253

La morale de la horde
Pourquoi on copie avant de comprendre......................... 267

Un peuple de gens étroits d'esprit
Nous, les autres et les tout autres.................................. 282

Des assassins tout à fait normaux
Dans la gare de triage de la morale 295

L'expérience de Milgram
Comment nous déplaçons les limites 306

Ne rien prendre de façon personnelle
Comment nous nous cachons face à nous-mêmes 320

Le comparatif catégorique
Pourquoi nous ne sommes jamais responsables 336

Gestion morale
Comment nous façonnons par le mensonge
l'image que nous avons de nous-mêmes 349

Le trader, le cacao et les enfants du Ghana
Pourquoi nous ne sommes jamais concernés 365

Dans la toile d'araignée
Ce que vient faire l'argent avec la morale 379

Meurtre dans un petit jardin
Pourquoi il ne faut jamais prendre au pied
de la lettre les règles morales 396

Morale et société

Au pays de la reine rouge
Ce dont souffre notre société 417

Du bonheur d'être bhoutanais
Pourquoi nous mesurons mal notre bien-être 434

Bien le bonjour de l'île de Pâques
Pourquoi notre bien-être n'augmente plus 448

Mythes, marchés, hommes d'affaires
Ce qui fait marcher l'économie…................................ 466

Retour à Fribourg
… et ce qui devrait la faire marcher 480

Ackermann et les pauvres
Comment la responsabilité investit l'économie 497

Le retour de la vertu
Comment encourager le civisme 516

Heureux contribuables
Comment faire avec les récompenses 532

Ville, pays, État
De quel horizon avons-nous besoin ?............................ 548

La République aliénée
De quoi souffre notre démocratie.................................. 561

Le consensus des citoyens
Comment réformer la démocratie.................................... 576

Speakers' Corner
La perte de la responsabilité publique –
et comment la récupérer 590

Épilogue 607
Notes 611

Composé par Nord Compo
à Villeneuve-d'Ascq (Nord)

Imprimé en Espagne par
Black print CPI
en août 2013

POCKET – 12, avenue d'Italie – 75627 Paris cedex 13

Dépôt légal : septembre 2013
S23237/01